OUR
TIMES

第 **2** 部

王强 著

人民文学出版社

图书在版编目（CIP）数据

我们的时代. 第二部/王强著. —北京：人民文学出版社，2019
ISBN 978-7-02-015393-0

Ⅰ. ①我… Ⅱ. ①王… Ⅲ. ①长篇小说—中国—当代 Ⅳ. ①I247.5

中国版本图书馆 CIP 数据核字(2019)第 154059 号

策划编辑　胡玉萍
责任编辑　涂俊杰
装帧设计　陶　雷
责任校对　杨益民
责任印制　徐　冉

出版发行　人民文学出版社
社　　址　北京市朝内大街 166 号
邮政编码　100705
网　　址　http://www.rw-cn.com

印　　刷　天津千鹤文化传播有限公司
经　　销　全国新华书店等

字　　数　364 千字
开　　本　680 毫米×960 毫米　1/16
印　　张　27.25　插页 1
版　　次　2019 年 12 月北京第 1 版
印　　次　2019 年 12 月第 1 次印刷

书　　号　978-7-02-015393-0
定　　价　49.60 元

铭记一个时代的光荣与梦想

目 录

CONTENTS

一
/
物异人非

公司里弥漫着几分压抑与不安。整个上午小戚都心神不宁，他从自己的办公室漫无目的地出来进去好几趟，搞得员工们都有些紧张，猜不出老板究竟遇到了什么事，更猜不出这事会不会牵连到自身。

小戚再次走到办公区在座位间逡巡，忽然停住脚盯着一个程序员上下打量。程序员手足无措地忙站起身，小戚没头没脑地问："你今天穿什么来的？"

程序员愈发懵懂，局促地回答："今天？就穿的这身啊……"

"外衣！我问你外面穿的什么？"小戚急躁地说。

"哦哦，羽绒服，在更衣间挂着呢。"

"去拿过来，我试试。"

程序员立马跑去拎回一件灰色的羽绒服，小戚接在手里便看见衣领上积攒的油垢，皱着眉头穿上身，低头审视一番，问道："像是我的衣服吗？"

这话问得程序员一怔，苦于无论怎样回答都貌似不妥，好在秘书正巧从前台走回来,忙接道:"戚总你们俩的身材真挺接近的。"

小戚面无表情地转个半圈,又问秘书:"看着合身吗?"

秘书暗笑您自己的衣服都鲜有合身的,嘴上却说:"我觉得挺好。"

小戚这才满意地把羽绒服脱下递给秘书:"放我屋里去,我待会儿出去穿。"

程序员不禁脱口而出:"那我穿什么?"

"你穿我那件羊绒大衣。"小戚扭头叮嘱程序员,"小心点,别给弄脏了。"

程序员正后悔自己反应迟钝不会来事儿,忙表态说:"不用了戚总,我中午不出去,让他们把饭给我带回来。"

小戚刚走回办公室门口,司机晃悠过来问:"戚总,咱们几点出发?"

"从公司到亚运村需要多久?"小戚反问。

"顶多半个小时吧,中午不堵。"

"哦,那再过半小时出发。"小戚忽然瞥见司机手中的车钥匙,立刻脸一沉问道,"你要开哪辆车?"

司机大剌剌地把钥匙一举:"奥迪啊。"

"我昨天怎么跟你说的? 你是没长耳朵还是没长脑子!"

司机没料想小戚忽然发火,心虚地嗫嚅道:"您说不要用好车,换辆次点儿的,所以我才没开'大奔'……"

"奥迪算次点儿的车?!"

"和奔驰 S280 一比,奥迪 200 可不就算次的吗……"

小戚咬牙切齿地说:"真是把你惯得没样了! 那辆桑塔纳呢? 今天开它!"

"桑塔纳没在家,一早建行的客户反映他们系统出问题,桑塔纳就拉着几个软件工程师去建行了,不知道什么时候回来。"

"你现在开奥迪去建行,把桑塔纳开回来,然后送我去亚运村!"

司机一脸苦相:"戚总,那肯定来不及啊……"

"我不管！今天我要是坐不上桑塔纳，以后你就甭想再开'大奔'！"

司机转身撒腿就往外跑，没跑出几步就折返回来可怜巴巴地说："戚总，要不您跟我一起走吧，在建行换桑塔纳然后直接去亚运村，兴许还来得及。"

小戚歪头想了想，拿上手包就往外走，见司机还愣着便恨恨地说："等什么呢？把那件羽绒服给我拿上！"司机忙抄起羽绒服抢先跑出去开车了。

一辆上海大众的桑塔纳沿中轴路驶向北四环，停在路口等绿灯时，司机一边调收音机一边抱怨："戚总，这车真够旧了，连 CD 机都不好加装。"

坐在后排的小戚斥道："旧？有本事你挣一辆回来！记住喽，这车可算是大功臣，对公司的贡献比你大得多。"

司机一缩脖，不再多嘴，把调频定在北京交通广播，车里响起王菲与那英的歌声："来吧来吧相约九八，来吧来吧相约九八……相约那永远的青春年华，心相约心相约，相约一年又一年，无论咫尺天涯……"

歌曲放完，插入一条广告，小戚忽然感慨："眼看就到 1999 了，这还相约九八呢……"

经过安慧桥再往东没多远就是西藏大厦，小戚下车的时候吩咐司机："你把车停得近一点，这顿饭大概两个小时，等我出来往门口一站，你就赶紧把车开过来。"司机点头应承，正要关车门却看见后座上摊着的羽绒服，忙探身拿出来递给小戚，小戚先徒劳地掸掸衣领然后才套在身上。

西藏大厦的一楼是家海鲜餐厅，小戚在门口告诉领位是谢女士订的包间，跟着往里走时他问有人到了没，领位回头说您最先到的。进到包间发现房间不小，一张大圆桌旁边摆着八把椅子。小戚问总共几位，领位说四位，见小戚略一皱眉便解释说我们这儿没有小包间。有服务员跟进来撤走多余的椅子和餐具，小戚犹豫一番决定坐在背对门口的末位，刚坐下便觉得热，又犹豫一番决定还是把羽绒服脱掉。他把羽绒服挂在衣架上，正摆弄着力求羽绒服尽可能醒目，就听门外脚步声与说话声一并传来。

最先步入包间的是谢航，她热情地招呼道："老裴，就是这儿，请进请进！哟，戚总先到了，你看谁来了？"

萧闯拉着裴庆华的胳膊往里让，同时揶揄谢航："瞧你这话问的，他又不是不知道来的是谁。"

小戚抢步迎到裴庆华面前，张开胳膊作势要拥抱，旋即改主意双手拉住裴庆华的右手摇晃着说："庆华，总算盼到今天了！这几年虽然见过几面，但能握着你的手还是头一回啊。"

萧闯说："你这不废话吗，以前中间隔的又是玻璃又是栅栏，怎么握？"

谢航把藏蓝色的羊绒大衣脱下递给萧闯，就势一连捅他两下，萧闯不吭声了，闷头把两人的外衣都挂在衣架上。

裴庆华似乎对这些全无反应，脸上一副淡淡的笑容，只是右手很快从小戚的掌握中脱离开，有些机械地垂在身侧。

小戚一边端详着裴庆华一边说："没怎么变，就是稍微有些瘦，比以前黑了点儿。"

裴庆华下意识地摸摸脸，拘谨地应一句："是吗？"

谢航张罗道："就咱们四个人，随便坐，不过老裴必须坐在主位，咱们仨众星捧月。"

小戚忙说当然当然，就在末位坐下。裴庆华也不谦让，像是早已习惯被人安排摆布，很顺从地被谢航拉到主位就座，但当谢航的双手随意搭在他肩头时，裴庆华忽然一抖，整个身躯登时僵直，进入戒备状态。谢航瞬间觉察到了，急忙把手挪开，在他右边坐下。

坐在谢航对面的萧闯很有仪式感地说："今天是个大日子，更是个好日子，咱们要隆重地为老裴接风洗尘，彻底去一去晦气……"

裴庆华脸上的肌肉不自然地抽动一下，谢航马上插话道："其实还有一个由头，就是我的三十岁生日刚过不久，萧闯提过几次想好好撮一顿，今天就算是给我补过生日吧，所以你们谁也别跟我抢，今天我做东。"裴庆华这才显得放松些。

服务员听后便把菜单呈给谢航。小戚搭讪说："谢总和萧总对这地方挺熟的？"

萧闯抢先道："你可别这么叫我，就叫萧闯，要不然爹妈起这名字有什么用？"

谢航也说："你还是叫我谢航吧。"

小戚干笑："那你们也不要总叫我戚总……"

萧闯坏笑道："这不一样，你是喜欢别人叫你戚总。"

谢航见小戚有些尴尬就说："西藏大厦刚盖好不久，这家更是新开的，我们也没来过几次，只是因为离我们买的房子不远，就选这儿了。"她说完瞟一眼裴庆华，裴庆华无动于衷地坐着，眼睛盯着桌上徐徐转动的托盘，托盘上空空如也。谢航冲他晃晃菜单，问道："这里主打的是粤菜，你看有什么想吃的？"

萧闯在桌沿上一拍："我替他说，干炒牛河，他就认这道菜。"

仿佛尘封已久的记忆被投入一束光，裴庆华的眼睛难得地一亮，他转头冲萧闯一笑，目光中竟透出些许感激。谢航看在眼里不免陡然心酸，掩饰着点好几样菜品又提议道："你们要不要喝点儿酒？"

"我开车呢。"萧闯转而问小戚，"你开车没？"

小戚忙答："我没事，有司机。"

谢航要了瓶葡萄酒，说："你和老裴多喝点儿，我也意思意思，毕竟是我的生日宴。对了老裴，我问过舒志红，她说今天先不过来，改天她要单独约你。"

裴庆华眉头微蹙，竟仿佛在努力从久远的从前唤回对这名字的印象，继而淡淡地吐出两个字："是吗？"

这一反应显然大大出乎其余三个人的预料，尤其是谢航竟瞠目结舌地愕然怔住。萧闯最先想起换个话题,笑道:"哎,时间过得真快,一晃我和谢航都三十了,还记得老裴二十五岁生日那天咱们仨定的目标吗?"

话音刚落,已回过神的谢航就连连冲萧闯使眼色,不料小戚却很有兴致地问萧闯:"是吗?快讲讲你们都定的啥目标,实现了没?"

"当时我是既没工作也没进项,单凭一口气就拍脑袋许愿,三十岁时一定养得起谢航,真是天遂人愿啊!你说我运气怎么就这么好,虽说现在谢航身为堂堂 IEM 的部门总经理收入不菲,但我绝对养得起她。可如今的问题是……"眉飞色舞的萧闯转瞬间委顿,摇摇头说,"人家还让不让我养。"说完便把目光转向谢航,却见谢航正紧锁双眉瞪着他,他马上意识到失言,赶紧又扭头看裴庆华。

裴庆华不知是对他人的注视毫无觉察,还是毫不在意,兀自叹口气颓唐地说:"我当时盼着五子登科,结果却是五年牢狱,唉……"

这是裴庆华进门后说出的头一句完整话,却令谢航更为他担心不已。谢航深知此刻无论怎样安慰都是徒劳,便指望萧闯或小戚迅速转移话题,可是那两人却只会相对唏嘘。恰好服务员进来上头盘,谢航等她把明炉烧腊全拼放在转盘上便要求:"哎服务员,您能帮我们把电视打开吗?这会儿应该有《新闻30分》吧。"

服务员打开放在角柜上的电视,然后替他们开酒。新闻里正在播报昨晚举行的距澳门回归倒计时 365 天庆典晚会,几个露出豁牙的小孩正在唱《七子之歌》。萧闯把玻璃杯在转盘上蹾了蹾,说:"我以茶代酒陪你们干一杯。老裴,错过了去年的香港回归,明年还可以看澳门回归,没耽误多少。"

谢航听了气不打一处来,真是哪壶不开提哪壶,她甚至开始怀疑萧闯是成心的。裴庆华却一本正经地说:"没错过,去年在里面组织集体看的,唯一的一次允许熬夜,过年都不行。"

服务员双手抱着葡萄酒瓶走到裴庆华侧后预备给他倒酒,裴庆华立时周身紧张,扭着脖子警惕地死死盯住服务员的一举一动,搞得服务员也十分紧张，倒酒的手微微颤抖。直到服务员走向谢航的位子裴庆华才放松下来。这一切都没逃过谢航的眼睛，惊愕之际她心里不由得一阵痛楚。

谢航忽然发现裴庆华身体一颤并迅速把脸转向电视，她随即也意识到刚才好像听到一个词——华研。果然，这条新闻正是有关华研集团的："……继联想、方正等国内领军高科技企业成功赴港上市，今天香港联交所再次迎来一家知名的国内信息产业巨头——华研控股。隶属于北京华研集团股份有限公司旗下的华研控股登陆香港资本市场，这一里程碑标志着坚定执行'工贸技'一体化战略的华研集团又迈上了一级新台阶，并将在国际化的征途上越走越远……"屏幕上不时切换着西装革履、佩戴胸花的谭启章敲锣和致辞的镜头。画面里的谭启章笑逐颜开、踌躇满志，而画面外的裴庆华却近乎木然地冷眼看着这一切。

谢航感觉自己的心被抽紧，她无法想象此刻裴庆华作何感受。五年过去了，这五年谭启章是如何过的，而裴庆华又是如何过的？五年过去了，谭启章光辉耀眼登上人生又一座高峰，而曾被他称为华研第一功臣的裴庆华却正在人生的谷底挣扎着，试图重新站起……谢航看一眼裴庆华，当年的意气风发、壮志凌云如今已荡然无存。她内心一凛，这五年真的过去了吗？心中的坎儿何时过去？真能过得去吗？

萧闯忽然清清嗓子，谢航被吓一跳，她真担心萧闯又说出什么不合时宜的话。还好这次萧闯转向了小戚："戚总，如果你没离开华研，此时此刻应该正在香港喝香槟吧？"

小戚冷笑一声："这可难说，刚才电视上站在谭启章身边的没几个我和庆华认识的，好像已经换过不止一朝一代了。讲句难听话，假如我不离开华研，下场没准儿比庆华还惨……"

谢航暗气这小戚讲话确实够难听，小戚也察觉裴庆华脸色有异，忙转而问："哎庆华，如今你已经出来了，准备什么时候去找谭启章？"

裴庆华捏着筷子的手一时僵在半空，放下后他才缓缓摇摇头。

小戚不解:"你的意思是……没想好? 还是……不打算找他?"

裴庆华没回答,他夹起一块烧肉放在小碟里,摆弄几下却好像没有吃的意思。小戚打起精神说:"我真得感谢庆华,是你在关键时刻帮了我两次,要不然绝对没有我的今天!"

"哪两次?"萧闯问。

"头一次你清楚啊。当时庆华刚进去,华研人心惶惶,庆华托你给我带话,让我及早出来自己干。可我哪儿有本钱啊,我就去看庆华。庆华让我找两个人,其中一位就是你嘛。庆华说他有几笔大额存单,既然没被他们翻出来就说明是你替他收好了,让我找你要存单;另一位就是庆华的姐姐,因为存单上写的都是他姐的名字,让我找他姐要身份证把钱取出来。十万块钱呀,而且是 1994 年的十万块,要是没那笔钱我这公司根本办不起来……"

谢航打断小戚:"这事我们都知道。我理解萧闯的意思,他是不觉得这叫'帮',老裴拿出十万块钱和你一起办公司,这是他的原始投入,不是借你一时急用,所以不该算'帮'你。"

小戚忙摆手:"没错没错,反正你们懂我意思。不过庆华第二回帮我你们肯定不知情,这事我没跟任何人讲过。公司开起来以后我完全不知道该做什么,没头苍蝇似的乱打乱撞,靠倒腾电脑、打印机之类混日子。我一想这样不行,没前途嘛,就又去看庆华。庆华先跟我提了两个字——软件,他说信息化的第一阶段是从无到有铺硬件,所以是造电脑、卖电脑的黄金时期;但有了电脑还要用起来,这就是信息化的第二阶段——软件的黄金时期。这道理我明白,当初学的也是这个,但软件的范畴比硬件大得多。创业这事不怕没基础,就怕没方向,朝哪方面走我是两眼一抹黑。杀毒软件? 汉化软件? 还是银行、税务之类的行业应用? 庆华就又跟我提了三个字——Y2K……"

"什么 K?"萧闯没反应过来。

"Y2K,就是'千年虫'。"谢航解释,"很多软件都是用两位数字标识年份,这样等 2000 年到来程序就无法识别究竟是 2000 年还是 1900

年,像银行计算利息就会报错,类似的问题不计其数,得一行一行检查修改程序,工作量难以想象。我们 IEM 专门成立个部门做这业务,招了一大批人还忙得要死。"

小戚兴奋地一指萧闯:"你看,到现在你还不了解'千年虫',可老裴跟我提是在什么时候?四年前,1994 年!这叫什么?这就叫高瞻远瞩、远见卓识!老裴就是我的指路明灯。谢航是圈内人肯定清楚,捉'千年虫'这活儿其实没什么技术含量,关键是要下手早。项目接得多,经验就多,手熟而已。我的公司按说基础很差,但就因为比别人抢先瞄准这个方向,名声打响了,现在项目多得做不过来。我就跟下面人讲,以前是咱们求客户,如今是客户求咱们,咱们得精挑细选,给钱少的不接,复杂啰唆的不接。不瞒你们说,这钱赚得真是……"说到此处小戚戛然而止,之前的喜形于色瞬间变为低调内敛,含混接一句,"……总算解决了温饱问题。"

萧闯反过来一指小戚:"如此说来你确实应该好好感谢老裴。怎么着,还不快敬人家一杯!"

小戚立刻起身举杯绕过半张桌子走到裴庆华身边,一只手搭在裴庆华的肩头。裴庆华的表情变得极不自然,几次想站起都被小戚强行按住:"庆华,你坐你坐。我不仅要敬你这杯酒,还要对你说句真心话。没有你就没有我这家公司,更坚持不到现在。虽说一路走得磕磕绊绊,眼下这公司好歹是比上不足比下有余,我衷心希望你能把它接过去,你来做公司的老板,我还像当年那样给你打下手,怎么样?今天当着萧总和谢总的面,我就等你一句话,这公司你只管拿去!你来当法人代表,你来做总经理!"

事发突然,谢航愕然且难以置信。萧闯马上起哄道:"戚总大气!怎么样老裴,人家戚总诚心诚意请你接手,你不会好心当成驴肝肺吧?"

小戚愈发诚恳地说:"真的庆华,这公司股本里大头是你出的,大方向是你指的,我只是忙前忙后出了些力气。我早就想好了,之前你人在里面,我就在外面先替你操持,等你人一出来我立马把公司让给你。真的,有萧总和谢总给咱们当个见证,你我之间就是一句话的事!"

谢航也不由得兴奋,如果裴庆华真能接手小戚的公司,就不仅能即刻在社会上觅得安身之地,事业上更有了相当不错的起点。她正要鼓动裴庆华接受小戚的提议,却听裴庆华淡淡地回应道:"你这杯酒我干了,你的心意我领了。公司你接着做,刚才的话今后不要再提。"

谢航见状很是失望,遗憾地轻叹一声,萧闯竟有些怒其不争地瞪着裴庆华,而小戚已经往回走向自己的座位,嘟囔说:"庆华我明白你的意思,你是心高眼高有更大的事业要做,瞧不上我这小摊子,唉……"

见菜早已上齐,萧闯问服务员:"小姐你们这儿有蛋糕没有?那种生日蛋糕。"

服务员为难道:"先生真抱歉,我们店没有。您要是早一点儿说,我们倒是可以代您置办。"

萧闯失望地挠挠头:"我们有人过生日,你们就没什么应时应景的?"

"我们有……寿桃!"

在座的都应声笑了,连裴庆华也头一次露出笑容。谢航连连摆手:"算了算了。你们待会儿送个果盘总可以吧?"

服务员忙说:"绝对没问题,应该的应该的。"

等服务员出去把门带上,萧闯颇有兴致地提议:"咱们四个里面谢航最小,也都三十了。怎么样,挨个儿说说吧,四十岁的时候想达到什么目标?"

一时竟无人响应,萧闯有些尴尬地看看裴庆华又看看小戚,最终眼巴巴冲对面的谢航说:"要不你带个头?"

谢航有些意兴阑珊地敷衍道:"活在当下,过好每一天,至于三十九岁还是四十一岁什么样,没那么重要吧。"

"总该有个目标嘛,得过且过这可不是你的风格。"

谢航不忍就此冷场便说:"我希望等到四十岁的时候,身与心都能有所归宿。"

"太笼统，能不能具体点儿？"萧闯显然不甘心。

谢航莞尔一笑："我知道你的目标肯定特具体，那就干脆说出来呗。"

萧闯先冲小戚挤下眼睛："你不算外人吧？那我可就放开说啦。"不等小戚表态，萧闯已经挺直腰板掷地有声地说，"我的目标就是，要在四十岁之前做成一个全国一流的企业！"

几个人都一愣，最先响应的是小戚，他竖起大拇指赞道："萧总有魄力！我就一句话，苟富贵，勿相忘。"

萧闯追问："戚总别光客气，你自己的目标呢？"

"嗯……"小戚歪头凝思，"希望那时候我这公司还在吧。"

谢航转向裴庆华："老裴，你呢？八年以后的你会是什么样？"

萧闯一拍桌子："还是五子登科，这回绝对能实现！"

"萧闯，你能不能别这么没心没肺！"谢航终于忍无可忍厉声呵斥，"我问老裴呢，问你了吗？"

萧闯这下彻底噤声，小戚摸不清二人路数只得陪着干笑，裴庆华却很平静地说："我只想有份属于自己的事情做。"

谢航与萧闯正琢磨裴庆华所言有何深意，小戚已再次竖起大拇指："我说什么来着，庆华这是要独自打出一片天下。咱俩先说好，等你将来功成名就我去投奔你，你可不能把我拒之门外。"

谢航逗他："如果萧闯和老裴的目标都实现了，到时候你投靠谁？"

萧闯一撇嘴："你还没听出来吗，戚总这是给自己留了两个后手，他早算准了我和老裴不可能都成功。"

谢航认真了："那你和老裴为什么不能一起干？你俩一荣俱荣，也免得戚总到时候为难。"

"这话你该问老裴。"萧闯又一撇嘴，"你没听他说嘛，人家要的是只属于自己的事业。"

谢航转而笑问："老裴，真不肯给萧闯机会？看在我的面子上带他玩儿一个吧。"

三个人一同注视着裴庆华，而裴庆华却仍旧一副置身事外的样子，脸上挂着一层似有似无的笑意，不肯再开口。

这顿饭吃得愈发沉闷，谢航倒也不感觉意外或失望，她见酒菜已经大体干净便招呼服务员买单，萧闯随口道："刚才我已经结过账了。"

谢航一愣："你什么时候结的，不是说好我做东的吗？"

萧闯不以为然地摆手："哪儿能真让你买单……"

"你这人怎么老这样，"谢航忽然来了气，"事先明明说好的，你怎么说不认就不认？"

小戚呆坐着，裴庆华只好出面打圆场："你们俩谁结还不都一样。"

谢航一听便不再理论，萧闯低眉顺眼地从衣架上取来大衣递给谢航。几个人正往外走，谢航忽然大声问道："咦，那件羽绒服是谁的？"

应声看去，果然在衣架上孤零零剩下一件羽绒服无人认领，已经走到门口的小戚一拍脑袋："嗒，瞧我这脑子，我的我的。"

萧闯走回去取来羽绒服，里外翻弄看看，然后用一根手指头挑着衣领对小戚笑道："戚总真是艰苦朴素的楷模，这衣服不会是司机的吧？"

小戚忙讪笑："司机的都比我这件好。"

四个人走到大厦门口正要话别，一辆桑塔纳突突突开到廊檐下停住，显然是冬天车刚起步，发动机温度过低导致抖动。司机下来叫声"戚总"，萧闯笑着问小戚："这车还是之前那辆？火花塞该换了，要不就是积碳太厉害，以你的实力早该换新车了。"

小戚瞟着裴庆华故意大声说："就是因为实力不行才换不起新车嘛。萧总你怎么样，换过几款了？"

萧闯从包里掏出车钥匙随手一扬："还是欧宝，我就认这牌子，但从'小欧宝'换成了'大欧宝'。原先那个太小，才 1.6 的发动机，现在这个开了三年不到。"

送走小戚，谢航对裴庆华说："萧闯已经把他爸妈接到新房子一起住，魏公村那套现在空着，正好你回去住吧。咱们先去买些生活用品，然后送你过去。"

萧闯立刻否定:"不行不行,哪儿能直接回家!你懂不懂规矩?必须先找个地方好好洗洗。"

裴庆华脸上又显出不自然,谢航有些迟疑地说:"那……你带老裴去洗吧,我去买东西。"

"不行,"萧闯再次摇头,"当然都得去,要不然你该怀疑我带老裴学坏了。"

亚运村北面大屯路上有家规模挺大的洗浴中心,谢航在走进女宾部之前和他俩约好在休息厅会合。可此时她在休息厅左等右等不见人影,打萧闯手机无人接听,甚至想请服务员找男宾部查问,这才见萧闯与裴庆华穿着一次性浴衣姗姗而来。

谢航不满地问萧闯:"怎么这么久?"

萧闯拽着谢航的衣角躲到一边低声说:"搓背搓了两遍,头一遍搓完师傅说再泡泡吧,回来又搓一遍。"

谢航偷瞄一眼裴庆华,见他方才还略显黝黑的面孔经过几番浸泡漂洗果然变得红扑扑粉嫩嫩,不禁笑了,笑得裴庆华很不好意思。

萧闯叫来服务生吩咐:"安排一下足疗,要三人间。"

谢航惊讶道:"啊,还要捏脚呀?"

"主要为聊天。"萧闯解释完又吩咐服务生,"都要男技师,不要女的。"

服务生把他们领到一间足疗房,三张可以放平的大沙发外加茶几、坐墩之类令原本不大的空间显得更加局促。萧闯不经意地站到裴庆华身后,裴庆华竟条件反射般敏捷地闪到一边,回头直愣愣盯着萧闯,这副临战状态倒把萧闯吓得不轻,谢航忙把他拉过来说:"你没发现吗,老裴不喜欢有人在他背后。"

已经定下神来的裴庆华很不自在地站着,似乎拿不定有无必要解释,谢航安慰道:"没事,慢慢来,环境变了总要适应一阵。"

萧闯随手一指："这三张沙发，老裴你先挑。"

"我想坐哪儿就坐哪儿？那我挑最里面这个。"

萧闯笑着问："是不是越靠里面地位越高，新来的只能把门？"

谢航搡他一下："就你话多。我挨着门，你在中间。"

服务生出去安排技师，萧闯让他顺便把果盘、茶水送来。裴庆华略一探究便找到机关，把沙发调节到最舒适的角度。他仰躺在沙发上，身心都感到久违的安逸与放松，竟不自觉地小声哼唱："你总是心太软，心太软；把所有问题都自己扛；相爱总是简单，相处太难；不是你的，就别再勉强……"

谢航惊讶地坐直身子问："咦，你怎么会唱这首歌？"

"里面一天到晚放这歌，怎么可能不会。"

"我还以为只给你们放《铁窗泪》呢。"萧闯调侃道，"《心太软》这靡靡之音跟你们太不搭，进去的都是因为心太硬吧。我明白了，这一进去，纵然你是百炼钢，也得化作绕指柔。"

谢航气得扬手把衣柜钥匙环隔着茶几甩到萧闯身上，萧闯贱兮兮地笑着拾起。裴庆华却全然不以为意，兀自继续唱道："……你总该为自己想想未来；你总是心太软，心太软……"

三位男技师鱼贯而入，依次坐下后便开始忙活。谢航脚上的各处穴位都很敏感，屡次让技师轻些再轻些但仍然受不住力，痛得龇牙咧嘴。裴庆华则相反，任凭技师拿出百般手段他一概没反应，双眼微闭仿佛睡着了。谢航忽然发出一声尖叫，萧闯坏笑着伸手碰碰裴庆华说："我都好久没听她这么叫了。"

谢航疼得没力气理会萧闯，技师很在行地说："您的肩膀和脖子看来都有毛病。"

"再被你捏下去我浑身都得出毛病了，算了不做了。你放心，钟点费和小费都不会少你的。"把技师打发走，劫后余生的谢航瘫软在沙发上吐出一口长气。

萧闯问裴庆华的技师："你是不是偷懒呢？都把他捏睡着了。"

技师委屈地说:"您看看,我都一身汗了,要是换我给那位小姐做,她早就受不住了,等不到现在。"

"老裴,你不会是神经出问题了吧? 这何止是迟钝,简直是全身麻痹。进去时好好的,出来怎么就成木头人了?"见裴庆华无动于衷,萧闯干脆吩咐自己的技师,"你去给他做! 哎,你们有针没有? 不是针灸那种,要纳鞋底子那种,又粗又长的,我就不信扎不出声来。"

谢航制止道:"行了萧闯,别闹了。你们接着做,我去把衣柜里的东西取来。"

等谢航拎着一个电脑包回来正好也"到钟"了,两位技师在收拾家伙,萧闯又逗裴庆华:"老裴,做够没有? 要不再加个钟?"

谢航忙说:"够了够了,你说好主要来聊天的。"她在技师身后把门关严,坐到裴庆华面前的坐墩上,把电脑包递给他说,"老裴,这是我给你准备的礼物。萧闯负责解决你的住处,那我就负责解决你的装备。"

裴庆华接过包打开,从里面拿出一部黑色的笔记本电脑,在正面摩挲几下又翻过去看底部,喃喃道:"这就是笔记本电脑? 这么薄,跟台式机的硬盘差不多厚。"

谢航帮他打开电脑,裴庆华的手笨拙地在键盘上比画,问:"是你们 IEM 的?"

"废话! 那么大 logo(商标)看不见?"萧闯晒道,"如今谢航负责 IEM 中国区所有个人电脑业务,凭的就是让 IEM 笔记本在中国市场独领风骚,不送你 IEM 的难道还能送你华研的?"

裴庆华不由自主地问:"华研也有笔记本电脑了?"

"有了。华研现在不仅有自己的笔记本系列,也替一些品牌做代工,他们还和我们 IEM 谈过合作的事。"谢航随即笑着补上一句,"这些都已经不是秘密。"

裴庆华又习惯性地问:"这样一台多少钱?"

萧闯不满道:"老裴,哪儿有收到礼物问多少钱的?"

谢航一笑:"你要真想知道,应该很容易查到价格吧,这可是你当年的本行。我只想声明一下，这是我送你的，不是 IEM 给你的。"

"谢航的意思是，这是她自掏腰包买给你的，不是利用职权从公司拿的。"

裴庆华又从包里摸出一些诸如电源线、鼠标之类的附件，马上被一个片状的东西吸引，好奇地问："这是干什么的？"

"PCMCIA 卡，上网用的。"谢航解释。

裴庆华惊异道："上网？插上它走到哪儿都能上网？"

谢航点头，萧闯不耐烦地说："老裴，能不能回去自学？你可是堂堂电脑界的先驱。"

裴庆华如获至宝，忙不迭地点头，他正要把电脑放回包里收好，谢航伸手打开另一处拉链从里面掏出一个盒子，笑盈盈地说："还有这个，手机，也送你。"

"手机？这么小？当初我的'大哥大'机身就比这个盒子长……"裴庆华一边小心翼翼地拆包一边惊叹，"我知道'大哥大'已经被淘汰，模拟信号改数字信号了，但想不到手机真能越做越小……"

谢航帮忙从盒子里取出手机，熟练地拆下后盖把 SIM 卡插好，递给裴庆华："诺基亚，5110，今年出的。"

裴庆华翻看着蓝黑两色的机身嘟囔："我还以为是摩托罗拉的，那得更贵吧？"

萧闯被气笑了："你这家伙，难道谢航会图省钱送你个便宜货？你那是老皇历了，诺基亚早把摩托罗拉甩到后面，如今也就爱立信能跟它抗衡。你看，我这个也是诺基亚，8110，带滑盖儿的，用两年多了。"

谢航也从浴衣兜里掏出手机说："和我的一样，我在等明年诺基亚的新款呢，据说会是头一款带 WAP 浏览器的手机，也是滑盖设计，正好我已经用习惯了。"

"WAP？那是什么？"裴庆华不解。

"就是移动互联网，手机上网就靠它。"萧闯不耐烦地解释完又说，"当初这个 8110 花了我八千块，这钱如今差不多能买俩 5110 了……"

"这么便宜?"裴庆华惊呼。

"这还……便宜?"萧闯也是一声惊呼。

"当初我那个'大哥大'要两三万呢。"裴庆华不由眉头紧锁,"里面五年可真是相当于外面十年啊……是手机越来越不值钱还是人民币越来越值钱?"

"你傻啦?当然是手机越来越不值钱,亏你曾经还是做电脑这行的,华研的电脑能越做越贵?"萧闯连声教训。

裴庆华若有所思:"当初的十万块钱如今大概值多少?"

"得看这笔钱在谁手里,也得看他拿这笔钱干什么。"谢航笑道,"要是给我,我只会存银行,现在顶多变成十四五万吧。要是给萧闯,他肯定投到股市里,估计能变成二三十万吧,不过也就他有这本事,大多数人恐怕连五万都剩不下。"

萧闯说:"咱们也可能投到房子上。不过罗马花园的房价这两年好像根本没涨,你那套户型比我的还好些,兴许能涨点儿。"

谢航摇头:"也不行,当时光看着房子不错,没想到物业费这么高,又是涉外公寓,未来能接手的买家有限,恐怕涨不起来。"

"没错,当时确实欠考虑,物业费高就如同股票的持有成本过高,没人愿意拿在手里。"

裴庆华忽然问:"你们怎么各买各的房子?合买一套大点儿的一起住不就行了?"

谢航一时无语,萧闯愣了一下马上应付说:"已经都是最大的了。我不是把我爸妈接过来了嘛,谢航觉得自己有套房子更……方便。"

虽然裴庆华有些诧异,隐隐感觉哪里不对头,但顾不上深究便接着刚才的话题问:"如果投到公司里呢,现在能值多少钱?"

萧闯手一挥:"那就更不好说了。做得好,翻上十倍、二十倍都可能;做不好,关张歇菜的多了,不仅一分钱不剩还可能欠一屁股债。"

谢航若有所悟:"你指的是先前交给小戚的那十万块吧?"

萧闯猛一拍沙发扶手,一脸愤然地说:"提这个我就来气,老装你是不是傻？人出来了，脑子留里边了？多好的机会你白白放弃，吃饭的时候他明确说要把公司让给你，有我们俩在场他想变卦也晚了。你倒好，一句'心领了'还让他'不要再提'，这不是废话嘛，他当然不会再提，除非他像你一样傻！"

"萧闯，有你这样说话的吗？老裴，你别在意，他也是为你好，急的，有点儿……恨铁不成钢。"谢航忍不住又说，"不过我也觉得饭桌上那个机会挺可惜，眼下你最需要的就是这样一个平台，可你却轻易放过。"

"老裴，且不说那是你应当应分的，即便不是你的，你也可以把它夺过来！"萧闯还嫌不解气，"我真搞不懂，黑锅你抢着替人家背，好事你倒躲了。"

裴庆华默默把手机放到盒子里，连同笔记本收进电脑包搁到旁边，仰躺到沙发上，双手枕在脑后，闭着眼睛幽幽地道出一句话："如果他真有那个心，就不会当着你们的面说。"

谢航和萧闯都一怔，快速对视一眼又不约而同转向裴庆华，却见裴庆华忽然开启双眼，眸子亮亮的，在一片昏黄的房间里竟投射出两道夺目的光芒。他笃定地说："小戚早把我看透了，知道我这人最在乎面子和名声，即便我真有意夺人之爱也绝不可能让其他人在场，尤其是你们俩，所以他才敢在饭桌上公开摆出那种姿态。假如他真有那个念头，就应该了解像我这样刚出来的人根本当不了法人代表，如此重大事宜他怎么会张口就来？"

谢航呆呆地望着裴庆华，心里又惊又喜，就在裴庆华睁开眼睛的一瞬间她已然意识到自己之前的担心纯属多余——五年前机敏干练的裴庆华又回来了！不，与五年前的那个人好像还有些不一样，究竟有何不同却一时讲不清。

"即便他真想把摊子给我，我接得住吗？所有的员工和客户都会跟他走，连同全部的利润积累，留给我的恐怕只有债务和官司。"裴庆华继续说，"那是属于他的公司，我绝不会要；但属于我的钱，我一定要拿回来!"

谢航恍然大悟,此时的裴庆华之所以不再是五年前的那个人,就在于他已经具备一种从未有过的特质——狠绝。

张口结舌半天的萧闯总算醒过味儿来,忙自嘲道:"行啊老裴,真是判若两人哪,你这反差也太大了,搞得我下巴差点儿掉下来。还是那句老话说得好,士别五年,当刮目相看。"

"你这人真是,不提'五年'这俩字会死啊?"谢航虽然嗔怪萧闯但不再像刚才那般提心吊胆,因为她已经明白裴庆华远非她所担忧的那样脆弱,表面的迟钝与木讷也只是裴庆华这些年为保护自己而织就的一层外壳。

裴庆华果然对这些充耳不闻,而是冷不丁问:"你们知道我出来要干的第一件事是什么?"

谢航不由紧张,身体向后靠问道:"你指的是……?"

"这事还得麻烦你帮我,"裴庆华忽然咧嘴一笑,"你得帮我开一个 e-mail,我要赶紧跟上这网络时代。"

二

/

相逢若只如初见

从洗浴中心出来,萧闯便开车直奔学清路上的普尔斯马特仓储式大卖场。裴庆华推着宽大的购物车梦游一般跟在萧闯和谢航后面,听凭他俩把认定他需要的东西从货架上搬到车里,最终忍不住嘟囔道:"这儿怎么像东西都不要钱似的……"谢航回头冲他一笑,手一指出口处的结账区:"喏,要钱的地方在那儿。"

车从学院路拐上成府路一直向西,快到北大时左转驶上中关村大街,裴庆华不住东张西望,喃喃地问:"这是哪儿?"

"中关村啊!你当年战斗过的地方。"萧闯往前一指,"这就是过去的白颐路,再往南就到黄庄了。"

裴庆华惊呼:"那些树呢?路两边不都是大杨树吗!"

"全砍了。去年整条白颐路拓宽,原先的林荫道再也见不着喽。"

裴庆华一脸愕然,望着外面一片陌生的故园再没说话。

回到魏公村萧闯家楼下,三个人连拎带抱总算把东西都搬上六楼,萧闯和谢航忙着归置,裴庆华则一直捧着电脑包站在旁边。萧闯挤对他说:"您倒真分得清主次,贵重物品永不离手。"

裴庆华忙说:"谢谢你们俩这么费心、费力还费钱。"

谢航正要客气一番,不料萧闯却一本正经地答道:"不用谢,要谢就谢党和政府,我们是受党和政府的委托向你送温暖,帮扶刑满释放人员回归社会大家庭,早日获得新生。"

谢航埋怨他说:"你这张嘴啊,就这一句话害得咱们忙前忙后一片好心全白费了,老裴肯定记恨你,我也跟着受连累。"

裴庆华憨憨地笑着说:"不会,不会。"

萧闯辩解道:"我这是在帮老裴脱敏。你以为不许提不许碰、一味回避是对他好? 错了! 什么时候老裴能把那事当笑话讲,那道坎儿才算过去了。"

裴庆华深感愧疚:"我最过意不去的就是让你们俩因为我拌嘴……"

谢航一甩头发:"和你没关系,我跟他几乎在任何事情上都不一致。"

裴庆华摸不透谢航这话是真是假,一时不知该说什么。

待安顿就绪,谢航本想提议一起出去吃晚饭,见两人都有些疲惫便作罢。萧闯临出门时对裴庆华说:"两间卧室你住哪间都成,反正客厅是没法住了,那张行军床被我爸妈卖了。本来我还想一直留着,将来镶个铭牌写上'裴庆华同志早年使用过的卧具'送博物馆珍藏。"

裴庆华晚上煮了包方便面对付一顿,把手机充上电就开始对照说明书研究笔记本电脑。等他按部就班把诸多系统与个性化设置做好,手机的电也充满了,他便打开手机开始研习。正要挑选铃声冷不防手机连振带响,他怔了片刻才意识到这确是有人在拨他的手机,忙接起试探着说:"喂?"

"喂! 谢天谢地,你总算开机了! 你要再不开机我真要直接去你家找你了!"

这声音令裴庆华的心像被揪了一下顿觉血往上涌,他有些紧张地问:"你是……?"

"啊,连我的声音都听不出啦?不会吧,难道有别的女生这样跟你说话?"

其实从第一声"喂"裴庆华就断定是舒志红,但他需要拖延时间缓冲一下,即便一时无法找到恰当的口吻应对,至少让心跳与呼吸稍微回复正常。他解释道:"不是,开始我以为是谁打错了电话。"

"现在知道我是谁了?我问你,你怎么才开机?我连续拨了快两个小时,人都要疯了,大拇指都僵了!"

"刚才充电呢,说明书上说使用之前要把电充满。"

"充电照样可以接电话呀!"

"说明书上说充电时最好关机,这样对电池寿命有好处。"

"哎呀你真把我气死了!谢航把你这手机的号码告诉我,叫我第一时间打给你,说争取让新手机的第一次通话发生在你我之间,谁想到你竟然关机!我听她说你住在萧闯家,就改打座机,没想到他已经办了移机转到新家去了。"

裴庆华确认舒志红的"连珠炮"发完才闷闷地回一声:"哦。"

"你就会'哦'。我问你,你听到我的声音怎么一点儿都不兴奋,一点儿都不欣喜?"

裴庆华心里五味杂陈,顿了片刻才说:"我准备睡了。"

"啊,才几点就睡觉?刚九点,你等着啊,我现在过去找你。"

裴庆华有些不情愿:"这么晚了,明天见面不行吗?"

"不行!我等不及,我也不想等,就要今天见到你。"

裴庆华忽然提高声音:"反正已经等了五年,多等一天有什么区别?"

舒志红也执拗地大声说:"就是因为已经等了五年,多一天也不想再等!"

裴庆华的心软下来:"大冷天的,外面好打车吗?"

"我自己开车。"

"哦,你还记得地方吗,不会找不到吧?"

"当然记得,梦里我已经去过无数次了……"

接下来的四十分钟对于舒志红与裴庆华同样难熬,舒志红一路心急火燎开到魏公村,却因为车没有出入证被看门的保安拦在院门外。费半天唇舌总算放行,又因为院内的车都已返回,她连兜几圈仍找不到车位,只得在一处不碍事的地方停下,把手机号写在一张纸上搁在前风挡里面。而裴庆华则在房间里如坐针毡,脑子里翻来覆去念叨同一个问题,而这个问题正是郁积在他心里怎么也绕不开的心结。

咚咚咚一串敲门声,裴庆华快步走过去把门打开,舒志红裹挟着一股凉风猛扑进来,顾不得放下手中的拎包就蹦起搂住裴庆华的脖子,双唇用力压在他嘴上狂吻。吻了好一阵,首先是舒志红因为喘不上气而不得不松开,裴庆华立刻瞪着她问道:"你为什么一直不去看我?"

舒志红也瞪着他,裴庆华以为她是在措辞,不料她只是在积蓄力量,随即再次扑上来吻他。裴庆华这次不等舒志红力竭松口就把她推开,用手顶住她下巴又一次问:"五年里你为什么一次都没去看过我?"

舒志红从裴庆华身上下来,再一次直勾勾盯着他,半天才说:"我不想解释,我要用行动让你知道,我每分每秒都在想你,天天都盼着这一刻。"她朝裴庆华身后望去,忽然问,"哪个是你的房间?"

这问题裴庆华之前还没想过,稍大的卧室以前是萧闯爸妈住的,论辈分他住进去好像不太合适,这么一想他便冲原先萧闯的房门一努嘴,舒志红立刻搂住他的腰,两个人跌跌撞撞走进小卧室。舒志红拖着裴庆华倒在床上,一边吻他一边说:"五年前就该做的事,你到底还想不想做?"

裴庆华深埋已久的欲望瞬间被唤醒,他翻身骑在舒志红身上,发狠地一边撕扯着她的大衣纽扣一边试图把她脚上的靴子蹬掉。舒志红急忙攥住裴庆华的两只手,嗔道:"哎呀不是这样,外衣应该我自己脱,内衣留给你脱。"她推开裴庆华坐起身,拾起地上的拎包说,"你先等我一会儿，我准备一下。"然后走出去回手把门关上。

也许过了五分钟，也许过了十分钟，但裴庆华觉得比刚才的四十分钟更加煎熬，他在床上坐也不是躺也不是，从热切的渴望慢慢化作紧张的焦躁，最后竟不由得气恼，恨不能待舒志红再进来时将她整个人活活吞掉。

终于，门被轻轻推开，呈现在裴庆华眼前的舒志红竟像魔术般变了个人，不仅因为之前的大衣、羊绒衫和皮裙悉数褪去，换上的是一套丝质的睡衣睡裤，里面的内衣清晰可见；更因为之前的狂野与骚动也全然褪去，换上的竟是忸怩与羞涩。

裴庆华一时不知所措，就好像满心期待的一场饕餮盛宴忽然变成一幕茶道仪式。舒志红沉静地在裴庆华旁边坐下，轻轻拉着他的手说："庆华，咱们不急，有的是时间，我要和你做一个晚上。你知道我有多憧憬吗，我已经在脑海里把今晚预演过无数遍，这将是你我一生中最重要的一个夜晚，咱们一定要留下最美好的回忆。"

面对眼前活色生香的舒志红，裴庆华早已把许久以来的纠结抛诸脑后，他就势将舒志红揽到怀里，一边亲她一边放倒。没承想舒志红一把推开他，一惊一乍地说："错了！你不应该在这边，男左女右，还记得吗？你应该在左边。"

裴庆华悻悻地从舒志红身上翻过去挪到床的左侧，舒志红很满意地说："这样感觉才对，我头歪向左边，正好对着你的脸。"裴庆华不耐烦地伸手去解她的睡衣扣子，她立刻像导演似的喊停："先别脱，我的设计不是这样的，你应该先隔着衣服爱抚我，实在不行，可以把手伸进去……"

这样折腾几次裴庆华不禁冒火，他停下动作瞪着舒志红粗重地喘气。舒志红笑了："你真像头牛。哎，你不是慢热的牛嘛，急什么？如此美好的过程怎能不慢慢体验？你知道吗，小时候吃冰棍我就是吃得最慢的，别的小孩儿都是几口就咬没了，我是一点点吮着吃，让它一点点化在我嘴里，今天我也要让你一点点化掉……"

裴庆华抗议道:"你这是成心磨人!我怎么可能慢慢来,除非我不正常!"

"那……你可以试着分散一下注意力,就不会一上来就那什么了……"

裴庆华没办法只得尝试琢磨别的,这一琢磨就立刻琢磨出问题,他猛地直起身叫道:"不好不好,这床不好。"舒志红一脸诧异,裴庆华又说:"你想啊,萧闯和谢航不知道在这张床上做过多少次……"

舒志红不由笑出声:"这有什么。如果咱俩的第一次真是在厦门那家酒店,酒店的床上更是不知道有多少人做过多少次呢。"

"不一样,那些都是什么人我完全不清楚,想象不出来所以无所谓,可一想到这床上他们俩曾经……不行不行。"

"那……换地方?去另一个房间?"

"不像话,人家关照我给我个容身之处,我头一晚就把人家的床都睡个遍,太不够意思了。"

"那……你就别想这个了,尽量想别的,比如……想我。"

裴庆华只得尝试想舒志红,这一想就立刻想出问题,他又绕回那个心结:"我怎么也想不通,你为什么一直不去看我?"

"庆华,你真不明白吗?"舒志红的眼眶一瞬间红了,"我不想看见那个样子的你,不想让你的那个样子一直刻在我脑海里,更不想让你在以后的日子不得不面对曾见过你那个样子的我。我一心希望这五年就像根本不曾存在过,至少在你和我的宇宙里没有这五年。就像一个没留下任何痕迹的噩梦或者一次长长的冬眠,一觉醒来你我就像刚分开一个周末,这中间什么都没发生。在我的记忆中只有1993年底之前的你和1998年底之后的你。这样一来,你面对我时也不必有丝毫的顾忌、介怀、尴尬或自卑,因为在我眼里只见过自由的你、自信的你、春风得意的你、一帆风顺的你、完美无瑕的你。"

裴庆华默不作声,舒志红心里发虚,她轻摇一下裴庆华的肩膀:"庆华,你别怨我了好吗?更别把我往坏处想,我对你的感情你应该清楚呀。"

"写信总可以吧?"裴庆华瓮声瓮气地质问。

"写信,你想让咱俩也像你和简英一样?你们俩写了多长时间的信,两年吧。你觉得咱俩靠写信能撑得过五年?而且一想到最先看我信的人不是你而是那帮管教,我真不知道究竟是写给你还是写给他们,这样的信还不如不写。"

裴庆华又沉默一阵才问:"你就不怕咱们这样分了? 五年不见面,音信皆无,这中间可能产生多少误会? 你不知道我在里面多想见你吗?"

"你不知道我在外面多想见你吗? 如果只有明白告诉对方,对方才能确定,这样的感情还叫感情吗? 我并非存心考验咱们之间的感情,但如果因此误会而分手,我认了!"

"你也太……感情用事了。"裴庆华的心结无法轻易解开。

舒志红头一歪,理直气壮地说:"感情上的事,当然就应该感情用事。"见裴庆华依旧闷闷的,她又撩拨道,"想了五年,这会儿我就在你眼前,想不想要我?"

裴庆华定定神,发现自己的身体竟无法进入状态,不禁懊恼:"咱俩太不合拍了,刚才我还没想好怎样面对你,你却进门就拉我上床;后来我正要冲锋陷阵,你却非要控制节奏。我真搞不懂,这种场合你怎么倒像个工科生,这么在乎工艺流程。这时候应该发挥你文科生的浪漫,明白吗? 浪漫!"

舒志红心领神会地嘿嘿一笑:"明白,你别急嘛,慢慢来,有的是时间,有一个晚上呢。我帮你,还记得我怎么吃冰棍吗? 我要让你一点点化掉……"

舒志红说到做到,在她多方尝试与不懈努力之下,裴庆华果然一点点化掉,最终化成一摊泥,再也凝结不成个形状。

裴庆华万分沮丧,双手捂在自己脑门上说道:"算了,睡吧。"

舒志红竭力掩饰自己的仓皇与失落,安慰道:"嗯,你今天太累了,而且都怪我搞得你状态不好，先睡吧，明天再说。"

说完舒志红起身去关灯，她的手刚碰到开关却听裴庆华喊道："别关灯!"舒志红吓一跳，回头诧异地望着裴庆华，裴庆华有些难为情地解释一句："我习惯开着灯睡觉。"随即背过身去。

舒志红明白了，想到裴庆华经历的那些夜晚顿时万分难过，她蹑手蹑脚走回来躺到床上，试探着搂住裴庆华，眼泪一滴滴流到他宽厚的脊背上。

裴庆华一如既往不到六点就醒了，他轻轻把舒志红的手臂挪开，转身端详还在酣睡中的舒志红，看了一会儿便忍不住探手过去捋一下舒志红的头发，然后在她身上恣意逡巡。有所感觉的舒志红先是下意识地蜷缩身体，逐渐醒转后又把身体彻底舒展开，依旧闭着眼睛，但裴庆华能看到她的长睫毛在微微颤动。又爱抚一阵，裴庆华忽然故意停住手，舒志红的眼睛旋即睁开，见裴庆华正似笑非笑看着她，便双手箍住裴庆华的脖子，低声说："等了你一晚上……"

"边睡边等？你睡得比我香多了。"裴庆华笑道。

"那是因为等累了。"舒志红说完就把裴庆华往自己身上拉，然后再次闭上眼睛，敞开身心准备接纳他。

这一回裴庆华终于有所建树，他从舒志红身上翻下来，心满意足长吁一口气。过一会儿不见动静，裴庆华这才扭头看舒志红，舒志红依旧仰面朝天躺着，眼睛望着天花板，忽然一滴泪水从眼角滚下来擦过耳垂落在枕巾上。裴庆华忙问："怎么了？不舒服？"

舒志红眼里闪着泪光笑道："没有。"

裴庆华紧张了："那是……失望？没想象中好？后悔了？"

"瞎说什么?! 当然不是。嗯——等了整整五年，终于等来了，可又觉得跟我预想的不太一样，本来以为会是既柔情似水、情意缠绵又轰轰烈烈、酣畅淋漓，整个过程充满仪式感。可刚才好像有点儿匆忙、有点儿草率……"

裴庆华黯然道:"就是嫌我太快了呗,你这当然是失望。"

舒志红忙侧过身子抚摸裴庆华的脸:"不是不是,这跟快慢没关系。就是觉得吧,原本给我自己的定位是导演兼女主角,结果导筒和戏份都被你抢了,我就沦为一件活体道具……"

"你的意思是应该你主动、我被动?"

"也不是,嗯——怎么说呢?就好像我是一个日记本,我把自己打开呈献给你,希望你能在第一页大书特书,可你却只是笔走龙蛇签了个名字。"

裴庆华气哼哼地嘟囔一句:"总之你就是不太满意。"

"我没有!"舒志红辩解道,"我只是在客观表述现实与理想之间的不同,满足于现实和追求理想并不矛盾。"

"就是吃着碗里的,看着锅里的意思呗。你是想把我这碗改造成锅还是另找一口?"

舒志红愣愣地望着裴庆华,忽然意识到问题在自己身上,而她的问题正是对裴庆华的问题视而不见,不得不承认一个不以她的意志为转移的事实——如今的裴庆华比五年前多了一份自卑。

舒志红凑过来枕在裴庆华胸口上,喃喃地说:"我保证既不改造你这碗也不另找别的锅。哼,你信不信,要不多久就轮到我担心你惦记别的锅了。"她凝神谛听裴庆华的心跳,竟从节奏与力道中听出几分心灰意懒,她抬眼瞟裴庆华,果然一副有气无力的样子,舒志红忙问,"你累了?再睡会儿吧。对了你怎么起这么早?"

"习惯了。"裴庆华淡淡地回应。

舒志红明白自己又问了不该问的,一吐舌头:"没关系,早睡早起身体好。不过很快我就能把你带坏,咱俩晚睡晚起、比翼双飞。哎,你今天什么计划?"

裴庆华内心一动,这还是五年来他头一次可以为自己制定计划,他闷头想了想才说:"其实我可以一连睡他三天三夜,但又觉得那样对不起自己。"

舒志红怂恿:"那你就放纵自己一回,睡个三天三夜。"

裴庆华问:"你怎么不去上班?点卯总得去吧?"

"不去,辞了,如今我和你一样是百分百的自由人。"

裴庆华惊愕地捧起舒志红的脸,严肃地问:"没开玩笑?你不在报社干了?"

舒志红大大咧咧地回答:"已经辞大半年了。"

"那你现在做什么?"

"这可不是三句两句能说清的。"

裴庆华的心思早已飞到外面的世界,满脸焦虑地说:"你都不甘心在报社耗着,我更不能浑浑噩噩,这辈子我还有几个五年?"

"不在这一天两天嘛,你先好好调整一下。"

"等不及,至少在接下来的五年我要一天当两天用,就这样都不一定撵得上。"

"你要撵谁?谭启章,还是谢航?"

裴庆华郑重地吐出两个字:"时代!"他说完就起身下床,一边找衣服一边说,"我先洗个澡,你再睡会儿。对了你有车是吧?待会儿吃完早饭你拉我出去办事。"

"去哪儿?办什么事?"

"去街道和派出所报到,请他们给我办落户。"

"好,本司机全程护送。"

本以为那几道手续很快就可以办好,孰料竟花掉大半个上午。其实手续本身并不需要多长时间,而是派出所与街道的人分别抓住裴庆华长篇训话。按说《罪犯出监鉴定表》以及《刑满释放人员通知书》已经提前送达这些安置机构,上面已经对裴庆华在服刑期间的表现做出详细总结和评价,但派出所与街道的办事人员仍不约而同要求裴庆华对过去五年做一番自述,然后便对其宣讲当前的形势和国家的安置政策。两套近乎雷同的程序总算走完,裴庆华终于回到车里,已经枯坐两个多小时的舒志红推己及人地问:"累坏了吧?肯定烦死了。"

"没有,"裴庆华一脸轻松,"这算什么,过去五年经历太多回了,起码这里允许我跷二郎腿。"

舒志红瞟一眼裴庆华,竟头一次发现他居然还有玩世不恭甚至油滑的一面,便笑道:"看来你真是被整皮了。说吧,接着去哪儿?"

"吃饭。"

"你想吃什么?"

"无所谓,我早习惯了人家给我吃什么我就吃什么。"

舒志红刚启动车子,裴庆华就问:"刚才没注意,这是什么车?"

"都市高尔夫,一汽大众的。哎,你打算什么时候学开车?"

"学开车?没打算。我有司机为什么还要自己学?"裴庆华说完有意冲舒志红一扬下巴,舒志红甜蜜地笑了。

车开了好一阵,裴庆华见越来越像郊外,不禁诧异:"你这是带我去吃饭?"

"对啊,你自己说的,给你吃什么你就吃什么,那我带你去哪儿吃你就去哪儿吃。"舒志红摇头晃脑地回答。

裴庆华苦笑着说:"我还以为你这是又把我往看守所送呢。"

舒志红的脸色一变,偷瞄裴庆华见他更像是在自嘲才略微放心,忙说:"咱们现在去香山饭店。"

裴庆华愈加诧异:"又不是没地方住,去饭店干吗?"

"拜托,顾名思义,饭店就是也能吃饭的地方。不过你倒提醒我了,明年秋天我要你带我住到香山饭店看红叶。"

"想得倒挺远……"

"我这叫近墨者黑,你不就最擅长想到 N 年以后嘛。"

快到香山公园东门,车往左拐上一条窄路,又往前开一段再左转便进到香山饭店的院子。下车后舒志红却不进去,而是挽着裴庆华向院外走。裴庆华定住脚步质疑道:"不是来吃饭吗?"

"你饿了?先走走再吃嘛,从这儿进香山公园不用买门票,不逛白不逛。"

虽然已是隆冬时节但难得赶上个好天,正午的阳光穿过松柏的枝丫投在小径上,空气清洌,令人心旷神怡。走着走着舒志红忽然说:"我今天真是太幸福了,发生了这么多的第一次,你第一次和我逛公园,你第一次坐我的车,第一次和我……"她忽然止住口,脸色泛起绯红。

裴庆华笑道:"听上去我这一天够累的。"

"辛苦你啦,我都心疼了,待会儿你多吃点儿。"

"对了,你现在到底做什么呢?"

"哈哈,不出我所料,我就猜你一直惦记这事呢,都等不及吃午饭的时候再问我。"舒志红抢到裴庆华前面,转身倒退着往山上走,直面着裴庆华问道,"你说,互联网将给新闻媒体带来哪些改变?"

裴庆华抓住舒志红的一只手以防她向后摔倒,随口说:"我又不了解你们新闻媒体,我怎么知道?"

"那你说,互联网将给整个社会、各行各业带来哪些改变?"

"所谓互联网,就是通过网络实现信息互联,最大的改变就在于信息提供与获取的方式。信息多了、快了、透明了,不再受时空局限,肯定会影响人的思想观念和行为方式,改变人与人之间的关系,也会改变很多行业的业态,可能有些新行当风生水起,有些老行当销声匿迹。"

"你说得太对了!哎,你真的是昨天刚出来?不像啊……"

裴庆华笑了:"我每天都看新闻联播。"

"喊!那你还声称不了解新闻媒体。新闻媒体是干什么的?就是提供信息的嘛。所以最先受到互联网冲击的就是我们这一行!给你讲个故事,我们报社可能是最早采用北大方正激光照排系统的,告别铅与火、迎接光与电嘛。当时我师傅,就是我们主任,他私下跟我嘀咕,说既然写稿编辑排版都在电脑上了,那又何必费钱费力把它印在纸上再费时间送到读者手里?直接想办法送到读者的电脑里不就行了?我当时就问,怎么送?他也想不出来,但他说早晚有办法送,找到办法的那一天就是我们报纸这行的末日。现在回想，真是越来越佩服我师傅，这办法就是互联网嘛！你猜他跟我讲这些是哪一年？1990年！"

裴庆华点头，沉吟道："你这位师傅确实有前瞻性。但我相信互联网对新闻媒体的冲击乃至颠覆肯定会有一个过程，这过程可能还挺漫长，所以你这么急于从报社跑出来，有点儿反应过度吧？"

"嘁！这就好像泰坦尼克号，哎对了，这电影你还没看过吧？今年最棒的大片！可惜已经下线了，我给你找碟咱们一起看。好比预见到泰坦尼克要撞冰山，总比等到船都斜了再逃命要好吧？"

"你别嘁呀嘁的了，转过身好好走路，往前是台阶了。"裴庆华把舒志红扳正，意味深长地说，"不过，最早预见到船要沉的人内心可能也最痛苦吧，还不如醉生梦死到最后一刻……"

"悲观！太悲观！他可以自己逃生呀，他也可以挽救这艘船呀，哪怕多挽救一些人也好嘛。我师傅痛不痛苦我不知道，但他至少挽救了我。"

"好吧，我现在知道你为什么离开报社了，不仅是因为压抑和无聊，更多是出于危机感。那你现在到底做什么？"

舒志红瞪圆眼睛大声说："你傻呀？这还用问，当然是做互联网啊！"

"做哪方面的互联网？或者说，用互联网做什么？"

舒志红忽然欲言又止，拉着裴庆华的手闷头往上走。裴庆华正待追问，留意到有七八个年轻人从后面撵上来，一路高谈阔论、满脸亢奋，他们与裴庆华两人并行了一小段路。舒志红故意放慢脚步，与那拨人的距离逐渐拉远，话音被树木阻断再也听不真切，她这才对裴庆华说："刚过去的那些人也是搞互联网的。"

"你听清他们说的了吗？搞哪方面的互联网？"

"没听清，七嘴八舌的，而且都是南方人，说话特别快。只听见提了好几遍'阿里巴巴'，还有'电子商务'。"

"阿里巴巴，那个快乐的青年？"裴庆华随口哼一句那首老掉牙的歌又问，"电子商务是什么？"

"嗯——怎么说呢，你以前卖电脑都是面对面谈生意，以后可以在网上谈生意，差不多就这意思吧。哦对，我还听见那个女孩说要回杭州。"

"电子商务……"裴庆华若有所思，但很快又想起之前的话题，问道，"你到底用互联网做什么？"

"你傻呀？当然是做互联网新媒体呀！"

裴庆华似懂非懂："具体是个什么样的东西？"

"做网站，我把新闻消息放到网页上，别人用浏览器访问我的网站，就看到我发的东西了嘛。怎么给你讲呢……网易知道吗？去年开始的；搜狐呢，做了大半年；新浪，你肯定更不知道了，才成立没几天……"见裴庆华不断摇头，舒志红叹口气，"唉，要是有一台能上网的电脑该多好，空对空，即便我这么好的口才也讲不清楚。"

裴庆华立刻站住："那咱们往回走吧，饭店里应该有能上网的电脑，你说呢？"说完就拉着舒志红往山下走。

赶回香山饭店时两人的额头都已冒出汗珠，裴庆华站在陌生的大堂四下张望，舒志红老到地说："去商务中心。"

到了商务中心舒志红问工作人员："小姐，你们这儿有电脑能上网吗？"服务员起身往桌上一指，舒志红又问："怎么收费？按流量还是按时间？"

服务员反问："请问您是要上网做什么？"

"嗯……浏览网页，再收下邮件。"

"哦，那就计时吧，每小时二十元。"

"这么贵？外面都十块。"舒志红诈道。

"贵吗？"服务员又反问，"请问你们是住店客人吗？"

"不住宿，吃饭。"舒志红给自己找台阶，"算了，二十就二十吧。麻烦你给连一下网。"

服务员走过来在电脑上打开一个小窗口，很快响起一串奇特的声响,裴庆华忙四下搜寻:"怎么回事？这什么声音？"

服务员与舒志红都一愣,舒志红说:"这是'猫'在拨号呀,不然怎么上网?"见裴庆华呆呆的她又解释,"就是 modem,调制解调器。你怎么会不懂这个？亏你还是搞电脑的,喏,看到没有,这台就是你们华研的电脑。"

裴庆华盯着显示器下端贴的华研电脑新标志,忽然发现自己竟想不起五年前的旧标志是何模样,心里很不是滋味儿,嘀咕道:"以前电脑不是都用网线和主机连接吗?"

"你说的那是局域网,拜托,咱们现在是要上互联网。"舒志红教训道。

服务员也帮腔:"局域网我们现在也有,我那台就连着饭店主机呢。你们这台是专门供客人拨号上网用的。"

说话间网已经连好,服务员把浏览器打开便走回去,舒志红坐下一边敲键盘一边说:"先上网易吧,其实我不用它看新闻,只用它的邮箱。哎对了,我先给你建一个电子邮箱吧。"

"昨天我已经嘱咐谢航,让她帮我建。"

舒志红立刻有些不悦:"我就纳闷了,你怎么什么都要找她,别人不行?"

"行,行！你们谁都可以当我师傅。"裴庆华讪笑。

舒志红的兴致已大受挫伤,有一搭无一搭地继续道:"这个是搜狐,我平时看得也不多……这个是新浪,刚搞不久,不过我觉得它最像是专业的新闻网站。"裴庆华好奇地俯身端详一张张网页,偶尔让舒志红点开某个版块或标题,正看得如饥似渴,舒志红却把鼠标往旁边一推,噘嘴道,"我饿了,我要去吃饭。"

裴庆华无奈只得请服务员来把网断开,然后掏钱结账,他平生第一次上网经历就此草草结束。

两人走进饭店一层的花坞坊餐厅,中午的就餐高峰已近尾声,坐下后任由舒志红点了三个菜,裴庆华便急不可耐地问:"所以你现在做的事情和网易、搜狐差不多？"

舒志红白裴庆华一眼："你以为我傻呀，跟他们走一条路还能有我的活路吗？我必须另辟蹊径。你刚才发现没，他们几家网站的路数都跟我师傅当年说的一样，就是把传统方式采写的新闻经由网站编辑加工出来，区别只在于原先印在纸上如今放在网上，只是个电子版，而我要的是给它来一个彻底颠覆——"裴庆华一愣，舒志红抬手向下一砍，杀气腾腾地说，"干掉编辑！干掉记者！"

裴庆华下意识地瞟一眼四周，还好相邻几桌已经空了，他半开玩笑地问："你对你的同行就这么恨之入骨？"

"你想哪儿去了？不是杀人，是杀死这些岗位、这些职业，我的目标就是要彻底颠覆新闻界的生态。你说，什么叫新闻？无非就是在某时某地发生了某件事，可以是一句话，也可以是一段话。即便再加上些深度报道，比如事情发生的全过程乃至前因后果，也谈不上多复杂多深奥吧，这些难道一般人写不出来，为什么非得由记者写出来再由编辑决定发不发？凭什么由记者和编辑垄断人们获取信息的渠道、裁定一个新闻有无价值、是否应该让人们知晓？任何一个当事人、旁观者甚至是道听途说的，都可以从他的角度把所见所闻写出来让别人知道，每个人都可以是记者也是编辑，每个人都既是新闻的浏览者也是新闻的参与者、记录者和传播者。"

裴庆华回味一番才说："其实你的意图是把记者与编辑短路掉，跳过这一中间环节，每个人都在看他人的新闻，同时也在为他人提供新闻，在这个生态圈中所有人都是平等的，没有管理者也没有仲裁员。"

"对，你管它叫生态圈，我管它叫社区。"

"社区？今天我真是听到不少新词儿。我在想，你们这行之所以叫媒体，就是因为你们在新闻与公众之间承担了媒介这一角色。既然将来任何人都可以把他看到听到的直接提供给感兴趣的人，那就不再需要这层媒介，也就是革了媒体的命。"

"对！具体来说，由谁来革媒体的命？新媒体！被革了命的媒体会变成什么？也是新媒体！怎么样,是不是特辩证?"

裴庆华不禁赞道:"这个名字好！新媒体仍然是一种媒体,但不再是传统意义上的媒体,未来每时每地的每个人都是新媒体完全平等的一分子。厉害呀你,这词儿是你想出来的?"

舒志红抿着嘴坚定地点头,但没撑多久自己先憋不住笑了:"哈哈,你也太抬举我了,这词儿已经说好些年了。"

"名词与概念固然重要,但更关键的还是具体怎么做。你现在做的就叫新媒体社区?"

"厉害呀你,总结得又快又准!"

"打住吧,咱俩就别互相吹捧了,吹得不用吃饭都饱了。说了半天,我还是想象不出你做的究竟是个什么样的东西。"

正好几道饭菜一齐上来,舒志红先把自己的米饭挖出半碗分给裴庆华,又每样菜给他夹一些,然后说:"要是你这么轻易就能想象出来,那我这创意也太没含金量了。先好好吃饭,回城后我给你演示。"

虽这么说,但没吃几口舒志红就转而问:"哎,你下一步打算怎么办?有可能回华研吗?"见裴庆华摇头她又追问,"没可能?"

裴庆华囫囵道:"无所谓有无可能,我根本没考虑过这条路。"

"好！那你考虑到别的公司试试吗?还做电脑这行?"

裴庆华仍然摇头:"不想再给别人打工。"

"这么说,你要自己干?"

"对。"裴庆华笑道,"今天在街道,人家都再三教育我要自主择业、自谋生计,这几年的切身体会告诉我,政府的话咱得听。"

舒志红不由心酸,低声说:"创业本来是挺辉煌的一件事,让你说得可怜兮兮,好像走投无路似的。"

裴庆华收起笑容:"本来就是走投无路。要真想干成一点儿事情,就得把其他的念想包括退路通通断掉,这一点谭启章就是个榜样。"

舒志红一撇嘴:"他?哼,他算什么榜样！害得你还不够惨?你知道吗,这几年我一句华研的好话都没说过,华研公关部跟我们报社打过好多次招呼,所以我想说他们坏话也说不成。你知道吗,这也是我想做新媒体的直接原因之一,不再有什么主编、总编有权毙你的稿子,没有人能让新闻不见天日!"

"说得我越发好奇你的新媒体社区什么样……"

"哎,你要是真有兴趣,想不想跟我干?"

裴庆华认真地说:"我觉得咱们不应该做同事,事业与感情牵扯在一起不好。"

"我就那么一说,早猜到你不愿意跟我搭伴创业。其实我真希望你能帮我,你就是我的精神支柱。"

"得了吧,你帮我还差不多,今天你已经给我上好几堂课了。"

"哎说真的,如果你真决心创业,我倒建议你认真考虑一下互联网这个方向。"

"愿闻其详。"

舒志红干脆把筷子撂下,把碗往旁边一推:"我觉得吧,选择互联网这一领域有两大理由。第一,因为它新,像网景和雅虎都才成立四五年,微软推出浏览器也才三年,这些可都是先驱;再看看国内搞互联网的顶多一两年历史,你即使现在开始都算得上是先行者……"

裴庆华插话道:"你刚才提的头两家公司我根本没听说过,怎么感觉好像我前脚一进去,互联网这东西后脚便冒出来了……"

"巧合,纯属巧合。但我可以保证你没耽误多少。前几年他们为你铺路,如今你一出来正好大显身手。"

"你说它新,这我认同,但新东西的风险也大。先驱一般都会成为先烈,铺路的往往会成为垫脚石,被人家踏过去。"

"那又何妨?好比我想搞新媒体革命,十有八九得牺牲,可这有什么不好?我只希望后来者从我身上踏过去时能念叨一句,这个叫舒志红的当初看得真远……"

裴庆华被这番话深深感动,他没想到舒志红娇小的身躯里竟藏有一种悲壮,沉默片刻他转而问:"第二呢?"

"第二,因为它门槛低,大家都草创不久,即便像雅虎这样的老大前年才赚了几万美元,远远够不上垄断巨头,所以新人有的是机会。搞互联网需要的钱不多,一台电脑一根网线就可以起步,技术也是新的,现学都来得及,所以不用担心玩儿不起。总之,非常适合你投身进去。"

裴庆华苦笑:"门槛再低,初期投入也是必需的,总得找些钱来。"

"细账等回去我慢慢算给你看,我先结账。"舒志红抬头叫道,"服务员,买单!"见裴庆华从兜里掏出瘪瘪的钱包她立刻说,"你不用管,这顿饭我结。"

裴庆华一愣:"咱们当初不是做过约定吗,吃饭之类的都是我掏钱,你忘了?"

舒志红大剌剌地一摆手:"当初是当初,现在是现在,如今你不是没钱嘛。"

裴庆华脖子一梗:"没钱可以挣钱,再说一顿饭我还掏得起。"

舒志红也开始较真:"喂,谢航又送你笔记本又送你手机,你不是也都收了?怎么我请你一顿饭你就这么不领情!"

"你跟她是一回事吗?你我之间存在领情一说吗?当初明明说好而且是你提出来的,既然约定这些账都由我结,现在为什么要变?"

舒志红见裴庆华脸色铁青立刻有些发怵,正好服务员拿来账单她便缄口不语。裴庆华板着脸结完账,看着桌上的饭菜琢磨是否打包。舒志红忍不住想缓和一下气氛,低声说:"现在和以前不一样了嘛。"

不料裴庆华竟阴森森地问:"哪里不一样?谁不一样了?是我不一样还是你不一样?"

舒志红颤声说:"我哪有什么不一样,我是考虑你嘛。当初你正往上走、春风得意,我那个提议是想显得你我不分彼此,好让咱俩的关系更进一步。眼下你刚出来,什么时候能挣钱还不知道,创业更是个先花钱的事,我就想尽可能替你分担,让你少花点钱嘛。"

"看来你还是把彼此分得很清嘛。"裴庆华眯起眼睛冷冷地说,"昨天晚上你亲口对我解释,在你心目中你我就像刚分开一个周末,这中间什么都没发生,你我也都没有任何改变,这和你刚才说的未免有些矛盾吧?"

舒志红嗫嚅道:"那个是理想状态嘛,现实当然不可能完全尽如人意。"

"你也知道理想与现实大不相同?"裴庆华彻底怒了,"过去的五年你一直用你的主观意愿把自己包在壳里,逃避现实更逃避我,在我最需要你的时候不肯与我共同面对现实。你以为人生真是一出戏任由你自导自演?如果你真这么以为就拜托你演得投入些,刚才就应该像五年前一样心安理得等我买单!"

舒志红的心陡然一沉,原来裴庆华念念不忘的仍旧是那个心结,他依然无法接受更谈不上原谅,他能做到的只是暂时隐忍,就像在心田里埋下一颗地雷,在上面精心盖上土甚至装点一些花草。而舒志红就像一个天真无邪的小姑娘在这片田野上无所顾忌地欢蹦乱跳,却不知随时随地可能踩响地雷。这个念头令她恐惧也让她忧虑,恐惧的是自己早晚被这地雷炸得体无完肤、魂飞魄散,忧虑的是裴庆华那颗心能否承受在心底炸开的雷所带来的伤痛,这样的伤痛他又能承受几回……

三

要让世界因我而有所不同

　　小戚的公司地处圆明园北面,离北京体育大学不远,在一座简易写字楼的四层。裴庆华是站在并不宽敞的大堂浏览水牌时才知道小戚的公司名叫北京软旗信息技术有限公司,他估摸小戚这是有志成为软件业一面旗帜的意思,又猜测小戚可能也想把自己的姓嵌于其中,但"软气"实在不雅,便取了个好听好看的字眼。

　　乘电梯到四层,迎面便是软旗公司的门脸。前台一个电话进去小戚便大步从里面奔出,拉住裴庆华的手热情地说:"怎么样这地方好找不?"

　　裴庆华点头:"你这实力相当了得啊,占了整整一层。"

　　在前面领路的小戚回过头说:"这座小楼一层也就三百多平方米,还是建筑面积,而且我这是四层,谁都知道'四'同'死',没人愿意租,所以便宜。"

　　穿过拥挤杂乱的办公区到了小戚的办公室,裴庆华站在门口发现小戚的房间竟比外间更拥挤更杂乱。小戚把裴庆华让进去,很惭愧地说:"我这地方实在不像样,反正我几乎不在公司见客,都是约在外面,工程师加夜班的时候还经常进来睡觉。你先坐一会儿,等一下我带你在公司各处视察视察。"

裴庆华在唯一没堆东西的椅子上坐下,前台跟进来奉上一杯茶,裴庆华接下却发现无处置放只好端在手上,被挺热的茶杯烫得轮番倒手,深切体会到什么叫烫手的山芋。他没话找话问道:"公司现在多少人了?"

"一百多,这还只是全职的,不算兼职以及勤工俭学的学生。"

"你的摊子规模不小啊,一年大概能接多少个项目?"

小戚并不正面回答,转而说:"庆华,我现在算是明白项目型公司的难处了。项目一来人手永远不够,只得忙着招人;项目一完立刻都成吃闲饭的,坐吃山空啊。可请神容易送神难,要不我也不会招这么多兼职的,白白把他们培养成熟手,掉头就去别家了。庆华,我已经在考虑转型,'千年虫'再抓个一年半载也没的抓了,得尽快开发个产品出来,还是产品型公司能持续做下去。"

裴庆华嘴贴着杯沿不住地吹气,像是把漂浮的茶叶撑开,其实是要把水吹凉。他看似漫不经心地说:"给你个建议,你有空可以琢磨琢磨。抓'千年虫'、承接各种客户化开发和维护,都属于不同形式的服务。你可以尝试把服务做成模块化的产品,这样既可以实现可复制性,还可以降低对人手的依赖,就不会做得这么累。"

小戚张着嘴怔了半天,忽然一拍大腿:"庆华,你这是一语点醒梦中人啊!开窍了,有你这一句我就开窍了。"

裴庆华接着娓娓道来:"产品型公司也有难处,主要是如何改变一锤子买卖的宿命,产品卖完装好款也收了,就此和客户不相往来,新的收入只能指望由新客户带来,这也很累,何谈可持续增长?所以他们的方向应该是把产品服务化,产品型与项目型的业务模式应该会逐渐融合。"

小戚啧啧称赞:"庆华,要不是我亲眼去看过你两次,我真得怀疑你哪是去蹲班房啊,你简直是去读了个 EMBA!"

裴庆华淡淡一笑:"你是当局者迷,成天从早忙到晚;我正相反,手上干的都是不用动脑子的活儿,这脑袋闲着不用就得生锈,还不如琢磨这些。"

小戚伸出三根指头做手势:"三次了,这是你第三次在重大关键问题上帮我,你说我该怎么感谢你才好……"裴庆华刚想抓住机会引出话题,不料小戚看眼表立刻站起身说,"走,我带你在公司转一圈,要不然他们该等急了。"

裴庆华一边跟上一边纳闷:他们是谁?何来等急了?软旗公司其实没什么可参观的,一张张桌子、一排排柜子,除了满桌子的电脑便是满柜子的文件夹。小戚不时指点,这片是做软件分析的、这片是做质量保障的、这一片都是项目经理。裴庆华忽然意识到一个问题,各个区域都是只见座位不见人,难不成小戚因为自己要来干脆唱了出空城计?

谜底很快揭晓,走到会议室门外小戚扭头说:"今天难得你来,我得好好抓住这个宝贵机会,请你给我们公司的员工讲几句。人不齐,出差的不少,还有些在北京的客户现场,但在家的都到了。我要让他们领略一下我老领导的风采,让他们见识见识什么叫前辈!"

裴庆华正一脸错愕,小戚已经把门推开,猝不及防的裴庆华被眼前的阵势惊得目瞪口呆:满屋子的人,所有眼睛正齐刷刷盯向门口,轰然一声全体起立,齐声呼道:"戚总好!"

小戚笑容可掬地挥下手:"今天有客人,你们不该来这套。我给大家介绍一下,这位是我当年的老领导、引路人,曾经是华研集团最年轻的创业元勋,在咱们国家的电脑产业那是风云一时,他就是鼎鼎大名的裴庆华先生。今天我请他来和大家做个交流,你们不要拘束,要珍惜这个难得的机会,好好领会裴前辈高屋建瓴的观点,从中受到启发、找到方向。好,大家欢迎!"

裴庆华的脑袋嗡嗡作响,他决然没料到小戚会搞这手突然袭击,而面对小戚的殷勤与众人的殷切他又不便发作,只得强打精神端起不自然的笑脸,往中间位置挪了挪,开言道:"我一点儿准备都没有,今天原本只是来找戚总叙叙旧,谁知会被他赶鸭子上架。我跟你们戚总相识至今已经快九年了,最初在同一间研究所同一间研究室,后来一起加入华研公司,最近这几年各忙各的,接触少了,所以我今天来看看他,向他学习创业成功的经验。我实在没什么好讲的,对软件我不懂行,你们才是行家里手,我可不敢班门弄斧。要不戚总你们看这样好不好,大家有什么感兴趣的问题不妨先提出来,咱们共同探讨,怎么样?"

室内一片沉寂,裴庆华借机扫一眼面前的几十张脸孔,如他所料没有认识的。记得小戚最初就对他提过不打算带华研的同事到新公司,他的理由是隔行如隔山,软件公司用不着硬件公司的人。裴庆华明白小戚是想从零开始打造一支戚家军,确保公司上下只认得如今的戚总而无人见过当年的小戚。

小戚打破冷场说:"这样也好,咱们自由交流,大家有什么想了解的、想求教的尽管提。今天机会难得,我已经把师傅领进门,修行就靠你们个人了。"

室内再次陷入沉寂,又如裴庆华所料,满屋子人虽多但碍于外人在场反而没谁愿意抛头露面,自己把球踢回去必然无人肯接,这种尴尬局面持续不了多久便只有草草收场。他正自鸣得意,人丛中忽然传出一个声音:"请问裴总,您现在主要从事哪个领域?"

裴庆华一惊,故作坦然地答道:"我眼下正处于转折期,打算盘点一下过去再考虑未来的发展方向。我只能笼统地说一句,应该会是与互联网有关的领域。"

又一个声音响起:"您过去几年主要做什么? 能跟我们分享一下吗?"

此刻裴庆华已经知道自己大错特错,眼前的这群年轻人与五六年前他所率领的那批人迥然不同,当时他的部下鲜有晚于1970年出生的,而现在这些多是七〇后甚至七五后,他忽然意识到这是与自己、小戚、萧闯和谢航都不同的一代人。五年倥偬,新一代人已经步入职场,而自认年轻的他与他们之间竟然有了一条代沟。

裴庆华懊悔自己不该把主导权轻易丢弃，不然话题也不会如此迅速失控，他正苦于不知如何作答，小戚抬手往人丛中一指，解围道："你小子好奇心倒挺重，裴总做过什么还要向你汇报？那是人家的商业机密，我都不打听。你们应该多请教裴总对于未来趋势的看法，裴总可是有很多真货的哟……"

勉强支应了半个小时，裴庆华狼狈地跟着小戚回到办公室，身心俱疲的他往椅子上一坐，忽然冒出一个念头——小戚这是蓄意给他来场下马威吧。以小戚的聪明猜出他的来意并不奇怪，但布置下这个局未免太工于心计，看来小戚不可小觑。裴庆华不客气地埋怨道："你这样做可有点儿不够意思，事先不打招呼也不征求我同意，不会是有意给我难堪吧？"

"怎么会？你这可冤枉死我了。"小戚恨不能掏心掏肺以证清白，"我是出于对你的崇拜，想请你点拨一下这帮小家伙。当然坦白讲我还有个私心，就是在他们面前显摆我和你这样的高人关系不一般。而且哪里有难堪？刚才效果很好嘛，你没留意结束时他们看你的眼神？一个个佩服得五体投地，搞得我都有些嫉妒你了。"

裴庆华不想再耗工夫，直截了当地说："我估计你应该知道我来找你的目的。当初开办这家公司我投了十万块钱，现在我决定把股本撤出来，请你做个评估，我的股份现在价值多少，然后以现金形式给我，我的股份给你。"

小戚夸张地瞪大双眼，一副难以置信的表情，半天才说："庆华，你这样想就见外了，这公司都是你的，还用得着撤股？你整个拿去，当法人兼董事长，我给你当经理，上次我就是这么提议的嘛。"

裴庆华已经看透小戚这种故作慷慨、实则以退为进的策略。你向他要的是"1"，他偏说"1"算什么，要给我就给你"100"！因为他料定你不会接受这个"100"，你只想要"1"，结果却是你连"1"都得不到。裴庆华微微一笑："我再说一遍，你的这番好意我心领了，但我对这家公司没兴趣,你不用这么盛情非要给我不可,我只想把我当初投的钱连本带利拿回来。"

小戚盯了裴庆华好一阵才问:"你跟我交个实底,这么着急用钱是想做什么?"

裴庆华笑道:"你的好奇心比刚才那个小家伙还厉害。"

"你刚出来,如今这社会可比五年前复杂得多,坏人只见多没见少,我担心你一时看走眼,被什么人给忽悠了。"

"我再次谢谢你的好意,多虑了。我想自己做点儿事情,前期投入肯定需要钱,所以我只能来找你。"

"创业是吧?好事啊!这我绝对得竭尽全力支持!庆华,创业这事我算是干过一回,你得相信我,前期就需要三样东西,一是地方,二是设备,三是人。"小戚豪爽地一拍他那单薄的小胸脯,"我今天明确表个态,三样都包在我身上。我这地方乱是乱但位置不错,南倚中关村北靠上地,你来了正好方便我随时向你讨教。你大概需要多大面积?我给你腾出来,桌椅都现成;设备更简单,就连电脑打印机复印机,你都不用买,就用我这里的;至于人嘛,行政财务你尽管使唤,程序员你随意调配,除非……除非你想做的是通信领域,这方面我的人恐怕不行。哎庆华,你到底想做哪方面?"

裴庆华有些不耐烦:"我在跟你说股本的事,你怎么越扯越远?我没打算跟你挤在一个屋檐下,也不打算占你人财物的便宜,当初我投的是现金,如今我也只想要现金。"

小戚立刻打起哭腔:"问题是我眼下没有现金啊……应收款倒是有不少,合同签了,活也干了,客户就是不肯验收不肯结款。你看这阵子把我给急的,牙床都肿了,喏,你看……"说着就把脸凑过来张开大嘴。

裴庆华原先只预计双方会在金额上有所分歧,没料到问题竟然不在钱的多少而是有无,他不禁越发急躁,沉下脸说:"我先问下你的想法,你觉得公司现在的估值大概多少?相应我的股份现在价值是多少?

咱们先把这事搞清楚,然后再商量怎么把钱给我。"

小戚再次表现出非常大气的样子:"这事你说了算,你认为你那部分现在值多少钱?你说多少就是多少,我绝对不持异议。"

裴庆华竟被气乐了:"你这样咱们就没法谈了,怎么可能我单方面说了算?你说得倒是爽快,实际上是没有诚意。"

"诚意我有,问题是我没有钱。这公司估值多少我说了不算,得找评估公司。你的股份现在值多少,咱们达成一致还是白搭,我拿不出现金收购你的股份。我已经把身家全放进公司周转了,马上就是月底又是年底,员工的工资和奖金还不知道上哪儿筹措呢。"

裴庆华想了想:"如果你本人暂时拿不出钱收购我的股份,我可以先不要求撤股。但作为股东我有权要求公司分红吧?这几年公司的利润应该拿一部分作为红利给股东回报吧?"

"有权!应该!但问题还是落到一个钱字。如果我求爷爷告奶奶讨回来的钱给你分红,我拿什么给员工开支?刚才那些小家伙你都见到了,如果他们问我辛苦一年怎么丁点儿奖金都没有,我怎么回答?如果我说他们的奖金被你拿去分红了,他们会怎么看你?"

裴庆华已经明白小戚是拿定主意一毛不拔,便不再顾及脸面问道:"这么大个公司,业务忙得不可开交,居然现金流会枯竭?作为股东我有权利查账吧?我想看一看你们最新的财务报表。"

"没问题,必须的。"小戚说完就冲外面大喊,"赵姐,麻烦你进来一下!"

一位中年妇女应声而至,小戚介绍道:"这是咱们公司的会计,以前在央企干了二十多年,经验非常丰富,关键是稳重可靠。"他转而吩咐道,"赵姐,麻烦你把近三个月的现金账拿来。"

"算了,不必麻烦。"裴庆华颓唐地挥挥手。他已经不得不暗地承认,对于此次交锋小戚所做的准备远比他充分得多,既包括刚才令他颜面扫地的员工见面会,更包括早已精心炮制好的现金账,在他踏进软旗公司大门的那一刻结局就已经注定,等待他的唯有铩羽而归。

被小戚恭送到楼外的裴庆华掏出手机拨萧闯的号码。小戚曾表示要派车送他，张罗着问秘书司机在哪儿，秘书说司机开桑塔纳去大修了，她担心这回未必还能修好。小戚困窘地冲裴庆华肩一耸手一摊，说本想实在不行把车卖了凑点钱，看来这条路也没戏了。裴庆华只淡淡地说自己有车接。

这场会面拖得比预想的久，裴庆华还担心萧闯肯定早已等得不耐烦，打通电话才得知他并不在附近。萧闯开着大欧宝赶来见到裴庆华先解释："我看你进去半天不出来就到周围兜一圈，这一兜就越兜越远了。"

裴庆华以为萧闯会直接送自己回魏公村，见他奔北开便问："你还有事要办？"

"我没事，今天专门陪你。"

裴庆华更加诧异："回魏公村不是应该往南吗？"

"急着回去干吗，有人在家等你？我带你好好逛逛，这一片我也有日子没来了，刚才这一兜吓我一跳，变化实在太大了。"

车沿信息路北行没多远裴庆华就说："这是上地吧？"

"哟，行啊。"萧闯惊奇道，"这么快就认出来了？"

裴庆华抬手一指："那么大字写着呢，拱门上是'上地欢迎您'，柱子上是'上地信息产业基地'，你以为我瞎啊？"

萧闯扭头瞭一眼裴庆华："你以前就知道？来过上地？"

"当然了，搞电脑的怎么会不知道上地。我和谭启章来看过不止一次，当时想把生产基地搬过来，联想最先进驻的，比我们早不少。"

萧闯嘀咕道："你进去之前上地就已经在开发了？我那时怎么一点儿印象都没有，还以为是这两年新冒出来的。"

"你说的也不能算错，路两边这些楼我一个都没见过，应该全是这三五年盖的吧……这是实创集团的楼，他们主管上地开发；那是彩虹集团的，这个楼是用友，再往前左边是方正，右边是联想……"

一路边开边聊，萧闯忽然发现裴庆华没了动静，再次扭头瞟一眼，见裴庆华正出神地盯着前方。萧闯转眼一看，一座气势恢宏的大厦楼顶醒目地挂着四个大字——华研集团。萧闯心里还在犹豫究竟是该安慰裴庆华几句还是最好装没看见，可嘴里却冒出这么一句："你要是没进去，这楼里应该有你一间豁大豁大的办公室吧？"

裴庆华冷眼看着华研大厦从旁边掠过，淡淡地说："任何看似属于你的东西，人家随时都可以拿走，岂止一间办公室……"

车内的气氛顿时变得与车外的天空一样阴郁，两人都默默地注视前方。萧闯漫无目的拐了几个弯，忽然高声叫道："亚苏！亚苏也搬上地来了！"

斜前方矗立着一座很气派的白色建筑物，顶上红彤彤赫然两个大字——亚苏，裴庆华一时没对上号："亚苏？做什么的？"

"连亚苏你都忘啦？不会吧……我当初给他们设计过宣传语，还中选了，做空气清新器、加湿器什么的。"

"哦，我想起来了，那句话怎么说的来着？……'谁不爱亚苏？人人 buy 亚苏'，对吧？他们给了你一千块，那好像是你挣的第一笔钱。"裴庆华来了兴致，"哎，那个宣传语他们到底用没用？"

"我说老裴，这都过去多少年了，您老到今天才想起来问，晚点儿吧……"

裴庆华讪讪地说："当时我光顾着瞎忙，确实对你关心不够。"

"没用我的，三个获奖方案里他们最终选了最一般的那个，"萧闯一撇嘴，"估计因为我方案里面有英文，老百姓一时难以接受。"

裴庆华忽然记起谢航好几年前在广州对他讲的话，谢航当时就看出萧闯方案中的问题，所以最终的落选早已在她意料之中。落选的事萧闯不会说，而谢航更不会问，自然再也没人提及亚苏，难怪他忘得一干二净。这么想着裴庆华不觉脱口而出："谢航这脑子，真厉害！"

萧闯一怔，随即不满道："跟谢航的脑子有什么关系？那是我想出来的！"裴庆华正后悔失言连忙点头称是，萧闯不再深究而是感叹道：

"鲁总真有两下子,当年就是四季青的一间破仓库,如今做到这么大,不服不行啊……"

"是啊,真是一转眼平地起高楼,速度太快了。"

"类似亚苏这样的近些年起来不少家,都是面向成千上万的家庭提供消费品。像电子产品还有四川长虹、广东美的、北京联想,对了还有你们华研,另一大块是食品饮料保健药品,更是发了大财。你想嘛,好几亿人兜里有了些钱,这也需要那也动心,这里面有多大的市场、多少个机会?"

裴庆华揶揄道:"看起来你虽然没像我一样进去,但也照样错过了不少。"

"唉,确实如此,炒股虽然也能赚不少钱,但总感觉缺点儿什么。"萧闯叹口气之后自问自答,"缺什么呢?成就感。人生在世总应该留下点儿什么,起码有我没我应该不一样,要让世界因为我而有所不同。"

裴庆华转过脸看萧闯,故作惊讶:"我今天才发现,你居然还有些责任感。"

"那只能说明你以前眼瞎了,十年前你刚认识我的时候我就这样!"萧闯忽地神色黯然,"要不然后来也不会栽那么大跟头。你在里面不知道,今年初派出所才把我从黑名单里择出来。我这种情怀从来没变过,变的只是实现它的方式。"

七兜八转搞得萧闯已经辨不清东南西北,他把车靠在路边,仰头寻找太阳想确定方位,偏偏赶上个阴天,只得向路人打听。总算绕回信息路萧闯才松口气,坏笑着问:"床没坏吧?"裴庆华一脸懵懂,萧闯又道,"你跟舒志红这两天肯定没少在我那床上折腾。她我说不好,你肯定是憋了五年,这一见面干柴烈火的,即便她受得了,床恐怕受不了吧。"

裴庆华这才明白萧闯所指,敷衍道:"你可真够操心的,有这工夫多惦记点儿国家大事。"

"你的事在我这儿从来都是大事。哎,老实交代,你们俩怎么样?"

裴庆华沉默片刻,以他的性格向来不愿与他人谈及感情与私生活,但此刻他发现自己潜意识里很希望有个倾诉的对象,便说:"好像两个人都有些找不到感觉。"

　　"对什么找不到感觉?是对那方面还是对人?"萧闯不等裴庆华回答就皱起眉头关切地说,"兄弟,如果那方面你俩不和谐,问题可就大了,那方面不好其他的都好不了。"

　　裴庆华不置可否,顺着自己的思路说:"当初我和她之所以相互吸引,是因为我们俩有诸多的不同之处,看对方都有很多好奇,而好奇带来的便是刺激。本来以为彼此互补是一种很理想的状态,但现在感觉两个人的差异似乎有点儿大,她的一些思维我不太能理解。"

　　"老裴,我劝你一句,跟女人在一起千万别扯什么思维和逻辑。"

　　"但不扯不行啊,至今我无论如何也无法理解,她一次都没去看过我,整整五年啊,不是五天!"

　　"你没问她,她怎么跟你解释的?"

　　"她有一整套思维和逻辑,而且振振有词倒好像是我的问题,是我不理解她,好像她不去看我是为我们俩好。"

　　萧闯深有体会地说:"可能她就是对的。反正以我跟谢航相处的经验教训来看,谢航永远是对的,如果真有一天她承认自己错了,那也是错就错在跟我在一起。"

　　"问题在于我也愿意相信舒志红是对的,我巴不得把这一页翻过去,彻底放下,但我总是说服不了自己。"

　　"你呀,心太重。那她呢,她对你有什么不满意的?除了性能力不行之外。"

　　"扯淡!"裴庆华气鼓鼓地骂一句才回答,"舒志红太理想化。她对我、对两个人在一起有太多的设计和憧憬,搞得我无所适从。"

　　萧闯歪头想了想依旧似懂非懂,只好说:"这我就无从体会了,谢航对我倒是简单得很,只有一个要求。"

　　裴庆华立刻问:"对了,我怎么感觉你们俩之间有点儿不对劲?接我那天就看出来了,出什么事了?"

"嗐,没什么,她那是小题大做。谢航哪儿都好,就是有点儿……洁癖。"

裴庆华不禁笑了:"不会吧? 你浑身的臭毛病,谢航要是有洁癖怎么可能跟你好到现在? 我一直以为她最喜欢你这些毛病呢。"

萧闯一边叹气一边摇头:"没事的时候我有再多毛病也不是毛病,出了事以后我这个人就是毛病。"

裴庆华感到问题确实严重,追问:"到底出什么事了?"

萧闯有些凄然地再次摇头,不肯继续往下说。正好车开到北大东门外,他犹豫要不要右转带裴庆华一起去北大南门那一带看看,思虑过后决定作罢,目前还是先不让裴庆华参与为好,便径直向南把裴庆华送回魏公村。

车到楼下,萧闯摇下车窗对准备进楼的裴庆华说:"我就不上去了,晚上你打车去谢航家吧,我得去 IEM 接谢航。"

裴庆华挥手说没问题。

萧闯自嘲道:"我得抓紧机会好好在谢航面前表现。对了,待会儿我把她家地址发短信给你。"

裴庆华立刻回过头:"短信是什么?"

萧闯笑着拿起手机晃晃:"看来舒志红还没给你发过短信,你们俩一直面对面、嘴对嘴交流吧? 把手机开着,你的第一条处女短信将来自于我。"

裴庆华到时,谢航刚被萧闯接回家没多久。谢航一边在桌上把一摞餐盒打开将饭菜倒在碗碟里,一边解释:"抱歉啊老裴,路上在餐馆点了几个菜带回来,我到现在还是不会做菜,只好拿这些糊弄你了。"见裴庆华要上手帮忙她立刻制止,扭头说,"萧闯,你带老裴先参观一下,他第一次来。"

萧闯应付差事地带裴庆华到各个房间草草看过,裴庆华不住啧啧称羡,最后站在窗前向西眺望,问道:"那一片是亚运村?真漂亮。"

谢航走过来说:"西边好像要盖几座楼,等盖起来估计就没这么好的视野了。"

萧闯说:"那也不要紧,你这么高的楼层视线不会被遮挡。"

"但愿吧。"谢航忽又接一句,"也许没等它们盖好我已经把这房子卖了。"

裴庆华与萧闯都一愣,萧闯随即解释:"谢航总念叨罗马花园这房子买亏了。"

谢航也顺着说:"是啊,都是被我们公司同事忽悠的,还花了不少美元。萧闯也凑热闹买了一套,但至少他爸妈住着感觉挺好,我一个人没必要住这么大房子。"

"你爸妈没说过来住?"裴庆华话已出口又觉得不妥,萧闯想必不愿意谢航把她爸妈接来,那样他俩便没法享受二人世界了。

"我提过好几次,可我爸妈不乐意,说跟我的观念和习惯差别太大,过不到一块儿,干脆眼不见为净。"谢航两手一摊,"结果空着大半个房子没用。从去年开始金融危机闹得这么凶,先是泰国再是韩国,今年夏天是香港,搞得人心惶惶,这房子价格跌了不少呢。"

这一切在裴庆华听来十分陌生,与他的世界相距甚远,不知该说什么只得呆立着。谢航忙招呼吃饭,取来一瓶葡萄酒让萧闯打开,又拿来三个杯子说:"能喝多少喝多少。老裴晚上就别回魏公村了,萧闯喝了酒不能送你,你也不用打车,就在这儿住一宿,三个房间呢。"

萧闯附和道:"就是,以前咱们仨在一室一厅还住过好多回呢。"

谢航瞥一眼萧闯,没说话。

本以为少了小戚只有他们三个这顿饭能吃得轻松愉快,结果却比上次更为沉闷无趣。裴庆华因为搞不清谢航与萧闯究竟出了什么问题而不敢冒失,谢航总怕触碰裴庆华过往五年的痛楚而格外谨慎,萧闯鉴于自己在谢航面前动辄得咎更不敢造次。三个人都很热情而客气,但比当年多了几分拘束、少了很多率性。

席间话少吃得就快,酒还剩大半瓶饭菜已经打扫得差不多。谢航让他俩到沙发上坐着,裴庆华挽起袖子坚持要洗碗,谢航笑道:"不用,明天上午阿姨来打扫卫生,留给她洗。"

"阿姨?"裴庆华诧异地扭脸问萧闯,"是指……你妈妈?"

谢航与萧闯一阵大笑,谢航说:"我请的小时工。"

萧闯自然不会放过揶揄裴庆华的机会:"你这五年不会是在火星上蹲的吧?"

裴庆华有些不服气地说:"我只是没想到谢航这么年轻又是一个人住,能有多少活需要找个保姆。"

萧闯立刻挺身维护谢航:"老裴你懂什么,你知道谢航每天有多忙吗,请个人照顾她怎么啦? 又没让你花钱。"

谢航忙检讨说:"老裴批评得对,我虽然忙,但主要还是懒。"

裴庆华嗫嚅道:"不是批评,可能是我离你们俩现在的生活有点儿远吧,有些不太能理解。"

眼见五年的离别令裴庆华与他俩之间已然有了无法忽略的隔膜,谢航不免心酸,她默默端来几样小食放在茶几上,又往三个杯子里倒酒。这回萧闯很懂事地打破沉默:"老裴,已经过了几天,对下一步有什么想法?"

裴庆华情绪有些低落:"你们肯定也发现了,我现在要补的课太多,哪顾得上有什么想法,先争取不闹笑话就不错了。"

"这有什么,"谢航开解道,"如今社会变化越来越快,而我们每个人的生活圈子却越来越窄,经常遇到不了解、没见过的事情,谁都免不了闹笑话。你别往心里去,这都是小得不能再小的事,你以前可是专门考虑大事的哟。"

裴庆华说:"我想听听你们俩的建议。"

萧闯坏笑道:"难道舒志红没给你什么建议? 你们俩不会忙得聊几句正经事的工夫都腾不出吧……"

谢航白萧闯一眼说:"猥琐。"萧闯立刻不敢吱声了。谢航转而又说:"这两年变化确实挺大,我平时忙得晕头转向,两耳不闻身外事。倒是萧闯一直很关注各方面的动态,因为他炒股嘛,所以对宏观、微观都挺有见解,你不妨听萧闯讲讲。"

萧闯难得受到谢航如此肯定,立刻抖擞精神侃侃而谈:"依我看,今年和明年是个机遇期,而机会主要蕴藏于三个领域。头一个是房地产,今年夏天国家取消了机关单位搞了几十年的福利分房,这是个重大信号,今后谁也别盼着分房子,就是要逼老百姓去买房,让大家把存在银行里的钱都拿出来花,甚至鼓励向银行借钱。还有一个因素就是前几年开始搞的分税制,税收的大头都让中央拿去,地方上没钱,怎么办?有偿转让土地使用权,说白了就是卖地。所以今后若干年房地产一定会蓬勃发展,房价必然会持续上涨,因为房价如果不涨甚至下跌,开发商哪还敢花钱买地?老百姓怎么敢花钱买房?所以稳赚不赔甚至大赚特赚的一定是房市。老裴,别想歪啦,是房市,不是房事,嘿嘿……"

裴庆华对萧闯的调侃毫无反应,谢航皱眉头鄙夷道:"只有你整天往歪处想。"

萧闯讨个没趣,讪讪地接着说:"第二块就是股市。已经半死不活两年多,不少人的心都被拖死了,但行情应该就会在这种时候到来。我判断一个原因是央行很快会开启降息周期,这就是牛市的起点。而基本面就是我刚才说的房地产推动,首先地产股会大涨,其次是银行,因为买房就要办按揭,而住房按揭贷款是银行利润最高、风险最小的业务,所以银行股的业绩会持续向好。金融地产两大龙头发力,大盘怎么可能不涨?还有就是我下面要说的互联网概念,这是股市里从未有过的活水,充满想象力。主力和游资联手进场,业绩与概念交相辉映,我估计这轮行情不小,指数很可能翻倍!哎老裴,我把这么多真金白银的观点倾囊相赠,你不掏钱买,敬杯酒总可以吧?"

裴庆华有些不情愿地举起酒杯和萧闯碰一下:"说实话,我听完你这些'真金白银'的感受是,无论房子或股票都跟我这个缺乏真金白银的人关系不大……"

刚把半杯酒一饮而尽的萧闯把酒杯往茶几上一蹾:"没钱是吧?那就走第三条路,互联网!这绝对是一波大浪潮!你在电视上见过冲浪吧?一个人、一块板,人单势孤却可以站在风口浪尖,这就是互联网创业最生动的写照!"

正倒酒的谢航忽然笑道:"行啊萧闯,我还从来没见过你居然也有这么诗意的一面。你说的太虚了,能不能具体点儿?"

"具体的待会儿再说,我先做个结论。总之我的判断是,从1999年开始中国将迎来黄金十年,而恰好正赶上也是咱们人生的黄金十年,你们说这是不是咱们天大的福分和运气?必须抓住这十年机遇期,让咱们的财富和社会地位都大幅提升。下面的问题就是:房子、股票、互联网,做哪个?怎么做?"

裴庆华默不作声盯着手中的酒杯,谢航更是一副事不关己的样子,萧闯只得把疑问句改为设问句,自己答道:"好吧,我先抛玉引砖。最稳妥、最轻松的是搞房子,最刺激的是搞股票,最有成就感的是搞互联网。搞房子简单,如果你有一百万就足够交首付买几套房子,用租金付按揭,房子升值卖出再继续如法炮制,这样越滚越大;当然你也可以买房地产公司的股票,比如万科……"

谢航插一句:"那我宁愿买万科的房子也不买万科的股票,房子起码可以住可以租,毕竟有使用价值。"

"但房子的流动性远小于股票,要不怎么叫不动产?财富如果不能变现不能流动还有什么意思?其实就是另一种形式的沉没成本,属于失败的投资。跟你说这些也没用,你完全没有经济头脑。"见谢航不以为忤,反倒笑眯眯挺欣赏地看着自己,萧闯受此鼓励情绪越发激昂,"如果单纯为赚钱,我会房子、股票一起做,既买万科的房子也买万科的股票,甚至找几个人凑钱参股一家房地产公司直接操盘,其实不需要多少真金白银,都是借鸡生蛋玩儿杠杆,关键是得有关系。但是我不甘心,赚钱只是手段而不是目的……"

"那你的目的是什么?"谢航问。

萧闯胸脯一挺、脖子一梗："要让这个国家这个社会一天天好起来！"

谢航笑道："你这话估计只有我信，你问老裴他信吗？"

萧闯立马眼巴巴地望向裴庆华，裴庆华认真地说："我宁愿相信他，我始终认为我们俩是一样的人。"

一听这话，萧闯感动得无以言表，神情凝重地端起酒杯和裴庆华碰一下。裴庆华问："听你的意思，你有点儿想选第三个方向，互联网？"

"什么叫有点儿？什么叫想选？我是已经坚定不移地拿定主意要搞互联网！"

"你打算做哪方面？"

萧闯欲言又止，踌躇片刻才说："这个我还在考虑，毕竟以前接触不多，互联网你应该比我懂啊，好歹是做 IT 的。"

裴庆华想了想："我不打算掺和房地产或股市，并非因为不甘于只是赚钱，而是因为没钱，力所能及的只有互联网。舒志红教给我一个新词叫社区，我受到点儿启发。我以前做电脑每天最关心的就是，各家的整机和配件在各个市场上的价格，我作为卖家如此，买家更是如此，要花大量时间精力跑各个门店询价然后比较。如果能有一个网上社区，把这些信息分门别类都放上来并且随时更新，打算买电脑的人应该会感兴趣，卖电脑的也可以来随时调查别家行情。"

谢航打断道："我也是卖电脑的，我既想知道别家的价格又不想让别家知道我的价格，而且大家都这么想，因此谁也不会把自己的准确实时报价提供给你，你这些信息从哪儿来？"

"不用你们提供，我会招募信息员，在各处搜集报价信息传回给我，我放到网站上。"

"明白了，"谢航点头，"就像报纸上的商情一样。"

"对，但又不只是商情，它是个社区，所有对电脑这类商品有兴趣的人都可以在上面互动交流、答疑解惑。"

"唉——"谢航忽然发出一声长叹，"我真挺羡慕你们俩的，可以有那么多想法,可以做自己想做的事,发展空间不可限量。而我呢,上面已经是玻璃天花板,做什么、怎么做都被外企那一套限制死了。"

裴庆华苦笑着说:"你这外企金领羡慕我这走投无路的,我能说你有点儿矫情吗?"

"不是矫情,是真心话,我现在挺苦闷的。萧闯刚才说黄金十年,我认同今后是中国的黄金十年,但对于外企恐怕未必,我感觉外企在中国的黄金期即将结束,甚至已经结束了。"

萧闯没在意谢航的话,他盯着裴庆华问:"你这网站怎么挣钱?"

裴庆华挠头:"现在还没想出来,不过我相信只要大家觉得这个网站有用、对他们有价值,应该会乐意掏点儿钱吧。"

萧闯问:"做这样的网站要花多少钱?包括建网站和运营。"

"具体还没仔细算,应该不会太多吧。舒志红有个说法让我挺动心,她说做网站的好处是可以一步步来,有多少钱干多少事,门槛儿不太高。"

"但如果钱多,干的事也多,你进场时希望门槛儿越低越好,等你进去就希望有个高门槛儿把后来者挡在外面。老裴,你估计大概需要多少?这钱我出!"

谢航笑道:"原来萧闯你所谓的搞互联网就是你出钱、让老裴出力呀。"她转而对裴庆华说,"不过萧闯这提议你倒真可以考虑,多些资金肯定有助于把网站做得更好。他这几年在股市赚了不少钱,我都奇怪股市熊成这样很多人都赔得挺惨,他怎么居然还赚钱。"

"两个字——跟庄!"萧闯得意地炫耀说,"诀窍就是跟定庄家不松口,让他洗不掉、震不出。"

谢航好奇地问:"你真的不是靠打听内部消息?"

萧闯一撇嘴:"那些消息都是骗你赔钱的,我只靠数据。所有行为都会在数据上留下印记,庄家那么大的资金要经过长期布局,怎么可能不露出蛛丝马迹?我自己编程序统计分析各种量化指标,论资金量自然比不上那些大机构,但论专业的技术手段,我未必比他们差。"

半天没出声的裴庆华清一下嗓子，很郑重地说："关于这方面我有些想法，正好萧闯提出来，今天我就借这个机会跟你们谈一下。你俩目前的实力都比我强，只可能是我需要你们帮忙，所以这话由我来说最合适。我相信你们是真心实意的，都是出于咱们多年的信任与交情，但正因为如此，我希望今后在任何情况下，咱们仨之间都不要有金钱和利益关系。并非我不近人情，恰恰是为了咱们这份宝贵的情谊，我才希望咱们之间的关系能一直保持纯粹，不掺杂任何利益成分。你们要是也同意，咱们就把这条原则明确下来。"

谢航立刻举手："我赞同！"

萧闯有些不以为然："至于分得这么清吗？反而显得见外了吧。"

裴庆华说："你要真想帮我就多给我点儿精神上的支持、多给我出出主意，哪怕时不常损我几句，没准儿都能让我茅塞顿开。"

萧闯问："那你的启动资金从哪儿来？门槛儿再低也是坎儿吧。"

"这关我必须自己过，要是连钱都弄不到手，我干脆别创业了。"裴庆华是咬着牙说的这句话，与其说是对萧闯的回答，毋宁说是对他自己发誓。

见时间已晚、聊得也差不多，裴庆华便准备告辞。谢航挽留说："明早再走吧，何必又黑又冷到街上打车。"

裴庆华不愿在此妨碍他俩，于是推托说："舒志红在魏公村等我呢。"

谢航一脸惊讶："你怎么不带她一起来？把她一个人留在家多不好，好像是我们有意排斥她。"

裴庆华忙说："没事儿，她肯定不会那么想。"

萧闯原本像男主人似的和谢航一同送裴庆华到门口，谢航扭头板起脸盯着他，他刚要张嘴恳求，谢航已说得绝无回旋余地："老裴如果留下，你就留下陪他；既然老裴坚持要走，你也走吧。"

已经走到门外的裴庆华被这情形搞得既愕然又尴尬，萧闯讪讪地冲他招呼道："等我拿上衣服，我送你下去。"

两人走到罗马花园西侧的惠新西街上,萧闯帮裴庆华拦了辆出租车,裴庆华上车前对萧闯说:"你上去吧,她肯定会让你进去的。"

"没戏!我还是老老实实回自己家吧,就在同一座楼。"萧闯苦笑一下又叹道,"还是爹妈最亲,永远不会不让我进门。"

裴庆华不解:"你们俩究竟怎么了?闹别扭?冷战?"

萧闯已经转身往回走,手一挥,静夜里传来两个字:"洁癖!"

四

/

伤兵最可怕

新年刚过,裴庆华再次约小戚见面,这回他没去软旗公司而是在上地找了家不大的茶馆。比约定时间晚了一刻钟,小戚才风风火火地赶到,他一边脱掉上回穿过的那件羽绒服一边说:"哎呀真是对不住,临出门又接了几个电话,忙得我一头汗。今年是本世纪、本千年的最后一年,你想我能不忙吗,是千年一遇的忙。要是换别人我真抽不出空,但庆华你叫我那我肯定随叫随到。"

裴庆华不接茬,随口问一句:"你那'大奔'就停路边了?"

小戚脱口而出:"我没开大……"随即改口,"我没车,这么近只有几步路,我走着来的。你别逗了,我就是想开大奔也得有啊……"

裴庆华一边替小戚倒茶一边笑道:"我知道你有大奔,还有一辆奥迪。"

"诈我?庆华你又诈我?"小戚也笑着说。

"这事你何必藏着掖着,写字楼的保安连你们公司长租的两个固定车位都指给我看了。"

小戚愣了一下才说："实不相瞒，那两辆车不是我的。朋友的，我借过来充充门面，专门接送重要客户。就冲我那辆破'普桑'，人家客户敢把合同交给我？"

"是不是你的车一查不就清楚了。公司固定资产台账应该有吧？每年你得给车报折旧充进成本吧？即便这些账都可以另做，车管所的车辆登记记录也能随便改？"

小戚又愣一下，扭头看眼包间的门之后才压低声音说："你说得没错，公司账上和行驶证上都写的是软旗的名字，但这两辆车千真万确不属于我。别人我一概不会告诉，但既然你问到这地步我就跟你交个实底，这两辆车真正的主人是——客户，具体分别是谁你就别问了，打死我也不说。不给人家好处人家凭什么把单子给我？车人家收了，但既不能写他本人的名字也不能写家人亲戚，否则就成了我给人家送个雷，所以只能写软旗。"见裴庆华沉默不语小戚趁势说，"庆华，我理解你需要用钱，但你得信任我，不是我不想给，是真给不出。等明年安全度过'千年虫'危机，那些客户就再也没有借口拖着不付款，我一收到钱立马转给你，绝对没问题。"

裴庆华慢条斯理地喝口茶，忽然不着边际地感慨道："堂堂的软件百强企业之一资金链竟然断了，是自身经营不善还是商业大环境太恶劣？"

小戚怔了怔才一脸局促地说："都有，两方面原因都有。"

"也可能是虚报业绩骗取资质吧？我查过，1997年度软件百强的最后一名年利润都超过一百万人民币，马上该申报今年的评比材料了吧？这回你打算报多少？要么你是谎报销售额和利润混进的百强榜单，要么你是对我谎称账上没钱，你更愿意承认哪一条？"

小戚干笑一声："这些数据嘛肯定有些水分，想必你也都能理解。不过有一点儿你可能忽略了，就是百强评选根据的是销售额和利润额，其中这个利润还是毛利润而不是净利润，况且并不涉及现金流。我给客户开张发票，这钱还属于应收账款但已经计作收入，利润也算出来了，但实际上一个子儿没见到。要不这样，我回去给你拿几张我们软旗准备寄给客户的发票，你要是能让客户把钱付出来，多少钱都归你。"见裴庆华摇头他立刻又说，"你看，问题是你不要发票、只要钞票，这让我有什么办法？"

自己接连击出的两记"重拳"都被小戚化解，仿佛打在棉花上，裴庆华不禁苦笑："真是白白耽误工夫，咱们都弄错了方向。其实我不必向你证明你有钱，你也不必向我证明你没钱，因为关键并不在于你有没有钱，而在于你肯不肯给。"

"不是，庆华你误会我了，不是肯不肯的问题，关键在于我能不能给。"

这回轮到裴庆华一怔，小戚很从容地说："软旗不只有咱俩投过钱，陆陆续续还引进过几个股东。年前你提过之后我就和他们打招呼，这一打招呼就打出了问题，人家提出好几个质疑，不单是质疑你，更质疑我。人家问了，你有没有当初书面的股东出资协议？我说没有，因为你人在里面不方便；人家又问了，那有没有你委托我代持股份的文件？我说也没有，因为你连委托书也没法签；人家又问了，那有没有从你的银行账户向软旗账户注资的汇款记录？我说也没有，是我以现金形式存进去的，没做验资报告。结果人家就说了，既无法证明你出过资也无法证明你是股东，凭什么给你分红或者掏钱买你的股份？现在不是我有没有钱、我肯不肯给的问题，是另外几个股东不承认你的股东身份。人家原本是第二大股东，忽然变成了第三，而第三落到了第四，人家肯定要求给个说法。所以庆华，现在的关键是咱俩首先要想办法证明你的股东身份，然后才谈得上争取你的权益。"

裴庆华急了："我姐可以证明，明明是你找到我姐，我姐把钱取出来交给你，你拿去开立的公司。这你也想抵赖？！"

小戚委屈得直想哭："我从没抵赖呀，我一直就是这么对他们说的。可人家说你姐是你的亲属，这种证言不可信。"随即他很沉痛地说，"庆华，你姐就是我姐，让咱姐出面做证，他们怎么可能信？更会认为是你我串通一气想把软旗公司掏空！唉，没想到这事这么复杂，要怪只能怪我，当初在特殊时期我没把该签的东西和你签好……"

此时裴庆华已经不再抱有任何幻想，他曾经以为小戚有意把这笔钱掰扯到越少越好，后来发现小戚貌似是要拖得越久越好，他彻底看清小戚竟存心要从根儿上把这件事赖得一干二净，他最担心的局面果真出现了。裴庆华估计到了小戚的狡诈与贪婪，但令他惊讶的是如今的小戚竟如此狠辣。

服务员轻手轻脚进来续水，裴庆华起身接过水壶放在热水器上，对服务员说："你去忙吧，有需要我们会叫你。"随手在服务员身后把门关严。

小戚气定神闲地嗑瓜子，一副"你还有什么可说"的洋洋自得。重新坐下的裴庆华笑容可掬，仿佛刚才数个回合的交锋从未发生过，唠家常似的问："你比我大一岁？"

小戚诧异道："怎么忽然想起问这个？咱们同岁嘛，我研究生读了两年，比你少念半年，所以比你早进研究所半年。"

"哦，大三刚开学不久你应该也听过老山、者阴山英模宣讲团的报告吧？"

小戚皱着眉头回忆片刻："好像有点儿印象，那年走到哪儿都在放《十五的月亮》。"

"没错，就是那一阵。十几年前了，当初讲的什么差不多都忘了，但有一个细节我至今还记得。说越军经常过来偷袭，而他们最主要的偷袭目标你猜是什么？"

"这我哪儿记得住……大概是指挥所？弹药库？总不会是炊事班吧……"小戚打着哈哈回答。

"我记得很清楚，"裴庆华认真地说，"是包扎所。就是前线救护伤员的地方，轻伤员就地包扎，重伤员紧急处理一下再转送后方医院。"

小戚不解："这是为什么？"

裴庆华盯着小戚的眼睛，蓄意用阴森恐怖的语调渲染说："因为伤兵最可怕!"

"为什么?"小戚不由一哆嗦。

"因为在伤兵看来自己已经是死过一回的人,这条命是捡来的、白赚的,跟死神擦肩而过会让他认定自己福大命大。这样的轻伤员简单包扎一下重上战场最令敌人胆寒,因为他的报复心特强,恨透了害他挂彩的家伙,他不单是不怕死,他相信有老天保佑他压根儿就不会死。你想想这样的人能不可怕吗?对越军的威胁这么大,越军当然最不希望看到这些人活着再上前线。"

小戚似乎预感到什么,狐疑地问:"你怎么忽然想起跟我说这个?"

"因为如今我就是个伤兵,一个重上战场的伤兵。"裴庆华冷冷地说,"我已经进去过一回,里边的滋味已经尝过,再没什么大不了的。重新回到社会的那一天我就对自己说,从今往后的日子都是白赚的,这就是为什么叫重获新生!我不怕跟任何人赌,因为我是绝对的零成本,连死都不怕我还怕讹诈?!你可以跟我比聪明,也可以跟我比耐性,但你最好别跟我比狠!"

小戚飞快地瞄一眼裴庆华便又低下头,拨弄着盘子里的瓜子壳,嗓音喑哑地说:"可我觉得一个刚从里面出来的人,如果脑子正常的话,应该绝对不想再进去。"

裴庆华把茶杯往桌上一蹾,惊得小戚一激灵,裴庆华笑道:"我因为什么进去你再清楚不过,我是替别人进去的,那种地方这辈子进一次足矣,没有谁能再把我送进去。你放心,有人愿意替我进去。"

小戚冥冥之中觉得此地不宜久留,还是尽早脱身为妙,但他又很想看看裴庆华手中究竟有什么牌以便有所防备。他正坐立不安,就听见裴庆华又像唠家常一样说:"我有个狱友对他老母亲特别孝顺,老太太腿脚不行,天气好的时候他必定要从五楼把母亲背下来晒太阳。他也很讲义气,有个小兄弟,小兄弟的大姐交了个男朋友,后来被男朋友骗了甩了,让她弟弟去教训那男的,她弟还没去,大德子一听二话不说就去了……"

"谁是大德子？"

"哦，我那个狱友。其实事后分析那个男的纯属正常谈恋爱正常分手，不存在欺骗玩弄，是那女的想不通非要出口气。大德子不会打架，下手没轻没重，把那个男的肋骨打折三根，一节肋骨的断口把右肺叶扎破了，差点儿出人命，定为故意伤害罪致人重伤，结果判了八年，唉……"

小戚没心思陪着唏嘘而是追问："你到底想说啥？"

"大德子跟我处得挺好，有一次管教派我们俩去菜窖干活，结果吸入过量二氧化碳差点儿死在里面，是我先觉出不对劲然后拼命把大德子拖到通风口，俩人才把命捡回来。大德子稍稍清醒顾不上谢我就求我再救他一回，他老母亲病危快不行了，他想出去看最后一眼，求我答应跟他统一口径，证明是他救的我。按说凭我在里面的表现再加上这次救人立功，肯定能减至少半年的刑期。可大德子眼泪鼻涕地求我，我一想算了，就让人家娘儿俩见上最后一面吧，也算为我积攒些福报。鉴于是他救的我，监狱批准他特许离监一天，总算和他母亲见上了。大德子说他欠我两条命，这辈子我让他做什么他都绝没二话。"

"他出来一天就回去了？"

"对，特许离监必须当天返回。"

小戚紧张地问："他的刑期已经完了？"

"早着呢，还得有三年多。"

小戚忽然咧开嘴笑了："那你拿他吓唬我干吗？就算他愿意替你进去，也得等他先出来再说吧。"

裴庆华面无表情地回一句："可他那个小兄弟一直在外面呢。"小戚的笑容应声僵住，裴庆华继续若无其事地说，"他一直认为大德子是替他伤的人进的监狱，他姐姐也老拿话刺他，所以他一直盼着有机会还大德子这个人情。大德子跟他打过招呼，就当他是欠我的人情，只要他帮我一次忙，就算还大德子的人情了。"小戚木然地端起茶杯竟没发现里面早已空了，裴庆华一边替他倒茶一边说，"待会儿咱俩出去你就能看见小北,我让他在外面等着。"

"小北是谁?"

"就是大德子那个小兄弟,其实人家并不小,个头比我还高一截。"

小戚一指裴庆华:"没必要吧,见我还用得着带保镖?你把我想成什么人了?"

裴庆华淡淡一笑:"你误会了,小北是专门来认一下你的脸……"小戚刚端起的茶杯差点儿掉在桌上,好在裴庆华帮他托住,然后说,"这个小北和大德子一样不会打架,下手也是没轻没重……"

小戚猛一拍桌子:"你这是威胁!是恐吓!你最好想清楚,他要是违法犯罪你也跑不掉,你是教唆犯是幕后主使,你是买凶杀人!你就不怕再被关进去?!"

裴庆华优哉游哉地说:"倒也未必,大德子就是替小北出头,把他姐的前男友打成重伤,可小北本人一点儿事都没有。"

"这……"小戚不免有些含糊,"你敢以身试法吗?搞不好你可要再蹲几年。"

"试就试,大不了二进宫。可你敢试吗?搞得好你可能只是身体少俩部件,搞不好可就真难说了。"

小戚瞬间气馁,他胸口一起一伏抬手指了裴庆华好几下,终于又开口道:"就为这么点儿钱你至于吗?"

裴庆华脸一沉:"至于!因为是你让我没得选择!我倒要问你一句,就为这么点儿钱你至于吗?"

小戚口气一转:"那好,你说吧,这么点儿钱究竟是多少钱?"

裴庆华一字一顿地说:"五十万。"

"这是撤股的钱还是分红的钱?"

"对我来说无所谓,你刚才不是既不承认我有股份也不承认我注过资吗?反正当初我给过你十万,今天我要你给我五十万,什么名目随便你编排。"

小戚的语调又软了几分:"庆华,你平心静气想一想,我是个铁公鸡你再清楚不过，可你仍然心甘情愿让你姐把钱取出来交给我，因为什么？纯粹就为了帮我？不会吧。你是因为看好我、看好'千年虫'这个业务，你人在里面无能为力，只好冒风险把钱给我，让我起早贪黑替你赚钱。庆华，是我辛辛苦苦把你的十万块变成五十万的，这里面不仅有你的钱生钱，也有我的血汗钱哪。能不能少拿一点儿？三十五万，怎么样？"

裴庆华歪头想想："嗯，你说的确实有道理。这样吧，六十万，你看怎么样？"

小戚不知是自己耳朵坏了还是裴庆华脑子坏了，惊道："岂有此理！你怎么还往上涨啊?!"

裴庆华立刻说："哦，那是我搞错了。七十万，这回总行了吧？"

小戚这才明白裴庆华是在耍他，两眼鼓得溜圆瞪了半天才说："算了，五十万就五十万吧。把你账号给我，回头我让财务转给你。"

"不必。你现在就给财务打电话，让她马上开一张现金支票送过来，我陪你一起等。"

小戚本想讨价还价，见裴庆华阴冷的目光显然毫无回旋余地，只好掏出手机一边拨号一边嘟囔："这么大的金额，走现金的话做账很麻烦的，税务盯我们盯得很紧……喂赵姐，你马上开一张现金支票，五十万的，收款人姓名我发短信给你……用途填什么？嗯……写劳务费吧……开好马上送过来，我在一个茶馆，待会儿把名字也发给你，很好找，走过来很近……我在茶馆做什么？废话！我在茶馆和客户谈事不可以呀?!"

裴庆华等小戚收起手机便笑道："这位赵姐肯定是你老婆坚持推荐给你的吧？"

小戚难为情地一摆手："懒得理她！"接着便像两人刚见面似的说，"哎庆华，正好有个事情想咨询一下你。上次不是聊到转型吗，我最近在考虑ERP这个东西。"

"什么P？"裴庆华没听清。

"ERP，就是企业资源规划，企业管理上的一种应用软件，这几年刚冒出来的，火得很，我们有不少客户在上这个软件。我现在想到有三个方向，一个是自己开发一个产品，说是开发其实就是拿别人的东西抄抄改改；再一个是代理别人的产品，顺便做些售后服务；第三个就是绑定一家大型 ERP 软件公司做它的合作伙伴，为它的客户提供服务。你看哪条路比较好？"

裴庆华沉吟道："这个领域我从来没接触过，实在说不出个所以然。不过你刚才讲的那三条路倒让我想起当年经常提的'技工贸'三者关系，第一条路好像对应的就是'技工贸'全线出击，第二条路有点儿像'贸工'，第三条路就只剩下'工'，你看我理解得对吗？"

"对对，庆华你这么一说还真是！第一个确实很累，先开发再销售还得做服务；第二个把开发砍掉，只做销售和服务；第三个连销售都砍掉，跟在人家厂商后面，人家给块肉咱就吃、给块骨头咱就啃，没得挑。"

"所以究竟选哪条路要看你想做什么、能做什么。研发力量强就选第一个，销售力量强就选第二个，服务力量强就选第三个。"

小戚想了想没接裴庆华的话，转而问："你认识有个叫洪钧的吗？"裴庆华摇头，小戚又说，"他说他知道你，他和谢航很熟，可能是听谢航提过你吧。"

裴庆华一脸茫然："怎么了？"

"没怎么，就是临时想到的。这个洪钧原来也在 IEM，在软件部，不久前跳槽去了一家美国的 ERP 公司，他和我聊过，想让我们软旗做他们的合作伙伴，估计是看中我们手上的一些客户资源。"

"哦。"裴庆华随口应一声忽然问，"用不用我给你签个东西？"

小戚没反应过来："签什么东西？"

"你给我五十万，按说我应该给你写点儿什么吧。"

"哦，"小戚这才明白裴庆华所指，"不用，咱们之间全凭'信任'二字，比什么白纸黑字都管用。"

裴庆华笑道:"也是。你既然什么都不承认了,我也用不着跟你签什么股份转让协议之类,反正当初你拿走我十万块的时候也是什么都没写。"

没多久赵姐快马加鞭终于赶到,从提包里拿出一个信封递给小戚,眼睛却始终盯着裴庆华。裴庆华从小戚手里接过现金支票核对无误便起身说:"今天先这样,以后再聊,这茶钱就麻烦戚总你结一下吧。"

"没问题,单冲你刚才点评我那三条路的几句话就已经值回茶钱了。"

赵姐闻言便出去找服务员结账,小戚本已拿过羽绒服正往身上套,忽然一把抓住裴庆华的胳膊说:"庆华,要不你还是给我写个收据吧。"

裴庆华一愣:"刚才你不是说了不用吗,你我之间全凭'信任'二字。"

小戚有些忐忑:"现在我又有点儿含糊,你变得跟从前真不一样了,我发现已经不太认识你……"

裴庆华一扬手中的信封笑道:"我会给你写个收据,但不是现在,万一你这张是空头支票呢?等我拿到钱写好收据让小北给你送去,你放心,不会让你久等。"

小戚一听忙不迭摆手:"不用送不用送,寄给我就好。"

两人走到茶馆门外,赵姐已经在等。裴庆华正要向小戚道别,小戚忽然满脸狐疑地问:"你不是说那个什么小北在外面等着吗,人呢?"裴庆华正四下张望,小戚猛然醒悟,大声喝道:"好你个裴庆华,你这是蓄意讹诈!你等着,有你好看!"

裴庆华抬手一指马路对面,一棵被风吹歪了的小树旁边站着三个人,其中一个身材尤其高大,裴庆华唤一声"小北"又解释道:"这个小北,我叫他一个人来,他怎么还找了两个帮手……"对面的三个人听到声音便向这边走来。

小戚登时揪起羽绒服的领子遮住脸撒腿就跑,惊得赵姐一时不知所措地呆在原地,等她反应过来拔脚去追,小戚已经狂奔出老远了。

其实裴庆华给小戚讲的故事只是前一半,后一半他拿定主意不告诉任何人,因为正是那段往事让如今的裴庆华再也不是曾经的裴庆华了。

大德子探母归监之后对裴庆华千恩万谢,搞得裴庆华挺不好意思,连声说:"应该的应该的。"

不料大德子竟接口道:"这话没错,你确实应该那么做,要不然咱俩就做不成兄弟了。"

裴庆华一愣,心里虽有些不快但还是说:"怎么会,我总不能不成全你见老妈一面吧。"

大德子却头一摇:"你没明白我的意思,不管你答不答应,我都能出去看眼我妈,但咱俩心里都会结下疙瘩。"见裴庆华一脸懵懂,大德子又得意地说,"我当时已经盘算好,先求你帮我这个忙,你如果答应那我就一辈子记着你的好;但如果你不答应,我也能想办法让你答应。"

"你什么意思?"

"我会向管教报告,是我首先察觉情况不对,提醒你赶紧上去但你不肯,说巴不得中毒住院好申请保外就医,我只能硬把你拖出来。你想想,是我替监狱避免了一起重大事故,而你差点儿害得监狱因为事故丢掉评优资格。我照样立功受奖出去看我妈,你会是什么下场可就不好说喽。"

裴庆华冷笑:"我又不傻,你能这么说那我也可以这么说,管教怎么会听你的一面之词?"

大德子也笑:"你当然不傻,他们都知道你脑子比我好使,变着法儿骗取保外就医这招我哪儿想得出来,你说他们会信谁?"

裴庆华难以置信:"我可是刚刚救你一命,你怎么能对我来这手?"

"我没办法啊,本来熏死也就死了,但既然你把我救回来,我怎么也得出去看一眼我妈。"

裴庆华被彻底激怒了:"你还算人吗?为达目的就可以不择

手段!"

大德子很认真地说:"我怎么不择手段了? 我择啦。所以我才好言好语求你。"

"但我要不答应呢?"

"你看,那就不能怪我不择手段,是你逼得我只能那样干。"

裴庆华的心悚然一动,他想起来是大德子主动向管教提出要下菜窖干活的,霎时间后背渗出一层冷汗。

不过很快裴庆华就想通了,他觉得应该好好感谢大德子给他上的这一课,令他有所顿悟。所谓做人做事的原则与底线都有个前提,就是首先要有手段。如果没有手段可用,原则与底线只不过是无奈与认命的美称而已。就好比唯有核国家才可以大谈特谈核武器使用的若干原则。裴庆华是在一瞬间彻底理解了谭启章,就像他此刻完全理解自己一样,他并非一上来就对小戚使出这般狠辣酰龊的手段,是小戚一步步逼得他只能这样干。裴庆华如今的底线仍然是做一个文明与善良的人,只不过附加了六个字——除非万不得已。

谢航正在首都机场的国际出发厅排队办理离境手续,忽然听到后方有人叫她,回头一看竟是洪钧,忙招手示意他到前面来。洪钧拽着拉杆箱过来站在谢航旁边,低声说:"这样合适吗? 后面的人该说我加塞儿了。"

谢航不以为然:"这有什么,就像咱们以前一起出差,谁先到谁替对方排队。"

"可如今想见你一面只能靠偶遇了。"洪钧叹口气,感慨道,"真怀念和你并肩战斗的日子……"

谢航狠狠地白他一眼:"你少来! 是谁舍我而去,另谋高就的?"

洪钧觍着脸笑:"Abby,这你可冤枉死我了,其实责任在你,你像一座巍峨的高山横亘在我面前,我什么时候才能有出头之日? 只好换个小山包,这样才能往上爬得快嘛。"

"行了吧你，还横亘，我有那么胖吗？早看出你是个有野心的家伙，我这座小庙迟早容不下你这尊大佛，但还是没想到你会那么快就跳槽。"

洪钧讪讪地说："其实我也舍不得咱们PC部这个team（团队），但一想已经把笔记本从零开始做到那么成功，以后顶多是锦上添花，很难再有这么辉煌的时候。软件市场正好刚起步，我就想去碰碰运气，也许能再次见证一个奇迹呢。"

谢航盯了洪钧好一阵才说："你的能力确实很强，总能迅速打开局面，但你发现没有？获得成功之日也是你心生厌倦之时，急不可耐又要马上找到新的刺激、新的挑战。Jim，这样下去你不累吗？"

洪钧反问："你在IEM已经做了八年多，在PC部已经五年多，你没感觉累吗？"

谢航一愣，不得不苦笑："也累。以前还指望把业务做起来就不会这么累了，后来发现累是永远没有尽头的。"

"所以嘛，既然都是累，那还不如尝点儿新鲜的累呢。"洪钧说着冲谢航挤下眼睛。

终于排到了，谢航先办完手续接着安检，然后在柱子旁边等着，洪钧很快也办好，问谢航："你这是飞哪儿？"

"和以前一样，先飞东京再飞纽约。你呢？"

"旧金山，我们公司总部不是在硅谷嘛。"

谢航先一步走上自动步道，转回身问："你是去开会？"

"培训。这公司在规范化程度上和IEM没法比，我都干大半年了才想起让我去参加orientation（入职培训）。你呢？"

"你应该能猜到嘛，和往年一样，全球的kickoff meeting（开年大会）。"

洪钧笑了："IEM真是还跟往年一样缺德，专挑春节放假开年会。"

"就是，太不尊重咱们中国团队了。不过我这次豁出去，才不管什么季度业绩，我要在美国好好转一大圈。"

"就你一个人？还是有谁等你开完会跟你会合？"

"没有，就我一个，彻底自在一回。"谢航见洪钧有些诧异便问，"怎么了？"

"没怎么。"洪钧忙换话题，"您是商务舱，去您的休息室吧。坐经济舱的我只好到登机口的椅子上坐等。"

谢航一扬手中的登机牌："看你可怜兮兮的，走，我带你进去。"

"能行吗？"洪钧将信将疑。

"有时候行，有时候不行。"谢航莞尔一笑，"看你的人品。"

走到商务舱休息室门口，谢航朝里一望就皱起眉头转向洪钧，洪钧忙说："人家要查登机牌吧？算了你进去吧。"

"不是，你看看里面，全是人，恐怕连我都找不到位子，那就屈尊一回陪你到登机口坐等吧。"

候机区呈圆形，外面像天线似的伸出若干个廊桥，国航与美联航的登机口挨得很近。洪钧眼尖腿快占到两个座位，帮谢航把拉杆箱拖过来坐下说："商务舱休息室实在太简陋了，多委屈你们这些 VIP 呀，他们早该扩建一下。"

谢航抬手向窗外一指："你没看到吗？2 号航站楼马上就要建成投入使用，这老航站楼要翻修改造，这种时候怎么会花钱扩建贵宾室，凑合一天算一天。"

洪钧憧憬道："新航站楼肯定不会还这么拥挤了吧……"

"当然，又大又漂亮，不过上次见客户的时候听他们说，2 号航站楼恐怕启用没多久就会达到满负荷，对航空运输的需求膨胀得实在太快。哎，你知道吗，"谢航自豪地眉毛一扬，"新航站楼的很多电脑系统都是用的 IEM。"

"哦。"洪钧显然更关心另一个问题，"他们这规划做得实在失败，太缺乏前瞻性，刚投入使用就搞成又像现在这么挤，真是机场像火车站、火车站像大车店。"

"那就紧跟着建 3 号航站楼呗，我们可以再卖更多的 IEM 产品。"

洪钧笑道:"你真行,连编号都替他们想好了。"

谢航借题发挥敲打他:"我就是习惯于按部就班、循序渐进,不像某人,光惦记跳跃式发展。"

洪钧坏笑着说:"我身上的很多毛病都是受你影响,起初你那么早就预见到台式机市场会陷入一场没有赢家的价格战,当即抽身出来改推笔记本电脑。我是跟你学的嘛,审时度势,随机应变,当断则断,绝不恋战。"

"嘁!我可没像你那样朝三暮四。看看你,才跟我干了两年多就跑去软件部,在软件部也只干了两年多就跑去那么一家小公司,你这叫不恋战?你这叫打一枪换一个地方。"

"这只是表面现象,本质上我跟你的逻辑是一致的。"洪钧辩解道,"咱们 IEM 的笔记本做得那么成功,移动办公的概念深入人心,你看看周围这些商务人士哪个没带着笔记本?而两年前十有八九是 IEM 的,你再看眼下,有东芝、惠普,还有联想、华研,五花八门。如今就比谁更便宜,明显已经沦为台式机一样的下场嘛。我的判断是做硬件没有前途,东西只会越做越便宜,人也是越做越贬值。所以我决定改做软件,软件相比硬件具有更高的附加值,越贵附加值越高,而高出的这部分就是人的价值。既然要做软件就该去软件公司,留在 IEM 这样的传统硬件公司里做软件,听上去就觉得不对路。"

谢航立刻反驳:"喂,亏你还在软件部干过两年,IEM 如今早已不是传统的硬件公司,软件和服务的比重早就超过硬件了。"

"另一个原因其实你刚才已经点到,我去的是家小公司,但正因为它小我才去。Abby,你如今已经是 IEM 整个中国区拿中国护照的人里级别最高的一个,可是究竟有多少事情你能做主?因为硬件没前途我就去做软件,因为在大公司没前途我去小公司,你别误以为只是赚钱的'钱途',我真的是考虑职业发展的大前途。"

"那你有没有考虑过可能还有更深的一层因素?"谢航望着洪钧,眼中闪过一丝不易察觉的黯然,"或许无关乎软件硬件,更无关乎公司大小,而是整个外企在中国已经注定没有太大的前途。"

洪钧一时怔住,显然从未往这方面想过,有些不以为然地说:"你别吓唬我,这有点儿太危言耸听了吧。至少外企在看得见的短期内还是处于绝对引领地位,以他们的规模实力、技术水平和管理理念,恐怕五到十年内无论央企、民企都没法与外企分庭抗礼吧。"

谢航淡然一笑:"可能是我表述不够准确,应该是咱们这些在外企的中国人今后没有太大前途。"

"也不至于。抛开表面的光鲜与浮华不说,外企在中国越来越本地化,咱们中国人往上走的机会越来越多,前途应该更好。"

谢航摇摇头说:"或许只是我的主观感受,不具备普遍性更不代表大趋势,但我最近常问自己一个问题,如果一艘漂亮的大船不知不觉正慢慢退出主航道,咱们却在这船上要么歌舞升平、自我陶醉,要么忙忙碌碌、机关算尽,格局是不是有点儿小?"

"你是担心……咱们被这个社会边缘化?"

谢航不置可否,目光穿过窗户投向东面正在兴建的 2 号航站楼,悠悠地说:"如果没多久人家那边一片兴旺、如火如荼,咱们这边冷冷清清、人去楼空,心里会是什么滋味?"

洪钧正要追问,这时却听到广播说国航飞往旧金山的航班已经开始登机,便起身向谢航伸出手:"真可惜,不能继续聆听你的教诲。有机会我回 IEM 看你,请你喝咖啡。"

谢航坐着和洪钧握下手,道声"一路平安"。望着洪钧离去的背影,她暗想,这类喝咖啡的约定都只是随口一说,将来若想见面仍然只能靠偶遇。自己和洪钧已经身处两条船上,各有各的航线与目标,各有诸多的不确定,也许唯一能确定的就是终将渐行渐远……

大年初五,裴庆华风尘仆仆从老家回来,时隔将近六年,他终于得以再见到父母和姐姐。当初姐姐从萧闯和小戚口中得知裴庆华发生变故,曾执意要去探视,被萧闯用谢航事先编好的说辞劝阻。因为借以瞒住二老的理由是裴庆华被常年派驻香港无法回来探亲,而一旦姐姐能轻松前去看望,这借口难免不攻自破。临回来前裴庆华曾探过姐姐和爸妈的口风,说他想把姐姐接到北京住一段,将来也会把爸妈一并接去。姐姐说我去北京那爸妈没人照顾怎么办,裴庆华说我在北京也没人照顾呀,可以给爸妈请个人嘛。姐姐说那你怎么不请个人照顾自己,非得我去?裴庆华摆出小时候耍赖的架势说我就要你照顾,一旁的爸妈立刻表态他俩没问题,撺掇裴庆霞尽早上北京。

舒志红很想和裴庆华一起回老家,但裴庆华没答应,说那边方圆十里没有你能上厕所的地方。舒志红反问那你姐在哪儿上厕所,裴庆华说取决于紧急程度,不急的话可以扛着铁锹走远一些,十万火急就只好在铁锹上面。舒志红虽然不知真假,但仍被惊吓得望而却步。裴庆华自己也说不清为什么不想带舒志红回去,也许是心里那道坎儿还没过去吧。

舒志红把裴庆华从六里桥长途汽车站接回魏公村,首先催促裴庆华赶紧洗澡。裴庆华说:"你看,如果是我姐就会首先张罗让我吃饭,她总是生怕我饿着,而不会嫌我脏。"

"我又不是你姐,能一样吗?"舒志红嘴上不服,但仍然拿起钱包下楼给裴庆华买吃的去了。

拎着两盒饭菜回来,舒志红本以为裴庆华已经或正在洗澡,却不料眼前完全是另一幅画面——裴庆华连衣服也没换,正坐在桌前忙活,笔记本电脑旁边摊着好几张纸。舒志红把饭盒举到裴庆华眼前晃晃:"喂,看到没?饿死你可不关我事。"

裴庆华把饭盒推开,拿起桌上的纸说:"我这几天有了些新想法,觉得之前画过的页面还得改,尤其是首页,越简洁越好。"

舒志红接过看几眼就搁到一边:"你脑子里还是做电脑的思维,不是互联网的思维。你这个首页哪儿像网站呀,简直像卖电脑的海报。你还得继续做功课,至少要认真研究一百家不同类型的网站,每天在网上待十个小时,连续泡三个月。"

"啊？那得花多少上网费！"裴庆华不由惊呼。

"你既然知道上网不方便而且花费高，就更要花心思把网站设计对路，因为网民分分钟都是花钱的，拨号上网的时候家里电话都没法用。你一定要让人家一眼就看明白你的网站是干什么的、有没有用、好不好玩，必须符合网民的浏览习惯，别想让网民花钱花时间去适应你。"

裴庆华若有所悟地点头："看来我应该把做网站的事放下，先让自己变成一个典型的网民再说。"

"你姐能给你讲这些道理吗？"舒志红白他一眼，"赶紧吃饭吧。我又发现美国有个网站特棒，值得好好借鉴。"

裴庆华急道："哪个网站？现在就上去看看。"

"行啦，你先吃吧，我帮你联网。等网连上估计你已经吃了一半，等把首页完全打开估计你也吃完了。你这儿拨号上网实在太慢，赶紧去申请装个 ISDN。"

裴庆华在调制解调器一阵呕哑啁哳的拨号音中端起饭盒大口开吃，忽然听到手机响，忙问："谁的手机？你的我的？"

"你的。我只要跟你在一起手机都设成静音。"舒志红又白他一眼。

裴庆华从包里摸出手机，嘴里一边嚼一边问："喂，哪位？"

"喂，是庆华吗？我是谭启章。"

裴庆华周身的血液仿佛瞬间凝固，差点儿被噎住，他硬生生把还没嚼完的一口饭菜吞进嗓子，等心跳平稳些才回应道："哦，你好，我是裴庆华。"

"庆华，你怎么不第一时间跟我联络？还是小戚给我打电话拜年说起你，我才知道你已经出……哦，回来了。"

"嗯——"裴庆华心想凭什么要我第一时间向你报到，但还是和缓地推托说，"我回老家看望家人了。"

"应该的应该的。怎么样庆华？什么时候也来看望一下我？"

裴庆华心里越发不舒服，敷衍道："找时间吧。"

"别找了，就今天，现在。你在什么地方？我安排司机去接你。我巴不得和你好好聊一聊，越早越好。"

裴庆华看眼舒志红，坚决地说："今天肯定不行，最早也得明天。"

"好，那就明天。你记一下我这个手机号，不是原先那个了。"

裴庆华挂上电话，舒志红已经走到他身旁问："是谭启章？"见裴庆华点头又问，"他想见你？"

"对，他本想今天，我说只能明天。"

"就是，凭啥他想什么时候就非得什么时候！他害得咱俩五年不能在一起，还想让咱们今晚也不能在一起？哼，明天让他八抬大轿来接你！"

五

/

孤独的时候最清醒

来接裴庆华的倒真是堪称当代版的八抬大轿——是辆八个气缸的奔驰 S 系列超豪华轿车,谭启章的专车把裴庆华拉到京西万柳一处规模不大的封闭式小区。司机引导裴庆华坐电梯上到顶层,迈出去便是谭启章家的门厅。开门的是保姆,先躬身在裴庆华脚前放了双拖鞋,裴庆华正换鞋谭启章已经闻声迎出来。

两个人时隔将近五年之久再次见面,一时相对无言。谭启章比过去又略胖些,但仍然属于名不副实的"谭胖子",因为过年的缘故穿了一身大红色的中式对襟夹袄,下面是肥大的棉布裤子。谭启章握住裴庆华的手,左手在他臂膀上拍了拍,说道:"没怎么变,稍微瘦了点儿。"

裴庆华矜持地笑笑:"你也没怎么变,一点儿都不显老。"

"我本来也不老嘛,才五十三,只比你大二十岁。"谭启章说完,便拉着裴庆华把四室两厅连带保姆间都看了一遍,站在朝西的落地窗前指点说,"小区外面就是昆玉河,远处是西山,喏,那个就是玉泉山上的琉璃塔。"

裴庆华点下头却未做评论，转而提了个从刚进门就一直想提的问题："就你自己在家？"

"是啊，老婆去美国陪闺女，我又成孤家寡人了。"

裴庆华一愣："媛媛在美国？上学还是工作？"

"上学，读硕士，去年夏天刚走。我跟老婆说，人家刚去半年你就追过去，人家肯定烦你。她不听，非去不可，说与其在这儿招我烦还不如去招闺女烦。"

谭启章领裴庆华坐到客厅沙发上，裴庆华忽然笑了，谭启章一愣："怎么，我说错什么闹笑话了？"

"不是，我忽然想起当年你劝我放弃去美国留学的机会，让我和你一起把华研做起来，当时觉得你句句说得在理。刚才听到你把自己闺女送到美国留学，前后这么一对比，忽然觉得有些……"裴庆华咄咄逼人看着谭启章，吐出俩字，"讽刺！"

谭启章却丁点儿也不恼，他把手一挥很认真地说："你们俩情况不一样，完全不可比。你和我倒更类似些，咱们都没有老爸可以指靠，只能凭自己奋斗，可关键的机遇期就那么几年，耽误不起。咱们都是辛苦自己、福荫后代。而媛媛不一样，她有我这个老爸，有条件可以把人生过得从容些。不过有一点是肯定的，就是她学成后肯定回国发展，用两三年拿个文凭、开开眼界对她开始自己的事业有好处。所以她现在出去对于她是最优选择，而你当初留下对于你也是最优选择。"

裴庆华凄然地苦笑："我虽然没出去但是进去了，耽误的岂止两三年，我耽误了整整五年！"

开阔的客厅陷入一片死寂，好在没一会儿已经忙活好几趟的保姆又出现了，她之前先是沏茶又是送水果，这回蹑手蹑脚端来几碟过年常备的花生瓜子，一边往茶几上放一边偷瞄默默对坐的两人。

裴庆华身子略微前倾对保姆道声谢，随后说："我刚进'市二监'时他们那儿电话才从六位升到七位，管教对外报电话总是顺嘴说出老号码，可没过多久新号码还没记熟就又从七位升到了八位。我当时就想，外面正在发生多大多快的变化啊,我到底错过多少,还能不能补回来……"

"是啊。"谭启章也不禁感慨,"我上大学那会儿北京的电话正从五位升到六位,六位数的电话号码一用就是将近三十年,可七位的号码才用没两年就升至八位了,这几年确实称得上日新月异。"见裴庆华的表情愈发黯然,他又把手一挥,"好了,咱们不再扯过去的事,往前看。庆华,今后有什么打算?我挑明了吧,愿不愿意回华研?你知道吗,这几年每当遇到难处我都在心里念叨,要是庆华还在该多好……"谭启章眼睛里竟闪出几点晶莹的泪光。

裴庆华也不由动容,但他按捺住情绪决绝地说:"谢了,我没打算再回华研。"

谭启章叹口气,很是惋惜:"虽然有些遗憾但也在意料之中,你这个人心重,没这么容易放下。那你考虑去哪家公司?需要我帮忙只管说。"

"我应该会自己做,因为无论到哪家公司我都会当成跟自己的公司似的,与其这样还不如干脆自己做一家。"

谭启章听出了这话里的怨气但顾不上理会,因为他急于搞清最关心的那个问题:"你打算做哪方面?还是你以往最熟悉的电脑这块?"

裴庆华摇头,既像恭维又像自谦地说:"电脑这领域已经完全没有我的空间,都被你占满了。"

谭启章顿感轻松,笑着摆手:"哪里哪里,任何领域都不断有新机会冒出来嘛。不过你换个行当尝试下也好,你这么年轻,有很多东西可以去搞搞看,电脑这摊已经没多大搞头。"

裴庆华把谭启章的心思看得一清二楚,谭启章的首选是要把裴庆华重新纳入华研帐下,但与其说是亟须这位昔日得力干将,倒不如说是要把他置于切实掌握之中,毕竟当年那段旧事在谭启章和华研集团的光辉历史上是一处疮疤,外人尤其竞争对手很乐于把它揭开大做文章。如果裴庆华不愿回华研,则最好把他介绍到谭启章能施加影响的关联公司,起码可以对他间接把控。如果裴庆华要自立门户,则务必搞清他会否成为华研的竞争对手,混战不休的电脑市场实在容不下一位新的搅局者。而裴庆华的策略是让谭启章的企图一步步落空,让他不断退而求其次,同时也逐渐打消他的疑虑令他安心。裴庆华拿定主意对谭启章敬而远之,既不愿投靠更不想寻仇,他只求与谭启章这位昔日老板、今日巨头相安无事,相敬如宾。

见裴庆华沉默不语,谭启章有些嗔怪地说:"庆华,你未免太见外了,一出来就应该马上跟我联络嘛。拖这么久,就为让我主动去找你?"

裴庆华不卑不亢地反问:"我为什么应该马上找你?"

"因为我可以帮你嘛!"谭启章有些激动,"你要自己开公司,拿什么开?都说我是白手起家创办华研,其实咱们很清楚根本不能算是白手,最初的钱是研究所投的,更是借助研究所那块金字招牌。有这些条件当初都那么艰难,你以为现在白手起家真能成事?说说嘛,打算做哪方面?我也好看看怎么帮你。"

"目前的想法是做互联网,但只是个大方向,还没有明确成型的思路。"

"好!做互联网好!脱胎换骨,另辟蹊径,好!"谭启章连声称赞,他巴不得裴庆华去试水与华研现有业务毫不相干的东西,"但互联网这玩意儿烧钱呐,不像咱们当初还能空手套白狼,你现在得先花钱把网站搭出来,再砸钱宣传让人家知道你的网站。怎么样,你预备投多少钱进去?"

裴庆华模棱两可:"有多少钱做多少事吧。"

谭启章的手在沙发上一拍:"庆华,我给你五十万!怎么用随你!"

裴庆华沉默片刻才回应:"我有两个条件。"

谭启章笑了:"哎,是我给你钱,给钱的二话不说,拿钱的倒要提条件?"

裴庆华并不退缩:"我没向你要钱,是你主动要给。"

"好好，那你提吧，我听听。"

"第一，这笔钱不是出自你个人，既不是对我的恩惠也不是对我的补偿，而应该由华研集团出，是我作为华研集团早期创业元老应得的回报。记得你以前说过在华研员工集体持股中有我的一份，你会一直替我保管，就当是这笔钱吧。第二，这笔钱是一次性付给我个人，而不是给我未来的公司，虽然我会把这笔钱投入到公司，但无论华研还是你个人都不能因此在我的公司中占有股份。"

裴庆华的表现令谭启章有些意外和失望，面对五十万裴庆华不仅没喜出望外更没感激涕零，谭启章脸色有些难看："听上去你好像认为这笔钱理所应当？"

"难道不是吗？"

"那你为什么不主动来找我要？"

"如果你不想给，有一百个理由让我要不到；如果你想给，用不着我找你要。"

谭启章一边端详裴庆华，一边琢磨刚才他提出的那两个条件。第一条意在将裴庆华和他谭启章彻底切割，暗指这笔钱既无关当年的恩怨也不应引出新的纠葛，单纯是一名昔日员工取回存在华研公司的份子钱；而第二条的用意更深远，意在将裴庆华的新公司与谭启章以及华研集团彻底切割，既得到一笔宝贵的初始资金又让新公司不被染指。谭启章不得不承认眼前的裴庆华确实已今非昔比，他拿不准这约法两章究竟是裴庆华早有的深思熟虑，还是方才的见机行事。前者可见其思虑之远，而后者说明其反应之快，都不容小觑。对这样的人自然应该加以笼络，何况还有当初的渊源，谭启章如此想来便又在沙发上一拍："好，都听你的。一上班我就让财务去办，这笔钱你随便怎么用，过去的事不再提，将来的事不再问。"

裴庆华点头认同，又觉得应该有所表示，不然实在有负于谭启章这片心意，便说："出来虽然时间不长，但已经深刻感受到华研如今的实力和地位，这几年的发展确实了不起。我有时甚至会想，即便没有当年那场变故,我能否一直跟得上你的雄才大略而不会被快速成长的华研甩掉……"

这番话果然立竿见影,谭启章登时来了兴致,他起身招呼道:"走,领你看样东西。奇怪,刚才怎么居然漏掉了,你也没发现……"

裴庆华莫名其妙地跟谭启章走到书房门口,谭启章用手冲里面比画一个大圈:"喏,就在你眼前,看你能不能找出来。"

裴庆华踟蹰向前迈几步,又绕宽大的红木桌案走一圈,一会儿看书架一会儿看案头,心想根本不知找什么这又从何找起,也许是谭启章的传记?或者是什么杰出企业家奖杯?谭启章看着起急:"真是灯下黑,越明显的地方你反而越忽视!"裴庆华应声往吊灯和台灯上打量,谭启章被他笨拙的样子气笑了,干脆说:"墙上!"

裴庆华忙朝两面墙上扫视,掠过几幅想必出自名家、价格不菲的书画作品,然后才注意到书架与多宝格之间一处空白墙面上贴着张不大的纸,竖幅,用毛笔毫无章法地写有三个大字——"工、贸、技",他立刻回头问谭启章:"你是说这个?"

"对呀,就是这三个字!咱们最后那次见面你跟我提的,我回来把它写在这张纸上没事就琢磨,很快就不只是琢磨,而是把它定为华研五年规划的核心战略。整整五年过去,今天的华研成就成在这三个字。搬家时我特意把它带过来重新贴上,与周围的东西这么不搭调,我还以为你一眼就能发现呢。"

裴庆华走过去盯着那三个字,不禁伸出手在纸上摩挲,万般滋味涌上心头。谭启章在他身后说:"你还担心跟不上我?就凭你的战略眼光,应该是我担心被你超越才对嘛。后来我把这三个字充分发挥,让华研上下都能彻底领会、坚决贯彻,我的提法叫'手上忙着工,眼中盯着贸,心里想着技'。'工'是根本,'贸'是机会,'技'是未来,这下所有争论和分歧彻底平息,该干什么、该找什么、该想什么一清二楚,轻重缓急一目了然。华研的制造能力已经遥遥领先于其他电脑厂商,甚至不少竞争对手也不得不找我们代工。正如你当年所说,华研在整个产业链中已成为拥有定价权的一环,谁也绕不过去。"

裴庆华由衷地赞道:"我当时只是把这三个字的顺序捋清楚,纸上谈兵而已。但只有你的魄力才能真正把它升格为企业战略,也只有你一手打造的具有强大执行力的华研才能真正把战略付诸实施。有这般执行力的企业不仅令人尊敬更令人生畏。所以我肯定不会与华研竞争,惹不起躲得起嘛。"

谭启章很开心地拍下裴庆华肩头:"庆华,饮水不忘挖井人,你简单一句'工贸技'就让华研的道路一下子清晰了,从修电脑到卖电脑,再从卖电脑到造电脑,华研就是靠执行力这个核心竞争力才成功上市的,你居功至伟。"

"言重了,我相信即便当初我没对你多这句嘴,你也一定能做出英明决策,华研照样会有今天的成功。我顶多只敢大言不惭地说一句英雄所见略同罢了。"

谭启章听了越发得意,他一边拉着裴庆华的胳膊往客厅走一边高声说:"单凭你这三个字就值五十万!庆华,我决定了,再给你五十万,不附加任何条件,拢共一百万,拿去花!"

这笔飞来的意外之财令裴庆华不由踌躇,如果刚才谭启章上来就给他一百万他也会欣然领受,但分作两个五十万却让他有些不踏实,因为他在意的不是数目而是名目。"工"字优先将华研集团打造为世界电脑制造中心也许是一把双刃剑,今天的优势可能成为明天的累赘,而今日被有意无意忽视的短板可能成为明日的致命弱点,此一时彼一时,成也萧何败也萧何的例子实在太多。如果真有那一天,他究竟是功臣还是罪人?如果成了罪人,这五十万更会令他在谭启章心目中罪加一等。绝大多数人都知道趋利,只有极少数能做到避害,刚经历过牢狱之灾的裴庆华把避害看得比趋利更重,他推托说:"这我可受不起。当初只是心血来潮把些想法跟你聊聊,可没想着卖点子挣钱,这钱我不能收。"

谭启章以为裴庆华是在客气,执意道:"你绝对当得起,刚才那笔五十万是犒劳你为华研冲锋陷阵,这笔五十万是酬谢你为华研运筹帷幄。古时候有所谓的一字师,你这是三个字,绝对当得起。"

裴庆华更加坚决地谢绝:"如果华研员工知道了会怎么想?他们中很多人五年辛苦付出换来的恐怕还不如我上嘴皮碰下嘴皮蹦出的三个字,他们心里能好受?也许他们不会对你有任何表露,但我可不想背后有成百上千人指着骂。你的心意我接受,这钱我不会收。"

谭启章不禁对裴庆华益发高看一眼,从别人兜里挣钱是能力,而把送上门的钱推掉则是定力。此刻他已经冷静下来,裴庆华这番话令他也担心招致物议,他倒不在乎员工攀比,他忌惮的是有人怀疑他巧立名目用钱堵裴庆华的嘴,并借此证明他确实心中有愧,而"愧"更是心中有鬼。这么一想他便找台阶下:"好吧,我发现给你钱比骗你钱都难,刚才是反过来对我提两个条件,现在是死活不肯收。算了,我先替你记着,你哪天想要了再来找我。"

裴庆华刚暗自松口气,谭启章的手机响了,他一边起身往书房走一边解释:"我接个电话,估计又是来拜年,这两天已经算少的。"没几分钟谭启章走回来,手里多出个信封,脸色变得凝重。裴庆华立时有些紧张,心想如果信封里是张支票自己该收下还是谢绝,或许应该先问清楚究竟是哪笔五十万?谭启章坐到裴庆华旁边,无言地把信封掂了掂然后打开,他的手指竟微微有些颤抖,从里面掏出一个棕红色封皮的小本。虽然封皮上的烫金有些斑驳褪色,但裴庆华只瞥一眼便认出那个图案——国徽!是一本护照,他瞬间想起来,这应该就是自己当年作为投名状押给谭启章的那本护照!

就像被什么突然击中,裴庆华觉得自己浑身僵住,嗓子一阵堵得慌,眼睛湿润了。谭启章哽咽地开口说:"我一直替你存着。先是放在研究所的办公室,后来搬到科贸中心。华研进驻上地新总部的时候我才把它拿回家,一直锁在书房里,因为我估计和你再见面更可能是在家而不是公司。"谭启章的手在护照封面上摩挲,动情地说,"七年多快八年了,终于可以还给你,总算是完璧归赵……"

裴庆华接过护照，翻开后见上面钉着的出境卡居然还在，出境卡上注明的目的地是美国，事由是留学。他又翻到头一页看一眼有效期，发现这本护照早在三年前就已经过期失效。他把护照递回给谭启章，惆怅地说："还是放你这儿吧，这本护照过去没派上用场，以后更没用了。"

　　两个人默默坐着，心思大概都回到了当年那段岁月。那时虽然前景混沌而条件困顿，但情绪是激扬的、情谊是赤诚的。谭启章擦下眼角，搂住裴庆华的肩膀说："不管将来发生什么，我希望你和我都能时常回想起那几年，在我们各自的一生中有那么一段历程曾经共同走过。那里有我们共同的苦乐悲欢，有我们共同的光荣与梦想，经历过那一段我们都可以说是不负此生。"这一席话像股暖流令裴庆华心中郁结多年的怨愤与不平至少暂时消解，他重重点下头。谭启章又尽力显得轻松地笑道："你可别说它没用，它有大用！我早就想好了，只要征得你同意，我就把它摆到华研的历史陈列里，让后来的人们看看，华研能走到今天前辈们都付出了多少。怎么样，你不会不同意吧？"裴庆华又点下头，谭启章把护照收回信封，站起身说，"赶紧再去办本新的吧，这回把照片拍得好看点儿。"

　　已经远远地在角落里观望半天的保姆趁势走近前说："先生，饭菜都准备好了，你们可以吃了。"

　　谭启章招呼道："来庆华，咱俩边吃边聊。"随即又吩咐保姆，"把电视打开，调到经济台，应该有《中国财经报道》了。"

　　硕大的餐桌只坐两个人显得有些冷清，裴庆华打趣说："还是当年一群人在公司吃盒饭热闹，互相抢鸡腿儿。"

　　谭启章深有同感："你现在能想象前几天我一个人吃饭有多凄凉吧。"

　　"我相信应该会有很多人愿意陪你吃饭，你没张罗搞些聚会？三教九流、各路英豪，可以办个沙龙，不然可惜了这么大房子。"

　　谭启章鼓着腮帮子摇头，咽下一口饭才说："我不喜欢热闹，这你应该了解嘛。尤其到现在这个地位更应该尽量争取多些时间独处，你将来就会明白——孤独的时候最清醒。"

裴庆华正试图一边咀嚼饭菜一边咀嚼谭启章最后这句的深意，忽然发现谭启章两眼直勾勾地盯向电视屏幕正屏气凝神细听，裴庆华扭脸一看，主持人敬一丹正与一位嘉宾做访谈，画面下方打出一行字："烟王入狱，制度之过还是贪欲之祸？"裴庆华嘀咕："烟王？"

"褚时健。"

"以前听过这名字，做云烟的？"

"对，早先叫玉溪卷烟厂，后来成了红塔集团。我明明不抽烟，还有不少人给我送'红塔山'，品牌价值几百亿，真希望华研也能尽早跨上这个台阶。"

"入狱？"裴庆华对这个词有异乎常人的敏感。

"对，无期，上个月刚判。"谭启章的目光始终没有离开屏幕，"说他贪污几百万，这些年红塔集团光纳税就纳了好几百亿，几百万算什么。"

"这是两回事，功劳再大也不是违法犯罪的理由，我不就是个例子？"

谭启章这才转过来看着裴庆华，有意往另一个方向解读："你看，你们这代人对这问题的看法就跟我们不同。你们更倾向于把法理和情理切得泾渭分明，在情理上褚时健该拿的没拿到，值得同情；但在法理上他拿了不该拿的，必须处罚。但我们这辈人最清楚，问题在于根儿上该分清的没分清，不能把锅都让老褚来背。"

这一节访谈结束，下一话题是刚刚诞生的欧元能否对美元的绝对统治地位构成冲击。谭启章的注意力从电视上移开，有些激动地说："老褚这件事的本质是企业当家人的责权利不明确、不相称，他的责任很大、权力很大，可是利益却很小，他费尽心血让企业大幅增值，股权人获得巨大利益，而他不仅丁点儿股份都没有，连奖金都少得可怜。我们这代人一直是头上悬着一把断头铡干了这么些年，也一直在争取弄明白一件事,就是我们为之付出的企业究竟有没有我们的份儿?!这条路走得太难了,有人稀里糊涂进去了,有人心灰意冷出去了,更多的是在战战兢兢一点点往前推。华研纯属运气,可以跟在联想和方正后面,既可以效仿他们的做法又不太引人注目,要不然怎么改制、怎么上市?庆华,你知道我为什么没主动跟你提华研股份的事?因为早就算不明白了。"

裴庆华淡淡地回一句:"我也没想算,你给多少是多少。"

"你误会了,五十万这个主我能做。"谭启章吃饭奇快,把碗递给保姆让她再盛一碗,"我是羡慕你,一上来就对股份非常在乎,也懂得股权清晰的重要性,你刚才不就提条件这五十万不占你股份嘛。你们这代人赶上好时候了,能堂堂正正做自己的公司,不需要挂靠什么上级单位、不需要戴个全民所有制的红帽子,没有灰色地带、没有原罪,每一分财富都可以暴露在阳光下。庆华,好好干吧,等你拥有这一切时最好别忘了,是我们这代人为你们蹚出来的路。"

裴庆华倒没想那么远,如何分饼并非他此刻的当务之急,他眼前考虑的甚至不是如何做饼,而是做什么饼。令他欣慰的是手上至少已经有了两袋面粉,一袋是小戚的五十万,一袋是谭启章的五十万,有这点儿家底他应该可以着手了。

有句耳熟能详的话叫"网络改变生活",而萧闯可能是这句话最早的践行者之一,自从有了互联网,他用来消磨时间与精力的两大法宝——游戏和武侠都随之而变。前几年已取代魔方、俄罗斯方块机这类益智玩具的微软视窗扫雷和扑克游戏,又在半年多前让位于新冒出来的联众网游,心情好与不好都会上去打"拖拉机";而一直爱不释手的《金庸全集》则被替换成文字网游"侠客行"。每天股市收盘研究完行情,便会登录上去逛逛,书卷中的江湖就此搬到网页上,令他愈加着迷。

醉翁之意不在酒,游戏本身对萧闯的吸引力并不太大,因为他总能在短时间内成为高手,他玩网游的乐趣主要在于交友。除了经常泡在聊天室谈天说地,还喜欢一边打游戏一边与其他玩家胡侃。时间不长便形成一个小圈子,而萧闯自然是核心,他的威望既来自于功力也来自于魅力,功力在于他不仅是高手,简直是神一般的存在;而魅力在于他豪爽大方、有求必应,不仅好为人师而且经常随手送"银子"给这帮朋友。聊久了他发现这些人有两个特征,一个是都比他年轻,再一个是都没有属于自己的电脑,他们上网的地点都在网吧,"网吧"二字由此进入他的脑海。

自打萧闯有心投身互联网便开始留意网吧,他的逻辑很清晰,搞互联网必须先了解网民,而网民最集中的地方就是网吧,因此网吧自然是进军互联网的起点。他先后去过几处网吧分别见那几个朋友,发现北京做得比较像样的网吧,除了在白石桥的实华开,就是在北大南门外的飞宇。他常去这两家网吧考察。占一台电脑每小时要花二十块钱权当买张参观券,眼睛却盯着左邻右舍都上网干什么,还不时在几排座位间来回晃荡打量上网者都像是什么人、经常访问哪些网站、大概停留多长时间。日后他才意识到这纯粹出自本能的做法,与国内最早的网民行为分析竟十分相似。考察几次之后,萧闯便不满足这种近乎偷窥的手段,他忽然灵机一动,何不干脆找家网吧买下来,自己当家做主,若要全面深入了解客人行为岂不方便很多。况且网吧的一次性投入不太大而现金流极佳,只要占到临近学校集中区的位置,就不愁没有大中学生踏破门槛。

思路大体明确,他便发出英雄帖邀这群朋友聚会,赶上不少人回老家过年,来的只有三男一女。自然是萧闯做东,在清华西门外面找了家门脸不大的火锅店,一边吃一边把他的计划和盘托出,然后问道:"怎么样,想不想一起干?"

三个男孩都还是在校学生,女孩是个北漂。男生互相看看,胖胖的一个说:"闯哥,现在兼职没问题,与其在别的网吧泡着当然不如在你的网吧干活,可我夏天一毕业就该上班了,不知道还能不能继续?"

萧闯回道:"郭胖儿,有台电脑、有根网线你就能干活,至于在单位、在宿舍还是在网吧,有区别吗?"他用筷子一指对面的瘦高个,"瘦头陀明年读完硕士估计要出国念博士,到了美国也一样能接着和咱们干,时空距离在互联网上还算问题吗?"

"瘦头陀"姓鞠,不过他的大名除老师之外没谁习惯用,此刻他正忙于从火锅往自己碟子里捞肉,顾不上表态。另一位看上去有些呆头呆脑的问:"你具体需要我们做什么? 看网吧,还是别的?"

萧闯把筷子一撂:"看看,还是大智若愚的阿甘能问到点儿上。看网吧这种缺乏技术含量的活儿用不着你们,找个外地小姑娘负责收银就行……"几个男生一听都冲在座的女孩坏笑,女孩呵斥一声"去",萧闯接着说,"我需要你们开发三个东西。头一个是网吧管理软件……"

郭胖儿打断道:"那东西简单,从其他网吧扒一个过来改改就行。"

"我要的功能比他们的复杂,首先计费方式不能只有按时段区别标价这一种,我要搞会员制,预存金额、时数积点、累计进阶,方便搞各种灵活新颖的促销。更重要的是我要建立会员数据库,他们的身份信息、上网习惯乃至各种背景资料都要记录下来。"

"这些没问题,我来做,不出一个月交活儿。"郭胖儿很轻松地说,"正好跟我的毕业设计课题相关。"

"第二个,我需要每台电脑上装一个隐蔽的客户端,把上网者的全部操作记录都定期回传给服务器。他访问哪些网站、点开哪些链接、进哪个聊天室、聊多长时间、用哪个电子邮箱等等,越详细越好,我恨不能监视到他每一次移动光标、每一次敲击键盘……"

阿甘冷不丁问:"你要他的邮箱密码不?"

萧闯一愣:"那个也能记下来?"

"当然。你说的嘛,他在键盘上敲啥你都要。"

萧闯张着嘴想了想:"暂时先不用。但最好能记下他邮箱里都有哪些常用联系人、他在聊天室里都有哪些好友。"

"行。"阿甘头也不抬地说,"这个我来弄。"

"你要和郭胖儿做的会员数据库有个接口,我得知道这些网上操作记录具体对应哪个人,他的行为和身份资料一匹配,这样实名的价值要比匿名大得多。"

郭胖儿和阿甘同时答应:"没问题。"

"第三个,在后台要有一个能让我对这些数据加以统计分析的工具,最好能帮我把这些网民的各种特征画一张像出来。"

郭胖儿和阿甘对视一眼都没吱声,一直忙着吃的瘦头陀刚塞进嘴里一根长长的宽粉,吸溜着说:"交给我吧。"

"好!软件的需求说明书我已经基本搞定,还画了不少界面,明后天就可以开干。"

三项中心任务都已落实到人,萧闯心情极佳,旁边的女孩开口问:"喂,你们不带我玩儿啊?"

郭胖儿起哄道:"闯哥,给小翠也找个活儿呗,男女搭配干活不累。"

瘦头陀笑了:"刚才已经说了嘛,收银。你没瞧她起这名字,小翠,天生店小二。"

萧闯问小翠:"你当网管没问题吧?尤其最近有不少事情需要你去跑,地方选定了就得办工商税务,都是烦事。"

郭胖儿插问:"地方选好了?在哪儿?"

"离你最近。"萧闯得意道,"就在北航东边,北边是北医,南面是电影学院,周围是塔院、花园路、蓟门里这些居民区,大中学生成堆;而且挨着北医三院,外地来看病的陪床的也很多,这位置好得不能再好。"

郭胖儿一拍桌子:"太棒了!我每天腿儿着就能到。"

"离我也不远,就隔一条三环路。"阿甘又问小翠,"你新租的房子在哪儿,远吗?"

瘦头陀抢先道:"店小二嘛,干脆住网吧里得了。"

郭胖儿想了一下问:"没记得那儿有网吧,不是盘下来的吧?闯哥要新开一家?"

"对,谈了几家网吧,要么不愿意转让要么开价太黑,干脆租个地方自己开。"

"那得多少钱?"小翠问。

"全下来不到一百万吧。租金不算贵,用不着一楼临街,反正上网的不介意爬层楼,对吧?"几位资深泡网吧的一齐点头。萧闯又说,"关于薪水我是这么考虑的,你们每个月都是两千五,刚才布置的活儿完成后有项目奖金,每月根据网吧经营收益再发月度奖金,怎么样?"几个人又一齐点头。萧闯既像对他们说又像自言自语:"开网吧不在于赚钱,我的本意也不在网吧上。这网吧就是一个微缩的互联网社会,把它琢磨透了干什么都能成。"

吃完饭萧闯要挨个送,瘦头陀说:"不用,我骑车来的,西门进去就是。"郭胖儿在北航,阿甘在北邮,正好顺路。萧闯问小翠住哪儿,小翠说:"我最远了,南边,先送他俩吧。"

郭胖儿和阿甘先后到地方下车,萧闯又问小翠:"你家具体什么地址?"

坐在副驾驶的小翠嬉皮笑脸地说:"嘻嘻,其实我家在北面,清河,就是想让你最后送我才故意那么说的。"

萧闯没在意,反正刚才先往南还是先往北对他都是一回事,于是重复一句"清河是吧",便掉头奔京昌高速。

小翠忽然没头没脑地说:"我以前一直以为你叫床。"

萧闯吓一大跳,下意识踩脚刹车,引得后面的车大肆鸣笛,他惊魂未定边往前开边质问:"你说什么呢?"

"哦,我的意思是,以前一直以为你的名字是'床'。"

萧闯这才明白过来,不由气恼:"那是'闯',三声,ch-u-ang——闯,哪儿来的床!"

小翠嘴一嘬:"又没标声调,我怎么知道是三声。你想嘛,可以是窗、床、闯、创,最先会想到哪个?当然是天天睡的床嘛。反正我一看到你的 ID 就想到床,一上床就想到你。"

萧闯的心跳骤然加快,握着方向盘的手心微微发汗,他尽量装出一副不以为然的样子说:"是你净往歪处想。"

"是你故意引人家往歪处想,不然干吗不直接用中文做 ID? 你就写闯荡的'闯',人家就不会想成'床'了嘛。"

萧闯心神不宁地解释:"'侠客行'里面的命令不是英文就是汉语拼音,我懒得中英文切换,所以就直接用拼音做 ID 了。"

小翠又挤下眼睛:"嘻嘻,其实我家没法住。春节前我新租的房子,今天是回家过完年刚到北京,放下行李就来见你,什么东西都还没来得及置办,就是张光板床,怎么睡呀……"

萧闯的预感越来越强烈,他故意不做回应,让小翠把话挑明。果然,小翠等了一会儿便说:"要不,你带我去你那儿吧。"

"恐怕不太方便,我那儿房子倒是富余,可我父母在呢,跟他们怎么说?"

"嗯——"小翠托着下巴想了想,"那你带我去酒店吧。"

萧闯见小翠的路数正如他所料,心里一阵得意,但随即想起一个问题,不禁叫声"糟糕"。小翠忙问怎么了,萧闯说:"怎么这么巧? 我的身份证不在身上,总算可以把户口迁到新房子,我把身份证给我父母让他们去派出所办手续了。"

"那……有没有不用身份证也能住的酒店?"

萧闯反问:"你的身份证呢?"

"我的也正好不在手里,今天房东给我钥匙的时候把身份证拿去复印,没还给我。"小翠发愁道。

"没办法,你只好回去睡光板床了。不要身份证也能住的酒店我可不敢去住。"

"光板床人家怎么睡嘛,你有没有什么朋友可以想想办法?"

萧闯还真立刻开动脑筋,先想到魏公村那处老房子,但裴庆华在,而且保不齐舒志红也在,大半夜带女孩过去不合适。接着便想到谢航的房子,他一直有钥匙,今天刚去查看过,在谢航回来前将房子通通风,买些食品饮料放到冰箱里。带女孩去谢航家？这念头把萧闯吓一跳，自己这是怎么了？中邪了？发疯了？但他很快认定责任在谢航，是谢航对他的惩罚与压迫令他潜意识要反抗、要示威。谢航已经有近三个月没让萧闯碰她，按说小两口拌嘴不记仇、床头打架床尾和，可如此旷日持久的冷战令萧闯抓狂，他觉得谢航小题大做、不可理喻，自己对她的全部心意、所有的好都被她一风吹了。想到此处萧闯便拿定主意，恨恨地说："走，我带你去个地方。"随即从北沙滩出口拐出京昌高速，掉头向北四环开去。

萧闯把车停在谢航买来又一直空置的车位上，带小翠坐电梯上楼，嘱咐道："这是我朋友的房子，你尽量什么都不要碰，她有洁癖。"小翠怯生生点头。

房门一开，萧闯按下灯的总开关，小翠刚踏进来便一声惊呼，立马把萧闯的嘱咐抛诸脑后，连鞋都没换就四处巡视。萧闯呵斥她回来换鞋，又把她的包撂在门口，一边监视她的行迹一边从客房抱出一条被子摊在沙发上说："你就睡这儿。"

小翠一愣："那你呢？"

萧闯回手一指客房："我睡那儿。"

"啊？！你不会不明白我什么意思吧，刚才不是还要去酒店开房吗。"

"情况不一样，到酒店咱们可以一起睡，但在这儿就只能各睡各的。"萧闯心里一阵郁闷，"你要是不愿意，我这就送你回去。"

小翠一头雾水呆立不动，她起初以为萧闯在逗她，但端详半天发觉不像，实在摸不准萧闯的意图，质问道："你把我带到这儿就为跟我分居呀？"

萧闯愈发懊恼，他生谢航的气、生小翠的气，也生自己的气，烦躁地说："你说没地方睡，我给你找个地方，你还不满意？"

"你真以为我没床睡？"小翠睁大眼睛，"好吧，那我明说，我想和你一起睡！我求你和我一起睡！行了吧，这样你就满意了？"

萧闯觉得小翠既可笑又可怜,肩膀一耸:"我要这份儿虚荣干吗?要是在别的地方我二话不说跟你睡,但就是不能在这儿。"

"那你干吗偏偏带我来这儿?成心耍我?!"

萧闯怒道:"我现在就送你回去!成了吧?"

小翠不作声了,她四下里看看,忽然恍然大悟:"哦,我明白了,这是你老婆家吧?嗯——不一定是老婆,也可能是情儿。"萧闯不做回应,小翠再次陷入疑惑,"那你带我来这儿什么意思?是考验你还是考验我啊?你不会是……就图一个心理刺激吧?"

萧闯赌气道:"我有病!成了吧?"

小翠此时也已经没了心情,她走到沙发上坐下,摸摸下面的被子,喃喃地说:"其实喜欢你挺长时间了,觉得你什么都懂什么都特棒,我刚才没跟你开玩笑,真是一看到床就想起你,一见到你就想上床。算了,可能是我太贱,自找的,活该!"

萧闯心软了:"你这是何必呢。今天情况特殊,改天我约你。"

"干吗?"小翠翻着眼睛看萧闯,"可怜我?施舍我?不稀罕!"

萧闯也没想到一时鬼使神差竟会演变成这样的局面,不知如何收场,搓着手在客厅来回踱步。过一阵小翠说:"算了,我回去了,这儿还不如我的光板床呢。"萧闯一听如释重负,还没来得及假意挽留又听小翠说:"我能洗个澡再走吗?赶了一天路,浑身难受。"

萧闯本想拒绝又有些不忍,迟疑道:"你没带换洗衣服吧?"

"没关系,我就想冲一下。"

萧闯不好再说什么,刚要带小翠去客卫就想起客卫的淋浴房被谢航放了很多东西,只得犹豫着走到主卧推开里面卫生间的门,跟在身后的小翠又发出一声惊呼。萧闯紧张地再三叮嘱不可以乱翻乱动,赶紧洗完出来,小翠连连点头答应,又跑去从门口的包里拿来化妆袋,然后将萧闯推出去关上门。

接下来的二十分钟萧闯坐立不安,既担心小翠打碎卫生间里的东西,更担心小翠出来时一丝不挂;既发愁一旦造成无法复原的损坏该如何过谢航这关，也发愁真面对那样的小翠自己能否把持得住。终于啪嗒一声卫生间的门打开，小翠出来了，好在衣服一件不少，只是头发有些湿、脸红红的。萧闯一步跨进卫生间迅速扫视一遍，除了淋浴房需要收拾之外一切如常。他一颗心落了地，拿起东西准备送小翠回家，小翠坚决不让，说自己其实不住清河，家离这里并不远，打车很方便。萧闯巴不得赶紧处理作案现场也就没再坚持，他送小翠下楼到小区门口，看着小翠上了出租车便马上返回。

从门口开始，萧闯仔细回忆小翠走过的路径、碰过的东西，一处不落地清除小翠可能留下的任何蛛丝马迹。卫生间自然是重点，而淋浴房更是重中之重。小翠沾在毛巾上的头发被他一根根捡干净，扔到纸篓里的护垫被他夹出收在塑料袋中一并带走扔掉。他再三检查各个细微角落，最终确认没有留下任何作案证据，这才长长地呼出一口气。

百密一疏，萧闯到底遗漏了一个地方，那就是洗面池旁边一个摆放各色化妆品的架子，上面有一排十种不同色号 MAC 牌子的唇膏，而其中一支已被小翠拿走。也许是担心空位置太过显眼，她把自己快用完的羽西牌唇膏放到了原处。萧闯被这招移花接木彻底骗过，在他眼里那一排黑亮的小圆筒之间没有任何差别。

六

/

断舍离

谢航结束为期近三周在美国南部从东到西的游历，终于登上返回北京的航班。机型是波音的老款747，谢航的座位在机舱上层的商务舱，两两相邻一排四个位子，谢航旁边是个六十多岁的美国大妈。大妈叫Susan，头一次去中国，既新奇又紧张，碰上谢航这么一位英语流利的正宗中国人如获至宝，聊个没完没了。Susan上来便讲她得的一种病，医学方面的专业词汇谢航所知有限，只能明白是种关节炎，至于是风湿性还是类风湿就云里雾里。Susan在美国看过不少医生，疗效均不显著，医生都倾向让她做手术置换人工关节。Susan心不甘情不愿，总觉得还是身上原装的更好，尽管费用对她不是问题但轮候时间漫长。不知Susan从哪儿打听到针灸对她的病或许有效，更不知她如何找到一家在安徽某地的中医诊所，此行便是慕名专程到安徽求诊。

谢航不懂医，更不懂中医，除了祝Susan好运之外说不出所以然，便把北京和安徽的人文地理、交通食宿大体介绍一番。刚提到黄山和九华山值得一去便发现Susan一脸苦笑，忙解释说黄山不用爬，可以坐缆车上去,Susan只耸下肩膀,又问安徽距离上海有多远。

航程有十余个小时,Susan极为健谈而谢航又是个非常敬业的听众,她总是一副专注的神情,且伴随Susan的讲述时而惊讶时而惋惜,却不料Susan的话题越来越深入越来越私密。谢航不仅得知Susan结过两次婚、与前夫没有孩子、现在的财产大多来自去世的前夫,还知道她与现在的丈夫以及继子继女关系淡漠、与她尚健在的老母亲交恶多年。Susan甚至还向谢航吐露她在上高中时曾被亲舅舅性侵而母亲不许她声张,更提及她在两桩婚姻期间一直与第三个男人保持了一段将近二十年的亲密交往。

谢航听得耳红心跳,心想这个Susan真够口无遮拦,不是说美国人最重视隐私吗,但她很快便理解这是因为在Susan的潜意识中她们二人今生今世很可能再也不会重逢,对她诉说其实就像诉诸流水诉诸清风,很快便飘散得无影无踪。谢航悟出这又是中美文化习俗中的一个差异,中国人往往对生人保持距离、满怀戒备,而对熟人毫无警惕、无话不说;美国人则正相反,像刚才说出的这些隐私,Susan恐怕不会对她哪怕最亲近的闺蜜透露分毫。

时断时续听了大半程,谢航正暗叹这些素材已经足够为Susan写一本精彩翔实的自传,不防Susan忽然闪烁着大眼睛问道:"你呢?可以对我谈谈你了吧?"

谢航一惊,搪塞道:"我?我的生活太简单,毕竟我的年龄大概只有你的一半。"

Susan抬手看眼表,冲谢航挤下眼睛:"那也至少够你讲两小时的。"谢航无奈地笑笑。Susan问,"还没结婚?没看到你戴戒指。"谢航摇头,Susan又追问,"有男朋友吧?"谢航点头,Susan鼓励道,"跟我说说吧,他是个怎样的人?"

谢航实在无法坦诚而自在地谈及这些,但她已听Susan聊了一路,来而不往非礼也,自己不掏出些干货仿佛占了人家便宜,就语焉不详地回答:"实际上可能问题就在于,我现在也不确定他是个怎样的人……"

"你是说……你不再了解他?"

谢航摇头:"虽然我一直不愿承认,但准确地说,我可能已经很难再信任他。"

Susan 的眉毛立刻竖起来:"他欺骗你?"

谢航面带痛苦地点头:"虽然我没有证据,虽然他始终不肯承认,但我相信我的直觉。"

Susan 一耸肩:"都说女人的直觉永远是对的,但是万一你错了呢?"

"我和他在一起太久了,两个人就像长在了一起,简直是连体人。他紧张、他心虚、他愧疚,这些我立刻就能感觉到。"

"但也许正是因为你先认定他紧张,然后果然觉得他紧张。你明白我意思吗?原因与结果可能是反着的。"

谢航心里不再像刚才那般坚定,其实她何尝不希望自己的直觉与判断都是错的,她犹疑道:"我可能偶尔有一次两次神经过敏,但总不会都是神经过敏吧?"

Susan 关切地看着谢航:"他和她经常在一起?"

谢航心情复杂地把脸扭向一边,尽管难以启齿,但她终于挣扎着说出口:"不是她,是她们!"

"什么?"Susan 惊讶得目瞪口呆,半天才说,"也许你不爱听,但我不得不说,他简直是个动物。"等一会儿不见谢航反应,Susan 凑近一些说,"Abby,你有没有想过,也许他在她们面前都是动物,只有在你面前才是人?"

谢航倏然回过头,睁大眼睛看着 Susan:"你的意思是……?"

Susan 颇为笃定地点点头:"如果他在你之外只有一个女人,我会更替你担心;但如果他有若干个女人,我反倒没那么担心了。比方说我吧,我和那个人现在偶尔还会见面喝杯咖啡,虽然我们已经老得什么都做不了,但我心里一直会惦记他。我丈夫从来没和我谈过这个问题,但我猜他一定宁愿我和几个男人有过一夜情随后就忘掉，而不是一直想着一个人。"

这倒是谢航从未考虑过的角度，她刚觉得也许萧闯真的没她认定的那么糟，但脑海里立刻蹦出另一个声音说："即便不是最坏的情况，仍然是个坏情况啊！"

她正纠结，Susan又问："你了解那几个都是些什么样的女人吗？"她话音落地就费力地站起身，嘟囔着，"我必须得去了。"谢航忙起身搀扶，空姐已经快步赶过来撑住Susan，扶着她向后面的洗手间挪去。

尽管这是她最不愿去回想的片段，但Susan的话令谢航再次强迫自己去追忆、去分析、去推理。最先引起谢航留意的是萧闯忽然经常去外地，而且都是在谢航出差的同时，按萧闯的说法是反正谢航不在家，他趁机去考察某个上市公司或拜访某位神秘的操盘手，这样就不会导致一个前脚走、一个后脚回总是错过。谢航听了心里暖暖的，而萧闯确实总能保证和谢航同一天回到北京，丝毫不耽误过二人世界。但谢航很快察觉到萧闯的变化，因为萧闯时不时要尝试一些谢航闻所未闻的花样，谢航感到别扭，问萧闯都是从哪儿学的。萧闯支吾说酒店的付费频道有时放毛片，随即觍着脸说下次咱俩一块儿看。他说夫妻看片，可以互帮互学。谢航骂声流氓就没再多想。其实谢航在商界这么多年又是在外企圈，这类事听的见的多了，一些男同事和代理商的人经常当着谢航的面大谈各种艳遇，有花钱的也有不花钱的。但以前谢航根本没把萧闯往那方面想，因为她始终认为萧闯和那些人不一样，那帮家伙都是一般男人，而萧闯是不一般的男人。

后来的事情发生在买房期间，她注意到那位售楼小姐看萧闯的眼神有些异样，又有几次萧闯接到售楼处来电时总要躲到老远去接，再往后签约时那位售楼小姐竟然避而不见，改由别的售楼小姐接待。谢航愈发生疑，因为售楼小姐向来对提成看得极重，为了争单不惜使出各种手段，岂能轻易将到手的业绩白白让与他人。唯一说得通的理由是萧闯要求那个女孩刻意回避，而那女孩居然如此听命于萧闯，说明萧闯肯定没让她白白回避。谢航试探着问过萧闯，萧闯说可能售楼处怕丢掉这两套房子的生意才内部协调换人；谢航问他们怎么会担心丢掉生意，萧闯说你瞧原先那个女孩不顺眼嘛，人家还能不换人。谢航问你怎么知道我瞧她不顺眼，我不记得有过任何表露。萧闯一愣，片刻之后才梗着脖子说，你们都是做销售的应该比我懂吧，客户的好恶隐藏得再深人家也能辨别出来。谢航没再说什么，而萧闯自此不再让谢航替他接手机、查短信，谢航则尚未搬进新居就时常萌生念头把这房子卖掉。

Susan蹒跚地回来了，谢航正发愁如何回答她之前那个问题，幸好Susan已然忘个干净，劝慰谢航说："有的男人可以把女人分得很清楚，他只会把她们偶尔放在两腿之间，唯独把你永远放在心里。"

谢航心说拜托不要描述得那么栩栩如生行不行，同时也不得不承认Susan的话让她心里确实稍许宽慰。她一直苦苦陷于一个泥沼无法自拔，总巴望着萧闯能给她一个说法让她解脱出来。而萧闯却始终一副"你非那么想，我有什么办法"的态度，这让她不仅恨萧闯，也恨自己。

"你们在一起时感觉怎么样？"Susan见谢航发愣便补一句，"在床上。"谢航窘得不行，只轻轻摇摇头。Susan皱起眉头，"感觉不怎么好？"

谢航还是摇头，垂着眼帘说："好久没在一起了。"

"究竟有多久？"

谢航想了想："差不多三个月。"

Susan张大嘴巴无声地长长一个"哇"，盯了谢航好一会儿才说："Abby，我不得不说你真的是很蠢，你这样只会把他推开，推得越来越远。你这样聪明的女孩究竟是怎么想的？你是为了惩罚他？那你大错特错，他可以有很多解决方案，只会让他确信即便没有你，他照样过得下去；你是因为觉得自己不够好，所以他才会去找别的女人？那你可真是蠢得没救了。你不仅要相信自己是最好的，更要让他知道你有多好。"

谢航再次无力地摇头："都不是。我只是从心里排斥他，觉得他有些……脏。"

"那只能说明你不是特别想要他，甚至你根本没那么爱他！"Susan一派很权威的语气，"我听到一种说法是我们嘴里有非常多的细菌，听起来吓死人。但我遇到我的男人就会立刻扑上去吻他，我才不会先让他含一口漱口水，更不会管他以前是不是吻过别的女人，鬼才在乎那些！"

"但我做不来，我总会联想到……"

"忘掉你的脑子吧，把它放到一边，什么都不要想。Abby，我早看出你是个完美主义者，非常理智，你甚至是那种刚做完爱便马上整理床单的女人。这就是你的问题，你不仅要学会接受不完美，甚至要去拥抱不完美。去和他在一起吧，只有那样，你的身体、你的心而不是你的脑子才会告诉你是不是还爱他。"Susan又冲谢航挤下眼睛，"没错，他们都是肮脏的动物，但你要记住，我们也是。"

飞机落地之后因为需要轮椅所以Susan要等到其他乘客都下机后再走，谢航临分别时和她拥抱。Susan问："他来接你？"谢航点头，Susan笑着在她耳边说："去给他一个拥抱，然后狠狠干他！如果他是个混蛋，你顶多再多后悔这一次；但如果他是个好家伙呢，要不然你可就后悔一辈子。"

谢航走出海关一眼便从接机人群中看到萧闯，因为萧闯更先一步发现了她正冲她手舞足蹈。谢航拽着行李挤过堵在出口的人，见到迎面走来的萧闯便把拉杆箱甩在一旁，扑上去紧紧搂住萧闯就是一个长吻。如此突如其来的恩宠确实把猝不及防的萧闯惊到了，他两眼圆睁愣了片刻才伸开双臂抱住谢航。旁若无人地吻了好一阵，萧闯突然松开嘴叫道："啊呀，你咬我舌头了！"谢航咬牙切齿地瞪着他，眼睛里却全是笑意。萧闯呵摸着嘴，心满意足地回味道："这是1999年度你第一次吻我。"

谢航揪着萧闯的耳朵小声说："待会儿还有本年度的另一个第一次。"

萧闯一怔，立马反应过来，他二话不说一只手拎起拉杆箱，一只手拖着谢航就朝到港大厅外面跑。出门穿过繁忙的车道，终于在露天停车场找到大欧宝，萧闯把行李搬进后备厢，谢航喘着粗气抱怨："跑什么呀！再猴急也不在这一会儿吧。"

"等太久了，多一会儿都等不了。"萧闯四下看看，急促地说，"这儿人来车往的，京顺路边上有好几片小树林，咱开进去把车一停，就在车里，怎么样？"

"去你的！"谢航使劲白他一眼就转身坐进车里，等萧闯也坐好启动车子，谢航叹道，"你倒是挺有劲儿，那么沉的箱子你拎起来就像是空的，我都跟不上你。"

萧闯淫邪地一笑："这算啥，等会儿我让你知道什么才叫真有劲儿。"

谢航伸出手还没掐到他便听见手机响，掏出手机先冲萧闯做个噤声的手势才接起说："喂，你好！"

"您好！请问是谢总吗？……我是 Diana，我是一家猎头公司的，以前曾经和您联络过，不知道您还有印象没？"

"Diana 你好，我有印象。你这电话来得真够巧的，我刚下飞机。"

"不是巧，您不知道我这两天一直在不停拨您手机，您秘书告诉我您去美国了，但什么时间回来她不肯说，我只好过一会儿试一下。"

"哦，我去美国休几天假所以没开机。你有什么事吗？"

"我就是想问您一下，现在是否考虑外面的机会？我这边正在帮一家非常有实力的公司找人，是一个非常高的位子，无论是发展前景还是 package（待遇）都非常好，想问您有没有兴趣。"

"哦，那你可以多说一点儿那边的情况吗？"

"是这样谢总，我上次联络您的时候，您说暂时不会考虑离开 IEM，所以我想先了解一下情况是否有变化。如果您还是没有离开的意愿，我恐怕不方便向您透露太多,因为您肯定理解像这么高的职位确实非常敏感,我的客户希望在很小的范围内进行。"

谢航笑道:"是否有意愿取决于外面机会究竟如何,我现在心态很open(开放),没什么理由让我一定要离开 IEM,但也没什么理由让我排斥任何其他机会。"

"嗯——那我大体跟您介绍一下吧。我的客户是一家五百强公司,总部在硅谷,主要做半导体、芯片,在这个领域可以说数一数二吧。这次的职位是中国区的'一把',直接向总部汇报,独立于亚太区之外。原先坐这个位子的人是从总部派来的,他们现在倾向于从本地找继任者,本地化决心真挺大的……"

萧闯做手势让谢航看窗外,原来车在机场高速上正好途经那连片的树林,冬末时节枝叶凋零,能看到真有辆车停在树林深处。萧闯露出一脸坏笑,谢航顾不上理睬便打断 Diana:"你说的是 INF?盈孚?老 Tom 不做了?他们真打算换本地人?"

Diana 有些尴尬:"呃……我知道对于圈子里的您而言应该很容易猜到。我想跟您多说一句,无论您是否有兴趣,都请您还是暂时保密。"

"请你放心,规矩我懂。不过那个 position(职位)是在上海吧?他们考虑搬到北京?"

"这个职位还是会常驻上海,但肯定要频繁出差,北京是经常要来的。"

谢航把左手伸过去勾住萧闯搭在挡把上的右手,十指相扣握在一起,说:"可是我恐怕不会考虑离开北京,我不介意频繁出差也可以经常去上海,但我希望常驻地点是北京。"

"谢总,对于像您这样整天飞来飞去的高管而言,常驻北京还是上海其实真的区别不大的。我的客户会为您在上海提供很好的居住条件,不仅不需要您本人花钱还会给您相当高的补贴。"Diana 进一步劝说道,"谢总,我对您交个底吧,其实在我的客户为我们圈定的潜在人选短名单上就有您，明确列出您的公司、部门和职位，虽然他们不方便直接写上您的名字，但我相信他们是很了解您的情况而且很有兴趣和您接触的。"

谢航委婉而坚决地说："谢谢你 Diana，给我介绍这样好的一个机会，不过真挺遗憾的，"她满眼温情地看着萧闯，"我现在不想离开北京。"

萧闯也扭脸看眼谢航，用力攥了下谢航的手。

一进家门，萧闯放下行李便拉开冰箱门表功："看，过期的东西都扔了，该备的全给你补齐了，早说过有我在保你吃喝不愁。"

谢航双手勾住萧闯的脖子说："有你在，真好。"

萧闯立刻勃然兴起，弯腰抱起谢航就往卧室走，嘴里吆喝："交公粮喽！今年头一次，交的是去年的余粮！"

谢航拼命挣扎跳下来："不行不行，我必须得先洗澡。"

萧闯不依："等不及了，我又不嫌你脏。"

谢航心里一颤，想起飞机上她对 Susan 说的话，一时又有些纠结，但萧闯眼中那热辣辣的渴求让她许久以来再一次感受到被需要，也令她渴求被拥有、被满足。她摘下发卡甩一下脑袋，让原本盘着的长发也像她一样摆脱束缚、倾泻而下。她盯着萧闯说："那就一起洗，谁也不许嫌谁脏。"

其实传统意义上的洗澡还没开始便告结束，没等水流调到理想的温度，两个人已经在并不宽大的淋浴房里纠缠在一起，阵地随后转移到卫生间的瓷砖地上，最终又转移到床上。谢航仿佛从未像这样彻底打开自己，印象中萧闯也从未像这样使出浑身解数百般逢迎。萧闯三番五次问她舒服吗、这样行吗、还要吗，令她屡屡在关键时刻出戏，恨得她铆劲在萧闯腰上一拧，用走调的声音喝令他不许再说话。同时她心里感到前所未有的满足，她明白了天底下没有人比萧闯更在乎她。萧闯此刻已真正做到了忘我，他是把谢航的满足作为自己唯一的满足……

近乎虚脱的谢航浑身湿漉漉的躺在床上，过了好一阵刚感觉有点儿力气又猛地想起什么，用手在床上摸索，闭着眼睛喃喃道："床单全湿了吧？"她随即想到 Susan 对她那句极传神又极贴切的点评，不禁哑然失笑。萧闯把头侧个角度，纳闷地看着她，她无力地摆下手，转而说："我今天才发现，你还挺高尚的。"萧闯更加不解，谢航又说，"你不是光想自己，你真的挺在乎我。"

萧闯这才明白过来，贱贱一笑："全心全意，为您服务！"

谢航打他一下，又定睛看他的后腰，怯生生地问："我刚才把你拧疼了吧？"

"没事，你看连红都没红。"萧闯一龇牙，"那时候你已经没什么劲儿了。"他拱起腿揉搓膝盖，谢航这才发现萧闯两个膝盖上各有一块大大的瘀青，忙问怎么了，萧闯苦笑："刚才在瓷砖上跪的。"

谢航立刻坐起来审视，心疼得不行："好像挺厉害的，硌得太久了，我给你做个冰袋敷一下。"

"不用。"萧闯拉住谢航的胳膊，笑道，"我才想起来，这不仅是今年头一次，也是你三十岁以后的头一次。我算明白了什么叫如狼似虎，一过三十真不一样。"

谢航竭力张开巴掌去打，可挨到萧闯时只是像自由落体一样耷拉下去，筋疲力尽地嘟囔："实在睁不开眼了，飞机上没合眼，时差反应加上被你折腾，我得先睡了。"

萧闯忙起身说："你再坚持一会儿，我给你做点儿吃的。"

谢航躺下拽过被子："嗯，如果我睡着了不许叫我起来吃东西。困，不饿。"

萧闯附到谢航耳边说："因为我刚才已经把你喂饱了。"

因为时差的缘故，第二天早上不到五点谢航就醒了。她在黑暗中侧耳细听，睡得正酣的萧闯发出低沉的呼噜声，她暗笑看来昨晚确实把萧闯累得够呛。谢航蹑手蹑脚摸索着走进卫生间，关严门再开灯生怕影响到萧闯，她要先好好洗个澡，准备六点钟出去到元大都遗址周边买些早点回来,在美国兜一圈实在是馋豆浆、油条了。

哗哗的水声响了好久终于停下,过一阵传来吹风机的嗡嗡声,萧闯在睡梦中翻个身,含混不清地嘟囔几个字。又过一会儿卫生间的门忽然啪地打开,雪亮的光线投射到床上,谢航快步走出来把主卧的顶灯和床头灯都打开,整个主卧霎时亮如白昼,萧闯咕哝着把被子往上拽罩在脸上。谢航站在床前等了片刻,见萧闯又睡了,就拿起床头柜上的手机捅他。萧闯急赤白脸地把被子掀开,随即用胳膊挡住眼睛抱怨道:"干吗呀,才几点就不让睡觉……"

谢航的声音冰冷:"你起来,把衣服穿上,我有话问你。"

半梦半醒的萧闯眯缝着眼睛瞭谢航,他看到的是一张完全陌生的脸,此时的谢航不仅与昨晚判若两人,那股煞气更是从未见识过。他被吓醒了,睡意全消,伸手抓过几件衣服胡乱套上,眼睛里充满惊慌与恐惧。

居高临下的谢航将这一切都看在眼里,她把一直放在背后的左手伸出来摊开,问坐在床沿的萧闯:"这个是从哪儿来的?"

谢航白白的手心里是一支黑色的管状物,萧闯想探手接过来看又没敢,反问:"这是什么?"

"一支口红,别人的口红。"

萧闯伸出手想去拿,谢航显然不愿他的手碰到自己,直接把口红扔到他怀里。萧闯抓起来翻来覆去看几眼,漆黑的外观上有一条红色,中间是两个白色的字——羽西。"你见我用过这个牌子的口红吗?"正懵懂间又听谢航命令道,"你把它拧开。"萧闯像个机器人一般照做,只见已经快用到根部的口红膏体尖端呈现一种怪异而可笑的月牙状。谢航又回卫生间拿来一支口红,通体黑色中只有三个浅色字母——MAC。她把口红拧开,用了一少半的膏体顶部是近乎完美的斜切面。"看出区别了吗?你现在回答我,这支口红是怎么来的?"

萧闯的头登时大了,事发太突然而他又全无防备,一时毫无头绪只好拖延时间,抵赖道:"我哪儿知道怎么来的……"

"只有你和我有钥匙,这个家里出现了不属于我的东西,唯一的知情者想必是你吧?"

萧闯立刻抓到机会:"不对啊,你爸妈也有这儿的钥匙,还有小时工! 你应该去问她们,干吗问我?"

"我妈这辈子没用过口红。我的那位阿姨你见的次数还少吗,她什么时候抹过口红?!"

"但她照样有嫌疑,可能她女儿用口红,她看你的口红好,就偷换一支拿回去给女儿。"

谢航轻蔑地冷哼一声:"你还是别让我连你的智商都鄙视吧。如果她想要哪支口红拿走便是,然后只要告诉我是不小心弄坏了或者弄丢了,难道我会计较? 她打碎的香水还少吗,我什么时候计较过! 她怎么会蠢到放一支女儿的口红在那里? 就像我的现金都搁在抽屉里,从来不上锁也不记数,如果她拿走一沓我根本不会发现,但她会傻到换成一沓毛票放回去吗?"

萧闯此时已经在脑海里锁定肇事者是小翠,但这一发现却让他更加稳不住阵脚,胡乱攀扯说:"也许是你妈跟你闹着玩儿,捡了支口红放那儿,故意吓唬你。"

谢航竟然笑了,但这笑让萧闯感到一阵毛骨悚然:"看来我实在是高估你了。如果你一口咬定是你跟我闹着玩儿,或者喝醉酒了,或者就是生我的气,把我的口红随手扔掉又放上一支捡来的恶心我,即便我不会轻易相信但也没办法反驳。你倒好,居然扯到我妈身上,这样毫无章法的胡搅蛮缠只会证明:第一,你知道事情的真相;第二,这个真相并非你蓄意安排,你和我同样意外。"

萧闯的底气已经被谢航这一连串精确打击彻底摧毁,他决定不再做无谓的抵赖,而是闷头不语,生怕自己乱中出错露出更多马脚。谢航则正相反,眼见招招击中萧闯,一丝快意令她乘胜追击:"我还可以再给你提供点儿线索,这支口红的主人经济条件应该相当一般。倒不是因为口红的牌子,而是因为她为什么挑走那一支。那支色号很少见,我几乎没机会用,所以膏体剩得最多。她根本没有每支试色,丝毫不讲究哪个颜色适合她,而是专挑哪支能供她用得最久。可见她并非之前的那位售楼小姐,也不像那些挣钱很容易的女人。怎么样,你还有什么要补充的?"

萧闯暗地琢磨了好大一会儿,小翠这样做的动机,难道真是贪图一支并非多么昂贵的唇膏?不见得,也许更多的是出于报复。他实在无法参透小翠的心理,口口声声已说经喜欢他很长时间,巴不得以身相许,可一转眼就给他下了一个套。小翠已经看出这房子很可能属于萧闯生命中最重要的女人,随手一拿一放便埋下一颗威力巨大的地雷。萧闯不禁打个冷战,女人真是太可怕了!再抬眼看谢航,昨夜宛若天仙此刻却已变成一尊煞神,他不禁又打个冷战,女人真是太易变了。萧闯有种从未体验过的无力感,既无法扭转小翠一手制造的危机又无从追究她教训她,而面对谢航他早已丧失再演一场"智斗"的勇气,便摆出一副听天由命的架势:"随便你怎么想,反正不是你想的那样。"

谢航冷笑:"这句话过去一年你好像重复不少次了吧。能否请你告诉我,真相究竟是什么样?"

"不都说男人才是上床一个样、下床另一样吗,你昨天上床的时候还好好的,怎么一下床就翻脸?你这是干吗?审贼呢!"

"这话正应该问你,为什么和我好好的,转眼就冒出别的女人?翻脸的究竟是我还是你?萧闯,你以为我是在审你吗,我是在给你机会,也给我们一个机会;我是在求你,求你给我一个说法,让我相信我的所有猜想所有推理都是错的!"

"我说了你也不会信。"萧闯一脸沮丧,"连我自己都不信,真是见了鬼了。"

"是吗?未必吧,不要这么不自信。说吧,让我见识一下你的想象力,也考验一下我的理解力。"

萧闯便尽量简略地把那晚发生的事情叙述一遍,说到最后竟觉得很是委屈。谢航难以置信地问:"然后呢,就完了?"

"真的就完了,我立马开门让她走人。不信你可以去保安室查电梯里的监控录像,应该不会删了吧……从上楼到下楼总共没多长时间,我什么都没干,她就洗了个澡……"

"你闭嘴!还嫌不够恶心吗,你还有脸去查监控,有本事你用监控证明你没往这儿带过女人!萧闯,别的我先不管,你就回答我一个问题,为什么把她们带到这儿来?你不知道这是我家吗?你不知道这是仅属于我和你的地方吗?你究竟为什么带她们来糟蹋我的家!是向我示威?往我身上泼脏水?朝我心里捅刀子?"谢航绝望地喊,"你让我还怎么在这个家待得下去?全都让你给毁了!"

同样陷入绝望的还有萧闯,他发现自己又一次犯了无可挽回的错误。他本以为自己一五一十如实交代,重点在于自己止步于"九"、绝没到"十",而在谢航眼里最重要的是他迈出了"一",这就足以证明一切。因为一生二、二生三、三生万物,从"一"到"无穷"不仅顺理成章而且毋庸置疑。至于那个"十"究竟做没做早已无关紧要。他近乎带着哭腔辩白:"哪有什么'她们'?就一个人,就那么一次,而且我什么都没干。"

谢航果然是嗤之以鼻:"一个人、三个人还是十个人,有区别吗?待了十分钟、一小时还是三天,有区别吗?你只需要告诉我,为什么把人带到我家?!"

"因为我心里有气!因为我不痛快!因为你三个月不许我碰,对我实施冷暴力!"萧闯憋闷已久的怨气骤然爆发,"我就是要向你证明,让摆在房间里的这些照片都替你看清楚喽,有女的哭着喊着让我干她,但我什么也没做,碰都没碰她一下!"

"难道你还成了无辜的一方?!以前的事呢?你敢说自己什么都没做、碰都没碰过那些女人?本来我昨天已经下决心把那些全忘掉,就当一切都没发生过,毫无保留地接纳你,和你重新开始,可你呢?!我的所有努力全白费了,全都让你毁了!"

"全怪我?你就一点儿责任都没有?"萧闯斜睨着眼睛反诘。

"我？我从来没做过任何对不起你的事！"

"但你说话不算数！是谁亲口对我说的'任何时候、任何地方，只要你想要我在你身边，我就一定会在你身边'……你忘了？你做到了吗？你知道我最受不了孤独，大半夜一个人在外面逛，像鬼一样，可你在哪儿？我给你打电话，你说正在赶标书，让我别闹，你当我是小孩子吗？我特空虚、特寂寞的时候你在哪儿？你在我身边吗？"

谢航愣愣地看着萧闯，半天才无力地反问一句："你当你是小孩子吗？"她的心凉透了，像一坨冰坠下去，碎了一地，再也拢不到一起。她为萧闯付出那么多，但总有分身乏术、力有不逮的时候，不仅得不到理解，反而成了背叛她、伤害她的借口。她咬着牙又问："既然说到从前，那我问你，我们第一次在一起时所做的约定还记得吗？"

萧闯皱着眉想了想："什么约定？"

"你的第一次也是我的第一次，你的第二次也是我的第二次，以后咱俩的次数必须永远一样，谁也不许比谁多！可你呢？你比我多了多少次？！"谢航见萧闯仍一脸迷茫，随即想起那一幕的种种细节，颓然地把头向后一仰，凄凉地说，"是我错了，是我想当然了，你当时着急上厕所，你根本没答应这个约定……"

萧闯这才有了些印象，幻觉中仿佛又回到初尝禁果时的刺激与甜蜜，竟贱兮兮腆着脸说："她们跟你不一样，完全不可比。你就把我那些事想成是上厕所，其实发泄和排泄本来就是一回事，我跟你是走心，跟她们是走肾……"

谢航厌恶地把脸扭向一边，仿佛萧闯就是一头在烂泥塘里打滚的猪，令她恶心。萧闯的头脑此刻确实堪比猪脑子，竟误以为谢航是心软了，居然跷起二郎腿晃悠着说："既然说到次数，那咱们就算算账，这些年咱们总共做过有几百次了吧……"

"昨天是第八百七十七次。"谢航面无表情地说。

萧闯一脸惊讶，马上笑道："我最佩服你对数字的敏感，只要你想记的绝对不会错，平时开销你从来不记账，这方面的账倒门儿清。那我问你,去年一共几次?"不待谢航开口他便直接说出答案,"十三次! 这数我不需要你那记性也能记得住。一年十三次,相当于最初的半个月! 这交易量简直是地量,从头一年的天量到去年的地量,萎缩得也太惨烈了吧。"

"你想说什么?"谢航冷冷地问。

"你不觉得这里面有问题吗? 是,你老得出差,一年有一多半的日子在外面跑;是,你压力大,烦心事一大堆,连跟我逗贫的心思都没有;是,你回到家经常累成一摊泥,有好几次我还没给你按摩完你就睡着了。这些我都理解,我埋怨过你吗? 我勉强过你吗? 我对你有过一丁点儿不上心吗? 但你能不能也理解一下我,对我稍微宽容点儿,在丝毫不影响咱俩在一起的前提下,稍微给我点儿自由度,行不行? 别动不动就冷战,行不行?"

"行! 我现在就可以向你宣告,冷战结束了,一切都结束了!"谢航原本听了萧闯那前半段话又有些于心不忍,但他最后这几句不啻压垮骆驼的最后一根稻草、钉死棺材盖的最后一颗钉子。谢航决绝地说:"事到如今,你没有一句认错的话,更没有一句道歉。好吧,我给你自由度,而且不是一点儿,是全部!"

萧闯傻了,忙放下二郎腿站起来,谢航立刻向后退一步,萧闯连声哀求道:"你别吓唬我,我错了,都是我不好,对不起。咱们这么些年了,哪儿能说分就分呐,不就一支口红嘛,哪儿至于闹到这个地步……"

谢航伸出一只手向上摊开,昏头涨脑的萧闯不明所以,战战兢兢正要把那支羽西牌的口红放到她手心里,就听谢航厉声断喝:"谁要你这个,钥匙! 我家的钥匙! 还给我!"

萧闯下意识地看眼床头柜上的手包,谢航立刻抄在手里,从中翻出自家钥匙又把包扔向萧闯。她从衣柜里拿出外衣,一边向外走一边头也不回地说:"待会儿我回来时,不想再看到你。"萧闯刚追上两步叫声"谢航",谢航扭头怒目圆睁,萧闯竟被这目光钉在原地动弹不得。谢航说:"给你自己留点尊严吧!"然后拉开门昂然走出去,回手把门重重地摔上。

谢航在凄冷的清晨漫无目的沿着元大都遗址旁的小月河行走,她不想也不敢停下来,因为一旦放慢脚步寒意就能刺透肌肤直入骨髓,她把衣领紧了又紧仍然没法抵御,这才发现其实她的内心比外面周遭还要凉。早点摊业已摆出来,但她没胃口,走过了芍药居见小月河折向正南,她又掉头往回走。一直熬到八点钟她终于失去耐性,掏出手机从已接电话中找到那个号码拨回去,对方接起来她便说:"早 Diana,我是Abby,抱歉这么早就打搅你……对,都是时差闹的,我已经忙了三个小时……是这样,你昨天跟我说的盈孚那件事情,我昨晚反正睡不着就一直在考虑,想来想去就觉得 why not? 也不是一定要老死在北京,去上海未尝不可,也许能开启一段新生活呢……对,我愿意考虑盈孚那个位子,你看什么时间方便咱们当面聊一下……好的没问题,我也会尽快把CV(简历)update(更新)以后发给你……好的,那就下午见。Bye。"

收起手机谢航一抬头竟发现已经在无意识中走回罗马花园,她仰起脸端详这几座看着很气派的楼宇,决定尽快找一家地产中介把房子卖掉,这里不仅没有任何东西值得她留恋,她简直恨不能把与之相关的记忆统统抹去。想到这儿,她又忽地怅然若失,其实仅剩的已只有一些记忆,把它们彻底抹去之后就真是一无所有了。谢航忽然感到一阵晕眩,她无力地扶着一棵小树蹲下,把脸埋在肘弯里,哭了起来……

七

草台班子

萧闯满脸不高兴,一进来就对开门的裴庆华抱怨:"什么事儿非得让我来一趟,电话里说不行? 我现在忙着呢。"

裴庆华满脸堆笑殷勤地说:"电话里讲不清楚,必须现场描述才行。这是你家嘛,我只是暂时借用,所以在变更用途之前必须征得你的同意。"

萧闯一愣:"你想干吗? 开旅馆? 先警告你,绝不允许把我家变成容留妇女那什么的场所。"

"你想哪儿去了,也就你有资源开展那种业务。"裴庆华先把萧闯领到厅里,"你看啊,我想把这排沙发还有组合柜、电视柜都处理掉,卖的钱当然归你,然后我会趸摸几套办公桌椅,估计这间屋能坐五六个人……"

"你想干吗? 开公司? 工商税务都不允许用家庭住宅作为公司的注册地和办公地,这你不知道?"

"知道知道,那些是后话,我再想办法。现在先得找地方让开发人员把网站搭起来,买几台电脑连成一个小局域网,再通过 ISDN 上网,总得有个能干活的地方吧。闭门开发不扰民又没访客,街坊四邻应该不会有意见。"

萧闯皱着眉头:"就这么几个人? 你要做的网站可够简陋的。"

裴庆华忙把萧闯领进大点儿的卧室:"这间过去是你爸妈住的,我一向很少进来。想听听你的意见,我能不能也把它变为办公室? 把床、大衣柜都卖掉,钱都是你的,和厅里一样又能坐五六个人。"

"那你呢,还住我那间小屋? 一帮工程师晚上在外面桌上加班,你和舒志红在里面床上加班? 行啊老裴,挺有创意啊。"萧闯露出一脸坏笑。

"你别老以为我跟你似的。那张行军床要是没卖就好了,我现在得重新买一张,晚上打开就在过道里睡,挺好。"

萧闯诧异:"那小屋呢,也当办公室?"

"我打算把我姐接来,这么多人在这儿上班,我想让我姐管做中饭和晚饭,省得大家花时间出去吃。"

萧闯鄙夷道:"是省得你花钱让他们出去吃吧? 买盒饭多方便。老裴你真够可以的,抠成这样想不发财都难。"

裴庆华有些不好意思:"省钱真不是首要目的,关键是担心外面卫生不过关,万一吃出问题我还得承担责任,而且我姐可以变着花样给他们做,还都是小灶。"

萧闯懒得再挤对他,不耐烦地问:"就这事?"

"对,一方面得请示你,另一方面想问问这费用你能不能……"裴庆华说完就可怜巴巴地看着萧闯。

"费用?"萧闯又一愣,"你是指房租? 我不是答应这房子给你用吗,至于是你自己住或者跟舒志红一起住,还是找一帮人来干活,都跟我没关系。再说了瞧你现在这抠抠搜搜的样儿,我能要出几个子儿? 算了,还不如让你欠我一人情呢。"

裴庆华感激得抓住萧闯的手:"这人情可太大了,我将来一定加倍还你。要不这样，今天晚上我请你和谢航吃饭，你们挑地方，我叫上舒志红。"

萧闯一下子蔫了，手无力地耷拉下去，一脸的哀戚："这钱估计你又省了，谢航恐怕不会再和我见面，更甭提同桌吃饭了。"

"怎么了你们？又吵架了？"

"这回不是吵架，她跟我分了，不许我再拿着她家的钥匙，连和我同住一个小区都不肯，搬回她爸妈家挤着去了。这不明摆着跟我不共戴天了吗。"

"啊？"裴庆华大惊失色，"不会吧？肯定是吓唬你呢。谢航怎么可能跟你分手？天底下最不可能分开也最不应该分开的就是你们俩。"

萧闯的眼圈红了："这话你跟我说没用，得跟谢航说。哦不，跟谢航说也没用。我了解她，当初她是铁了心跟我，如今是铁了心蹬我。"他说完就径自往门口走，嘴里唱道："爱到尽头，覆水难收；爱悠悠，恨悠悠；为何要到无法挽留，才又想起你的温柔……"拉开门背对着裴庆华挥一下手，走了。

裴庆华呆呆地钉在原处，他仍然难以置信，如果谢航都能离开萧闯，这世上还有什么真能持久呢？空旷的楼道里传来萧闯的歌声，他已经不管不顾地扯开嗓子在唱，明显带出哭腔："……多想说声我真的爱你，多想说声对不起；你哭着说情缘已尽，难再续，难再续；就请你给我多一点点时间，再多一点点问候，不要一切都带走……"

恍惚着走过去把门关好，裴庆华想起应该马上找谢航谈谈，不仅因为他从心里认定谢航与萧闯不该分开，他也巴望如果真能成功劝和，萧闯的人情他就算加倍还上了，保不齐还有富余。他拨谢航的手机，铃声响过十遍仍然没接，直到切换为那个女声"对不起，您拨打的电话暂时无人接听，请稍后再拨"，他只得发条短信声明拿着手机的确实是自己本尊而不是萧闯。

等了一会儿仍然没回音，裴庆华定定神便拨另一个号码，这回很快接通，他挺亲热地说："戚总吗？我庆华。怎么样最近？生意挺好吧？"

"马马虎虎。你怎么想起给我打电话了?"小戚的声音里明显透着戒备。

"怎么,不欢迎我跟你随便聊聊?"

"之前的事不都早了结了嘛,你还想怎样?"小戚越发紧张。

"我记得上次在你们公司你提过一句,说欢迎我到你那儿办公,地方、桌椅、设备都随便用,我没记错吧? 现在地方和设备我自己想办法解决,但还缺一些桌椅,你那儿现成的桌椅能不能给我十套?"

小戚有些狐疑:"你真的就想要些桌子椅子?"

"对,普通的电脑桌、电脑椅,简单实用就行。"

"哦,那你是想买还是想租?"

裴庆华笑道:"都行。我待会儿让小北去找你,让他实地看看桌椅的样子,是买是租、多少钱你们俩当面商量,怎么样?"

小戚立刻说:"不用不用,这点儿小事用不着那么麻烦,不就十套桌椅嘛。你把地址发给我,我找搬家公司给你拉过去。"

裴庆华连声道谢,最后感慨一句:"哎呀,有朋友真好。"

挂上电话小戚还在琢磨,裴庆华所指的朋友究竟是他小戚还是小北?

裴庆华刚把手机放回兜里电话就来了,他拿在手上看一眼,是谢航。

萧闯确实挺忙,他从魏公村直接赶到学院路上的麦当劳,郭胖儿、阿甘和瘦头陀都已经到了。萧闯先给他们买些吃喝,然后便趴在桌上审查三个系统的逻辑流程图。最先看的是郭胖儿负责的网吧管理系统,因为这个要得最急,没有它网吧开业都受影响;而阿甘负责的客户端木马即便晚几天做好,无非是晚装几天少收集一些数据而已;至于瘦头陀负责的后台分析工具更不着急,因为反正得等阿甘的木马搜集到足够多的网民行为数据之后才能派上用场。

郭胖儿的特点是动作麻利但活儿比较糙,考虑问题不够细,如果一个事件有三种可能性,他有极大的概率会漏掉其中一种。萧闯一边标注问题一边挤对郭胖儿:"你设计的航天飞机要能上天才怪呢。"郭胖儿很不以为然:"我又不搞航天飞机,我只搞计算机。"阿甘则相反,慢工出细活,虽然从进度上看有些拖沓但找不出什么毛病,他确实喜欢琢磨,连本应郭胖儿负责的会员数据库架构他都一并考虑,还顾及如何为瘦头陀的分析工具抓取数据提供方便。学历最高的瘦头陀做东西果然学究气十足,他更在意的是如何充分体现自己的学术素养和编程技巧,至于将来使用者体验好坏就不在他的考虑范围之内。

忙活了大半天,大可乐续了若干杯,三个系统的详细设计总算敲定,下一步就是代码实现和测试阶段。萧闯叮嘱郭胖儿编程时一定要更加认真,心里已经拿定主意必须把测试重点放在郭胖儿的东西上。

临结束时萧闯看似不经意地问:"你们谁有小翠的消息?"三个人互相看看,都摇摇头。萧闯又问:"她没和你们任何人联系?"

瘦头陀说:"我给她在几个论坛都发了站内信,没回音。我看过她的访问记录,自从上次吃火锅以后她就没登录过论坛。"

郭胖儿有些愤愤然:"她的呼机已经停机,这是要跟咱们一刀两断?"

"估计是又欠费了吧……"阿甘忧心忡忡地嘀咕,"会不会是出了什么事?"

"要是真出事她肯定第一时间求咱们帮忙,怎么会玩儿消失?"郭胖儿反问。

瘦头陀失神地念叨:"看来无论现实世界还是虚拟世界,销声匿迹都是分分钟的事……"

至此萧闯的判断已经得到验证,小翠那天在口红上做手脚必定是蓄意而为,后来的事正如小翠所预料和期盼的那样演化,他果然落得鸡飞蛋打、人去屋空。萧闯暗想小翠大概是武侠书看多了,也渴望当一回女侠,对他来一场快意恩仇之后便飘飘然遁迹于江湖之中了。

萧闯赌气发誓道:"团队里一定不能有女的!女人真是祸水,没一个靠得住!"

阿甘很认真地提出质疑:"咱们将来肯定越做越大,整个公司都是男的,那咱公司不成少林寺了?闯哥真成了带头大哥……"

郭胖儿诧道:"闯哥姓萧,当然是大辽国那边的,不可能是少林寺方丈……"

"我说的是核心团队!"萧闯有些烦躁,"你们仨以后要负责监督提醒,我的直接下属里一个女的都不能有!记住没?"

瘦头陀和郭胖儿都面色紧张地点头,阿甘总能考虑到具体问题:"那……找个男的看网吧、当收银?会不会影响网吧的吸引力?"

"依着你非得找个网吧西施?"郭胖儿总是忍不住和阿甘抬杠。

萧闯气鼓鼓地说:"就找个男的。网上什么样的女人没有,来上网的才不在乎收钱的长什么样!"

谢航听裴庆华在电话中说得万般恳切,实在不好推托,便说那好,就在嘉里吧,晚上六点。挂上电话她这才想起裴庆华恐怕从没听说过嘉里中心,十有八九会误以为"家里",忙又拨过去澄清。果然裴庆华憨憨地说他正想确认究竟是指谁家,魏公村还是罗马花园?谢航顿时有些酸楚,心想罗马花园已经不成其为家了。

到了嘉里中心酒店一层的咖啡厅,谢航一看时间才五点半便要了杯咖啡,在脑子里把这几天经过的历程再捋一遍。不知是因为想当然还是有意把机会装扮得更具吸引力,Diana 对盈孚公司所谓"一把手"的位子描述得并不准确,当然也不排除是盈孚方面故意对猎头公司有所隐瞒。担任盈孚中国有限公司总经理多年的老 Tom 确实要走了,但继任者并非只有一个人,而是三个,趁老 Tom 去职的时机盈孚公司对中国区进行了大改组,一分为三。一块是设在北京的盈孚亚太研发中心,隶属于盈孚全球研发部;一块是在上海的盈孚微电子有限公司,其实是半导体芯片的封装厂,隶属于总部的工业部门;最后一块才是总部仍在上海的盈孚中国有限公司,隶属于全球业务总部。而原先架构下的研发和制造部门都已彻底剥离，只剩市场公关和渠道营销业务，以及辅助的财务法律人事等职能。盈孚在和谢航谈的便是这第三块，虽然名称仍为盈孚中国有限公司，规模与业务覆盖却只是原先的三分之一。

对此谢航倒并不以为意，她原本对产品研发和制造这些非常专业的东西并不熟悉更非特长，何况她对手下有多少人马这种虚名毫不在乎，调整后的架构反而让她觉得更得心应手。很敬业地努力站好最后一班岗的老 Tom 特意从上海赶到北京，他有些担心地问谢航："你可能以为将要领导的员工有两千名之多，现在知道只有一百人，会不会有些失望？"谢航笑道："完全没有，我甚至感到有些轻松。将来一旦封装厂的工人罢工，就不需要我冲在前面了。"老 Tom 说："确实如此。总部一方面下决心在中国实现管理层本地化，一方面又考虑暂时难以物色到能够统管营销、研发和生产的人才，所以才把公司架构做了重组，希望你不要误解为总部对中国信心不足或者是对你个人有所怀疑。"谢航又笑道："我完全理解，中国的高科技产业可能还需要再发展十年甚至更长，才会出现像你这样对各方面业务都具备丰富经验的企业领袖。"老 Tom 开心得合不拢嘴。他稍后又表示："听说你曾不太想搬去上海，希望你现在已经对这个事宜有所安排。不过你放心，随着业务发展和形势变化，盈孚不排除有朝一日将中国区总部搬到北京，对此总部的态度是开放的。所以你放心，即使有些不便也是暂时的。"谢航听了竟有些感动，她发现老 Tom 与其说是在面试倒不如说是在竭力劝诱自己加盟，这表明老 Tom 乃至盈孚总部高层对她的能力与品质都很认可。这令刚在情场上遭受重大挫折的谢航总算得到些许宽慰，失之东隅收之桑榆，看来职场上的她即将驶上一段快车道。

下一步还有两轮面试，一轮是全球分管人力资源的高级副总裁，最后一轮便是盈孚全球业务的总裁。"Robert 是个直来直去的人，往往在头一秒钟便已做出决定。所以如果他喜欢你，你立刻就会感觉到；"老 Tom 很贴心地介绍到此不由得一耸肩膀，"但如果他不喜欢你，你再做什么也都无济于事。"

将近六点时裴庆华到了,他按照所收短信的指引在咖啡厅的僻静角落找到谢航,坐下说:"真不好意思,总是让你等我。"

"没事,我正好到旁边的写字楼见个人,懒得换地方就约你到这儿,肯定比你从西边赶过来方便嘛。"

裴庆华刚得以正面端详谢航便一怔,从春节前到现在短短几周没见谢航,她竟消瘦了许多,两颊凹陷、下眼圈有些发黑。谢航见裴庆华盯着自己发愣便问:"怎么了?"

裴庆华这才意识到自己失态,忙四下打量一番叹道:"我真是越来越落伍了,以前只知道东边有国贸和赛特,从没听说过这个嘉里中心。"

谢航安慰道:"这可不能算你落伍,估计没多少人知道这里,刚建好才试营业,还没正式开张呢。"

"是吗?我还以为几年前盖好的呢。不过路上从东三环过来,两侧工地不少,感觉东边还是比西边发展快。"

"那当然,这一带新起了个名字叫 CBD,中央商务区,附近的工厂都得迁出去。依我看东边是资本密集型,西边是知识密集型,各有所长。"

裴庆华不禁神往:"什么时候知识能直接转化为资本,西边就不至于被越甩越远了。"

谢航笑了:"那就得指望你老裴喽,你不是已经开始动作了吗。互联网可是最吸引资本的磁石,而且还吸人,我们 IEM 已经有好几个高管跳槽去搞网站了。"

"我那儿八字还没一撇呢,看着别人一个个都起步了,干着急。"

谢航瞬间有些凄然:"其实东边、西边都已经和我没什么关系,我可能要去南边了……"

裴庆华诧异:"南边?南二环?亦庄?IEM 那么多号人不可能随便换地方吧?印象中长安街往南没什么像样的写字楼,难道我真是落伍了?"

谢航看着裴庆华郑重地说:"不是 IEM,是我。虽然还没最后定,但有可能我会去上海。老裴,目前除了你没人知道这件事,希望你暂时不要告诉任何人。"

裴庆华条件反射地问:"也包括萧……?"见谢航像没听到,他更加惊愕不已,"你要离开北京?这也太突然了……你如果想冷静一下,有很多办法回避萧闯吧,总不至于抛家舍业躲到上海去。"

"老裴你错了,我不是刻意要回避谁,我只是需要一个全新的环境,或许有助于来个全新的开始。也是碰巧遇到个不错的机会,即便由于什么变故这事没成,也对我有所启发。其实外面的世界真的很大,我以前太过封闭,封闭了十一年,整整一个太阳黑子周期。"

裴庆华沉默了,谢航这句"十一年"让他不由回想起往事。当年他与萧闯的第一次对话发生在一间女生宿舍门外,他正拎着四个空暖瓶出来,迎面碰到手拿两个饭盒的萧闯,萧闯扫一眼暖瓶立刻拦住他,问道:"你谁啊?"裴庆华一愣,如实回答:"我姓裴,研七班的。"萧闯打量他一眼:"好像有点儿印象。你拿谢航的暖瓶干吗?"裴庆华再次如实回答:"我来替简英打开水,四个瓶都空了,我就想干脆一趟都打了。"萧闯这才露出笑容。裴庆华又说:"我知道你,简英跟我提过,你叫萧闯?"萧闯把饭盒往上一举:"对。我给谢航送包子,排了半天队,我这是头一屉。既然你帮谢航打开水,那我也送简英几个包子吧,礼尚往来……"

这时,一个显然刚培训上岗的服务生走到桌旁怯生生地问:"请问您二位是用自助餐还是单点?"

刚从往事中被拉回现实的裴庆华没反应过来,谢航说:"我没胃口,什么都不想吃,你吃自助餐吧。"裴庆华未置可否,而服务生却已面露难色,显然她觉得很难保证这两人不会分享同一份自助餐。谢航见状又说:"算了,咱俩都吃自助吧。你多吃点儿,把我那份赚回来。"

裴庆华忙摆手:"我也吃不了多少,就给我来一盘扬州炒饭吧,再续杯水。"

服务生走了，谢航勉强冲裴庆华笑一下："你这是何苦呢，陪我减肥？"

"谢航，我正想问你，你这是何苦呢？真要搞到这么决绝？你们俩又不是头一次闹别扭……"

谢航嘴唇一抿："但这是最后一次。"

裴庆华急道："谢航，你是当局者迷。在我这样的旁观者眼里，你和萧闯简直就像金童玉女、天生一对……"

谢航再次打断："哪儿有三十多岁的金童玉女？老裴你还是说大白话的好，形容词就免了吧。"

"谢航你别欺负我嘴笨，我什么意思你很清楚。你刚才说十一年，我这个旁观者也已经近距离旁观你们俩十一年。除了你们两个当事人，天底下最有发言权的应该就是我吧？你们俩绝对不能分开，也不可能分开。"

谢航淡淡地说："天底下就没有什么绝对的。你和简英不就分了？"

裴庆华被噎得一时语塞，半天才说："情况不一样，我和简英是被客观存在的时空距离给分开的。你们俩整天在一起，就像两棵树缠着缠着就长到一块儿了，这叫什么来着……哦对，连理枝，这怎么分得开？"

谢航的脸不禁红了，心想这几句也太有画面感了，看来他确实旁观得太多、旁听得太近，不禁有些尴尬地说："人都是会变的。你毕竟有好几年不在，那期间发生过什么你并不清楚。"

这下轮到裴庆华尴尬了，他不明白一向替别人着想的谢航怎么会变得句句扎心，也许是误以为他是萧闯派来的说客？也许只是因为他和萧闯关系太近而恨屋及乌？他讪讪道："你说的没错，但我可以大体猜得出，肯定是萧闯那家伙做了对不起你的事。所以我才来劝你而不是去劝他，因为他巴不得你能回心转意，要想重归于好关键在你。"谢航摇头。裴庆华有些含糊，"你的意思是……不想重归于好，还是关键不在于你?"

"你说对了。"谢航点下头,"自始至终,关键都在于萧闯而不在于我,况且已经不存在重归于好的可能性。"

裴庆华见事态比自己预判的还要严重,闷头想了想才说:"算了,我不劝你了,给你讲个小事。我是1990年春节以后开始跟萧闯合住,记得大概是七八月份,我注意到一处细微的变化,萧闯在厕所小便之后,每次都会特意把马桶的坐垫圈放下,有几次甚至我刚从厕所出来他就奔进去放下坐垫。我问他何必多此一举,下次小便还得先把坐垫撩起来,他只回了一句话,说这样谢航方便。我当时很惊讶,后来被他这样训练得我也养成随手放下坐垫的习惯。前些天还遭到舒志红的表扬,说我特体贴,我说这都是跟萧闯学的。舒志红也特惊讶,说真想不到萧闯对谢航这么好,看上去那么粗拉拉的一个人竟会有如此细密的心思,只有真爱才会这样。谢航,你应该多想想萧闯对你的好,多看看他对你的一片心。"

谢航的鼻子有些发酸。她很早之前还曾以此把她爸和萧闯做对比,作为家中唯一的男人,老谢却向来没有随手放下马桶坐垫的习惯,从不曾想到为家中的两位女士提供一丁点儿方便。相形之下,萧闯的体贴入微更令她沉浸于被宠爱的幸福之中,很是得意自己要比老沈的命好得多。可如今已经颠倒过来,她羡慕妈妈,她宁愿像妈妈那样有个貌似不够细致周到但永远忠诚老实的男人托付一生。

她清清嗓子说:"老裴,你刚才提到一个词——习惯,而习惯有好有坏。我不否认萧闯对我的那些好,那些好已经成为一种习惯;我也同样不能无视萧闯对我的那些伤害,那些伤害也已经成为一种习惯。换个角度说,我也不愿意只因为已经习惯就继续和他在一起,我不甘心这辈子沦为一场无可奈何、沦为一句习惯使然。"

已不抱希望的裴庆华有气无力地再做最后一次尝试:"要不你再给他一个机会?我去给他下最后通牒,如果他再做对不起你的事,别说你了,我都跟他绝交!"

谢航惨然一笑:"老裴,如果每次和对方在一起都需要艰难地说服自己,这样恐怕不太对吧。如果换作你,你不觉得这样未免太过沉重?"

裴庆华黯然无语,谢航的后半句也许只是出于无心,但已经让他觉得沉重。

舒志红看着面目全非的客厅惊愕得半天说不出话,她抬手指着一张张桌子,痴痴地问:"我才两天没来,怎么就成这样了?"

裴庆华一边将新买的三台电脑拆箱一边解释:"这样能坐下六个人,开发团队可以就位了。"

"啊,你要把公司开在家里?怎么事先也不征求一下我意见啊!"

裴庆华笑道:"你又不是房主,我已经事先征得了萧闯的批准。"

"可我是你女朋友啊!这儿不是咱俩的家嘛,你怎么能自作主张想起一出是一出!"舒志红说完就忽然想起什么,转身奔到小卧室,见一切照旧才松口气,扭头问,"公司超过六个人你就去租办公室?"

裴庆华冲大卧室一努嘴:"那儿还能坐六个。"

舒志红闻声又去推开门看一眼大卧室,数了数桌椅,发愁道:"一共十二个人,看样子你一时半会儿不打算挪地方,那我以后白天不可能再来找你。"

裴庆华补充说:"晚上恐怕也不方便。"

舒志红一怔:"为什么?你们要经常熬夜加班?"

"这是原因之一,"裴庆华又冲立在墙角的一张折叠着的行军床努下嘴,"以后晚上我睡它。"

"干吗不睡小卧室?"

"我准备把我姐接来,小卧室留给她。"

"啊?!"舒志红颓然地一屁股坐在电脑椅上,"你什么意思啊?是不想让我以后再来找你吗?"

"当然不是,你以后照样随时可以来,只是恐怕不能在这儿过夜了。"

"你要是想省钱可以去我那儿嘛。我现在是光杆儿司令,那几个兼职的偶尔会来公司帮忙,你和你的人可以在那儿办公嘛。"

裴庆华摇头:"那不是长久之计,你的网站马上就要正式对外发布了,运营的人一到位哪还有富余地方给我。"

"这就是你的长久之计?白天程序员在,晚上你姐在,你这是要戒欲还是戒我?"

裴庆华认真地望着舒志红:"你估计,我一忙起来还会有心思干那个吗?"

"借口!创业的多了,搞互联网的多了,没听说一干这个就得禁欲,创业又不是出家。"舒志红既伤心又失落,"真没想到,这才几天啊,我就对于你完全丧失了吸引力,真是太失败了……"

裴庆华心一软:"好啦,总能找到办法,活人还能让尿憋死?"

"恶心!"舒志红嗔一句又信誓旦旦地说,"我要让你充分认识到我的价值,无论你做什么都离不开我!"

裴庆华嘿嘿一笑:"这你已经做到了,我早就知道你的价值,更少不了你的帮助,我待会儿要去见的人就是你引荐的呢。对了,你们是怎么认识的?"

舒志红帮裴庆华把电脑鼠标和键盘接好,摇头晃脑甩出四个字:"网上捡的!"裴庆华不解何意,舒志红又说,"论坛里认识的,我的网站架构就是他帮忙搭的。"裴庆华只"哦"一声作为回应,舒志红叮嘱道:"我可要提醒你,人不可貌相。你现在做互联网不同于当年做电脑,接触的人完全不一样,你的思维必须转换。"裴庆华又"哦"一声。

裴庆华赶到位于知春路上的"晴耕雨读茶馆"时天色已晚,他刚要进门,又注意到门外蹲着个人,怀里抱个大包,忽明忽灭的烟头在眼镜片上时而映出两点红光,依稀能看出一张胡子拉碴的脸。裴庆华被服务员带到预订好的包间,所谓包间其实只是有个竹帘的雅座,与座位背后的相邻雅座只隔一层说厚不厚的绒布,能清晰地听到隔壁牌桌上的唱牌声。

刚选好茶,竹帘一掀进来个人,戴副眼镜,紧抱怀里的大包问道:"您是姓裴吗?"裴庆华点头,对方又说,"我姓茅。"

裴庆华忙起身握手,都坐下后便问:"你到多久了? 刚在门口那个是不是你?"

对方点头:"今天车顺,到早了。"

"那你怎么不先进来坐? 跟服务员讲是姓裴的定的包间就行。"

对方慢条斯理地说:"茶馆的包间都是按时间收费的,早进早收钱,反正你还没到,我就在外面等会儿呗。"裴庆华登时有些感动,对方又补一句,"抒见说了,你现在钱紧,省一点儿是一点儿。"

裴庆华愣一下才想起抒见是舒志红的笔名,而今估计也是网名,他顾不上感谢对方如此设身处地替他着想便问:"你怎么称呼? 抒见只说你姓茅。"

"茅向前。我没起网名,就用真名。"

"哦,茅先生幸会。我叫裴庆华。"

"你可以叫我老茅。"

裴庆华隐约觉得这称谓有些别扭,又说:"那你就叫我庆华吧,以前公司上下几百号人都这么叫我。"

茅向前从眼镜框上方的空隙中看一眼裴庆华:"你以前在大公司干?"

"是啊,华研集团。"裴庆华事先就想好有必要适当吹嘘一下自己,既给自己这当老板的装装门面,也显得这公司实力不俗,正所谓越是心虚越要吹嘘,他说,"我是最早和谭启章一起创办华研公司的人之一,从早先代理康朴电脑到后来推出华研品牌,覆盖全国的渠道网络是我一手打造的。我当过谭启章的总裁助理,同时身兼渠道和企划两大事业部的总经理。毫不夸张地说,中国就是被我们这批人带入电脑时代的。"

"哦。"茅向前淡淡地应道,"抒见说了,你以前是搞电脑的,不懂互联网。"

裴庆华像个刚拼命吹起来的气球瞬间被戳破,顿时泄了气,他不禁暗地埋怨舒志红那张嘴,真是哪壶不开提哪壶,让他这个老板如何树立威信? 他强打精神辩解说:"最早接触互联网的好像都是我们搞电脑的这批人吧,毕竟近水楼台先得月,没有电脑拿什么上互联网?"

茅向前并不接茬而是反问:"你会编程吗?"

裴庆华暗暗叫苦,这到底是谁面试谁? 他故作幽默地调侃:"十多年前编过 BASIC,算吗?"

茅向前一脸认真地说:"我问你个简单的吧,JAVA 会不会?"裴庆华木然地摇头,他根本没听过这东西,莫非是一种新的编程语言? 茅向前心里更加有底,很坦然地说:"这样吧,以后你就告诉我你想要什么,不用管我怎么给你做出来。"

裴庆华一肚子闷气,心想这位真是人如其名——"矛"向前,果然句句戳中要害。他竭力摆出一副大度的姿态:"好,我就喜欢分工明确。下面我给你讲讲我想要的是什么,你看看能不能做出来。"

茅向前打开大包,从里面搬出一台东芝的笔记本电脑,娴熟地操作几下便又从眼镜框上方看着裴庆华,意思是你还等什么? 裴庆华把坐姿调整得更挺拔一些,开口道:"基于我多年在 IT 领域尤其是个人电脑行业打拼的经验,我准备开发一个专门针对 3C 产品的互联网社区。3C 你知道指什么吧? 是指计算机、通信产品和消费类电子产品。英文是 Computer、Communication Products 和 Consumer Electronics,都是 C 打头,所以叫 3C。像家用电脑、多媒体、随身听这些都涵盖在内,包罗万象。这个社区里会有什么人呢? 应该把整个 IT 生态圈的人都一网打尽,像制造商、经销商、开发者,还有成千上万的用户。简言之,所有以 IT 为业和以 IT 为乐的人。至于社区里的内容我设想有这么几大块,一块是行业新闻动态、一块是产品专区、一块是论坛。我的目标是要做到最专业,不追求面面俱到,一招鲜吃遍天嘛。我想把三个重点功能做好，一个是产品评测，一个是行情导购，一个是实时比价，即便不说达到极致，起码要比别的网站都地道。怎么样？听我说完这些，你有没有一个大体上的概念？"

茅向前面无表情地说："我认为你的叫法不够准确，你所说的这个东西其实就是一个IT类的垂直门户，专注于3C产品。"他把笔记本电脑转了一百八十度，"之前抒见跟我提过，刚才听你这么一说我又稍微改了改，你看是不是像这样的一个东西？"

裴庆华盯着眼前的屏幕，是用PPT草草画的一个示意性的网站首页，上面都是从其他网站上扒下来的导航条、标题、链接和图片，大模样竟和裴庆华构想的如出一辙。正惊讶之际，又听茅向前说："这网站好做，技术上没什么难度，初期访问量不大对服务器和带宽要求都不高。关键是内容和推广，行业和产品的新闻可以从其他网站转载，但你刚才说的那三个重点只能自己做，不然还能叫一招鲜？内容做得再好也需要推广，不然谁知道有这么个网站？这两块既花工夫更得花钱，你的钱大概能烧多久？"

裴庆华胸脯一挺，手一挥："钱不是问题，这你完全不用担心！"

"真的？抒见跟我说你有一百万，听上去不少，其实也就是一百个一万。这里花一点儿那里花一点儿，今天花一点儿明天花一点儿，顶多坚持半年到八个月。这网站你打算怎么挣钱？"

裴庆华真恨不能问一句"抒见还跟你说什么了"，他暗自生舒志红的气，连姓茅的全名都没告诉他，却把这边的家底全盘托出。不过他转念一想，又把这口气生生咽了回去。舒志红如果对姓茅的语焉不详，人家未必肯来见这个面。他装作信心十足地回答："靠广告！我当年负责华研品牌的时候就深知新产品发布和推广有多难，花钱是一方面，关键是不知道哪笔钱有用、哪笔钱白花。如果有人能找来一万个最近打算买电脑的人听我做宣讲，花多少钱我都乐意。所以关键还是内容，靠信息聚合吸引人群聚合，再用人群聚合去变现。这就是我的3C社区——哦，也就是你的垂直门户——的价值所在。"

"你能拉来广告？"

"当然，这就是我的优势，凭借我以往在业界的地位和影响，把品牌厂商拉来做广告没有任何问题。"见茅向前难得地点头表示首肯，裴庆华趁热打铁，"说说吧，关于工资待遇你有什么考虑？"

茅向前仰起脸盘算着："房钱、烟钱、饭钱……"

裴庆华立刻说明："午饭公司负责，如果加班公司还管晚饭，所以你每个月饭钱用不了多少。"

茅向前不接茬，接着算："车钱、手机钱、上网钱……基本都在公司待着，上网的钱可以省了。嗯——你每月给我一千八，行吗？"

裴庆华原本打算最多给到四千，却没想过最低给多少，这个价码实在是让他欢喜让他忧，喜的是竟能省下一半还多，忧的是常言道一分钱一分货，不禁怀疑茅向前这便宜货到底行不行。他尽量不动声色地反问："一千八，够吗？"

茅向前又仰脸算了算："要不两千？这样我手头能宽裕点儿。"

裴庆华只好实话实说："老茅，有个问题你考虑过没有，以后你负责招的人如果工资比你还高，你能不能接受？"

茅向前定睛看着裴庆华，反问："你从公司领工资吗？"裴庆华一怔，摇摇头。茅向前又问："所以你的工资是零，那我比你高出两千，你能不能接受？"

裴庆华笑道："当然没问题，咱俩情况不一样嘛，我怎么会跟你比。"

茅向前一本正经地说："那我为什么要跟我招的人比？情况也不一样嘛。"裴庆华若有所悟，心里立刻有一股暖意。茅向前继续说："我今天不是来找工作的，我跟你谈的也不是工资。我是想找个有做头的项目，也想找个能成事的人，这两千块只是维持我最低生活水平所需的成本，而不是我的价值体现。说白了，如果我干，我就把自己当成创始团队的一员。我这意思你明白了吗？"

裴庆华很郑重地点头，问道："有关股份或者期权，你有什么想法？"

"现在说这些为时尚早，先干一阵再说。我需要向你证明我的能力和价值，你也需要向我证明你配当这个头儿，更重要的是咱们得一起验证这事能成。等咱们都认可这事也认可对方，到时候再谈。"

裴庆华刚热血沸腾又马上冷静下来，他忽然想起个问题："那你怎么不跟抒见一起创业？是不看好她这个人还是不看好她的项目？"

茅向前想了想："她那个风险太大。"

"你指的是很难有收入？"

茅向前摇头："她那个有政策风险，我不想碰。"

裴庆华登时明白了，急切地问："你跟她提过吗？"

"提了，跟她头一次聊我就提了。"

"她不以为然？还是她觉得没风险？"

"不是，我说的她都同意，可她说她不在乎。"茅向前叹口气，"我发现你们六十年代的人都有点儿情怀，尤其像她那样吃喝不愁的。"

裴庆华问："对了，还不知道你是哪年的呢。"

"我？七三年的，属牛。"

裴庆华不禁喜道："那咱俩挺像，我属马。"他随即郑重地伸出手，"老茅，从今天开始，携手同心，为咱们共同的事业当牛做马！"茅向前也伸出手，裴庆华这才注意到他食指和中指呈现一种黄褐色，心想难怪他把烟钱排到比饭钱更优先的位置。

八

对手往往比队友更能赢得尊重

裴庆霞怕坐车,自打丈夫出车祸死了之后车便成了忌讳。裴庆华回老家陪姐姐上的火车,可到了北京火车站总不能走回魏公村。舒志红把他俩接到停车场,拉开都市高尔夫的后车门热情地迎请裴庆霞,裴庆华见姐姐面露难色就哄道:"咱这是小轿车,不是大货车,特安全特舒服。"裴庆霞听到"货车"二字又把当年的一幕勾起来,越发紧张。舒志红忙说:"姐,我带您去天安门广场转一圈,那地方只能开车去,走路太远了。"裴庆霞这才犹豫着坐进去。

开上长安街没一会儿计划就变了,因为裴庆霞晕车晕得天旋地转、呕吐连连,只得从天安门前疾驰而过,连城楼与主席像都没抬头瞧一眼就片刻不停直接开回家。俩人把裴庆霞架上六楼,安顿在小卧室的床上。舒志红趁着烧热水的间隙问裴庆华:"你姐都这样了,还能出去给她接风吗?"

裴庆华叹口气:"算了,改天再说吧。"

舒志红瞥一眼小卧室,怅惘地说:"从今往后,这儿再也不属于你和我了……"

裴庆华笑道:"今后这儿就是公司所在地,你想在办公场所办私事当然不行。"

"那咱俩怎么办啊?要不我从爸妈家搬出来吧,租个房子。"

裴庆华把脸转到一边,还是那句:"算了,改天再说吧。"

第二天很早,裴庆华就被厨房里的动静吵醒,他从客厅的行军床上爬起来睡眼惺忪走到厨房一看,是姐姐正在翻箱倒柜。裴庆霞直起腰,满脸诧异地问:"你家咋啥都没有,你每天吃啥?"

"有时候泡方便面,有时候煮速冻饺子。"裴庆华揉着眼睛回答。

裴庆霞更加诧异:"小舒不管给你做饭?"

裴庆华一笑:"有时候我给她做。"裴庆霞定睛看弟弟一会儿,摇摇头没再说什么。裴庆华把姐姐从厨房拽出来,说:"待会儿我带你下楼吃早点,然后在附近转转让你熟悉一下环境,以后各种日常采买都是你负责,你可要给我们十几号人做饭呢。"

快到中午的时候两人才回到家,裴庆华给姐姐倒杯水,裴庆霞一口喝干,放下杯子说:"你得给我弄一个小车,我在商店看见有人拉着了,下面是轱辘,架子上放东西,以后我买几十斤面可以拉回来。"

"没问题,而且不用你往楼上背,咱们公司招的大多是小伙子,这种力气活交给他们。"

裴庆霞将信将疑:"干你们这种活的,也能干力气活?"

"不管他们能不能干,反正不用你干。"裴庆华笑道,"姐,今年过生日你就整四十了,是咱们公司最德高望重的人。在家时我没跟你说,其实我把你接来不单为给我们做饭,而且还有一项重任要交给你——你要当咱们公司的法人代表。"

等裴庆华费了好多口舌给姐姐讲解清楚什么是法人代表,裴庆霞立刻问:"你的公司,你咋不当这个代表?"

"我没法当。"

"为啥?"

"法律不允许。"裴庆华黯然地说,"有我那种经历的人,必须得等出来五年以后才能当。"

裴庆霞似懂非懂,又问:"咋不让小舒当?"

"因为她姓舒不姓裴。姐,我是这么想的,感情这东西不如血缘牢靠。"

裴庆霞目不转睛地盯着弟弟,笑了:"还行,这下我可以放心了,你小子不会娶了媳妇忘了娘。那我就先替你当几年,五年以后你自己当。"

裴庆华摇头:"可能五年以后你还得接着当。"

"那又为啥?"

"因为咱们公司将来要上市,我身上毕竟背着案底,讲起来对公司形象影响不好,我还是躲在幕后做个实际控制人吧。另外,成立有限责任公司至少需要两个股东,所以这次我把妈的身份证也带来了,这公司的股东就挂你们俩的名字。"

"为啥不用爸的名字?"

裴庆华笑道:"都姓裴,太明显。"

"我是搞不懂这些,反正都听你的。"裴庆霞一摆手,起身说,"我得去做午饭了,新买的锅也不知道好不好使。"

"等一下,"裴庆华把姐姐按在椅子上,"我起草了份东西,需要你签个字。"

裴庆华从自己办公桌抽屉里取出一份文件摊在姐姐面前,裴庆霞瞥一眼就皱起眉头:"这么一大篇啊,我哪看得明白,你给我讲讲都是啥意思吧。"

"姐,法人代表既然沾个'法'字,肯定就要承担法律责任,有一整套的权利和义务。因为你是替我担任法人代表,咱俩就需要事先做个书面约定。我想到的有这么几条:首先,凡是需要你签字或加盖个人印章的任何文件,都得事先经我审查确认,你擅自签署的东西不具备法律效力;第二,不得以我的名义在公司内部和外部发表任何意见,你擅自表态的事情我都不会认账;第三,你在公司的股份是替我代持,全部股本金都出自于我。你应得的报酬和红利都由我酌情支付,姐,这你放心,我肯定不会亏待你……"

裴庆霞脑子里一直惦记新买的锅和从未用过的天然气灶,不耐烦地摆手说:"放心,放心,一家人还有啥不放心的? 你给我找支笔,我写上名字不就成了吗!"

"姐,还有最后一条,就是在你担任法人代表期间不得擅自结婚,不得生育子女……"裴庆华说完就惴惴地看着姐姐。

裴庆霞一怔:"这为啥?"

"姐,你刚说的嘛,咱们是一家人。但你如果结婚生子,难道老公也姓裴? 孩子也姓裴? 如果他们要求分你名下的股份,那我怎么办?"

"照你这么说,当了你这个啥代表,我一辈子都不能再结婚? 不能有自己的孩子? 庆华,你管你姐是不是管得也太宽了?!"裴庆霞的脸色越来越难看。

"姐,当然不是,这下面还有一句话呢。如果你有结婚生子的意愿,应及时向我说明并配合我完成全部必须的股份交割和人事更替,在不再担任法人代表、不再持有公司股份的情况下自由与他人合组家庭并生育子女。"

"裴庆华!"姐姐这一声断喝令裴庆华浑身一激灵,从小到大但凡姐姐直呼他全名准没好事。果然,裴庆霞猛地站起指着裴庆华的鼻尖说,"你真是出息了! 这种话你也说得出口?! 其实你姐夫去了这十来年,我一直没起过心思再往前走一步,但想不想是我的事,凭啥由你来做我的主?!"

"姐你误会我意思了。"裴庆华忙起身要挽住姐姐的胳膊,却被裴庆霞一把甩开。

裴庆霞再次抬手指着裴庆华质问:"我真没想到你的心咋就变成这么狠、这么硬,是不是在里面跟那些坏人学坏了?"

"姐,我再跟你说一遍,进去的不一定都是因为干了坏事,里面的也不一定都是坏人！"

裴庆霞见弟弟脸色铁青，意识到自己一没留神触碰到了弟弟最敏感的神经，口气一缓说："姐没说你是坏人，姐是搞不懂，以前你跟姐多亲，现在咋就能说出这么生分的话？"

"不是生分，姐你不懂，这是商业规则。亲姐弟明算账，事先说清楚最好，有些事不得不防。"

裴庆霞本来已经要坐下，一听这话立刻勃然变色："防？你防谁呢？防我？那你大老远把我接来干啥？！当初那十几张存单都写成姐的名字，事先你也没要我签过啥，那可是你的全部家当！刚才说不能信小舒宁可信家人，这会儿连我也不信，天底下还有你能信的人吗？！"她扭身往卧室走，边走边说，"你给我买火车票，我要回老家！正担心把爸妈扔家里没人管，我原本就不想来，更不该来！"

裴庆华跟过来立在卧室门口，默默看着姐姐气鼓鼓地收拾行李，过了好一阵才突兀地问："姐你说咱妈是对咱俩好还是对小舅小姨更好？"

"当然是对咱俩好。这么说吧，如果只有一口饭，咱妈肯定偷偷留给咱俩但不会留给咱舅咱姨。"裴庆霞停住手，抬头莫名其妙地看着弟弟，"为啥忽然问这个？"

裴庆华并不正面回答而是又问："如果你将来有了孩子，你是更疼他还是更疼我？"裴庆霞一时怔住，嘴张了张却什么也没说出来。裴庆华走到床边，直视着姐姐的眼睛，"我替你说吧，到那时候你肯定更为自己的孩子着想，而不是我。如果只有一口饭你肯定会留给他，对吧？如果这口饭就是你在公司的股份呢？"

裴庆霞皱着眉头把弟弟的话琢磨半天，终于明白弟弟所指，她的脸色和缓下来，甚至有些不好意思。仿佛她已经为尚不存在的孩子而做出什么对不起弟弟的事，而原本要放进旅行箱的一件厚衣服已被她无力地撂在床上。

"姐，你现在应该能理解我了吧？我不希望在公司的股权问题上埋下任何隐患。"裴庆华轻轻捏住姐姐的手说，"如果在公司和你之间我必须选择委屈谁的话，我只好委屈你，因为……公司就是我的孩子。"

这已经是谢航第三次来到嘉里中心酒店的行政楼层豪华阁，每次都是同一间很私密的会议室。开门的是老 Tom，会议桌旁坐着一位四十多岁的白人男子，老 Tom 介绍说："Robert，这位是 Abby；Abby，这位是 Robert。"

Robert 起身向谢航伸出手，目光只与谢航非常短暂地交接一瞬间便游离开，这令谢航有些愕然。Robert 中等身材，相貌平平，远不像谢航接触过的绝大多数外企高层那种神采飞扬、顾盼生辉的明星范儿，倒隐约有些拘谨甚至羞涩。谢航从这位盈孚公司全球老大的姓氏 Zimann（齐曼）猜到他是德裔犹太人，但第一眼的感觉与她以往遇到的德国人或犹太人差异很大，也与她之前在网上搜罗的这位大佬访谈中的风采对不上号。谢航猛然想起老 Tom 曾经提醒过自己，Robert 往往轻易根据第一印象便对一个人做出评判，可他刚才都没正眼看自己，自己能给他留下怎样的第一印象？谢航不禁有些气馁，继而对这位将要决定自己命运的大佬生出几分懊恼。

隔着不大的会议桌坐下，谢航又发现一处怪异。以往这类场合在 Robert 此等大人物面前都摆有一台笔记本电脑和一摞材料，纸上或屏幕上一定有被面试人的简历以及前几轮面试的综述与分析，可摊在 Robert 面前的只有几张散乱的空白 A4 纸和一部关着的 PDA（个人数字助理）。如此草率而敷衍的场面，令谢航对这轮最终的面试不再抱有多少期望，她心一沉，收起一直呈现在脸上的职业化笑容，面无表情地看着 Robert，只希望这终点尽早到来。

Robert 从衣袋里取出一支万宝龙的签字笔，抬起眼皮瞟一眼谢航又低下头，随手在纸上无意识地勾画，用一种毫无感情色彩的语调说："我只有一个问题，你未来的合作伙伴或客户都是你从过去到现在的直接竞争对手，你准备如何与他们打交道？你觉得他们会怎样看待你？"

谢航暗吃一惊，尽管她来之前已经做过好几番推演，尽管老 Tom 曾经说过 Robert 一向直来直去，但她仍没料到会是如此的毫无铺垫，而更让她震撼的是 Robert 竟如此切中要害。谢航率领的 IEM 个人电脑部就是盈孚的战略合作伙伴之一，一直采用盈孚的芯片产品，所以谢航自认十分了解盈孚公司乃至整个电脑行业，并将其视为自身的最大优势，却忽略了多年生死相搏的劲敌，诸如 AST、惠普、联想和华研这些电脑厂家却将是自己在盈孚举足轻重的大客户。而在前几轮中，面试人不知为何竟都不曾提到这一问题。

谢航迅速整理思路，打算先讲自己职业生涯中角色转换的经验和感悟，再谈自己对于管理中共通之道的理解，最后表决心定将赢得合作伙伴的认可和支持。她正要开口，却瞥见 Robert 在纸上胡抹乱画的那堆恐怕连他自己都不知何意的东西，心思倏忽一动，假若 Robert 的思维正如他笔下的毛线团一样既无章法也无逻辑，对他讲一通貌似颇有条理的长篇大论岂不是对牛弹琴、自讨没趣？况且 Robert 这种举止也令谢航没心情郑重对待，她心一横，干脆反问道："难道你没发现，对手往往比队友更能赢得人们的尊重？"

Robert 抬眼头一次专注地看谢航，虽然又很快低下头去，但谢航确信这一眼勉强称得上正视。Robert 又以同样的风格开口："虽然我刚才说只有一个问题，但我又有些好奇，你不觉得以你的年纪坐上这样一个职位，未免有些太年轻？"

这回谢航未加思索，再一次反问："难道你是此刻刚知道我的年纪吗？"

旁边的老 Tom 一脸惊愕，Robert 缓缓抬起头，目不转睛又盯着谢航看一会儿，把那张已被画满的纸揉搓成一个团扔向纸篓，淡淡地说："我没有更多问题了。"

老 Tom 见状生怕就此冷场便说："Abby，能否请你谈谈关于如何在中国市场进一步推广盈孚品牌的构想？"

谢航强打精神刚要把几经提炼的市场推广计划做个简述，不料 Robert 竟近乎粗鲁地一摆手："不必了。"谢航与老 Tom 都是一副难以置信的表情，却不知 Robert 紧跟着又说出一段更令他俩大跌眼镜的话。Robert 收起签字笔，并不看谢航，漫不经心地说："你现在谈的什么构想统统都是狗屎。等你到任三个月以后我会再来中国，那时候希望你能给我一份出色的业务计划书。"

谢航不敢相信自己的耳朵，她简直怀疑自己与 Robert 之中至少有一个人是在梦游。Robert 似乎全然不在意谢航的反应，径自问老 Tom："你最晚什么时候离开中国？"

"我希望不超过三个月。"

Robert 这才转向谢航说："6 月 1 日，定为你在盈孚的头一个工作日，有问题吗？给你两个月的时间与 IEM 交接，再给你一个月和 Tom 交接，应该足够。"

老 Tom 不待谢航回应便赶紧插道："我们首先要给 Abby 一封正式的聘用信，明确这个职位的薪酬待遇，然后给她至少一周的时间考虑。如果她确认接受，我们再和她商定起始日期，并向她发出正式的任命书。"

Robert 又一摆手："我不管，我只要你保证 Abby 6 月 1 日出现在盈孚上海办公室。至于薪酬，我相信她不会愚蠢到拒绝我们开出的条件。"他说完便起身绕过会议桌走向谢航，再次伸出手直视着谢航的眼睛说，"Welcome on board！（欢迎加盟！）"

谢航恍惚间站起身，一时竟感到有些头重脚轻，她机械地伸出手，任凭 Robert 握住并摇了摇。她发现 Robert 手上的力道比刚才初见握的那次重了许多，让她有些疼，正是从手指传上来的这股痛感让她意识到这并非一场梦。谢航勉力让自己露出一丝笑容，脑子里忽然闪过一个念头，如果自己将要奔赴上海开启一段梦幻般的旅程，这究竟会是一场美梦还是噩梦？

裴庆华正埋头测试网站会员的注册流程,忽听门口传来人声,而且一声渐比一声高,好像姐姐也混入其中。他纳闷刚要起身察看,就见三个人一齐走进客厅,为首的是萧闯。裴庆华被他那副模样弄得更为诧异,只见萧闯灰头土脸,腮帮上好几条黑道,脑门上扎一条白布带,白衬衫上不知是用红墨水还是油漆刷了三个不太规整的同心圆,正中一个红点。

不待裴庆华发问萧闯已经气鼓鼓地抱怨:"老裴,还有没有天理?咱们大使馆被美国人炸了不让我抗议,我自己的家被你们占了不让我进,这都什么事啊?!"

紧随其后的裴庆霞急忙解释:"老茅不认识小萧,还以为是找上门打架的,所以把他拦住。"

茅向前嘟囔道:"我正在厨房外面的小阳台抽烟,听见有人敲门我就去开,结果吓我一跳,大姐过来才认出说是你朋友。"

萧闯扭头怒道:"岂止是朋友,这房子都是我的!"

裴庆华顾不上解劝忙问:"你刚才说什么?哪儿的大使馆?被谁炸了?"

萧闯立时眼睛一瞪:"老裴,这么大的事,全国人民都上街了,你还不知道?能不能关心点儿国家大事?中国——驻南联盟大使馆——让美国人——炸啦!"

裴庆华惊愕地问:"今天几号?"

"我靠!你是不是刚时空穿梭回来?5月8号,星期六!"

裴庆华走到白板前敲敲上面画的进度图:"我们现在都没日期观念了,就知道明天是第六周的最后一天,离网站上线公测还有整整四周。"

茅向前早已扑到电脑前连上网看新浪新闻,厅里连同大卧室里的几个程序员都奔过来盯着屏幕。萧闯一脸鄙夷:"亏你们还是搞网站的,网上早都炸窝了,一帮黑客正忙着攻击美国网站呢,哦不,人家叫红客。再瞧瞧你们,这么闭塞也配玩儿互联网?!"

围在最外层的一个小伙子扭头说:"老板怕我们分心耽误做网站,平时都把外网断掉,只连内网。"

裴庆华把萧闯拉到已经空无一人的大卧室正要问个究竟,裴庆霞端着一杯水跟进来,萧闯忙接在手里说:"大姐,这是我家,您甭跟我客气。"说完就仰脖把水一口喝干,又跟一句,"妈的真渴死我了。"裴庆霞赶紧转身又去倒水。

"萧闯,你这是从哪儿来?你刚才说什么,上街?"

"废话!大使馆让他们丫炸了,还死了好几个同胞,但凡有点儿血性的能不上街吗?!"

裴庆霞又端着一大杯水进来,手里多了一条湿毛巾,递给萧闯说:"你这是出了多少汗呐,脸上都是泥道道。"

萧闯一边擦一边乐:"左边的是泥,右边的是墨水。我往里边扔墨水瓶的时候不小心洒的。"

"里边?"裴庆华没明白。

"美国大使馆!"

裴庆华断断续续听萧闯把刚才经历的事件讲个大概,除了茅向前,另外的程序员都聚拢到大卧室把萧闯围在中间,毕竟萧闯是从现场来的。裴庆华虽然不想让员工被搅得心浮气躁但也无可奈何,深知一向人来疯的萧闯此时不可能被他拉走了。他问:"美国人究竟为什么要炸大使馆?"

萧闯眼睛又一瞪:"你纠缠这个有意义吗?无论为什么也不能炸大使馆!"他抬手一指脑门上的白条,"看见这四个字没?'血债血偿'!哪儿有那么多为什么!"他又在自己胸前比画一下,"知道这什么意思吗?这代表靶子,让导弹冲我来,我要当祖国的人体盾牌!"

顿时响起一片叫好声,有几个毛头小伙子还举起拳头喊口号:"血债血偿!"

裴庆华很平静,他又问萧闯:"你从美国大使馆直接到这儿来的?

没回家？"

萧闯有些不好意思："闹得太兴奋，有点儿晕头转向。好几所大学派车到大使馆接游行学生返校，我稀里糊涂上了人民大学的车，下车一想离你这儿不远我就过来了。"

一个程序员说："欢迎欢迎，要不然我们还不知道呢，您好好给我们讲讲。"

萧闯笑骂一句："用得着你欢迎？这是我家。"

裴庆华上下打量萧闯："看你这身行头，准备挺充分嘛。你是听说学生要去游行特意跑去声援的？"

"纯粹是赶上了，我不是约的下周一去办美国签证嘛，就想提前去秀水街踩点儿。中午谈妥又盘下一家网吧，下午没什么事我就过去了，转悠得差不多正想走就听见远处有口号声。你知道我对这动静特敏感，立刻知道出事了。哎，说起来我真是有先见之明，幸亏我买的是德国车，要是辆美国车估计早被人砸了。"

裴庆华笑道："这下你倒省事了，不用再去办签证。"

萧闯立刻苦了脸："我正发愁呢，看签证处今天那个德行，星期一肯定没法开门办公，我还得重新预约面谈。"

"啊，你还惦记去美国呢？"一个程序员惊道。

"当然，我明天得再去趟秀水街，一方面把车取回来，另外打听他们什么时候能开馆，我得争取尽早把签证拿到手。"

裴庆华冷笑："听你这意思，假如他们一切照常，你就可以今天和一群人砸美国大使馆，后天再和一群人在美国大使馆排队办签证？假如像你这样的不在少数，这两群人里会不会有相当一部分其实是同一批人？"

四下响起几声哄笑，有几个程序员甚至冲萧闯面露鄙夷。萧闯全然不以为意，手一挥理直气壮地说："你懂什么？这完全是两码事，不能混为一谈！就好比抵制美国货也要区别对待，我一向说到做到，坚决不买美国车、不用美国手机、不吃美国牛肉，今后还要再加一条不看美国电影。但我绝对不会抵制美国的两样东西,一个是电脑,一个是互联网,因为必须靠这两样引导中国走向开放和进步。"

裴庆华打趣道:"那你坐不坐美国飞机?打算划船横跨太平洋?偷渡倒是用不着办签证。"

萧闯一愣,随即说:"我保证坐国航,只要机身上印着五星红旗,管它是波音还是空客。"

星期一早晨才七点多谢航就赶到公司,出租车司机一见大厦前醒目的 IEM 公司招牌便从鼻子里冷哼一声:"原来你是给美国人干活的……"

谢航忙掩饰道:"不是不是,我来见个朋友。"

司机的表情分明在说"你骗谁呢",等谢航下车刚把车门关上他就猛踩一脚油门开走了,既是用噪音向这家美国公司示威,更是像避瘟神一样逃离这是非之地。

谢航一进公司大门便把前台和领头的保安叫到面前吩咐道:"你们马上去找大厦物业,让他们把停车场临时开放,凡是没租停车位的 IEM 员工这几天也可以把车停进来。"

领头的保安一脸为难:"谢总,咱大厦地下停车场只对月租客户开放,临时访客都只能停在外面街边,物业够呛能答应。"

谢航把眼一瞪:"没听我说是临时吗?这几天情况特殊,让物业估算一下临时停车费大概多少,IEM 会照单支付。"

前台提醒说:"Abby,要不要等我们总监到了我请示她一下?由她去和物业沟通可能更有效。"

谢航反问:"如果抗议示威的人比你们总监先到呢?如果员工开的美国牌子的车被人不分青红皂白给砸了,你们总监能负责吗?你们都没看新闻?这两天被冲击的麦当劳和肯德基还少吗?老百姓掰手指头一数,接下来就应该轮到咱们 IEM 了。"见两人唯唯诺诺,谢航干脆一指领头的保安,"你现在就去外面把停车场入口的横杆抬起来!"又一指前台，"你马上以行政部的名义向 IEM 北京总部员工群发一个 e-mail，告知大家不要把车停在街边，可以开进停车场。然后你再给大厦物业打个电话，请他们的负责人到我办公室见我。"

保安刚跑出几步又跑回来问："谢总，日本车也需要停进来吗？"

谢航笑了："砸车的人如果像我一样是车盲呢？谁能保证他们分得清是哪国车？何况都是美国公司雇员的车，在他们眼里砸哪辆都不冤枉。"

IEM 的高管陆续到了不少，大中国区总裁马上召集大家在会议室开会商讨对策。谢航急着把刚才与物业商定的方案通报完就说："IEM 在中国有十家分公司，凡是有美国领事馆的城市都有咱们的办公室，我建议马上把北京总部的做法复制到各个分公司，外地的情况也许比北京更严重。"

行政总监马上应道："好的，我这就通知各分公司，并建议他们与当地公安部门取得联系，必要时可以请警方出面保护员工和工作场所的安全。还有，我想到一处细节，应该提醒员工把所有窗户的窗帘都拉上，尤其不要向外窥探，避免与外界正面冲突。"

又议定几项应急措施并立即布置下去之后，总裁搓着手说："让我们讨论一下最难办的事情吧，IEM 中国公司肯定要尽快对外界做出表态，这个新闻稿怎么写？"他停顿片刻又接道，"我先说几个核心意思，首先这是一个悲剧，我们感到非常遗憾，对逝者和伤者家人表示慰问；然后着重强调 IEM 始终致力于与中国共同发展，愿意为中国的经济繁荣和人民幸福做出持续性的贡献。"

"Steven，要不要提及对逝者表示哀悼？"公关总监问道。

总裁沉吟半晌才说："你准备两个版本，一个表示哀悼，一个不提哀悼，然后都发到总部由总部决定。"

谢航忍不住问："Steven，你个人觉得究竟是不是误炸？"

"当然，肯定是误炸。"总裁不禁笑起来，"我们都是搞电脑的，最清楚电脑这玩意儿一点不比人脑可靠，越是精密的东西反而越可能出现故障。有很多中国人以为美国的东西那么先进怎么可能出错，这只是他们的想象，并非事实。当然，这也说明包括我们 IEM 在内的美国公司把美国的品牌形象推广得深入人心。"他忽然扭头对助理说，"这只是我和 Abby 私下聊天，不属于会议讨论范畴，不要记录。"

谢航没有像其他人一样赔着笑而是又问："除了向媒体和公众发布一份新闻稿，IEM 中国区管理层是不是还应该向全体员工发一封内部信？"

"为什么？"总裁反问。

"因为很可能有不少中国员工的感受与外面街上的中国人一样，他们也希望看到 IEM 有所表示。"

"表示什么？难道他们想要我们谴责美国政府吗？！IEM 是一家公司，不是政治团体，我们专注于用我们的产品和技术为人类服务，我们不愿意也不应该介入政治。"总裁沉下脸盯着谢航，"而且在我眼里没有中国人、美国人、日本人和德国人之分，在我看来他们都有且只有一个身份，那就是 IEM 雇员。"

"但他们在感情上可能认为自己既是 IEM 雇员也仍然是一个中国人。"

"那只能说明他们不专业！"总裁随即转向公关总监，"Abby 提醒了我，你马上草拟一份在当前特殊时期的员工行为指南，任何 IEM 雇员都不得擅自向外界发表与公司立场不一致的言论和观点，尤其不得在互联网上随意发帖。如果他们实在憋不住想说点儿什么，也绝不许对外透露 IEM 身份，否则他们将因此而永远丧失 IEM 身份。"

会议室一阵沉默，谢航想了想还是决心再做一次努力，她表情凝重地说："Steven，以我对这些员工的了解，他们会非常希望 IEM 能做点儿什么，他们需要抚慰，需要感受到 IEM 关心他们、在意他们，我们也应该做点儿什么来加强 IEM 对员工的凝聚力。另外，我理解你的难处，我们对外发布的正式新闻稿必须经由总部批准，不得擅自添加一个字。但有些事情应该是可以在中国区的权限内自行操作的，如果能争取到更多中国人对 IEM 的好感,为什么不呢?"

总裁双眉紧锁:"你指的是……?"

"我估计中国官方会搞一场大型活动,领导人都会出席,可能是对三位逝者的悼念,也可能是向他们授予荣誉称号。活动当天恐怕全国都将沉浸在一片悲痛之中,大多数日常工作都要停下。我建议 IEM 中国区在那一天也做点儿什么。"

"你有没有更具体的想法?"

"有。可以把会议厅或者餐厅布置一下,把投影仪连上电视,因为肯定会有电视直播。活动全凭自愿,不得强行要求员工参加或者不参加。如果能摆上三位逝者的照片或者花圈,气氛会更到位。"

"什么,你要把公司变成灵堂?"

谢航歪着头反问:"不可以吗?两年前邓小平逝世我们就这么做过,你忘了?"

"那不一样。邓小平先生的追悼会美国政府都派人出席了,你以为这次的活动会有美国人到场吗?"总裁连连摇头,"岂止是荒唐,简直是讽刺!你要知道也许那几架轰炸机上就装着我们 IEM 的电脑,后方的导航控制中心恐怕更有不少 IEM 的设备!你要知道制造那架飞机和那种炸弹的公司都是我们 IEM 的大客户!"

"正因为如此,IEM 应该给中国员工提供一个机会,让他们能够在心理上找回一些安慰、求得一种平衡,至少让他们可以证明给别人看,他们不是帮凶!"

场面再次陷入一片令人窒息的沉寂,坐在对面的人直冲谢航使眼色,甚至有两人竟不约而同偷偷给谢航发来短信,一条写着"Stop please(请打住)",另一条写着"You have said too much(你已经说得太多了)",但谢航均未予理会。

总裁率先起身说:"当前是特殊时期,各位都赶紧去忙吧,我们已经耽误了不少时间。"他走到门口又转回头,"Abby,十分钟后请你到我办公室来。"众人的目光都聚焦在谢航身上,谢航却很坦然地合上笔记本电脑,步履轻盈地走了。

推开总裁办公室的门,谢航有些惊讶地发现总裁正笑容可掬地等着她,本以为总裁会因为她在会上的表现而向她发难,不料总裁很恳切地开了口:"还有二十一天,Abby,我每次看到你都会算一下还能和你一起共事多少天。怎么样,有没有改变主意?我再问你一次,你到上海去当华东区的总经理,愿不愿意?或者我向总部推荐让你主管整个亚太区的 PC 业务?Abby,你有什么要求请直接说出来,只要你留在IEM,什么样的职位我们都愿意考虑。"

谢航笑道:"Steven,我也再一次谢谢你,感谢你和 IEM 这些年来对我的关照。我在 IEM 快九年了,你大概能够想象我做这个决定有多不容易,但既然已经做出决定我就不会再改变。Steven,你又不是刚认识我,对吧?"

"好吧,我每次见到你都会再劝你一次,直到你改变主意,或者……"总裁无奈地摇头,"直到你在 IEM 的最后一天。"谢航正不禁也有些伤感,总裁转而问,"你不会是因为反正要离开 IEM,所以才提那种建议的吧?"

"Steven,你当我的直接老板已经三年,看来你还是不了解我。正因为站在公司立场纯粹为 IEM 在中国的利益考虑,我才会提出那个建议。"谢航莞尔一笑,"不过你说的也没错,其他人可能和我有同样的想法,但他们都不敢得罪你,只有我不再怕你。"

总裁苦笑着耸下肩:"但你恐怕没有站在我的立场为我的利益考虑,你应该知道这件事情有多敏感。我们毕竟是 IEM 中国公司,而不是中国 IEM 公司。"

谢航忽然感到一阵悲哀,她低下头回避总裁的目光,想了想才仰起脸说:"也许可以想办法变通。"见总裁表现出兴趣,谢航接道,"管理层不出面,一切都是员工的自发行为,管理层要做的只是不干涉。"

总裁沉思一阵忽然狡黠地一笑:"我刚刚想起来,明天我要去一趟香港,有些事情需要我亲自去处理。"

5月12日,星期三,一整天公司上下都没谁正经上班,但也极少有人聚在一起说笑,连交头接耳似乎都不多见。员工们大多盯着电脑看网上的新闻滚动更新,看到天安门等处降了半旗,看到首都机场载有三位烈士骨灰的专机降落……午饭时间过后有些员工开始动手布置,因为要尽量少占用公司资源,所以既没用会议厅也没用餐厅,而是在大门入口处最宽敞的地方摆了几台电视机,前台的高处放着邵云环、许杏虎和朱颖的大幅照片,有几个盘子里放满白花,谁都可以去拿一朵别在胸前。下午三点多,电视里响起哀乐,低沉的旋律在各个楼层间回荡。门厅处聚集的人越来越多,黑压压的,楼梯上也站满了人。

谢航没往人群里凑,远远地挨着一根柱子站着,她根本看不见电视,只能把直播当广播。有人走过来递给她一朵白花,她捏在手里端详,用皱纹纸折叠的,不怎么规整,感觉有些匆忙。不时有人路过她身旁特意和她握手,仿佛她是逝者亲友似的,起初她有些莫名其妙,后来猜想可能是这些人认为没有她就没有这场仪式,特对她表示谢意和敬意,这令她既感动又不安。这两天她已经听说有几个员工愤而辞职,一个小伙子还群发了一封电邮,呼吁大家不要再当汉奸。谢航最初的反应是有些遗憾,觉得如果早点儿让大家知道会有今天这种安排也许能好些,她没想到素来强调专业化的外企竟也有这样冲动的人。但她很快就释然了,一切都随他去吧。

因为距离太远,谢航听不清电视里在讲什么,忽然见前面的人纷纷垂首肃立,才晓得已经进行到默哀三分钟的环节,她赶忙也低下头去。

周围寂静无声,谢航盯着自己的脚尖,忽然发现自己的胸卡不知何时掉在地上,胸卡上的照片还是谢航三年前的样子,那时她刚刚被破格提拔为IEM中国区PC部总经理。谢航默默地看着地上的自己,看着胸卡上的IEM标志,她在心里向IEM告别,向过去的自己告别——永别了,那些曾经的青春岁月……

九
/
要么一起成功，要么一起失败

　　天气一下子就热了，舒志红把车开到楼下然后打电话叫裴庆华派个小伙子下楼搬东西，是两台微风扇。被裴庆华差使下楼的叫卢明，人很勤快，不仅腿快手快而且嘴快。他抱着两个纸箱进来，一边拆包一边说："志红姐，你要是能再大方点儿给我们买两台空调就好了，最好是冷暖双风。"

　　"呸，想得美！你们还想在这儿扎根哪？我巴不得你们热得受不了赶紧去租个正经办公室呢。"舒志红说完就拉过一把椅子坐到裴庆华身边，"快把网站给我看看，我三天没过来，进展大不大？"

　　茅向前隔着两张电脑桌伸长脖子说："庆华，已经跟你提过好几次，得赶紧给网站定个名字，首页上总放个黑方框，实在难看。"

　　卢明把一台微风扇通上电，一按开关便把桌上的一摞纸吹得四散，嘴里嘟囔："不是说微风吗……"

　　舒志红教训道："把风扇放在地上，转着方向吹，空气一循环屋里就凉快了，连这都不懂。"

卢明如法炮制,赞道:"志红姐真高明。老茅,其实网站的名字是现成的,把庆华哥和志红姐的名字放一块不就行了?"

舒志红立刻喜滋滋地看着裴庆华,茅向前不待裴庆华表态便连连摇头:"裴舒网还是舒裴网?陪着输还是连输带赔?不行不行,多不吉利。"

"老茅你成心吧?"舒志红的脸拉得老长,"华红网,多好听的名字!"

裴庆华一直没说话,他对把人名嵌进网站名称这种思路并不认同,尤其对把舒志红的名字一起嵌进去心存抵触,可又不好明言。他转而问舒志红:"你那个骑牛网,名字怎么想的?"

"哈哈,我那个名字起得绝吧?"舒志红难掩得意之色,"我做的是独树一帜的新媒体,核心就是中国的新闻,China News,我把这两个英文词连起来变成 chinews,域名就有了。你念念它听起来像什么?'骑牛'!中文名称就这么来的,又形象又诙谐还透着一股霸气。起名的时候我就想,一定要骑上你这头金牛,让你一辈子乖乖由我驾驭,哈哈!"

裴庆华不禁皱起眉头:"我总感觉这名字不够严肃不够庄重,而且和新闻根本不沾边嘛,倒像是搞畜牧的。"

茅向前却说:"我觉得这名字挺好,当初吸引我的就是骑牛这俩字,就想这网站干什么的?怎么起这么古怪的名字?只要能引起网民的好奇心这名字就算成功,而且简单上口、易于传播。"

裴庆华有些不以为然:"可能做媒体的就喜欢出奇制胜吧,但咱们搞的是正经八百的商务网站,网民上来查商情、看比价,甚至要掏出真金白银完成商品交易,名字要大气稳重,否则网民会对咱们的可信度和专业度有所怀疑。"

卢明眼睛一亮:"庆华哥总念叨这个'商'字,那就叫'华商网',怎么样?"

"不怎么样,撞车了。"舒志红立刻予以否定,"这方面我有发言权。

首先,西安有份报纸就叫《华商报》,网民会以为咱们是这家报纸的电子版;其次,世界华商大会每两年举行一次,人家会以为咱们是搞会务的。"

卢明嘀咕:"那叫'庆商网'?不太好听……哎,就叫'商情网',怎么样?"

茅向前又摇头:"缺乏特色,就像有家叫'买卖网'的,这应该是一类网站的统称,不适合作为一家网站的名字。"

舒志红也摇头:"我的第一反应是'伤情网',伤害的'伤',情网伤人,听着像一部蹩脚言情小说的名字……"见卢明有些尴尬,舒志红又说,"不过你倒是提醒了我,可以换个字,'汉商网',怎么样?大汉的'汉',既然有汉人、汉字之说,那汉商也可以是中国商人的别称嘛,而且庆华绝对是条汉子。"

茅向前立刻开始敲打键盘:"这名字不错,我查查有没有人用,咱们还得想个域名,字母或者数字组合,越短越好。"

裴庆华起身在逼仄的座位间踱步,高声问正埋头开发网站的全体程序员:"汉商网,这名字怎么样?"

稀稀落落响起几声附议,裴庆华走到白板前找根红色的水笔在上面写下汉商网三个大字,踌躇满志地说:"好,总算在孩子出生前想好了名字,就叫汉商网!"

舒志红很是开心:"这算是我的功劳吧?对了,得抓紧去抢注域名,孩子不能没户口。"

晚上将近十点,一向走得最晚的茅向前也走了,裴庆华送走舒志红刚回来,裴庆霞在小卧室叫他,等他坐下后问道:"你到底咋想的?"裴庆华不明就里,裴庆霞说,"你对人家小舒,到底想咋样?"

"没想怎么样啊,现在不挺好嘛,姐你什么意思?"

"你以为姐傻呀,刚才小舒一直想跟你黏糊,就是姐在这儿碍事。"裴庆霞叹口气,"唉,我来那天晕车晕得太邪乎,稀里糊涂就把这间屋给占了,跟你说过几次让你睡这床、我睡行军床,你偏不听。以后你睡里屋,小舒不想走就让她留下,我睡外屋,你俩就当没我这人。"

"那怎么行? 我们经常要开夜车、连轴转,几个大小伙子在旁边加班,你睡在地当央的行军床上,多不方便。"

"可现在这样你跟小舒多不方便。我已经想好了,小舒只会在你们不加夜班的时候留下来,我就睡外面;你们加夜班小舒指定不留下,我就睡里面。怎么样? 姐替你们想得多周全。"裴庆霞说完就一脸得意地看着弟弟。

裴庆华露出一副苦相:"姐,你可真行,你以为这是成全我? 你这是害我!"

裴庆霞吃一惊:"你啥意思?"

"姐你没看出来? 我是拿你做挡箭牌。"

裴庆霞眉头紧锁盯着弟弟看半天,愕然道:"庆华,你不会是有毛病吧?"

裴庆华苦笑:"我只是没心思也没兴趣。"

裴庆霞警惕起来:"那你对谁有心思有兴趣? 小舒对你够好的了,你还想找啥样的?"

裴庆华已经起身往外走:"姐你就别瞎操心了……"

裴庆霞追出来问:"你到底啥意思?"

裴庆华用手一指白板上的三个大红字:"汉商网,我现在全部心思和兴趣都在它身上。"

裴庆霞一撇嘴:"你以为姐傻呀? 你对小舒用姐当挡箭牌,你对姐用这网站当挡箭牌。你到底啥想法姐不知道,但姐知道你如今心思特别深,深得连姐都猜不透……"

裴庆华淡淡一笑不再说什么,坐在电脑前开始工作。裴庆霞讪讪地站了一会儿问道:"你又要加班?"

裴庆华"嗯"一声:"今天要把整个流程测试一遍,搞不好得干个通宵,你睡吧。"裴庆霞又叹口气,满腹忧虑地看弟弟一眼才转身回屋。

第二天早晨,双眼通红的裴庆华一见卢明进来就说:"等你半天了,看看你做的这叫什么东西!"

卢明被吓一跳,手里的半张煎饼果子掉在桌上,他顾不上擦嘴就赶紧凑到裴庆华电脑前。裴庆华指着屏幕喝问:"比价是咱们网站至关重要的功能,你做的这叫什么玩意儿?!我和老茅商量的,为了不过多占用后台服务器资源、尽快显示结果页面,会员一次最多只能选择五种不同型号的电脑进行比较。这你清楚吧?"卢明忐忑地点头,裴庆华接着说,"正确程序是当会员已经勾选了五个机型,一旦他继续勾选应该弹出一个提示框,告知不能超过五个,同时请他选择要么开始比价要么退回重选,对不对?"卢明又点头,裴庆华用鼠标戳了几下,就气急败坏把鼠标一扔,"而你做的呢——会员可以勾选五个以上,可一点击比价按钮页面就报错!不是不可以报错,我之前怎么跟你强调的?只要程序出错就应该显示'网站建设中',那个小人儿填坑修路的画面。你倒好,直接显示后台程序的报错诊断页面,有你这样写程序的吗?!"

茅向前从阳台上抽完烟回来,面无表情地静观这一幕。裴庆华继续申斥卢明:"会员看到这个是什么感觉?就好比我们在看一场时装表演的直播,镜头忽然切换到后台模特正手忙脚乱换衣服,这叫露怯,这叫穿帮,这就叫不专业!"卢明的脸上有些挂不住,嘴角抽动两下但什么也没说出来。

一个程序员忽然没忍住扑哧一笑,嘀咕道:"要是真能在咱网站上看到模特换衣服,咱网站肯定火。"

裴庆华狠狠瞪他一眼,转向其他程序员说:"昨晚我把主要页面跑了一遍,漏洞百出!这样的东西怎么好意思拿出去见人?!全部问题我已经记录下来发到邮箱里,你们都进去看看,谁的问题谁解决,今天晚上我要再测一遍!你们能力有瑕疵我可以接受,但我无法容忍态度有问题!"

卢明悻悻走回座位。茅向前冲裴庆华一努嘴:"走,陪我抽支烟。"

"你不是刚抽完回来?"裴庆华正不情愿,见茅向前对他使眼色便起身跟出去。

两人站在北面的阳台上，茅向前掏出一支烟凑到鼻子底下闻，说："刚才你那样子可真够吓人的。"

裴庆华气还没消："我最受不了有人在工作上敷衍了事。"

茅向前瞟一眼裴庆华："你之前带的都是高管？"

裴庆华想了想："至少都是经理级，有些大区经理手下人比我直接管的还多。"

"那你好久没直接带过兵了吧？"茅向前又补一句，"尤其是新兵蛋子。"

裴庆华立刻明白此话所指，他扭脸看着茅向前："我刚才是不是有点儿过了？"

茅向前没接茬儿，转而说："我觉得你好像角色没搞对，你训他那会儿是依然把自己当成老板而且是大老板。但在我眼里卢明是开发工程师，你只是个测试工程师，分工不同、级别一样，哪儿有测试那样骂开发的？"

裴庆华一下子熄了火，但仍有些不甘，抱怨道："他作为一个开发人员，做完的东西起码应该检查一下，那么明显的问题都发现不了？看都不看就扔给我，他这是把活儿当垃圾，把我当垃圾桶！"

茅向前终于忍不住把烟点上，深吸一口吐出来，说："但我觉得这样效率挺高。咱俩把框架和详细需求定好，每天分配给他们开发，他们要做的就是尽快把大模样干出来，晚上你跑一遍测试，各种 bug（漏洞）一抓，第二天早上他们一改，齐活，紧跟着做下面的。如果你要求他们做的东西必须挑不出毛病，那他们可能要花上两三倍的时间都不止，你这个测试员倒是轻松舒畅了，但整个进度肯定得拖后。"

裴庆华拍下茅向前的肩膀："行啊老茅，你不仅是 CTO（首席技术官），简直是我的政委。"

茅向前嘿嘿一笑，没头没脑来一句："说实话，我也想看模特换衣服。"

两人回到客厅，裴庆华刚坐下就见茅向前从桌上抄起一张纸，看一眼便急忙奔过来低声说："卢明走了！"

裴庆华心一沉接过那张纸，上面潦草写着一段话："老茅，我达不到公司和老板对我的要求，不配继续干下去，我回家了，祝汉商网越办越好早日成功！"底下是卢明的签名。裴庆华难以置信，嘟囔道："就这么走了？就因为我说他几句？"

"唉，现在这些小孩儿，说不得。"茅向前似乎忘了自己只比卢明大四岁，他重重叹口气，下意识掏出烟盒。

"他走多久了？"

"咱们才出去抽一支烟的工夫，能有多久？"茅向前说着又把烟盒揣回兜里。

裴庆华立马起身往外走，茅向前刚想劝阻却只扬了下手没喊出声。

一步三级冲下楼梯，刚跑出单元门正碰见裴庆霞拉着盛满菜的小轱辘车回来，裴庆华忙问："姐，看见卢明没？"

"看见啦，就在院门外面，我进来他出去，我还喊了他一声，他没理我。"

裴庆华顾不上对姐姐说明情况便拔腿向院门跑。小街上没有卢明的身影，裴庆华又一口气跑到白颐路上，如今的中关村南大街车水马龙，行人摩肩接踵，裴庆华无助地四下张望，然后向南朝公交车站快步走去。他在路西的站台上搜寻一番，又把目光投向马路对面，一眼看见卢明正蔫头耷脑靠在公交站牌旁。他刚想上过街天桥，却见一辆332路公交车正缓缓由南向北进站，便不顾一切隔着宽阔的马路朝对面大喊一声："卢明！"卢明竟听到了，迷茫地抬起头，裴庆华忙一边蹦一边挥舞胳膊，卢明朝他的方向看过来，但就在这时公交车稳稳地停下，将两人的视线阻断得严严实实。

裴庆华不确定卢明是否已看见自己，他急火攻心地往过街天桥上跑。跑到桥中间332路大公共已经开走，他扒着栏杆往站台上看，一颗心总算落地——卢明孤零零地依旧靠在站牌旁向对面张望。

走到卢明面前，裴庆华先喘了几口长气，然后伸手想拉卢明回去，卢明却把胳膊躲在背后，死死贴着站牌。裴庆华说："我是来向你道歉的。"卢明一愣，裴庆华越发诚恳，"刚才我太急了，态度不好，我向你道歉。"

卢明嗫嚅道："您别这么说，是我自己不行。"

"咱们现在都不行，我也不行，汉商网更不行，但咱们绑在一块儿努力，将来就一定行。卢明，跟我回去吧。"

"我没脸回去。您去招一些水平更高的人吧，我只会拖累您、拖累汉商网。"

裴庆华忽然有些难过，他见陆续有几个人走来等车便压低声音说："卢明，汉商网如今什么也不是，我这个老板什么也没有，你、老茅还有其他人仍然愿意跟着我，是你们给我脸。我下定决心要留住你们每一个人，咱们要么一起成功要么一起失败，谁也不许走在谁前头。"

"您真的没瞧不起我？"

裴庆华笑道："是你们瞧得起我。走吧，跟我回去。你要实在想走，等你从汉商网拿到一百万再走不迟。"

卢明忽然露出一口白牙："真的？是一百万元还是一百万股？"

裴庆华歪头仔细盘算一番才认真答道："一百万元是至少的，至于能不能给到一百万股我得和老茅核算一下。"

卢明有些不好意思："我跟您说着玩儿呢，您只要不嫌弃我就行。您慢慢溜达吧，我得赶紧回去，好多错还没改呢。"说完，他就撇下裴庆华径自朝过街天桥跑去。

裴庆华回到公司，一进客厅就见茅向前和几个程序员冲他不怀好意地笑，他纳闷地问："你们这都什么毛病？"

茅向前诡秘地说："趁那几个女生不在，我们有个提议。"裴庆华正准备洗耳恭听，茅向前却和几个程序员开始互相推诿，最终是先期回来的卢明红着脸开口："我们都想看模特换衣服。"

裴庆华被气笑了："瞧你们这点儿出息！老茅，把外网连上，找家美国的黄色网站,你们看个够。"

茅向前忙摆手:"不是指这个,我们想看自然能看,用不着向你请示。庆华,你没注意到我们这些人的代表性吗?汉商网的会员主体就是我们这样的 IT 直男,我们不仅喜欢研究电脑、手机、多媒体的性能规格和价钱,我们还喜欢研究美女……你先别嗤之以鼻,我们是在跟你谈正经的。大家都觉得在汉商网的会员论坛应该开辟一个版块,供广大 IT 直男交流分享各种美图,这可以大大延长会员在汉商网的驻留时间,增强网站对会员的黏性。"裴庆华闷头想了想,不置可否。茅向前见状继续游说,"咱们的网站不能太死板太正统,得揣摩网民的心理,适当迎合一下,给网民点儿甜头。"

"美图版块在各大论坛都有,网民会冲这个来咱们汉商网?"裴庆华仍有些不以为然。

"即使纯粹为看美图而来汉商网的人未必很多,但已经注册的人能多个地方逛、多混些时间,这版块就值得开;再者说,咱们这版块与其他大论坛相比有个特色,就是人群具有相同特征,一帮搞 IT 的人看美图聊美女,肯定更谈得来。比如我吧,就喜欢跟咱这几个兄弟凑在一起,不愿意去西祠胡同跟那帮文青混。"

裴庆华又琢磨一阵才说:"那就先做做看。"众人刚要雀跃他又强调,"不过我有个原则,孰轻孰重得把握住,必须保证咱们汉商网是个能看美女的 IT 垂直门户,绝不能变成也可以偶尔聊聊 IT 的黄色网站。"

在纵贯加州硅谷的国王大道(El Camino Real)路边的一家埃克森石油公司加油站里,萧闯一边打哈欠一边给车加油,心里换算着美国的油价,暗叹跟北京的油价再加养路费相比,这油比矿泉水贵不了多少。感慨之余他无聊地左右张望,视线忽被最前方一辆红车旁的身影吸引。那是一个东方面孔的女子,齐耳的短发,身材瘦高,上面一件 T 恤衫,下面一条牛仔裤,就在加完油绕过车头正要坐进驾驶室的瞬间,萧闯一声惊呼:"简英!"

可惜简英并未听到,利索地关上车门将车驶离。萧闯又连喊两声但徒劳无功,只得心急火燎盯着自己这台加油机上的读数,总算加足预付金额他忙从油箱里抽出加油枪挂回加油机,蹿进驾驶座便开车去追。

这条硅谷最繁忙的南北向主干道不仅车多红灯也多,根本开不起来,萧闯盯着那辆红色的凯迪拉克却怎么也挨不到近前。情急之中,他眼角的余光忽然瞥见右边车的司机正朝他打手势,这才意识到刚刚似乎听到几声鸣笛,大概也是冲他来的。萧闯警惕地看一眼右前座上的背包,决定不予理睬,尤其不能把右窗降下来。旁边的司机无可奈何手一扬,跟着前面的车右转弯走了。

萧闯正庆幸自己机智躲过一劫,不料刚停在右边的车又冲他按喇叭,这回是位女司机,边摇下车窗边对他喊着什么。萧闯有些含糊,暗想加州的坏人不会这么普遍吧,也许人家真有事需要帮助呢。他把背包拎过来搁在大腿上,摇下电窗戒备地看着对方。女司机连比画带嚷嚷,萧闯却一头雾水,他隐约听到几个词像是 cap(帽)和 lid(盖),但猜不出何意。女司机也急了,指着萧闯车后部做了个爆炸的手势,嘴里配的音是"Boom"。萧闯一凛,忙抻脖子看右后镜,隐约看到车身上有个突出物,他立时明白过来——油箱盖没关!

仓促间打灯并线靠边停车,萧闯下车一看,果然好险,不仅最外面的油箱盖没扣上,里面的油箱旋帽也一直耷拉在侧面,刚才竟然是敞着油箱口开出来的。萧闯一边后怕,一边赞叹美国爱管闲事的热心人真多。他重新坐回车里,好不容易再次汇入车流,沮丧地向前面望去,哪还有红色凯迪拉克的影子。

萧闯回到酒店,掏出刚买的电话卡准备往国内打电话,犹豫半天还是没勇气直接找谢航,最终拨的是裴庆华的手机。萧闯等电话通了先问:"你没睡呢吧?"

裴庆华没好气地说:"你会不会算时差?我刚起,北京现在是早上。"

萧闯顾不上理会裴庆华的揶揄，直接说："我看见简英了！"

半天不见回音，萧闯正怀疑这电话卡是蒙人货，裴庆华才"哦"一声，问道："她怎么样？"

"嗐，我也不知道她怎么样，没说上话，只瞥见一眼，但我肯定是简英。"

"简英在硅谷？"

"靠，看来找你是找错人了。老裴，你问谢航要一下简英的联系方式，然后发邮件给我，我必须约简英见一面。"

"你怎么不自己找谢航？"

萧闯来了气："你这话不是成心吗！我要是有脸找谢航才懒得搭理你呢。"

裴庆华忽然笑了："萧闯，你让我找你的前女友要我的前女友的联系方式，这听上去怎么好像哪儿不对……"

萧闯咬牙切齿地说："随你便，爱问不问！"随即恨恨地挂上电话。

简英很热情，电话中主动提出到萧闯住的酒店接他，萧闯颇为自信地表示能找到简英家，简英笑说算了吧，您一个异乡人就别在异乡逞能了。

萧闯在酒店门口等到简英的车，简英下车便大大方方给萧闯一个拥抱。萧闯激动之余不禁感慨，如今的简英真是彻底洋人做派。他上了简英的车，打量几眼车内装饰便说："这车挺新啊，买几年了？"

"不是买的，leasing（租赁），再开两年就往车行一还，又能换新车开。"

萧闯讲了自己忘关油箱盖的事，简英问："你的车是在机场租的？"萧闯点头，简英沉吟道，"那挺少见的，租车公司的车往往都挺新，里程数一般不太高，按说不会有好些年前的车。如今不少款车在油箱那儿都装了传感器，仪表盘上会显示提醒，有的干脆油箱盖不关不能启动。"她随即又自言自语说，"也许因为租车公司的车大多是低配的。"

萧闯接不上话,自嘲地笑道:"说起加油我出过不止一个洋相。之前没留意租的车加油口在哪边,还以为跟我的车一样在左边,结果发现是在右边,加油枪的管子不够长,害得我只好退出去再停到另一侧。"

简英瞟萧闯一眼:"你开几年车了?"

萧闯挺直腰板,有意往长了说:"十来年吧。"

"那你从来没注意到仪表盘油量表那个小标记?"简英抬手一指,"喏,看到这个加油机的图案没? 右边有个向右的小箭头,就表示这车加油口在右边嘛,你的车仪表盘上肯定也有。"

萧闯探身过去看一眼,又歪头看眼简英,意味深长地笑了。简英不明所以,萧闯夸张地叹口气:"跟学工的尤其是懂车的女生在一起,男生真的很没成就感。要是换作老裴给舒志红讲这些,我都能想象舒志红对老裴崇拜得五体投地的样子。"

简英随口问:"裴庆华也会开车了?"

"没有。"萧闯一脸惊讶,"哎我说简英,你更应该关心舒志红是谁吧?"

简英淡淡地说:"我知道,谢航早跟我提过。"

一听谢航俩字萧闯立刻不吱声了,简英扭头白他一眼,也不再理他。

简英的家是座挺普通的房子,上下两层,屋前有片小草坪,后院大些。萧闯楼上楼下参观一番,问道:"这房子多大?"

"两千多尺吧,不到三千。"

"这块地多大?"

"八分之一个 acre(英亩),五千多尺。"

萧闯立刻抱怨:"我烦死老美这套单位了,加油论加仑,面积论英亩,我一点儿概念都没有。"

简英笑道:"一平方米大概等于十一平方英尺,房子的使用面积是两百多平方米,占地五百平方米。"

萧闯站在起居室环顾一圈,又问:"这房子得多少钱?"

简英在厨房一边烧水泡茶一边说:"你们国内来的都会问这个,估计你下一个问题就是我年收入多少。"见萧闯有些不好意思,简英转而说,"这房子买了才三年,真是捡了便宜,尤其最近这两年科技股太火爆,光一个 Yahoo 就诞生了好多千万富翁,再贵的房子也不在他们话下,搞得这一带房价直接 double(翻倍)。"

萧闯走到壁炉前,审视立在台面上的几幅照片,问道:"这位是你老公?"

简英远远地看一眼:"对,是我先生。"

"怎么和老裴看着有点儿像?"萧闯半开玩笑地问,"你不会是照着老裴那样找的吧?"

"没有啊,怎么会? 我先生戴眼镜,裴庆华不戴眼镜。"

"呵,这区别可真是又'大'又'本质'。"萧闯又盯着一张简英身穿博士袍的照片问,"这张是简博士的毕业照?"

"对,颁发学位那天拍的。哎,你看我跟五年前相比是不是胖了?"

萧闯哭笑不得:"服了你们这些女生,累不累啊? 老裴当年就跟我嘀咕过好几回,说简英要是胖点儿就好了。"

简英摇头,很认真地说:"你们不懂,我个子高,稍微一胖就像根大柱子似的。不像谢航,瘦点儿玲珑剔透,胖点儿圆润有致。"说完又白萧闯一眼。

萧闯干咽一口唾沫,赶紧岔开话题:"你老公不在家?"

"对,他们做 consultant(咨询顾问)经常出差。"

"你们怎么认识的? 同学还是同事?"

"校友,我博士在伯克利念的,校友联谊的时候遇上的。"简英把茶泡好,又端来几碟小食,招呼萧闯坐下说,"行啦,你查完户口没? 该说说你自己了吧,这次是出差还是旅游?"

"都是又都不是,准确地说是考察。哦不,更准确的说法应该叫朝圣。"萧闯摇头晃脑地说,"我既然已经投身互联网,硅谷这地方是一定要来拜一拜的。"

"都去哪儿拜了？"

"雅虎、eBay、美国在线、Intel、思科，还去了斯坦福……"

"取到什么真经了？"

萧闯脸一红："走马观花，像 Intel 我压根儿没混进去，就在外面兜了一圈，但这些天的感受还是挺震撼的。"

"是吗？说来听听。"

"嗯——最大的感受就是，别看现在国内比这儿差很远，但我相信将来中国在互联网领域一定能赶上美国。"

"为什么？"简英来了兴趣。

"因为互联网的核心就是两个关键词，一个是信息一个是眼球，而这两者的基础都是人，人越多产生的信息越多，关注信息的眼球也越多。哪儿人最多？中国啊！都说互联网特高端，我倒觉得应该往低处走，因为互联网的本质是做人的生意、做普通人的生意。"

简英若有所思，未作评论接着又问："你刚才说投身互联网，怎么个投身法？"

萧闯嘿嘿一笑："我的路数有点儿特别，开了几家网吧。"见简英面露讶异，他忙解释，"你可别小瞧网吧，这生意不错，钱每小时、每分钟哗哗地流进来。起初我只是开一家玩玩儿，后来尝到甜头一发不可收。实话跟你说，我更看重的不是网吧带来的真金白银，而是在网吧上网的这些网民的身份信息和行为数据。只有了解网民才算了解中国的互联网。你可以说我这是曲线救国或者农村包围城市，我把它叫作自下而上，跟老裴的策略正相反，他是自上而下。"

"裴庆华也在做互联网？他搞哪方面？"

"他做的是 3C 领域的垂直门户，刚刚上线。老裴关注的是自己想做什么，而我关注的是网民想要什么，不是一个路子。"萧闯见简英又陷入沉思便说，"你好像对国内的互联网也挺关心嘛……"

"因为我们公司刚和我谈过，想派我去中国开拓业务。"

萧闯喜出望外地一拍大腿："好啊，那还等什么？你早该回国了！"

简英微微一笑："你都不知道我们公司是做什么的。"

"哦，你们公司做什么的？"

"网络安全。"

"具体哪方面？硬件还是软件？"

"嗯——偏软件吧，主要做安全认证。"

萧闯又一拍大腿："好啊，这东西太有用了，国内亟须啊。"

"我们公司也算是互联网浪潮里的明星吧，这两年发展很快，但自从在纳斯达克上市以后业绩压力很大，资本市场总期望我们能维持指数型增长，所以公司就把目光投向新兴市场，主要是中国、印度和俄罗斯。管理层先在内部物色人选，反正我们公司中国人、印度人和俄国人都有不少，前些天和我谈了，我还在考虑。"

"你在公司什么职位？"

"产品经理。"萧闯听后只"哦"一声，简英又补充说明，"你可能对我们这类公司的产品经理不太了解，我直接 report（汇报）给总裁，管一条产品线。"

"厉害！"萧闯这才肃然起敬，"那你还考虑什么？赶紧的，国内互联网正在起步，多好的时机，你回去肯定能大显身手；而且这些年国内各方面变化非常大，你绝对应该回去看看。"

"可是……正因为这一点儿我才发怵，毕竟已经出来整整十年了，对国内的商业环境完全不了解，两眼一抹黑。老板劝我说就当是回家，但我心里清楚如今我在中国倒更像是个异乡人。"

"不至于，还有不少老外单枪匹马去中国闯世界呢，你跟他们比绝对是本地人，有什么好担心的？再说还有我、老裴、谢航这么多同学朋友可以帮忙。"

简英用一种奇怪的眼神看着萧闯，像是在说"你怎么还有脸提谢航？"搞得萧闯非常不自在，口不择言地说："唉，你要是能早几年回国该多好，也不至于和老裴分开。你知道雷岷那家伙听到你们俩的事以后说什么，他说老裴这纯属占着茅坑不拉屎，白瞎了……"

话一出口萧闯便暗叫糟糕，但悔之已晚，简英冷冷地盯着他，半天才说："你这张嘴啊，我真奇怪谢航怎么可能忍了你十多年……"

萧闯一脸哀戚："唉，谢航之所以跟我分手，并不是因为我这张嘴……"

"那是因为什么？"

"谢航没跟你说？"

简英又白他一眼："看来你还真不了解谢航。"

萧闯立时多了几分底气，脖子一梗："我有我的毛病，但谢航也有她的毛病。"

"你少倒打一耙，谢航在我看来简直就是完美的化身。"

"她不仅自己追求完美还要求我完美，洁癖！"萧闯不愿再纠缠这一话题，转而问，"哎，你不会是因为害怕再见到老裴而不愿意回北京吧？"

简英立刻嗤之以鼻："当然不会，我为什么不敢见他？我一旦回北京，还要让他来机场接我呢，你信不信？"

萧闯同样冷哼一声："老裴连车都不会开，他接你等于是出租车接你。"

简英笑道："那好吧，咱们现在就约好，到时候你开车带他来接我。"

十

第一位水军司令

在两间办公室转了一圈，看着忙碌的员工，裴庆华内心又生出暌违多年的成就感。这支七拼八凑的队伍来之不易，茅向前是舒志红引荐的，他加盟后又拉来几个小伙伴，卢明便是其中之一。裴庆华曾回学校找过雷岷，想求如今已当上校团委副书记的雷岷推荐些学生。雷岷端起一副架子说，咱们学校主要是为国家级科研院所和大型骨干企业输送人才，不会考虑你这样的私企。裴庆华忙解释不是来要毕业生，只是想找些高年级的学生勤工俭学权当实习。雷岷益发盛气凌人说你想得挺好，但我绝不会把咱们学校的高才生送给你当廉价劳动力。裴庆华收获一顿羞辱空手而归，自此断了从顶级高校延揽人才的念想，主要在论坛里发帖招人，这才陆续又忽悠来几位。

他回到座位上坐下，嘀咕道："十三太保……"

和裴庆华挤在一张桌上的舒志红正在笔记本电脑上忙着更新骑牛网，头也不抬地问："什么十三太保？"

"汉商网现在有十三名员工，加上我和我姐一共十五个人。"

"我不算在内？"舒志红斜愣着眼问。

裴庆华哄道："咱俩算一个人。"

"哎,我有个建议,"舒志红把电脑合上说,"应该按加入团队的时间先后给汉商网全体人员编号,一方面便于管理,互联网公司应该首先做到数字化吧;其次还可以记录历史,让创始成员有荣誉感。"

裴庆华立刻皱眉："给活生生的人安上一个个号码,这种做法对人不够尊重,容易让人反感。"

舒志红很快反应过来,猜到是裴庆华联想起自己在监狱里的编号,并由那串数字回忆起那段不堪的往事。舒志红轻轻搭住裴庆华的手柔声说："只是个员工号,又不会用号码来称呼人,相互之间还是叫名字。"

裴庆华显然仍有抵触,犹豫道："或者用英文字母？反正我不喜欢用数字。"

卢明耳朵很好使,立刻插话说："庆华哥是老 A,老茅是老 B,那我就是……"他掰着手指暗数,"老 H？唉,要是晚来几天就能当上老 K 了,那多带劲……"

茅向前摇头："你一提 K 我就觉得用字母编号有问题,因为字母会组成单词,而单词的意思有好有坏,万一摊上头一个字母是 F、最后一个字母是 K,咋办？"

"那得排到四个字母,四位数字够一万个人用,四位字母可就是 26 的四次方,咱们汉商网会有那么多人吗？"卢明表示怀疑。

"怎么不会？"裴庆华立时改了主意,"字母不合适,要不然用甲乙丙丁？"

茅向前又摇头："天干倒也是十进制,但叫起来太麻烦。庆华,就别想太多了,还是数字最好,一目了然而且便于统计排序。"

舒志红把一张纸推到裴庆华眼前,裴庆华一看,上面只有四个小字——放下心结。裴庆华明白其中含义,只有自己彻底脱敏不再纠结才能真正走出那段日子,否则就不只是被关了五年而是关一辈子。他手在桌上一拍："听你们的，就用数字。从今往后我就是 1 号，希望你们能像上'一号'那样每天主动来找我几趟。"

厅里的人都笑，卢明又开始排："庆华哥 1 号，老茅 2 号，大姐 3 号，我是……8 号。靠，幸亏我不姓王……"这下大家笑得更厉害。

裴庆华吩咐："老茅，数咱俩最早，你对他们谁先来谁后到一清二楚，就按次序编号吧，建一个汉商网员工数据库。"

"这个好办，分分钟的事，庆华你还是多关心一下汉商网吧。从正式上线到现在访问量一直上不来，这样不温不火可不行。咱们当初买的服务器和租的带宽已经够保守了，结果现在看仍然很富余，咱们得赶紧想办法。"

裴庆华沉吟道："一个是内容，一个是推广，两者相辅相成。"

"对。上线以后我已经叫卢明他们几个从开发改作运营，重点就是为汉商网提供内容，同时与网民互动……"

"怎么觉得比前一阵熬夜编程序还累啊……"卢明伸个懒腰说，"我现在负责两个版块，除了从其他网站拷贝粘贴把内容扒过来，还在汉商网注册了将近一百个 ID，成天在论坛里灌水。老茅说得有争议性的内容才能吸引人气，我就在论坛挑事儿，专门发带有攻击性的帖子，很多时候都是我的几个马甲之间吵得鸡飞狗跳，这样成天左右互搏能不累吗……"

茅向前冷哼一声："我提醒过你不止一次，不管你用哪个 ID 发帖子，人家要是有心查起来 IP 地址都显示同一个，一看就是马甲。告诉你不要偷懒，每次换 ID 也要同时换代理服务器，你总是不听。"

卢明苦着脸说："一般情况下我都照你说的做了，可有时候论战特激烈，这个马甲骂一句、那个马甲回一句，实在来不及换 ID 还要改代理服务器换 IP……"

旁边一个女生也抱怨："网站推广真是比编程序难多了。老茅要求我们每个人至少要拉一百个人来注册会员，还要保证动员十个朋友让他们每人再替咱们拉二十个人来。搞得我那些同学和亲戚都怕了，连我电话都不敢接。"

茅向前教训道："你还是脸皮太薄，这么点儿小事都豁不出去。你看人家卢明，差点儿被合租的人给轰出来，人家不是照样完成任务了？"

卢明贱兮兮地笑了："真不能怪他们，是我逼他们必须拉二十个人，要不然我就不掏我那份儿房租，嘿嘿。不过说起来我必须拍一下老茅马屁，老茅亲自负责的美人美图是整个汉商网里人气最高的坛子！"

茅向前惨笑一下，痛心疾首地说："那可是把这几年我所积攒的宝贝全都贡献出来了……"

裴庆华转问舒志红："你的骑牛网怎么做的推广？"

"我的人脉那么广，根本不用我推！登高一呼，应者云集！"舒志红得意之余又说，"关键还是内容。起初来的人都是出于好奇，我就帮他们开好个人主页，干媒体这行的谁不想出名？谁不想自己的地盘上门庭若市？为吸引更多人来看他们的个人主页，他们自然会绞尽脑汁放些好东西上去。所以不用我拼命拉人，他们都在主动替我做推广。"

卢明由衷地羡慕："志红姐这招太高了，骑牛网就像一座大楼，每间房子的主人都拼命拉人来参观，这大楼的人气根本就不用愁。唉，真是人比人气死人啊。"

这句无心之语却触动了裴庆华的心事。虽说骑牛网与汉商网属于完全不同的类型，而且比汉商网早三个月上线，但裴庆华暗地里仍不免把两者加以比照。他原本自信汉商网很快就会后来居上，谁知现实竟是汉商网如今的人气不仅赶不上三个月前的骑牛网，差距还越来越大，这令裴庆华的自尊心有些受不了，也让他与舒志红在一起时越发感觉沉重与压抑，时而生出心思想要摆脱和逃避。

他想了想才说："骑牛网这种模式倒真不错，可惜汉商网没办法借鉴。骑牛网上的人既是供方也是需方，既看别人的东西也把自己写的放上去。可来汉商网的人都是需方，只能我们汉商网当供方，所以累啊。"众人都沉默不语，裴庆华忽然灵机一动，"差点儿忘了，其实咱们还有一支队伍——商情调查员。这是我利用以前在华研的资源让各地代理商给我找的人，负责定时给咱们传回当地商情，我给他们计件发劳务费。为什么不能同时也让他们在论坛里发帖呢？"

卢明拍手叫道："这主意好！上次老茅说汉商网迟早得在深圳、上海这几个中心城市落地开设分站，这帮人到那时就可以承担当地分站的运营。"

"既然你说好，那这活儿就由你负责！"裴庆华笑道，"我把这帮人交给你，你准备一套灌水规范和技巧，教他们尽快上手；再制定一套报酬体系，综合考虑帖子的数量和质量，反正连发一百个'顶'肯定比不上一篇百字长帖。"

卢明跃跃欲试："嘿，这活儿有意思。我先想想再把要点写出来，然后给您和老茅看。"

茅向前在卢明头上一拍："你小子行啊，一下子手里有了百十号人，比我带的兵多多了。"

众人都笑，当时谁也不知道将来会诞生"水军"一词，更没意识到裴庆华所招募的这支队伍竟是中国互联网史上最早的水军之一，而日后经常自诩中国第一位水军司令的卢明当时才是个二十二岁的毛头小伙。

茅向前忽然面露忧虑地说："庆华，咱这是花钱买帖子啊，得开始考虑网站创收的事了，不然你的钱烧不了多久。"

裴庆华故作镇定笑道："不急，先把内容做好，把人吸引来，人气自然能变为财气。"

茅向前叹口气："这真是个悖论，网站不尽快推广不行，可推广需要花钱，钱花得越快死得就越快……"

"所以关键在于火候的把握，咱们要力争用最高的效率来花钱。你们放心，汉商网的第一笔收入已经为期不远。"

卢明等人都坚定地点头，倒并非纯粹出于他们对裴庆华的信赖，其实更多的是当时"触网"的人都对未来充满没来由的乐观和激情。

裴庆霞忽然往厅里探下头，冲茅向前招手："老茅，又该锻炼了吧，你们咋还不动窝？"

舒志红扭头问："锻炼？你们还锻炼？"

茅向前看眼电脑屏幕上的时间，叫一声："可不是嘛，聊天聊得把时间都忘了。"他又对舒志红解释道，"都赖大姐，成天像喂猪似的喂我们，每天不是过油肉就是回锅肉，再加上各种面食，你看把我们给喂得都胖成什么样了。"

裴庆霞窘得脸通红，嗫嚅着说："不光是他们胖，胖得最厉害的其实是我。总怕他们不够吃，尤其是怕原本说好中午不回来或者晚上不加班的冷不丁改主意又要在公司吃，所以每顿我都多做点儿，可最后剩下的我又舍不得扔，就都给吃了。你看我这几个月胖得弯腰都费劲。"

裴庆华笑道："所以老茅现在每天组织两场工间操，最积极的就是我姐。"

茅向前已经在两个房间连声招呼："走了走了，手里的活都停了，下楼锻炼。"

舒志红也来了兴致："难得我赶上一回，我也下去凑个热闹。"

裴庆华拽住她说："你瘦成这样跟着起什么哄？我马上要出去找几家公司谈合作，你还得给我当司机呢。"

等裴庆华和舒志红收拾好东西下楼，茅向前已经带领十三个人在楼前跑了几圈，此刻正在单元门口排成两排喊着节拍卖力地做操，舒志红好奇地看了一会儿就被裴庆华拽走了。另有三五成群的街坊邻居或近或远、或坐或站地看着这个每天定时定点出现的奇怪团伙，猜不透这伙人究竟是做什么的、为何会栖身于居民楼中，其中有一位已经警觉地留意这伙人好几天了，她就是早已退居二线的前居委会主任——曹大妈。

八月初正是酷暑时节，萧闯把他的一伙小兄弟拉到东三环京信大厦吃烤鸭，为正式加盟的郭胖儿摆一场欢迎宴。郭胖儿七月份本科毕业,也去接收他的单位报到了,等拿到七月份的工资条才发现竟比他已降得很低的期望值还低,各种名目的补助加在一起月薪将将四千。他对萧闯发牢骚,萧闯立刻问,我给你七千底薪,奖金另算,怎么样?郭胖儿说如果我继续兼职给你做,每个月还是两千五,加起来也差不多七千了。萧闯说,那就八千,干不干?郭胖儿心头暗喜,嘴上问的却是能再给点儿期权吗?萧闯回答得很干脆:"有可能但不承诺,给不给、给多少都看我的心情,你来不来?"郭胖儿立马点头,不敢再提条件。

几个人一边用荷叶饼卷烤鸭一边聊,阿甘说:"闯哥,等我明年毕了业,也像郭胖儿一样,我干脆不另找工作了。"

"好啊!你要是能现在就定下来,我这个月就开始按全职给你发工资。"萧闯最中意的就是阿甘,踏实可靠。

"我都有心不要这文凭。从今年开始高校大规模扩招,今年比去年多招将近一半人,明年还要接着扩,将来满大街都是本科毕业,这大学念不念没多大区别。"

萧闯劝道:"你还是再混一年,反正大四没多少课,毕业设计、写论文,时间灵活,你尽量常过来。文凭还是需要的,我可不希望被你这个辍学生拉低我核心团队的学历水平。"

郭胖儿就势忽悠瘦头陀:"你干脆也别出国了,硕士答辩完就来跟我们干吧。"

瘦头陀并未直接回应,转而说:"我是越来越佩服闯哥,你们记不记得上次吃火锅时闯哥就说过今年股市要涨?'5·19'这波行情真被闯哥说中了!"

"纯粹是政策市!"萧闯把酸梅汤往桌上一蹾,"这要比市场预测容易得多。国家需要一场大牛市,让经济从亚洲金融危机中走出来,也是为了让国企脱困。央行降息,鼓励各路资金入市,地产股因为房改大涨,网络股兴风作浪,怎么可能不出行情?"

郭胖儿满怀艳羡地问:"闯哥这次又赚翻了吧?"

"我最近都没怎么看盘,翻倍肯定是有的。沪指从一千出头涨到一千八,将近百分之八十,我的股票总不会还比不过大盘。"

瘦头陀关心的是未来:"你估计这波行情能持续多久?"

"这可说不好,短则一年,长则两年,得看美国的科技股牛市还能走多远。"

阿甘咂摸嘴,憨憨地问了句:"闯哥,你说创业和炒股,哪个更有前途?"

"两者完全不可比!炒股除了挣钱还有什么?没有!钱多了无非让自己手头宽裕点儿、日子舒服点儿。但创业是要干出一番事业、创出一片产业,这个意义有多大咱们现在都无法想象。反正我的目标是要改变更多人的生活,能让更多人过得更好更有意义,再往大了说,是要让这个国家变好。"

这番掷地有声的话语并未产生预期效果,阿甘的目光依旧呆滞,瘦头陀继续忙于消灭鸭四宝,只有郭胖儿由衷地拍马屁:"反正自打跟了闯哥,我的生活是比以前好多了。"

萧闯见状狠下心甩出一句足以明志的话:"你们别以为我是唱高调,我已经拿定主意,下个星期就把我的全部股票彻底清仓!将资金抽离股市,全部投入到咱们的互联网事业中来!从今往后,你们谁发现我看股票、谈股票,可以当场罚我一百块钱!"

瘦头陀直替萧闯心疼:"你刚说这轮牛市能有一两年,才启动两个多月你就都抛掉,这得少赚多少钱啊……"

萧闯瞪他一眼:"你怎么个意思?故意把我往那个话题上引,好罚我钱是吧?"

瘦头陀忙矢口否认,郭胖儿也说:"今天不算,即便真罚也从明天开始。"

"就从今天开始,再给你们加俩菜,反正我也想一次痛快把话说完。"萧闯从钱包里抽出一百块钱拍在桌上,"既然你们不想听什么人生意义,我就跟你们谈谈钱。炒股能赚几个钱?刚才郭胖儿问我是不是赚翻了,可见翻两倍、翻四倍已经很了不起,还得指望几年一遇的大牛市。可咱们搞互联网创业，将来的回报绝不止这个数量级。我这次去美国转了一圈，亲眼见到太多互联网暴富的实例。像你们一样二十出头的人已经是百万富翁！每家互联网上市公司的头十名员工哪个不是千万富翁！买房买车算什么，人家买的是游艇、是蒙大拿州大片的牧场！财富增长何止几倍，是10的N次方！"

这席话当即令在座的都热血沸腾，连总仿佛睡眼惺忪的阿甘也两眼放光。瘦头陀说："闯哥，我也挺想继续跟你干。刚才郭胖儿问我明年出不出国，说实话我还没想好。但我一直有些困惑，说是搞互联网，但咱们这小半年只是一家一家搞网吧，你要的系统我们都做出来了，网民的资料和数据也积累了不少，可下一步究竟往哪个方向发展我还没看出来，你能不能给我们讲讲？"

郭胖儿也问："是啊闯哥，你到底想做哪一块？门户还是电子商务，要不咱们做网游？这东西咱们熟。"

萧闯想了想未置可否，而是说："别着急，既然是方向就不能随便挑一个然后改来改去，万一步入歧途甚至走上死路呢？咱们再等等看。我已经有种直觉，好像那个方向就在前面不远，影影绰绰的，很快就会清晰起来……"

这顿饭局结束得挺早，萧闯顺路到国展中心旁边的家乐福买东西。推着空荡荡的小车在货架间溜达，萧闯不禁想起以前常来买一堆吃喝，然后到谢航家替她把冰箱装满。如今斯人已去，连房子都卖了，冰箱更不知还在不在，这么一想他的心也变得空荡荡的。他忽然发愁谢航一个人在上海究竟能否照料自己，接着又担心会不会已经有什么人在照料谢航，这么一想他的心又变得乱糟糟。

心不在焉随手捡几样东西结完账出来，萧闯把袋子放进后备厢，坐进被晒得像蒸笼一般的车里，他忙一边开空调一边把四个车窗都降下来。快到停车场出口时他注意到离收费亭不远处站着一个人，正向排队的车介绍手里的东西。望着那人高大的身形萧闯忽然觉得眼熟，再留意那人的嗓音他不禁纳闷："不能吧，怎么这么像老裴？"

挪到只有一个车的距离，萧闯看清那人正要塞给前车车主的东西，是个长条状纸板，上面画有若干个方格，底下还有串看不清楚的英文字母。那人对车里解释："送您个临时停车牌，可以把您的手机号写在上面，需要您挪车时别人可以联系您。这下面是我们汉商网的网址，您有空可以登上去看看，肯定能帮到您。"不待那人说完车已经移动，显然车主对他的礼物没兴趣。那人惆怅地把手里的东西从正在摇上的车窗内抽回来，向后退一步，这下萧闯看清他的脸，果然真是裴庆华！

一边往前挪一边把遮阳板往下拉尽量挡住自己的脸，萧闯等着裴庆华开口。裴庆华热情洋溢地开始重复刚才的说辞，但有些暗哑的声音还是透出些许疲惫。萧闯故意粗着嗓子说："这种牌儿我已经有了，不需要。"

裴庆华看一眼萧闯搁在前风挡下面的停车牌，认真劝说："您的牌子旧了，前些天手机号码刚刚从十位升到十一位，您换这个吧，不然新加的'0'没地方写。下面是我们网站的网址，您可以上去逛逛。"

萧闯憋不住笑起来："老裴，你怎么连我的车都认不出！大热天的你这样做推广，效率也太低了吧，这招谁想的？"

裴庆华忙把身子弯得更低，萧闯把遮阳板掀到一边，露出一脸坏笑。两人一个站在骄阳下、一个坐在空调车里，一个是推销的一方、一个是拒绝的一方，这种反差令猝不及防的裴庆华有些不是滋味，但他很快便底气十足地回应："我想的。私家车主和我们汉商网会员的特征高度吻合，他们买3C产品的可能性极大，而且这种停车牌放在车里就像我们汉商网的广告牌，停到哪儿宣传到哪儿。"

"这玩意儿有人要吗？刚才那车就没要吧。"

"绝大多数都要，免费的，而且我这牌子做得精致，又正赶上手机升位，一会儿就能散发一空。"

"堂堂大老板亲自站街发小广告，你倒真豁得出去……"萧闯嬉皮笑脸地伸出手，"看你怪可怜的，算了，我要一个吧。"

后面的车已经开始长按喇叭，裴庆华抽回手："这东西也是有成本的,我才舍不得给你呢,快走你的吧。"

"别发了,上车,我送你回魏公村。"萧闯动了恻隐之心。

裴庆华却挥了下手然后抬脚向后车走去,萧闯只得摇摇头,将车开到收费亭把停车券递过去便扬长而去。

可裴庆华刚接着发出两个临时停车牌就听手机响,他接起来听了几句登时脸色一变,急促地问:"什么,警察?"他很快恢复镇定,吩咐道,"我这就往回赶,你别动地方,路上再打给你!"

裴庆华抱着一摞停车牌就往街边跑,后悔刚才真不如听萧闯的直接回去,这么一想他马上掏出手机,等一接通便说:"萧闯,你没走多远吧?赶紧过来,拉我回魏公村,出事了!"

裴庆华心急如焚,萧闯倒难掩一脸的兴奋,典型的看热闹不嫌事大,嘴里还不忘损一句:"老裴你跟警察打过那么些年交道,放宽心,他们肯定买你面子,不会把你怎么样。"

裴庆华懒得搭理萧闯,两眼直视前方,恨不能把萧闯的大欧宝变成一辆摩托,从车流中一路钻过去。他已经从报信的卢明口中约略知道点儿情况。卢明是去双安商场散发完停车牌回的魏公村,一到楼下就发现气氛有异,单元门口围着不少人,还没爬到六楼就听到上面人声嘈杂。继而看到好几个大檐帽堵在家门口,隐约还能听到裴庆霞在里面激烈地嚷什么。卢明立刻掉头向下跑,直奔公用电话去向裴庆华告急,但裴庆华左思右想也猜不出究竟是什么把警察引来的。

车子刚进小区院门就看见卢明正往这边张望,裴庆华摇下车窗刚要招呼,萧闯却一脚急刹车,说:"你先下车,我把车停到院外去。"裴庆华一愣,萧闯嘿嘿一笑,"我还是别跟你一起上去,万一你真干了什么违法的事,我这个房东最好先跟你划清界限。"

裴庆华气得找不出合适的言辞,只得恨恨瞪萧闯一眼把车门摔上。卢明已经奔过来,嘴里重复着刚才电话里早就说过的那套。裴庆华闷头往单元门口疾走,迈上第一级台阶时他突然收住脚,卢明差点儿撞在他后背上。裴庆华扭头吩咐："你留在下面。"卢明一怔，裴庆华像托付后事似的交代，"总不能被他们一网打尽吧，好歹留个人在外面还能想点办法，如果我们都被警察带走，你马上去找舒志红。"

卢明很悲壮地点下头："您放心，我一定和志红姐把你们全救出来！"

裴庆华被这话弄得愈发丧气，难不成汉商网竟会落得只剩卢明这么一个火种？他独自爬上六楼，在楼梯拐角一抬头便看见两个头戴大檐帽、身穿制服的人正居高临下盯着他。他登时下意识地站定，因为这两位显然不是警察！衬衫的颜色比警服浅很多，尤其是帽徽上的盾牌并非蓝色而是红色。裴庆华暗骂卢明没见识，难道戴大檐帽的就是警察？这明明是工商嘛。

其中一位工商首先发话："你上来。"待裴庆华踏上最后一级台阶便问，"你到这儿干什么？"

"我住这儿，请了几个人开发网站。"

另一位工商立刻跨一步站到裴庆华身后，之前那位面无表情地说："你来得正好，我们要向你了解些情况。"

裴庆华被一前一后夹着进了门，见厅里一位年纪较大的工商正用手指着裴庆霞的鼻子说："我再跟你讲一遍，我不管你是不是在这儿做饭的，营业执照上法定代表人写的是你的名字，这事就必须由你负责！"

裴庆霞一眼瞥见弟弟更加紧张，语无伦次地说："我不负责！不是，我不是不想负责，我是不会负责……不是，我是不懂你说的啥意思，我不知道咋负责。"

裴庆华站到姐姐身边对工商说："请问您要了解什么？我是这里的负责人，您问我吧。"说话的同时他瞟一眼大卧室，门关着，他不禁奇怪，怎么不见茅向前他们。

恰在这时大卧室的门开了，出来一个人，裴庆华认识，原来是总在院子里转悠的曹大妈。就在门重新关上前的一瞬间，裴庆华瞥见屋角挤着一堆人,门旁守着一位工商。原来茅向前等人都被关在里面,裴庆华的心又一次被揪紧。

曹大妈一指裴庆华,对领队的工商说:"他的情况我了解,半年多前刚刚刑满释放出来,犯的是什么什么财产罪,在我们居委会和街道都挂了号,所以我一发现异常情况就向派出所反映。派出所说归你们工商所管,我就又去找你们。"

"曹大妈,我们哪儿异常了? 你不能信口胡说!"裴庆华铁青着脸,竭力压制住火气。

"谁胡说? 我当然有凭有据! 要不然工商的同志也不会来。你少拿眼睛瞪我,俗话说邪不压正,我既然敢来就不怕你打击报复!"

不待裴庆华回应,领队的工商已经皱着眉头更正道:"我们不是工商所的,我们是区工商局执法大队。"他随即转向裴庆华,"我们接到群众举报,你们涉嫌组织和从事传销,所以我们特来进行专项现场查处,你必须全力配合,如果查证属实必须接受相应处罚。你是有前科的人,应该明白我这些话的意思。"

裴庆华顿时蒙了,传销? 这从何说起! 曹大妈却嘀咕道:"我不是群众,我代表基层组织……"

"我们没搞传销,我们是做网站的。"裴庆华抗辩道。

工商那个人冷笑着说:"你们倒挺与时俱进,利用互联网这一新生事物搞传销,你们不是头一家,也不会是最后一家。"

"我们是用互联网为广大网民提供信息服务,和传销有什么关系?"

工商那人脸一沉:"请你注意态度,是我们向你了解情况,还轮不到你向我们提问题。"

裴庆霞在一旁偷偷拽弟弟的 T 恤衫下摆,裴庆华一赌气不再开口。工商那人问:"你们做的这个网站究竟都有些什么内容、什么功能?"

裴庆华耐着性子说了几句,见几个工商人员的表情显然不甚了了,便想用电脑打开汉商网的页面直观讲解。他按下开机键却没见主机有任何反应,以为是电源线没连好,探头到桌子下面才发现原来电源插头都被拔下,插线板上赫然贴着一张盖有猩红色印章的封条!他情急之下正要起身理论,却不防脑袋重重地磕在桌沿上,引得裴庆霞一声惊呼。裴庆华却丝毫不觉得痛,直视着工商的人质问:"为什么不让我们开机?"

"以防你们销毁相关数据资料!这是法律法规赋予我们的权力!"工商的声音更高一度,"我们有权查封涉嫌用于传销的工具和设备,并可视情节予以扣押!你听好喽,别说是几台电脑,你们这整个经营场所我们都可以查封!"

裴庆华急了,额头上青筋暴起:"凭什么,你们凭什么说我们是传销?"

领队的工商眯起眼睛,露出一丝微笑,显然将对方激怒使其自乱方寸是他们常用的套路,他坐下跷起二郎腿,慢条斯理地问:"你们拉人头,没错吧?"

裴庆华一怔:"没有啊……我确实在一些论坛发帖招人,请网友热心推荐,这不算拉人头吧。你们不知道,像我们这样的创业公司要招个人有多难……"

"少东拉西扯!你们每天干的就是拉人头,还想抵赖?组织中的每名成员都承担了拉人头的任务指标,每个被拉来的人还要再替你们拉人来,这种逐级发展下线的金字塔模式,不是彻头彻尾的传销是什么?!"

裴庆华瞬间全明白了,心里暗暗叫苦,欲哭无泪地摇摇头。工商见状立刻得意地一笑:"怎么样,没法再狡辩了吧?告诉你,我们从来不打无准备之仗,盯你们不是一天两天了,我们的同志亲耳听到你们这伙人成天唠叨怎么拉人头、怎么完成任务指标、怎么杀熟、怎么把亲戚朋友全得罪光了……"

裴庆华大吃一惊,下意识地扭头看一眼房门紧闭的大卧室,难道工商局在这屋里装了窃听器？难道自己区区十几个员工里竟有工商局的线人？否则工商局怎么会知晓员工间的这类日常闲聊？想到此处裴庆华不禁后背阵阵发凉，冷汗已经透出来。

一直在等待时机的曹大妈瞅准空当开始痛打落水狗，她眉飞色舞地说："是我头一个看出你们这伙人有猫腻。你们也不想想，我是谁啊，居然敢在我眼皮底下搞传销。干公司、做生意，干吗不堂堂正正地去写字楼，一帮人为啥窝在我们居民小区？还专挑最顶层，不就是怕街坊邻居注意吗。每天定时定点下楼做操跑步，一个个像打了鸡血似的喊口号，不是洗脑是什么？你们也太猖狂了，做操喊个节拍口令也就罢了，居然明目张胆喊啥'一二三四、个十百千、每天一万、冲上百万'，你们搞传销的真是把好好的人变成神经病！"

愣怔半天的裴庆霞忽然开口："这个老茅，真不知道他咋想的，变着法子折腾，没个消停……"

工商立刻警觉起来："说什么呢？你这是在攻击谁？"

裴庆华忙澄清："她说的老茅是我们公司的茅向前，负责网站开发。每天编程序很枯燥很辛苦，所以他组织大家锻炼身体、活动筋骨，喊的口令也是为了活跃气氛，完全不是你们想的那样。"

"我们想的哪样？"工商翻着眼睛看裴庆华，"每天一万、冲上百万，你们目标挺明确啊，照这数量级你们传销的规模已经够得上从严从重打击的门槛！"

裴庆华自打进屋之后头一次笑了，他已经悟出方才的担心纯属自己吓唬自己，既没有窃听器更没有线人，工商局掌握的所谓证据就是茅向前他们在楼下言者无意听者有心的那些支离破碎的语句，再加上他们与周围环境格格不入的行为方式，难免引发误会。他耐心地解释道："每天一万，是我们网站当前的 UV 指标，就是独立访问者，汉商网力争早日达到每天有一万名以上的独立访客；冲上百万，是我们网站的 PV 指标，就是页面访问量要尽快冲上百万级这个台阶。所以一万和百万都不是钱数，我们并没有搞传销。"

"好！你已经承认一万是人数了，这不是拉人头是什么？"

"你们这也太武断了。"裴庆华简直哭笑不得，"假如我们是一家新开的报社，每天都在讨论如何发展到一万名读者，你们也会因此说我们是传销？"

工商不耐烦地一摆手："把你们的账目都拿出来。"他一指裴庆霞，"刚才跟她扯半天都扯不明白。"

裴庆华掏出钥匙打开一个小小的文件柜，从里面取出几本薄薄的账本放到桌上："看吧，随便看，只有现金流水账，因为我们至今还没有任何经营性收入，就这么点工作量还得每月四百块请兼职会计做账。"两名工商人员立刻过来分头翻阅账目，裴庆华没好气地说："你们看看就清楚了，都是我在花自己的钱向员工支付工资，连一笔员工向我交款的记录都没有，更不存在什么下线逐级向上线交钱的事，有这样的传销吗？我们销了什么？传销就应该有非法所得吧，钱呢？"

曹大妈抻长脖子朝账本上偷瞄，领队的工商歪头白她一眼。裴庆华便把矛头转向曹大妈："不是我说您，您的那根弦儿绷得太紧了吧。您怎么就不想想，一方面怀疑我们鬼鬼祟祟生怕引起外人注意，一方面又说我们在小区里公然喊传销口号，这不明显自相矛盾吗？"

领队的工商问道："你要求员工去拉人头，让他们的朋友还有朋友的朋友都到你们汉商网注册会员，你对他们许诺了什么？他们又向下线许诺了哪些好处？"

"好处？"裴庆华心头忽然涌上一股悲凉，"我能给他们什么好处？他们每个人都干好几个人的活，却是好几个人拿一个人的工资，给他们的哪有好处，只有亏欠。他们跟着我吃苦受累，今天又加上担惊受怕，如果还想继续跟我走下去，图的就是将来汉商网能成，他们的名字能在中国互联网历史上记下一笔。至于你所说的'下线'，但凡我们能给人家什么好处，还会落到把亲戚朋友都得罪光的地步？"

领队的工商起身招呼同来的一齐走进厨房窃窃私语，商议了好一阵又叫曹大妈也过去。裴庆华不禁有些忐忑，开始暗自检讨刚才气头上有没有言语失当。大约十分钟之后领队才走回客厅,冲摆在柜子上的营业执照一指:"这上面登记得很清楚,你们公司的住所在上地,这地方算怎么回事?根据《中华人民共和国公司登记管理条例》,你们擅自变更公司经营场所,未及时办理有关变更登记,我们经现场查实,正式责令你们在一周内进行改正;鉴于你们尚未获取非法所得,将对你们处以一万元以下的罚款,你们明天就到我们执法大队接受处罚。"

裴庆华再一次蒙住,没明白罪名怎么从传销毫无征兆、毫无铺垫一下子变为住所不符,他习惯性地辩解道:"这里是汉商网的开发中心,并不对外经营,网站刚刚上线不久,我们已经计划搬到正规写字楼开展业务,这中间有个过渡期很正常吧?既然你们要求限期改正,我们把搬家计划提前就是了,为什么还要罚款?"

领队的眉毛立刻竖起,裴庆霞忙又拉扯弟弟的衣服,裴庆华这才反应过来,人家兴师动众跑这一趟,如果无功而返如何下得了台,挑个毛病处罚一下才算有个交代,何况人家意思很明白,一万元以下,至于罚八百还是罚八千就全看他的表现了。裴庆华极不情愿地改口:"好吧,我明天过去。"他从工商手里接过《询问通知书》,用手指着桌下又问,"这些封条可以揭了吧?"

"不行!你们事实与登记不符,现在属于非法经营,按说应该把门都封了,只封你们电源算是客气的!等你们接受处罚之后才能恢复,并且要马上改正,要么变更登记要么搬家!"领队的转身走到大卧室敲下门,"走了,收队!"一直在里面负责盯守员工的工商马上开门出来,攒上其他人一道撤了。裴庆华没看见曹大妈,想必已经先期溜了。

茅向前和其余十多人都从大卧室出来,一个个蔫头耷脑,方才这段惊魂时刻再加上闷热缺氧令他们都疲惫不堪。裴庆霞忙着张罗给他们倒水、开电扇。裴庆华默默注视着失魂落魄的团队,估计他们都已经全程听到自己与工商人员的对话。难挨的片刻过后,裴庆华嗓音低沉地开口道:"我从没刻意对你们隐瞒过什么,你们都知道我曾经蹲过监狱,只是了解得有多有少。如今又得再加一条,我因为违规将被工商局处罚。刚才他们问我给了你们什么好处，我说你们跟着我除了吃苦受累、担惊受怕没别的，现在看还得再加一条——屈辱。我觉得挺对不起你们，待遇就不说了，连个能安心工作的环境都给不了你们。如果你们中间有谁想离开，我完全理解，虽然没能一起走得更远，但你们陪我走了最初也是最难的一段路，我会一直记得这场缘分。好，我就说这么多，决定离开的人不用为难如何向我告别，咱们就在心里彼此祝福吧。"

说完，裴庆华就把头扭向窗外，厅里鸦雀无声，过一会儿传来一阵窸窸窣窣的响动，他强忍住不回头，随即是拖沓的脚步声，这熟悉的声音让他陡然一震。不会吧？他再也顾不得许多立刻转过脸来，没错，正往外走的竟真是茅向前！厅里或坐或站的十多个人也都惊愕地瞪大双眼，端着暖瓶的裴庆霞难以置信地叫一声："老茅，你要走？"

茅向前立马定住，看一眼裴庆霞又扭脸看厅里的众人，竟似乎比盯着他的人们还要茫然，但他最先反应过来，骂一句："靠！你们都这么看着我干吗？我是要去阳台抽支烟，刚才关了那么久，实在熬不住了……"

顿时厅里响起哄堂大笑，裴庆华也被气笑了，随手从窗台上捡起一支废掉的白板笔扔过去。茅向前笨拙地想躲，但烟瘾犯了的他比平时更加迟钝，白板笔正中他的屁股，众人越发笑得前仰后合，郁结在每个人心头的挫败感就此一扫而光。

不仅没有一个人离开，反而有三个人鱼贯进来，前面是舒志红，跟着的是卢明，最后是萧闯。舒志红急切地问："你们笑什么呢？我们在小区门口看见工商局的人都走了，究竟怎么回事？"

裴庆华简略地说了几句便反问："你怎么来了？卢明给你打的电话？"

舒志红点头："用不用找关系跟工商局打个招呼？应该可以通融一下的。"

裴庆华叹口气："但无论如何得赶紧找写字楼搬家，工商局已经盯上咱们，不能再拖了。"

舒志红情不自禁跳起来："太好了，终于可以正常化了！"

一直有些讪讪的萧闯立马露出一丝坏笑："这可是我家，把办公室恢复成卧室满意的应该是我，你干吗这么高兴？"

舒志红竟一时语塞，脸瞬间红了，她恨恨地冲萧闯翻了个标准的大白眼。

茅向前带着一身烟味回来，拍拍手说："整个下午都被工商的人搅了，咱们得抓紧干活，绝不能影响晚上按时更新网站。"

话音刚落，立刻有人嘟囔着："电源都被他们封了，不能插电怎么干活啊？"

裴庆华说："他们只封了咱们的电脑，但没封汉商网在外面托管的服务器，更封不住带宽，咱们照样可以远程干活。"

又有人发愁："可只有您和老茅有笔记本电脑，我们这么多人，上哪儿找电脑啊？"

卢明高声说："咱们把电脑搬走，找个有电源的地方不就能用了嘛。"

有人质疑道："十几台电脑怎么搬？那不成搬家了嘛。"

茅向前又一拍手："走，去网吧！有电脑有网络就能登录咱们的服务器，在哪儿都一样！"

萧闯忙表态："你们可以去我的网吧，最近的一家就在人大对面，免费供你们用。"

裴庆华笑道："从你家搬到你的网吧，汉商网真是离不开你这个房东了。"

舒志红却一本正经地制止："不行，随便找家别的网吧，万一他家网吧的电脑上有木马呢，把汉商网的秘密都偷去可怎么办？"

众人的视线立刻都聚焦到萧闯脸上，萧闯尴尬得张了半天嘴才咕哝出一句话："至于吗……我至于吗……"

十一

/

这条路再难走，也是我自己选的路

位于学院路的萧闯名下头一家网吧，他从里面扩出两间办公室，权当他的公司总部。此刻他正坐在电脑前浏览由瘦头陀开发的网吧会员上网行为统计系统，屏幕上的某项内容忽然牢牢吸住他的视线。他凑近边看边无声地念叨，然后起身快步走到前面的网吧里，接连向一整排网吧客人询问同一个问题："你开机后最先访问的是什么网站？"正好门口进来两个要上网的，萧闯特意跟在他们后面，观察他们坐下后最先输入的是什么网址。随后他掏出手机一连拨了几个号码，吩咐的都是同一句话："你尽快过来一趟，我有事和你们商量。"收起手机他冲网吧管理员指了指刚才被他打扰过的那排客人，说："给他们每人送一小时的上网时间。"

三十分钟之内郭胖儿、阿甘和瘦头陀先后到了，萧闯开门见山就问："hao123 这个网址你们上去过吗？"

郭胖儿和阿甘摇头，显然从未听过这东西，瘦头陀说："我看过。"

"你怎么知道它的？"

"行为统计出来的,我注意到不少网吧会员一上来都是先打开这个网址,系统还记录到有几个会员不止一次想把咱们电脑浏览器上的主页设成 hao123。"

"那你怎么不第一时间提醒我?"萧闯见瘦头陀有些不以为然地耸下肩膀,虽心有不快但也不想理论,他把笔记本电脑屏幕转过来对着郭胖儿他们说,"就是这个网页,你们看看。"

郭胖儿扫一眼便说:"就是个网址大全嘛,和咱们的主页差不多。"

萧闯更加不快:"咱们这么多处网吧、这么多台电脑,浏览器一打开便是你开发的上网导航,为什么没像 hao123 一样推广开? 倒是有些会员一再想把你的上网导航换成 hao123,这说明什么?"

阿甘慢条斯理地说:"刚在 Alexa 上查了下,这个 hao123 上线才两个多月,浏览量排名上涨得挺快啊……"

"你觉得是什么原因?"

"嗯——这得仔细研究一下。粗看 hao123 的网页好像没什么,就是把一些常用网站名称罗列上去,但稍一琢磨就觉得这里面学问挺大,它是按照网民上网最常干的几件事情来分类的。你们看,首先是几家网络邮箱,然后是几家新闻门户,接着是游戏和聊天室……"

"这算什么学问?"郭胖儿毫不掩饰自己的鄙夷,但这鄙夷主要是对阿甘还是 hao123 却不得而知,"只能说他和普通网民的水平很接近,我怎么感觉开发这东西的人保不齐就是个看网吧的……"

"咱们也是看网吧的!"萧闯阴沉着脸说,"从半年前我头一次跟你们提开网吧的事,就明确讲过我的目的不单是赚网吧这点钱,我是要把网民抓到手里,掌握他们的信息、熟悉他们的习惯、理解他们的思维。瘦头陀做的统计分析工具已经积累不少数据,你们谁当回事了? 你们以为那个是做着玩儿的? 要不是我一条条地看,都没发现这个忽然冒出来的 hao123 已经成为不少网吧会员最先访问的页面!"

郭胖儿有些不服气:"咱们的上网导航和他这个网址大全其实是一个思路。"

"是吗?"萧闯把屏幕上的 hao123 切换成郭胖儿做的上网导航,再次把画面转向郭胖儿,"你的思路是把你自己最常去的网站列上去,而人家列上去的是网民最常去的网站。你列在头一位的是雅虎,而人家列在头一位的是网易邮箱,雅虎被放到第二排。你看看咱们的数据,究竟是一上来先查网易邮箱的人多还是浏览美国雅虎的人多? 再看你这个雅虎,居然放的是英文域名,yahoo.com! 你和他这两种思路差别还不大? 我告诉你,一条路可能走向成功,另一条路注定走向失败!"

　　郭胖儿不吭声了,瘦头陀和阿甘也连大气都不敢出。萧闯闷头想了一会儿便再次提出他最关心的那个问题:"这个网页虽说看起来确实好用,但这么短时间里就能传播到如此程度,有什么特别的原因没有?"

　　阿甘揉揉迷糊的眼睛问瘦头陀:"你刚才说有会员想把咱们的浏览器主页换成 hao123,能查查不,究竟是会员有意干的还是 hao123 偷偷干的?"

　　这句不经意的问话竟让在座的都为之一凛,萧闯猛然啪的一声拍在桌上:"甭管 hao123 究竟有没有这么干,咱们都得这么干!"

　　"闯哥你是说……"阿甘的眼神依旧迷离,而思路仍然敏捷,"搞个插件,把咱们的上网导航推广出去?"

　　萧闯赞许地冲阿甘点下头,话题一转:"上次吃烤鸭你们问我下一步往哪个方向走,这也是我一直在琢磨的问题,直到今天看见 hao123 我的想法一下子清晰了! 都说互联网就是眼球经济,谁能占有最多眼球谁就是赢家,可怎么占有呢? 我甚至想过,咱们要是能把全中国的网吧都盘下来,让所有泡网吧的人整天盯的都是咱们的电脑,这算不算占有最多眼球?"

　　"当然不算。"瘦头陀一撇嘴,"将来在家和单位上网的人肯定越来越多,再过些年没准儿网吧都没了。"

　　萧闯不以为忤反而夸一句:"没错,就得这么看大势。所以靠占有电脑的方式占有眼球肯定行不通,我又琢磨占有浏览器行不行……"

瘦头陀又一撇嘴:"没戏,连网景都干不过微软的 IE,咱们怎么可能?"

"这话只对了一半。以咱们的现状当然不可能搞一个全新的浏览器出来,但未必将来不可能,这事我会一直惦记着。"萧闯振作道,"好,这些都不谈了。此时此刻我的目标非常明确,咱们就是要占有网民的主页!无论他们在哪里上网,无论他们用哪种浏览器,都要让他们第一眼看到的就是咱们的主页!郭胖儿,你马上把 hao123 研究得透透的,就照它的样子做,但要比它做得更好。记住,不是你自己觉得好,而是网民觉得好才行。"

阿甘自告奋勇地说:"那个插件我来搞,但凡有谁打开咱们的上网导航,插件就会暗地里修改他浏览器上的主页设置,让他以后一点开浏览器就是上网导航。"

"插件最好能在他的浏览器里再加个导航条,把咱们的上网导航嵌进去。"瘦头陀补充之后又自言自语,"咱们就像是做了个病毒,但怎么把病毒更快更广地传播出去呢……"

"用电邮!"郭胖儿也开始兴奋,"凡是在咱们网吧里使用网络邮箱的,他们发出的每封电邮结尾都会被咱们加缀上网导航的链接。电邮经过转发群发,肯定能传播开。"

"还可以用帖子!"阿甘叫道,"凡是用咱们的电脑在聊天室、论坛里发帖的,帖子里也可以嵌进上网导航的链接。"

瘦头陀摇头:"这样做肯定会引起网络邮箱运营商和论坛管理员的注意,更会引起网吧会员的反感,搞不好得不偿失。"

萧闯神色凝重地说:"所以这是一项长期而艰巨的工作,不能寄希望于一战而胜、一劳永逸,咱们得做好准备与搞邮箱的、开论坛的长期周旋。另外,咱们要多开发一些小产品,把插件嵌到尽可能多的东西里,这样效果更好。你们琢磨琢磨,网民会对哪些东西感兴趣?"

"那可太多了,各种小工具都需要。"瘦头陀如数家珍,"比如上网加速的、高速下载的、解压缩的、杀毒的、音乐和视频播放器……"

"搞！都搞，一个不落！"萧闯又一拍桌子，"搞出来就让网民免费下载，多多益善！"

"这么多……"阿甘嘀咕，"要想把一个做到很棒都不容易，先做哪个？"

"都做！能自己做最好，不行就去挖能做的人，挖不来就跟他合作，把咱们的插件嵌进他的工具包，每下载安装一次就给他一份儿钱。"

瘦头陀不禁发愁："这得花不少钱吧……"

萧闯很豪迈地一挥手："咱有钱，不只是网吧的利润，我股市里的钱早就全部抽出来投入互联网，这点儿开销算什么？我已预备好另一笔经费，你们猜干什么用？"

"继续买网吧？"郭胖儿接道。

萧闯又一挥手："今后再也不买网吧，我要买的是网吧里的屏！我会去挨家挨户找网吧谈，只要他们肯把电脑显示屏上的主页换成咱们的上网导航，每块屏每天我给他一份儿钱！咱们双管齐下，你们搞定一个个网民的屏幕，这属于零售；我搞定一家家网吧的屏幕，这属于批发。"

郭胖儿纳闷道："费这么大劲、花这么多钱，把这么多电脑屏幕放上咱们的上网导航，然后呢？"

"放广告啊！每块屏幕就是一块广告牌，网民整天盯着看，这是多好的广告载体！这就是钱，源源不断的钱！"

瘦头陀立刻响应："咱们的插件干脆直接弹出广告页面，等于在主页之外随时增加新的广告牌。"

萧闯正待叫好，阿甘却抢先冒出一句："太烦人，咱们这种做法可有点儿流氓。"

"流氓吗？"萧闯愣了下才问郭胖儿和瘦头陀。

瘦头陀沉默不语，郭胖儿嗫嚅道："我觉得……还行吧。"

阿甘说："这跟改浏览器的主页设置不一样，没完没了往外弹出广告,网民肯定骂。"

萧闯起身在屋子里来回走了两趟,背对窗户站定,看着三位帮手说:"成大事者不拘小节,我不怕被人骂,只怕没人骂,今天做流氓是为了日后做名流。"

阿甘眯着眼睛问:"名声坏了,还怎么做名流?"

"所谓名流就是成了名的流氓。不用管别人怎么看,关键是咱们能否过得了自己这一关。实话告诉你们,过这一关我用了好几年,如果你们一时过不去,我不勉强。但我想提醒你们,这一关迟早得过,过不去的就是个废物,你们觉得废物和流氓哪个名声好听?"萧闯刻意稍作停顿才接道,"如果你们过了这关,就是我创始团队的核心成员,每人先负责几个产品,往后就是产品线,将来就是事业群,这个平台能做到多大你们的成就感就有多大。我已经决定了,不给你们期权……"三人都惊愕地睁大双眼,萧闯微微一笑,"直接给你们股份!还是那句话,给多给少看我心情,但这可是实打实的股份。等这些股份把你们变成千万乃至亿万富翁,你们尽可以去做慈善,还愁得不到好名声?"

坐着的三个人都沉默不语,萧闯又踱了几步,笑道:"创始合伙人意味着什么,你们明白吧?"他走到瘦头陀面前,低头问,"这关你能过吗?"

瘦头陀回避着萧闯的目光,说一句:"我已经过了。"

萧闯又走到郭胖儿面前问:"这关你能过吗?"

郭胖儿立刻站起来回答:"能过,能过。"

萧闯笑着拍拍郭胖儿的肩膀,最后走向阿甘问道:"这关你能过吗?"

阿甘抬起眼皮看着萧闯,想了想才回答:"我试试看。"

"你别勉强自己,真的。"萧闯嘴上虽这么说,却已经向他最喜欢的爱将伸出了手。

阿甘撑着桌子站起身也下意识地伸出手,咕哝道:"我姓甘,既然干,就会是心甘情愿。"

"你年纪最小,我会罩着你,绝不会让你受委屈。"萧闯握住阿甘的手摇了摇,笑道,"除非你自己委屈自己。"

与萧闯一样,裴庆华这一阵整天念兹在兹的也是广告,只不过他比萧闯更加急切。裴庆华手中的一百个一万正如茅向前当初预计的那样,最多只能再撑两个月,而他曾经言之凿凿号称可以轻松拉来广告的论断已经证明是太过自信、太过乐观。做电脑、多媒体等消费电子类产品的厂商确实在广告上很舍得花钱,说是像洒水一样撒钱也不为过,但令裴庆华郁闷的是汉商网不仅淋不到毛毛雨竟连一滴雨点也摊不上。他利用以往的人脉把各家厂商大致骚扰一遍,得到的答复就像商量好了似的如出一辙——今年的广告预算和投放渠道早在去年年底就定了,只能把汉商网塞进明年的计划中报上去试试看,如果能批下来就从明年初开始合作。裴庆华脸上堆着笑,嘴上道着谢,心里却苦得很,发愁远水解不了近渴,汉商网能否熬到明年还是个未知数。其实裴庆华明白各家所说皆是托词,关键在于汉商网太过弱小、尚不成气候,不然人家也不会在一一询问完汉商网的 MAU(月度活跃会员数)、UV(独立访问数)、PV(页面访问量)和 Alexa 排名之后才忽然想起预算是一年一做。

高举高打不成裴庆华马上变招,他征得几家 3C 巨头的同意把人家的广告免费放到汉商网的旗帜、通栏等最醒目的广告位充门面,然后以此做幌子去找行业里的小企业游说。虽说偶尔能带回仨瓜俩枣但勉强只够制作成本,裴庆华深知即便没赔本赚到了吆喝,但长此以往恐怕仍然熬不过冬天。

裴庆华思来想去决定去找谭启章,他原本不愿意与华研扯上关系,遍扫知名品牌搞广告招商时还刻意把华研跳过去,但此时他已经没得选择,只好硬着头皮拨通谭启章的手机。谭启章很热情,寒暄过后待裴庆华讲明事由,便很痛快地表示找时间面谈,让裴庆华等他电话。

这一等竟让裴庆华等了将近两个星期,直到国庆将至谭启章才打来电话,他显然不觉得有必要解释为何让裴庆华久等,上来就问:"你的公司在知春路?"裴庆华一怔,印象中上次并未提及汉商网搬家的事,谭启章不等他回答便说:"正好我明天在翠宫,你下午过来吧。"裴庆华刚应一声"好的",谭启章便挂了电话。

收起手机裴庆华才慢慢回过神,想不通向来严谨的谭启章怎么会既不提房间号也不约定几点钟,时间地点都是范围很大的轮廓,难道这就是大佬的风格?

第二天中午裴庆华吃完盒饭就从办公室溜达着去翠宫饭店,途经的十字路口已经布置好大型花坛,建国五十周年大庆的气氛已然很浓。走进翠宫饭店大堂,裴庆华便给谭启章发短信,谭启章只回了两个字"好的"。裴庆华在大堂坐了足有半个钟头才听到手机响,他掏出来刚要接就瞥见有个人一边向他走来一边挥动手机,来人走到近前问:"是裴总吧? 我是谭总的助理。"

裴庆华打量一眼这个小伙子,果然不认识,如今绝大多数华研人于他都是陌生人了。他跟着小伙子往电梯间走,随口问:"你们谭总今天在这边办事?"

"谭总在翠宫长包了一间办公室,有时候在这里见一些朋友。"

裴庆华"哦"一声,没再说话。

所谓办公室其实是个很大的豪华套间,谭启章见裴庆华进门便迎上来握手,两人在皮沙发上坐下,谭启章说:"这里安静,我有时候过来闭门思考些问题。猜你可能不愿意去华研大厦,就把你约到这儿来,正好你离得也近。"见裴庆华有些错愕,谭启章笑道,"既然你提出要合作,我总得做些功课吧。找人研究了一下你的那个汉商网,还派人去你的办公室看了看,听他回来跟我讲的情况倒很像咱们当年刚搬到科贸中心的样子……"

裴庆华也笑:"比那个条件差多了,和在小学校租房的光景更接近。"

"我看挺好,创业就该有个创业的样儿。"谭启章拍下裴庆华的肩膀，"有什么我可以做的尽管说。庆华，因为我看好你这个人也就看好你做的事情，支持你责无旁贷。"

裴庆华很是感动，最近他听到的都是各种质疑，像这般并非出于客套的认可实在是绝无仅有。他说："起步阶段真的很难，所以才厚着脸皮找你帮忙，想请华研支持一下汉商网，在我们网站上投些广告。"

谭启章点下头，但没进一步表示，转而问："这月初有人搞的那个什么网络生存测试，你参与没有？"见裴庆华一怔，谭启章接着说，"找了几个人，单独关进酒店的房间，房间里没吃没喝，连被子枕头都不给，就一台电脑一根电话线，看他们能不能生存七十二小时……"

"哦，这个我听说了，好像是 8848 赞助的。"裴庆华自嘲道，"我们自己的生存都成问题，哪有心思参与这类活动。"

"8848？那个搞电子商务的？"谭启章不禁摇头，"我看你们不参与是对的，创业就要脚踏实地，搞那种哗众取宠的噱头干什么？浮躁！"

"我倒觉得他们那个活动对于向大众普及互联网概念挺有帮助。"

"再普及也还是个概念！"谭启章又摇头，"我听好多人讲互联网搞的是眼球经济，一切以吸引眼球为目的，这要么是误解要么是有人故意误导。我是在中国最早搞信息化的人之一，从来都欢迎新生事物，但再新生的事物也起码得是个事物吧，信息技术革命靠的是什么？是芯片电脑这些实实在在的东西。互联网革命呢？也应该实实在在。"他端起桌上的茶杯说，"比方这个杯子，我一个人盯着它，它是个杯子；咱们两人盯着它，它还是个杯子；假如有一万个人盯着它，难道它就成了金杯子？天底下哪有这样的道理！"

裴庆华不卑不亢地说："就物理意义而言，它仍然是个瓷杯子，但其价值确实有可能等同于一个金杯子，因为关注度本身就会带来价值。假如有个极具煽动性的拍卖师现场拍卖，一万个人竞相叫价，把这杯子卖出天价也不是不可能。"

"泡沫！典型的泡沫！"谭启章有些忧虑地看着裴庆华，"你搞互联网我支持，但你可不能走火入魔，路子千万不能走偏。你说你现在一天到晚四处拉广告,怎么搞得像是个广告公司?"

裴庆华从电脑包里掏出已经用过多次的介绍材料,向谭启章展示汉商网的首页和主要频道的形式与内容,然后说:"我们靠内容吸引访问量,凭借访问量拉来广告,再用广告收入做出更丰富的内容吸引更多访问量,这样就形成良性循环,汉商网就会像滚雪球一样越做越大……"

谭启章把几张图片拿起来看看就撂到一边,笑道:"再大的雪球也是雪球,太阳一出来就化得一干二净。庆华,这么搞恐怕不行,你得干些实在的。"

"你是指……?"

"还是你的老本行,卖电脑!不过以前是在门店,现在是在网上。你这个里面我看唯一有价值的就是那个比价功能,客户比价之后就下单,你把单子发给华研,华研每通过汉商网卖出一台电脑就给你们一笔钱。你们就相当于华研的渠道,还不用你们花钱压货,怎么样?"

裴庆华喜出望外:"那太好了!我本来打算下阶段再推出这项业务,先聚集人气,等时机成熟才向供货商开放数据接口,与供货商的产品目录和库存数据连上,首先打通会员、汉商网平台和供货商三者之间的信息流,然后是物流,最终是资金流,把传统的线下业务全部搬到线上,实现真正意义上的电子商务。"

"别等下阶段了,赶早不赶晚。"谭启章微微一笑,"不过你现在这个比价功能肯定要做些修改,要保证不管会员怎么比较,咱们华研的产品都最价廉物美。"

裴庆华还以为谭启章是在开玩笑,也笑道:"你想让汉商网给华研当托儿?"

"没错,就是当托儿!先试试看效果如何,要不然干脆把华研的旗号亮出去,汉商网就专做华研的网络渠道!"

裴庆华吃一惊,他仔细看眼谭启章才确信这番话当真,忙摆手道:"这可不行。华研通过汉商网销售产品,我欢迎,但汉商网也会销售其他品牌，更不能人为干预甚至操纵比价结果。我们要做一家开放、公正、客观的平台，这也是互联网的核心价值所在。"

"我华研也可以做到排他。只要你们汉商网保证只卖华研的东西，华研可以承诺不另行开辟其他网络渠道。"见裴庆华仍然眉头紧锁，谭启章又抛出一条，"咱们可以深度合作，不只是厂商与渠道的关系，华研可以投钱嘛，不占大股占小股也行，甚至不占股份，只当借款给你做流动资金。怎么样？够有诚意的吧。"

裴庆华已经彻底弄清谭启章的用意，谭启章仍然没放弃把他收入囊中的企图，他叹口气，软中带硬地说："谭总，你这么看得起我、看得起汉商网，我感激不尽。但我希望汉商网和华研集团之间是单纯的合作关系，汉商网对于华研而言是独立的，对于各家品牌而言是中立的。谭总，我不想被华研收编，成为华研的附庸。"

谭启章的脸色瞬间变得难看，他站起来走了几步，然后坐到另一侧的沙发上，从刚才亲密无间的并排演变为楚河汉界的对坐，说："庆华，你这就是意气用事了。知不知道你的选择意味着什么？如果在汉商网前面加上华研两个字，你的网站从此就能走上一条快车道，华研带给你的不仅是真金白银的投资，还有货真价实的业务。今天的华研已经是百亿销售额的大公司，就算只把其中的十分之一导流到你的汉商网，那也是好几亿，你们就能成为中国最大的电子商务网站。庆华，你不是总觉得被耽误了五年嘛，我可以让你少奋斗五年，你还不领情？"

"谭总，我希望汉商网有朝一日能成为开放的电子商务平台，而不是华研集团的电子商务网站。"

"庆华，那你可得想清楚，这条路恐怕会很难。没有任何收入，你拿什么去融资？没有任何收入，你那点儿钱还能烧多久？不是几个月，恐怕是几周甚至几天！"

裴庆华脑子里忽然闪过一个念头，也许谭启章之所以让他苦等两周之久不仅是需要花时间对汉商网做调查，很可能也是蓄意拖延让他更加急不可耐、更加走投无路。这么一想他反而平添一口气，咬牙说道:"这条路再难走,也是我自己选的路。"

谭启章眯起眼睛盯着裴庆华看了一会儿,幽幽地说:"这条路恐怕不单单是难走与否的问题,而是很可能根本就没有这条路!"

裴庆华没想到曾寄予厚望的会面竟像一列失控的火车彻底脱轨,他很快冷静下来,胸中的万丈豪情毕竟敌不过眼前的严酷现实,他虽然心知机会渺茫但仍决定一试,重新把姿态放低又试探道:"谭总,战略层面的合作可以留待日后再商量,现在能不能先支持我一把?只要华研能给我们投放点儿广告,汉商网就能坚持下去。"

谭启章已经兴味索然,他再次端起茶几上的杯子,用嘴夸张地把浮在水面的茶叶吹开,淡淡地说:"我刚才讲过,如今的华研早就是一家上百亿的大公司,你觉得我会有时间操心在哪儿投广告的事吗?你去找市场部问问吧,那里应该还有几个你认识的人。"

裴庆华拖着两条灌了铅的腿步出翠宫饭店,沿着知春路向东走,没走多远就觉得身心俱疲,他干脆在十字路口的马路牙子上坐下,两眼无神地看着面前的车流。一辆大公共一边鸣笛一边拐弯,牵引着裴庆华的视线移向路口西北角,落在那座精美绚烂的大型花坛上。他盯着上面点缀的一串数字发呆——1949—1999,五十年了,百年基业才走到一半,真不容易。裴庆华联想到自己,如果花坛上摆的是自己的相片,下面的数字会是"1966—1999",自己已经伴随共和国走过三十三个年头。裴庆华又联想到自己的"儿子",如果花坛上摆的是汉商网三个字,下面的数字又会是什么?他眼前恍惚映出"1999.03—1999.11"的字样,八个月!难道汉商网只能活八个月就将夭折?裴庆华的心一下子揪紧,有种撕心裂肺的痛。这也太快了!他不是没想过创业可能失败,但绝没想到会败得这样快。八个月的小生命还没来得及在这世界上留下任何痕迹就将逝去,竟像从未存在过一样。

一种负罪感沉重地压在裴庆华心头,他开始后悔,明明只需要一根救命稻草就能让汉商网的生命得以延续,他却把主动送上门的一棵大树推开。有这棵大树可以依靠甚至攀附,汉商网不仅生存无忧更可以把竞争者远远甩掉，但只因他的一念之差，汉商网的命运便迥然不同。裴庆华低头看着自己的两只脚，向西走去找谭启章无异于自取其辱，向东走空手而归无异于自绝生路。就在这时他忽然勃发出一股狠劲，咬牙切齿地自语道："我自己的儿子即便死了也不能让他姓谭，大不了再生一个！"话一出口他的心思随之一动，"再生？与其以后再生一个，何不想办法让眼前这个获得再生？"

裴庆华手撑着地站起身，拍拍裤子上的土，跺跺脚继续向东走。汉商网不能就这么死掉，即便让它停止生长进入冬眠也要留住这条血脉。裴庆华脑子很乱，必须和茅向前商量一下，也许可以先找些别的活计，比如替人开发网站？也许可以在团队内部搞点集资？也许至少可以把员工的部分工资转为期权？不管怎样能多撑一个月算一个月。

匆匆赶回办公室的裴庆华直奔茅向前的桌子，低声说："走，我陪你抽支烟。"

"我刚抽完……"茅向前抬头见裴庆华一脸凝重，只得跟着他往外走。

走到商务楼的走廊尽头，裴庆华把窗户打开，茅向前显然不打算再抽一支，双手插在裤兜里静等裴庆华开口。裴庆华皱着眉酝酿半天，仍没想好应该先说未来的前景还是眼下的困难，更拿捏不好把困难说到何种程度，几次欲言又止。茅向前不耐烦地说："我没吞云吐雾，你倒吞吞吐吐……"

裴庆华终于狠下心，刚要和盘托出，冷不防手机响了，是个陌生号码，他接通就听到一个清脆的女声叫道："头儿，听得出我是谁吗？姚倩！"

裴庆华的脑海里立刻浮现出一个当年跟着自己忙前忙后的柔弱女生形象，诧异道："姚倩？你怎么有我的号码？"

"你还好意思问，干吗一直不和我们联系？我们就这么不招你待见呀？我们几个可是你直接带的兵！"姚倩嗔怪完才正经道，"是谭总急着让我找你，关于广告的事。"

裴庆华心思一动："你现在负责华研的市场部？"

"对呀。"姚倩笑道："谁让你和戚总这些罩着我的人都另谋高就了，害得我只好直接面对谭总那张脸，整天被他骂。"

裴庆华听出姚倩话语中掩饰不住的自得，问道："谭总怎么跟你说的？"

"谭总交代，说你搞了一个网站，让市场部在你的网站上投放一些广告，连费用金额都明确指示了，每个月十五万元！"

裴庆华的心脏差点儿跳出来，十五万！这正好是汉商网当下每个月各种开支的总和，裴庆华在感激涕零之余立刻意识到谭启章的缜密与老辣，显然他之前不只是派人研究过汉商网以及来公司踩点，而且已经掌握了汉商网的全部底细。他之所以定下十五万这个数目，就是能将将维持汉商网的生命，至于能否发展壮大就看裴庆华的造化了。

裴庆华竭力故作矜持："谢谢谭总和你们市场部对汉商网的认可，你看下一步应该怎么做？"

"头儿，能否麻烦你受累来我们华研大厦一趟，咱们之间总得签份协议吧。具体放哪些广告、怎么放，咱们也得大致商量一下吧，不然我没法向谭总交差。"

裴庆华与姚倩约好时间便挂上电话，一抬眼见茅向前正对他露出一副奇怪的笑容，便问："你都听见了？"茅向前点头，裴庆华忽然有些尴尬，一时想不出如何解释刚才自己为什么把他叫出来，嘟囔道："我是要跟你说什么来着？"

茅向前很少见地拍下裴庆华的后背，摆出一副"机智如我"的神态说："你别装神弄鬼了，以为我不知道？你就是故意让我和你分享这头一笔广告大单的喜悦！"

裴庆华张着嘴呆了片刻才就坡下驴地说："真是什么都瞒不住你……"

裴庆华、茅向前两人刚走回办公室就发现员工们都眼巴巴望着他俩，正莫名其妙就听卢明抢先发问："咱们国庆怎么放假？"两人都是一愣，卢明立刻失望地说，"唉，还以为你们是出去商量放假的事呢……"

"放假有什么可商量的？跟去年一样放呗。"裴庆华说完就有些尴尬，忽然想起去年国庆他是在监狱里过的。

包括卢明在内的众人却没留意，他们已经在七嘴八舌嚷嚷："今年和去年不一样！""七天假了！""今年是长假！"茅向前先反应过来，对裴庆华说明："好像是刚改的规矩，国庆放三天，再把前后的周末调过来，加起来连休七天。"

"那就休七天呗。咱们是正规公司，听国家的。"裴庆华等卢明他们欢呼过后又笑眯眯地说，"这点儿事算啥，等我把真正的大喜事告诉你们，你们不定高兴成什么样呢……"

他刚要把喜讯向大家宣告，茅向前却脱口而出："华研集团决定向咱们汉商网投广告啦，十五万！这可是汉商网的头一笔正经收入，咱们开始挣钱啦！"

小小的办公室瞬间沸腾了，有的鼓掌欢呼，有的跳脚叫好，卢明像发疯似的连续拍桌子，直拍得两只手掌比脸还要红。裴庆华没好气地抬腿踢了茅向前的屁股一脚，笑骂道："让你小子关键时刻抢我的话！"

十二

/

今夕何夕

　　头一次经历黄金周把裴庆华累得筋疲力尽,因为裴庆霞决定长假过后便回山西老家,他和舒志红陪姐姐把几个必去的景点都游了一遍。裴庆霞是经过一番思想斗争才拿定主意走的,自打汉商网从魏公村搬到知春路,身兼采买和大厨于一身的她便失了业,因为距离太远没法在家做好饭菜再送到公司。她曾试着打车送饭,好不容易拦到一辆即将被彻底淘汰的"面的",行至中途她已经晕得要吐。刚有所动摇她又听说员工们都抱怨路边的盒饭太难吃,分外想念大姐做的过油肉和猫耳朵,她便找街坊借了辆三轮板车,用被子把装好饭菜的饭盒盖严,一路往知春路骑。等她一身汗一脸土地把饭菜抱进公司,员工们心疼得不行,几个女孩眼圈都泛红了。茅向前一个劲使眼色,卢明心领神会说大姐你别再送饭了,送来已经凉了,就算我们忍心让你送,你也不会忍心让我们吃凉的吧。说得裴庆霞和大家都有些难过。

　　裴庆霞问弟弟能不能在靠近公司的地段租房子,裴庆华说现在住的房子萧闯没跟咱们要钱,眼下实在掏不出另租一套房子的预算。裴庆霞当了半年挂名的法人代表已经懂得预算这类词汇，只得叹口气说那我还是回老家吧，在北京闲待着还不如回去伺候爸妈。裴庆华说也好，等我有钱了租套大房子再把你和爸妈都接来，一旁的舒志红撺掇说有钱干吗还租房，直接买套大房子。

舒志红这几天心情无比的好，憧憬着即将与裴庆华重回二人世界，对裴庆霞便格外殷勤。一路陪着把近处的动物园、紫竹院和颐和园都走到，又坐火车去了八达岭。三个人被人流裹挟着从一座烽火台走到下一座，裴庆霞又脸色发青直要呕吐，裴庆华忙把姐姐拽到一处宽敞且通风的位置。舒志红纳闷怎么连火车都晕了？裴庆霞难为情地解释不是晕车是晕人，这辈子也没见过这么多人。

长假结束开始上班，裴庆华喜滋滋地从华研大厦回到汉商网，发现茅向前不在，想必又跑楼下抽烟去了，便吩咐卢明说："华研已经把他们广告的素材发到我邮箱，我给你转过去，其中有个是用 Flash 做的动画，你和老茅研究一下嵌在咱们网页哪个位置合适。"过一会儿茅向前就回来了，裴庆华把手头事情告一段落，意识到还没听见卢明对茅向前转达，便有些不高兴地问："卢明，忘了我刚才交代你什么了？"

卢明的眼睛依旧盯着屏幕，说："没忘，我正和老茅商量呢。"

裴庆华登时气不打一处来："胡扯！我一直坐在这儿没动地方，根本没听见你和他说！"

卢明被吓一跳，茅向前也一愣，但他马上笑道："卢明没骗你，我们俩已经在网上讨论半天了。"

裴庆华颇为不快："你俩就面对面坐着，还用邮件发来发去，效率有点儿低吧？"

"不是邮件，是即时消息，就跟平时说话一样，你一句我一句的。"卢明又补充道，"这东西叫 OICQ，要不你也装一个试试？"

裴庆华将信将疑走到卢明身边，好奇地旁观卢明演示如何与茅向前即时聊天，看着看着他猛一拍卢明肩膀，惊呼道："这东西太棒了！快告诉我怎么装！"

卢明揉着肩膀到裴庆华的电脑上帮他下载再帮他注册，裴庆华说："这下好了，讨论问题再不会影响到周围的人。这么好的东西你们怎么不第一时间告诉我？是不是想当我面用它偷偷说我坏话？你们赶紧把我加上去，然后跟我打个招呼试试。"

迫于裴庆华的"淫威"，茅向前与卢明都开始用 OICQ 和他聊天，聊了没几句裴庆华忽然喊一声："太神奇了！真像面对面一样！比发邮件反应快多了，也比打电话好，不仅没有延时而且聊过什么都可以保存下来。这才叫远在天边近在眼前！"他忽然有些惆怅，自语道，"唉——这东西要是早出来七八年，我和简英可能就是另一种结果了，何至于……"

他忽然间张口结舌，因为舒志红不知何时已经轻手轻脚走进来，此刻正站在他面前，用一种难以言说的眼神看着他。裴庆华尴尬地问一句："你来啦？"舒志红默默点下头。裴庆华又问："怎么没提前说一声？"

舒志红淡淡地说："我去希格玛的一家公司，顺路就过来了。"

"哦……"裴庆华没话找话又问，"对了，你装这个 OICQ 没有？"舒志红默默摇下头，裴庆华说，"不应该啊，你消息那么灵通怎么会不知道这东西……"

"我当然知道，知道就一定要装、一定要用？"舒志红终于找到发作的由头，"我正在到处推广骑牛网的站内即时通信，为什么要用别家的产品？我有病啊！"她说完就把头一甩，转身走了。

裴庆华下意识地抬起手，嘴张了张但没喊出什么，更没有即刻起身追出去，他只是扫一眼四周，只见茅向前、卢明他们都是一副埋头紧张工作的姿态，似乎刚才的一幕从未发生。

晚上加完班裴庆华正准备回魏公村，忽然收到 OICQ 上的好友邀请，他一看便猜到是谁，因为昵称显示"骑牛教主"，刚添加成功对方便打招呼——

骑牛教主：是我。

庆华:嗯,猜到了。

骑牛教主:我问你,你是不是仍然时不时想到简英?

庆华:当然没有。

骑牛教主:那为什么上午我刚到就听见你说起简英? 也太巧了吧。而且你装上OICQ为什么最先想到的不是找我,而是她?

庆华:就是凑巧嘛。我刚好收到简英的电邮告诉我她的航班信息,然后随口感慨一句如果有OICQ不就更方便了嘛。

骑牛教主:简英要回国了?

庆华:对,下周五到北京,她让我去接她。

……一阵静默……

骑牛教主:你以什么身份去接她? 前男友?

庆华:不是,就是普通朋友、校友。萧闯也去。

骑牛教主:萧闯也去?

庆华:对啊,他们是同班同学,关系很好。

骑牛教主:谢航与简英的关系更好吧?

庆华:当然,但谢航在上海不在北京。要是见到萧闯不知道谢航会有什么反应。

骑牛教主:我更关心你见到简英会有什么反应。

庆华:我? 十年没见了,还能有什么反应。

骑牛教主:你肯定特激动特期待吧?

庆华:你想哪儿去了。要是你不高兴,我不去就是了,萧闯一个人去接就行。

骑牛教主:别呀,那我成什么人了? 你就……去你的吧。

……一阵静默……

骑牛教主:这个OICQ确实挺好的,有些话当面或在电话里我肯定问不出口,现在反正看不见你的眼睛、听不到你的声音,我就把你当作一个靶子,什么话都可以无所顾忌地射出去。

……静默,直至下线。

裴庆霞离京与简英到京是同一天，裴庆华先陪姐姐坐公交车到火车站，送走姐姐之后再坐机场巴士去机场，原本打算两段路都搭萧闯的车却全泡了汤。萧闯头天晚上突然打电话说第二天去不成了，裴庆华忙问原因，萧闯支吾说简英临出发前给他发邮件让他不必来接，裴庆华更加诧异。萧闯反问裴庆华收到相同邮件没有，裴庆华答没有，萧闯若有所悟，说看来简英是不想让我搅和你俩久别重逢。这话让裴庆华悚然心动，不由开始紧张。萧闯又表示将仍按计划送裴庆华他们去火车站，裴庆华谢绝了，说我姐其实宁愿坐大公共，心里对与简英的见面又多一分期待。

　　站在首都机场 1 号航站楼的接机大厅里，裴庆华看眼手腕上的电子表，时间还早，他溜达一圈发现商务中心有几台电脑可供上网，便进去押了身份证找处位置开始在汉商网上灌水，同时挂着 OICQ 不时和茅向前他们聊聊。混了将近一个小时，裴庆华临走前试着把浏览器主页设置为汉商网，竟然成功了！他偷瞄空着的几个位子，电脑屏幕都开着，就溜过去如法炮制把那几台也都改了，然后交了上网费匆忙逃离现场。侥幸得手的兴奋并未维持多久，裴庆华便有些黯然，即使商务中心工作人员不会很快发现并改回原设置，也未必有几个上网者会因此留意到汉商网。何况这整座航站楼很快就要停用改造，那几台以汉商网为主页的电脑不知将归宿于何处。自己的每一分努力都是如此的微不足道，但裴庆华很清楚，如果再有这样的机会他仍将照做不误，因为最终的结果只可能来自于一次次看似徒劳的努力之中。

　　望着航班信息显示屏上几个世界主要城市的时间，裴庆华犹豫要不要把电子表改为纽约时间。这块表和他一起离开监狱，前几天去配上电池居然还能走，他便戴着来接简英。十年前他初次戴上这块表也是在这座航站楼，只不过当时在二楼，此时在一楼，这一送一接之间经历了多少变故……这么想着裴庆华便决定不改，就显示北京时间，挺好。

大屏上显示从旧金山来的航班已经落地，裴庆华的心跳开始加速，他设想着简英如今的模样、简英第一眼看到他会是怎样的表情，又根据简英可能摆出的几种姿态设计自己该如何应对。他考虑许久却冷不丁闪出一个念头，万一简英也同样打算视他的态度再决定自己的态度，两个都意在以静制动的人相遇岂不会尴尬冷场？这么一想他不由得越发紧张。

忽然，一个女声在侧后方响起："庆华，你怎么躲在这儿？我推着车已经转悠半天了！"

裴庆华一惊，马上转过头，简英正半嗔半怒地看着他，与当年在学校裴庆华先去图书馆占座，而简英苦寻半天终于找到他时的表情一模一样。裴庆华一时有些恍惚，愣一下才歉疚地说："没想到你出来得这么快，刚准备到前面去迎你。"

简英粲然一笑，张开双臂很大方地等待裴庆华的拥抱，裴庆华又是一愣，有些僵硬地和简英抱一下便分开，因为他怕简英感受到他那过分热烈的心跳。裴庆华极其自然地把行李车接过来，简英也极其自然地让他接过去，一切都是那么的顺理成章，默契得就像当年裴庆华从简英手里接过暖瓶或书包一样。

裴庆华扭脸看眼简英，由衷地说："你没怎么变，还是原来的样子。"

"不会吧，都十年了，我总该有点儿进步吧……"简英说完自己先笑了，"我倒感觉你有不少变化，以前你比我大两岁，现在你好像比我大五岁……"

裴庆华能觉出自己脸红了，忐忑地问："我是不是显得老了不少？"

"没有呀。你说我现在还跟原来一样，即便你比我大五岁那也才二十多嘛，比你的同龄人年轻好多呢。"简英边说边打量周围，"咱们这是去哪儿？"

"去排队等出租，我没车，只好委屈你打车进城了。"

"哎呀不对不对，现在不能走，还没跟谢航会合呢！"

裴庆华惊讶地问："谢航也来？"

"对呀，她说好专门从上海飞回来接我，我们俩的航班如果都正点应该是前后脚到北京。她没跟你说？我还以为她会告诉你呢。"简英正帮裴庆华把行李车掉头，忽然站住脚说，"我真傻，谢航特意叮嘱我不要让萧闯来接，还不许我告诉他为什么，就是不想让他知道谢航这个时候也会在机场。难怪谢航不告诉你，谁不知道你和萧闯好得穿一条裤子。"

裴庆华这才恍然大悟，原来嫌萧闯碍眼的并非简英而是谢航，自己昨晚却因此平白生出些憧憬。惭愧得无地自容之际他含混地说一句："我和他只住过一间屋子，没穿过一条裤子。"

走回国内到达区，两人远离人群靠墙站着，裴庆华问："谢航那班飞机几点到？"

简英抬手看眼表："按说应该到了。"她随即把目光投向不远处的显示屏搜寻着航班状态。

裴庆华转动手腕调整一下自己的手表，又问："你的表改成北京时间了吗？"

简英依旧目不转睛地盯着显示屏："还没顾得上呢，反正我算起来也挺方便。"

裴庆华摘下表递到简英面前，说："还认得这块表吗？"

简英收回视线，接过表拿在手里端详，年深月久表带已有些斑驳、表蒙子留下不少划痕。她忽然仰起脸，睁大眼睛问："这是我送你的那块？"裴庆华点头。简英立刻心生感动，她用纤细的手指摩挲着表盘，喃喃地问："你一直戴着？"

裴庆华摇头："有几年没戴了，因为你回来才又开始戴。"他指一下手表，"你看看上面是哪儿的时间。"

简英看了一眼有些诧异地问："北京时间，怎么了？"

裴庆华不由得动情，声音暗哑地回答："你当初说过，什么时候我的表和当地时间对上，咱们就又见面了。"他清楚地记得简英当年的原话是"又在一起",但他没那么说。

简英的眼圈一下子红了,她低头忍了好一会儿才说:"你不听我话,我说过不许你把纽约时间改成北京时间,可你还是改了。"她也摘下自己的手表,将两块表拿在手里对照着把自己的也调为北京时间,然后把裴庆华的表还给他说,"好了,我们又在同一个时空了。"

裴庆华正心潮起伏难以自已,手机忽然响了,一看是谢航,忙接起就听到谢航急切地问:"老裴你到机场没有?接到简英了吗?我正往外走呢,你不用管我先去接简英,我肯定能找到你们……哎!已经看到你们啦!"裴庆华忙四下打望,只见谢航正拽着一个很轻便的拉杆箱挤出人群向这边走来。

简英也发现了谢航,立刻撇下裴庆华跑过去,和谢航紧紧抱在一起。裴庆华推着行李车跟上来,把谢航的箱子也装上,站在一旁,耐心地等待她俩,他不得不承认刚才简英与他的拥抱纯属礼节性质。裴庆华细看谢航不禁一惊,短短半年竟如隔三秋,谢航脸颊消瘦,皮肤也不像以前那般光泽,眸子里仿佛笼着一层纱。谢航本想和裴庆华打招呼,见他正表情复杂地盯着自己便笑道:"老裴,干吗这么看着我?不会是嫌我这个灯泡破坏你俩久别重逢吧?"

裴庆华干咳一声:"看你和简英拥抱的样子,感觉我才是个地道的灯泡。"

简英瞟一眼谢航又瞟一眼裴庆华,半真半假地说:"你们自然点儿行不行?别搞得好像我是漂洋过海给你们当灯泡来了。"

裴庆华正尴尬不已,谢航捅一下简英:"喂,你是英语说得太久已经不会用中国话开玩笑了吧?那你可得抓紧练练,免得老说没轻没重的话,让别人都没法接。"

简英一吐舌头,不再作声。裴庆华由此发现谢航的另一点变化,如今的谢航似乎比以前少了一些温婉、多出一分凌厉,他刚推着行李车领头向出租车等候区走去,谢航立刻叫住他:"等一下!咱们不坐出租,我们北京 office 有车来接。"

趁谢航联络盈孚公司司机的当口，裴庆华问简英："你在北京住哪儿？先送你还是先送谢航？"

正打手机的谢航立刻摆手："你别管，我都安排好了。简英住香格里拉，离你住的地方不远，咱们先一起去香格里拉给简英接风，然后各回各家。"

裴庆华知趣地不再多话。盈孚公司的司机很快赶到，谢航指使他接过裴庆华手上的行李车，自己挽起简英的胳膊往停车场走，裴庆华讪讪地跟着。谢航问简英："几年没回来，对北京第一印象如何？"

"挺好的，就是这机场有点儿……刚结婚和我先生回国那次我就说怎么还是留学走时那个机场，今天一看还不如上次，更挤更乱。"

谢航笑道："这还叫对北京印象挺好？你现在还没出机场呢，对机场的印象就是对北京的全部印象。"

简英有些不好意思："我是估计的，北京城里应该变得很漂亮很气派吧。"

"机场马上也会很漂亮很气派，你运气不够好，下个月新航站楼就要投入使用，肯定不比美国任何一个机场差。"

盈孚北京办公室开来的是一辆别克，司机把行李装好，谢航拉着简英坐进后座，裴庆华坐在副驾驶，三个人还没来得及叙旧谢航的手机就响了，她接起听一阵便问："真有这么多人排队？不会是开发商雇的托儿吧……"她歪头只考虑了三秒钟又轻描淡写地说，"既然你们排得这么辛苦，只买一套未免可惜，还不如干脆买两套吧，反正需要的东西都已经在你们手里……"

谢航挂断电话转而对简英说："你知道吗，我今天是拿护照上的飞机，身份证留给公司的人让她们去帮我买房子了。"

简英吃一惊："啊？你说的一套两套是房子，我还以为是衣服呢……"

"嗽！开发商卖衣服吗？"谢航笑道，"本来我也不知道，是我们财务总监告诉我的，上海竟会有这么好的政策，购买商品房可以返还个人所得税,而且没有国籍和户口的限制,我都不敢相信天底下真有这样的好事。买,干吗不买!你不知道我每年得交多少税,能返还给我当然好啦!"简英似懂非懂,谢航却越说越兴奋,"好像去年就施行了,我要早一年去上海该多好。公司的人四处帮我看房子,他们都建议我买这个叫仁恒滨江园的楼盘,在浦东,外滩斜对面,今天正好开盘。"

裴庆华不以为然:"买一套就够你住了,再买一套只能空着。"

谢航拍着前排座椅头枕说:"老裴你不懂,只买一套我也不会住,盈孚给我长期包租的公寓不住白不住。买的这两套我都租出去,怎么会让它们白白空着。"

简英问:"现在上海的房子贵不贵?"

谢航一甩头发:"贵贱都是相对的,反正我让她们去看的都是比较高端的楼盘,如果买个便宜房子还不够我退税呢。"

裴庆华有些惊讶,在他印象中谢航虽然对数字极其敏感但唯对金钱缺乏灵性,向来一副大大咧咧无所谓的态度,而如今的谢航却透出一股海派的精明,莫非这么快就已入乡随俗?

简英发自肺腑地说:"我现在真是两眼一抹黑,谢航你可得多给我讲讲。"

谢航沉吟道:"你倒不一定急于买房子,北京没出台类似政策,要不你也把公司开到上海去?"

简英笑了:"我说的不是房子的事,是怎么在中国开展业务。我这个土生土长的北京人都不认识哪儿是哪儿,总部那些老外更不了解中国国情,真有点儿担心我们公司甚至我本人会不会对中国水土不服。"

谢航的兴致顿减,捂着嘴打个哈欠才说:"瞧你心急的,才下飞机,时差还没开始倒呢,把业务做起来又不在一朝一夕。"

"我没法不急啊,你以为我下这个决心容易吗,刚上飞机我就有些后悔,单枪匹马回北京是不是自讨苦吃。你先告诉我,美国公司在中国做生意最重要的是哪几方面?"

谢航默不作声,裴庆华还以为她是不愿当着司机的面谈论公司事务,其实她是在斟酌对简英讲到何种分寸。过了一会儿,谢航端正坐姿然后才开口:"如果是面对媒体或者在某个高峰论坛上发言,我会这样说:外企要想在中国取得成功,最重要就是把自己真正融入中国。要深入了解中国国情,放下架子、低下身段,从思维到团队、从文化到产品都力争做到本地化,只有这样才能在中国成为合格的企业公民。"

简英等了片刻忍不住问:"还有呢? 私下里你会怎么说?"

谢航脸上浮现出一丝疲惫与苦涩:"我会告诉你,外企在中国根本不可能成功。"

"啊?!"简英发出一声惊呼。

"你别以为我在危言耸听,真的不是吓唬你,也不是给你泼冷水,而是想让你对将来有个更现实的预期。"谢航神情严峻地说,"我算是很早进入外企的,这十来年眼看着外企在中国快速发展,我作为直接的受益者也跟着水涨船高,但我心里很清楚,外企在中国的路很难走得更远。"

"为什么?"

"想象一下,如果一个人的手脚在这个房间而脑袋在另一个房间,会怎样?"

"哎你要吓死人呀!"简英捣谢航一拳,坐在前面的裴庆华忍不住笑出声。

谢航却一脸肃穆地说:"外企就是这样。即便做到在中国区的一把手,我也只是一双手脚,强调的是执行力,不仅没有决策权甚至连建议权都形同虚设,而拿主意定决策的脑袋远在大洋彼岸,即便有海底光缆连着又能怎样? 他们总以为在美国、欧洲或日本成功的那一套在中国定然可行,但他们不明白中国的市场不一样,市场规律在中国不适用,严格说来根本不能叫市场。"

简英似懂非懂,兀自揣摩道:"照你的意思,最关键的是与总部的沟通,让他们理解中国的特殊性?"

谢航怅惘地摇下头:"我试了这么多年还没成功,我也没听说有谁在哪家公司成功做到过。说真的简英,我已经有些厌倦了,烦透了外企这种大企业病。我曾经很渴望自治而不再盲从于总部,可现在已经不抱奢望,所有在中国的外企都一样僵化迟钝。我之前搞不懂,像我原先的公司、现在的公司、微软、摩托罗拉、通用电气,这些伟大的企业从初创到后来很长一段时间都非常了不起,为什么在中国越来越步履维艰?后来才想明白,遗憾的是等他们来到中国已经是各自的暮年……"

一直屏气凝神听得有些心灰意冷的简英忽然愁容顿开,长舒一口气笑道:"这我就放心了,我们公司年纪还小呢,才成立没几年,刚上市不久。"她越发兴致勃勃地说,"老板已经和我定好,这个 fiscal year(财年)会给我五个 million(百万)的 budget(预算),所以我得趁老板还没改主意抓紧物色办公地点和招兵买马。谢航,你多陪我待几天吧,我好随时向你讨教。"

谢航又打个哈欠:"哎呀这我可做不到,后天我就得回上海,Robert星期一就到。"

"Robert?"

"我老板,盈孚全球的老大。唉,我上任还不到半年,这已经是他第三次来了,我都怀疑他是不是真爱上中国了……"

裴庆华默默看着窗外的三元桥,周末下班高峰时的北三环居然不算很堵,他盼着尽快开到香格里拉,尽快吃完饭好尽快回家,虽然姐姐刚走没人会在家里等他。这一路他都插不上话,也不想插话,听着谢航与简英先是汉语夹着英语进而英语夹着汉语地聊,他意识到虽然同在一辆车里,但与她俩的距离却很远,甚至感觉在她俩眼里,自己就如同司机一样仿佛并不存在。对于他和简英之间的陌生与疏离裴庆华有心理准备,令他惊愕且失落的是谢航与他之间也有了隔膜。这隔膜不在于地位和财富的差距,更与北京和上海的距离无关,他认为根源在于谢航变了而且变了不少。裴庆华想到了萧闯,他暗暗把萧闯和谢航做了番对照,马上得出一个结论——两人的分手对于谢航的影响比之于萧闯要剧烈且深刻得多。如今的萧闯还是原先那个德行,而曾经的谢航却在世间再也找不到了。想到这里裴庆华不禁心痛。

穷苦的日子按理说应该度日如年，但每当发工资裴庆华总惊讶怎么一个月一眨眼就过了。他疑惑时间真是个奇妙的东西，每天过得很慢而每月却转瞬即逝。又发了三次工资，裴庆华猛然意识到这一年就要过去，而舒志红有些不屑地提醒他，即将过去的岂止是这一年，这十年、这百年乃至这千年都要画上句号，马上要来的将是一个新千年。

"你就真的一点儿都不激动？"舒志红像盯着个怪物似的问裴庆华，"多少人能跨个世纪就算幸运，咱们能跨个千禧，这得是多大的福分啊！"

裴庆华面无表情地说："纯粹是个纪年问题，这一年和往年没有任何区别，要是按孔子或者释迦牟尼或者穆罕默德的生年起算，今年啥都不是。"

"公历！懂不懂什么叫公历？就是大家都公认的年历！"舒志红点戳着裴庆华，"你真煞风景，大家都兴高采烈的，就你无动于衷。"

自从一起熬夜看完澳门回归的电视转播，舒志红就一直在兴致勃勃地筹划如何过一个浪漫的千禧。她曾设想去舟山群岛迎接新千年的曙光，裴庆华漠然地看她一眼说："咱们正在各自紧张地创业，哪有时间出去玩？"舒志红又提出那一晚去京广中心住，这回裴庆华连看她一眼都懒得看，反问："下个月的工资都可能发不出，哪有钱出去住？"

舒志红被噎得直打嗝，不满地说："一辈子只能赶上一回千禧年，你就不想过得有点儿意义？"

裴庆华头也不抬在电脑前忙活，回一句："活下去，就是最大的意义！"

眼看崭新的千年就在眼前，眼看可能的选项越发有限，舒志红这天又不甘心地问道："你到底想好没有，咱俩明天晚上到底怎么过呀？"

裴庆华瞟一眼搭在键盘上的左手，摘下电子表放到旁边，意兴阑珊地回答："像平常一样过呗。"

"要不，你带我去世纪坛吧，虽然庆祝活动咱们混不进去，起码可以远远看个热闹，怎么样？"

"那还不如在电视上看呢，绝对身临其境，远远地能看到什么热闹？"

"那……你带我去教堂吧，王府井或者宣武门都行，肯定特有气氛，电视又不会转播，只能去现场。"

裴庆华有些不耐烦："我出来一年了，你不是今天才遇到我吧？"

舒志红一愣："什么意思？不懂。"

"我是说，这一年难道你没发现我特别不喜欢人多的地方？为什么我不愿意去香山看红叶？但凡人挤人、人挨人的地方我躲都躲不及，你还一而再再而三偏要拉着我去，你成心吧？"

见裴庆华动了气舒志红不敢再言语，但她偏偏不巧又瞥见桌上的那块电子表，满肚子委屈瞬间化作怨气，愤愤不平地反问："机场人少吗，乌泱乌泱的你不是照样颠儿颠儿跑去了？而且你还骗我说萧闯也去，我后来问过萧闯，他根本就没去，是简英不让他去！"

裴庆华暗吃一惊，他想不到舒志红会有如此大的误会，更想不到一向藏不住心事的舒志红竟把这误会按捺了两个多月。他忙解释："不是简英不让，是谢航嘱咐简英别让萧闯去。"见舒志红被他的绕口令搅得一头雾水，裴庆华又把前因后果大略诉说一遍。

舒志红半信半疑，再次把视线投向那块表，冷冷地问："你确实出来一年了，但之前为什么从没见你戴这块表，最近两个多月却天天戴着舍不得摘？"

裴庆华又一惊，嗫嚅道："刚换了电池，不戴就白瞎了……"

"你已经养成用手机看时间的习惯了，为什么又开始戴表？何必多此一举？"

裴庆华回避着舒志红的目光："那天整理东西偶然翻出来，没什么特别意思。"

"你少此地无银三百两，"舒志红冷哼一声，"你居然忘了？当初你可是一五一十对我交代过这块表的来历,现在还敢说戴表并不代表特别的意思?"刚说完她就被自己的车轱辘话差点儿逗乐,但她强忍住依旧板着脸。

裴庆华的脸上却有些挂不住,恼羞成怒道:"懒得跟你解释,你爱怎么想就怎么想吧!"

如果有些话是男女交往中的大忌,裴庆华刚说的这句大概名列三甲。舒志红方才不过是在闹情绪,此刻却是彻底寒了心。她默默站起身收拾东西,然后有条不紊地穿外衣、换靴子、套羽绒服,内心巴望着裴庆华即便不道歉至少要挽留她,但裴庆华一直端坐不动。舒志红的眼泪在眼眶里积聚,她背对着裴庆华说:"我怎么想重要吗?我只劝你一句,最好弄清楚你自己是怎么想的。"说完,便拉开门头也不回地走了。

门被重重地关上,裴庆华被摔门声震得身子一颤,但他依旧没有追出去的意思。他一直在忙着做汉商网 2000 年第一季度的费用预算,眼下能令他跳起来冲出门去的恐怕只有服务器机房失火这类情况。

十三

/

千禧之夜

　　谢航原本已买好机票回北京，忽然接到 Robert 电话告知他将于本世纪的最后一天到上海，谢航吃惊不小。Robert 特意说明此行无关公务、纯属私人性质，他等不及在西半球看到新千年的太阳，所以要来尽可能东边的地方。谢航半开玩笑地说那应该去日本，比中国还能早一个小时。Robert 也半开玩笑地回答日本盈孚隶属于亚太区，不归他直管，不如来中国名正言顺。谢航心说，既然是私人出游与公司行政区划有何相干，而且自己也没义务留在上海招待他。但一转念回北京无非是陪父母吃顿饭而已，比寻常周末只多出一天假，不如等春节再回吧。谢航便问 Robert 是否愿意晚上一起吃饭。Robert 很高兴地回答当然愿意，这正是他打电话的主要目的，只是不清楚谢航是否已另有安排。

　　鉴于 Robert 是德裔，谢航第一反应便是去 Paulaner（宝莱纳）啤酒坊吃猪肘，不料 Robert 却说想吃日本料理，谢航差点儿脱口而出你真是应该去日本。自从多年前与那位导安公司的孟某某吃了顿饭之后，谢航对日餐就一直敬而远之，但既然老板明确提出来她也只好尽力满足。

谢航让下属推荐沪上哪家日本餐馆最好，结果众说不一，谢航这才发现原来上海竟有这么多家日料。市场总监提议那就订人均最贵的吧，谢航却摇头予以否定，问哪家最难吃？众人都一愣，谢航忙解释并非不好吃的那个"难吃"，而是难以吃到的意思。财务总监说古北好像有一家听人讲牛气得很，必须提前预订不说而且连菜单都没有，老板兼大厨根据当日的食材和当时的兴致做什么你吃什么。谢航说这家好，就用这么怪脾气的餐馆来招待怪脾气的 Robert，众人都笑。如此怪脾气的餐馆在如此重要的日子早已订满，辗转托人托到一家日资公司的"取缔役"，该取缔役与该餐馆老板相熟，这才总算订妥。

Robert 令谢航多有领教的除了怪脾气还有他的精力旺盛，他似乎从来不需要倒时差。坐在这家外观并不起眼的料理店，听谢航把预订过程中的周折与趣事都讲完，Robert 难得开心地笑了，盯着谢航说："Abby，跟你在一起总是很愉快，你有一颗柔软的心。"

谢航回敬道："Robert，愉快应该是相互的，我真希望在新世纪和新千年里也能看到你柔软的一面，也让我多一些愉快的回忆。"

Robert 垂下眼睑，摆弄着手上的筷子说："Abby，我知道在你眼里我是个怪人，但我不是个坏人。"

这话令谢航有些沉重，经过一段时间的相处她已对这位盈孚全球老大、自己的顶头上司有了比较深入的了解。起初她感觉 Robert 简直像是个患自闭症的天才少年，与 Robert 相比所有人都显得虽然正常但很平庸；后来她越来越相信 Robert 是深陷抑郁症的痛苦而不能自拔。Robert 总是毫无理由地忧虑或焦躁，更严重的是经常流露出对生活中的林林总总都丧失兴趣，只有每个季度的业绩数字才能令他超乎常人地专注和投入。谢航搞不清究竟是抑郁症促使 Robert 在竞争中脱颖而出，还是竞争中的压力导致了他的抑郁症。

虽然没有点菜的权利，但酒水可以选择，Robert 点了一瓶大吟酿。看着放在托盘里奉上的是那么一大瓶，谢航惊呼两个人怎么喝得了。

Robert 指着标签上的度数解释说："酒精度才十八,比你们中国的酒低得多,和威士忌相比它简直像啤酒。"看着倒在透明杯子里的清澈液体谢航将信将疑,她和 Robert 轻轻碰下杯然后试探着抿一口,有股淡淡的甜,伴随一种清香,丝绸一般滑进嗓子里,从口鼻到喉咙都觉得清爽而甘冽,胃里却是暖暖的。谢航冲 Robert 莞尔一笑,显然是说这酒味道不错。

上罢前菜和刺身,谢航仍对着眼前的海胆发愁,这东西就像河豚一样,虽然历经很多人推荐但她一直抵触至今。Robert 津津有味地吃完,见谢航的那份原封未动便一再怂恿,谢航连连苦笑摇头,Robert 端出老板架子沉下脸说:"Abby,如果说今年你还有什么事情尚未完成,恐怕就是这份海胆,我真不希望你把它留到明年,留到下个世纪、下个千年。"谢航无奈,只得勉强把一小块海胆放进嘴里。咦,口感居然不错,原以为又腥又涩,实则绵软柔滑。她又喝一口清酒,两者搭配在一起味道竟然更佳。Robert 很有成就感地笑道:"怎么样?我让你做的事只会对你有好处。"他的眼神忽然毫无征兆地变得黯淡,口气一转,"海胆就像我一样,虽然内心渴望给人以满足和享受,但外表却不讨人喜欢,让人连尝试一下的勇气都没有……"

见 Robert 平白无故情绪再次低落,谢航替他把酒满上,安慰道:"Robert,谢谢你,至少你今天推荐我尝试的两样东西都让我很开心。"然后和他碰杯对饮。

服务生预告下一道菜是烧物,同时抱歉地告知由于客人较多可能上菜稍慢。谢航不以为意,而 Robert 竟因这小小的不确定而开始焦虑。他把一张纸巾拿在手里完全展开,然后严丝合缝按照固有的折痕重新叠好,再继续对折,想把纸巾的面积变得尽可能的小。看他咬牙切齿跟一张纸巾较劲,谢航觉得 Robert 就像一个男孩,禁不住想伸手帮他。Robert 不耐烦地拨开谢航探过来的手,直到确信无法继续折叠,才把这件作品满意地压在碟子底下,随即露出孩子般灿烂的笑容问:"Abby,你知道这几天我有多快乐吗?"谢航一愣,首先想到盈孚的业绩，但早在几周前形势就已明朗，这又是一个超出预期的季度、一个业绩靓丽的财年，意料之中的事何以谈得上快乐？这时 Robert 揭晓答案："过去十个月我都在做同一件事，现在终于结束了。我将自由自在地走入新世纪、新千年，我，只有我自己，一个人。"

谢航心头一震，问道："你的意思是……？"

"没错，从任何意义上讲，我现在都是一个人。"Robert 冲谢航挤下眼睛。

谢航从未留意过老板的个人生活，只知道 Robert 一向没有采买礼物带回家的习惯，而 Robert 也从未对下属提及他的家庭，好像真的是孤家寡人。听他的口气显然离婚是桩喜事，但谢航觉得自己的身份似乎不适合表示祝贺，便只是笑笑。

Robert 殷勤地把谢航的酒杯倒满递过来，兀自干了一杯，随即一脸愁苦地说："我不信任她，我曾经努力过但还是不行，不知是她的问题还是我的问题，但事实就是我永远无法再信任她。"谢航正不知作何回应，Robert 又嘟囔一句，"你知道在任何关系中，信任都是最重要的。"

话说到这一步基本属于把天儿聊死了，谢航一时找不到新话题，只得埋头于接踵而至的烤鱼和寿司，间或喝一口清酒。吃完最后一道甜品她看眼时间，可以回住处稍事休息，再去外滩参加上海美国商会组织的跨年晚会。起身时她发现 Robert 的西服肩头有一根头发，就伸出手指把头发捻起，Robert 抬头看眼谢航，没说什么。

盈孚公司为谢航长期包租的酒店式服务公寓在衡山路上，Robert 以往来上海都住浦东香格里拉，这次他不想搞得那么正式，便让谢航在同一座公寓订了间套房。回到公寓约好一小时后再一同出发，谢航出电梯便一溜小跑奔回房间，在出租车上她的小腹就开始阵阵作痛，肠胃像被一只无形的手拧着。等她拖着酸麻的双腿从洗手间出来，虚汗把衬衫都沁湿了，她刚开始脱衣服就忽觉头重脚轻，太阳穴生疼、耳鸣眼花。谢航开始后悔，看来今天尝试的两样东西都已产生恶果，海胆令她上吐下泻而清酒让她头晕目眩。她用残存的气力反思，清酒虽好但自己喝得太快太多,当时只觉得清甜爽口根本没把它当酒;而海胆恐怕是过于富含蛋白质,自己的肠胃难免吃不消。谢航用内线拨了 Robert 的房间想告诉他自己无法赶赴晚会,电话却一直没人接,估计 Robert 正在洗澡,谢航给他留了言便走进淋浴间。

即便说清酒和海胆的责任在 Robert,而淋浴这一错误决定就赖不得旁人了。本已扛不过酒的后劲再加上浑身乏力,又在闷热缺氧的淋浴间里洗了许久,谢航再也站不住了,披上浴巾在马桶上坐半天才稍缓过来。她穿好内衣系上浴袍,又给 Robert 打电话,仍然没人接。她正纳闷就听门铃响,扶着墙走到门口,Robert 隔着门关切地问:"Abby,你还好吗? 是累了还是不舒服?"

谢航把门打开,无力地靠在门上,惨笑一下:"真不该听你的,清酒和海胆差点儿要了我的命。我实在没法陪你去晚会了,很抱歉。"

"忘掉那个鬼晚会吧,你的样子糟透了,我想咱们得马上去看大夫。"Robert 走进来双手撑住谢航的肩膀,审视着她的脸问,"你还能自己走路吗?"

谢航强撑着说:"我觉得不是过敏,多喝水、休息一下就没事了。"说话时她的身体却控制不住地发抖。

Robert 急了,他走到写字台前拿起电话问谢航:"叫急救车是什么号码? 也是911?"

谢航随手关上门,摇晃着走过去从 Robert 手里拿过电话挂上,埋怨道:"你太夸张了,我没事。你想让我新年夜在医院里过吗?"

Robert 摇摇头,显然觉得谢航不可理喻,嘟囔道:"我恐怕不能听你的,给你十分钟,如果仍然感觉不好我必须送你去医院。"他说着就要把谢航扶到床上。

胳膊搭在 Robert 肩头,谢航的脸离 Robert 很近,她忽然闻到一股强烈的气味,有点像中药但显然不是,这气味直蹿入谢航的脑顶,令她一阵恶心。她一边推开 Robert 一边问:"你刚用的什么香水?"

Robert 既诧异又生气:"你开玩笑吧,这种时候你还关心这个? 科隆香水！想知道牌子吗，4711！"他说完便弯腰欲将谢航抱起来。

谢航忽然想吐，她拍打 Robert 肩膀让他把自己放下，随即趔趄着走到洗手间趴在洗面池边开始干呕。Robert 跟进来站在一旁轻轻抚摸谢航的后背，谢航止住呕吐艰难直起身，用手背擦一下嘴角，头无力地靠在 Robert 胸前。过了好一会儿她总算缓缓睁开眼睛，这才看见镜子里的自己，也看见了 Robert，她的身体不由自主打个寒战，因为镜子里的 Robert 正目不转睛地盯着谢航的胸口……

这座公寓提供的所谓酒店式服务之一便是二十四小时有人值守前台，谢航扑到前台时把坐在里面值班的小伙子吓一跳。谢航松垮地披件大衣，头发沾在脸颊上，急切地问："最近的药店在哪儿？昼夜二十四小时开门的。"

小伙子愣了下才回答："出大门往左手走，快到富豪环球东亚那里有家药店。如果他家不开门的话就只能再到前面徐家汇找找看了。"谢航道声谢便转身走向门口，小伙子在她身后问道，"您有什么需要帮忙吗？"谢航头也不回已经出了门。

事情发生后谢航的第一反应是计算日子，果然，今天正是危险期，她随即做出第一个决策——买药。刚走到衡山路便道上一阵冷风把谢航灌个通透，浑身一激灵的同时头脑也清醒许多，她立刻做出第二个决策——求助。谢航掏出诺基亚想都没想就按下第一个快拨键，终于等到对方接起，她立刻呼喊："萧闯！你在哪儿啊？"

没有回音，谢航使劲把手机压到耳朵上，隐约听到一阵窸窣声，随即传来萧闯口齿不清的话语："谢航，是你吗？怎么了？"

谢航一时难以启齿，感觉此刻自己如此无助而萧闯又如此遥远，她绝望地喃喃重复道："你在哪儿啊……"电话里传来的不是萧闯的回答而是一个女人的窃窃私语，继而好像听到萧闯不耐烦地低声呵斥什么。谢航的脑海里顿时浮现出一幅不堪入目的画面，她气血上涌再也控制不住，近乎崩溃地嘶喊一声："你在哪儿？！"

萧闯既恼火谢航搅扰了他的好事，又怨恨身下的女人破坏了他与谢航重续旧情的氛围，借着酒劲气急败坏地反戕："你有意思吗？你还有什么资格大半夜查我的岗？你以为你是谁啊！"

电话早已挂断而谢航还痴痴地举着手机，眼泪无声地流下来，被风一吹热泪变得冰冷。耳边的手机突然响铃差点儿把谢航的鼓膜震破，她以为是萧闯看都没看便接起说："我再也不想听到你的声音！"

电话里传出的却是句英语："Abby，你在哪儿？"

是 Robert！谢航冷冷地问："你想怎么样？"

"Abby，你在哪儿？我从洗手间出来你就不见了，你还好吗？"

"好，你认为我会好吗？"谢航忽然大声吼道，"我出来买药！"

"药，治什么的药？你回来吧，我陪你一起去。"

谢航冷笑一声："你是怕我报警吧？"

"你怎么这样想？我是担心你，这么晚了街上不安全。"

"放心，无论白天还是黑夜上海都比旧金山安全得多，更何况对我来说你才是最危险的人！"谢航说完便把电话挂了。

街道上一派热闹景象，车流不息，人声鼎沸，谢航的耳朵里充斥着旁边酒吧的喧闹声，偶尔能见到楼宇间闪过几发偷摸燃放的焰火，人们都沉浸在千年交替的兴奋与憧憬中。有几个年轻老外排成一排迎面走来，耍酒疯想把谢航围在中间，被谢航恶狠狠的眼神瞪得扫兴闪开。谢航一边走一边流泪，此时此刻她心里最恨的人并非 Robert 却是萧闯，先决绝地把手机上保存萧闯号码的快拨键删除，她还想把那个号码连根从自己的脑海中抹去，几番努力但仍是徒劳。

所幸那家药店不仅比想象中离得近，而且居然在新年夜仍然开门。谢航走进去漫无目的用眼睛在柜台和货架上逡巡，值班的男店员并不问话，一双眼睛跟着谢航在不大的店里游走。谢航最终不得不难为情地问："请问有那种事后避孕的药吗？"

男店员神奇地看都不看回手从身后的货架上抓过一盒药扔到谢航面前："毓婷，你是说这个吧？"

谢航拿起盒子看药品说明，男店员眯缝着眼说："回去先吃一片，隔十二个小时再吃一片。"交完钱揣起药正匆忙离去，谢航又听男店员冲她的背影喊，"不一定百分百有效哦！"

往回走谢航的脚步放慢了许多，她需要在嘈杂纷乱的环境中尽快冷静下来，确切地说她要先检讨自己，然后才能做出第三个也是最重大的决策。"为什么会这样？我究竟做错了什么？"她一遍遍拷问自己。很自然她的思绪由近及远，最先想到的就是为什么会让 Robert 得手，"我但凡还有一丝气力……"她心底刚近乎绝望地发出这声呼喊，脑子里却闪过另一个念头，自己的无力反抗在 Robert 眼中会不会成了半推半就？她回想晚餐结束时曾用手指把 Robert 掉落在肩上的头发捻起，这样的细微动作会不会被 Robert 视作某种暗示乃至信号？她忽然又想到一处细节，为什么晚餐只有自己与 Robert 两人？按说既然大老板此行不涉及公干，想必不会在席间密谈公司事务，那邀请盈孚在上海的一班高管出席岂不更热闹且隆重？但谢航在潜意识里从未有过这种想法，似乎 Robert 来上海天经地义就应该只有她相陪，而且显然众下属与 Robert 也都这么认为。谢航想到此处不禁一惊，冰冻三尺非一日之寒，假如众下属与 Robert 都误会了她的本意，这还能算是误会吗？过错究竟在他们还是谢航自身呢？又想到每次 Robert 到上海自己所给予他的与其说是照顾不如说是呵护，谢航不由觉得委屈，那只是出于她关心他人的本能，无论对什么 Robert 还是什么 Robson 她都会如此，但 Robert 会这样想吗？谢航含糊了，她不禁再次扪心自问，究竟是 Robert 一厢情愿过于敏感而会错意，还是自己过于愚钝竟一直迟迟没发现内心中隐秘的情愫？这个念头竟把谢航吓一跳，恰在此时吹来一股冷风，令谢航从里到外感受到无法抵御的寒意。

谢航远远地看见公寓大厦门口站着个人，起初以为是值班的前台，走近些认出竟是 Robert，Robert 也发现了谢航，快步走过来把抱在手里的大衣往谢航身上披，谢航甩了一下肩膀躲开，嘴上说："没看到我穿着大衣吗？"

Robert一路跟到谢航的门前,谢航进门时回头面无表情地瞟他一眼,Robert问:"我可以进去吗? 我有几句话想说。"谢航没理他,但并没反手关门,Robert忙抬脚跟进去。

殷勤地为谢航倒杯水,Robert转身却发现谢航在房间中央站着,眉头紧锁厌恶地盯着凌乱不堪的床,只好问:"Abby,你打算坐哪儿? 我把水放你旁边。"

谢航恼恨地说:"这里我一分钟都不想再待,明天我就要求换房间,不,我要另换一家公寓。"

"要不,去我的房间?"Robert说完就后悔了,果然,谢航两道像剑一样的目光恨不能把他断为两截。

谢航在沙发上坐下,Robert从写字台拖过一把椅子坐到谢航的对面,谢航扭脸不睬他,专心致志地吃药。Robert搓着手说:"Abby,对不起,我感到非常非常抱歉。清酒和海胆看来也在我身上发挥了作用……"

谢航立刻咄咄逼人地质问:"你是说,今天发生的事并非出于你的本意?"

"Yes。"Robert笃定地回答。谢航气蒙了,竟忘记英语中对否定疑问句的回答习惯与汉语正相反,Robert见谢航杏眼圆睁急忙把话说全,"是的,一切都是出于我的本意。只是……"

"只是什么?"

Robert窘迫之际从茶几上拿过空药盒随手拆解,一边把它从六面体摊成一张纸板一边咕哝道:"只是……我没想过让它以这种方式发生在这种时候。"

"你设想的是什么方式? 什么时候?"

Robert双手合十把纸板用力夹紧,想让它尽量接近一个完美的平面,低着头说:"以你能接受的方式,在你准备好的时候。"

谢航看着Robert无意间摆出的这副虔诚忏悔的模样,觉得这位比自己大十几岁的大老板此刻竟像一个做错事的大男孩,可恨之余不免又有几分可笑。她不愿再多说，拿起没吃完的药板刚要收好才发现药盒不见了。

Robert 这时方意识到自己做了什么，他把展开的纸板递向谢航，红着脸说："对不起，我毁了你的药盒。"

谢航当然不会接，她没好气地说："被你毁了的岂止是药盒！"见 Robert 手足无措的样子她又跟一句，"你的话说完了，可以走了。"

Robert 讪讪地站起身走到门口，谢航正等着锁门却不防 Robert 忽然转回身冲她张开双臂，谢航惊得心脏差点儿跳出来，Robert 说："我还有最后一句：明年见。哦不，下个世纪见，下个千年见。"

谢航伸手冲走廊一指，厉声说："出去！"

新千年的头一天谢航一直在床上昏睡，夜里又饿又渴的她起来找点吃的，发现门缝处躺着一张纸，捡到手里是张贺卡，上面的英文写着"新年快乐、新世纪快乐、新千年快乐"，署名"RZ"，谢航随手又扔到地毯上。手机有不少未接电话和短信，里面 Robert 的号码出现好几次，除了与贺卡同样内容的短信之外还有一条，写的是"我希望在离开前见你一面"，谢航把短信删了，接着蒙头大睡。不知睡了多久也数不清醒过几回，半梦半醒之际谢航就望着天花板发呆，萦绕在脑海里的始终是同一个问题，自己无法接受的究竟是 Robert 这个人还是 Robert 对待自己的方式？

2 号中午谢航终于走出房门，先到徐家汇逛了一圈新开业的港汇广场，做了 Spa 又做头发，然后再去淮海路上的美美百货，直到晚上才拎着好几个购物袋回公寓。门后又有一张 Robert 写的便笺，座机上的留言灯不停闪烁，内容都还是那一句"我希望在离开前见你一面"。洗漱完毕，谢航却毫无睡意，她只开了盏小灯，蜷在窗前的沙发里望着衡山路上的夜色。谢航考虑了很多，思来想去决定做个测试，就看今夜 Robert 会不会来敲她的门。

已经很晚了，谢航依稀听见走廊传来脚步声，她的神经立时绷紧，望着从门缝里透进来的那条光带。脚步声越来越近,谢航的脉搏也越来越快,但脚步声经过门口又继续前行,没有片刻停留甚至迟滞,原来是虚惊一场。谢航刚松口气,那脚步声竟折返回来!比刚才走得更急,径直到谢航门外站住,一动不动。谢航的心几乎到了嗓子眼儿,双手紧紧把沙发靠垫抱在胸前,眼睛直勾勾盯着门口。门缝里的光带被两个暗影割断,外面一定是 Robert 的两只脚,此时谢航已把自己怦怦的心跳声误以为是敲门声。

过了不知多久,两个暗影忽然挪走,脚步声重新响起,虽然听上去步履有些沉重但毕竟越来越远了。谢航半天总算长出一口气,擦擦脸颊上的汗,先去把空调暖风关掉然后设置好闹钟,这才踏实睡去。

3 号上午,谢航敲开 Robert 的房门,情绪明显低落的 Robert 没说什么,继续埋头收拾简单的行李。谢航把掩在背后的右手伸出来,手上是一个精美的包装盒。

Robert 面露诧异:"送我的? 是什么?"他打开包装是个深灰色的盒子,再打开原来是瓶香水。

"这是 GUCCI 的。"谢航很自然地说,"Bob,我希望你以后再也不要用科隆 4711。"

Robert 立刻走进洗手间拿着个男士化妆包回来,二话不说便把整瓶科隆 4711 丢进垃圾桶,然后把谢航送的 GUCCI 香水收好,忽然抬头问道:"Abby,你刚才叫我什么?"

Bob 本是 Robert 的昵称,有多少个 Robert 便有多少个 Bob,但齐曼的性格做派却令公司上下从无一人对他使用过这一昵称。谢航脸上挂着层淡淡的微笑,似乎在无声地反问:"怎么? 不可以吗?"

Robert 喜出望外地伸出双臂,谢航这次没迎合但也没再抗拒,Robert 抱住谢航,犹豫一下但终究还是没敢吻她。谢航等 Robert 松开她才问:"你昨天晚上去找过我?"

"我到了你门口,但最后还是决定不打扰你。"Robert 又显出几分焦虑,"虽然我不知道你将做出何种决定,但我都会尊重。"

谢航点下头:"如果你昨晚敲我的门,我就再也不会让你见到我。"她以不容置疑的口吻接着说,"从今天起,在工作关系中我会像过去一样尊重你,但在私人关系中我希望你尽快学会尊重我。我们关系中最重要的就是彼此尊重,你同意吗?"

"OK,就按你定的规矩,以后我无论做什么都会先想想你是否希望我那么做。"Robert 耸下肩膀,凝视着谢航的眼睛很郑重地说,"Abby,我现在有一个请求,"谢航一听周身顿时开始紧张,Robert 赶紧笑一下,"放松,不是你想的那方面。我希望你能向我提出某种要求,某种虽然很难但我如果尽力仍然可能给予你的。"

谢航的眉毛立刻拧在一起:"你的意思是……让我……给我自己出价?!"

"不不,你又误会了。"Robert 连连摆手,"为什么要那样想?我更愿意把它理解为……回报。"

谢航脸色铁青,扭头就走,Robert 伸手抓住她的手腕,谢航转过脸怒目而视:"你刚说过的话就已经忘了?!"

Robert 瞬间松开手,一步迈到门口挡住谢航的去路说:"Abby,听我说,不要把你自己想得那么不堪,更不要那样看我。这并非关于钱,你和我都不缺钱,我是在说……怎么说呢……我希望你的人生更美好,我也自信能帮你达到某个目标,你明白我的意思吗?"见谢航显然在思索这话的含义,Robert 趁势挑明,"我和你的关系对我来说非常关键,几乎等同于我和董事会那帮家伙的关系。如果你对我一无所求,你在我心里会始终是一个巨大的问号、一个不确定因素,何况那天晚上我还对你做了那样的事,我怎么能对你放心?Abby,在我们的关系中信任至少与尊重同样重要,为了让我毫无保留地信任你,你应该对我提出某种要求。"

谢航默默地望着 Robert,Robert 不安地搓着手,谢航又想了一会儿才回答:"OK,给我一些时间,我需要考虑一下。"

十四

/

举起来的鞭子比抽下去的鞭子更有威慑力

新千年第一个春节谢航又没能多陪陪父母,过完除夕夜她就飞去旧金山。老沈嘟囔怎么外企都一个德行,专挑过年的时候开会,谢航只得"嗯""啊"敷衍两声没敢多说。因为实情是盈孚全球年会远在 3 月份,她此行是去与 Robert 相会。

同样颇有微词的还有简英,中国分公司初创所以无论感恩节、圣诞新年还是春节她一直留在北京没回硅谷,她在电话里质问谢航说我一天假都没休专门在北京等你,可到现在没见过你第二面,怎么我回国了还是依旧见不到你?谢航只得以退为进说我不回北京就跟你不回美国一样,同是天涯沦落人你怎么反而跟我妈似的不理解我?

直到头一个五一黄金周来临,谢航总算令老沈和简英不再抱怨,她终于可以在北京待几天了。简英挺神秘地约谢航和裴庆华去一个地方。出租车路过丽都饭店时谢航怅惘地说这就是我当年战斗过的地方,简英问 IEM 在这儿?谢航淡淡地回答说已经搬了。

到了大山子,在一个冷清的工厂门口下车,谢航与裴庆华一头雾水地跟着简英走了一段,见简英也渐渐晕头转向便问:"喂,你不会是要带我回工厂实习吧?"

简英像没听见,拦住一个工人问路,工人挺热心带着他们三绕两绕摸到一座厂房门口,朝里一指说:"那伙人就在里头。"

里面豁然开朗,别有洞天,虽然乱糟糟早已没了原先的样貌,但裴庆华很快确定这车间原先是做什么的。他四处指点着对简英说:"看见这一溜凹进去的地面没,以前肯定是放机床的地方,长年累月地面沉陷;这些沟槽一看就是后来填补过,当初应该是电缆沟……"

简英既欣赏又崇拜地看着裴庆华,一如当年听他辅导功课时的样子。谢航在一旁实在看不下去,捅一把简英:"差不多行了啊,我可没心思陪你俩鸳梦重温。快说,大过节的干吗上这儿来?"

"看展览呀!"简英向周围一指,"这么多雕塑作品你没看见?"

裴庆华与谢航都惊讶得目瞪口呆,谢航说:"啊,这些是雕塑?"裴庆华接道:"我还以为是给下道工序备的坯料呢。"

简英不由得气馁:"你们都什么眼光啊?这可是美院雕塑系的习作展,最正宗的科班!"说完就不理他们,自己虔诚地去膜拜各个作品了。谢航与裴庆华对视一眼,只得耐着性子挨个驻足观赏,偶尔讨论一下展品的材质和加工工艺。

虽然不时三三两两有人进来,但偌大的车间还是显得空空荡荡,哪怕是作品中体量最大的看上去也没那么伟岸。简英领着一位中年人过来,向谢航和裴庆华介绍说:"这位是美院的隋老师,你们好好听艺术家讲讲。"

隋老师带他们边看边讲,话题很快从作品游离开,他用手指着高高的弧状屋顶说:"这地方实在太好了,高大、宽敞,粗放有力的线条和浓重的历史感,全北京找不出第二家。以前一直是好几家工厂,718、798、751、706,现在效益不行了,我们正需要地方就把这个大车间租下来。哎,考考你们一下,注意到没有,窗户都开在北墙而不是南墙,你们说为什么?"

裴庆华立刻答道:"这里以前是机加工车间,每台机床都自带工作灯,不需要自然采光,而阳光直射进来会在金属加工面上形成反光,影响工人操作。"

隋老师愣住,上下打量着裴庆华问:"你怎么懂这个?"

裴庆华笑道:"我就是学这个的。"

隋老师转向简英:"你怎么跟我说你们不是搞互联网就是搞CPU的?"

简英忙解释:"当初学的都是这个,但后来谁也没干这行。"

谢航插话道:"谁说的? 我毕业头几年向企业销售计算机,这样的工厂我去过不下几十家。"

隋老师的兴致显然大受影响,草草聊几句便去招呼其他访客了。简英一撇嘴抱怨道:"你们俩就不能装得谦虚点儿?"

裴庆华反问:"你怎么认识的隋老师?"

"Robert 介绍的。"简英话刚出口就发现谢航整个人抖了一下,脸色也变得不自然,诧异间却听裴庆华追问:"谁是 Robert?"

"一美国老头,朋友介绍的。是 Robert 最先发现这地方并且逢人便讲,他说这里要不多久就会火起来,想先开个书店,圈一块地再说。"

裴庆华笑道:"我还以为只有我们搞互联网的成天惦记跑马圈地呢。"

谢航暗暗松口气,心想自己也太神经过敏、草木皆兵了,美国叫"Robert"的男人没准儿和中国叫"英"的女人一样多,有什么好紧张的。

这时有几个老外也转到同一座展品前,其中一位立刻和简英打招呼:"Jane,好久不见,还好吗?"说着便和简英来个拥抱。

刚松弛下来的谢航已然生出八卦的心,她发现原来还有个人比自己更紧张,那就是裴庆华。裴庆华专注地观察着简英与对方叙谈,等对方走开立刻问简英:"是朋友还是业务上有联系? 我都不知道你还有个英文名字。"

简英随口说:"朋友,我都记不得怎么认识的了。"

裴庆华不太高兴，嘟囔一句："你的朋友可真多。"

"才不是呢，恰恰相反，我现在越来越觉得朋友不够用。对了，我正有个想法要跟你们说，等看完展览我请你们吃饭。"

谢航和裴庆华异口同声："已经看完了。"简英气得直瞪眼，一句话也说不出。

厂区里倒是有工人食堂，但时值长假没开火，最终还是在谢航熟悉的将台路一带找到家西餐馆。待各自点了款汉堡，简英便急切地问："你们有没有过一种感觉，就是特别需要有朋友能在某件事情上帮到你，却不知在哪儿能找到这位朋友。"裴庆华和谢航都先是一愣随即摇头。简英说："庆华你一直在北京，人脉广，没遇到这样的问题不奇怪。"

裴庆华苦笑着："我的朋友虽然不少但我的难处更多，关键是以我眼下的能力帮不上朋友什么忙，不好意思老是单方向地麻烦朋友，所以只好尽可能靠自己。"

简英问谢航："你呢？刚到上海你也是两眼一抹黑吧，你怎么拓展朋友圈的？"

"情况不一样。盈孚在上海早就搭好一个摊子，我就好比是拎包入住，而你是单枪匹马回北京、从无到有搭摊子，当然比我困难得多。"

简英惆怅地叹口气："难怪你们都体会不深。我发现了，容易交到的朋友往往也是初来乍到的新人，结果是穷帮穷，这样的所谓人脉当然价值有限。我就想，要是你们把各自的朋友介绍给我，我把他们都变成我的朋友，那该有多好！"

谢航笑着把手机往简英面前一推："喏，这里面的联系人你都拿去，我 office（办公室）还有几抽屉名片，你想要我可以让人一张张扫描给你。"

裴庆华沉吟道："光有联系方式没用吧，即便是很小的事也需要你先打好招呼简英才能去联系，很多情况还得你把双方约到一起当面谈才行。"

"有用啊。"简英说,"我可以从他们的工作单位看出谁能帮我忙,然后再让谢航介绍,这样更有目的性嘛。"

"但也许某个看似帮不上忙的人,他有朋友正好能起到很大作用呢。"谢航说。

"那……要是他能把他的联系人也都给我就好了。"

裴庆华不禁笑了:"你可真得寸进尺,挖出谢航的朋友还不够,非得挖出她朋友的朋友?"

简英急道:"不只是我,很多人都会有这种需求,你们即便体会不到也总该想象得到吧?"

谢航有些怀疑:"简英你是想搞个类似联谊会的组织? 那可要投入很多精力,你还嫌自己太清闲?"

裴庆华若有所思,问简英:"你是想用互联网来满足这个需求?"

简英立刻钦佩地说:"庆华还是你厉害,一点就透。你说这是不是互联网一个很有前景的领域?"

谢航不以为然:"无论是何种方式来搞,同样需要耗费精力,你不想干你的首席代表了?"

"两者不矛盾嘛。如果谁对这个方向有兴趣,我可以做他的天使投资人。硅谷这样的情况太多了,不提那些大佬,就像伯克利或者斯坦福的老师,甚至一些互联网公司的中层都有做天使投资的。"

谢航为之一凛,不禁脱口而出:"你也想做投资?"

简英很憧憬地说:"人的精力毕竟有限,像我现在当这个首席代表,再看好的东西也不可能亲力亲为。如果有谁恰巧和我想的一样,正好我出钱他出力,一旦做成了,且不说投资回报这些有形的东西,单就与他人共同实现梦想而言,也能给我带来极大的满足感。"

裴庆华留意的却是谢航刚才那句话,他问:"为什么是'也'想? 你在考虑做投资?"

谢航一惊,正不知如何遮掩过去却又被简英口中冒出的人名吓一跳,简英说:"还有那个 Robert,他其实没什么钱,但他看中了大山子那片老厂区未来的前景，问我愿不愿意支持他一下。我就想，有的人有眼光有能力，而我算是有点儿小钱，如果能携手同行也许可以互相成就。"

虚惊一场的谢航很快镇定下来，对裴庆华解释说："我是问简英，会不会像硅谷那些人一样也做投资。"

裴庆华的注意力已经转到简英身上，他不放心地问："我不清楚你所谓的小钱是什么数量级，但无论大小都是你这些年攒下的辛苦钱，还是应该谨慎些，自己的钱打水漂就不只是心疼了，搞不好会要命。才说想做一个找朋友的网站，又要和别人一起开书店，总不能想起一出是一出。"

简英不以为意："我即便真投钱肯定也是小打小闹的那种，当然不会把身家性命押上去。再说可以几个人合伙投嘛，庆华你就算了，你的身家已经都在汉商网里。谢航，你有没有兴趣？少买一套房子就够投几个小项目了。"

正失神的谢航竟毫无反应，胳膊被简英碰一下才回过神，简英又问一遍她仍没作答，只是报以淡淡一笑，思绪依然沉浸在她已经思考多日的问题中。

裴庆华刚和简英、谢航分开坐进出租车，手机就响了。他以为是舒志红，结果是萧闯，萧闯坏笑道："跟舒志红在一块儿呢？没打搅你们吧？"

"没有，我刚和朋友吃了顿饭。"

"哟，谁呀？我认识吗？"

裴庆华不便对萧闯提及谢航，就说："嗯……你认识，简英。"

"就你们俩？没别人？"

"嗯。"裴庆华后悔刚才真不如随便说个萧闯不认识的人，如今只好硬着头皮一口咬定。

"哟，你和简英聚得挺频繁嘛，真不知究竟是舒志红心大还是你心花。"

被萧闯的阴阳怪气搞得不胜其烦，裴庆华没好气地说："你少胡说八道，根本不是你想的那样。"

"哟，恼羞成怒了？果然被我说中了吧，哈哈。"萧闯有点儿夸张地笑过之后忽然严肃道，"老裴，我可要提醒你一句，根本不是你想的那样。"

"什么意思？我想的哪样？"

"你跟简英在一起是不是感觉就好像和十多年前一样？特温馨、特亲近、特舒服？别傻了，你跟简英没戏，甭瞎耽误工夫。"

"你想哪儿去了？简英都结婚了。"

"这跟结婚与否没关系。就算简英至今没结婚也没男朋友，你跟她照样没戏！"萧闯感慨道，"都说男人无情，其实分手后男人总还有那么点儿旧情难忘，往往还惦记着藕断丝连；可女人跟男人不一样，分了就是真分了，完全彻底、一干二净，别指望她回头。她就算跟你联系也只是为了验证你确实不是东西，她跟你分手是对的。唉，真不知道谁更长情……"

裴庆华笑道："你这是又受什么刺激了，找我有正经事没有？"

"老裴，你跟简英的问题在于你们俩太像，你跟舒志红的问题在于你们俩太不像。但问题归问题，你跟简英已经完全不可能，跟舒志红倒应该再努努力，毕竟你条件一般，要想再找个比舒志红还好的未免不太现实，你就甭惦记其他人了。"

"你有完没完？我挂了啊，跟你才真是瞎耽误工夫。"

"别别，有正事。好久没关心你，刚闲得无聊我就上你的汉商网转了转，才发现老裴你有两下子，汉商网已经搞得……那词儿怎么说来着，对，风生水起。"

难得被萧闯夸赞，裴庆华心花怒放之余尽量矜持地说："顶多算是初具规模吧。其实我正发愁呢，已经上线将近一年可成长得比预期慢很多，有点儿看不清方向。"

"汉商网现在日活和月活的会员数在什么数量级？每天的 PV 到多少了？"

"怎么着，你打算在汉商网投广告？你要真有兴趣我回去把最新的数据统计一下告诉你。"

"汉商网每个月的广告流水大概多少？"

"不太稳定，好的时候能到五六十万，差的时候嘛也就三十来万。"

"广告都是你亲自去谈？客户都是你拉来的？"

裴庆华笑呵呵地说："对啊，你要是有客户介绍给我，谈妥了我给你提成。"

萧闯不接茬，继续问："你的广告客户是以大品牌为主还是以中小品牌为主？"

"这你在汉商网上看看不就清楚了？大品牌就是华研那么两三家，主要还是中小品牌，苍蝇再小也是肉嘛。"

萧闯停顿片刻转而又问："你们跟其他网站有什么合作没有？"

"当然，主要是各种形式的资源置换，大家都没多少现金，只能穷帮穷。"

"我是说在广告业务上，你们和其他网站合作过吗？"

"广告业务上？我不太清楚你所指的合作是什么。"

萧闯沉吟着："看来汉商网还没和其他网站在广告上有过合作……"

"你神神道道问这问那到底想了解什么？"裴庆华虽说有些不耐烦但并没多想。

"向你学习一下嘛，取取经，你别紧张。"

"怎么，你也要做网站？你做网吧不是富得流油吗。"

萧闯一本正经地说："做事业不能光盯着钱，应该有更高的追求，所以我在考虑转型。"

"看来你是钱赚够了，我还差得远呢，等汉商网什么时候彻底解决了温饱问题步入小康，我再跟你探讨更高的追求吧。"

直到收起手机，裴庆华仍没搞明白萧闯这通电话到底有何用意，回想一番也不觉得自己透露给他的东西蕴含什么价值，不禁有些好奇萧闯所说的转型究竟是什么。苦思无果之后他只好放弃，反正眼下他根本没精力顾得上关心萧闯，还是等萧闯把东西做出来再看吧。

　　Robert 再次驾临上海巡视中国区业务，对谢航而言更合适的字眼是巡幸。俩人坐在金茂君悦 87 层的九重天酒廊，于三百多米的高处俯瞰着脚下的黄浦江和芸芸众生，谢航的头一阵眩晕。她喝了口果汁，喃喃地说："我想离开了。"

　　Robert 看一眼谢航的脸色又看一眼手中的威士忌，说："好吧，给我五分钟，等我把酒喝完。"

　　"我是说，"谢航莞尔一笑，"我想离开盈孚。"

　　"什么？"Robert 惊愕地睁大眼睛，"为什么？！"

　　"你忘记新年时所说的话了？"谢航眉毛一挑，反问道。

　　"我说过我会尊重你。"Robert 歪头想了想，"你认为我做得还不够好？"

　　"不是指这个。"见 Robert 一脸茫然，谢航不由叹口气，"看来你已经忘了。你说过，我可以向你提一个请求。"

　　"当然没忘，但如果你的请求是让我允许你离开，我不会答应。"

　　谢航又笑一下："我说的是离开我现在这个位置，不是离开你。"

　　Robert 盯了谢航好一阵才说："做我的直接下属令你不舒服？"

　　"这只是原因之一，而且远非最主要的原因。"

　　"最主要的原因是……？"

　　"Bob，其实你可能已经有所觉察，我到盈孚中国区才一年，可我却感觉仿佛过了好久，说实话我已经有些厌倦。我不想再重复已经重复过很多遍的日子，我想尝试换一种生活。"

　　Robert 困惑地问："你究竟是在谈工作还是生活？"

　　谢航反问："对我而言，这两者有区别吗？"

"你究竟想做什么？"

"我有个梦想，可以去帮助其他人实现他们的梦想。"

Robert 双眉紧锁："你想去做慈善？"

谢航笑着摇头："你曾经提到盈孚考虑在中国设立一个风险投资基金，用于扶持科技领域的创新公司。Bob，我想请求你让我来全权负责这个基金的运作。"

Robert 沉默不语，忽然瞥见谢航旁边椅子上的电脑包，立刻笑道："难怪你要带电脑来陪我喝酒。我刚才还在想你真的是学不会享受生活，我又没说要讨论下个季度的预测，你带电脑干什么？好吧，让我看看你都做了哪些功课。"

谢航被说得有些不好意思，只好打开笔记本电脑调出一份 PPT 开始讲解："新浪上个月在 NASDAQ 上市，听说网易和搜狐也快了，这说明中国的互联网公司是可以被国际资本市场认可和接纳的。所以我认为在中国设立风险投资基金的时机已经成熟，我们应该着重于投资互联网领域的成长期公司。我希望第一期基金的规模在五千万美元，主要做 A 轮和 B 轮投资，大概可以投十到二十个目标公司……"

Robert 打断道："如果在 C 轮、D 轮不退出而要等到被投公司上市，这个周期可能要五年甚至更久，第一期五千万大概两年内投出去，所以很快就得着手募集第二期基金，否则手里就没有子弹了……"

"这正是盈孚领头做这个基金的意义所在，以盈孚的实力、地位和眼光，肯定有很多投资人愿意加入做 LP（有限合伙人），我对后续几期的募集有足够信心。"

Robert 面无表情地瞟一眼谢航："五千万美元按两个百分点收取管理费，意味着你和你未来的团队一年的费用预算才一百万美元。再看看你现在，整个盈孚中国区一个月的全部花销几乎就有这么多。Abby，你真的准备好了？不仅无法维持你现在的收入水平，恐怕还要过苦日子。"

谢航有些悲壮地点头："我很清楚，其实和那些迫切需要投资的创始人一样,我也是在创业,不可能仍住高端公寓,不可能仍坐商务舱,但对我来说这些都不是问题。"

Robert 耸下肩膀:"虽然这个基金将挂盈孚的名字,但它与盈孚中国区没有任何隶属关系,你不可以继续使用盈孚的资源包括办公室,这些你能接受?"

"Bob,我刚才已经说了,其中一个原因就是我不想再和你保持上下级关系。虽然你未来作为投资委员会的核心成员仍然将和我有机会共事,但至少不会像现在这样密切和直接。我不希望因为我们的关系而影响到你,毕竟盈孚的董事们不会乐于看到在你的工作与感情之间存在利益冲突。"

"看来你确实已经做好准备,"Robert 淡淡地跟一句,"但市场并没准备好。你最近留意过股票市场的动态吗?"

谢航摇头:"我对盈孚的股价不太关心,毕竟我去年刚加入公司,给我的期权价格已经很高,说实话我没指望能有多少赚头。"

Robert 从西装内兜里掏出签字笔,随手拿过酒杯下面的杯垫,谢航以为他要画股价或指数的走势图忙凑过来看,结果 Robert 又是在涂抹毫无意义的线团。他边画边说:"如果真想去做投资,你每天最关心的就应该是资本市场正在发生什么、将要发生什么。就在两个月前,3月13 号到 15 号三个交易日纳斯达克连续每天狂跌超过百点,虽然起因是生物制药类股票的调整,但已经波及互联网乃至所有科技类公司。你知道这意味着什么? 牛市已经结束,泡沫开始破灭,投资人的信心已经变为担心,美梦即将化作噩梦,你觉得此刻是做风险投资的好时机?"

谢航的心陡然一沉,暗想自己思考数月的重大决策竟如此生不逢时,难道职业生涯的关键转型注定胎死腹中? 她见 Robert 已经把整个杯垫勾画得再无空白之处,就像看护顽童的母亲一样本能地把自己的杯垫递过去。Robert 一愣,抬眼看谢航,谢航的脸不禁红了,忙问:"你估计会有多久?"

"你指什么?"

"纳斯达克的调整会持续多久?什么时候会重新开启新一轮牛市?"

"我怎么知道?"Robert 又耸下肩膀,"这就是市场,在市场面前我们都是渺小的、愚蠢的。"

谢航不肯就此放弃,继续游说:"在市场不好的时候我们正可以从容挑选最优质的项目,并且可以用比较低的估值买入他们的股份,这未尝不是个好时机。"

Robert 断然摇头:"投资人要的是在尽可能短的时间内获得尽可能高的回报。介入市场的时机一旦不合适就会有漫长的等待期,而随后的资金募集就不只是难易问题,很可能关乎能否存续。难道你希望自己管理的基金只有一期便寿终正寝?"

谢航毫不掩饰失望,沮丧地问:"你打算什么时候开始寻找我的继任者?"

"Abby,不要让情绪控制你的头脑!在帮你找到更好的出路前我不会让你离开。如果你决意要去做投资,起码要具备一个卓越投资家最宝贵的品质,那就是耐心!"

谢航郁闷之极,她伸手把 Robert 的酒杯抓到手里,将里面的威士忌一饮而尽。

进入 6 月之后,裴庆华留意到商务楼里有好几家公司都陆续搬出,他估计人家要么是租约到期,要么是公司扩张便没往心里去,直到物业的蔺经理登门才知道这里面有事。蔺经理平日不常在楼里转悠,到各家公司叨扰更是极其罕见。裴庆华去物业交过几次租金的支票,每次都见蔺经理伏案练毛笔字,专注的样子很是儒雅。

蔺经理坐下后便问裴庆华:"裴总,要开大学生运动会这事你知道吧?"裴庆华点头,想不出这与自己有何相干,蔺经理又说,"明年 8 月开,距离现在还有一年多点儿。这届大运会意义可非同小可,现在是什么世纪？二十一世纪;这届是第几届？第二十一届,你说巧不巧。从咱们这儿往北马路对面正在盖的就是大运会运动员村,咱这位置,绝对黄金地段啊。"

裴庆华心头一沉,不由紧张道:"您的意思是要……涨租金?"

"我倒是想,哈哈。"蔺经理一摆手,"要办这么重大的国际性综合赛事,周边环境肯定得整顿,该清理的清理、该改造的改造,要不然多给国家丢面子。市里布置到区里,区里布置到街道,街道来咱这儿一评估,得,咱这儿没达标,必须先清理再改造,要以全新的面貌迎接大运会的召开。"

裴庆华大吃一惊:"啊,您是要让我们搬家？我们刚搬进来九个月,又得再找地方?"

"不是我让你们搬,是上边儿,而且不单单是你们,这楼里大大小小的公司都得搬,动手早的已经搬了。"

"他们早得知消息了?"裴庆华不满道,"您应该一视同仁,为什么不同一时间通知各家公司?"

"这些天忙得我啊,肯定有照顾不过来的,裴总您多担待。好在您公司不大,才八十多平方米,到哪儿还不容易找个见缝插针的地儿?"

裴庆华直跺脚:"就是因为面积小,地方才不好找,很多商务楼都不肯把空间打隔断分开租,我们找了好多家才找到这儿的。你现在搞突然袭击,短时间内我们上哪儿找地方?"

"裴总,话可不能这么说,不是我对你搞突然袭击,是我被上边儿突然袭击。本来房子租得好好的,人家一看说不行,房子不能租了,有重大火灾隐患,限期整改,我又该找谁说理去？算了,咱们都是有觉悟的人,得知道顾全大局,有什么困难咱们都各自克服吧。"

裴庆华心里搓火但也只好认命,转而问道:"咱们之间是押三付三,我刚付了三个月租金,没住够时间的那部分你得返还给我吧?"

"那当然,你租满一个月我退你两个月,你租满两个月我退你一个月。"蔺经理随即口风一变,"不过押金我可不能退你。"

"凭什么?!"裴庆华一听就炸了,"租约规定如果是我单方面提前退租才算违约,才会把押金转作违约金。现在是你单方面提前终止租约,我没算你违约找你要违约金就算客气,你倒要扣我的押金?!"

"问题是我没想让你们提前走,是人家不让我继续租了,咱们都没违约,这叫不可抗力。"

"我没有任何过错,凭什么要我承担损失?!"

蔺经理笑了:"裴总,你没损失呀。等我这边整改达标你们再回来就不用另付押金了吗。"

"什么?! 你把我们撵走,等我们刚在新地方安顿好再让我们搬回来,那我跟人家的租约签多长时间合适? 如果提前走,人家不退我押金怎么办? 你这叫挥之即去、招之即来,想得太美了吧?"

"如果你们日后不回来续租,这押金我肯定没法退给你。因为我得花时间另找租客,要是三个月之内都没找到新租客,这损失当然得用你的押金来补。"

"岂有此理! 什么混账逻辑!"裴庆华猛地起身,把办公室里的所有员工都吓得大气不敢出。裴庆华指着蔺经理说道,"你这房子存有火灾隐患不符合消防规定,你却把它出租牟利,我可以告你蓄意欺诈!"

蔺经理显然老于世故,丝毫不为所动,很平静地问:"裴总,至于吗? 总共才多少? 不到两万块钱吧。有这工夫您干点儿什么不能挣出来,犯得着打官司?"

裴庆华的眼睛简直要喷火:"两万! 你说得轻巧,为这两万我得求爷爷告奶奶讨饭似的讨回四五个单子。别看一个单子才四五千块钱,照样得加班加点把人家的广告做好喽,万无一失放到网页上,然后还得给人家简报点击量统计,再等三个月的账期这笔钱才能拿到手。辛苦挣来的钱凭什么白白让你坑了?!"

蔺经理站起来往外走,扭头说:"秀才遇见兵有理说不清,我不是来跟你吵架的,就是通知你一声。你还是抓紧找地方搬家吧,晚走一天我就少退你一天租金。"

裴庆华冲蔺经理的背影喊："别以为练练字就是秀才,你这是抢钱,是强盗!"

接下来的几天裴庆华马不停蹄跑了不少单位,一方面是找地方搬家,另一方面是找地方说理,搬家的事初见眉目而说理却始终上告无门。他满头大汗回到办公室就见舒志红坐在他的位子上,茅向前和卢明见他进门也都围上来问这问那。

裴庆华端起杯子又放下,埋怨舒志红:"把水喝光了也不知道再倒上,要是我姐在肯定凉杯水等着我……"

舒志红原本满心欢喜终于等到裴庆华,却劈头盖脸挨句数落,气不过便说:"要是简英呢,肯定得端着水喂你吧?"

裴庆华正心烦气躁忍不住要发火,卢明已倒一杯水递过来问:"到底找好地方没? 老茅和我都问两遍了。"

将整杯水一饮而尽,裴庆华示意卢明再去倒满,说:"新的办公室基本定了,就在西边的卫星大厦,翠宫饭店对面。知道吧,咱们运气真不错,恰好有家公司搬走,面积不大不小正合适。只是……"

舒志红忙问:"只是什么?"

"只不过朝向不太好,把角儿,西北角,只有朝西和朝北的窗户。搬走那家跟我讲这房间风水不好,害得他们没生意,只能喝西北风。"

"迷信!"舒志红立刻一撇嘴,"风水和生辰八字之类的都是糟粕,别理它!"

卢明附和道:"就是,那帮人自己不行,拉不出屎赖茅坑,对吧老茅?"

茅向前对"茅坑""茅房"这类称谓一向抵触,鼻子里哼一声,什么也没说。

裴庆华接道:"就是,我偏不信那个邪。咱们下礼拜就搬过去,越早离开这地方越好。"

舒志红问："找到这家物业公司的上级单位了吗？"

"把我的鞋都快磨烂了，到学院路和双榆树两个街道办事处，还有东升乡都去问过，总算弄清楚这个楼属于东升乡管，但他们说已经承包给这家物业公司，具体经营上的事情他们不便介入，让我有纠纷找法院。"

茅向前嘀咕："这物业公司是集体性质？"

裴庆华把空水杯往桌上一蹾："我问了，是集体性质，但又转包给这个姓蔺的个人，所以黑咱们的钱直接进他个人腰包，他当然能黑一笔是一笔。"

茅向前又问："这楼里其他公司呢？也都由着他扣押金不退？咱们几家公司可以联合起来，不能任人宰割。"

"已经搬走的联系不到了，还没搬走的我都去问过，有的吞吞吐吐语焉不详，有的说这点儿小钱就算了，还有的打算临走把房间里能毁的都毁掉，押金就当损坏赔偿，让姓蔺的一分钱都剩不下。这纯粹是气话，消防整改之后他本来也得重新装修，毁不毁都一样。对了，接待我的人还特意强调迎接大运会是政治任务，让我不要因一己私利而影响大局，大概就是怕咱们把事情搞大吧。"

舒志红气愤不已："曝光这个姓蔺的！发动舆论声讨他，把他名声搞臭看谁还会租他的房子！我这就在骑牛网发帖子。"

"算了，我不喜欢把自己的事嚷嚷得满世界都知道，如果谁遇到恶心事都放到网上让大家替他评理，那咱们一天到晚得看到多少恶心事。"

卢明咽不下这口气："不能就这么算了，咱们也不是好欺负的！"

裴庆华沉吟道："我再想想，还有什么办法没有……"

"还能有什么办法，去求那个姓蔺的？有用吗？真去法院告他，有用吗？"舒志红连声发问，一副哀其不幸、怒其不争的样子。

裴庆华没回话，卢明看一眼茅向前，想说什么又没说。

过完周末回来上班，卢明一见裴庆华便凑到近前小声说："这口恶气算是出了！"裴庆华莫名其妙，卢明冲电话机努嘴，"您给姓蔺的拨个电话。"见裴庆华不为所动，卢明干脆伸手抓过电话机撤下免提键，熟练地按了十一位号码，然后看一眼裴庆华又看一眼电话机，掩饰不住得意之色。片刻后响起一个女声："您拨叫的号码是空号……"

　　卢明一愣，旋即又拨一遍，听到的仍是同一个提示，不禁嘀咕："奇怪，刚才还是'已关机'呢……"

　　皱着眉头看半天的裴庆华问道："你怎么有蔺经理的手机号？而且记得这么牢。"

　　"那当然，我这两天拨过不少次，早背得滚瓜烂熟。"说完，卢明嘿嘿一笑。

　　裴庆华恍然大悟，眼睛一瞪："你小子是不是给姓蔺的打了不少骚扰电话？"

　　"嘁！我哪儿有那么多闲工夫陪他玩儿，就是上下午各打一次验证下效果。"卢明神秘地遮住嘴巴说，"我估计这几天祖国各地得有一万人给他打电话，尤其是晚上。"

　　"你把他的手机号发到网上了？哪个网站？汉商网?！"裴庆华惊愕不已。

　　"嘁！我能干那种没有职业水准的事吗。您忘了，我手里可掌握着一支庞大而且很有战斗力的水军，那么多论坛可以用，干吗用汉商网？"卢明脖子一梗，自豪地说，"咱汉商网如今不缺这点儿流量！"

　　"你让水军发的什么帖子？怎么会有这么多人打他手机？"裴庆华越发疑惑。

　　卢明瞟一眼周围，然后在裴庆华耳边低声吐露两个字："招嫖！"裴庆华目瞪口呆，卢明兴奋地说，"这广告效果绝对好，转化率奇高，而且特安全。人家一听是个男人接的立刻就挂掉，他都来不及问人家是怎么知道他号码的，哈哈……"

　　吃过午饭，裴庆华收拾东西准备出门，卢明听到动静立刻问道：

"您是要去物业吗？"裴庆华点头，卢明缠着说，"我想跟您一起去，得亲眼看看姓蔺的倒霉成什么样。"裴庆华稍作犹豫还是答应了。

到物业办公室推门进去，平素被蔺经理用来练书法的会议桌旁空无一人，桌上空空如也。裴庆华问办事员："蔺经理不在？"

办事员冲里间一扬下巴："在呢。"

裴庆华敲敲里间的门，传来一声慵懒的"请进"，两个人走进去见蔺经理瘫坐在转椅里，只抬手一指旁边的沙发，算是请坐。

卢明见蔺经理如此萎靡不振，禁不住有些喜形于色，裴庆华瞪他一眼，转而问蔺经理："我们明后天搬家，租金什么时候结算一下？还有关于押金的事，应该全额退给我们吧？"

蔺经理连眼皮都不抬："你们哪天搬清我们哪天验收，该退的租金月底给你。至于押金嘛还是那句话，你们日后回来我欢迎，不用再付押金；如果你们不回来，那不好意思，押金就甭惦记了。"

裴庆华刚要据理力争，不巧一串手机铃声响起，蔺经理探手从桌上拿过手机，懒洋洋地说："喂……对，是我，……没错，是我的新号，刚才发短信就是通知一声……"

等蔺经理挂上电话裴庆华问："你手机换号了？号码多少我记一下。"

"反正你们马上要搬走，真有什么事就打我们物业的座机，手机号留不留无所谓。"

卢明嬉皮笑脸地问："我特好奇，手机用得好好的怎么突然换号？如今手机号就像身份证号一样重要，所有亲戚朋友同事客户都得通知到，多麻烦，谁会动不动换号玩儿，肯定是遇到什么事了吧？"

裴庆华心头一震，再看蔺经理，果然迎头撞见两道阴鸷的目光。蔺经理看一眼裴庆华又看一眼卢明，片刻过后冷冷地问："是你们干的吧？"见两人都没有任何反应，蔺经理接道，"抵赖没用，装傻充愣更没用，就是你们，没跑儿！我早就想好了，谁平白无故跟我打听手机号的事就是谁干的！我等了大半天，终于把你们等来了！"

蔺经理如此嚣张令卢明有些发怵，裴庆华倒很坦然。蔺经理越说越气，在椅子上坐直身子，用手指点道："你们缺不缺德啊，使这么损的阴招！昨天孩子上补习班提前出来，我手机关机，老师怎么打也打不通，急得孩子直哭。你们干的这叫什么事！"

裴庆华平和地回应："不打不成交，就是想跟你讲明白一个道理，君子爱财取之有道，凡事都有个度，别太过分，尤其不能欺负老实人。老实人挣这点儿钱不容易，你要生生把钱抢走，也未必如你想的那么容易。"

蔺经理一拍桌子厉声说："少来这套！你再威胁我试试！谁怕谁啊！喏，这屋的座机号你有，我这个新手机号也可以给你，你就让他们接着打电话，大不了我再换号。你那两万来块钱休想拿回去一个子儿，反正我已经遭了一回罪，我倒要看看你能让我换多少次号。"

房间里好一阵沉默，裴庆华忽然扭脸对卢明说："明白了吧，恐吓也是一门技术活。什么最可怕？没发生的事最可怕，因为不知道会是什么样的后果，越想越吓人。举起来的鞭子比抽下去的鞭子更有威慑力，因为抽下去虽然疼但他已经知道有多疼，也就不那么害怕。"裴庆华站起身，仿佛蔺经理不存在一样，只管拉着卢明向门口走，继续谆谆教导，"应该先说后做，你是先做后说，效果当然不行。被骚扰不得不换号确实很烦，但他已经知道有多烦，再来几次也扛得住。"

蔺经理被裴庆华的举动搞得有些莫名其妙，正无意识地目送两人离开却不防裴庆华忽然转身对他说："你该去接孩子了吧？中关村三小那里不好停车，最好早点儿去。"

蔺经理像被蜇了一样猛地从椅子上蹿起，质问道："你怎么知道我孩子上中关村三小？"

裴庆华默默把里间的屋门关严，笑容可掬地对蔺经理说："以后你要是忙不过来，我可以找人替你接孩子。要是像昨天那样联系不到你、孩子被坏人拐走了，你得急成什么样子？"

"你……你就是坏人！"蔺经理急赤白脸地嚷道。

裴庆华摆出一副推心置腹的体贴："换手机号容易,给孩子换学校就没那么容易了。三小是多好的学校,你费那么大劲搬到科育社区 76 号楼 3 单元,再想换个好的学区房肯定也不容易吧。"

蔺经理一怔,嘴唇哆嗦着说："你恐吓我! 我这就报警!"

裴庆华稳步走回来又稳稳坐回沙发上,看一眼蔺经理又看一眼电话机,脸上挂着耐人寻味的微笑,见蔺经理还呆立着便热心提醒道："要报就抓紧时间,赶紧把这事处理完好去接孩子,什么事也比不上孩子重要,你说对吧?"

蔺经理颓唐地坐下,掏出一支烟递给裴庆华,见裴庆华不予理睬只得撂在桌上,叹口气说："犯得着吗? 不到两万块钱的事,你至于使出这种手段?"

"是啊,我也不理解,就为了区区两万块钱,你犯得着成天为孩子提心吊胆?"

房间里一阵难挨的沉默,蔺经理忽然起身走向门口,卢明有些紧张,裴庆华却像没看见似的摆弄手机。蔺经理拉开门大声吩咐道："小李子,汉商网他们后天搬家,你现在就算一下,预付的租金该退多少,还有押金,一块儿开张支票给他们!"

他走回桌前有些难为情地对裴庆华说："我也是没办法,整座楼要停业大半年,可我要交的承包费他们一分都不肯减,我找谁说理去?"裴庆华很是同情地陪着叹口气,没说什么。

下楼时卢明跟在裴庆华身后一句话不说,寂静的楼梯间只有两人的脚步声。裴庆华转头看一眼卢明,笑道："怎么,还紧张呢?"

卢明偷觑一眼裴庆华又迅速地低下头,过一会儿才小声说一句："您比我狠!"

十五
/
群口相声更引人注意

　　裴庆华正准备上床睡觉,忽然听到一阵急促的敲门声,他的第一反应想到是舒志红。可这力度与手法实在不像,他一边纳闷一边趿拉着鞋走到门口问道:"谁啊?"

　　"我!"门外传来一声不耐烦的低吼,裴庆华听出是萧闯。

　　门一开扑面而至的是一股浓烈的酒气,萧闯一只手撑着门框一只手叉着腰,翻着眼睛问:"就你自己?那谁没在?"

　　裴庆华不禁皱起眉头:"你这是喝了多少?要问也该来之前问吧。"

　　萧闯径直往里走,嘟囔道:"我的家都不能想回就回了?什么世道!"

　　自从公司搬去知春路,客厅和大卧室一直没重新添置家具,空荡荡的客厅里只有裴庆华之前睡过的行军床,上面凌乱地堆着不少杂物。萧闯四下看看,烦躁地把东西往旁边挪了挪,一屁股坐在行军床的一端,却不防床的另一端立刻跷起。裴庆华抢步上前,一只手撑住萧闯一只手压住行军床,总算把人和床都稳住。萧闯嘴里骂骂咧咧,但这一惊吓倒让他的酒醒了大半。

裴庆华拖过一把折叠椅打开,坐在萧闯对面问:"你从哪儿过来?喝酒还敢开车?"

"我没开车,打车来的,车扔在五道口了。"

"这么晚怎么想起来这儿?"裴庆华笑道,"不会是喝得忘了家在哪儿吧。"

萧闯瞪着满是血丝的眼睛反问:"老裴,你信吗?你能想得出来吗?"不等裴庆华反应,他忽然发出撕心裂肺的一声喊,"谢航,跟了她的洋老板了!"

裴庆华被这话震得在折叠椅上晃了一下,难以置信地问:"'跟了'?什么意思?你是指……?"

萧闯颓唐地低下头:"就是那意思,她跟老外……好了。"

"你怎么知道的?"裴庆华惊问,"你刚才跟谁喝的酒?谢航?"

"她,她还能跟我喝酒?老裴你说醉话呢吧。"萧闯咧开嘴露出一脸凄惨的苦笑,"雷岷,就是他告诉我的。"

"雷岷?"裴庆华更是惊讶不已,"你和他怎么凑到一起了?当年你们俩应该算是地道的情敌吧。"

"所以那孙子绝对不会放过戳我心窝子的机会,一个比一个混蛋!"

裴庆华顾不上琢磨雷岷、谢航还有那个老外的混蛋指数此刻在萧闯心目中究竟如何排序,他的思绪都在谢航身上。自从五一节聚过那次之后再未见过,印象中连电话也没打,他从谢航那里不曾察觉到任何蛛丝马迹,因此无从知晓谢航是否真的和她老板好上了、何时好上的以及好到何种程度,不由怀疑道:"雷岷的话靠谱吗?也许他是蓄意编出来伤害你和谢航。"

萧闯睁大眼睛很费力地想了想,摇头说:"不像,我看那孙子受的伤害不比我小,说着说着眼泪鼻涕全下来了。"

"他怎么知道谢航和她老板……那什么了？"

萧闯让裴庆华倒杯水来，喝一大口之后说："雷岷是这么跟我讲的，盈孚给咱们学校捐了个实验室，这么大笔捐款肯定得搞个捐赠仪式，雷岷就是在仪式上见到谢航和她老板的……"

裴庆华惊愕地打断："谢航总不会大庭广众跟她老板怎么样吧？"

萧闯皱起眉头盯了裴庆华好一会儿才说："你想什么呢？除了他们俩盈孚还有其他人在场，谢航怎么可能有任何举动。"

"所以雷岷凭什么断言谢航和她老板有事？"裴庆华质疑道。

"你听我说嘛。仪式上和后来的聚餐雷岷都没找到机会和谢航搭话，但他参与接待，所以清楚谢航他们住在王府饭店。这孙子晚上就去找谢航，说是替学校送礼物……"

"礼物纪念品之类的都应该在仪式上当场交换吧，用得着他大晚上跑人家酒店去送？"

萧闯翻个白眼："丫在我面前当然得编个理由嘛，还能实话实说他就是去找谢航套近乎。"

雷岷在萧闯面前确实有所保留，他去找谢航之前并没想好堂而皇之的借口，就那么一时冲动鬼使神差地去了。在王府饭店门口想和出租司机理论车费为何比他预想的要贵，竟然一眼瞥见谢航和她老板齐曼正巧从车前方闪过，往街上去了。他赶紧结账下车，刚要叫住谢航又忽然改了主意。谢航和齐曼并排沿着金鱼胡同向东走，雷岷隔开一二十米跟着，其间谢航曾飞快地回头看一眼，把雷岷吓得忙低头遮掩。走到灯市东口，谢航他们向北过了马路，却又向西往回走，雷岷心想这俩人真守规矩，大老远非要到路口走人行横道。但很快又发现，谢航一直扭头朝路对面看，他忽然明白，谢航这是在确认有没有盈孚的人从酒店跟出来，不禁好奇心更盛。

谢航和齐曼走到和平宾馆拐进去直奔歌厅，雷岷紧跟上去正好见到两人的背影消失在门里，他刚要进去却被拦住，原来门票每人一百八十元。雷岷犹豫了，若是真有机会和谢航泡歌厅花多少钱他都乐意，但如今却是跟踪窥视谢航与别人享乐，这代价未免有些高。把门的见雷岷掏兜便耐心等待，谁知他掏出的不是钞票而是证件。雷岷解释自己是全国知名学府的团委负责人，因听闻有本校女生在该场所出没，特受学校和家长委托前来带女生回校批评教育。把门的似懂非懂，双眉紧锁摇头，雷岷又重复一遍而把门的再次摇头，雷岷问你还不明白？把门的说不花钱不让进，你还不明白？雷岷只得掏钱买了票。

歌厅里空间很大，彩灯闪烁乐声震耳，雷岷贴着墙根眯起眼睛搜寻半天，终于捕捉到谢航的身影，那两人并未下场跳舞而是围坐在场边一张高桌旁。雷岷用手遮住前额绕过去，在两人身后数米开外找到个不错的位置抵近观察。劲舞环节告一段落，DJ和领舞女郎都下场休息，上来一位男歌手开始唱《再见二十世纪》。就在场地上方的球灯剧烈闪烁中，雷岷恍惚看见齐曼探头过去亲了谢航一下。雷岷不敢相信自己的眼睛使劲揉了揉，随后不错眼珠地盯着两人。歌曲渐近尾声，场中贴着地面喷出阵阵烘托气氛的白雾，谢航和齐曼四目相对，就在璀璨的灯光照耀下、就在雪白的雾气衬映下、就在雷岷的真切注视下，谢航把脸挨近齐曼，两人深情款款地吻在一起。雷岷的心疼得几乎叫出声，他的所有念想瞬间化为泡影。想起往返车资与门票竟只换来眼前令人心碎的一幕，雷岷立刻决定要把这份痛苦与萧闯分享，还得狠宰萧闯一刀来弥补他心中的不平。

"你说，这还能有错！"萧闯一边问裴庆华一边起身扫视，"你电脑呢？上网搜一下她老板，我倒要看看她找了个什么玩意儿！"

裴庆华也默默站起来，走到小卧室把笔记本电脑打开，跟进来的萧闯抢过去打开盈孚公司的官网，盯着全球总裁的照片咬牙切齿。裴庆华问："你确定是他？"

"这还能有错！"萧闯又说一遍，"公司新闻里好几条都是他到中国的消息，来得真够勤的。我真搞不懂谢航找谁不好偏偏找个老外，一身毛儿一身味儿！"

裴庆华不禁笑道："单凭一张头像你能看出这么多内容？"

"废话！没吃过猪肉还没见过猪跑啊，老外不都那个德行?! 雷岷跟我说，那个场子里净是中国女孩傍老外的，差不多每个男老外都搂个中国妞。真想不通谢航怎么也会堕落到这一步，老裴你说她图什么？为了出国？她出国还少吗！为了钱？她钱还少吗！为了升职？她官还小吗！难道是图老外活儿好？"

裴庆华皱起眉头："别说得这么不堪，谢航图的为什么不能纯粹是情？她怎么就不能跟她老板彼此真心喜欢？"

萧闯斜睨着裴庆华："是我了解她还是你了解她？谢航有洁癖，居然能受得了又是毛儿又是味儿的洋鬼子，不是自暴自弃还能是什么？她这是糟蹋自己！"

"萧闯，退一万步说，就算谢航自暴自弃，责任在谁？"裴庆华啪地一下把笔记本扣上，厉声道，"责任完全在你！是你害得她走到这一步！"

相识多年尤其是栖身于萧闯屋檐下以来，裴庆华还从未这样对萧闯发过火，一向面对萧闯夹枪带棒的冷嘲热讽也都是充耳不闻，一笑而过，此刻竟因为谢航跟他动了气，萧闯脸上有些挂不住，质问道："老裴，你老实告诉我，你心里究竟跟谁更近，我还是谢航？"

"萧闯，你和谢航分手到现在一年多，我一直没主动跟你提过这事，感情这东西外人没资格说三道四，我更不想夹在你俩中间左右为难。但你今天既然问到我，那我就多句嘴。萧闯，谢航从来没做过任何对不起你的事，无论过去、现在还是将来，都轮不到你指责谢航！"

萧闯鼓胀着眼睛愣半天，伸出手没头没脑来一句："把你手机给我。"

裴庆华本已下意识拿起手机递过去忽又收回手："你要干吗？给谢航打电话？"

萧闯瓮声瓮气地嘟囔："她一看是我就不接，都试好几回了。"

裴庆华笑道："自作多情，恐怕谢航早把你的号码删了。她可能是不方便接。"

萧闯白裴庆华一眼："我的手机号她一辈子都不会忘,根本不用存。"

"如果她不想理你,你用我的手机打给她又能怎样?你一开口她就挂了。"见萧闯闷头不语,裴庆华又问,"你想跟她说什么?你还能跟她说什么?"

"我就是想亲口问问她,既然她连那个老外都能接受,为什么不肯重新接受我?难道我比那个老外还脏?难道她这样做就是为了恶心我?"

裴庆华把手机搁回桌上："算了吧,这话你还是别问的好,要不然今后她连我的号码也不接了。"

"那你现在就打,我不出声,你就问她跟那个老外到底是真心还只是玩玩?"

"我才不打呢。我凭什么掺和人家的私事?除非将来有一天谢航主动跟我提,否则这事我就永远装作不知道。"

"你就当是替我打、替我问行不行?我没求过你什么吧?"萧闯从未如此低声下气,"老裴,我求你一回,你替我问个明白,要不然我心里实在难受啊……"

裴庆华想了想,再次拿起手机晃一下,说："萧闯,这手机还是谢航送给我的,我当着你的面用它打给谢航,替你套她的话,而她完全蒙在鼓里。你觉得我这样做对得起她吗?"

"那我现在就去门外等着,你问完她再告诉我,这样总行了吧?"

裴庆华依然摇头："谢航找不找别人、找什么样的人,都跟你我没任何关系,我绝对不会干涉她的私人生活,更不愿被你当枪使。萧闯,请你别让我为难,你已经对不起她,我可不想也对不起她。"

"难道你宁肯对不起我?"萧闯噌地站起,"没错,这手机是她给你的,可这房子是谁给你的?我帮你帮得还少吗?现在只请你帮我个小忙你就这么推三阻四,老裴,做人不能这样吧?"

裴庆华恳切地说："萧闯,你喝多了,等完全清醒就会明白,这不叫帮忙,这是要我助纣为虐。你真的关心谢航吗,你是要向她发难! 你已经伤害过她,难道还要再伤害她一次? 既然谢航不想让别人知道她跟老板的关系,一定有她的理由,如果你对她还有一丝感情就请尊重她的意愿,不要去打搅她。我最后劝你一句,别再过问她的私事,因为……"

萧闯冷冷地问:"因为什么?"

裴庆华犹豫片刻还是决定说出来:"因为……你已经没有资格。"

萧闯脸色铁青,伸手指着裴庆华的鼻子说:"你最好也想一想,你还有几分资格住在这儿!"说完就头也不回地走了,剩下裴庆华一个人在屋里回味最后这句话,不由得惴惴不安,萧闯不会真的一气之下对他下逐客令吧……

7月的一天,裴庆华忽然接到谭启章的电话,说此时他在翠宫饭店,让裴庆华如果方便就过来坐坐。裴庆华挂上电话便出门,穿过知春路就进了翠宫饭店。助理带他走进谭启章的大套房,谭启章迎上来惊讶地问:"你怎么到得这么快?"

裴庆华笑道:"汉商网就在翠宫对面——卫星大厦,一步之遥当然快了。"

"你们搬家了?"谭启章不待裴庆华回话就嘀咕,"要知道你这么快我就该让她早点儿来,或者晚些给你电话就好了……"

裴庆华不知谭启章指的是何人,但显然是今天会面的主角,既然谭启章没挑明,他也就不多问。两人闲扯一阵就听门口有响动,随即从裴庆华背后传来一声:"爸!"

谭启章忙冲门口招手,裴庆华立刻转过头,只见一个二十多岁的女孩正笑吟吟地走过来。谭启章拉着裴庆华站起身,招呼道:"你一眼能认得出吗? 媛媛! 你们好些年没见了吧……"

谭媛冲裴庆华欠身致意:"裴大哥,不会认不出我了吧?"

望着面前的谭媛,裴庆华有种恍如隔世的感觉,他不自然地笑一下说:"可能是因为穿戴,我好像没见你穿过裙子,印象里永远是一身松松垮垮的运动服。"

谭媛笑问:"在你心目中我就一直是那种柴火妞、丑小鸭?"

"不丑!我闺女啥时候丑过,而且是越变越好看!"谭启章怜爱地拍了下谭媛的后背,"如今更是才貌双全,刚拿到硕士文凭。"

"那我更得刮目相看,失敬失敬。"裴庆华也冲谭媛欠身说,"今后请多指教。"

谭启章马上摆手:"哎,她有什么资格指教你?我让她来就是想拜托你好好指教她,就像当年教她立体几何一样。都别站着啦,咱们坐下聊。"

裴庆华顿时明白了谭启章的意图,他并未马上表态而是问谭媛:"你决定回国发展了?"

"对呀,当初就是这么打算的。"

裴庆华问谭启章:"华研这么好的平台,怎么不让媛媛直接进华研?将来可以接你的班嘛。"

谭启章挠着后脑勺说:"我倒是想,可惜啊,女大不由爹。人家瞧不上华研这摊子,说PC已经沦为夕阳产业,认准了要做互联网。"

裴庆华并未把谭启章这席话太当真,他估计谭启章的真实想法是与其过早把谭媛置于自己羽翼庇护之下,倒不如撒手让她好好历练一番。既然如此,汉商网只是谭媛的练武场,而他不过是个临时陪练,仅此而已。裴庆华闲聊似的问谭媛:"你学的什么专业?记得高中时老师曾想让你学文科,你好像不愿意。"

"我本科在国内学的计算机,硕士在美国读的是商业管理。"

"嗯,专业都很对口。你这么想搞互联网,美国可是鼻祖,怎么不在那边找家网络公司先干一阵,积累些实践经验再回国?"

谭启章插言道:"媛媛,你裴大哥已经开始正式面试,你好好表现,别吊儿郎当的。"

谭媛根本不理睬谭启章,全神贯注地对裴庆华说:"我觉得今明两年是中国互联网产业最关键的时间窗，未来的发展格局很可能就在这期间定型。这两年在中国取得的实践经验恐怕比在美国更有价值得多。说实话我已经有点儿后悔，假如早知道从去年开始国内互联网的势头这么猛，我都不应该出去读这个硕士。”谭媛忽然笑靥一展，“嘻嘻，不过现在也不晚，两年前我毕业时汉商网还没成立呢。”

裴庆华心头一紧，不由想起两年前自己还没出狱，脸上有些不自然。谭启章瞬间觉察忙正色道：“媛媛，你裴大哥说得太委婉，其实他就是想问你是不是在美国没找到工作，待不下去才回来的？”

“什么呀，净瞎说。”谭媛噘起嘴，“我根本就没在那边找工作，一份resume（简历）都没发过。”

裴庆华笑了：“如今你可是海归，我们汉商网还在初创阶段，恐怕给不起海归应得的高工资。”

“我不要高工资，裴大哥，你都可以不给我工资，真的。”

裴庆华故作严肃地说：“不给工资可不行，一是劳动法不允许，二是汉商网只有我不领工资，你总不能和我平起平坐吧。”

谭媛忙不迭地点头：“嗯嗯，那我就象征性地领一点儿工资，比如……每月五百，你看行吗？”

“媛媛，以我的了解你肯定很希望尽早独立，如果在工资之外还得找你爸妈要生活费，好像不能算独立吧？”

谭媛立马掰着手指头认真地计算，她忽然扭脸问谭启章：“爸，我每月给我妈交多少房租和伙食费合适？”

谭启章故意模仿女儿的口吻答道：“我们就象征性地收一点儿，比如……每月两百，你看行吗？”

谭媛立刻点头，又转向裴庆华：“那就每个月九百，好不好裴大哥？”

“都说天下没有免费的午餐，但我们汉商网就有，如果加班还提供晚饭。”裴庆华笑着补充。

“哦哦……”谭媛马上又默念一阵，“那八百应该就够了。”

裴庆华忙摆手:"不是在跟你讨价还价,就是宣传一下我们汉商网的福利。"

谭启章竖起大拇指:"这福利真实惠,怎么想起来的?"

"你忘了,咱们当年在科贸中心中午的盒饭也是华研免费提供。算是继承传统吧,汉商网最先是我姐负责给大家做饭,搬家后我出钱给大家买盒饭。"

谭启章不由唏嘘:"唉,公司小有小的好处,像个大家庭,有人情味儿。如今华研员工怎么吃午饭我都不清楚,是发饭卡还是饭补?各子公司、各地区恐怕各有各的章程,我都搞不懂喽……"

谭媛显然对怀旧毫无共鸣,她挺兴奋地说:"裴大哥,都谈好了那我等一下就跟你回公司上班吧。对了,以后你别叫我媛媛,工作场合不够正式。"

"那叫你什么? 谭媛,感觉不够亲切。"

"你可以叫我英文名字,Yvette,记住没?"

裴庆华默默念叨几遍:"太拗口,算了还是叫你谭媛吧。"

谭启章站起身说:"媛媛,不计较报酬是对的,作为一个刚步入社会的新人关键在于长本事。再一个我丑话说在前头,既然裴大哥肯要你,你就要有长期打算,要能吃苦,多经历些挫折,别三天两头打退堂鼓,听见没有?"

"听见啦,啰唆死了!"谭媛不耐烦地摆手。

谭媛跟着裴庆华从翠宫饭店出来,穿过知春路就进了卫星大厦。等电梯时,裴庆华忽然笑了,谭媛纳闷地望着他,裴庆华说:"我刚才出去是一个人,回来就变成两个,招人从来没这么顺利过。"

"我不算是你招来的,是我投奔你,你算收容或者就当大街上捡的我。"

"别这么损自己,好歹我给你当过几天辅导老师,贬低你也就是贬低我。"

进了电梯谭媛又问:"今天是我有生以来第一天上班,可我什么都没带,是不是不够正式?"

裴庆华瞥她一眼:"你的意思是我对你的到任接待得不够隆重?"

谭媛一吐舌头,出了电梯实在忍不住又说一句:"我发现你这八年的变化比我从高中生到硕士生的变化还大。"

"是吗?"

"你自己可能感觉不到,一直跟你在一起的人也未必看得出来,只有我这样隔好些年再见你的才能发现。"

裴庆华没搭话,他心里清楚,这八年里没有谁一直跟他在一起,一个都没有。

走进办公室,裴庆华拍拍手说:"大家先停一下,咱们汉商网又来了位新伙伴——谭媛,刚从美国回来,商业管理的硕士。这几天她先熟悉一下各方面的情况,然后再分派具体工作。大家欢迎!"

掌声中谭媛向大家点头致意,然后冲裴庆华会心地一笑,两人心照不宣,之前的渊源还是暂且不提为好。

卢明像闻见腥的猫似的立马凑到谭媛身边,俨然一个热心提携新进的前辈说这说那。过一会儿卢明领着谭媛走到裴庆华桌旁说:"庆华哥,我对面一直没人坐,堆了不少东西,我收拾出来让谭媛坐那儿吧,这样我给她介绍情况也方便。"

裴庆华瞟他一眼:"那些东西本来就是你堆的吧,早该收拾了。"

卢明讪笑一下,心花怒放地跑去收拾了。谭媛说:"咦,这个称呼不错,以后我也叫你庆华哥。"

萧闯在亚运村附近找到一处规模不大的中档写字楼,租下其中的半层把公司搬了过来。当初的头一位员工兼创始合伙人郭胖儿已然成了郭经理;瘦头陀硕士毕业后放弃了赴美深造的计划,成为目前学历最高的员工兼创始合伙人,称呼也转正为鞠经理;阿甘刚把本科文凭混到手,成为目前最年轻的创始合伙人,不过公司上下仍然都叫他阿甘。

经过将近一年的苦心经营,萧闯他们的上网导航和众多插件已经占领了超过百万台电脑的浏览器主页和桌面,据估计当时全国能上网的电脑大约五百万台,所以萧闯对外宣称每三台电脑里就有一台被其所覆盖,这说法倒也不算太夸张。手中有了这等筹码再物色广告客户就相当顺利,有太多公司都梦寐以求自己的品牌能在上百万台电脑的屏幕上闪耀。但萧闯仍不满足,主页再重要毕竟也只是一个页面而已,就好比一座豪宅的大门再璀璨夺目人家也是一迈步就进去了,谁也不会望着大门发一天呆,所以还要占据里面的各个房间。而从主页进去便是大大小小的网站,萧闯从年初开始四处联络各类中小网站的站长,希望组成一种广告联盟,就是联合起来寻求广告资源,把广告同时在各家网站上投放,然后再根据点击量或转化率统计分成。主意虽好却应者寥寥,因为萧闯单靠上网导航的名气远不足以服众。站长们虽说日子大多过得青黄不接,但仍怀疑萧闯鼓吹的这个联盟能否成事,最具代表性的顾虑便是跟着你就能有广告找上门、人在家中坐广告费就能进账?面对质疑萧闯磨破了嘴皮子还是收效不大。

这天中午在慧忠路上的餐馆吃完饭回到公司,照例进入午休时间。萧闯因为从未正经上过班,前些年在家散漫惯了,反正股市午间也休市,便一直保留着学生时代睡午觉的习惯。瘦头陀他们刚毕业更乐得如此。萧闯喜欢热闹,也是为了彰显兄弟亲密无间,所以几个人共用一间大办公室。阿甘像只猫似的伏在会议桌上打盹,瘦头陀则一直盘踞长沙发。萧闯仰在转椅里、双脚跷在写字台上闭目养神,只有郭胖儿斜靠着电脑桌用耳机听广播,他自打上学时就每天中午听曲艺节目。

几声轻微的窃笑令一向神经衰弱的萧闯睁开眼睛,他抬头看看,嘟囔道:"是郭胖儿吧,又听评书呢?这么好笑,还是单田芳的《隋唐》?"

"不是,单口相声,刘宝瑞的《珍珠翡翠白玉汤》。"

萧闯打个哈欠慨叹道:"这都多老的段子了……刘宝瑞,我出生那年他就死了,三十多年过去还是没人赶得上他。"

郭胖儿附和:"没辙,单口相声最难说,对口相声这些年也再没出过大师,越来越不景气喽。如今谁还听相声,全都看赵本山二人转

"去了……"

"你刚说什么？"萧闯心思一动。

"我说赵本山、二人转……"郭胖儿一脸懵懂。

"不是这句，再往前！"萧闯把脚放下来，坐正身子。

"我说相声不景气……没大师？"郭胖儿有些紧张。

"也不是这句，还得再往前！"萧闯急道。

"我说……单口相声最难说……"不只是郭胖儿，连阿甘和瘦头陀都抬起头困惑地望着萧闯。

就听啪的一声，萧闯猛拍桌子站起身："对，就是这句！单口相声最难说！我想问你们，为什么？"

那三个人隔着不近的距离你看我我看你，责任最终落到最懂曲艺的郭胖儿头上，郭胖儿嗫嚅道："因为……就一个人，没人捧，特容易冷场。"

"对啊！咱们这几个月就是在说单口相声！难怪那些站长听半天仍然无动于衷，因为没气氛吗！我再问你们，什么相声容易说？"

阿甘迷瞪着眼睛答道："当然是双人相声，一个逗一个捧。"

瘦头陀一撇嘴："你梦见双人舞了吧？那叫对口相声！"

郭胖儿摇头："还有比对口相声更容易的，那就是群口相声，一群人你一言我一语，不管业余还是专业的谁都能上去说。"

"没错！但我要再问一句，一群人凑一起干什么能比说群口相声更引人注意？"

阿甘眼睛里闪现光芒："一群人打游戏？"

"错，一群人打群架！还说什么群口相声，直接群殴！你们信不信，这样会招来最多的人围观，立马成为关注热点，咱们想不火都难。"

瘦头陀最先领悟："闯哥的意思是……找个对立面，跟他在网上打口水战，看热闹的肯定多，没准儿能搞出个新闻事件，这样关注咱们广告联盟的人就会多了。"

"可上哪儿找对立面呢？"郭胖儿发愁，"要是真有对手咱们也不至于说了几个月单口相声。"

萧闯把郭胖儿和瘦头陀都招呼到会议桌旁坐下，目光灼灼地说："咱们造一个对立面！或者说，从咱们自己身上分裂出一个对立面，让这俩打得不可开交，其实是咱们在左右互搏。"

三个人都恍然大悟，随即四个脑袋凑作一堆好一顿商议，等一切运筹已定，阿甘却嘟囔道："咱们这么干……合适吗？总感觉有点儿阴暗……"

瘦头陀一脸不屑："俗话说得好，'兵者，诡道也'，这叫计谋而且是阳谋，将来可以作为教科书公之于众的。"

萧闯白他一眼："这可不是俗话，是孙子他老人家说的。"

瘦头陀一笑："我知道，就是觉得孙子这俩字不好听。"

"怎么不好听，又不是装孙子的孙子，人家是真孙子。"萧闯转而做阿甘的思想工作，"我估计你之所以觉得阴暗是认为咱们在骗人，一人分饰两角，把所有人都蒙在鼓里。那我问你，电影算不算骗人？特技算不算骗人？人们不是照样花钱进电影院受骗。被咱们骗的人损失什么了？我不仅不要那些站长掏钱，还巴不得给他们分钱！阿甘，这不是欺骗，这是在做市场，纯属正常的造势手段。"

"咱们虽然没骗他们钱，可至少骗了他们的感情、骗了他们的信任。"

"阿甘，你这就属于钻牛角尖了。凡事应该看结果而不该拘泥于过程中的条条框框。咱们让他们知道并接受广告联盟，让他们早日获得收益，用收益把他们的网站越办越好，咱们不仅是在积德，更是在为中国创造一个繁荣的互联网世界！"

郭胖儿有些不耐烦："阿甘你要不愿意干脆别掺和这事，先忙另外几个活儿。"

"不行，阿甘必须参与，我连他的角色都设计好了。"萧闯拍拍阿甘的肩头，"你就本色出演一个淳朴善良的小网站站长，我们每波攻势前都把脚本给你看，你把真实感受告诉我们，我们再相应调整，保证打动每个站长的心。"

2000 年 8 月底,在一个名为"站长之家"的中小网站主论坛里,有位个人网站的站长发出一篇长帖,声泪俱下控诉"创盟天下"这家网络广告联盟的斑斑劣迹。据这位站长所述,他在轻信了创盟天下极富诱惑性的宣传后成为联盟会员,把创盟提供的广告放到网站主页两侧,原本并未指望有何效果,谁知竟在一个月后收到创盟汇来的两百元钱。尝到甜头的他又试着用创盟的资源做了个漂浮广告放到页面上,第二个月竟收到三百元!他干脆把通栏和旗帜广告位都拿出来放了创盟提供的广告,甚至下狠心做了最令网民反感的弹窗。眼看自己当月将要有近千元进账,可是就在结算日的前一天却被创盟判定广告点击作弊,不仅白白放了一个月广告、近千元收益泡汤,而且被创盟封杀。他花了大把时间精力与创盟沟通理论但无济于事,哀叹自己一世清白却被创盟认作恶意欺诈。身心俱疲的他痛定思痛,醒悟创盟原来采取的是欲先取之必先予之的策略,先用头两个月的及时付费作为钓饵诱骗他把全部广告资源交给创盟,创盟却在此时狠下杀手,污蔑他点击造假,剥夺他应得的收入,最后他泣血呼吁广大同仁抵制创盟天下这个骗子。

首先出现的跟帖大多是问广告联盟是啥东西?楼主当然懒得解释;也有不少站长惊呼两个月五百差不多够虚拟主机费用了,真有这么好的事?楼主气愤地说要不然我也不会上当;有人质疑楼主莫非真的造假了?接着有人问啥叫点击作弊?楼主先斥骂楼上的楼上定是创盟的马甲跑来诬陷,又给楼上解释常用的点击作弊有哪些并指天发誓自己从没干过。

很快在另一家论坛又有人发帖戳穿创盟天下虚假宣传,说创盟天下号称旗下已拥有上万家网站会员,其实刚成立不到半年的创盟至今会员数将将三千,而且公司管理混乱难以为继,已经两个月没开工资。该楼主说着说着便透露出自己刚从创盟离职,强调发帖并非出于泄私愤而是为公义。

一时间类似的帖子满天飞,站长们纷纷讲述自己花钱花时间养网站的不易,而创盟天下竟然黑心骗取站长们的信任,实属十恶不赦。有专业网站特意做了汇总和跟踪报道,门户网站都有转载,各色人物粉墨登场争相发声,创盟天下乃至广告联盟这种新生事物都被推上风口浪尖。几乎就在同时,又出现不少帖子或明或暗提到有家叫互联时空的公司也在做广告联盟,不知道怎么样,站长们不妨试试。帖子里立刻有人骂你是互联时空的托儿吧,发广告也不看地方。

这时创盟天下终于打破沉默走上台面,痛斥互联时空采用不正当手段挖走业务骨干,而该骨干又以创盟客户和前员工的口吻发帖抹黑老东家,同时贴出那个站长点击作弊的证据,并表示虽然销售人员在营销中确有夸大其词的现象,现有联盟会员数确实不到一万,但正以每个月上千家的速度增长。互联时空当然不会忍气吞声,也跳出来指责创盟天下自己不干净反而对其横加污蔑,两方都竭力扮无辜、博同情,却把相关论坛搅得乌烟瘴气,反正论坛巴不得有热点吸引眼球,几个帖子都被加精置顶还做了专题。群魔乱舞固然热闹但围观者很快疲劳厌倦,而新的热点层出不穷,不到一个月就被人淡忘了。

作为创盟天下和互联时空两家公司背后的操盘者,萧闯团队是在五洲大酒店摆的庆功宴。酒酣耳热之际,萧闯举杯做了一番总结,此次貌似互黑实为自黑的闪电战取得的直接成果包括:第一,众多中小网站站长在两家公司互泼脏水的过程中充分了解了广告联盟;第二,站长们普遍产生了一个错觉,那就是广告联盟模式已成气候,因为似乎很多网站已经不是这家联盟便是那家联盟的会员;第三,虽然这两家公司看来都不是好鸟,但不妨碰碰运气,不少站长干脆同时申请加入两家广告联盟。而这正是萧闯最希望看到的结果。

十六

作死也比等死强

　　盛宴过后一觉醒来,萧闯却有些落落寡合,因为不仅不能像瘦头陀断言的那样把如此精彩的战役作为教科书公之于众,甚至除团队之外连个能分享喜悦的人都没有。虽说王者向来孤独,但那指的是可以与之匹敌的对手,至于为其欢呼喝彩的群众还是应该有一些的。这么一想,萧闯便想到了裴庆华。

　　一听萧闯要请他吃午饭,裴庆华就说没时间。萧闯又问那晚饭呢?裴庆华说忙得没心思撮饭,有事就在电话里说。萧闯的好兴致大受挫伤,嘟囔说没什么事,就是想跟你聊聊。裴庆华登时紧张,忙问别是要把魏公村的房子收回去吧?萧闯一听乐了,说对呀,你要是不陪我聊就赶紧另找地方住吧。裴庆华没好气地说聊就聊,你晚上到汉商网来,吃饭就算了。

　　萧闯跟郭胖儿他们吃到挺晚才散,把剩菜打个包就从亚运村到了知春路,到汉商网时只有裴庆华还在。萧闯把塑料袋往桌上一撂,打量几眼办公区说:"这卫星大厦看着还行嘛,起码门卫挺负责,我说是送外卖的照样非让我登记不可。"

裴庆华把几个打包盒翻看过后拣出一个往微波炉里放,嘴上说:"这京酱肉丝要是有卷饼就齐了……"

萧闯盯着微波炉端详片刻惊问:"这是从我魏公村的家搬来的吧?"

"这有什么好大惊小怪。"裴庆华反而一脸诧异,"物尽其用,难道不可以?"

"可以,太可以了。"萧闯咽口唾沫,用手一指裴庆华,"我算是看透了,你是真不拿自己当外人。"

裴庆华不理他,从微波炉中端出京酱肉丝,把塑料袋里的一次性筷子掰开搓搓,瞟一眼萧闯就开吃。

萧闯又一指裴庆华:"行,你吃你的我聊我的,两不耽误。哎,前几天网络广告联盟打的那场架,你关注了没?"

裴庆华心不在焉地摇头:"没。"

萧闯失望之余又不甘心:"创盟天下和互联时空掐得那么厉害,互联网圈子里这么大的事你竟然不知道?"

"知道,但没关注。"裴庆华淡淡接道,"狗咬狗一嘴毛,有什么好关注的。"

萧闯被噎得直瞪眼:"这两条狗都是我……养的。"

这下轮到裴庆华一惊,忙抬头问:"什么,两个广告联盟都是你搞的?"

萧闯得意地重重点头,随即迫不及待把整起事件从策划到执行再到成效生动详实地叙述一遍,最后意犹未尽地说:"怎么样,精不精彩?也就是你,一般人我不告诉他。"

裴庆华把饭盒扔进纸篓,用纸巾擦擦嘴:"这有什么,我们老家赶集的日子类似的事不少见。一家人故意摆出两个摊位,既有像你这样互相攻击引人注目的,也有竞相杀价让买主误以为捡便宜的。你不是一向瞧不起农民吗,其实你用的这招就是典型的农民智慧。"萧闯全然没料到一番精妙演绎只换来一声倒好,愣怔之际又听裴庆华数落道,"看在这盒剩菜的面子上我再送你一句,这次你可真开了个坏头,以后就别再干了,咱们搞的是互联网,不是互掐网。"

此刻,萧闯直后悔自己根本就不该来,非但显摆不成反而自取其辱,他恨恨地生了阵闷气才说:"我不跟你一般见识,就问你一句,广告联盟这种模式怎么样?"

"挺好,为数众多的中小网站苦于拉不到广告,而很多中小企业也找不到地方投广告,广告联盟把零散的资源整合汇聚,把资源的价值最大化挖掘出来,这对互联网的发展绝对有意义,说是里程碑也不为过。"

这席话令萧闯一扫刚才的委顿,两眼直放光:"哎呀妈呀,得到你一句肯定实在太不易了。这么说你也非常看好广告联盟?想不想参与?"

裴庆华并未明确回答,而是延续自己的思路说:"关键在于推广速度,必须抢在门户巨头介入之前就形成足够大的规模,这样才不会被新浪或雅虎后来居上。"

"我就问你想不想参与?"萧闯不耐烦地追问。

"我?是我本人还是汉商网?"

"当然是汉商网。你们也加入广告联盟吧,创盟天下或者互联时空都行,要不干脆俩都加入,反正是一回事。你把汉商网的广告位都给我,我给你投放广告,你就坐等分账,怎么样?"

裴庆华笑着摇头:"广告联盟不适合汉商网。刚才我已经说了,你的市场在于中小型网站尤其是个人站点,而汉商网属于大型专业平台,广告既是收入来源也是网页内容的重要部分。想想看,如果华研在汉商网投放一个星期的旗帜广告,大张旗鼓宣传他们的新款笔记本电脑,结果你的广告联盟偏巧在旁边放的是恒基伟业的'还不拿起商务通?快扔掉笔记本吧',这不是砸场子吗!华研能不找我算账?所以汉商网的广告只能我们自己来做。虽说没有二八定律那么极端,但汉商网一多半的广告客户只贡献了一小半广告收入，这的确是事实。尽管如此，这些芝麻我也得亲自去捡，没办法，我就是受累的命。"

"我们替你放什么广告当然可以先由你审核确认，这些细节问题不难解决。"萧闯狐疑地皱紧眉头，"老裴，凡事都非得自己做，不至于这么排斥合作吧。"

裴庆华倒很坦诚："没错，广告对于汉商网至关重要，我实在不放心交出去。我看过创盟天下的宣传语，也明白确实有天上掉馅饼的好事，但我更相信靠天靠地靠别人都不如靠自己，创业本来就是自讨苦吃，我不会图省事贪轻闲而把命交到别人手上。"

"我是别人吗？"萧闯翻着眼睛气哼哼地说，"我是你的贵人！你那么苦的命白给我都不要！"

萧闯坐进车里就给郭胖儿打电话："喂，你叫上瘦头陀和阿甘，待会儿公司见，有事商量。"

郭胖儿明显不太情愿："现在？都十点了，前一阵天天熬通宵，刚想早点儿上床……"

"废什么话！给你们在亚运村租那么贵的房子就是让你们随叫随到。"萧闯恶狠狠地说，"我顶多二十分钟进公司，你们仨要是有谁比我到得晚，立马滚蛋！"

一刻钟之后萧闯就到了，他在电梯里不禁有些后悔，万一真有哪位动作不够利索比如阿甘，难道就因为这点儿小事自断臂膀？但毕竟一言既出驷马难追，看来今后狠话还是不说为妙。

电梯门一开，萧闯的心便放下了，只见三个人正懒洋洋地靠在公司的玻璃门上闲扯。他故作生气地问："早到了为什么不开门？"

阿甘眼皮都不抬地嘟囔："我们仨说好，我们晚到我们滚蛋，你晚到你开门。"

萧闯一下子乐出声："行，挺公平！以后都这么办。"说着掏出钥匙单腿跪地去开弹簧门的地锁，阿甘于心不忍正想代劳，却被瘦头陀和郭胖儿坏笑着制止。

围着会议桌坐定，萧闯开门见山："广告联盟造势很成功，但只是万里长征走出关键的一步，后面的路更难走、仗更难打，咱们谁也不能松气。叫你们来就是要连夜商量一件大事，如何迅速把广告联盟做大？"三个人面面相觑，心说这哪是一朝一夕的事，明天再商量也不迟，暗地对萧闯如此想起一出是一出都平添几分怨气，便集体沉默以示抗议。萧闯见状只好点将："郭胖儿，你说。"

"咱们眼下已经算是在迅速做大吧，虽然每月千家网站加盟的说法确实是吹牛，但每天新签十几二十家没问题，没有哪家广告联盟达到咱们这样的速度和规模。"

"那是因为他们的实力都比不上咱们，但如果大佬们醒过味儿了呢？我想问，如果明天新浪或者雅虎下决心做广告联盟，他们需要多长时间追上咱们？"

郭胖儿想了想："三个月？"

阿甘摇头："用不了，人家可以投入比咱们多十倍的人力财力，咱们用十个月，人家可能只需要一个月。"

"尤其是咱们前半个月那场造势，确实收到了启蒙和教育市场的效果，但很可能同时也把巨头们叫醒了。"瘦头陀神情愈发严峻，"何况广告联盟都不是排他的，已经加盟咱们的那些站长恐怕第一时间都会去尝试大型门户搞的东西。"

"所以也许连一个月都用不了。"萧闯忽然抬高调门，"如果他们此刻正在连夜准备明天开战，你们还能睡得着觉？咱们离死亡只剩不到一个月，你们还想睡觉？就不怕睡死过去！"

三个人都被萧闯的话所震撼，对死亡的恐惧化作临战的紧张与兴奋，齐声问："那咱们怎么办？"

萧闯用力一挥手，斩钉截铁甩出两个字："排他！"

"排谁？"阿甘以为自己听错了。

"谁都排！凡是不跟咱站在一起的，一律排斥在外！"萧闯一指瘦头陀，"刚才你说广告联盟都不是排他的，这是谁定的规矩？凭什么？我就是要排他，我就是要独大，我就是要垄断！要让所有网站都只能加入我一家广告联盟，要让所有广告主都只能通过我这家联盟投放网络广告，这样就没人能取代咱们，咱们就能竖起一道高高的壁垒，把所有眼前的与潜在的竞争者统统排斥在外。"

三个人再次沉默，只有日光灯镇流器发出恼人的嗡嗡声。好一阵过后阿甘才慢吞吞发问："开放与共享是互联网最重要的基石，搞排他不符合互联网的原则吧？"

萧闯最怕阿甘钻牛角尖，他有些激动地反问："那种空话你也信？我问你，你只有一双眼睛，在某个时间只能浏览一个网页，这是不是排他？互联网领域的竞争归根结底就是争夺网民的眼球和时间，争取最大限度的独占，这是不是排他？你想对竞争者开放、与竞争者共享？幼稚！"

瘦头陀似乎认为阿甘的迂腐和萧闯的疯狂同样不可理喻，他冷冷地说："我不在乎该不该，我只关心能不能。搞排他式的广告联盟，会不会是……作死？"

"作死也比等死强！"萧闯话锋一转，"何况我是讲策略的。先易后难，先软后硬。第一步，先对中小网站尝试排他性加盟；第二步，再对中小广告主尝试排他性合作；第三步，最终把被断掉粮草的大中型网站统统收入囊中。"

郭胖儿问："对那些站长怎么搞排他？要求他们限期终止与其他广告联盟的合作？否则就把他们踢出去？"

"那不成'排我'了。都踢出去咱们就成了光杆司令，难道是自己玩儿？"萧闯笑道，"与其威逼不如利诱。马上对加盟的网站实行分级制，凡是承诺不加入其他广告联盟的给予特别优待，名字我都想好了，叫尊享会员，分账比例加倍、结算门槛减半，如果从咱们一家拿的钱比其他家总和还要多还要快，站长们肯定乐意只跟咱们合作。尊享会员尝到甜头很快就会有示范效应，推广以后自然成为事实上的排他。"

郭胖儿兴趣大增："我明白了，对广告主也搞区别对待，凡是只给咱们投放广告的收费减半……"

萧闯见阿甘摇头便问："你有不同想法？"

"嗯——广告主和网站站长关心的不一样，站长惦记的是挣钱，但企业市场部或广告公司负责媒体采购的人惦记的是花钱，你帮他省钱未必讨好，不如帮他尽快把钱花出去，关键是看效果。"

萧闯冲阿甘竖起大拇指："你上路很快嘛。对广告主咱们就是要用效果说话，先不惜代价把点击率和转化率都做上去，然后要求广告主限期表态，对于仍然与其他网站或广告联盟合作的广告主，一定要让他的广告效果出现断崖式下跌，看他敢不就范！"

阿甘问："你说的是'做'？"

"没错，就是要'做'，先期帮他把业绩做得高高的，如果他不选择只跟咱们合作，就立马把他的业绩再做下来，一定要狠狠给他点颜色看，让他逢人便讲咱们的厉害。"

"咱们可是专门打假的，但凡站长在广告点击上作弊一律杀无赦，现在咱们自己要造假？"

萧闯咄咄逼人地盯着阿甘："怎么，是不是又违背你的原则了？"

阿甘窘迫之极不知如何作答，瘦头陀已经不屑地白他一眼，径直问萧闯："不管是给尊享会员甜头还是给广告主做业绩，都需要花钱，那可是大把的真金白银。闯哥，咱们玩儿得起吗？会不会把自己玩儿死？"

低头默想一阵萧闯才回答："我决定了，这次要把全部身家都押上去，明天我就去把房子抵押了，不成功便成仁！大不了咱们四个一起变回穷学生！"

整个办公室被一种悲壮的气氛所笼罩，郭胖儿最先受不住压抑，问道："第三步呢？头两步付出这么大代价就是为了收拾大中型网站？"

"对！咱们的版图中就缺这一块。比如我今天去的汉商网，人家自认为有能力独立寻找广告资源，不肯与咱们为伍。与他合作的几家大公司咱们虽然无法撼动,可一旦那些中小企业接受与咱们排他性合作、不再向汉商网直投广告,少了这部分收入的汉商网肯定无法维持,只能转而投靠咱们的广告联盟。有汉商网这类大型专业网站加盟,咱们的地位才算稳固,城墙才够高、壕沟才够深,才能让雅虎这样的巨头在觊觎广告联盟时先仔细掂量掂量。"

阿甘的眉头皱得更紧:"闯哥,我印象中你和汉商网的老板关系很铁,是我记错了?"

"没错,我和他是好得不能再好的朋友,今天我本来是去劝他加盟,但他不肯。没办法,既然他不见棺材不落泪,那我就让他见一回棺材!"

"如果他还不肯加盟呢?"

"那就让他……进棺材!"萧闯刚咬牙切齿地说着,突然发现三个人面色有异,便问,"你们干吗这么看着我? 认为我不够朋友、冷酷无情? 错了! 我这是在帮他! 明明是条死路还不如让他早死早托生,大不了来咱们公司干嘛,我还能不收留他。他从监狱出来到现在住的都是我家。我问你们,为什么互联网比其他行业发展快? ……就因为每天都有成百上千的网站死掉! 纳斯达克的暴跌就像原始森林的野火,把枯枝败叶烧干净好让新芽破土而出。每一片生机勃勃的非洲草原靠的都是杀气腾腾的狮群,处于食物链顶端的物种对于整个食物链负有不可推卸的责任,那就是杀伐,把不适宜生存的个体淘汰掉,没有个体的消亡就没有种群的兴旺。所到之处寸草不留,顺我者昌逆我者亡,你们觉得这是残忍? 错了,这是替天行道! 只有这样才有生机勃勃的互联网!"

屋子里鸦雀无声,萧闯正考虑如何缓解气氛,冷不防肚子忽然一阵咕咕声大作,他笑着骂一句,随后说:"走阿甘,我请你去宏状元吃夜宵。"郭胖儿和瘦头陀一听就炸了,直喊闯哥凭什么呀,你偏心眼儿。萧闯恨恨地说:"刚才我开门时你俩的小动作以为我没看见? 没收拾你们就算我客气,还想蹭我夜宵。"那俩人连忙作揖赔礼,发誓再也不敢了,萧闯这才乐呵呵地答应。

坐在车里萧闯忽然问:"慧忠路、大屯路这带总共有多少家餐馆?"

最瘦的瘦头陀食欲一向最好,他接茬道:"这可说不好,今天开两家明天关一家的,但估计上百家应该有。"

萧闯伸手向前方漫无目的地一指:"咱们今天定个目标,等把这些家餐馆都吃个遍,我就请你们到华尔街开洋荤!"

刚进 11 月,明明是供暖前最难熬的时节,汉商网的每个人却都惊喜地觉察到春天仿佛突然降临。好日子到得如此措手不及、如此毫无征兆,以至于裴庆华他们彼此间不得不再三确认,才终于断定这并非一己错觉。是的,汉商网苦苦等候的东风就这样咣当一声迎面而来。

最先的利好来自于几家中小型消费电子厂商,纷纷问询广告位的情况,在得到仍有位置投放的答复后立刻要求签约,连价格都不问。迟来几步的便开始埋怨汉商网不一视同仁,只顾抱联想、方正和华研的大腿而忽视其他品牌的诉求,像旗帜和通栏这样的位置从不拿出来让大家分享。有的客户在电话里咆哮,难道我们的钱就不是钱吗,骂得卢明只好来问裴庆华能否把通栏裁成三截。一旁的茅向前直接牛气地否决,说那样还叫通栏?随后更猛的一波来自中小型广告公司,简直像抢似的搜刮一切广告位,每个人都急吼吼地问这两个月还能不能投,似乎只要撑过年底便万事大吉。有家广告公司负责媒体采购的直接登门,守着裴庆华的电脑从首页到频道页轮番检视,不住地问能不能把这个广告撤下来让给我们,要赔多少违约金我们替你出,搞得裴庆华左右为难,一个劲地道歉,对方最终拂袖而去。

一方面累并快乐着应对广告客户,另一方面便是踌躇满志地筹划未来。裴庆华让谭媛做了份预测,照这势头推算 2001 年汉商网全年的广告收入肯定突破一千万大关。一千万,做梦也不曾梦见的数字啊!摆在眼前的就是必然的选择——迅速扩张。卢明问扩张有两个方向,一个是广度一个是深度,咱们先朝哪个方向?裴庆华极具魄力地回答:

两个方向一齐扩！从去年说到现在的设立上海和深圳分站的事不能再等，而且甭叫什么分站，干脆开分公司；深度嘛就是进一步丰富内容，马上招聘更多的专职编辑。卢明问招多少？三十？裴庆华想了五秒钟说：一百！谭媛惊呼，一百人全年工资就得五百万，广告收入的一半就没了。裴庆华微微一笑：多了一百位专职编辑，广告收入还会只有一千万？茅向前说整个网站的基础架构得调整了，不然很快就要撑不住。裴庆华潇洒地一摆手说，不就是花钱嘛，你带着谭媛做份预算，技术的事你负责，价格的事她去查。

要下楼吃午饭等电梯的时候，裴庆华一直盯着谭媛，谭媛诧异道："庆华哥你干吗这么看我？"

裴庆华笑着反问："你没发现吗？"

谭媛更加莫名其妙，忙整理一下头发和衣襟："发现什么？"

"汉商网的好运气是你带来的，你是我的小福星。"

"真的吗？那我太荣幸了。"谭媛喜滋滋地接道，"我爸也老这么说。"

裴庆华错了，其实直接为汉商网带来这场"好运气"的并非谭媛，而是萧闯。此刻的裴庆华更无从预见这波红火不仅是昙花一现，简直是回光返照，就在不远处等待汉商网的是肃杀的寒冬。

就在11月初，萧闯已开始实施计划中的第二步，让中小广告主猝不及防地品尝到有无广告联盟的天壤之别。经过一个半月辛苦地"做"效果之后，创盟天下和互联时空突然联手终止了与部分广告主的合作，而这些广告主都有一个共同特征，便是他们在与广告联盟合作之外，也自行物色一些适宜网站投放广告。此轮突袭对这些广告主是致命的，前两个月靓丽喜人的广告业绩倏然变脸，广告的点击量大幅下滑，而注册率和签到率更是跌得惨不忍睹。广告主惊愕之际只得疯狂寻找新的投放资源来填补广告联盟撤出后遗留的巨大空白，这才是汉商网一夜之间忽然变成香饽饽的背后原因。但这种仓促间凌乱投放的广告自然无法取得之前萧闯他们精心"做"出来的效果，面对巨大的落差广告主们不得不慎重考虑广告联盟开出的条件:要么给我做要么自己做。中小广告主们一直以为自己这个客不算小,如今却赫然发现广告联盟这个店已经大到足以欺客,经过此番博弈,绝大多数识相的广告主都已然清楚自己其实没得选择。

退潮如同涨潮一样毫无征兆,拐点在 12 月份突现,就在短短一个月前刚软磨硬泡从汉商网拿到广告位的中小客户竟像商量好了似的集体毁约!电话再次响个不停令人应接不暇,不过这次不是下单而是撤单,所有内容如出一辙,都是一句"鉴于我司明年广告策略调整,于即日起终止与贵司的广告合作,请尽速与我司办理结算和退费事宜"。震惊与慌乱之际,裴庆华急于探究这到底是怎么了,广告商们心中既有对汉商网的亏欠更有对广告联盟的怨气,纷纷如实相告。听到创盟天下和互联时空这两个名字,一个人的形象登时浮现在裴庆华脑海里——萧闯!但他顾不得向萧闯发难就得马上采取紧急补救措施,他一连发出三道指令:立刻召回设立上海和深圳分公司的人马;立刻冻结公司员额不再招人,业已发出录用信但尚未到岗的一律取消;立刻搁置网站服务器搬迁和升级计划。裴庆华神情严峻地对几位骨干说:"眼下的问题不再是明年年底能否做到一千万,也不是能否实现保底三百万,而是咱们还能不能活到明年年底!"

谢航正巧在北京,骑牛网组织了一个职场成功女性沙龙,冲着舒志红的面子,谢航责无旁贷前来捧场。晚上在盈科中心的座谈刚结束,舒志红就把谢航拽到角落里,面色铁青,劈头盖脸来一句:"你们家萧闯还算人吗?"

想到自己奔波一场连个谢字都没听见却遭抢白,谢航很不高兴,她脸一沉:"你说什么呢?他和我有什么关系!"

舒志红自知失言但已顾不上许多便接着说:"萧闯搞的广告联盟已经把庆华逼得无路可走了!"见谢航愣怔着毫无反应,舒志红急道,"怎么,你还不信?"

“不是不信,是不懂。广告联盟是什么?老裴做的不是叫汉商网吗?”

舒志红先做个深呼吸,再把事情原委大体讲述清楚,谢航听罢二话不说掉头就往门外走,舒志红连喊两声不见回应,只得立在原地生闷气。

谢航极不情愿地再一次踏足罗马花园,按下门铃后竭力抚平心绪静静等候。门开了,一位六十多岁的女人盯着谢航反应一下才开口:“是谢航啊,有一年多快两年没见了吧?差点儿没认出来。这么晚怎么想起到我们家来了?”

谢航面无表情地问:“萧闯在不在?”

一位老者也走到门口张罗道:“真是谢航,萧闯还没回来呢,你进来坐吧。”

谢航没动地方:“他手机一直关机,你们知道能在哪儿找到他?”

萧闯母亲说:“可能在公司忙吧,具体我们也不清楚。”

“他晚上回不回来?”

萧闯母亲从上到下又扫一眼谢航,答道:“这可说不好,有事忙到太晚经常就在外边住了。”

谢航不禁皱起眉头,什么也没说就回身走向电梯间。

把门关上后萧闯母亲气呼呼地说:“本来挺好的孩子,现在怎么变成这样,一点儿礼貌也没有,连声‘阿姨’都不叫。”

萧闯父亲叹口气:“可能是有急事吧,没顾上。”

“再急也可以说句‘再见’吧?”

“唉,你挑这些理儿干吗?原本都不是外人。”

“我说的就是这个,本来挺亲热挺和气的,现在变得这么生分,你看她脸拉得多长。哎,你发现没有,她不如以前好看了。”

萧闯父亲又叹口气:“是萧闯对不起人家,你还指望人家给咱们好脸色?”

萧闯母亲立刻表示气不过:“你凭什么一口咬定是咱们萧闯对不

起她？"

"凭啥？知子莫如父！"萧闯父亲说完就扭头进屋了。

萧闯母亲冲老伴的背影一撇嘴："你要么说，那我也想起一句——有其父必有其子！"

谢航向简英打听到萧闯公司在亚运村的具体位置，赶过去却吃了个闭门羹，办公室早已空无一人。她气急败坏正要再次拨打萧闯手机，萧闯的电话却先到了，她接起来冷冷地问："你在哪儿？"

"我听爸妈说你到家找过我，刚才简英给我短信说你找她要了我公司地址，就想问问你有什么事？"

谢航再次追问："你现在在哪儿？"

萧闯明显不高兴了："你究竟有什么事？为什么总是非要知道我在哪儿？"

"我有话要当面问你。"

"哦，那你在哪儿呢？"

"我就站在你公司门外。"

"嗨，那咱们离得不远，还记得大屯路这家洗浴中心吗，当初老裴刚出狱带他来洗过澡。我刚蒸完桑拿，你就在那儿别动，我马上就到。"

谢航听萧闯居然如此大言不惭地提起裴庆华，立刻厌恶地挂断电话。

很快萧闯便出现在谢航面前。可能是因为新近大功告成，也可能由于刚做过深度护理，更可能是因为与谢航久别重逢，萧闯显得格外容光焕发。他把整个办公区所有的灯都打开，似乎灯火通明方能体现隆重。他一边让座一边倒水一边絮叨："不知道你要来，要不肯定让他们先打扫打扫。这可是你头一次光临我的公司，对了，本世纪咱们还是第一次见吧？"

谢航没有半点儿寒暄的意愿，她竭力克制情绪问道："你为什么要这样做？"

萧闯一愣,四下看看,困惑地问:"我做什么了?"

"你为什么要对老裴釜底抽薪?你抢走他的广告客户,让他怎么活?!"

萧闯眯起眼睛看了谢航半天才说:"真是想不通,你大老远从上海赶过来,大晚上心急火燎地找我,就是为这事?他自己还没找我,你却跑来对我兴师问罪。"

"我问你,老裴哪一点儿对不起你,你为什么偏偏针对他?"

"你错了,我根本不是针对他,我是要把像汉商网这样的专业网站都逼到我的广告联盟里来,不管它叫什么网,更不管它的老板是叫老赔还是老赚。"萧闯忽然想到什么,目光凛凛地说,"还记得当年他是怎么利用你说漏嘴的话,发动价格战打击你们 IEM 的吗?我也曾经第一时间替你打抱不平,你知道他怎么说?他说关系再好也得一码归一码,这就像一竿子打落一船人,偏巧你在船上,纯属误伤。如今这些话我正好原封不动地奉还给他。巧了,我也是误伤,谁让他偏巧在那条船上。这叫什么?这就叫报应!"

"报应?你居然也信报应?"谢航冷哼一声,"那你为什么还一再伤害跟你最亲近的人?首先伤害的是我,现在伤害的是老裴,你身边亲近的人还剩下谁?你不觉得这也是报应?"

"我没想伤害你,是你非得离开我!"萧闯忽然变得激动,"老裴也一样,我没打算伤害他,如果他趁早答应加入我的广告联盟,会有今天吗?现在他也随时可以来投奔我,我还能不给他口饭吃?"

"你明明知道以老裴的秉性他不可能来投奔你,更不会讨你一口饭!"

萧闯一耸肩膀:"那就别怪我了,他既然那么硬,有本事就'顶硬上'。"

谢航口气和缓下来,喃喃地问:"难道你不清楚老裴走到今天有多难吗?"

萧闯眼睛一瞪,反问道:"谁容易?那些关张的、倒闭的哪个不难?

就唯独他裴庆华难？凭什么他就该有免死金牌？"

"你就不能对老裴网开一面？允许那几家公司继续在汉商网放广告，对你的大局没什么影响吧。"

"你对我网开一面了吗？我认了错也道了歉，可你原谅我了吗？给过我机会吗？"萧闯越说越气，"咱们二十一个月没见了，从进门到现在你关心过我一句吗？你怎么不问我走到今天有多难？你一口一个老裴，他跟你什么关系？我这地址是简英告诉你的，她都没来替老裴说情，你倒头一个来了，有没有搞错？你可是我的前女友，简英才是老裴的前女友！"

谢航辩解道："那是因为简英还不知道你对老裴干了什么。"

萧闯立马抄起桌上的电话塞到谢航面前说："你现在就打给简英，一五一十甚至添油加醋地告诉她，咱们就在这儿坐等，我倒要看看简英会不会半夜杀过来。"

全然没料到萧闯会有这一手，谢航盯着眼前的电话发愣，她忽然有些含糊，简英究竟会不会真像自己一样冲过来替裴庆华讨说法？如果以简英与裴庆华的渊源尚不至于这样做，那自己的行为莫非确实有些出格？

萧闯看出谢航心虚气馁，立刻趁势叫嚣道："谢航，坦白告诉你，其实直到见你之前我内心对老裴还真有那么点儿愧疚，觉得不太对得住他，但你刚才跟我说的这些话只会让我开始恨他！"

谢航不由自主地打个哆嗦，感到一阵彻骨的寒意。她站起身像面对一个陌生人似的审视着萧闯，最后说："你刚才跟我说的这一切只会让我更鄙视你！我现在真的感到万分庆幸，跟你分开是我这辈子最明智的决定！"说完，摔门而去。

独自枯坐半天萧闯忽然想起，刚才竟忘了当面问谢航和她老板到底是怎么回事，如此难得的机会竟倏忽而逝，话题从头至尾绕不开甩不掉的都是裴庆华。萧闯不由得狠狠骂了一句，对裴庆华的怨恨又添了一分。

十七

/

寒夜里的那盏灯

　　利用元旦假期裴庆华搬了家，虽说魏公村的住处不要钱，但他实在无法说服自己继续在属于萧闯的房子住下去。一刀两断就要断得干脆彻底，那么大的代价都付了，何必在乎每月再多花几百块钱。他在离卫星大厦尽可能近的区域找尽可能便宜的房子，最终落脚在青云仪器厂快要拆迁的职工宿舍，那是一幢老式的筒子楼，他的房门正对着厕所，而隔壁就是水房。裴庆华挺满意，不仅因为方便，更因为这间房便宜。

　　因为租房，舒志红又和裴庆华闹了一场别扭。舒志红当然赞成从萧闯的房子里搬走，但她实在无法接受裴庆华与一群男工们挤在一个楼里。她在芍药居租的房子挺大挺好，可裴庆华偏不肯去，说离汉商网不够近。舒志红咬牙说那我换地方，咱俩在知春里租个房总可以吧？裴庆华却顾左右而言他。舒志红厉声指出你这是故意的，租这么间破房子，就是不想让我来和你一起住！裴庆华嗫嚅着说，我现在只想守着汉商网，如果卫星大厦允许我早就去办公室住了，如果数据中心允许我早就去服务器机房住了。舒志红气得摔门而去，随后发条短信说，明天搬家我就不来帮你了,反正你也没什么东西可搬。

诚如舒志红所言,裴庆华要从萧闯家搬走的东西还不如他从办公室搬回萧闯家的多。他把微波炉、台灯、小书架和一些文具搬回魏公村放归原处,然后把行军床搬出来,除去被褥、衣服,只有一台笔记本电脑和一部手机,此外别无长物。裴庆华不禁自嘲地笑了,发现自己混得还不如茅向前,据茅向前说他每次因房东涨房租而不得不搬家时,行囊中至少还多一条中档的香烟。

裴庆华在两室一厅、厨房厕所、前后阳台巡视一圈,与其说是查看有无遗漏毋宁说是告别。他自从走出校门至今已逾十载,其中有五年住的是监狱的牢房,其余时日都是住在这里。他把门钥匙在手上掂了掂,于情于理都该当面还给萧闯,可转念一想还是算了,于情于理萧闯都不该做那样的事,时至今日就让情理见鬼去吧。他看一眼过道上的小折叠桌,恍如昨日萧闯与谢航围坐一起给他过生日,短短数年,沧海桑田。裴庆华轻轻叹口气,把钥匙撂在桌上,默念道:"别了,魏公村;别了,姓萧的;别了,寄人篱下的日子……"他走出门把撞锁用力一撞,关上的不仅是一扇门也是一本书,是他从二十四岁到三十四岁的黄金十年。

不单是舒志红,裴庆华这一阵不愿意见的还有谢航与简英,她们仨都与萧闯有着或简单或复杂的关系,更对裴庆华和萧闯之间的情谊与纠葛一清二楚,坐下来十句有九句就会提到萧闯,无外乎怨怼和愤恨,剩下的一句则是对他的安慰与排解。裴庆华不想听这些,萧闯已经与他毫不相干,他如今在意的只有汉商网。如此一来谭媛成了裴庆华眼下最理想的聊天对象,谭媛压根儿不认识萧闯,而且她同样一心只有汉商网。谭媛也从家里搬出来租房子住,她给裴庆华的解释是烦透了她爸整天打听她工作如何,说我每天向你汇报就够烦的,回家还要再向他汇报一遍甚至两遍,我还活不活?谭媛想和裴庆华当邻居,但她去青云厂的宿舍楼看过一眼就跑了,说连洗澡的地方都没有,太恐怖了,后来总算在一墙之隔的知春东里租了间一居室。裴庆华说你今后还得付房租,工资给你涨点儿吧。谭媛说不用,现在公司这么困难,你自己已经比原先多了项房租支出,我都想以后干脆不要工资了。裴庆华说那怎么行,之前当着你爸的面咱们俩说好的。

聊这番话时裴庆华和谭媛正沿着知春路走到黄庄路口,在海淀剧院门前掉头再往回走。青云厂筒子楼的拆迁一拖再拖,却早早就把热力供暖给停了,说是管道年久失修有安全隐患,内情恐怕是这楼反正收不上取暖费只配挨冻。裴庆华也不敢用电取暖,倒不是因为买不起电暖器或舍不得电钱,而是因为与热力管道同龄的电气线路经不起高负荷。结果冻得裴庆华度夜如年,他干脆把自己裹得严严实实,在街上疾走,直到又累又困才回去连抱带夹两个暖水袋一觉到天亮。谭媛很快发现裴庆华这一习性,立刻兴高采烈央求叫上她一起夜间拉练。晚上裴庆华出门前先发条短信问"走吗",谭媛便回句"OK",裴庆华走到谭媛楼下再发一条说"多穿点儿",谭媛一边下楼一边回"你比我妈还烦"。

边走边聊已经能清晰看到翠宫饭店的轮廓,谭媛问:"汉商网1月份到底能有多少收入?"

裴庆华紧了紧领口,忧虑道:"这个月好歹有些合同尾款还在账上,我更担心的是春节长假回来2月份怎么过……"

两人的心情和步履都有些沉重,隔条马路经过翠宫饭店大门时,谭媛随手朝里面一指:"要不……让华研再给汉商网投些广告?反正他们拔根汗毛都比咱们腰粗。"

裴庆华闷头走出几步才反问:"你想听实话?"谭媛忽闪着长睫毛连连点头,裴庆华说:"假如你不在汉商网,没准儿我真会去找你爸讨口饭吃;但如今有你在,这条路反而堵死了。"

"为什么?你要是嫌丢人,我去找我爸要。"

裴庆华摇头:"你爸大笔一挥向自己女儿所在公司输送利益,这样做太敏感。即便你爸在华研一言九鼎,没人说三道四,但我不能为了汉商网就将你爸置于不利,做人不能这样。"

谭媛忽然定住脚不走了，裴庆华只好也站下，他挪挪位置替谭媛挡住西北风，等谭媛开口。过了好一阵谭媛才郑重其事地说："刚回国我爸就让我来，说既要跟你学管人更要跟你学做人。我现在真服了，你就是要饭都考虑不给别人添麻烦。"

裴庆华笑道："你是说这个，我还以为你打算牺牲自己离开汉商网，好让我去找你爸要饭呢。"

"凭什么呀？有困难更要一起想办法，我才不走。"谭媛忽然变得紧张，"庆华哥，你这是暗示我应该离开？"

"怎么会？我又不傻。"裴庆华眨眨眼睛，"拿那么少的工资、干那么多的活儿，夜里还陪我散步，这样的员工一旦走了我上哪儿去找？"

"这还差不多！"谭媛孩子气地笑了，乐颠颠掉转头连蹦带跳地往西走。

就在这一瞬间裴庆华仿佛回到了十多年前的校园，简英也经常这样满心欢喜像只小兔子似的在他前面走。这念头令他像触电一样打了一个激灵，忙甩了甩脑袋以求将这念头远远抛开。

裴庆华跟上谭媛的脚步，问道："你有没有过那种体会，好像走着走着就忘了为什么走、最初的目的地是哪儿……"

谭媛笑盈盈地摇头说："从来没有过。就好比现在，我非常清楚咱们为什么走，因为不走的话脚就要冻掉啦！"

裴庆华没有半点儿笑容，接着说："最初之所以做汉商网，我内心设定的目标是一个着眼于电子商务的垂直型社区，所以网站名字里才有这个'商'字。但做着做着就淡忘了这份初心，成天只盯着广告收入，说好听是图生存的权宜之计，不得已而为之，其实就是随大流，哪个容易做哪个，自己躲在舒适区不思进取。前年国庆那阵和你爸聊时他说我怎么一天到晚四处拉广告，我当时不以为然，这几天总在回想，过去一年多恐怕真是误入歧途……"

谭媛歪头看看裴庆华，很是担心地说："庆华哥，你不要这样轻易否定自己。广告联盟确实对汉商网打击不小，但责任不在你身上，是他们彻底违背了互联网开放共享的价值观。"

裴庆华摇摇头："我现在倒觉得应该好好感谢广告联盟那帮家伙，要不然我还会沿着歧路走下去，离初衷越来越远。是他们让我明白那条路走不通，是他们把我手里捧惯了的饭碗打碎，虽然并非出于好心，但客观上他们倒真办了件大好事，功高至伟。"

"你是说，既然我们被他们逼得走投无路，那就干脆改弦更张，也许能另走出一条新路？"

"不是也许，是一定！"裴庆华冷得上牙直打下牙，听起来倒像是斩钉截铁地说，"所以有那么句话嘛，最终成全你的是你的对手。"

谭媛哆嗦着连连点头："嗯，那你想彻底放弃广告这块，全面转型电子商务？"

"对，互联网林林总总，但粗略归纳无非三种收入来源，广告、会员费、手续费，门户主要靠广告，游戏主要靠会员费，电子商务挣的是手续费。既然汉商网定位是电子商务，就不应该老盯着广告费不放。"

"可现在就想收取手续费，时机成熟吗？"

裴庆华苦笑："没办法，等不及成熟了，等来的只会是死亡，咱们这叫逼上梁山，硬着头皮上吧。"

谭媛若有所思："亚马逊卖书，eBay 是二手物品拍卖，当当网和卓越网也是卖书……"

裴庆华接道："咱们汉商网专卖 3C 产品，跟他们不冲突。"

"我的意思是 3C 这个范围太庞杂！书虽然有成千上万种但这个品类很明确，而 3C 呢有电脑、有手机、有音响、有摄像机，便宜的百十块、昂贵的几万块，太零散了。"

"这正是汉商网的优势所在嘛。咱们积累了这么多会员，这么多内容，单单比价区就覆盖五花八门，凡是想买 3C 的都会来。"

"但也可能都不会来。"谭媛眉头紧锁，"面面俱到等于面面俱不到。咱们应该找出一种商品把它做到极致，让网民提起它就想到汉商网，就像开餐馆必须有一招鲜、拿手菜。但这个突破口是什么呢？"

两个人都沉默了,一边埋头走路一边苦思冥想。不知走出多远裴庆华首先留意到眼前的路面忽亮忽暗,抬头发现原来是路边有个广告灯箱出了故障,再看一眼周围已经到了386路公交车站。寒风中有个小伙子在独自等末班车,路灯下能看出他耸肩缩脖而脚尖却颇有节奏感地打着节拍,白色的耳机线一直牵拉到揣着手的衣兜里。裴庆华和谭媛不约而同停住脚步,看一眼广告灯箱又看一眼小伙子,忽然同时转向对方异口同声地叫出:"MP3!"

裴庆华说:"单价不算太贵!"

谭媛说:"刚刚开始时兴!"

"所以都是中小品牌,没有谁一家独大!"

"购买频次高!没用多久就坏了,还得再买一个!"

"而且可以买来送人!"

"玩儿MP3的都是我这样的年轻人,都喜欢上网!"

两人你一言我一语越说越兴奋,谭媛大叫一声:"找到啦!"随即一下子蹦起来勾住裴庆华的脖子,裴庆华吓一跳忙弓腰把她放回地上,瞥一眼四周说:"别一惊一乍的,扰民。"谭媛一吐舌头松开手。两人再看那位小伙子,小伙子却一直沉浸在音乐的海洋里对旁边刚发生的这一幕竟毫无觉察。

裴庆华抬手指着忽明忽灭的灯箱说:"汉商网应该有个图案标志,我想好了,就用灯。"

"灯?坏了的灯?"

"当然是亮着的灯,"裴庆华眸子里焕发着异样的光彩说,"就像寒夜里亮着的一盏灯!"

裴庆华立即开始马不停蹄地跑业务,如今不再是拉广告客户而是拉供货商。他坐出租车到上地,一边结账一边打量侧前方这座白色大厦,隐约有些眼熟。他下车走进旋转门忽又转出来,站到数米开外的空地上再仰头向上张望,他想起来了。

志合集团的总裁姓贺，与裴庆华是校友，比他本科低一届，但因为没读研究生所以早工作将近两年，两人曾经在校学生会短暂共过事。贺总很亲热地与裴庆华坐在办公室的长沙发上叙旧，攀谈一阵之后，贺总看出裴庆华有些心不在焉便笑道："光顾闲扯了，你来肯定有正事。还是关于广告？老裴你放心，我们志合会继续在你那儿投广告。对了，萧闯是你同专业的师弟吧？前一阵他来找过我，想拉志合加入他的什么联盟。我跟他讲，他那套模式可能比较适合小公司，志合的广告部门养着好几十号人，如果把广告都交给他做，那我这些人怎么办？"

裴庆华忙表示："多谢贺总雪中送炭，不过我这次来还想跟你交换一个新想法。志合是不是在做 MP3？"

"哟，你消息挺灵通嘛。刚刚推出一款，权当试水吧。"

"那正好，我们汉商网准备开辟一个专做 MP3 的卖场，志合这么大的品牌肯定不能缺席。怎么样贺总，能不能给我们供一批货？"

"太没问题啦，有人愿意帮志合卖东西我何乐而不为？"

裴庆华赶紧趁热打铁："贺总，我现在有点儿特殊情况，你能不能适当照顾一下？两方面，一个是最好别让我事先打款压货，再一个是价格政策能不能宽松些，我们也是初次尝试在网上卖东西，想多搞些花样。"

"没问题。"贺总愈发显得豪爽，"MP3 这玩意儿本来就是在创牌子，过了春节志合正好要开年会，我已经让他们预备两千个 MP3，送来宾人手一个。我干脆也给你发两千个过去，我不向你要货款，你也别管我要活动费，就算你无偿给志合做次市场推广，怎么样？"

裴庆华喜出望外："那就一言为定。贺总，这两千个保证比你年会上发的那批更立竿见影。你的来宾想必早已对志合有足够了解，我这批推到市场上一定能给志合带来十倍百倍的传播效果。"

贺总在裴庆华的腿上拍了下："老裴，我关注互联网也有段时间了，说句实话，别怪我给你泼冷水。我认为网络这东西是个非常快速高效的新媒体，对于品牌传播和产品推广非常重要，是一条很有前景的市场渠道,但你如果非要把它变成销售渠道直接卖东西,恐怕有点儿为时尚早……"

裴庆华也开始较真:"那我也说一句,我姑妄言之你姑妄听之,恐怕再过几年网络作为销售渠道很可能会超过传统渠道。"

贺总哈哈大笑:"那好,老裴咱俩今天就打个赌,三年之内你的网络渠道能占到我全部销售额的百分之十,我现在这辆奥迪你拿走!"

裴庆华想了一下,质疑道:"三年以后,你差不多正好该换车了吧?"

贺总被噎得一愣,争强好胜之心陡然而起,手一挥说:"那好,到时候如果你赢了,我买一辆新款高配奥迪送给你,行了吧?"见裴庆华没接茬他又笑道,"怎么着,你是怕自己输了给不起一辆奥迪?"

裴庆华摇头,很笃定地说:"我肯定不会输,所以也不用考虑输给你什么。"

"嘿!你还是当年那副德行!成,别的我什么都不要,如果你输了就到我面前鞠个躬,明确承认你输了。我的赌注是一辆车,你的赌注是一句话,怎么样?"

"我不会输,我也不会要你的车。"

"哈哈,我更不会输,你即便想要我的车也要不到。"

接着谈笑几句裴庆华起身告辞,他忽然想起什么又转身问道:"这个楼以前是不是亚苏大厦?"

"对呀,我买过来一年多了。"

裴庆华一怔:"这楼盖好没几年吧,亚苏又搬到更新更大的地方去了?"

"哪儿啊,你真的一点儿没听说?亚苏不行啦,资金链断裂,债务缠身,走投无路只好卖楼还债。亚苏的鲁总也是咱们校友,论辈分差不多是咱们的老师。他托人找到我问我能不能接手,我问大概多少钱,他说盖这楼满打满算花了五千万,我说行,给了他五千三百万,这楼就归志合了。"

裴庆华惊愕得目瞪口呆，半晌才痴痴地说："这也太快了，那么大一家公司说败就败了？"

"唉，扩张得太厉害，战线拉得太长，想什么做什么、做什么赔什么。我这间就是当初鲁总的办公室，底下人说不吉利劝我换一间，我没答应。就是要以亚苏的前车之鉴时刻提醒我，别忘了自己姓什么，永远保持谨慎。"

裴庆华由衷地说："你还是当年那样急公好义，有实力出手的应该不止你一个，但唯独你有这份热心和魄力。"

贺总摆了摆手："这不算什么。其实除了校友这层关系之外还有一个原因，就是我打心里佩服鲁总这个人。你是不知道，当时亚苏一只脚已经迈进证交所了，只要成功上市，从股市圈到钱，就足够把所有的窟窿堵上。但鲁总觉得那样是欺骗投资者尤其是散户股民，最后一分钟他撤回了上市申请，要不然何至于卖楼。唉，这些年我见的各色人物多了，所以更觉得鲁总这样有良心的人难能可贵。"

裴庆华不由得心向往之："真希望有机会能见鲁总一面。"

贺总半开玩笑地说："如今比你更想见鲁总的恐怕是亚苏的债主。"

裴庆华回到公司刚坐下，就见谭媛凑上来神秘兮兮地说："你今天晚上没事吧？我们几个要求和你一起加个班，有些想法打算跟你谈谈。"

裴庆华发现茅向前和卢明也正扭头注视着他，心里顿时有种不祥的预感，神情紧张地压低声音问："你们仨不会是想集体跳槽吧？"

谭媛一怔，等反应过来便轻蔑地说："嘁，小人之心！"随即与茅向前和卢明不约而同冲裴庆华翻了个白眼，这才转回身各自接着忙了。

晚上吃过盒饭，等其他人陆续下班，三个人把白板拖到裴庆华桌边围坐下来，谭媛率先开口："我们已经交流过，想法基本一致，老茅和卢明推举我向你做个陈述……"

卢明打断："不叫推举，本来就是你的想法，我们俩算旁听，对吧老茅？"

谭媛眼睛一瞪："干吗，想往后缩？你们俩可是明确表态同意的。"

"不缩不缩，同意，完全同意。"茅向前举手像是在宣誓。

谭媛冲他俩一撇嘴，重又转向裴庆华说："背景是这样的，鉴于汉商网已经把商业模式从广告转为做电商平台，咱们以往的思维方法必须有个根本性的改变，因为今后外界对汉商网的估值模型也会完全不同。咱们之前眼睛盯在内容上，今后应该盯在交易上。流量为王这句话仍然有效，但之前的流量是浏览量，今后的流量是交易量。简而言之，咱们必须从专注于PV改为专注于GMV，也就是总成交金额，从今往后朝思暮想的只有这个词——GMV！"

谭媛在白板上写下三个英文单词，并在每个大写的首字母下面画上粗重的道道，又像老师强调复习重点一样用力敲几下白板，眼睛盯着裴庆华，似乎在问"明白没有？记住了吗？"裴庆华认真点下头，问："具体的呢？"

"具体就是每个部门、每个岗位的考评体系都要彻底调整，从拉人来看变为拉人来买，评估指标从有什么可看变为有什么可买，从技术到客服都要迎接一场变革。"

裴庆华笑着一指卢明："如此一来你恐怕要成光杆司令了，那帮整天在论坛里灌水的水军看样子已经完成了历史使命。"

却不料三个人一齐摇头，谭媛毫不客气地说："你错了，恰恰相反，卢明和他的水军只会变得更加重要。区别在于以前灌水只是单纯发帖子，今后不仅要为商家和货品发好评，更要直接下单，把GMV冲上去。"

"你是说，让水军就像真正的客户一样在汉商网下单买东西？"

"对！只有这样才能在初期就让卖场展现人气，不然商家和顾客都没信心。"

"那咱们得给水军发多少银子才够他们买货？又得为他们备多少

货？被水军买走的货怎么办，咱们再买回来？"

卢明忍不住扑哧一笑："庆华哥，我打算改口叫你'实在哥'。没这么复杂，无论是货品还是货款都可以原地不动，下单放进购物车就行，用不着付款更用不着发货。那个词叫什么来着？"

"空转！"谭媛接道，"就像一队人马浩浩荡荡从城楼前经过，铺天盖地看不到头也望不见尾好像永远走不完，其实没多少人，他们是从城楼后面又绕回来的，就像走马灯。"

"灯？"裴庆华下意识地念叨，"又是灯。"

谭媛会心一笑，卢明莫名其妙正要问个究竟，茅向前慢悠悠总结道："一句话，卢明的水军原先是刷帖，今后是刷单。"

裴庆华默默想了一阵，轮番扫视面前这三个人，脸色严峻地问了句："你们不觉得这是弄虚作假？"

三个人都很意外，卢明立刻辩解："这和以前我假冒上百个马甲在论坛里发帖造人气是一回事啊。"

"性质不同，以前那样只是要网民来花时间，现在这样可是要网民来花钱。"

"庆华哥你想多了吧。"谭媛不由发急，"就像你去饭馆吃饭，人家当然先把你安排到靠窗的桌子，好让路过的觉得这家饭馆有人气、东西肯定好吃，这不算骗人吧？"

"但如果靠窗坐的都是饭馆自己的人呢？"裴庆华眉头越皱越紧，"而且他们根本就是假装在吃饭，更不会真的结账，这算不算骗人？"

"就算骗也不是恶意的吧，只要菜品真材实料、价钱公道，顾客就会满意，才不会在乎靠窗坐着的是不是饭馆自己人呢。"

"可我在乎！"裴庆华阴沉着脸又问，"这一套是谁先搞出来的？"

"你是说 GMV？"谭媛一怔，"这个指标是 eBay 提出的，美国的电商网站都很看重。"

"不是，我是问刷单这事。"

"这我就不清楚了，至少 eBay 没说自己从来不刷单。天底下并非只有我们几个是聪明人,别人照样能想到这种方法,如果业内都这么做,彼此心照不宣,你为什么偏要背上这么沉重的道德感呢?"

裴庆华闷头又想一阵,喃喃自语:"鲁总的良心,唉……"

谭媛诧异:"什么?"

卢明问:"哪个鲁总?"

裴庆华兀自起身把羽绒服披在肩上,一边戴手套一边说:"我赞成认准 GMV,但刷单这做法我绝不同意。我下去吹吹风让头脑清醒清醒,回来再商议。"

谭媛冲着裴庆华的背影大喊:"庆华! 你以为汉商网只属于你一个人吗?"

空气仿佛瞬间凝固,这句话令三个男人都僵在原地,茅向前和卢明震惊于还从未有人如此质问裴庆华,而令裴庆华愕然的是谭媛破天荒把"哥"去掉了。他竭力表现出若无其事的样子转回头说:"当然不是,所以我还要继续和你们商量嘛。"

裴庆华已经走出去好久,卢明才试探着碰碰谭媛的脚:"你怎么不拦住他? 要不你下楼劝劝?"

谭媛赌气地一拧身子,噘嘴道:"凭什么呀? 我才不去呢!"

卢明只好转向茅向前:"老茅,聊得好好的他怎么突然走了?"

"你从哪儿觉出来聊得好好的?"茅向前白他一眼,"整个聊崩了,他是拉不下脸把咱们仨轰走,只好自己出去。"

"啊?"卢明诧异道,"不会吧,就这么走了? 那咱们还傻等什么,各回各家吧。"

谭媛没好气地说:"你想什么呢,他说了还要回来继续商议。"

茅向前站起身伸个懒腰,说:"还是我去找他吧,有些话可能私下谈更好,他也需要找个台阶下。"

茅向前是在院外知春路的路灯下找到裴庆华的,裴庆华隔挺远就闻到顺风飘过来的烟味,依旧望着街上的车辆出神。茅向前在裴庆华旁边站了一会儿,吐出一大口烟,没头没脑来一句:"卢明跟我说了。"

裴庆华没反应,茅向前接着说,"那个姓蔺的,如果他死活不肯退那两万块钱,你真的会为难他的孩子和家人?"

裴庆华扭脸瞥了茅向前一眼,淡淡地回句:"我自己也说不好。"

"这么说至少理论上存在这种可能性,就是你为两万块钱有可能真的下手?"见裴庆华仍不肯明确回答,茅向前抽口烟顺便叹口气,"有时候你真让我挺难理解,比如不排斥为这点儿钱而下狠手,却排斥为汉商网的未来而刷单。"

裴庆华沉吟道:"可能在我心里画着一条线,除非万不得已我不想做一个恶人。姓蔺的作恶在先,也就怪不得我。但现在没人做对不起我的事,我为什么首先作恶?"

茅向前反问:"你真不觉得眼下已经到了万不得已的地步?"

裴庆华侧过身直视着茅向前,严肃地问:"老茅,刚才当着两个小家伙的面我不便问,你也觉得除了刷单没别的路可走?"

"有,但咱们走不了,一个是钱不够,再一个时间不够。当然,没时间说白了还是因为没钱。"见裴庆华默然不语,茅向前看准时机补充道,"其实厂家很可能也希望咱们刷单,谁不想看到自己的东西卖得好。明明是个皆大欢喜的事,为什么你偏认定是在作恶?庆华,讨不回那两万块押金,汉商网顶多日子过得更紧巴一点儿;但能否尽快把GMV做上去,可是攸关汉商网生死存亡的重大抉择。"

裴庆华原地狠狠跺了跺脚,茅向前正搞不清他这是在下定决心还是因为冻得慌,却不防裴庆华二话不说拔腿就往回走,茅向前在后面叫道:"哎你等我一会儿,我这支烟刚点上……"

两人带着满身寒气回到办公室,茅向前先冲卢明和谭媛一个劲使眼色,两人会意都不作声。裴庆华说:"今天挺晚了,咱们明天再继续把实施方案细化。"

收拾东西时,谭媛对裴庆华嘀咕道:"对了,我林叔叔也在做MP3。"

"你林叔叔?"裴庆华没反应过来。

"林益民叔叔呀。我是听林双、林丽告诉我的。"

裴庆华这才恍然大悟，想起林双、林丽便是林益民的双胞胎女儿。卢明好奇心顿起："谁是林益民？哪家公司的？"

两人都不理卢明，裴庆华对谭嫒说："这么巧，好事啊，你能要到他的联系方式吗？我去找他，让他把 MP3 放到汉商网上卖。"

谭嫒点头，然后说："我还听说我爸已经找过他，结果……不欢而散。"

裴庆华若有所思，卢明狐疑地看看裴庆华又看看谭嫒，追问道："你爸是谁？哪家公司的？"

谭嫒鄙视地回一句："你笨成这样就不配知道。"

一直不吭气的茅向前笑呵呵地启发卢明："庆华原来在哪家公司你不知道？'谭'这个姓很大吗？"

卢明张着嘴愣了半天，裴庆华他们都已出门，谭嫒回头喊道："关灯！锁门！"

林益民把见面的地方约在了友谊宾馆。裴庆华站在主楼门前的平台上，看到一个精瘦的人快步顺着台阶跑上来，一抬头果然是林益民。瘦的人确实更容易显老，林益民本与谭启章几乎同龄，可如今看上去倒像年长将近十岁。裴庆华心思一动，也许如此大的差距并非完全取决于胖瘦，更是因为两人这些年境遇上的迥异。

裴庆华大步迎上前，笑着伸出手说："林老师，不急，时间正好。"

林益民乍一看见裴庆华又听到这句"林老师"竟一时百感交集，呆呆地站着。裴庆华又把手往高抬了抬，林益民这才反应过来紧紧握住他的手说："庆华，好久不见了。"

两人走进主楼转了一圈却没发现什么上好的餐厅，林益民抱歉地说："我正好到旁边的海淀区人才中心办些手续，这一带咱们都熟悉的也就是友谊宾馆，没想到连个像样的吃饭地方都没有。"

"没关系，反正咱们在吃这方面都不讲究，随便找一家就好。"说话间裴庆华看到角落里有个门脸,是家烧烤,里面冷冷清清的,征求道,"你看这家行吗?"

"蛮好的蛮好的,你看多安静,正好可以聊天。"

坐下来裴庆华问:"怎么还需要你亲自跑人才中心? 让公司的人办不行吗?"

"公司在这边没人。"林益民脸色有些不自然,又解释道,"我和益富现在主要在深圳,研发生产都在那边,正好马上过年了我才顺便回北京办这些事。"

这家餐馆不仅人少,可选择的菜式更少,裴庆华随便点了两份一样的套餐,服务员又懒洋洋地端过来一壶大麦茶。裴庆华一边倒茶一边问:"听说你们在做 MP3?"

"对呀对呀!"林益民立刻兴奋地说,"找过很久也试过不少种产品,总算碰到 MP3 这个东西,太适合我们做了。你知道吧,它里面很简单,就是处理器和存储器,这些从外面买很便宜。关键是模具,模具首先质量要好,做出来的东西看上去才高档;而且要经常换,样子越新潮越古怪越好,MP3 说白了是个玩具。而我们的强项就是模具嘛,所以我感觉这次一定能做起来。"

"好啊林老师,把你们的 MP3 拿到汉商网来卖吧,汉商网的会员就是玩 MP3 的年轻人,和你们的目标客户群完全重叠。我们已经试过几个牌子,刚放上去就一抢而空。你给多少我卖多少,我看你干脆别花时间和精力去开实体门店,就在网上卖,怎么样? 对了,你的 MP3 打的什么牌子?"

"我们公司叫富民科技,以往的产品也都用这个牌子。"

"富民 MP3……听上去好像和年轻人有些远,恐怕不容易深入人心。"

林益民有些不太高兴:"这个公司用的是我们俩的名字,而且产品品牌和公司名称一致也便于公众记忆嘛。"

裴庆华沉吟道:"倒也不尽然,公司名下不同产品也可以有各自的牌子。人名……哎，你觉得'丽双'怎么样？丽双 MP3，音质清丽无双！"

林益民两眼顿时一亮："好！这个牌子好！丽、双……哎，你怎么知道我两个女儿的名字？"

裴庆华微微一笑："谭媛告诉我的，她现在汉商网给我帮忙。"

"哦，是吗？"林益民瞟裴庆华一眼，"你现在和谭启章走得挺近？"

"谈不上吧，华研和汉商网有些广告方面的合作。谭媛从美国念书回来，谭启章大概是想让她先吃点儿苦，就把她放到我那儿，暂时的。"

林益民仍然没有放松警惕，追问道："汉商网就没有谭启章的股份？或者挂华研的名头？"

"没有，汉商网现在百分百是我的公司，不过将来肯定会拿出一些股份给我的几位骨干，总不能太委屈他们。"

"也包括谭媛？"

裴庆华一愣："应该不会，坦白讲我还没考虑过，你怎么想得比我还远还细？"

"庆华，我也跟你实话实说，如果你和谭启章只是正常的业务往来是另一回事，但如果你的网站和华研之间属于股权关联公司，那咱们就免谈了。"

"林老师，你完全可以放心，这个网站从创建到现在股权非常清晰，我绝对不会任由谭启章或华研染指。"

林益民像是遇到久违的同道中人，盯着裴庆华的眼睛问："你也一直恨他？"

"倒也谈不上。我希望能独立做一家真正属于我的公司，不想过早引入别人的钱，至于这钱来自谭启章还是林启章对我而言没什么区别。"

林益民神色立时黯然，低头摆弄筷子说："庆华，我一直怀疑你可能更恨我。虽然是谭启章把你弄进去的，但如果不是因为我检举华研走私，你恐怕也不会摊上这事。庆华，我总想找机会跟你解释一下，我完全不是冲你，真的，我是为了收拾谭启章，没想到最终把你给坑了，他倒混得越来越顺风顺水，老天没长眼啊……"

"林老师，你想多了。当初关于那批杂牌机的事，我也同样不是冲你，我是为了保护华研，但没想到事态竟恶化到你不得不离开。很多事情可能走着走着就偏离了它原本的方向，任何人都难以控制。"

林益民连连摆手："对你我来说确实如此，但对他谭启章就正相反。他先是利用你把我撵走，又利用我把你整得那么惨，为什么倒霉的不是我就是你，而他则一直春风得意？难道纯粹是他运气好？！"

裴庆华给林益民把茶续上，很诚恳地说："你比我大二十岁，按说我没资格在你面前讲这些，但过去这几年的坎坷算是让我比别人多了点儿发言权。林老师，刚进去的时候我整天纠结一个问题，究竟是你还是谭启章把我送进监狱的？你们俩谁的责任更大？"林益民紧张地屏住呼吸静候下文，裴庆华悠悠地说，"后来有一天就在一刹那我忽然想明白了，大概这就叫顿悟吧。是我把自己送进去的，一切都是我自己的选择，赖不得别人。"

林益民先是松口气，又有些意犹未尽，不甘地说："你这种想法太……消极，天下人要是都像你这么想，那坏人岂不都可以乐得逍遥？我不像你自欺欺人，还是那句老话，君子报仇十年不晚，现在刚第九年……"

"林老师，人这辈子总共有几个十年？你应该有体会吧，仇恨这东西给自己带来的伤害往往比给对方的更大。"裴庆华观察一下林益民的脸色，转而问，"你和谭启章谈过了？"

"嗯，是他主动找的我，我还以为他是怕了，要不就是良心发现想跟我道歉，结果他竟然还是一副高高在上的德行，居然有脸跟我提合作。"

"他提了哪些合作？"

"说了一堆。明明是想拿钱收买我或者想把我的公司据为己有，却美其名曰给我资金上的支持,被我当场拒绝了。他一计不成又施一计,要买我的 MP3 去和他的华研电脑打包销售,搞什么买电脑送 MP3,这不是成心要淡化甚至抹杀我 MP3 的品牌形象嘛,姓谭的居心真是越来越险恶!"

裴庆华不禁有些同情地看眼林益民,委婉地提醒一句:"你就一点儿没觉得,也许真有可能他是出于好意呢?"

林益民眉头立刻拧在一起,身子往后靠,仿佛要与裴庆华尽量隔开一些距离,反问道:"你什么意思?"

"也许他是真想帮你缓解一下资金压力? 当然,我也赞同涉及股权的事谨慎为好,但把你的 MP3 卖给华研再由华研打包卖给客户,就像他预装微软 Windows 一样,这对你只有好处没有坏处嘛。华研每年卖出几十万台电脑,你就轻轻松松卖出几十万个 MP3,他总不会把你MP3 上的商标抠掉,这有什么好担心的?"

林益民冷冷地问一句:"你是替他来做说客的吧?"

裴庆华被问得哭笑不得,暗忖莫非这就是所谓的被迫害妄想症?他淡淡地回道:"你觉得我会有这份闲心吗?"

"怎么是闲心? 肯定有利益驱动,谭启章恐怕给你许诺了某种好处吧。"林益民忽然像获得了重大发现,提高声音说,"你号称要把我的MP3 拿到网上去卖,其实你转手就会给华研拿去打包,这是你们事先商量好的吧?"

裴庆华无语了,他已经放弃与林益民合作的念头,看着服务员端上来的几盘没精打采的肉更是毫无胃口,他觉得林益民很可怜,便想最终再劝一句:"林老师,你这样走下去路会越来越窄的。"

"无所谓! 你刚才不是说了嘛,一切都是我自己的选择。哦对了,我仍然要谢谢你,你起的那个名字相当不错,我的 MP3 就叫丽双了!你可不要抢先去注册哟。"

听到这个名字裴庆华的心陡然一沉,他顿时觉得有种责任,对这个由他命名的品牌似乎应该多做些什么,而对于林益民他似乎也应该做点儿什么。他这时已经忘了此行的初衷，能否代销林益民的 MP3 对于汉商网已经无足轻重，但如果能把"丽双"做到一个成功的品牌，这也许有助于林益民变回一个理性的人。他又想到自己从未见过的那对叫林双、林丽的双胞胎，她俩比谭媛小几岁，如果能把一个重归正常的父亲送回她俩身边，自己多付出些努力也值得。

裴庆华转而低声下气地问林益民："如果我对天发誓不会把丽双 MP3 交给华研打包，只会在汉商网上直接向会员销售，咱们还是可以合作的吧？"

林益民摇头晃脑地说："不要再骗我，你和谭启章想联手算计我。"

"林老师，如果是我求你呢？"裴庆华再也克制不住情绪，"我在监狱里待了五年，至少有一半是拜你所赐，单凭这一点儿你有什么理由不答应我？！"

林益民僵住了，已经有了不少皱纹的脸变得惨白，眼里隐隐浮现点点泪光，他嘴角抽动几下才喑哑地说："好吧，即便真要算计我，你也有这个资格。"

十八

/

一个普通人的小小梦想

　　盈孚与 IEM 这两家公司虽同为美国科技业的翘楚,风格却大相径庭,盈孚像是个调皮的顽童,而 IEM 则如同垂暮的老者。盈孚有个传统,每逢愚人节下属可以近乎肆无忌惮地愚弄上级,唯一的底线是不得对正常业务造成影响。去年是谢航在盈孚经历的第一个愚人节,对于毫无防备的她而言,那一天简直是一场无法醒来的长篇噩梦。周六好不容易睡个懒觉,却接到几拨来电急报财务总监出了车祸。她匆忙赶到华山医院又被告知刚才信息有误,财务总监是被送到了瑞金医院。她心急火燎在瑞金医院烧伤急救中心问了半天,也没查到刚被救护车送来的财务总监。正疑惑却接到财务总监的电话,两人同时问出的头一句都是"你在哪儿呢",原来谢航的助理通知财务总监,一早赶赴普华永道事务所同审计师一起加班开会,害得财务总监在瑞安广场等了半天。两人这才气急败坏地发现,是被财务部的几个小家伙和谢航助理联手愚弄。正郁闷无处发作偏有人要探明骗局效果,来电话关切地问早上淮海路好走哇,被谢航狠狠地骂了一通。这还只是开始,当天谢航接到众多可疑的电话和邮件，搞得她草木皆兵、惶惶不可终日。晚上原本定好请销售团队享用新财年第一顿团圆饭，销售总监来电话说好些人抱怨影响他们周末与家人团圆，他已决定改到周一，特来告知。谢航冷笑你休想骗到我，我已经百毒不侵了。销售总监百口莫辩直呼冤枉，最后说反正我尽到责任了，你白跑一趟别赖我。谢航放下电话又开始含糊，试着给几个不同层级的销售打电话探口风，得到的信息完全一致，她决定等到晚上再看。约定时间已过仍毫无动静，谢航总算松口气，看来这次不是骗局，幸亏没傻乎乎跑过去。忽然手机响起，好几个销售经理齐声大呼小叫"老板就等您了，您怎么还不来"，谢航说不是改到后天了吗，几个人幸灾乐祸笑道那是我们总监骗您，您又上他当啦。谢航顾不得生气赶紧打扮齐整叫了出租车，穿过隧道跑到浦东的鹭鹭酒家，结果扑了个空。谢航欲哭无泪，这般连环套的骗局实在让她防不胜防。

2001 年的 4 月 1 号是个星期天，从周六晚上谢航就开始如临大敌，她甚至想愚人节全天切断所有对外联络，把自己彻底与世隔绝总该可以躲过此劫，可惜身为老板她不能这么做。早晨起来看着手机上若干未接电话以及多条短信、邮箱里已经积攒的十几封不怀好意的邮件，谢航暗笑这帮家伙真够敬业的。她兴致顿起，给全体员工群发了一封邮件，说大家辛苦了，你们还是去年的你们，但我已经不是去年的我，今天我没有安排任何活动所以不存在取消一说，就算天塌了我也不会离开公寓半步去拯救你们中的任何人，另外我没有预定任何洗衣、送餐和送花之类，以你们的智商想战胜严阵以待的我是件不可能的任务，所以你们都省省吧。截止到上午十点，谢航已成功挫败多起妄图愚弄她的骗局，心情大好，终于可以安享早餐。忽然手机响起，号码是 Robert 硅谷家中的座机，谢航接起说："Bob，早上好，哦不，是晚上好。"

电话里传来 Robert 像通报噩耗一样既紧张又沉痛的声音："Abby，中美之间很可能将要爆发一场战争！"

谢航顿时被气笑了，刚喝的一口牛奶差点儿喷出来，她轻拍胸口说："你还不如说中美之间已经爆发一场战争,那样更吓人。"

Robert 急躁地说："我不是在和你开玩笑!"

谢航冲空气翻个白眼："Bob,我想提醒你,盈孚的规矩是愚人节只允许下属捉弄老板,而不可以反过来。"

"Abby,我再说一遍,这不是在开玩笑! 中国和美国的飞机相撞了,是军机!"

谢航一惊:"在哪儿?"

"当然是在中国,难道你们的飞机能飞得到美国吗? CNN(美国有线电视新闻网)说是在中国南部的一个岛上,你们的一架战斗机和我们的一架侦察机撞在一起,你知道这意味着什么? 很可能是战争!"

谢航有些不快:"你的话让我不舒服,什么你们我们,让我觉得你和我已经是战争的敌对双方。"

"Abby,不要神经过敏! 你能不能关注重点?"Robert 似乎比谢航更生气,"你知道这两个国家之间关系紧张意味着什么?"

谢航不得不正视问题的严重性:"意味着又像两年前那样,中国人对美国的一切充满敌意,盈孚中国区今年将是很困难的一年。"

"这是对公司而言,对你个人呢?"

谢航一愣:"对公司的影响当然就是对我个人的影响。"

"你可真是我的傻姑娘!"Robert 用恨铁不成钢的口吻提醒道,"如果两国之间保持敌意,盈孚还可能在中国成立投资基金吗?"

这一声不亚于五雷轰顶,谢航这才明白 Robert 为何第一时间向她通报这一事件。在过去的十多个月中,谢航一直密切关注纳斯达克市场的动态,眼见科技股指数直线暴跌了三千点,市值蒸发掉六成多,谢航也从希望渐渐变为绝望。谁知此前态度消极的 Robert 却反而变得比谢航乐观,2 月份两人一起在墨西哥度假时,Robert 表示可以考虑启动前期的筹备工作,谢航惊问你判断股市已经跌到底了? Robert 耸耸肩说当然没有,肯定还要继续下跌,甚至可能再跌去一半。谢航愈加愕然,忙问那为什么不再等等? Robert 狡黠地一笑,反问难道要等到谷底才开始行动？那只会错过大好时机，我们就是要在大多数人绝望的时候，用最便宜的代价投资最有潜力的公司。谢航喜出望外，仿佛已经看到自己梦想成真的那一天。

此刻谢航终于体会到 Robert 带来的确实是个噩耗，她仍然抱有一丝侥幸，问道："就像不该等到股市见底一样，也不能等到两国关系好转再行动吧？你不是讲过要有提前期？"

Robert 不耐烦地说："股市下跌时不会有人禁止你买入，而两国一旦真的进入敌对状态，美国就会立法禁止在中国投资，那时我们怎么办?!"谢航正发愣，又听 Robert 吩咐道，"暂时忘掉你的基金计划，密切关注事态发展，你的首要职责是保护盈孚在中国的雇员，其次是保护盈孚在中国的利益！"

尽管天还没塌，谢航仍然离开了她的公寓赶往公司坐镇，她并未将有关撞机的消息告知员工，因为在这样的日子没人会相信这样的新闻，还是等他们从官方渠道获悉吧。中午过后再也没人尝试和谢航玩愚人节的把戏，看过午间新闻的员工们在短信中都在关心同一个问题：那位失踪的飞行员怎样了？谢航要求几位高管从速赶到公司商议应对预案，有了两年前那次"炸馆"风波的经验谢航已经从容许多。可出乎她的意料，直到傍晚依然平安无事，她怀疑莫非上海真的是经济中心而北京是政治中心？忙致电盈孚北京办公室，答复也是未见任何异常。谢航有些难以置信，消息早已传开，为何民众反应如此迟钝甚至淡然？

在后续的十余天里，同事们经常聊及的热点是美国到底道没道歉以及该不该放美国大兵走，少见义愤填膺的宣泄、多为有理有据的研判。谢航又怀疑莫非上海人与北京人迥然不同，私下问询北京办公室，结果又得到完全一致的答案，据说连北京最热血的出租车司机都只是冷眼旁观各种沙盘推演。谢航在诧异中忽然意识到，其实她自己此次的感受与反应也跟两年前有了相当大的不同，而其中的原因她百思不得其解，于是就想找个关系贴近又情况相似的人聊聊，由此便想到了简英。

简英接到谢航电话立刻一惊一乍地说:"哎呀我正想找你呢,这几天真把我愁坏了,我可怎么办呀……"

谢航忙问:"有人冲击你们公司了?损失大不大?"

"什么?谁冲击?你在说什么呀?"

"近期有没有人到你们公司示威抗议?有人拦截你们的员工没?"

"为什么拦截我的员工?抗议什么?我完全听不懂。"

"看样子没事,那我就放心了。"谢航只得耐性子解释,"南海撞机事件你总知道吧?中美之间搞得剑拔弩张,我担心有人找你们公司的麻烦。"

"为什么?我们公司和军工情报这类完全不沾边,为什么找我们的麻烦?"

"老百姓气急了谁还管这些,麦当劳、肯德基更无关吧,使馆被炸那次照样受影响。哦对了,两年前你还没回国呢。"

"这个没道理吧。两个国家之间的事情属于外交和国际政治范畴,老百姓为什么要牵扯进去?再说我们公司从事的是正常的科技贸易,为什么冲我们来?"

"简英,你不是昨天才回的国吧?"谢航已经后悔不该打这个电话,转而问,"你刚才说愁坏了,因为什么?"

"哦,我刚遭遇回国以来的最大挫折,开拓中国市场的关键一步棋被总部否了。我们公司不是做网络安全认证的嘛,我一直重点跟几大商业银行谈合作,他们要推广的网上银行都需要我们的产品。结果眼看大功告成,总部却不同意我和客户谈妥的结算方式。客户认同按实际使用次数计费,用多少结多少,可我老板偏要采用打包的年费制。"

谢航觉得奇怪:"你们公司在美国就是按使用次数结算吧?"

"岂止美国,全世界都这样!"

"那为什么偏偏在中国要改用年费制?"

"就因为是中国呀!"简英越说越气,"我老板坚持认为如果计次结算客户很可能造假。"

"那我就不明白了，计次数据不是由你们公司负责统计生成、客户照单交钱吗，除了你们公司自己，还有谁能造假？"

"是啊，所以我很绝望呀。"简英嗓音带出哭腔，"老板非说将来客户肯定会对我们的计次数据不认账，会赖着不付款，所以宁可少收一点儿也要先把钱拿到。"

谢航已经了然："你只能去做你老板的工作，让他对中国客户建立起码的信任，其实这也是咱们作为桥梁最重要的价值，正因为美国公司与中国市场彼此之间存在天然的不了解与不信任，所以才需要咱们。"

简英满腹委屈："最让我郁闷的是，正因为我一直不断做老板工作，老板现在好像已经怀疑我在其中有什么个人利益……"

谢航沉默了，她对简英的困境感同身受，区别只在于她已经在这种困境里挣扎了十多年。外国公司因为对中国市场的无知，不得不倚重有中国背景的人，而中国背景越深厚的人在得到重用的同时也更会被总部忌惮。简英只身来到中国开辟市场，从团队到业务都由她一手打造，总部对这个天高皇帝远的独立王国难免生出猜疑。谢航建议："尽快让你老板到中国看看吧，来一次不够，得经常来。Robert 每个季度来一次照样只了解皮毛。"

简英叹口气："算了，我还是勤回去几趟吧，要不然何止我老板，连我先生也要怀疑我了……"谢航刚陪着也叹口气，简英忽然益发悲戚地说，"哦对了，还有件特伤心的事，我现在快成穷光蛋了！"

谢航又一惊："出什么事了？"

"我手里的那堆 stock options（股票期权）已经变成纸了……"

"怎么会？你进你们公司挺早的，给你的价格应该很低吧。"

"再低也没用，我在北京忙得昏天黑地，早忘了 option 的事，前几天刚想起查查看，结果我已经接连错过好几个 windows（行权窗口期），我们公司的股价这几个月像自由落体一样往下掉，如今不仅不赚钱还要贴钱。"

"那就再等等，总会涨回去的。"

"没戏,只能放弃,唉……"

谢航关切地问:"损失大不大?"

"你说呢,好几百万美元啊。手还没摸着就一下子没影了……"简英忽然自嘲道,"就当是做了一场梦吧,至少我曾经在纸面上 rich(富贵)过。"

谢航忽然想到一点:"你之前不是说要做天使投资吗,投了没?没投的话赶紧停了吧。"

"已经投了两个,每个十万美元。现在不想停也得停,地主家也没有余粮啊。"

谢航不禁笑了:"连你也会这句台词了。你就这么想,没准那两个项目里就有一个是未来的雅虎呢,你的回报何止几百万。"

简英也笑着说:"对,听你的,我就接着做梦。哎,你有没有这种体会,人一旦有梦想就会觉得很幸福。"

对此谢航当然早有体会,她也已经体尝过梦想破灭带来的痛苦与失落。不过此刻她另有一种以往未曾有过的体会,便是中美两国间的关系竟如此直接地影响到她一个普通人的小小梦想,她究竟是应该感到荣耀还是无奈呢?

2001 年的 7 月 13 号是个星期五,汉商网有大半员工晚上仍然留在公司不走,但也没心思加班,都在集体守候北京申办奥运结果揭晓的时刻。谭媛把当年在大学宿舍用的小电视搬到办公室,可她跟卢明忙得满头大汗仍然调不出图像。卢明拍着机壳嘀咕着,就算大家都用有线电视,咱这天线也应该能收到信号吧?茅向前把一支烟凑在鼻子底下闻着说,你忘了咱这楼叫什么名字,卫星大厦!没准儿故意把电视塔的信号屏蔽了。谭媛拿出胖胖的诺基亚 3310 晃晃,问为什么手机信号这么强?茅向前嗫嚅着说,可能是选择性屏蔽。裴庆华说,算了,咱们搞互联网的应该看网络直播。卢明哭丧着脸嫌网速太慢,说新浪的直播老卡。裴庆华问不会看文字直播吗?谭媛噘嘴抱怨着说,咱们国家就是基础设施太差,网速这个瓶颈突破不了咱们就看不到出头之日。

十点已过,忽然从附近的楼群中传来一阵欢呼声,众人急忙争相刷新页面。裴庆华急道:"别都同时刷,网速更慢,一个人更新就行了。"卢明最先狂喜地蹦到椅子上喊:"北京!北京赢啦!"谭媛跟着叫嚷:"萨马兰奇刚宣布了,北京!我们赢啦!"她张开双臂,卢明立刻从椅子上跳下和谭媛热烈拥抱,紧接着又和茅向前搂在一起连蹦带跳,众人被感染得也纷纷击掌、握手。在一片喧嚣声中,谭媛扑到裴庆华的身上紧紧地勾住他的脖子。裴庆华正被勒得两眼发花,却看到门口突然出现一个人,是舒志红。

裴庆华急忙把谭媛放下,冲门口招呼道:"你怎么来了?"

舒志红竭力摆出一副笑容反问:"怎么?我不该来吗?"

"不是,我的意思是今天这么重要的日子你应该在骑牛网坐镇吧?"

"那边我都交代好了,正因为这么重要的日子我才想和你一起庆祝,但看来用不着了。刚出电梯就听你们叫唤,我心想紧赶慢赶还是错过了,可到门口一瞧,偏偏正让我赶上。"

裴庆华的脸上红一块白一块,谭媛也很不自在地往旁边挪开些,办公室一下子变得安静下来,尴尬之际卢明解释说:"志红姐,谭媛刚才先抱的我,我们都特激动,逮住谁抱谁。"

舒志红莞尔一笑:"是呀,这么大的喜事当然要尽情庆祝,来,咱俩也抱一个。"说着便大大方方和卢明拥抱在一起,她的下巴搭在卢明肩头,笑眯眯地看一眼谭媛,又看一眼裴庆华。

此时幸好有人提议:"咱们到街上看热闹去吧,肯定有很多人上街了。"

众人附议声中卢明问道:"志红姐你开车了吧?带上我们去兜兜风。咱们是去天安门广场还是世纪坛?"

舒志红看着裴庆华说:"好啊,就是不知道庆华愿不愿意,他总说不喜欢去人多的地方,万一他想单独和谁待着呢……"

裴庆华忙表态："那就一起出去看看吧,这可是终生难忘的日子。"

舒志红转向谭媛问："怎么样?一起去?"

谭媛显然有些犹豫,卢明在一旁撺掇着："走啊,反正明天是周末,今天晚上就闹个通宵!"

裴庆华也说："走吧,反正有我……我们送你回来。"

卢明又拉茅向前,茅向前说五个人太挤了坐不下,舒志红瞥他一眼："哟,现在嫌我车小啦?过去后排不是经常坐三个人吗。"

出了楼门,裴庆华对员工们说："你们沿知春路往西,走到黄庄应该就能碰到清华、北大和人大的学生,肯定热闹。"

卢明问："志红姐,咱们也往西?"

"那还不如不开车呢,肯定堵得动弹不得,咱们要么往东要么往南。"舒志红坐进车里,裴庆华一如既往坐到副驾驶,他先把座椅尽量向前移,好让坐在他后面的谭媛感觉宽绰些,舒志红不动声色把这一切都看在眼里。

事实证明往东往南同样好不到哪里,舒志红原本打算经学院路到西直门上西二环,结果没走多远就变成龟速,似乎全北京所有的车都开出来还不算,关键是人都大摇大摆地走到机动车道上,车的前后左右都是人。好在大家都兴高采烈,陌生人都跟亲人似的。舒志红摇下车窗和外面的人拍手相庆,又扭头问："还记得八年前吗?输给悉尼那次你们都在哪儿?我记得特清楚,当天夜里我和主编在报社值班,手头捏着准备好的两篇稿子,一篇是赢的一篇是输的,听萨马兰奇念出悉尼的时候我真想一甩手回家,干脆让报纸开个天窗算了。"

卢明说："那年我刚上高二,难受得第二天都不想去上学了,被我爸骂了一顿,说人家北京办不办奥运会跟你有啥关系,有本事你先考到北京再说。"

谭媛接道："我比你高一年,记得当时有好几个女同学哭了,这会儿她们可能高兴得也在哭吧。"

茅向前嘿嘿一笑："那时候我是刚上大三,气得扬手就把暖瓶从窗户扔出去了,各个宿舍都在扔,一地的瓶胆碎片,亮晶晶的。结果第二天不仅得去买新暖瓶还得写检讨,甭提多撮火了。"

裴庆华默不作声,他想起那个夜晚也就想起了萧闯。舒志红大约猜到了马上换话题:"刚才路上我还在想,一旦申办成功就意味着巨大的商机,有没有什么咱们能借势的?对了,奥组委肯定会招标新闻报道权吧,你们说骑牛网可不可以去争取网络报道权?如果必要,也当一回赞助商?"

"骑牛网?"裴庆华不禁质疑,"现在动手恐怕已经晚了吧。像新浪、搜狐这些专做新闻的肯定早都抢先去挂号了。"

"我看行,单凭骑牛网这名字就比什么狐啊狼的牛气,竞技体育不就是为了执牛耳嘛。"卢明向来很替舒志红捧场。

谭媛说:"我也觉得不妨一试,反正不会失去什么,即便输了起码已经借此机会让骑牛网的品牌与搜狐、新浪并驾齐驱,多好的公关舞台。"

舒志红不由得仰脸从后视镜里打量一眼谭媛,又冲裴庆华撇嘴说:"你看看人家两个,年纪轻轻的都比你有见识、有胆气。"

裴庆华不以为然:"你别听他俩忽悠,他们是站着说话不腰疼、不当家不知柴米贵。单凭名字就能中标?那个舞台是随便上的?就像申奥一样,要砸很多钱进去,你骑牛网融到资了?有什么实力和人家上市公司比拼?"

舒志红还嘴硬:"有钱按有钱的打法,没钱按没钱的打法。照你这么说,汉商网也没资格跟那几家财大气粗的电商网站竞争,投降算了。"

裴庆华不愿跟舒志红抬杠,他忽然想到一个问题:"网络报道权是独家的?"

"当然啦,它的价值就在于此,要是每家都能报道还能叫'权'?同类型只会有一家赞助商,别人进来就是侵权。"舒志红越说越兴奋,连声按喇叭呼应周围沸腾的人群。

裴庆华把右边的车窗摇上,皱着眉头说:"那我就更不认同。这样的赞助商或者独家报道权实质就是垄断,剥夺了公众的自由选择权。我现在对什么垄断、排他之类非常反感,简直是深恶痛绝!"

舒志红偷瞄一眼裴庆华:"哟,生气啦。咱们纯属就事论事,你别把自己过度代入好不好?"

"赢者通吃这一套最要不得!"裴庆华愈发激动,"要给别人生存空间,不能总想着斩尽杀绝,唯我独尊、独占一切的欲望最终只会害人害己! 光惦记独家所带来的利益,却无视为实现独家将付出的代价,更看不到成为独家之后的巨大风险。独家垄断意味着什么? 意味着所有新生力量要想生存都会致力于先把垄断推翻,所以垄断者的下场只有不得好死。"

夹在后排中间的卢明见裴庆华动了气不敢吱声,谭媛盯着前排的座椅头枕认真琢磨着裴庆华的这番话,茅向前只好打圆场说:"你们俩聊的还是一回事吗? 庆华,我理解抒见这个独家重点在于时间而不是空间,骑牛网想拿到的权利是新闻报道上的首发和原创,其他网络媒体要么后发要么转载,对吧? 抒见。"

舒志红借机定定神,又理论道:"对了庆华,就拿汉商网做例子,难道你不希望日后只剩你们一家做电商的网站? 竞争对手都消失岂不最好?"

"未必。我希望客户因为汉商网比其他家好选择我们,而不是因为没得选择。"

"如果你们能做到在各方面比所有竞争对手都出色,客户们当然都会选择你们,那竞争对手不就自然被淘汰了?"

"你在自然界见过这种现象吗?"裴庆华摇头,"退一步说,假如真有那么一天,无论对汉商网还是客户都将是一场灾难。把竞争者全部消灭的时候,自己的消亡也就为期不远了。"见车里静悄悄的与车外简直是两个世界,裴庆华想结束这一话题,最后强调一句,"总之,我不赞成你去谋求什么独家报道权。"

舒志红又从后视镜里瞟一眼谭媛,问道:"妹妹,你怎么不发表意见?"

谭媛咬着嘴唇想了想说:"我理解也敬佩庆华的理念,但我不会像他那样做。"

舒志红看了看裴庆华,不再说话,而是使劲按住喇叭发出一串震耳的长鸣。

谢航连夜给 Robert 打电话,兴奋地问:"你看到新闻了吗?"

Robert 想必刚进办公室正忙于手头工作,简短回道:"我知道,你赢了。"

"不单是我,是北京!"

Robert 没好气地强调:"所以我说的是'你们'赢了。"

"哦哦。"谢航顾不得抱怨英语的第二人称单数复数不分已经引起多少误会,急着问,"你不觉得这是个大好消息吗?"

"当然是个好消息,"Robert 停顿一下又接了句,"尤其是对你。"

谢航甜甜地笑了,她确信 Robert 这次说的"你"一定是单指她的。又问:"所以我们不必再等了,美国既然能接受由中国举办奥运会,说明关系已经和解,对吧?"

"我想应该是的。三个多月前的撞机事件看来只是个无关大局的小插曲,我们的人都回家了,我们的飞机虽然被拆了但还是运了回来。你们和我们都没伤面子,干得不错。"

谢航又被 Robert 一口一个"你们""我们"弄得很不舒服,但她还是紧接着问:"我们下面该做什么?"

Robert 很不客气地发出指令:"这你应该很清楚,马上开始做你该做的事,动作要快,我希望在两个月内看到结果。"

谢航顿时有些紧张,毕竟自己面临的是一个全新的领域,就惴惴地试探道:"你不可以帮我一起做吗?"

"那是你自己的事!我有我自己的事要做。"Robert 气鼓鼓地又说，"其中之一就是尽快找到你的继任者！"

既雄心勃勃又满怀焦虑的谢航几乎一夜没睡，天快亮时才沉入梦乡，结果大清早就被手机铃声吵醒。她心想是谁这么可恨，接起来发现可恨的人是舒志红。舒志红不识相地张口就喊："谢航，你得帮我个忙！"

谢航压住火气问："你有什么事？"

"你得帮我约一下简英，越快越好！我都急死了，急得我昨晚怎么也睡不着。"

谢航脾气再好也忍不住爆发了："喂！你不知道我也一夜没睡吗？刚睡着就被你吵醒啦！"

舒志红无辜地说："啊？我怎么知道你也没睡好……"

谢航只得问："你是要简英的联系方式，还是想让我把你们约出来咱们三个一起见？"

"当然一起最好啦，我跟简英还没见过，怕尴尬。"

谢航说："你运气倒是真好，我下周二就会去北京，到时候约你们。"

舒志红千恩万谢挂了电话，谢航纳闷究竟发生了什么，本想问问裴庆华又改了主意，现女友要会晤前女友这种事还是别让他掺和了。

显然舒志红找简英有话要说，谢航便没约饭局，在后海找了家咖啡馆。简英到时，见谢航正倚窗望着外面的荷塘，就笑着问："想起莲叶何田田了吧？"

谢航回眸看眼简英，淡淡地说："是想起学校的荷塘了。"

简英坐下用手扇着风说："不过我一直觉得午后的荷塘比月色下的好看得多，阳光明媚、绿色清新。"

谢航笑道："你和老裴当年都是下午去荷塘？"

"那你们呢？你和萧……"简英急忙打住，但谢航的脸色已经有些不自然。

这时舒志红风风火火走进来，一个劲向谢航致歉："对不起对不起，其实我早到了，以前有个停车场却关了，害得我又绕半天，还不如打车了。"

谢航和简英都坐着不动，谢航笑着介绍："喏，她就是简英。简英，这位就是舒志红。"

舒志红在简英对面坐下，两个人都专注地审视着对方，从上到下、从里到外不放过一丝细节并暗地与自己逐项比较。谢航在一旁看得忍俊不禁，忙正色道："好了，彼此认识了吧？咱们先点点儿喝的吧。"

简英要了美式咖啡，舒志红要了红茶，谢航要了果汁。舒志红很诚恳地说："简英，今天麻烦谢航约你来，是想跟你说声对不起……"

谢航笑着打断："哟，从进门到现在这是第几个'对不起'？你也太客气了。"

"不是客气，真的，我确实应该对简英道个歉。"舒志红又转向简英，"如果我没记错的话，你是前年10月份回来的吧，从那时起我就一直认定是你影响了我和庆华之间的感情，所以我已经……暗暗恨了你将近两年。"

谢航立马起了八卦的心："你不会是做了个小人儿写上她名字天天用针扎吧？你抬脚让我看看，鞋底有没有写上简英二字？"

简英抬手打谢航一下："你别瞎说八道，好歹是全球五百强的老总，就不能正经点儿？"

"都不是外人，别那么拘谨嘛。"谢航嘴上虽犟，但还是端正坐姿重现矜持典雅状。

"真的简英，我心里怎么念叨你就不提了，就是当着庆华的面我都用过一些挺不好的字眼儿讲你，每次都惹得庆华生我气，可他越维护你我就越恨你。"

简英很大度地表态："没事，反正不论你心里说的还是对庆华说的都没传到我耳朵里，谈不上对我有任何伤害，再者我也理解你的心情。其实咱们要是早些见面把话说开就好了，我和庆华真的什么都没有，也不可能有。我和他之间就是那种典型的初恋朋友的关系,彼此都有一份很美好很温馨的回忆,但也仅仅是回忆;相互间还会有习惯性的关心,但也仅仅是关心。你跟庆华大概不是初恋吧?想想你和你初恋的关系,就能理解我说的了。"

不料舒志红立刻一脸鄙夷的神情:"我初恋?还是别提了吧,那人实在太渣,渣得跟萧闯好有一比……"舒志红惊觉失言,向谢航匆匆作个揖马上接着说,"我的意思是所以我之前无法理解再见到初恋怎么还能觉得亲近。"

简英用眼神抚慰谢航,说:"后来关系怎样取决于当初为何与如何分手。我和庆华属于无疾而终、好合好散,不像你们……"

"就是。"舒志红深表赞同,"我见到初恋恨不能掐死,谢航你也一样吧?"

谢航立刻收拾东西,沉着脸说:"你们俩已经见面认识,我的任务完成,得去公司了,一堆事情等着我呢。"

简英和舒志红同时起身劝阻,好说歹说总算让谢航留下,两人吐了下舌头相视一笑,彼此间的距离倒因此又拉近几分。

舒志红问简英:"你最近和庆华接触多吗?"

"经常碰面。"简英很大方地说,"汉商网遇到的一个瓶颈就是网上支付,我们一起在和银行谈,希望能用上我们公司的安全认证解决方案。"

"哦……"舒志红若有所思,忽然问道,"那你见过一个叫谭媛的女孩吗?"

"见过啊,也是从美国回来的。"

"你没觉得那个女孩和庆华之间有点儿……不对劲?"

"啊哈!"谢航猛地拍下巴掌,"简英,难怪她对你的敌意消除了,因为发现新的嫌疑人!"

简英皱着眉头说:"不会吧,看着挺单纯的,应该没想对庆华怎么样吧。"

舒志红立刻反驳："哎,照你这么说,你和我都是因为不单纯才跟庆华好的?"

谢航坏笑:"别把你俩放在一起说,毕竟有先有后,乍一听还以为你们俩同时跟老裴怎么样呢。"

"去你的。"简英瞪谢航一眼,"我的意思是那个女孩和庆华的关系看着挺单纯的。"

"你看,你叫他庆华,我也叫他庆华,你们猜谭媛管他叫什么?"舒志红神情严峻地说,"也叫庆华。"

谢航不以为然:"这不能说明问题,当初在华研上上下下都这么叫他。"

"绝对不一样。他的 CTO 老茅,简英你见过吧?他也叫庆华,但谭媛叫的一听就能感觉出不一样,那种口吻、那种腔调……"舒志红说着不禁打个冷战。

"你这是杯弓蛇影,典型的邻人疑斧。不信可以问简英,她听了有没有你那种感觉?"

"我没听谭媛叫过庆华,开会时她好像很少说话。"

"你看,小姑娘多有城府,她是刻意在你面前掩饰自己。"

谢航立刻挑出舒志红的破绽:"按道理她更应该在你面前掩饰才对,怎么却被你听到了?"

"我去的次数多嘛,她防不胜防所以被我撞见了。"舒志红辩解过后又发愁道,"我没法不担心,他们俩是有渊源的,当初庆华辅导过她高中课程。"

"哦,我想起来了。"谢航恍然大悟,"难怪她姓谭,她就是谭启章的女儿?"

舒志红点头:"你们说,他们这算不算青梅竹马?"

简英笑了:"当然不算,她都上高中了,庆华年岁就更大,还骑竹马、弄青梅?你太神经过敏。"

"不是我过敏。高中正是情窦初开的时候,她肯定当时就暗恋庆华了。我就是高中被那个初恋……"舒志红话到一半却收口不说了。

一阵沉默之后谢航问舒志红："就算你的怀疑事出有因,你约简英是想……?"

"想让简英帮我出主意啊,天底下除了我最了解庆华的应该就是简英了,简英你说对吧?"

谢航笑道:"哇,这真是化敌为友的典范,从竞争对手秒变战略伙伴。"

简英很是为难:"我哪有什么主意,这方面我最迟钝了。"

"或者你找庆华谈谈?问问他究竟怎么想的,是否对谭媛确有好感。"

"这些还是应该你本人和他谈吧。"

"不行,我越和他谈就越把他往谭媛那边推。"舒志红又转而求谢航,"要不你和庆华谈谈?你的立场完全中立客观,比我和简英都更合适。"

"我?你所说的完全中立客观,另一个含义其实就是与我彻底不相干,我有什么资格去过问老裴的感情问题?我觉得你有点儿病急乱投医,首先可能根本没这回事,其次即便真有此事你也只能自己面对,我和简英恐怕都爱莫能助。"

舒志红发了会儿呆,怏怏地说:"好吧,那我就自己面对。其实我知道谁可以帮我,只是还没想好我该不该那么做。"谢航与简英对视一眼都有些纳闷,舒志红直愣愣地又问,"简英,你究竟因为什么和庆华分的手?"

简英仰头仿佛是在努力回想很遥远的往事:"应该就是距离问题吧。刚开始我还能想象庆华每时每刻都在干什么,后来就完全想象不出了;对庆华来说就更难,因为他对我在那边的生活没有任何直观了解。"

舒志红满怀同情地说:"真可惜,你们俩没赶上好时候,要是像现在这样随时随地能 QQ,就不会有距离感了。"

谢航又禁不住笑道:"有没有搞错? 最不该替他们俩惋惜的恐怕就是你吧。"

舒志红也不免有些不好意思,岔开话题说:"反正我就是特别感慨,科技尤其是互联网真的可以改变我们每个人的命运。"

简英随口问:"你们都用QQ? 我周围的朋友用MSN多一些。"

"我也用MSN。"谢航接道,"不过凡事都有两面,像当年那样鸿雁传书确实耽误了很多事很多人,可即时通信既然能让你随时交流也就能让你随时吵架、随时谈崩,连个让人冷静的缓冲期都没有。"

听了这话,舒志红不由得对号入座,心虚地以为谢航这是暗讽她与裴庆华在QQ上经常闹不快,殊不知谢航却是因自己和Robert之间的事有感而发。

经过近两个月晨昏颠倒的忙碌,谢航终于在Robert要求的期限前完成了大部分准备工作。她于9月的第二个星期一登上飞往旧金山的航班,一想到将在本周内与各家投资人签署包括有限合伙人协议和认购协议等成立投资基金所必需的纲领性文件,疲惫之极的她感到非常满足,总算不枉这一年多的心血与煎熬。

星期二清晨,由于时差反应谢航早早就醒了,她揉着眼睛看看床头的液晶表,刚六点多。隐约听到起居室有动静,谢航估计是Robert正准备出门晨跑,她裹了件睡衣想去喝口水,路过起居室见Robert正全神贯注盯着背投电视的超大屏幕,画面上像是纽约曼哈顿的大都市正一片浓烟滚滚,两座比肩而立的摩天大楼仿佛两柄巨型火炬烈焰升腾。谢航倒了杯水站到Robert身边,笑着问:"这是哪部大片的预告吧? 估计不是卡梅隆就是诺兰拍的。"

Robert的身体微微颤抖,嗓音暗哑地说:"这不是电影,这是真的!"

谢航的杯子差点儿脱手,惊呼一声:"你在开玩笑?!"

Robert冲屏幕一扬下巴:"除非是CNN在开一个天大的玩笑。两架从波士顿起飞的客机刚刚先后撞上了世贸中心！"

"天哪！"谢航指着屏幕叫道，"那是有人从楼上往下跳吗？"

"对，那些掉下来的小黑点就是一个个活生生的人。"

"谁干的？"

"还没确切消息，也没有人承认。但我想很多人和我一样已经知道是谁干的，那些狗娘养的畜生！"

"这得有多少人死掉啊……"

"几千人，也许上万人。但哪怕只死一个人也要让那帮家伙付出代价！"

想到 Robert 是犹太裔，谢航已猜到他指的是什么人。她挽住 Robert 的胳膊，把脑袋靠在他肩头。就在快到七点钟的时候，其中一座塔楼突然轰然崩塌，谢航再次连声惊叫，她的神经也一同崩溃，抱住 Robert 啜泣。

Robert 拍着谢航的后背说："记住这个日子，从今天开始，这个世界上所有人的生活都将被改变！"

谢航的头昏昏沉沉，喃喃地问："今天几号？"

"9 月 11 号！"

十九

/

聚散终有时

进入 10 月，谢航感觉比刚过去的 9 月更变幻莫测，令她无所适从。本来 Robert 已确定作为美国工商企业领袖代表团成员，参加即将在上海举行的 APEC 工商领导人峰会。谢航正忙于安排各项接待，却从电视上看到美国开始打击阿富汗塔利班。Robert 来电话说布什总统恐怕不会到上海出席此次 APEC，因为他如今不肯离开美国，连去加拿大都不敢，美国方面只会派一个低级别、小规模的代表团出席，所以自己也未必会来上海。谢航失落之余又感到一阵轻松。谁知没几天 Robert 突然告知他又要来上海，谢航赶紧重新开始忙活。Robert 习惯住的浦东香格里拉这回住不成了，因为要接待参加 APEC 会议的中国代表团以及香港特首一行。Robert 按理可以住进波特曼丽兹卡尔顿，因为布什和美国代表团把那里的全部六百个房间都包了，盈孚公司作为工商峰会参与方应有一席之地，但 Robert 像硅谷的很多企业领袖一样，对布什颇为反感以至于不共戴"楼"，谢航只得另作打算。比较好的选择是静安希尔顿，同样是美资背景又离波特曼不远，但希尔顿酒店要接待加拿大和新西兰代表团,谢航用尽办法包括惊动美国商会总算为 Robert 一行争取到四个房间。谢航抱歉地告知 Robert 不可能还住套房,因为只有标准间。Robert 说我才不在乎,我甚至准备住到你那里去。

事实上 Robert 不仅没住到谢航那里,他俩这次连单独相处的机会都没有。与 Robert 随行的还有高级副总裁、公关事务负责人和总裁助理,几个人日程满满而且始终集体行动。希尔顿酒店也如临大敌,进门需人物分流三道安检,搞得谢航不胜其烦。

从 10 月 17 号一直疲于奔命折腾到 20 号,谢航每天只能睡三四个小时。20 号晚上东道主在黄浦江畔施放焰火款待四海宾朋,Robert 他们也都去了,谢航终于可以舒服地蜷在公寓的沙发里,等着看电视直播。

忽然门铃响,谢航开门一看竟然是 Robert,不禁惊喜地问:"你怎么来了?我还想待会儿能不能在电视上看到你呢。"

Robert 吻过谢航便和她一起搂坐在沙发上,一副玩世不恭的样子说:"我才懒得去。明天就要走了,必须来看你。"过一阵他忽然笑道,"跟你讲件有趣的事。你猜我们那位总统和你们的主席见面时说的第一句话是什么?"

"嗯……很高兴见到你?"

"不是。"Robert 摇头,"布什说,如果这次不是在中国,我是不会来的。"

"然后呢?"

"然后你们的主席当然很开心。"

"然后呢?"谢航笑着追问。

"然后……"Robert 耸了下肩膀,"你知道我们在打阿富汗,要抓住本·拉登那个狗娘养的?"

"所以……?"

"所以接下来的几年可能是美国和中国关系最好的时期,比任何时期都好。因为美国为了消灭他的敌人,需要有更多的朋友。"

谢航立时兴奋起来,揪着 Robert 的胳膊问:"你的意思是我的基金终于可以启动了?"

Robert 并未急于回答,转而说:"在这几天的峰会上大家都在流传一个说法,最快在下个月,中国就要和世贸组织签约,因此年底前中国很有可能正式成为世贸组织的成员国。"

"哇!这可是大好消息,你们对中国应该不会再有任何疑虑了!"

"所以,你还不赶紧做功课。"Robert 冲谢航挤下眼睛,谢航紧张地想了半天仍然不明所以,Robert 笑道,"你的那份 PPM(私募备忘录)是不是应该再更新一下?APEC 和 WTO 这两个里程碑都应该反应在你的文件中,那些投资人肯定会更有信心。"

谢航立刻起身说:"好,这将是我的第七版 PPM,希望是最后一版。"

Robert 拉住谢航的手把她拽倒在沙发上:"好啦,你可以明天再做,今晚你的功课是我。"

这时焰火晚会盛大开启,在一片轰鸣中礼花绽放,听到主持人在大声地讲解,Robert 问:"他在说什么?"

"在说这场焰火表演的名字。"

"什么名字?"

谢航攥住 Robert 的手和他依偎在一起,动情地答道:"What a wonderful night!(今宵如此美丽!)"

2001 年即将过去,盈孚传统的全家福大餐又到了,全体员工携带家属把美林阁餐厅包下整整一层。虽然有关谢航即将离职的消息尚被严密控制在极小范围内,但这几天她已经自觉有股抑制不住的惜别感怀之情。

谢航端起饮料杯走到餐厅正中代表公司致辞,简略回顾公司业绩与员工贡献之后,她说:"2001 年真是个好年份,喜事连连,对咱们盈孚公司、对上海、对中国都是如此,尤其是下半年,先是北京申奥成功,然后上海 APEC 盛会,再到中国加入 WTO……"

面前一桌有位小伙子高声插话:"还有国足出线,破天荒啊!"

"国足?"谢航痴痴地问,"什么比赛? 奥运会?"

满层楼响起一声齐呼:"世界杯!"

"是吗? 我怎么一点都不知道。"谢航露出憨憨的笑容,又问附近几个市场部的,"你们女生也都知道?"

"当然啦!"女员工都笑着回答。

谢航嘀咕着:"没想到咱们盈孚女球迷还挺多……"

市场总监揭露说:"她们才不算球迷呢,不信你考她们一下规则。"

谢航自嘲道:"问题是我也不懂规则,怎么考? 那肯定你们老公或者男朋友是球迷。"

女员工大多摇头否认:"也算不上,但偶尔总会聊到。"

谢航便接着向大家祝酒,谁也没把这个小插曲放在心上。

盈孚的全家福聚餐有个不成文的规矩,分上下半场,带家属的吃好就先走,剩下不带家属的继续喝好,谢航和前两年一样也要坚持到最后,而越到后半程她去卫生间的频率就越高,她得时不时把酒吐出来。

这次她刚在卫生间补好妆,听到对面男卫生间传来人声,她便站在门后等那几个人走远再出去,以免在男女卫生间门口撞个正着。隔着门听一个男生问:"Abby 怎么可能不知道?"另一个男生说:"怎么不可能? 她找的又不是中国男人。"

谢航霎时呆住,手搭在门把上好一会儿才放下,她走回洗面台看着镜子里的自己。

凭话音她大体能猜到刚才两个男生是谁,都是新进公司不久的菜鸟销售。她和 Robert 在一起已整整两年,想瞒住所有人自然不可能,但如此尽人皆知以至于上厕所这点儿工夫还要被谈起,实在出乎谢航的想象也让她很不舒服。她自信没有任何人切实看到她和 Robert 在一起,谁也没有任何真凭实据确证自己与 Robert 的那种关系,但显然所有人都知道,知道得那么毫无悬念。她料到会有人以此做谈资,却绝没想到不仅是茶余饭后还得加上便后,这个念头令她立刻开始恶心,再次伏在洗面池上大口地呕吐。

重新抬起头看着自己,谢航用纸巾揩下嘴角,就在把纸巾丢进纸篓的一瞬间她拿定了主意。

2002 年的春节谢航一直在北京陪父母,没有再像过去两年那样赴美和 Robert 相会。老谢两口子高兴得不行,谢航干脆锦上添花宣布很快她将回到北京工作,老谢简直怀疑自己喝高了,老沈则清醒得多,立刻盘问是不是有男朋友了,而且一定是北京的对不对?不待谢航回应,老沈已经自顾自地说这就对了,北京什么工作找不到,偏要在上海待着。你都三十四岁了还分不清什么更重要?谢航说大过年的你不是想逼我离家出走吧,老沈顿时不吱声了。

2 月底 Robert 再次到了上海,亲自向公司内外发布谢航将不再统辖盈孚中国区,转而运作盈孚基金的消息,同时把继任者隆重推出。一连串发布会和媒体访谈之后,谢航终于有时间和 Robert 单独坐坐。

她领着 Robert 来到新天地,Robert 满眼新奇连声地问:"这地方你以前怎么不带我来?"

谢航笑说:"因为这地方以前没有。你看看周围,这只是第一期,还正在开发中。公司的法务专员你有印象吗?她的外公、外婆和舅舅原先就住在这里。"

Robert 随口问:"现在呢?"

"已经被搬到很远的地方去了,据说她的外婆到现在还经常会哭。"

Robert 不解:"为什么哭?为什么是被搬?"

谢航凄然一笑:"就为早日让你和我,还有其他人能来这里喝咖啡。"

Robert 默默想了一阵,似乎明白了谢航的意思。

两人坐在一处曲径通幽的餐厅里,谢航点好菜就问:"Bob,我觉得一个月的交接期足够,你看呢?"

Robert 瞟一眼谢航:"好吧,你的最后一天就定在 3 月 31 日。反正你还在上海,他有什么问题可以随时找你。"

"他当然可以随时找我,不过……"谢航顿一下,"我打算回北京。"

Robert 又瞟一眼谢航:"能告诉我为什么?"

"因为我现在的公寓是盈孚中国提供的,我搬出来以后在上海没地方住。"

"你不是在上海买了房子,而且买了两套。"

谢航暗吃一惊,她记得很清楚从未对 Robert 提过此事,尽管谈不上什么秘密,但显然 Robert 在她之外还另有其他的信息来源。谢航解释说:"盈孚基金在初创期预算会比较紧张,以我的收入负担不起两套房子,还不如卖掉之后把钱投入到更有意义的事情上。"

"房子赚到钱了?"

谢航莞尔一笑:"说实话,我不知道,没怎么关心过。"

Robert 一边用餐巾纸把筷子包成像铅笔似的一边说:"我会建议盈孚中国今后不再租办公室而是买,应该会有不错的资本回报。"

谢航不想被 Robert 把话题岔开,又说:"我判断中国的互联网产业中心是北京而不是上海,这是我想回北京更主要的原因。"

Robert 这次的眼神不再游离,他盯着谢航看一会儿才说:"我知道你不喜欢上海,不喜欢在上海发生的很多事情。"他有些委屈地嘟囔,"你也应该知道我不喜欢北京。"

谢航面无表情地说:"北京和上海的距离,并不比中国和美国更远。"

Robert 像看到一线希望:"你的意思是,我再来上海时你会从北京来见我?"

"我的意思是,如果在你看来隔着一个太平洋的距离都不成其为问题,至于我在北京还是上海也就无所谓了。"谢航见 Robert 默然无语,探过去搭住他的手说,"我相信这两年你和我都是真心的,但我也相信,你和我对这段关系都同样没有更长远的打算,不是吗?"

Robert 没有明确回答,只是说:"和你在一起我很开心。"

"我也一样。但在一起应该不只是为了开心吧?"

Robert 脾气上来,把手挪开说:"我只找了盈孚中国总经理的继任者,我还没打算找你的继任者!"

谢航淡淡一笑:"我知道,我目前同样没打算找你的继任者。但即便没有别的车路过,我们也不应该一直待在一辆哪儿都去不了的车上吧? Bob,既然我们之间不会有结果,不如早点儿结束。"

Robert 盯着谢航冷冷地问:"这一天是你早就计划好的?"

"Bob,你以前老告诫我不要情绪化。现在也请你冷静想一想,这一切难道不正是你一开始就计划好的? 我不是一直在默契地执行你的计划? 今天这样的结局不正是为了让你彻底对我放心吗?"

Robert 显然颇为失落,神情黯淡地说:"但还是觉得太突然,让我想一想,给我点儿时间。"

这顿饭注定吃得很寡淡。从新天地出来已经暮色四合,谢航提议走一走再打车,她挽着 Robert 的胳膊走在梧桐树下的便道上,心里忽然一阵伤感,她知道自己与 Robert 今晚做的每件事都将是两人的最后一次。

Robert 忽然拍拍谢航的手问:"刚才那个地方叫什么?"

"Xin Tian Di!"谢航用标准的汉语拼音念道。

Robert 追问:"什么意思?"听谢航给他讲解之后 Robert 默默走了一段路忽然说,"Abby,看来从今天开始你和我都将步入一片新天地,祝我们都好运!"

谢航不禁用力靠紧 Robert,仰起脸看一眼路灯,眼泪已经止不住流出来。

谢航坐在虹桥机场的商务舱休息室,一想到今后相当长的一段时间自己恐怕都只能坐经济舱,不免有些惆怅。她的指尖摩挲着皮沙发的扶手,决定再去拿点儿吃的。走到摆放几样面包的托盘前,谢航取了一个小圆面包又随手拿起一小盒黄油,她突然浑身像过电似的一激灵,看着手上的黄油心里有些难过。Robert 对黄油很是偏爱,不过与其说是爱吃不如说是爱玩,他很喜欢用餐刀把冻黄油切成各种形状的小块,等黄油慢慢化开再一丝不苟地涂抹到面包上,过程中既有信徒般的虔诚又有孩子般的专注,所以谢航已经习惯给 Robert 多拿几块黄油,然后面带笑意欣赏他的操作。

无奈地把黄油放回去,谢航心里空落落的。她想到 Robert 也就想到自己在盈孚的将近三年时光。这三年与她在 IEM 的九年相比平淡许多,那九年里她脱颖而出、攻城拔寨、化蛹为蝶,从一个懵懂的新人变为卓越的职业经理人。而在盈孚的日子只能算作守成,于她本人如此于公司也如此,唯一全身心投入的便是和 Robert 在一起的这段情。谢航似乎一直努力把这段关系当作出于真情,而并非彼此间的利用与交易,但当这一切结束时她却由衷感到一种钱货两讫的轻松惬意。谢航内心五味杂陈,有些事她怎么想也想不明白,忽然闪过一个念头,也许这正说明在她自我的潜意识里就不想明白。

“谢航? 真的是你啊!”冷不丁侧后方有位男士惊喜地叫道。

谢航着实被吓了一跳,急忙收拢心神定睛端详对方,惊异地问:“你是……老罗?”

“对呀,如今真成了老罗,老啰……”

“哪里,”谢航看一眼老罗已开始向上收敛的发际线,“你还不到五十吧,正当年呢。”

两人都不再惦记吃食,老罗跟着谢航回到座位,感慨道:“咱们多久没见了?”

谢航想了想:“将近十年?”话一出口不禁被这飞逝的光阴所惊骇。

“真是,这么久,这么快。”老罗仔细打量着谢航,“你没怎么变,还那么年轻漂亮、光彩照人。”

谢航笑道:“你说话可不像原先那样符合实际了。”

老罗忙否认："绝对是客观事实。你还在 IEM？外企就是财大气粗，出差都是商务舱。"

"没有，三年前离开了。真不巧，我刚又换了工作，不好意思连名片还没印。你还在机电部？"

"早改名喽，如今叫信产部。"

"对对，我这几年整天和信产部打交道，可一见到你就说成了机电部，说明当初的印象有多深。你这次是到上海出差？"

"出个短差。有家做港口机械的公司在港务局做个产品现场鉴定会，请我过来给他们装装门面。你怎么样，这些年过得好吗？"

这本是再平常不过的随口一问，却牵动了谢航正无法排遣的心事，她不太自然地笑一下："谈不上过得好不好，只能说有一些经历，但没什么变化。"

老罗盯着谢航看了好一会儿，似乎在揣摩这话里的深意，像是安慰又像是称道似的说："厉害，这正是人生最理想的状态嘛，历尽沧桑，初心未改。"

谢航被逗笑了："你现在说出的话真像海绵，全是水分。我明明是几年虚度一事无成，却被你说得那么有境界。"

老罗也陪着笑了一下，但没接话。谢航刚要礼尚往来问问他的现状却改了主意，生怕万一老罗对她大倒苦水该如何是好，便转问道："你的航班是哪家公司的？"

"东航。"

"我是国航。好像国航这班比东航要早点儿？"谢航看了一眼手表说，"呀！我得去登机了，不跟你聊了老罗，祝咱俩都一路平安！"

老罗起身相送，嘴张了一下似乎想说什么，但最终只是笑着招了招手。

谢航这趟因为要把东西都带回北京，难得托运了两个大行李箱，手上只有一个装着笔记本电脑的拎包。她正往登机口走，忽然想起两个人竟连手机号码都没留，若要再次像这样偶遇恐怕又得等上十年八年。

她转念一想，莫非老罗本意便是如此？老罗大概与谢航同样明白，当初只是人生轨迹的刹那交合，只是一份宝贵的记忆，但已然足够。

中午在大厦地下一层员工餐厅吃饭时，谭媛对裴庆华说："我跟你讲过没，过年的时候和我爸又吵了一架。"裴庆华埋头喝着西红柿蛋花汤，摇摇头。谭媛气呼呼地接道，"他非让我离开汉商网。"

"你爸想让你去哪儿？华研？"

"对呀，还能去哪儿？！"

"你爸提没提你去华研具体做哪一块？"

"他说华研早该介入互联网，前两年总觉得还没看清楚结果耽误了，早听年轻人的意见就对了。"

裴庆华追问："具体做互联网的哪方面业务？"

"他没说，我也没问。"谭媛忽然不满道，"喂，咱俩关注的重点好像对不上吧？我在说我爸让我离开汉商网，你关心的却是华研想做哪一块！"

裴庆华用纸巾擦嘴说："你来汉商网时间不短了，可能你爸已经认为你能独当一面，准备叫你去华研委以重任。"

"才一年多……"

"到夏天就两年了。当初我在华研不到一年你爸就让我管三个大区了。"

"我能跟你比吗，再说那时的华研和现在也不能同日而语。哎我就不明白了，你好像很希望我走？"谭媛盯着裴庆华的脸问，"你不会是怕我爸吧……"

裴庆华笑了："我和你爸从认识到现在整一轮，十二年，之间的关系有过几次变化，但我从来没怕过你爸。"

"那为什么他让我来你就收下，他让我走你就放我走？"

"你是不是出去念两年书中文退步了？这不叫怕，这叫尊重。"裴庆华反问，"你呢，是不是纯粹出于逆反心理，跟你爸对着干？"

谭媛一撇嘴："我早过了青春期逆反,而且如果要跟他对着干为什么他要我来我就来了？什么逻辑?!"

"那你究竟以什么理由和你爸吵的?"

"你说你尊重我爸,我恰恰认为他不尊重你。他让我来我就来,他让我走我就走,他把我当什么了？他又把你、把汉商网当什么了？就凭这一点儿我坚决不同意!"

裴庆华手一摊："你看,还说不是逆反心理？多典型的情绪化。你这样根本不可能说服你爸。"

"我为什么要说服他？我自己的事情我自己决定,根本不需要他同意。"

听到这话,裴庆华不由得有些恍惚,仿佛就在昨天,谭媛在电话里声明她学理工用不着高中班主任同意。谭媛见裴庆华发呆就问："怎么了?"

裴庆华掩饰道："我是在想,你不打算现在去华研真正的原因是什么。"

谭媛的脸不禁红了,说："我觉得还不到时候。我想等汉商网再上一个台阶,比如说融资成功。"

"可是融资的事我还没想清楚,也许早着呢。"

"庆华,不融资不行的。虽然这一年多汉商网的转型算是成功挺过来了,但目前将将能够生存,每个月的 GMV 根本拿不出手,更谈不上跨越式发展。没有钱,物流配送系统怎么搭建？网上支付平台怎么搭建？别人轻易就可以超过我们。"

"但 8848 的情况你也看到了,好好的一个电商网站现在乱成什么样子,根本原因就是过早引入投资人,而投资人的心思压根儿就是歪的。汉商网现在日子再苦但至少可以保证道路和目标仍然由我把握。"

"这只是一个反面例子,可还有正面的例子呢,创始人与投资人的关系是个永恒的问题,需要不断寻找平衡点。"

"所以我才要慎重再慎重。"裴庆华忽然话题一转,"你刚才说和你爸又吵了一次,之前已经吵过?"

谭媛嘴一噘:"这已经是第三次了。头一次是去年国庆,第二次是元旦,这回是春节。我都奇怪了,每次专挑我回家过节的时候。我已经决定了,五一不回家!"

"那么早你爸就要你离开汉商网?"裴庆华惊讶不已,那时谭媛刚来一年多点儿,奇怪,半年之内为此提了三次也吵了三次,什么原因让谭启章这么急呢?对照谭启章当初强调不许谭媛轻易打退堂鼓,如此一百八十度大转弯究竟因何而起?

谭媛见裴庆华默然不语便问道:"我爸怎么想随他的便,关键得看你的态度,你到底怎么想的?"

"我?"裴庆华愣一下,故作轻松地说,"我的态度是明确的、一贯的,你来我欢迎,你走我欢送。"

谭媛气得鼻子都歪了:"行,你的话我一字不落全记住了!"她把餐盘往前一推,"我上楼干活了,麻烦你把餐盘还回去!"

下午很长时间谭媛都不搭理裴庆华,后来才走到桌旁沉着脸问:"记得你说过晚上没事,没变化吧?"她把两张纸撂到桌上,"这份简历你看看,老茅、卢明我们一起面试的,都感觉非常不错,但他坚持要见到你之后再做决定。"

裴庆华飞速把简历浏览一遍,惊喜道:"哟,名校啊,高才生。"

"所以人家有底气,不仅咱们面试他,他还要面试你,你可得好好表现,别给汉商网丢脸。"谭媛指一下简历第一行,"看到没?80后。"

裴庆华皱下眉头:"哟,真是80后,我还没跟传说中的80后打过交道呢。"

"所以你要好好表现。如果他能来,咱们汉商网不仅在你之后有了第二个名校高才生,也将有第一个80后。"

裴庆华竟不由得开始紧张:"他几点到?"

"六点半。他下午在学校参加毕业设计的课题讨论,在食堂吃完饭过来。"

裴庆华立刻喊道:"卢明,晚上订盒饭的时候让他们别放洋葱大蒜,免得一张口一股味道!"

卢明对裴庆华这般如临大敌的状态颇不以为然,一边点头应承一边嘟囔:"至于吗……"

晚上六点半,有个小伙子准时踏进汉商网的门,此人中等个,白白净净挺斯文。他站在门口冲谭媛笑着点头致意,谭媛忙把他引领到裴庆华的桌前介绍说:"裴总,他到了。小向,这位就是我们汉商网的CEO裴总。"

裴庆华起身和小伙子握手,小伙子说:"裴总您好!我叫向翙飞。"

"挺不错的名字。"裴庆华示意他一同坐下,笑道,"你们80后的名字好像都很讲究,不像我们这代人,爹妈起名字的时候那么……马虎。"

向翙飞也笑:"大概是因为只有一个孩子吧,我爸妈绞尽脑汁拟了十几个名字,挑来挑去选的这个,我爸说那是他这辈子头一次认真学习《新华字典》。"

见气氛已足够轻松,裴庆华开门见山地问:"你是北京的?怎么没考虑出国或者读研?"

"当然考虑了,说实话原先没考虑找工作,前不久才改的主意,所以错过了好几期招聘会,我们班同学基本都已经确定了去向。"

"难怪,你要是动手早的话估计咱们今天就没机会见面了。"裴庆华眉毛一扬,"能说说是因为什么改的主意?"

"其实也没什么特别的原因,就是几件事凑一起了。有次跟我一位师兄在QQ上聊了很久,他去年到美国读硕士,我问有什么收获,他说来说去就两条,一是在玩儿命补英语,二是在累死累活给导师打工……"

裴庆华打断他转而问谭媛:"你当时呢?也是这种感觉?"

"可能专业不一样吧。小向他们学电子工程的已经有本事给导师打工，我们学 MBA 的就是整天 case study（案例讨论）。"

裴庆华又问向翊飞："还有哪几件事？"

"还有就是跟读研的同学聊，发现他们没一个说得清自己为什么读研。后来也和老师谈过读研以后的课题方向，忽然觉得很无趣，就是为了把国家给的一笔四十万的科研基金花完。我发现绝大多数人都不清楚自己究竟想干什么，而是看别人干什么然后自己也干什么。我的想法就一下子彻底反转，虽然我也不太清楚自己想干什么，但别人干什么我偏要反其道而行之。"

"你今年二十二岁？"向翊飞点头，裴庆华笑道，"我二十二岁的时候就是你所说的绝大多数人之一，我差不多是到二十五六岁才有你这种思维方式。"向翊飞有些不好意思，裴庆华缓缓地说，"也许你现在还体会不到，像这种逆向思维、特立独行对于某些人而言只是兴之所至、卓尔不群，而对另一些人却是别无选择、走投无路。"

向翊飞和谭媛都专注地品味一番裴庆华这句话。向翊飞说："裴总，来之前我在网上查过一些您的介绍，您当初是在华研集团？"

裴庆华不愿多谈自己，只快速点下头就又问："即便你错过了几场招聘会，想去大公司仍然有机会吧，怎么会考虑汉商网这样还处于初创期的小公司？"

向翊飞笑了，露出一口白皙的牙齿："小有小的好处。大公司不会由 CEO 亲自面试我吧；大公司有谁没谁都一样，有我没我就更无所谓；况且小公司将来可能变成大公司，能有幸参与其中多有成就感。"

裴庆华只淡淡地笑了笑，忽然说："小向，你要不要去趟卫生间？出门往左不远就是。"

向翊飞莫名其妙地摇头："我现在不用去。"

裴庆华坚持："你去一下吧，至少去看一眼，回来我有问题要问你。"

向翊飞犹豫着起身，临出门还回头瞥了一眼。

谭媛奇怪地问裴庆华："你要是有话想跟我说,也不用这样把人家轰到厕所去吧。"裴庆华不理她,显然并没话要说,谭媛更觉诧异。

向翙飞很快回来,坐下后愣愣地望着裴庆华。裴庆华很认真地说:"男卫生间有三个小便池,对吧?注意它们的布局没有?最靠里一个挨着墙,临门最近的挨着洗手台,还有一个在中间,对吧?"

向翙飞愕然地点头,谭媛眉头紧锁实在受不了裴庆华如数家珍一般细致地描述男厕所。裴庆华不理会二人的反应,径直问向翙飞:"你现在不要思考,就用你的本能马上回答我,那三个小便池随你挑,你会用哪个?"

向翙飞紧张地说:"那……要看哪个最干净吧……"

"一样干净!"裴庆华哭笑不得,忙把题目更为严谨化,"其余条件全都等同,就是位置不同,你用哪个?"

"那……如果不急的话就走到最里面用挨着墙的,特别急就用离门近的,应该不会用中间的。"

"为什么?"

"如果我用中间的,偏巧又进来一个人,他要是特别不习惯小便时和别人挨得太近,左右两边虽然空着他也会不自在,搞得好像我一人占着三个。但我用靠边的就没这问题,他可以选另一边。"

"又进来第三个人呢?"谭媛禁不住加入讨论。

向翙飞再一次咧开嘴笑了:"那我就不管了,反正就剩一个,用不用随他便。"

"好一个随他便。"裴庆华也笑,忽然问,"有没有别的公司已决定录用你?"

"有两家笔试、面试都完了,让我等通知,说是要走流程。"

"我不用你等,现在就可以当场录用你。谭媛,你马上把录用信打出来,我和翙飞这就签字。"

谭媛认为这种做法显然过于突兀,提醒道:"咱们要不要谈一下薪酬?"

裴庆华已经朝向翙飞伸出手说:"我代表汉商网欢迎你加盟。虽然你是名校背景,但汉商网给所有应届本科毕业生的起薪都一样,你的实力与价值应该在工作中体现出来,而不是还仰仗四年前的高考成绩,你说对吗?"

向翙飞本来已抬起的手却停在了半路,他说:"但我有一个要求。"

裴庆华缓缓收回手,勉力维持住脸上的微笑:"你说吧。"

"我想……能不能让我坐您对面?"

谭媛忍不住"喊"的一声,佽道:"我还想呢。"

裴庆华开心地笑了:"好,一言为定,这位子归你了。别等7月份才报到,你随时可以来公司,干一天算一天工资,早日进入角色。"

先把向翙飞送到电梯口再回到办公室,谭媛埋怨裴庆华:"哪有你这样的?"

裴庆华以为是有关座位的事,安慰说:"你在卢明对面坐得好好的,何必和翙飞争?"

"喊!进门还是小向,出门就成了翙飞,口改得真快。"谭媛白裴庆华一眼,"你以为我真稀罕坐你对面?我是说,哪有老板面试考人家上厕所站哪儿的。"

"但这的确是我最有顾虑的地方,我担心独生子女太以个人为中心、不替他人着想,这会给咱们的团队带来大问题。翙飞的回答令我很满意,如果他在内急的时候都本能地顾及他人,说明他没有独生子女的那些毛病。"裴庆华越说越得意,摇头晃脑地陶醉道,"这项测试可以成为汉商网今后招聘中的必考环节,就叫'与人方便',看似是如何与他人一同方便,实则是否有心给予他人方便,四个字包含两个双关语,太妙了。"

谭媛冷冷地问:"以后汉商网不打算招女生了?"

裴庆华一愣,挠头说:"哎呀,可不是,没想到还有这个细节问题……"

"而且,你凭什么怀疑独生子女太以个人为中心、不替他人着想?

我就是独生女,你倒说说看,我都有独生子女的哪些毛病?"

　　裴庆华又一愣,他脑子里与独生子女直接画等号的人一直是且只是萧闯,似乎从未意识到谭媛也是独生子女。正尴尬得无言以对,又听谭媛质问道:"还有那个你经常挂在嘴边、简直是个完人的谢航,从没听你提过她有兄弟姐妹,也是独生女吧?"

　　裴庆华被前日学生、今日下属接连指出多处破绽,讪讪地一笑,竭力自圆其说道:"你看,所以我那道题是专门用来测试独生子的,独生女不用测试,个个都好。"

　　谭媛得意之余又冲裴庆华甩出一个大大的白眼:"偏见!"

　　裴庆华的手机响起,接起刚听一句,脸色霎时为之一变:"什么?他出来了?"

　　对方是小北:"是啊哥,您大概忘了,大德子就该这日子出狱,他说……他想见您。"

二十

/

是你逼得我别无选择

大德子比三年多前更黑更瘦,他和裴庆华坐在联想桥北面的一个小饭馆里,周围几桌都是旁边家居装饰城下晚班的店员和工人。听到裴庆华问他怎么气色不如以前便长叹一声:"因为没有哥你罩着我了呗。"

裴庆华安慰说:"好好养养,不急。"

大德子和裴庆华碰下杯,凑近说:"哥,我是来投奔你的。如今我一个亲人都没了,只能指望你。"

裴庆华苦笑着说:"我?我现在是泥菩萨过河自身难保,心有余而力不足。"

"你不是开公司呢吗,有啥跑腿的都交给我,越脏越累越好,我绝没二话。"

"我现在办的是家网站,网站大概是个什么东西你知道吧?一屋子人都在电脑前面编程序,累是真累,但不脏也不用跑腿,你会干吗?"

"那……我给你当保镖,你好歹是个老板,万一生意上有谁想找你麻烦……"

裴庆华把手机往桌上一搁："绑我还是劫我？都随便。我身上连个钱包都没有，就这么个诺基亚，用了三年多，天线有点儿松，有俩按键不太好使。"

大德子哭丧着脸："哥，像咱这样的出来找不到事干，招工都不要有前科的。我跟你没法比，之前就没干过正经活儿，又没本钱自己做，你说我还能怎么办？只能找你啊。"

裴庆华又苦笑一下："公司已经有我这么一位刑满释放人员，你觉得还不够？非要再来凑个双数？"

"我可以算编外的，你说呢哥？做买卖总得有人帮你催个款收个账，光靠小北不行吧，他还是跟我学的呢。"

裴庆华有些不快，沉下脸说："别听小北胡吹，一能吹成一万，我又不是放高利贷的，哪有账可收？再者说如今是互联网时代，招数都在网上，根本用不着面对面，你以为还靠老一套？"

大德子不说话，闷头喝几口酒之后又问："哥，要不你借我点儿钱？我自己做点儿生意。"

"不是我不肯帮你，是有心无力。我那点儿钱全投进公司了，现在每天一睁眼就是一屁股账要付，房租、工资还有机房和带宽的租金。你看看我每顿吃什么、住在哪儿就应该明白我没有半点儿夸张。等过一段有了转机，我手头稍微宽裕些，到时候一定帮你。"

"过一段是多久？"大德子眼巴巴地问。

裴庆华沉吟道："最快的话，再过一年……"

"啊?! 一年？这还是快的？"

"慢的话，就不是你找我借钱的问题，而是我该找谁去借钱……"

大德子愤愤地嘟囔："那我可等不起，过两天我就饿死了！"

过两天大德子不仅没饿死反而四下出没，他当真摸到裴庆华住的筒子楼踩过点，还去汉商网的办公室瞅了瞅。裴庆华敞开大门由着他看，以为让大德子亲眼见识到家徒四壁也就知难而退了。谁知大德子初心不改,仍然缠着裴庆华要钱花,说当初在里面他就发现裴庆华最能省吃俭用最能攒钱,如今做着大买卖还节省到这个地步,那攒下的钱肯定少不了。起先裴庆华只是哭笑不得,后来被大德子搞得不胜其烦,便跟大厦门卫打招呼再也别放大德子进来。大德子只好另想办法,天天晚上蹲在青云厂宿舍楼外等裴庆华,裴庆华懒得轰他,偶尔还泡碗方便面款待他。一个礼拜之后裴庆华发现大德子不来了,刚松口气却听谭媛声音颤抖着打电话说那个人正在她楼下呢。裴庆华吃一惊,心想大德子的事不能再拖下去,该做个了断了。

塔院南面挨着北土城西路在元大都遗址公园边上,有家规模挺大的韩国风味餐厅,裴庆华把大德子约来打算让他好好吃一顿。大德子看裴庆华点完菜问:"哥,这些得多少钱?"

"估计咱俩得花小三百块。"

"哥,这也太破费了,你不攒钱啦?"

裴庆华笑笑:"你这阵子那么辛苦,好好给你补补。"

"那也不用点这么些肉吧,猪肉、牛肉还有狗肉,你不心疼啊?"

裴庆华没接茬,忽然问:"你还记得这辈子第一次吃肉吗?"

"那哪儿记得住,太小了,我只记得小时候买肉凭本儿。"大德子不禁沉浸在回忆里,"其实也不是本儿,就是个对开的牛皮纸卡片,上面一堆格格里写着几斤几两,拿钱买几两肉售货员就在上面用笔划掉几两。我记得特清楚,一次买两毛钱以下不记本儿,每回我妈想做丸子我们娘俩就轮番去好几趟供销社,每趟只买两毛钱肉馅,凑一碗做冬瓜丸子汤,再放点儿虾皮,啧啧,真香啊……"

"还是首都生活水平高。"裴庆华感慨道,"我这辈子头一次吃肉是六岁,老家那里养不起猪,倒是养了一条黄狗,和我亲得很,整天在我屁股后面跟着。有一次忘了因为什么,我把黄狗闹急了,它猫下身子冲我龇牙,像是要扑我,那样子可凶了,吓得我赶紧躲我姐后边。我姐就把这事告诉我妈,我妈又告诉我爸,我爸当天晚上就把黄狗给杀了……"裴庆华指一下刚端上来的狗肉锅,"所以我这辈子最先吃的是狗肉,那条跟我很亲的黄狗的肉。"

大德子咽口唾沫："你爸真下得去手，自家的狗打两下就长记性了。"

裴庆华接着讲："我当时一边吃一边哭，难受得死去活来，后来长大一些我妈才把道理给我讲明白。在我爸心里什么都比不上他儿子重要，但凡让他认定有谁威胁到我，哪怕是丁点儿威胁也得除掉，再亲近的人他都下得去手，更甭提一条狗。"

大德子的筷子本来已经伸向狗肉锅，听到这段话又把手缩回去，盯着裴庆华像是在琢磨这话里的意思。裴庆华干脆挑明："我的公司包括公司里的人就是我的孩子。但凡谁让我认定他威胁到我的孩子，原本再亲近的人我也下得去手，何况一条狗！"

大德子脑子不笨，早明白了，把筷子往碟子上一撂，瞪起眼睛说："嘿，你骂我是狗?!"

裴庆华笑道："有你这么对号入座的吗？你可是原本和我很亲近的人，最好别跟狗比，那下场可不怎么样。"

大德子脖子一梗："哥，你这是不想让我踏实吃顿饭了？你还别吓唬我，在里面那几年你见我怕过谁？我好言好语求你，你要是死活不肯帮我，那我也只能不顾死活！"

裴庆华面无表情看了看大德子，心思转到一桌子肉上，闷头开吃像是要把饭钱吃回来。消灭掉一盘五花肉之后，裴庆华随口问："去看过你妈了吧？"

大德子立刻放下筷子，端起酒杯敬裴庆华："哥，一提这事我就得谢你。九里山那片墓地真不错，风水没得挑，我妈这辈子总算安顿在一个好地方。哥，我记你一辈子好。"

裴庆华喝口酒说："这都是应该的。那时候你还在里面，既然我先出来，你又把这事全权托付给我，理应尽力让老人家有个好的归宿。可惜我能力有限，实在负担不起更高档的陵园。"

大德子以为裴庆华是在暗示什么，忙拍胸脯表态："哥，我都记着呢,买墓地的钱、落葬的钱我都有数,等我有钱立马还你。哥,就冲这个你也该先借我点儿,等我做生意赚了钱不就能一总还你了嘛。"

"你误会了,我指的不是钱。我的意思是,购墓人是我、操办安葬是我……"

大德子再一次打断:"哥,我知道你辛苦……"

裴庆华不予理睬,忽地提高声音说:"所以我还可以再操办迁葬!"

"什么? 迁葬?"大德子身体被震得一晃,"你要把我妈迁哪儿去?"

裴庆华摇摇头:"我说不好,这得看你对你妈究竟够不够孝顺。"

大德子瞪起鼓胀的双眼直勾勾盯着裴庆华看半天,咬牙切齿地问:"你敢打扰我妈,把她老人家从墓里起出来? 你敢把我妈随便找个地方撒了?!"

裴庆华淡淡地说:"应该问你自己,是你敢不敢。"

"姓裴的,你敢动我妈一下试试!"

裴庆华微微一笑:"我也可以什么都不动,到期以后我只要不去陵园续交管理费,你敢不敢等着瞧他们会怎么做?"

大德子早已没心思吃眼前这桌菜,脑子里在紧张地盘算着裴庆华究竟是虚张声势还是真干得出来,他忽然咧嘴一笑:"你又在吓唬我,我知道你这人心软,这种事你狠不下心的。"

裴庆华端起酒杯回敬大德子:"该我谢你了,都是跟你学的,以前我根本不会生出这种念头,现在嘛既然我能想到就一定能做到。"

"就为这点儿事你真至于把我妈刨出来?! 打死我也不信!"

"那你就试试看!"裴庆华全然不在意旁人纷纷侧目,高声说道,"是你逼得我别无选择!"

大德子不吭声,以他的见识绝想不到去找律师咨询或者去陵园管理处确认,他脑子里就一个想法:"完了,我妈在他手里呢……"

裴庆华已经一切如常,一边用夹子嗞嗞烤肉一边说:"但你有选择,我怎么做完全取决于你怎么做。好好想想吧,将来你有没有脸去见她老人家。我再给你提个醒,你如果有任何对不起我就是对不起你妈,我立刻让陵园的人把你名字从她的墓碑上磨掉！"

大德子像是被抽了筋一样软下来，可怜兮兮地问："哥，我再也不跟你借钱了，你好赖给我个事做，成不成？"

裴庆华摇头："你别惦记了，自己想办法过这道坎儿吧。"

"为什么？"大德子绝望地喊道，"凭啥小北可以跟着你，我就不行？就因为他没进去过？"

裴庆华两道冰冷的目光射向大德子："因为他从来没敢威胁过我！"

向翙飞坐在裴庆华对面，时不时歪头从显示器侧面偷瞄一眼，见裴庆华刚把视线从电脑上移开、两根手指压在睛明穴上按揉，他瞅准机会问道："庆华哥，您这会儿有时间吗？想跟您聊几句。"

卢明扭头挤对他："小向，又忘了？你应该叫庆华叔。"

裴庆华从桌上抄起一个纸团砸向卢明，脸冲着向翙飞："有空，你说吧。"

"庆华哥，我最近一直在看汉商网的数据，在过去半年里有过两次及以上购买行为的会员还不到百分之二十，百分之八十多的半年度活跃会员只买了一次东西，会员的活动频次太低了。再看看咱们那么高的获客成本，好不容易吸引来的会员中绝大多数半年才买一样东西，这样下去咱们汉商网真拖不起。您觉得我的想法有道理吗？"

卢明撇嘴道："你说的只是现象，没听出有什么想法。"

"汉商网不定期地对某种商品或某个品牌集中搞促销，投入大量人力财力，会员反而越来越麻木，这样就成了恶性循环，越无感越刺激、越刺激越无感，汉商网越来越依赖于大幅度降价促销，我感觉会出问题。"

裴庆华正在沉吟，卢明再次表示不以为然："这还是现象。不是有句话说嘛，老板需要的不是指出问题，而是解决问题。"

向翙飞脸红了："嗯，我在想，有没有什么办法来提升会员的购买频次?"

裴庆华笑道:"让我猜一下,你大概想建议汉商网也卖书吧?"

"嗯,图书确实是个高频次品类。"

卢明窃笑:"我还以为你有啥高招……卖书这事庆华哥早就想过了。"

裴庆华说:"翊飞,卖书确实是个方向,但目前还排不上日程。因为当当网和卓越网已经很强大,市场虽然并非绝对没给第三家留出空间,但这需要大把的钱砸进去,要么站住脚、要么输光离场,眼下汉商网这么干等同于自杀,只能等融资进来以后再说。"

"嗯,我明白。"向翊飞显然意犹未尽,"但我还是觉得……"

"小向,我刚才分给你的活儿干完没有?要是干完了我这儿还有别的活儿,看把你闲的。"卢明有些不高兴了。

谭媛替向翊飞抱不平:"卢明你干吗,还让不让人家小向说话了?"

向翊飞忙不迭地说:"卢明哥您交给我的活儿正做呢,肯定不影响明天活动上线。庆华哥,我觉得咱们会员购买频次太低的根本原因在于汉商网的黏性不够。"

裴庆华站起身在几张桌子间的过道上溜达,边走边说:"这就是咱们看法中的分歧所在,你认为是网站的黏性问题,我认为是交易的方便性问题。对于网民来说最方便的是网上下单、货到付款,而商家最不放心的也是货到付款,除非由他们信任的物流公司代为送货和收款,汉商网过去一年多一直在下功夫打通这个环节。如果哪一天会员觉得在汉商网买东西很方便、没有后顾之忧,他们的购买行为自然就会频繁起来。"

"我觉得这问题对于像易趣之类做 C2C(消费者对消费者)的网站才是关键,买卖双方都不知道对方是什么人,当然会两头害怕;但汉商网做的是 B2C(商家对消费者),会员一般不担心这些有头有脸的大牌厂商收了钱却不发货,顾虑主要集中在质量和假货问题。因此咱们可以把送货和收款都甩给厂商,汉商网专注于内容和活动中的黏性。"向翊飞滔滔不绝，"俗话说越熟悉越信任，现在一多半的会员登录一次再也不来，如果能让他们每月甚至每周都来，感觉就像家一样，自然就能消除不信任感，下单就不会再犹豫。"

"我觉得小向确实提出了一个不同的思路。"谭媛认同道，"庆华，咱们一直着眼于成功率，希望把交易变得足够方便，让会员来一次就买一次。小向是着眼于签到率，希望会员每个月来十次，哪怕十次里只有一次发生购买行为，那也是每个月买一次，要真能实现这一步汉商网就相当厉害了。"

裴庆华坐在桌沿上说："也许确实有殊途同归，但以咱们的能力只能选一条路，兵分两路只会被各个击破。归根结底是想把汉商网做成什么样的终极目标，我理解翊飞是想做成一个特别吸引人的网站，来得勤自然买得多。但我心目中的汉商网是要成为一个有生命力的平台，购买、物流和支付都应该在这个平台上完成，而绝不是甩出去，不管是甩给厂商、货运公司还是甩给银行，我恰恰希望把他们都拉进来，这将是汉商网作为平台最有价值之处。"

"庆华，我跟你提过好多次了，要想搭建物流和支付平台必须马上找融资，没有钱这些咱们根本干不了。"

裴庆华冲谭媛笑一下："有钱有有钱的干法，没钱有没钱的干法……"

卢明忽然叫道："这话是志红姐先说的！"

裴庆华不搭理，继续说："正因为现在资源有限，咱们才只能专注于一件事。翊飞，不是说你的思路肯定错了，只能说现在汉商网不适合你那条思路。"

谭媛却不愿就此放弃，她鼓励道："翊飞，不妨说说你的具体思路呗，也许没钱照样能干呢。"

向翊飞已然不再像刚才那样自信满满，他看看谭媛又看看裴庆华，顺便偷瞟一眼卢明，这才略带踟蹰地说："我在想，有没有可能在 3C 之外，再做一个汽车频道……"

"什么,我没听岔吧？汽车,有没有搞错！你一再说要提高会员的购买频次,难道老百姓买汽车比买电脑还频繁？小向,说胡话呢吧？"

尽管裴庆华和谭媛都觉得卢明的态度有些过分,但他俩也感到向翙飞提出开辟汽车频道实在匪夷所思,因为汽车相比所有的3C产品都更加小众更加低频。向翙飞倒不在乎卢明的嘲讽,他关注的是裴庆华也已然失望地不再抱任何兴趣,正要解释,却听一直置身于热议之外的茅向前嗓音低沉地说:"这下可惨了,太惨了……"

几个人都吃一惊,围到茅向前身边,谭媛盯着电脑屏幕念道:"2002年6月16日凌晨2时40分左右,北京市海淀区石油研究院内一名为'蓝极速网络'的非法营业网吧发生火灾,造成二十五人死亡、十二人正在医院抢救……据介绍,此次火灾所造成的群死群伤是新中国成立以来在北京发生的最为惨重的一起……经公安机关调查,判定起因系人为纵火,四名纵火者均为未成年人……这间网吧开张不到一个月,没有任何营业执照,也没有任何安全防火设施……"

办公室里静悄悄的,仿佛在向那些逝去的生命致哀。茅向前掏出烟攥在手里,嘴里念叨:"一把火,二十五个人说没就没了,他们只是想上个网……"

卢明打个激灵:"不会有咱们汉商网的会员吧？"

向翙飞说:"应该不会,估计大多是周边学校的学生。"

卢明反驳:"咱们的会员也有很多是学生。"

谭媛脸色苍白,难过地说:"行了！争这个有意义吗？"

裴庆华默默地从桌上拿起手机走出去,站在走廊尽头又想了一会儿,这才下决心从通讯录里找出那个已经很久没联系的名字拨过去。铃声响了好一阵才接通,传来萧闯懒洋洋的声音:"哟,怎么今天想起我了？太阳打西边出来了？"

裴庆华问:"看到新闻没有？"

"新闻多了,哪方面的？"

"昨天夜里石油大学有家网吧着火,死了好多人,我想问问,是你的网吧吗?"

萧闯阴阳怪气地说:"我倒想问问,你希望是我的网吧吗?"

裴庆华不由皱起眉头:"你这话什么意思?我记得你有网吧就在学院路,所以我担心……"

萧闯打断道:"所以你担心我躲过一劫?你巴不得是我的网吧被烧了吧?不好意思,让你失望了。实话告诉你,我在学院路上何止一家网吧,好几家呢,可惜着火的这家偏偏不是我的。"

"你怎么这样想?我只是看到新闻想关心一下……"

"关心?你是关心我有没有被公安带走调查吧。"

"萧闯,你可真分不清好赖。"

"老裴,这话应该我说给你听吧!你在我家一分钱不花住了多少年,临走连声招呼都不跟我打,要不是去年10月份因为暖气试水通知不到人,居委会费半天劲才找到我,我都不知道你搬走大半年了,有你这样不懂好赖的人吗?"

裴庆华一愣,刚暗忖自己确实有些不妥但转念一想又气不打一处来:"你怎么不想想我为什么突然搬走?我为什么不愿意跟你打招呼?"

萧闯的调门也骤然升高八度:"既然你不愿意打招呼,那咱们干脆老死不相往来,你今天干吗又给我打电话?还不是想看我的笑话!这机会你等好久了吧?"

"你可真是小人之心!我看见新闻就想到这事肯定会引发一场对网吧的大清查、大整顿,想提醒你尽早采取应对措施,这把火可能对整个网吧产业造成根本性的影响,甚至是致命的。"

萧闯不禁哈哈大笑,笑够之后才咳嗽一声说:"老裴,真对不起,又让你失望了,你说我怎么就那么有先见之明呢。实话告诉你,去年我就把名下的全部网吧都转手了,一家不剩。你也不打听打听,我的广告联盟早已经成了气候,还会在乎网吧这点小钱?你说的没错,估计这把火能让全国的网吧至少关掉一半,可偏偏对我不会有半毛钱影响。哈哈,想幸灾乐祸？你做梦去吧！"说完电话便挂了。

裴庆华气得差点儿把手机摔了，但他实在心疼，何况这部诺基亚5110还是谢航送的。他简直无法相信世上竟有萧闯这种人，原本他也没指望萧闯因他的这份关切而感动，但起码应该领受他所释放出的善意。谁知作为加害者的萧闯，随着时间的推移不仅没有对他这位受害者表现出一丝歉意和悔意，反而变本加厉积攒出更多的敌意；难道萧闯为了逃避愧疚与自责，早已在心里把裴庆华从朋友划为仇敌？想到这里，裴庆华再也没有丝毫的惋惜与不舍，立刻把萧闯从通讯录中永久删除了。

裴庆华正在办公室和茅向前商量网站服务器架构升级的事，忽然接到谭启章的电话，谭启章问："庆华在公司吗？我在翠宫，你要是不忙能不能马上过来一下？"

谭启章的口吻听上去挺客气，但裴庆华能感觉到他的急切，便说声"好"。挂了电话裴庆华有些为难地看着茅向前，茅向前立刻说："你有事就先忙，我这事虽然急但也不是非得今天定，明天也行。"

裴庆华随即想到谭媛，想问问她是不是又跟她爸顶嘴了，谭媛却不在座位上。裴庆华问卢明，卢明说谭媛早上露过一面后来就出去了。裴庆华走出卫星大厦过马路就进了翠宫饭店，直接到谭启章的套房前敲门进去，第一眼便看到谭媛正侧身坐在沙发上，眼圈有些红，胸脯一起一伏显然情绪还没平复。

谭启章招呼一声："庆华来了？还挺快。"一边让裴庆华坐下一边递给他一沓用曲别针夹起来的 A4 纸，说，"你先看看。"

接在手里刚粗略扫一眼，裴庆华的脸色登时变得严峻，这是一份媒体监控报告，网页分别摘自于中关村在线、天极网和赛迪网等几家最有影响力的 IT 行业网站，在每篇华研集团高层动态和新产品发布下方的评论区，都有被红框标出的几条网友留言，留言的腔调笔法各不相同但内容大体一致，都是讲谭启章把女儿放到裴庆华办的汉商网，现在裴庆华和谭小姐关系热络,不知这是否正如谭总所希望?又把谭裴二人以往过节简述一番,最后猜测也许谭总巴不得将裴招赘,这样外界对人家翁婿之间的旧事都只能闭嘴了。

谭启章也在翻看同一份报告,不满道:"后面几家网站我一点儿不了解,有个叫天涯的,里面说得更不像话。"

裴庆华忙往后翻,看到天涯社区电脑网络版块里几个帖子的截图,有一个竟然把谭启章比作王允、谭媛则是貂蝉,而裴庆华成了吕布,楼主阴阳怪气地发问这连环计要对付的董卓究竟又是何人?裴庆华惊问:"这会是什么人干的?"

谭启章气呼呼地说:"正是因为不知道,我才把你叫来。你不是搞网络的吗,总应该比我懂吧。"

裴庆华仔细看了看说:"里面最早的帖子也是这个月刚发的,除非有之前的东西漏网,否则这一波就是最近的动作。这份东西是谁整理的?"

"华研公关部有专门的媒体监控组,今天一早交给我的,我一看头都大了。"

"会不会是哪家竞争对手搞的?"

谭媛摇头:"我觉得不像。这事就算闹得再大也不会影响到华研的品牌形象,消费者才不关心这些八卦。竞争对手一般会攻击说产品质量差、配件以次充好、三包纠纷或者价格猫腻之类的。胡扯什么你跟我的关系纯粹出于一个目的,就是成心让我爸不痛快。"

裴庆华也感觉谭启章的愤懑与焦虑在于此事关乎他自身的形象,谭启章经过这些年的风风雨雨把华研艰难地撑到现在,最恨的就是耍阴谋使绊子,而他也最忌讳别人说他阴谋家、做局者之类,眼下竟有帖子明指他不惜用女儿堵裴庆华的嘴,怎能不令他心神不宁,甚至暴跳如雷!

谭启章忽然阴森森地问裴庆华:"你最近见过林益民没有?"

"没有啊。"裴庆华一愣。

"你不是一直在帮他卖那个 MP3 吗?"

"哦,合作一直有,但去年春节跟他碰过一面之后再没见过。他的丽双 MP3 已经能排进前十名,我估计他现在未必还有心思跟你过不去。"

谭启章冷哼一声:"变着法儿恶心我、给我添堵的,天底下除了他没别人。"

裴庆华问:"打个比方,如果你要对付林益民会想到用这种手段吗? 不会吧,他和你一样都不是网络时代的人,怎么会想起用这招?"

"嗯,我觉得庆华说的有道理,这事应该和林叔叔没关系。我前一段还给林双发过短信,她说她爸正打算在北京买房呢,给她们姐俩各买一套。"

谭启章愈发烦躁:"媛媛,你马上离开汉商网,赶紧给我到华研上班!"

"凭什么呀? 我不!"

"你越来越不像话了! 跟我犟嘴也就罢了,对你裴大哥连哥都不叫,庆华是你叫的吗?!"谭启章来回踱步,最终停在裴庆华面前说,"你看怎么办吧。"

裴庆华只好笑笑:"你的决定我尊重,谭媛的决定我也尊重,这事最好你们父女俩协商一致。"

谭启章盯着裴庆华看了一会儿,狐疑地问:"你是不是也希望她继续待在汉商网? 你跟我说清楚,网上扯的那些东西到底有影儿没有? 庆华,我把媛媛交给你是想让她历练历练,可从来没想过别的,你永远只能是她的裴大哥!"

"爸! 我们俩什么事都没有,他有女朋友。你怎么跟那些人一样瞎说八道!"

"别提网上那些人,一提我就来气!"

裴庆华被夹在中间很是尴尬,忙岔开话题嘀咕道:"发这些帖子的究竟是一些人还是一个人?"

"肯定不是一个人。"谭媛说,"虽然前面几家行业网站的评论区可以匿名留言,但论坛里不行。你们都没注意那些帖子上有发帖人的注册日期吗? ID 都开挺长时间了,说明操作这事的人为了让帖子更加可信,特意找的老 ID 而不用新号。"

谭启章疑惑道:"那到底是不是一个人干的?"

"背后主使肯定是一个人,具体发帖留言的是一帮人,否则不可能集中爆发。"

谭启章盯着谭媛:"也就是人们常说的……水军?"

谭媛点下头,裴庆华听到"水军"二字不由心里一动。

谭启章敲了敲茶几:"你们看看,网络真不是个好东西,一片乌烟瘴气! 庆华,这事还得你去查,你和媛媛都不是喜欢抛头露面的人,外人不注意你们也根本不了解情况,搞这个动作的家伙很可能就在你汉商网内部!"

"嗯,"裴庆华起身道,"我这就回去查。"

谭媛刚要动作就听谭启章说:"你先别走,我还有话没说完呢。"

裴庆华一出门就掏出手机往办公室打电话,接电话的正好是卢明,裴庆华吩咐道:"你把手头的活儿先停一下,到翠宫饭店来,我在大堂等你。"

房间里谭启章没好气地冲谭媛说:"我给你十分钟时间,你冷静想清楚然后咱们再谈。"

卢明顶着烈日一路快跑,满头大汗冲进翠宫饭店的旋转门,发现裴庆华正在门里等着他。两人找到一处僻静的位置坐下,裴庆华当头问道:"你喜欢谭媛?"

卢明吓了一跳,愣了片刻才忸怩地说:"谈不上喜欢吧,就是有些好感。她又聪明又漂亮又能干,而且背景那么好……"他偷瞟一眼裴庆华,"不光是我,搁谁都会觉得她不错吧。"

"然后呢?"

"然后? 然后就没什么了。人家又聪明又漂亮又能干,尤其还有那么好的背景,怎么可能瞧得上我?"

裴庆华暗笑,感情这东西竟会让人如此自卑,也不由得慨叹像谭媛这样集各色优长于一身的幸运儿虽令人艳羡但又令人却步。他趁势追问:"所以你就想让谭媛离开?"

"离开?离开哪儿?"卢明一头雾水。

裴庆华的心凉了半截,直觉告诉他恐怕怀疑错了方向。

楼上的套房里谭启章看着谭媛,老辣地又换个方式启发道:"媛媛,爸就给你个机会,如果你真想和裴庆华好,今天我就试着抛开一切成见,看你能否说服我。"

谭媛做个深呼吸,双眼盯着地毯中间的图案,缓缓地说:"我到汉商网整整两年,相处久了感觉裴大哥真是个很好、很出色的人。但我也渐渐发现我们俩真不是一代人,或者说不是一类人,我和他之间的距离就像我跟你之间一样远。裴大哥的一些理念倒未必肯定错了或已过时,只是和我的不一样。虽然有个词叫求同存异,但如果有太多理念从根本上不一致,肯定不可能有进一步的关系。"

谭启章暗暗松口气,慈爱地拍了下谭媛的后脑勺:"臭丫头,你才多大就有一套理念了?"

谭媛甩甩脑袋以示抗议:"你看,我最讨厌你这种口气,凭什么只有你配谈理念?这方面裴大哥比你强多了,虽然他也很少认同我的观点,但他起码认同我可以有观点。"

心情好转的谭启章嘿嘿一笑:"行,以后凡事都听听你的观点,成了吧?"

"比方说,我坚持认为不应该现在离开汉商网,起码要等把汉商网做出个样。"

出乎谭媛所料,谭启章立刻点头赞同:"嗯,我也认为暂时不要急于离开。"

"啊!爸你改主意啦?"

"你想想,如果你此刻离开不正好授人以口实,证明我果然心虚吗?"

谭媛盯着谭启章看了一会儿,下了个结论:"爸,你真老奸巨猾。"

大堂里的卢明见裴庆华默然不语,便说:"庆华哥,其实我一直想找机会问您一句,您到底是喜欢志红姐,还是喜欢谭媛?"

裴庆华错愕之际反问:"你怎么想起问这个?"

卢明吞吞吐吐地说:"我觉得吧……您要是仍然喜欢志红姐,最好还是别和谭媛走太近,要不然志红姐恐怕得误会。"

裴庆华登时想起刚才看到的帖子里就有一条说谭小姐与裴总"走太近",他的神经骤然绷紧,下意识抓住卢明的手腕问:"你是因为这个想让谭媛离开?"

卢明慌了,颤声说:"您怎么又这么问? 我没想让谭媛离开啊,您的事我以后不问了。"

这时裴庆华的手机响了,他松开卢明一看是谭媛打来的,便绕到柱子后面,接起来问:"和你爸谈好了?"

"我已经进电梯下楼了,你在哪儿? 我想起一件事情要马上跟你说。"

"好,你出电梯原地不动,我过来找你。"

裴庆华在卢明肩上拍一下:"你就在这儿等我,我去去就来。"

裴庆华在电梯间迎上谭媛,把她拉到角落里。谭媛说:"我是忽然想到的,华研对媒体监控的关键词照例无外乎公司名和我爸的名字,而刚才那些帖子和留言也都明确提到了汉商网和你的名字,为什么咱们的媒体监控没发现?"

裴庆华沉吟道:"咱们哪儿有资源搞媒体监控,我都是交给舒志红让她的人顺便帮……"他忽然打住,瞠目结舌、难以置信地望着谭媛。谭媛没说话,只笃定地点下头。这一突然发现,对裴庆华的冲击着实不小,他手扶住墙壁镇静片刻才说:"我已经把卢明叫来了,他就在大堂那边,你哪儿也别去,我待会儿就回来。"

将要走出电梯间时,裴庆华猛地转过身又回到谭媛面前,谭媛问:"不是待会儿回来吗? 怎么了?"

　　裴庆华脸色很难看,径直问道:"你之前告诉我,你爸去年国庆、今年元旦和春节跟你吵了三次,都是为了让你离开汉商网。应该问问他,究竟是什么原因触发他再三提这个事。"

　　谭媛瞬间反应过来,探出手指快速地揿按电梯按钮,说道:"我这就上去问他,然后给你电话!"

　　回到大堂重又在卢明对面坐下,裴庆华调整策略,看似轻松随意地诈道:"你志红姐上次让你找人在网上发帖子的事,后来怎么样了?"

　　"后来没下文了,前几天我还纳闷呢,一忙就忘了。"

　　裴庆华不动声色:"具体怎么回事? 她就说跟你提过,我也没顾上再问。"

　　"哦,志红姐让我从水军里给她找一组人,以长期泡 IT 行业论坛的为主。说另一家也做新闻的网站让她看不顺眼,想找人炮轰他们一下。我说没问题,纳闷的是骑牛网自己也有一大拨水军,怎么想起用汉商网的? 志红姐说怕用骑牛网的水军太明显,对方很容易就能追踪到这事跟骑牛网有关。我说行,骑牛网和汉商网就是一家人,这忙必须帮。但我让她先跟您打声招呼,因为您和老茅都专门对我强调过,那帮水军自己接活咱管不着,但把水军转借给别人必须您事先同意。志红姐就笑说她不是别人,然后才说她会去问您,让我先不用提这事。"

　　裴庆华业已了然,尽管内心很不是滋味,但还得装出一切如常的样子,此时恰好手机响起他便说:"行,那没别的事了,你先回公司吧,我也马上过去。"

　　等卢明走进旋转门,裴庆华才接起手机说:"你下来吧,别在电话里说。"

　　远远看见谭媛出了电梯快步向自己走来,从谭媛的表情和眼神里裴庆华已经知道答案,他颓然靠在沙发里,抬抬手示意谭媛坐下。谭媛一脸严肃地说:"第一次是电话,后两次都是短信。电话里是个女人,说我在汉商网被好几个男人同时追,从老板到程序员都快因为我打起来了,短信也是大概一样的内容。"

"短信呢? 你爸没删吧? 能不能查到对方号码?"

"我爸一气之下当时就都删了,后来想让人去查又算了,因为手机卡随便办又不用实名制,根本查不出来。"

裴庆华有些不解:"刚才我在的时候你爸怎么不提这些事?"

"他脑子里那么乱,一时没想起来,而且那些跟这次的帖子侧重点完全不同。这次是针对他,之前是针对我,他就没往一块儿想。"

此刻的裴庆华脑子里恐怕比刚才的谭启章更乱,以至于过了好久他才猛然意识到谭媛一直守在旁边看着他。他冲谭媛惨然笑了一下,说:"你回公司吧,我有些事情要去办。"

看着裴庆华神不守舍的样子,谭媛有些不安,她关切地问:"你不要紧吧? 要不先回家休息一下?"

裴庆华摇摇头撑着沙发扶手站起来说:"今日事今日毕。"

谭媛紧张地问:"你要去干吗? 不会是……"

裴庆华回过头,脸色铁青,眼睛里露出逼人的寒光:"你说呢?!"

谭媛被这束光钉在原地,眼见裴庆华走远才喊出一句:"别太冲动!"

二十一

孤独的苦行僧

　　舒志红收到裴庆华的短信得知他晚上要到家里来,高兴得什么似的,立马把公司的一摊事抛到九霄云外,飞一般开车回家忙活。裴庆华推门进来一边换鞋一边皱皱鼻子,问道:"什么味儿?"

　　舒志红已经从厨房蹦出来迎接,挥着手上的锅铲说:"你的运气怎么这么好,昨天我爸妈刚把他们从北戴河捎回的螃蟹给我送来。你先坐一会儿,香辣蟹马上出锅。"她回到厨房把推拉门随手关严,又说,"你要嫌热就把空调再开大点儿。"

　　裴庆华把门拉开:"不用,对我来说已经够享福了,这样厨房也能凉快些,而且我还是现场监督一下为好,别又像上次似的出事故。"

　　"嘿嘿,不会不会。"舒志红一指压在案板上已经满是菜汁油渍的菜谱说,"我这回聚精会神严格按照书上操作,绝不一心二用。对了,还是搬过来住吧,你那间小破屋条件太差,我就是为你才租这大房子的,你不来多可惜。"

　　裴庆华双手抱在胸前靠在门框上,看着舒志红忙碌的背影隐隐有些不忍，但他还是狠下心开始旁敲侧击："你说两个人在一起，什么最重要？"

舒志红头也不回地应道："两个人在一起最重要，别的什么都不重要。"

裴庆华被这句话深深触动，一时不知该怎么接，过一会儿才说："我觉得开诚布公最重要。"

舒志红扭头瞟一眼裴庆华："那好，就请你开诚布公地回答我，为什么死活不肯搬来和我一起住？"

"不是跟你解释好多次了吗，太远。"

"远，芍药居到知春里这点儿距离在北京还算远？而且我可以保证开车接送你上下班，多早都送、多晚都接。"

"你开车接送不就要浪费两个人的时间吗，付出双倍的代价。"

"我不觉得是浪费，更不觉得是代价。何况你每天月下漫步的距离足够走到芍药居了，你怎么不认为是浪费时间？"

裴庆华不说话了，他与谭媛深夜健步走的习惯已经从冬到夏四季轮回，除非阻于风雨或有事，至今坚持了一年半。他不知舒志红是何时发现的，也许曾经有许多夜晚，舒志红就守在路边的车里注视着他和谭媛，他再次惊骇于舒志红的隐忍与心机，难怪从某个时候起舒志红再也不提到知春里租房合住，但如今这些都已经不重要了。沉闷片刻他回一句："这完全是两回事。"

"庆华，你也开诚布公一点儿好不好？你说，咱们现在还算不算在一起？"舒志红转回身，双眼一眨不眨地望着裴庆华。

裴庆华沉下脸："那也不能为了在一起而伤害他人！"

舒志红的双手慢慢垂下，喃喃地说："将近三年了，在关键问题上你从来不肯正面回答，要么闪烁其词，要么揪住我的某个小错误反过来指责我。每次我问你心里到底还有没有我，你就说你心里都是汉商网。我问你，我和汉商网属于一个范畴吗？是非此即彼、不可兼得吗？我也有我的骑牛网，但在我心里你永远最重要。难道你心里除了汉商网已经没有丁点儿地方留给我了吗？"

"人跟人不一样，男人当然要以事业为重，而且我和谭媛聊的也全是汉商网。"

"我也可以和你聊汉商网呀，你最开始搞互联网的想法还不都是和我聊的。汉商网的名字还是我起的呢。庆华，究竟从什么时候、因为什么你开始变了？你我之间的话越来越少，见面也越来越少，是因为你一直记恨那五年我没去看你？因为咱们在性上面不和谐？因为简英？因为谭媛？还是所有这些加在一起？庆华你为什么不肯明确告诉我，非要我猜？难道你是希望你我之间就像你和简英一样渐渐淡了然后断了？还是你希望等到抓住我的什么把柄再和我分手？"

裴庆华冷冷地反问："你有什么把柄？"

舒志红愣住了，低下头把脸扭向一旁："我就那么一说。"

"你不只说了，你还做了！"裴庆华厉声道，"敢做就要敢当！如果你承认那些都是你干的，再去向谭媛和谭启章道个歉，我可以不再追究。"

"我干了什么？我为什么要向他们道歉？你究竟和谁站在一起？"

"我和道理站在一起！我再说一遍，承认错误、赔礼道歉，否则……"

舒志红挑衅地瞪着裴庆华："否则怎么样？"

"否则……明知故问，你很清楚会怎么样。"

"看，你从来不肯正面回答我问题，连'分手'二字你也想先让我说出来是吗？"

"别胡搅蛮缠！我问你，你给谭启章打过电话、发过短信，没错吧？你找卢明谈过借用水军的事，没错吧？你原本担心用骑牛网的水军过于明显，后来发现借用汉商网的水军更容易被我发现所以作罢，没错吧？你找人在网上留言发帖让谭启章难堪，逼他让谭媛离开汉商网，没错吧？如果上述有一条我冤枉你了，你证明给我看，我立刻向你赔礼道歉！"

舒志红又把脸扭向一边："不懂你在说什么，而且我也不要你赔礼道歉，我要你和我在一起！"

裴庆华恨恨地说："真想不到你会干出这种事，昏了头了？玩网络暴力玩上瘾了？我跟你明确说过多少次，我和谭媛之间就是同事和朋友关系，顶多再加个曾经的师生关系，你为什么始终不肯相信？你怎么会使出这种下三滥手段？"

"你说谁下三滥？！"

裴庆华眯起眼睛看着舒志红，冷笑道："这么说你承认那些是你干的了？不然何至于这么激动。"

舒志红满脸的难以置信，痛心地说："你从进门到现在一直在套我的话，故意激怒我，就是想证明你的猜测？这就是你所谓的开诚布公？你问我为什么不肯相信，你应该反过来想想我为什么不信。我看到的、听到的、感觉到的，一切都让我确信你和谭媛不只是同事朋友，也不只是曾经的师生或兄妹，你们之间就差一步，而那一步每时每刻都可能发生。"

"所以你哪怕不择手段也要阻止？"

"我没有！"

忽然从舒志红背后的灶台上爆出一阵猛烈的噼啪作响声，同时升腾起一股焦黑的油烟。裴庆华一把将舒志红拽出厨房，抢步到灶台前把火关上，抽油烟机开到最高档排了半天，才勉强看清锅里剩下的东西。

舒志红踮起脚，伸长脖子远远地张望，怯生生地问："还能吃吗？"

裴庆华把锅放到洗碗池里，没好气地说："甭惦记了，连锅一起扔了吧。"

舒志红气急败坏指着裴庆华的鼻子喊道："都赖你！你赔我螃蟹！你赔我锅！"

"好，确实赖我，让你一心二用了，对不起，我赔。"

舒志红白他一眼："好吧，看在你认罪态度挺诚恳，算了。只是晚饭又得出去吃了。"

裴庆华面孔一板："你为什么不能像我这样也认个错？只要你认错道歉我就原谅你。"

舒志红原本已去拿手包和车钥匙，一听这话登时回头说："你还有完没完啊?! 原谅我，你原谅过谁？你会原谅萧闯吗？别看你和谭媛走得这么近，但你心里永远不可能原谅谭启章。"

"所以你才死不承认？"

热泪在舒志红的眼眶里打转，她带着哭腔说："庆华，别骗我也别骗你自己了。这么些年我还不了解你吗，你今天不是来要我认错道歉的，你只是想求得一份心安，你是怕冤枉了我将来后悔。如果你真的还想和我在一起，就不应该一直纠缠在所谓的对错上。在你眼里，我已经是一个十恶不赦的死刑犯！"

裴庆华走到餐桌旁，自进屋后第一次坐下，嗓音低沉地说："还记得当年你抄给我的那首小诗吗？'既然钟情于玫瑰，就勇敢地吐露真诚'，如今你的真诚呢？你连吐露真话都做不到了。"

"因为吐露的结果不再是'赢得爱情'而是失去。"舒志红难过地坐在屋角的小板凳上，把头埋在胳膊里，好一阵才仰起脸说，"亏你还记得那首小诗。我问你，抄写诗的那张纸片呢？"

裴庆华怔了半天，像是在竭力回想亘古以前的事，嗫嚅道："原先一直夹在 1993 年的效率手册里，萧闯没动过我的东西，应该还在，要么被我拿到办公室要么搬到筒子楼了……"

舒志红露出凄婉的笑容："如果我告诉你此刻那纸片就在这个家里，你信吗？"

裴庆华打了个冷战："在你这儿？你什么时候拿来的？"

舒志红也沉浸在对往事的回忆里："我在魏公村陪你的时候找过好几次，还真让我翻到了，但我一直没拿走。直到你要搬去筒子楼的前一天晚上，我才专门把它带回来。"

"为什么？担心我搬家把它搞丢了？"

"是，又不全是。"一大滴泪珠从舒志红的脸颊上无声地滚落，"我只是有种强烈的预感，迟早有一天应该让它回到我手里，它不会一直属于你。"

"从那时候你就已经考虑分手？"裴庆华震惊得一下子站起，居高临下地盯着舒志红，看了半天才喃喃地说，"我明白了，两方面的结果对你而言都比没有结果更好。如果能让谭媛离开汉商网当然再理想不过，而哪怕是今天这个结果也足以给我个理由了断。这一天在你心里已经预演过好多次了吧？"

舒志红用手掌擦掉眼泪，勉强翘了翘嘴角，说："庆华，你走吧，以后好好照顾自己。我想最后跟你说的是，你这辈子再也遇不到像我这样爱你的人了。不过你可能无所谓，你需要的只是一个当需要时才出现在你身边的人。"

听到裴庆华关门离去的声音，舒志红终于控制不住抱头痛哭起来，她哭的时候仍然在想，只要裴庆华肯反身回来，她就再也不会让裴庆华离去，无论做什么她都愿意。

但是，裴庆华没有回来。

也许是想亲身丈量一下从芍药居到知春里的距离，也许是因为心情郁闷不愿与普遍热衷打探究竟的"的哥"同处一个狭小空间，裴庆华没有打车而是一路走回去。白天的酷热远未消退，路面上升腾的蒸气与汽车尾气搅浑在一起，炙烤着道边的树木与行人。裴庆华觉得自己就像一个苦行僧，既背负着与生俱来的罪孽，又彰显出超乎常人的坚忍与决绝。

已经解开几个纽扣，濡湿的衬衫仍然别扭地贴在前胸和后背上，令裴庆华有些惊异的是，流出的汗居然是冷的。他边走边琢磨一个问题，如果刚才舒志红真的认了错也道了歉他会怎么做？难道他真能像自己所言原谅舒志红？真的可以既往不咎、和好如初？想着想着，裴庆华竟对舒志红生出几分感激，他在心里感谢舒志红最终没有让他不得不面对这个难题。

说不清究竟从什么时候开始，裴庆华与舒志红在一起越来越难以体尝到曾经的欢愉和温馨，而不适感倒是越来越强烈。他忽然想到舒志红虽然姓舒，但在他与舒志红的相处中似乎从未达到过他对二人世界的最低要求——舒服。正相反，不舒服倒是从最初的邂逅就一直隐隐伴随至今，只是好奇与乐趣、新鲜与刺激随着接触增多、交往深入完全掩盖了偶尔有之的不舒服。思念与依恋令他刻意选择性地无视问题的存在，但这问题不仅顽固而且暗地里日积月累，与感情此消彼长、不断角力，直到突破某个临界点，不舒服占了上风并终于压倒感情中仅剩的不舍与不忍。

临界点究竟出现在何时？归因于何种契机？舒志红见证了裴庆华第一次坐飞机、第一次吃麦当劳、第一次性经历乃至第一次接触互联网、第一次创业，而令裴庆华每每想起都感到不舒服的是，相对于自己的这些第一次，舒志红却早都是"过来人"，俨然是将他领进门的师傅。这般一次次地伤裴庆华的自尊心，也就难怪他对舒志红从未有过像对简英或谭媛那样的无微不至，因为天底下哪有徒弟呵护师傅的道理？反过来，裴庆华还曾指望舒志红能对他多一些关爱与照顾，可惜舒志红起初是欠缺这方面意识，后来虽有心但能力所限，以至于裴庆华从未享用过舒志红成功烹制的饭菜，好像连杯水也没替他倒过。

难道就是因为这些琐事与细节？虽说想在一起时一切都不是问题，而不想在一起时则一切都是问题，但裴庆华深知这些远非关键所在。他沿着元大都遗址往西走，昔日宏伟的城墙之所以沦落为今日颓圮的残垣，风吹雨打、数遭兵燹只是外因，根源在于这看似壮阔的城墙实质只是一抔土而已。裴庆华看着低矮的土城，轻声念叨："志红，你就是太自我了……"

毋庸置疑，舒志红是深爱裴庆华的，爱到几乎忘我，但矛盾与悲剧恰恰在于这忘我的爱在方式上却又是那么的自我，舒志红对裴庆华从来是"爱你没商量""我想怎么爱你就怎么爱你"，却似乎极少顾及裴庆华的需要和感受。想到此处,不免又忆起令裴庆华至今耿耿于怀的五年隔绝,"隔"可以归咎于谭启章把裴庆华当作替罪羔羊,导致他与舒志红被一道高墙阻隔;但"绝"就只能怨舒志红,是她的一意孤行、一厢情愿害得两人五年不得相见还音讯皆无,而且她始终坚信那么做是出于她对裴庆华真挚的爱,只有那么做才能保护两人的感情不受五年厄运的影响。裴庆华又想起就连做爱都要按照舒志红设想的场景、编排的程序,以期达到舒志红心目中最理想的境界,这怎能怪自己视床第之欢如畏途。舒志红生生把两人本应该最爱做的事搞成他避之犹恐不及的功课,真难为自己竟忍了这么久。

忍!不忍又能怎样?面对一个苦苦守候他五年的女人,面对一个忘我爱着他、帮他迈出每一步而且坚信自己所做一切都是为他好的女人,他除了忍耐还能做什么?主动提出分手?这个念头裴庆华从来没动过,直到今天舒志红突破他的底线才令他拿定主意,而他的底线是舒志红不能出于对他的爱而伤及他人。

天已经全黑了,街上的人反而比刚才多起来,路边的小馆都把饭桌摆上人行道。裴庆华站在十字路口望一眼对面南侧的翠宫饭店,再望一眼北面的卫星大厦,抬手看下时间,自己竟然已经不停不歇地走了两个半小时。这一路走了多远?裴庆华略作盘算大概十公里。自己与舒志红这一路走了多久?裴庆华再次盘算不由暗吃一惊,十一年!也是十一年!他猛然记起谢航与萧闯也是历经十一年而分道扬镳,难道这是定数、是劫数?

回想起第一次在飞机上与舒志红偶遇,回想起两人探讨"左边"还是"右边",裴庆华的眼睛湿润了,茫茫人海间有几人能与你一路同行十一年?这是怎样的缘分?但时至今日缘分终于走到尽头,一人向左,一人向右,各奔东西。裴庆华擦了擦眼角,抬腿继续朝前走,他决定走到黄庄,凑足十一公里,用这段路程向他与舒志红十一年的感情告别……

正上着班，谭媛给裴庆华发了条 MSN，说向翊飞有些想法要约时间谈谈，今天晚上行吗？裴庆华说行。谭媛又说，小向希望仅限于咱们仨。裴庆华说明白，卢明倒好办，问题是咱们够呛耗得过老茅，他没准儿通宵，咱们得等到啥时候。谭媛说那就别在办公室谈，换个地方，用我爸在翠宫的那个房间。裴庆华问方便吗，为这点儿事惊动你爸不合适。谭媛说不用找他，让我爸助理跟饭店打个招呼就成。

下班后三个人分头离开办公室，到翠宫饭店大堂聚齐，谭媛让服务员把门打开，围着茶几坐了。向翊飞骤然置身于陌生环境愈发紧张，谭媛鼓励道："你有什么想法尽管说，这儿是自家地盘。"

向翊飞清清嗓子说："庆华哥，经过这段时间的仔细研究和思考，我还是觉得汉商网有必要开辟汽车频道。"

裴庆华不由得微微蹙下眉头，这一细小的反应被谭媛和向翊飞都捕捉到了，谭媛表示不满："庆华，你不要一上来就抱有成见好不好？要 open（开放），对各种思路都 open，这很重要。"

裴庆华笑道："我一句话没说已经被你劈头盖脸训一顿，咱俩是谁抱有成见？"

向翊飞说："我知道这想法听起来有些……荒唐，因为现在买得起汽车的人不占多数，经常买车换着开的更是少之又少，所以单就购买行为而言汽车确实小众、确实低频，但对于汽车的关注却是大众的、高频的。我查过一些研究资料，说一个人从萌生购买电脑的念头，到真正实施购买行为的时间跨度平均不到三个月，关注相关话题的频率大概每月将将三次，商品的单价越低则关注时间越短、关注频次越低。而汽车方面的数据是关注时间平均超过一年半，关注话题频率每月超过十次之多；还有一点很重要，就是对于汽车的持续关注不会因为买完就终止，反而会有一波上扬并保持很久，因为要炫耀要攀比，也需要进一步关注装饰和保养等话题。"

裴庆华插问："这个道理我认同，照此逻辑人们对房子的关注时间更长、关注频次更高，汉商网是不是还应该开辟房产频道？"

"没错，如果条件允许确实可以考虑。但汉商网现在精力有限，如果只做一个就应该做汽车而不是房产。因为关注汽车的网民特征与关注3C的非常吻合，都是青年男性为主，而关注房产的男女比较平均、年龄段也更宽泛。"

裴庆华眉毛一挑："你也知道咱们现在精力有限？"

"庆华哥，我明白你的担心，怕两线作战难度太大，但我恰恰觉得开辟汽车频道很可能减轻咱们在3C方面的压力。我向谭媛了解过汉商网去年初全面转型做电商的情况，到目前广告收入越来越少而广告投放却越来越多，这一消一涨正是让汉商网资金紧张的根源。咱们现在花很多钱打广告、做活动、买流量，以高昂代价吸引来的网民要么注册后便沉寂，要么参与完当期促销再也不来，投入产出的效率非常低。而汽车的热门话题可以长期持续活跃，咱们靠内容引来流量并把网民黏住，就可以省去买流量的钱。如果会员每个月能来十次，顺便下单买3C产品的概率就可以增长若干倍，汉商网的GMV肯定大幅提高。"

"汽车频道的运营费用靠什么？广告？"

"对，汽车厂商的广告投入比消费电子厂商只多不少，而且汽车产业链延伸很广，从4S店到做防冻液的，大大小小有各种类型的广告主供咱们挑选。"

裴庆华摇头说："翊飞，谭媛没给你讲过我们经历多少痛苦才摆脱对广告收入的依赖？你这是想让我们走回头路吗？"

谭媛立刻说："庆华，凡事没有绝对的，咱们不能矫枉过正，摆脱对广告的依赖并不意味着排斥广告收入。用汽车频道的广告收入来养3C的电商业务，我觉得可行。"

"要想做成一家公司，节奏和次序非常重要。谭媛，不信可以去问你爸。"裴庆华站起身在地毯上踱步，"互联网和其他行业一样，一定要先做专、做精然后再做广。面面俱到等于面面俱不到，你还记得这句话吧？咱们最初做3C电商为什么选择MP3作为突破口？就是要把某样东西做到极致，然后再拓展其他品类。现在咱们连3C还没做到家，就要去做汽车、做房产，我看是作死，节奏和次序都错了。"

向翊飞也站起来说："庆华哥，您看看汉商网的浏览路径分析，美人美图一直是会员访问最集中的版块之一。按理说它对会员下单很难有直接帮助，连广告都带不来，表面看就是个不伦不类的鸡肋，但它对于网站黏性、维持会员活跃度很有价值。汽车频道能比美人美图起到更大的作用，您当初能开辟美人美图为什么现在就不能开辟汽车频道？"

裴庆华在向翊飞面前停住脚，直视着他的眼睛说："你用的这个词非常准确——鸡肋，美人美图就是鸡肋。汉商网作为一家堂堂的大型专业电商平台，上面竟然有块地方简直像不入流的黄色论坛。如果你问我做汉商网的这三年里什么最让我后悔，就是当初同意开这个美人美图。同样的错误我绝不会再犯！"

国庆长假前的最后一个工作日，向翊飞悄悄把裴庆华叫出办公室说想和他单独谈谈，裴庆华一时想不出有什么更适合私下交谈的地方，便带向翊飞走到楼梯间回手把防火门关上。向翊飞瞄一眼裴庆华就低下头，欲言又止，裴庆华见他忸怩的样子便笑："不用说我也能猜到，是国庆不想来加班吧？咱们公司对加班的态度历来是欢迎但不强求，你如果有安排就安心休假，不要有压力。"

听到这话向翊飞更加难为情，脸涨得通红，憋半天终于说："哥，我实在对不起您，对不起汉商网，我是想……离开。"

裴庆华惊讶不已："你正式上班还不满三个月，这主意变得太快了吧？"

向翊飞简直无地自容："对不起哥，辜负了您的抬举。"

裴庆华盯着向翊飞若有所悟："是又想出国了？还是终于等到哪家大公司要你了？其实早前我也有所怀疑，你会不会只是把汉商网当作临时过渡，毕竟像你这么优秀的人一般不太可能瞧得上初创公司。"

向翊飞急忙否认："真不是，我没打算出国也不会去别的公司。您千万别怀疑我的诚意，更不要怀疑汉商网的吸引力。不过，我之所以决定来您这儿确实还有点儿特殊原因……"裴庆华一怔，向翊飞接着说，"上五年级的时候，我们小学来了家电脑公司，当时没注意叫什么名字，就记得每天有好些纸箱子进进出出，里面据说装的都是电脑，觉得特神秘。长大了看到华研集团的介绍，提到他们最初就是在我们小学办公，我才知道那家公司就是后来鼎鼎大名的华研。我来汉商网之前在网上查您的资料，发现您那个时期正好在华研，我就觉得和您有一种莫名的亲近感，就像好多年前您经常在楼道里向我迎面走来，又和我擦肩而过……"

裴庆华愕然地仔细端详着向翊飞，思绪已经回到十余年前那个酷热的夏天，他穿过一群小学生挤到华研办公室门口，在那些蹭空调的孩子中，有一个少年撩起上衣露出肚皮……他不禁惊喜地问："你们当年是不是经常围在我们公司门口蹭空调？"

"蹭空调？"这回轮到向翊飞一怔。

"就是堵在我们机房门口，等门一开里面的冷气吹出来。"

向翊飞木然地摇头："没印象。我就记得骑在窗户上，看楼下出来进去搬电脑，有面包车、有小货车还有三轮车。"

裴庆华不甘心地追问："你没在我们办公室门口待过？"

向翊飞被问得有些含糊："也许……待过？那时候太小，忘性比记性大。"

是啊，裴庆华暗自感慨，那时候的小学生，也许还曾被小戚之流戏耍捉弄，如今已是一个令自己不可小看的后生。他忽然心头一震，难道这就是常言说的后生可畏？难道自己才三十六岁就已经老了？他勉强笑一下，转而问："听你刚才的意思，是想自己干？"

"嗯，就是我跟您提过几次的汽车频道，虽然您始终不认同，但我还是想验证一下，不然不死心。"

裴庆华耐着性子劝道："各方面道理我都给你讲了，汉商网不适宜在当前另辟新领域。尽管无法采纳你的建议，但我对你这个人还是非常认可的,你不要意气用事,遇到点儿不顺心就甩手走人,这样迟早会栽跟头。做大事不能任性,而是要有韧性,坚韧的韧,同音不同字,境界更是天上地下。"

"您的话我都明白,也谢谢您的忠告,我会记着。不过,我也想说几句对您的看法,不知您愿不愿意听?"

"当然,来而不往非礼也,你只管说,我洗耳恭听。"

向翙飞长吁一口气:"哥,那我可就说了。我觉得您对于互联网的理解和观念有些老套,但我认为问题不在您,而在您的岁数。比方说,您以前肯定不看《圣斗士星矢》,如今肯定不玩 CS,对吧?"

裴庆华隐约有印象当年萧闯在家无聊时整天看圣斗士的动画片,还偶尔冲他比画什么"天马流星拳",令他很是不齿。他迟疑道:"我知道的 C/S 是客户机服务器的意思,一种架构……"

"当然不是,是游戏,反恐精英,半条命,您连听都没听过吧?"向翙飞开始数落,"我们八〇后是跟电脑一起成长的,今后十年八〇后将一直占据网民的绝对主流,我们看什么、玩什么、想什么、要什么决定了中国互联网未来十年的走向。而您呢? 您年纪比我们老、层次比我们高,因为看不起而不理解,因为不理解而更看不起。所以我觉得您和汉商网今后面临的最主要问题不是资金,而是思维。"

裴庆华勉力摆出一副不耻下问的姿态:"那你说说看,对于你搞汽车频道这件事,我的思维有什么问题?"

"您还是当年搞电脑的思维,一定要把产品做到质量可靠、技术专精才推出。但互联网不一样,网民要的是新奇、好玩,不但可以包容网站的瑕疵更愿意参与一同充实完善,这反而能给网民带来成就感。互联网是开放自由的,其实更直白的理解就是随意,不能太煞有介事。有个想法先搞个大概模样就可以给网民看,哪怕漏洞百出、缺这缺那人家也未必嫌弃。相反呢,一味追求所谓专精所谓极致,结果可能是无人喝彩。"

裴庆华既没反驳也没辩解,平和地问:"既然你准备做一个全新的网站,就没必要仍定位于单个频道了吧？"

"对,我要打造一个围绕汽车主题的垂直门户,也可能是个社区。不过汽车只是主题而不是专题,"向翙飞笑了下,"哥,跟您的思路不一样,我不排斥更不限制我的会员在上面聊3C。"

裴庆华发自内心地表态："挺好,有想法就去做,希望你能早日成功。对了,有什么我可以帮上忙的你只管提,资金、服务器或者办公室,咱们可以像一家人一样合用。"

"哥,您的心意我领了,非常感谢。但说实话,汉商网的条件这么艰苦,服务器早该扩容,办公室也挤不下了,您的资金肯定更紧张,我不好意思再跟您开口。而且我希望自己的网站能跨越式发展,迅速突破初创期的瓶颈,所以不想缩手缩脚、小打小闹。我已经和华研集团谈妥,他们决定给我投五百万人民币,占百分之四十九的股权。"

"哟,这得大大恭喜你喽,网站还没搞出来你的身价就已经值五百万了。"

向翙飞很是不好意思："还早着呢,他们的钱要分期分批到位,给我规定了好几个里程碑指标。"

裴庆华忽然又想到另一层："难怪你去找华研,因为你不单是和我有亲近感,你小时候没准儿也和谭启章有好几次擦肩而过呢,他对这份渊源也会深有感触。"

向翙飞立刻有些局促,红着脸说："不是,哥,我没去找他们,是谭媛介绍我和谭总见了一面,后来华研投资部很快就敲定了。"

裴庆华登时目瞪口呆,自从走进楼梯间向翙飞已经给他带来一连串的出乎意料,而最令他震惊的莫过于这最后一个。裴庆华无论如何想不到也难以接受的是,貌似为留在汉商网而不惜与谭启章吵得不可开交的谭媛,竟会背着他第一时间把向翙飞引荐给谭启章。他暗自嗟叹,正如他自己总结的那样,没有什么能比得上血缘牢靠。

心神不宁地交代几句把向翙飞打发走,裴庆华脑子里仍旧纷乱不堪,他一想与其胡乱猜疑还不如当面问个究竟,便立即给谭媛打电话：

"现在有空吗？……那你出来一下，有个事想聊聊。我就在楼梯间，老茅常溜过来偷偷抽烟的地方。"

没一分钟谭媛就推开防火门进来，见裴庆华脸色不对忙问："出什么事了？"

裴庆华当头问道："是你把小向介绍给你爸的？"

"对呀，怎么了？"

"你没觉得有什么不合适？"

"哦，原来你是因为这个。我其实犹豫过要不要先跟你打声招呼，又一想也许成不了呢，何必多此一举，结果没料到这么快就定了。是小向跟你说的？他心也太急了，要是我先告诉你就好了。"

"有什么好的？小向是汉商网的员工，你撺掇他出去创业还给他介绍投资，这不是拆汉商网的台吗？"

"庆华，你先冷静一下，你一而再再而三地否决小向的建议，以他的心气儿怎么可能在汉商网待得下去，还用得着我撺掇？既然他去意已决，我帮他一把、成全他的志向，他对咱们肯定会心怀感激，有什么不好？"

"咱们？他感激的是你和你爸！别忘了，至今你还是汉商网的员工，不是华研的接班人！"

这是裴庆华头一次对谭媛如此严厉，谭媛脸上有些挂不住，反戗道："那你现在就开除我好了！"

裴庆华毫不退让："开除？只有对正常途径招进来的员工才谈得上开除，对你不适用！你在汉商网体验生活的时间已经足够长，可以回去向你爸交差了！"

此时，谭媛的手已经把防火门呼啦一声打开一半，而后却慢慢关上，她眼圈发红，哽咽道："庆华，我是该离开了，但走之前想和你好好谈谈。"裴庆华阴沉着脸不言语，谭媛说，"我爸跟小向谈完车向网的合作之后，私下问我知道他为什么投这个项目吗，是因为他觉得小向简直就是十二年前的你，你们天生都是站在老板的角度考虑问题。他投的不是车向网,投的是小向这个人,就如同他这十多年始终看好你一样。"

裴庆华只冷哼一声:"连名字都起好了,车向网,向往车,估计广告语也一并定了吧?"

"庆华,跟着你的这两年我学到了很多,但我也发现你越来越像我爸,从理念到风格,尤其是思维。"

裴庆华赌气道:"就是觉得我老了呗,落伍了,该被淘汰了。"

"瞎说,要淘汰也该先淘汰我爸。我的意思是……怎么跟你讲呢?哎对了,还记得当初你教我立体几何怎么想象辅助面吗?你说不要被眼前看得见的东西所影响。我觉得,现在你的心里、你的眼中有太多东西,妨碍了你的想象力。"

裴庆华瞬间感到一阵失落和心寒,刚才是当年的小学生开导他,此刻是当年的高中生用他的原话反过来教育他,如此反差令他错愕也令他惶恐。哪怕刚出狱时他也不曾有过如此强烈的危机感,那时他还相信五年时间仍可以追回来,但现在他开始怀疑,也许时间真的已经不站在他这一边。他不禁有些恼羞成怒地问:"你打算在汉商网干到哪一天?"

谭媛两眼睁得大大的,难以置信地反问:"你就这么急于撵我走?"

裴庆华旋即又有些于心不忍:"是你说该离开了,何况你这么瞧不上我、瞧不上汉商网,你跟我已经学不到更多东西,我还是别继续耽误你了。"

谭媛笑问:"伤自尊了?说的是气话吗?我发现其实你们男生表面上挺刚强,其实比我们女生更脆弱。庆华,目前我还不想离开汉商网,我打算争取在年底前帮你把第一轮融资搞定,那样我走了也安心。"

裴庆华只僵硬地笑一下,未置可否。谭媛继续说:"哦对了,刚才我正想找你呢,你的电话就来了。简总他们公司好像发生了什么变化,原本两周前他们就应该对咱们新做的合作方案提出反馈,可一直没回音,我想今天必须拿到,要不然就得拖到长假以后。找了几个人都联系不上,后来总算打通了他们销售总监,支吾半天才说中国区的业务以后归他们美国总部直接管,应该会有人来联系,让咱们等着。我感觉不对劲,你最近和简总沟通过没有?"

"没有啊,上个月谈的时候还一切正常。你先回座位吧,我打电话问问简英。"

裴庆华一边拨电话一边纳闷,今天这是怎么了,难道真有所谓的诸事不宜? 电话通了,他急切地问:"简英,在哪儿呢? 说话方便吗?"

简英的声音听起来无精打采:"我在机场呢。"

"哦,你去哪儿了? 正要回北京?"

"我在北京,正要回旧金山。"

"哦,应该的,七天长假确实应该回家一趟。快登机了吗? 等你回来咱们见面聊聊,你下面的人员是不是有些变动?"

电话里沉寂片刻才再次响起简英的声音:"庆华,这次回去以后我可能不再回北京了。"

"啊?! 你什么意思? 怎么回事?"裴庆华惊讶得连声追问。

"不仅是我下面的人员有些变动,我本人也无法幸免,我们公司把整个中国区关了,业务停了,机构裁了。"

"啊? 做得好好的怎么说关就关了?"

简英惨笑道:"好好的? 你可真会开玩笑。我们公司可能是受这轮互联网泡沫破灭影响最大的一批,这两年业绩掉得一塌糊涂,股票从最高点的三百多美金跌到两块钱,再跌就要退市了。"

"所以才更不该关中国区嘛,你辛辛苦苦干了三年,总算见到曙光了,市场马上就能起来,现在关掉不是前功尽弃吗?"

简英又凄凉地笑一声:"三年,整整三年,我的全部心血都白费了。岂止是心血,公司配给我的股票全都变成了纸,自己投的几个项目也都打了水漂,我先生如今已经懒得跟我抱怨,要是再不回去我恐怕就无家可归了。"

"你先生……照你的说法，不是一直挺理解挺支持你的吗？"

"唉，我算是明白凡事都有限度，我以前过于想当然了。他和你一样也是什么都憋在心里，起初是不抱怨，后来是忍着不抱怨，再后来是懒得抱怨，再这样下去就成了没必要抱怨，一拍两散啦。"

裴庆华意识到简英绝非开玩笑，心情沉重地说："出了这么多事，你怎么一点儿都不告诉我？你也是憋在心里，难怪谢航说你和我很像。"

"我对谁都没说，连谢航都没打招呼，要不是你打电话来我也不会主动告诉你。"

"起码应该让我送送你吧，三年前就是我接的你。"

简英更难过了，想起当时自己意气风发回到北京，与裴庆华和谢航团聚的情景仿佛就在昨天，恍然如梦，而今这场梦已然破碎。她抽了抽鼻子，说："有什么可送的，我就是不想让任何人看到我灰头土脸的狼狈相，活像个丧家之犬。"

事到如今，裴庆华只得安慰道："回去也好，家和万事兴，等这段互联网的冬天过去你再一展身手。"

简英的情绪似乎振作了些，憧憬道："我想好了，该要个小孩了，这将是我今后一个时期的中心工作，所以我刚才说短期内不回北京了。"

"不回也好，是应该要个孩子，这样你的人生就完整了。"

"你自己呢？如今你比我更不完整吧，和舒志红什么时候结婚？"

这回轮到裴庆华沉默一阵才说："我和她……已经分开了。"

"啊？！什么时候的事？因为什么呀？"

"可能因为……她这几年一直在等我，现在不想再等下去了吧。"

"哦。"简英迟疑着又问，"那你……现在是和谭媛……在一起？"

裴庆华苦笑着说："怎么连你也这样想？我和谭媛不可能的，就像分处于两个平行平面中的直线，从俯视图投影来看，这两条线似乎有交叉甚至重合，事实上我和她永远不可能相交。"简英没反应，裴庆华补充说，"不久她就会离开汉商网，从此大路朝天，各走一边。"

过了一会儿，简英才伤感地说："现在你又是一个人了，庆华，好好照顾自己。"

裴庆华鼻子发酸，他赶紧咳嗽一声，说了句："简英，你也要好好的。"然后匆忙挂了电话。

扶着栏杆慢慢在楼梯上坐下，裴庆华回想这一天、这一段所发生的事，想到舒志红、想到简英、想到谭媛，甚至想到向翅飞，想到这些在他人生中的某个时刻走近他终又离开他的人，这才真正感受到天地之间如今只剩下他一个人了。裴庆华不禁为自己感到悲哀，难道他命中注定将是个孤独的人？他越想越伤心，越发觉得自己可怜，视线逐渐模糊，一滴眼泪掉落在台阶上。他喃喃自语："走吧，走吧，你们都走吧……"

忽然吱呀一声，防火门开了。裴庆华赶紧往脸上擦一把站起身，把刚探头进来的茅向前吓了一跳。茅向前看清是裴庆华，惊魂未定地问："庆华，你怎么在这儿？"

裴庆华竭力掩饰着，尴尬地笑一下："我来体验体验，这么冷清、这么阴森的楼梯间，你孤零零一个人躲在这儿抽烟，会是一种什么感觉。"

茅向前嘿嘿笑着掏出烟："这你就无法理解了吧，我一点儿不觉得有什么阴森冷清。把烟点上，深深吸进一口，从鼻腔直冲头顶，那种感觉，整个人都飞升了。孤零零？才不呢，这时候我就是世界、世界就是我，因为我正在做这辈子最为热爱的事情。"说着，他又掏出一支烟递过来，"你要真想体验就也来一支。"

裴庆华品味着茅向前的话，只要坚持去做自己这辈子最为热爱的事情，又何来孤单与冷清？他顿时大为感动，一把搂住茅向前，发自肺腑地说："谢谢你老茅，我至少还有你，真好。"

猝不及防的茅向前下意识地把手躲到背后，保护住手指间的两支香烟，嘴里语无伦次地说："别这样，让人看见不好。"

二十二

越纯粹才能越长久

在海淀区苏州街上的一家上岛咖啡,舒志红踅摸半天,才发现谢航坐在一处角落里,她走过去坐下说:"真想不到,你如今在这些地方出没。"

谢航莞尔一笑:"你可别小瞧这些地方,名副其实中国互联网行业的心脏。"她凑近些压低声音说,"你来之前我已经偷听了两个项目,左边隔一桌刚才谈的是一款网络游戏,此刻你左后方那桌正在谈移动增值业务,准备主打手机彩铃。我在这儿绝对是眼观六路耳听八方,坐看风云变幻,而且有吃有喝,唯一不好的是……"谢航不禁皱起眉头,"抽烟的人太多,二手烟估计快给我导致工伤了。"

舒志红认真打量几眼谢航,叹道:"你也挺不容易的,当初那么滋润、那么高端的位子说不坐就不坐了,偏要蹚创业这潭浑水,何苦来呢?"

"喂,你,还有老裴不都在创业吗,为什么我就不能试试?"

"不一样,我和他都属于从来没享过福的,不知道舒服日子什么滋味,哪像你,这落差你真受得了?"

谢航不由苦了脸:"跟你说句实话,有时候真感觉不适应,太委屈的时候我就给自己打气,放眼望望周围,有谁背后堆着五千万美金?这么一想我的腰就又挺起来了。"

舒志红嘻嘻笑道:"你应该挺的是胸。"

谢航白她一眼:"有正经事没有?你我的时间都是很值钱的。"

舒志红一撇嘴:"你看,老板架子说端就端起来了。找你当然有事啦,极其重要的事。我是来求你,或者说是来提醒你,赶紧帮帮庆华吧。"

谢航一惊:"老裴怎么了?出什么事了?"

"他的汉商网快撑不下去了!"舒志红忧心忡忡地说,"最近这阵子庆华一直靠借钱维持,志合集团的老总姓贺,跟他是校友,之前借给他两百万救急,现在也快花光了,据说员工这个月的工资得拖到年底了。"

"上次他在电话里说已经考虑融资,这才是正路,借钱当然不是办法。"

"可他未必真想融资,或者说,未必真铁了心。"

谢航盯着舒志红看了一会儿,忽然说:"你跟老裴已经分手了吧,干吗还这么关心他?"

舒志红愕然之际又有些难为情,垂下眼帘问:"你怎么知道的?"

"简英告诉我的。"

舒志红立刻抬起头:"庆华第一时间就告诉简英了?"

"没有。"谢航暗笑,"好像是简英临走前,俩人电话里提到了。"

"呃。"

"简英还说,听老裴的意思,他和谭媛根本不可能走到一起。"

舒志红黯然地盯着面前的咖啡:"我也听说,汉商网融资的主要障碍就在于团队背景缺乏光环,只有庆华一个人算是名校出身,可他又有前科。本来谭媛是正牌的 MBA 海归,算是个加分项,可庆华每次都刻意强调谭媛只是临时帮忙,近期就会离开,人家VC(风险投资人)一听就兴趣不大了。唉,庆华这个人,太实在。"

谢航瞟一眼舒志红:"所以你当初怀疑谭媛都是错的咯?"

舒志红又叹口气:"对与错都已经无所谓,如今我算明白了,即便没有谭媛这么个人,我和庆华也不可能走下去。"

"为什么?"

"因为……他骨子里就是个孤独的人。"舒志红忽然想起什么,"对了,你千万别跟他提我找你的事。"

"为什么?"谢航故意逗她,"怕老裴追究是谁向你泄露了这么多内部消息?"

"那倒不是,汉商网的人都叫我姐,跟我无话不谈,庆华再清楚不过。我是担心他那么好强,别让他以为你是我搬来的救兵。"

谭媛听裴庆华说,谢航要来汉商网看看,登时如临大敌,问裴庆华有什么要特别准备的。裴庆华大大咧咧地摇头反问,有什么好准备的,又不是外人。谭媛问谢航在电话里究竟怎么说的,裴庆华说谢航倒是提了一句想见见咱们的核心团队。谭媛马上要求茅向前把领带系上,裴庆华笑道那你还不如把老茅勒死,他最烦系领带了。谭媛说你们能不能严肃点儿,谢航如今打理盈孚基金,她要是能看上汉商网咱们就算熬出头了。谭媛又张罗联系翠宫饭店订会议室,却被裴庆华制止,说谢航明确讲的是要看汉商网,跑翠宫干吗去?谭媛只得作罢。

裴庆华特意让谢航晚上再来,在知春路边接上谢航到了办公室,见谢航环顾四周便说:"条件是差了点儿,不仅跟你们IEM和盈孚没法比,就连当初的华研也不如,你多担待吧。"

谢航笑道:"比我强多了,起码有个固定据点,不像我成天在各家上岛咖啡移动办公。"

茅向前和谭媛早已起身恭迎,裴庆华介绍说:"这是老茅,汉商网的CTO;这是谭媛,从美国拿了MBA回来临时在我这儿帮忙。"

谢航冲茅向前道声幸会,定睛审视谭媛好几秒才意味深长地一笑:"原来你就是大名鼎鼎的谭媛……"搞得谭媛很不好意思。

裴庆华先给谢航拽过一把椅子让她坐了,三个人再各自落座,他双手托在脑后摆开一副闲聊的架势:"怎么样,最近忙什么呢?"

"两个字,学习!"谢航笑道,"有太多东西要学了,转做投资才发现当初从事的领域太狭窄,除了电脑和芯片其余几乎一无所知,业务类型也只涵盖大客户直销、渠道代理那么几种,而且基本以 to B 为主,to C 很少涉及。现在倒好,大的领域就包括 IT、生物医药、新材料和环保好几块;单单一个 IT 又分出通信、软件、半导体、互联网;最热闹的互联网更是五花八门,像门户、社区、电子商务、游戏、新媒体,还有新出现的社交应用,再加上什么 IDC、ICP、ISP、SP,每天都在头脑风暴,尤其谈项目的时候谁都想给我洗脑……"

裴庆华笑着打断:"我可没打算洗你的脑。哎,倒是有个建议你想不想听?"

"哈,你看,这就要开始给我灌输了吧。"谢航挤下眼睛。

"真不是,纯属建议。还记得当年用零号图纸画大图吗? 那时候的基本功如今正好用上。你可以按领域、按行业分别画几张大图,把一个产业链上下游各个环节的创新模式和创新技术都标出来,再把各家创新公司对号入座,这既是一张产业生态地图,更是一张一目了然的投资地图。你把每个关键节点的代表性公司都覆盖到,就应该不会错过任何重大的投资机会。"

谢航问:"有的创新公司在这张图上根本找不到现成的对应位置,怎么办?"

"对这样的公司尤其要加以留意,"裴庆华认真地说,"它要么只是个疯癫,要么就是个巅峰,很可能会颠覆现有的产业结构,凭空创造出一个全新的生态链。"

谢航歪着脑袋看了裴庆华一会儿,忽然笑了,裴庆华不明所以,谢航说:"老裴,我真是越来越佩服你,不仅是因为你高屋建瓴的建议,更因为眼下已经四面楚歌、自顾不暇的你，居然还有心思给我支招。"

裴庆华正尴尬，谭媛忙说："谢总，我不清楚您是从哪里得出的印象，但我们汉商网目前各方面运作都很正常……"

谢航摆下手："谭媛，你不用急于澄清。我和老裴太熟了，他不会有任何东西向我隐瞒，对吧老裴？"裴庆华只得讪讪地笑一下，谢航接着说，"其实只是立场不同而已，作为投资人难免总认为自己是雪中送炭，而创业团队则更愿意说成是锦上添花。不管是炭还是花，今天我是带着满满的诚意来的，盈孚基金非常希望能投资汉商网。"

茅向前和谭媛皆大喜过望，谭媛忙不迭地抱过笔记本电脑说："谢总，您能如此看重我们真是太好了。您看下面我能否花点时间把汉商网的 BP（商业计划书）跟您快速过一遍，表面文章就不赘述，只谈一些关键数据。"

谢航又摆下手："谭媛，细化的东西后续再弄。"她转向裴庆华说，"老裴，咱俩实在太熟了，我就来个简单粗暴的吧。盈孚基金打算出资五百万美金，你现在要做的就是告诉我一个比例，打算让我们占多少股份。"

茅向前两眼直放光，随手掏出烟，手指禁不住哆嗦。谭媛碍于谢航坐在她和裴庆华之间不便走过去商议，灵机一动抄起手机给裴庆华发短信。裴庆华应声拿过手机打开短信，上面仅有一个百分数，裴庆华只瞟一眼随手撂下手机，平静地说："谢航，不急，先容我说句话。汉商网现在的确正积极寻求融资，不过盈孚基金恐怕不是一个理想的投资方。"

办公室霎时一片死寂，另外三个人都目瞪口呆地你看我、我看他，显然都怀疑自己听错了。最终是谢航首先反应过来，她说："老裴，你也别急，先别把话说死，也容我问句话，为什么？"

"坦白讲，汉商网现在的确麻烦不小，资金缺口只是一方面，更大的挑战在于物流和支付两大环节中存在若干关键点尚未验证，一旦验证的结果是行不通，就不是烧钱所能解决的了。谢航，这些风险你充分考虑过没有？就我所知盈孚基金还没投过哪家公司，我不建议你把汉商网作为头一个项目，因为这头一炮很可能是哑炮，开门红搞成开门黑。"

谭媛和茅向前都眉头紧锁，一脸的难以置信。谢航反倒笑了："老裴，你这样的创始人我真是头一次见，人家是自吹自擂你是自黑，人家赌咒发誓没有风险你却巴不得我知难而退。"

裴庆华淡淡地说："我讲的都是实际情况。"

"那我也谈谈我这边的实际情况。盈孚基金的重点投资领域是互联网，电商虽然不像网游、移动增值、新媒体这样火爆，但也是盈孚必须布局的一条赛道。基金刚成立我就让团队关注汉商网，我们研究的结论是汉商网逻辑上走得通，但可能要走比较长的时间，因为让网民养成网购习惯不可能凭你一己之力，需要一些客观条件和契机，所以最适合你和我的策略都是花钱买时间。我并没指望汉商网速成，但也不认为有速败的风险。因此我希望你能把真实的顾虑讲出来，别想一句话把我吓走。你是担心盈孚过度干涉你的经营？那咱们可以在投票权上做些特殊约定。或者你想直接引入战略投资者？那咱们可以一起想办法。"

裴庆华拿起手机，摩挲着已有些斑驳的外壳问道："谢航，还认得这个手机吗？"

谢航扫一眼便说："不会吧……还是当初我送你那个？都将近四年了还没换？"

裴庆华又问："还记得咱们当初的约定吗？"

"什么约定？"三个人都看着裴庆华。

"我明确讲过，在任何情况下，咱们之间都不应该有金钱与利益关系，你当时可是即刻表示赞同，难道忘了？提醒一句，是在你家。"

谢航想起来了，自然也想起当时在场的第三个人——萧闯。她神色黯然地说："具体情况具体分析，现在情况不是特殊嘛。明摆着汉商网不融资不行，与其让别人进来还不如我盈孚投。凭你我之间的关系和信任,没有比这更好的选择。"

"谢航,正因为咱们之间这种关系和信任太难得、太宝贵,我才不忍心让任何利益因素去破坏它,越纯粹才能越长久。我不想让你成为我的投资人或生意伙伴,我希望在我的世界里你只有一个身份——朋友。当初为了打响华研电脑第一枪,我差点儿永远失去你这个朋友,今天我绝不会为汉商网、为所谓的事业再冒这个险,因为不值得。"裴庆华忽然有些激动,"谢航,我曾经拥有的已经所剩无几,我真的不想再失去。相信你也一样。"

谢航一时百感交集,喉咙发紧说不出话。茅向前站起来走到裴庆华身边重重拍了拍他的肩膀,一副尽在不言中的架势。谭媛轻轻叹口气,把一直搁在膝盖上的笔记本电脑放回桌上。谢航勉强笑一下,问道:"老裴,看样子这次只能遗憾了? 要不我帮你推荐几家 VC,你总不会连友情介绍都不让我做吧?"

谭媛立刻抢先表态:"那太感激谢总了,以谢总的声望和盈孚基金的地位,肯定能为汉商网招来有实力和眼光的投资方。"

谢航苦笑着说:"老裴,我真是服了你,把我这样一个送上门来的投资人生生逼成了投资中介!"

坐在五洲大酒店一层咖啡厅靠近落地窗的位置,谢航惬意地沐浴着冬日午后的阳光。左前方和右前方的沙发分别坐着两个人,穿着牛仔裤的叫 Sam,是硅谷 DTI 创投中国区的负责人;穿一身西装的姓吕,是吕梁资本的合伙人。

Sam 说:"Abby,我和吕总已经分头与汉商网接触过几轮,都感觉还不错,咱们三方可以商量一下后续怎么配合。"

吕总问:"谢总,你没跟汉商网明确提过我们吧?"

"没有,我只说我可能会把他们推荐给一些投资机构,并没有具体说。"

"这样好,这样好。"吕总点头。

Sam说:"虽然电商不算什么新东西,没太多想象空间,但对于具有鲜明特色的垂直电商我们还是有兴趣的,尤其又有盈孚基金一同参与,DTI准备跟投。"

谢航刚要开口,吕总已经抢先接道:"汉商网这个盘子不算大,我看咱们也不要分什么领投、跟投。我的想法是每家两百万美金,争取各自拿到百分之八甚至百分之十的股权,底线是百分之六,你们觉得怎么样?"

Sam摇头:"一两百万这种case我们DTI是不会做的,我的意见是每家三百万美金,各占百分之十。"

"我无所谓啦,反正估值必须在三千万美金以下,其他随便你们喽。"

谢航笑道:"Sam、吕总,你们二位听我说几句。首先要感谢你们认可汉商网的价值,算是没让我白辛苦一场。但我要说明一下免得你们误会,盈孚基金不会投汉商网,我只是站在完全中立客观立场上向你们推荐这家极具投资价值的公司。"

对面二人都一脸惊诧,Sam脱口而出:"Are you kidding?(你开玩笑?)"

吕总说:"这误会可闹大了。谢总,你不会是逗我们玩儿吧?"

谢航忙抱歉:"真对不起二位,是我之前没表达清楚,让你们想当然了。"

"怎么是我们想当然?"Sam较真道,"风险投资风险投资,挂在最前面的就是'风险'二字,按惯例当然是你们盈孚想拉我们一起分担风险,谁都会这么理解。"

吕总说:"我倒想过还有另一种可能,就是汉商网不愿意看到一家投资人独大,希望几家一起。但谢总这样诓我们进去而自己却不投,说难听些有点儿耍流氓吧。"

谢航心中不爽但只能隐忍下来,继续解释:"责任在我。是这么回事,你们俩都亲自和汉商网的裴总谈过吧?我和裴总是大学校友,认识十几年了,关系一直非常好。裴总这个人有些古板,认为朋友就是朋友、生意就是生意,坚决不肯跟朋友做生意。我们盈孚本来已经决定投资,方案是五百万美金、争取拿百分之二十股权,但不能低于百分之十五,没承想裴总死活不要,怕将来跟我搞得再也做不成朋友。没办法我只好转而推荐给你们,因为汉商网确实非常值得投。"

Sam 双眉紧锁一再摇头,吕总想了想说:"要不这样,盈孚隐身在我们两家后面,我和 Sam 各投四百五十万美金,其中各有一百五十万来自盈孚,你和我们分别签署一致行动人协议。既然你那么看好汉商网,肯定不介意间接持股吧。"

谢航笑道:"我当然不介意,但裴总肯定会很介意,一旦被他知道那我跟他恐怕真连朋友都做不成了。"

"可以不让他知道嘛,或者将来再慢慢做工作让他改变想法。"

Sam 已经先于谢航否定道:"怎么可能不让他知道?也不该不让他知道,那样做很不 professional(专业)。吕总你还没看出来,盈孚根本没打算自己投,只想把咱们推进去。之前就有人提醒我说,裴总与 Abby 关系不一般,我当时还觉得是件好事,没想到……"

谢航说:"Sam 你真想多了。恰恰是因为裴总很专业,不希望在重大商业决策中掺杂非商业因素,才婉拒了我的投资意向。既然你们看好电商这个赛道,对裴总这样优秀的赛手又怎能错过呢?"

吕总笑嘻嘻地摆手道:"谢总,你刚才已经承认和裴总关系非常好,那你吹捧他的这些话恐怕都得打折扣喽。你可以举贤不避亲,我们可不敢太当真哟。"

"吕总、Sam,你们都是经验老到的职业投资家,投资汉商网想必是你们经过审慎考察研究之后所做的决定,你们自然也都分别做过 DD(尽职调查),我如何评价汉商网对你们充其量只具参考意义,不用过度放大我的影响力吧。"

Sam 撇嘴说:"Abby,你也知道我们做出重大投资决策之前都很敏感,盈孚不投对我而言绝对是个 surprise(意外),我感觉很不踏实,这种状态不适宜做任何决定。"

吕总忙打圆场:"谢总,我对你还是很信任的,你刚才强调你的立场很中立、很客观,我也信,哈哈……不过对于汉商网我想不妨再观察一下。哦对了,盈孚有没有其他倾向投资的公司?我都很乐意跟投,哈哈……"

谢航明白此时再说什么都已无济于事,心里既惆怅又无奈,更为裴庆华和汉商网的命运担忧。

吕总很热情地抢先结了账,三个人闲聊着往大堂走,临要出门忽然有人在背后喊了一声:"Sam,等一下!"谢航一惊,这嗓音竟如此熟悉。三个人一起转回头,谢航顿时僵在那里,只见萧闯正迎面走来。

Sam 很热情地应道:"是萧总,这么巧。"

谢航问:"你们认识?"

"做 DD 的时候我找过萧总……"

萧闯已经走到近前,打断 Sam 的话对谢航说:"我们广告联盟也算在互联网行业占有一席之地,在投资圈有几个朋友不足为奇吧。"

Sam 介绍萧闯与吕总认识,谢航趁两人正交换名片问 Sam:"看来你早知道我和萧闯认识?"

"是,听萧总提过。"Sam 有些局促,说完瞟一眼萧闯。

萧闯说:"真巧,我正好约了个朋友在这儿谈事,没想到一眼看见 Sam,更没想到能遇见谢总。谢总现在有时间没,一起喝杯咖啡?"

Sam 和吕总见状都很知趣地告辞,谢航本不太情愿,但不想当着两人的面与萧闯纠缠,便跟萧闯又走回咖啡厅。

萧闯一边落座一边张罗饮料,谢航说:"我什么都不用,刚才已经喝得够多。"

萧闯给自己点了一杯咖啡,仔细打量谢航过后感慨道:"咱们两年没见了吧?你好像又瘦了。"

谢航不接茬:"你不是约了人谈事吗,时间到了吧?"

"还早呢。我公司就在北面不远,你去过的,下午没什么事我就先过来了。"

谢航忽然问："Sam 向你了解过老裴和汉商网的情况？"

"对呀，天底下对老裴最知根知底的人应该就是我吧，只有征询过我的看法这调查才算得上尽职。"

"你都跟 Sam 说什么了？"谢航质问。

萧闯嘿嘿一笑："瞧把你紧张的，我没说什么呀，他不是决定和你一起给老裴投钱了吗。我这人一向讲原则，一码归一码，你以为我见不得老裴好？证明你确实不懂我。"谢航白他一眼，把脸扭向别处不说话。萧闯又贱兮兮地笑道，"我现在也打算融资，怎么样，你有没有兴趣？"

"没兴趣。"谢航当即硬生生地回绝，"盈孚基金绝对不会投钱给流氓插件、病毒营销这类互联网中的害群之马。"

萧闯很不以为然："这恰恰说明你对我们缺乏了解，人云亦云。网络广告联盟是业已得到验证的互联网为数不多的成功模式之一，有健康的现金流和盈利，业绩增长也是几何级数，这方面恐怕只有 SP（服务商）和网游可以同我们相提并论。更积极的一面在于我们帮助成千上万的中小企业实现网络推广，也帮助成千上万的中小网站解决了生计问题。你与其投老裴半死不活的汉商网，真不如投我的广告联盟。"

谢航不想多理论，回道："我没投老裴的汉商网。"

"嗨，蒙谁哪！有必要瞒我吗？明明是你说动 DTI 创投跟你一起投，要不然 Sam 怎么会问我你和老裴什么关系？"

"是 Sam 搞错了，我只是把汉商网推荐给他，盈孚不会投。"

萧闯狐疑地斜睨谢航半天，仍然不肯相信："不会吧？讲不通啊……"

谢航不无遗憾地叹口气："本来我是想投的，但老裴坚决不同意。"

"为什么？"

"他说不想跟我有任何金钱和利益上的关系，我没办法，只好随他。"

萧闳的眉头渐渐舒展开,笑道:"哈哈,这确实像是老裴的德行,一根筋。"他刚喝口咖啡却忽然眼睛一瞪,把杯子用力蹾在碟子上,盘问道,"他让你帮他融资? 成功后分你提成?"

谢航冷哼一声:"你以为我跟你一样,什么钱都赚? 刚说了,老裴不想和我有任何金钱关系。"

"那他想和你有什么关系?!"萧闳恶狠狠地问。

"你胡说八道!"谢航也生气了,把外衣抄起来说,"我走了!"

"你站住! 我还没问完呢。"萧闳拽住谢航的提包带,"所以你忽悠Sam,还有刚才那个姓吕的给老裴投钱,纯粹是帮忙?"

"不是忽悠! 汉商网确实值得投资,老裴值得信赖,我作为推荐人问心无愧!"

"你的盈孚基金到现在还没投过任何项目,你不赶紧操心你的正事,一天到晚替老裴找钱,你跟他究竟什么关系?"

谢航被气乐了:"我的事更用不着你操心。"

萧闳的手猛一用力,谢航连同提包被拽回沙发上,萧闳厉声说:"回答我!"

谢航被萧闳的突然发作搞蒙了,四周的客人连同服务员都齐刷刷地看过来,她不愿把事情闹大惹人注意,低声道:"你的嫉妒心也太奇怪了。如果说我投了汉商网而不投你,你不痛快倒情有可原;可我只是帮老裴介绍投资人,你怎么反而更加无法接受? 你脑子没出问题吧?"

萧闳阴森森地盯着谢航:"在商言商,你出于自身利益投他不投我,完全无可厚非,我有什么不可接受的? 但你放着自己的生意不做,不求回报替他找投资,为的什么? 你不图利不图名,还能图什么? 你图的是情!"

谢航目瞪口呆,她完全没料到萧闳会是这样一套逻辑,不等她回过神萧闳又问:"他和舒志红分了吧?"

谢航随口反问:"谁告诉你的?"

萧闳被谢航这句原本无心的问话彻底激怒,他咬牙切齿地说:"你们特别不希望我知道吧。可惜人算不如天算，是他的前前女友告诉我他和前女友分了，我当时还傻不拉叽替他惋惜，真没想到，他竟然和我的前女友搞上了！"

"你混蛋！"谢航浑身发抖骂出这句后，站起身把头发和衣服略微整理一下，气息稍稍回复均匀，她指着萧闯说，"嫉妒已经让你发狂，还是先用脑子想想吧，你早就不再有嫉妒的资格！"说完拿起东西扬长而去。

萧闯约的是采买网的负责人小卓，两人年纪相仿，在五洲大酒店中餐厅的散座挑了个把角的桌子坐下。萧闯一边倒茶一边说："卓总，把你请出来不容易啊。"

小卓应道："咱别'总'了，都是辛苦创业，下面没几个兵。"

"没问题，咱俩差不多大吧，我属猴，你呢？"

"我属猪，七一年的，你比我大三岁呢，我就叫你闯哥吧。"

萧闯挺受用，翻开菜谱问："想吃点儿什么？甭客气。"

小卓摇头说："无所谓，一天到晚焦头烂额，一点儿胃口都没有。哎，要不来只烤鸭？半只也行。"

萧闯暗笑，点了半套烤鸭外加三个横菜，又给小卓要了一瓶生啤，见小卓面露满意之色就问："电话里跟你聊了几次，广告联盟的事有没有兴趣？"

小卓叹口气："今年电商特别不好做，能多挣点儿广告收入当然好，不过嘛，我对跟你合作这事总感觉不踏实。你们说好听点儿叫独，说难听点儿叫霸道。"

萧闯不禁笑了："我怎么觉得'霸道'还好听点儿，'独'太难听，孤独一世、断子绝孙，不好不好。"

小卓忙说："倒不是那个意思，你们总要求独家、排他，跟你签了就不能再和别家签，太不灵活。"

"兄弟，做生意最讲求'效率'二字，如果跟一家合作带来的收益比跟三家合作差不多,为什么要找三家而不只找一家?你还嫌手头麻烦不够多?"萧闯很诚恳地说,"我的广告联盟做了两年半,整个运作体系已经非常成熟,信誉更没问题。尤其在下沉方向做得很到位,无论多偏远的地方、多小多新的网站我们都能拉进来;但在上升方向做得还不到家,所以我非常希望吸收像采买网这样的大型专业网站,提升加盟网站的层次和形象,便于我们去搞定大型广告主。"

萧闯这番话看似发自肺腑,实际却隐去了最核心的内情,那就是广告联盟正面临前所未有的挑战。他早前曾担心的以大型门户为代表的互联网巨头涉足的局面虽未出现,但从天而降杀进这一领域的却是更具威胁的一股新生力量——搜索引擎!百度已经于2002年正式推出百度联盟,虽然尚处于萌芽期,但萧闯已经嗅出其中的杀机。百度可以向众多中小网站提供搜索服务,这就与网站建立了涵盖内容、功能与广告的全面合作,相比之下广告联盟只能向网站提供广告,而且基于网民搜索关键词投放的广告更有针对性,更可能吸引网民点击广告从而为网站带来收入。萧闯预感自己的好日子也许只剩下一两年,这才下决心奋力一搏,力争抢在百度联盟之前占据高端网站资源。

小卓随口问道:"在电商里面你们已经签了哪家?"

萧闯用茶杯碰下小卓的酒杯:"坦白讲,我希望采买网成为电商中的第一家。"

小卓微微一笑:"我听说你和汉商网关系非同一般,裴庆华一直住在你家里,按理汉商网应该是第一家吧。"

"非同一般?"萧闯鄙夷地撇下嘴,"我跟他的关系是非同一般的差,极差!早就把他从我家轰走了,所以广告联盟和汉商网根本不可能合作。"

小卓斜眼瞟了下萧闯:"这可说不好,当初创盟天下和互联时空掐得死去活来,结果闹半天其实是一家,去年干脆合并成了创盟互联。谁知道你和裴庆华是不是也在玩儿左右互搏的苦肉计。"

萧闯哭笑不得:"兄弟你可冤死我了,我跟他确实曾经好得恨不能穿一条裤子,但如今彻底闹翻了,势不两立、不共戴天,你想我还能跟他有什么合作?"

"反正什么话都是你说,我没法不多个心眼儿。电商里面各有侧重,有卖图书音像的、有卖母婴产品的、有卖化妆品和服装的,唯独采买网和汉商网都是专做3C,我们两家针尖对麦芒,绝对你死我活的关系。如果我跟你合作,你一旦把采买网的东西都捅给裴庆华,那我还能有好?不说别的,你给我的广告码里要是放几个木马,采买网死都不知道怎么死的。"

"你这是逼我赌咒发誓啊兄弟,你说吧,怎么能让你相信?总不会逼得我以死明志吧。"

小卓专心致志地卷好几片鸭肉放进嘴里细嚼慢咽,又品了一口啤酒,这才慢条斯理地说:"其实我挺想请你给我出出主意,你说有没有什么招对付汉商网?不说见血封喉吧,至少得让汉商网元气大伤,一时半会儿缓不过来。"

萧闯立刻明白了,小卓看似随意实则使出一箭双雕的招数,一方面像是讨教,另一方面是考验萧闯的诚意,如果要想与采买网达成合作,投名状必须得是一条击破汉商网的妙计。小卓边吃边瞟一眼萧闯,意思是孰轻孰重、孰亲孰近就看你如何权衡、如何取舍。

其实萧闯根本没做什么权衡取舍,答案再自然不过,时间与心思都花在琢磨那条妙计上了。胸有成竹之后他反问:"既然采买网和汉商网是死对头,你对汉商网的软肋应该再清楚不过,你说他们最怕什么?"

"资金链断裂?"

萧闯摇头:"总能拆东墙补西墙吧,大不了撕破脸把给供货商的账期一直延长下去。"

"物流出问题?"

萧闯眼珠一翻:"采买网遇到过网民因为发货慢就跟你拼命的吗?"

"那倒没有,顶多骂骂咧咧,毕竟3C这类东西早两天晚两天关系不大,又不是等着救命。要不……攻击它的服务器,黑掉它几天?"

萧闯忍不住嘲笑道:"你们搞什么限时秒杀疯抢的时候服务器宕得还少吗?还是那句话,又不是等着救命,关几天顶多损失些交易额。"

小卓歪头想了想:"好像还真没什么一招致命的,反正早都半死不活了。"

"有。"萧闯冲小卓点下头,从牙缝里挤出两个字,"假货!"

二十三

/

至暗时刻

圣诞、元旦电商网站这传统的两弹购物高峰刚过，汉商网便紧锣密鼓筹备掀起 2003 年的新一波热潮，这次选取的旗帜性主打商品是数码相机。原本拟定的宣传口号是"回家过年带数码相机了吗"，谭媛总觉得差点儿力度，最后改成"没带数码相机，怎能回家过年"。裴庆华念叨几遍说，越听越感到一股紧张焦虑，谭媛一拍手说这就对了，要的就是这个效果。品牌征集到佳能、卡西欧、奥林帕斯和索尼等最具号召力的数家，产品主推轻便、易用和时尚的款型，力求吸引众多女性网民。经销商反响热烈，汉商网号称"百店让利大促销"、推出"十万件打折商品"供秒杀。裴庆华一再强调要把像存储卡之类的配套商品备全，多做打包、拼单，借人气把销售额和客单价都冲上去。

萝卜快了不洗泥，因为巴不得有更多商家捧场，对新近入场的经销商资质便没心思认真审核，只要交齐必需的材料即可。至于各家打折促销的力度当然越大越好，一户新来的商家提交的货品是最热门的佳能 IXUS 相机，别家报价多在两千四百元上下，他家凑了个两千零三元的数;别家放的秒杀价是一千八百八十八元,而他家放的是九百九十九元;更令人大跌眼镜的是别家一般只提供一百个供秒杀,而他家备了八百八十八个。业务员嘀咕这家的手笔真够大的,卢明说那还不好!场子里最需要这样不停搅和的鲶鱼。谭媛点下头就转而布置全家福大赛的事,会员只要在正月十五以前上传用数码相机拍的全家福照片便有机会赢取万元大奖。

1月10号星期五,正是阴历的腊月初八,就在各家腊八粥飘香的时候,汉商网数码相机专场购物节盛大开启。晚上八点整,裴庆华顾不上关注秒杀销售金额,就给守在数据中心机房的茅向前打电话问:"怎么样,服务器撑得住吗?"茅向前回答:"还行吧。我把程序做了点调整,一旦逼近服务器处理极限就不再传送会员的下单请求,先让他们一遍遍刷屏玩儿。"裴庆华直跺脚:"你不能因为怕宕机就不让会员下单哪!下不了单就完不成销售,销售额从哪儿来?"茅向前慢条斯理地说:"如果服务器宕了,那就更是什么单都下不了。"裴庆华说:"你应该提前扩容服务器嘛,怎么能因为硬件瓶颈制约销售?"茅向前反问:"钱呢?本巧妇正在为无米之炊,你知足吧。"裴庆华立马蔫了。

数码相机这一波活动取得前所未有的人气与财气双丰收,庆功聚餐会上,裴庆华刚下决心给每人封个红包过年,留守值班的人便传来一个坏消息:有会员投诉买到的是假佳能 IXUS。裴庆华的第一反应是:"假货?不可能,是水货吧?"值班的人说问过了,不是水货因为根本无法开机。裴庆华仍然不相信:"假的数码相机,你们谁见过?应该是水货或者翻新机出了故障。"汉商网专做的3C产品与服装鞋帽不同,水货遍地但假冒货还很少见,因为很多用户其实希望以廉价买到水货,而工厂费钱费力生产假电脑、假多媒体、假数码相机未免得不偿失。裴庆华吩咐先请会员把货寄来,值班的说对方不肯,退钱他都不要。裴庆华问那他想要什么?值班的说:"他要告死咱们!"

裴庆华立刻带人回到办公室开始追查,这一查就发现麻烦大了。那家经销商已经人间蒸发,连结清货款都等不及便消失得无影无踪。

拿着他进驻时提交的营业执照副本和法人身份证复印件去工商局一查，全是假的。事已至此所有人都明白，汉商网这是被人黑了，相比那些花九百九十九元买到假货的会员而言，汉商网的损失不知要大多少倍，何况买假货的很可能有若干正是卖假货的人，譬如那位扬言不要钱而要告死他们的会员，其用意恐怕在于搞死他们。

第二天无论晨报还是晚报都刊登了揭露汉商网大肆贩卖假货的报道，文章标题还特意借谭媛颇为得意的广告词修改成"花大钱买假货，怎能回家过年"，整篇读完让人无法不义愤填膺，顿生"你不让我过好年，我就让你过不去这个年"的同仇敌忾。茅向前责问卢明为什么不仔细审核商户资质，卢明哭丧着脸说他家证照齐全谁想到会有人成心害咱们。谭媛说自己也有责任，光惦记把活动做红火，没想到火得汉商网快被烤焦了。裴庆华说现在掰扯这些没意义，赶紧分工应对。于是便由谭媛面对媒体，卢明面对会员，而最难干的活非裴庆华莫属，那便是面对工商局。

事实证明，裴庆华在危急关头走出了至关重要的一步棋，正是这步棋确保汉商网逃脱了停业整顿乃至被勒令关门的厄运。裴庆华在规定时间到规定地点接受工商局约谈时，首先拿出一份他刚去公安局讨得的报案记录，声明汉商网遭受到不法分子的蓄意欺诈，汉商网与买到假货的会员都是案中的直接受害者，他已把相关证据呈交警方并将全力以赴配合警方调查。工商局的两位工作人员面面相觑，显然颇为意外，原本预备好怒斥加害者的一套词，面对受害者未免不太适用，其中的女同志禁不住好奇地问："你估计是什么人干的？"

裴庆华故弄玄虚地说："公安局的同志说已经进入侦查阶段，最好不要过多猜疑，更不要擅自实施报复。"

"那……总该有个大致方向吧？"

裴庆华压低声音说："我分析有两种可能，要么是汉商网的竞争对手，要么是佳能公司的竞争对手。我们的竞争对手既包括其他电商网站同行,也包括实体的家电卖场,意在打击网民对汉商网乃至全体电商的信心;而佳能公司的竞争对手就那几家,也许想让消费者担心买佳能碰到假货,打击对佳能品牌的信心。"

"就是啊,我特别喜欢佳能那款数码相机,方方正正、见棱见角的,特洋气。"

"而且性能也很棒,两百万像素,操作起来特方便,非常适合女孩子。"

男同志夸张地清下嗓子,严肃地说:"别跑题别跑题! 今天叫你干吗来了,推销相机来了? 你不要避重就轻,这次事件充分暴露出你们网站在管理上存在巨大漏洞,你作为负责人负有不可推卸的责任!"

裴庆华连连点头称是,在工商局两位工作人员的批评教育下,彻底认识到因为自身的失误对广大消费者和社会带来的损害;并表示一定要在工商局的监督指导下,切实完善供应商审核流程和责任制度,确保今后杜绝各类不法商贩在汉商网开店贩卖假冒伪劣商品的可能性。

看裴庆华头也不抬在记事本上一字不落地做记录,男同志接着说:"第二,你们汉商网在此次假货事件中到底获取了多少违法收入?"

裴庆华立刻哭丧着脸说:"这次为了吸引人气纯粹是赔本赚吆喝,连新进商户的入场费都只象征性地收了五千块钱,还不够给他们的页面做美工的费用。卖假货的这家找不到人了,代他们收的部分货款将如数退还给会员,幸亏他们来不及收齐全款就跑路,要不然我们损失更大。"

男同志敲着桌面:"不要总强调你们的损失,要多想想广大消费者的损失! 相比你们给市场秩序和消费者信心所带来的影响和伤害,你们那点儿损失又算得了什么!"裴庆华忙表情凝重地点头。男同志接着说:"必须要对你们处以罚款,要重罚! 罚得你们心疼肉疼! 罚到你们长记性! 更要杀一儆百,要让你们和你们的同行今后再想通过造假卖假的手段赚钱得先掂量掂量。"裴庆华可怜巴巴地望一眼男同志又望一眼女同志,男同志顿了一下,接着说:"具体罚款金额我们还要再商议,也要看你们后续的表现尤其是整改的力度和效果。"听到这句留有活口的话,裴庆华暗地里稍稍松口气。

"第三,"男同志又敲下桌面,裴庆华的身体随之一抖,"也是难度最大、花费精力最多的一个,就是你们要立即着手对汉商网开展自查自纠,把全部商户的资质重新审核一遍,该关店的必须关店;把全部商品从产地到质量、从品牌到规格逐一查验,该下架的必须下架。在你们完成自查之后上报给我们,再由我们进行抽查。"裴庆华一边记录一边点头。

女同志补充说:"你们不要怕麻烦,更不能因为怕影响经营就糊弄了事,让你们这么做归根结底是为你们好。"

裴庆华知道此时应该表态了,他发自肺腑地说:"这次事件给我们敲响了警钟,使我们认识到自身存在的诸多不足。我衷心感谢你们对我们的批评,也切身感受到你们对汉商网这样的新生事物所给予的关心与呵护。回去后我马上抓紧落实你们布置的这三项中心工作,争取把坏事变成好事,让汉商网从管理水平到社会形象都有一个大幅度的提升。"

刚走下工商局大门外的台阶,裴庆华的手机就响了,卢明焦急地说:"庆华哥,您刚才手机静音了吧?"

"废话! 挨训的时候还敢接电话,你想让我罪加一等啊?!"

"训完了? 您赶紧回来吧! 哦不行,您回来也没法进来,他们堵在卫星大厦门口正闹呢!"

"谁?"裴庆华一惊。

"买了假佳能相机的人,大概二十多个。"

"不是让你退钱给他们吗,钱拿到了还闹?"

"他们不要钱,就是为了闹而闹。我请他们选个代表来办公室谈,他们不肯;我请他们挨个到办公室把货款和赔偿款领走,他们也不肯。好像演戏似的,就是演给媒体看的。"

"媒体?"裴庆华更是一惊。

"对,有两三家报纸。听那些人嚷嚷说待会儿央视经济频道的也要来。"

"我已经坐上出租车了,你别激化矛盾,等我回去再说。"

裴庆华在翠宫大厦门口下车,踮起脚向马路北面张望,只见卫星大厦栅栏门外聚集着不少人,有些举着写有"汉商网是骗子""关掉汉商网""讨说法讨公道"之类的标语,隔着宽阔的马路都能听到他们的喧嚣声,有几个记者正忙着拍照采访。

观察过一阵局势,裴庆华心里有了底,掏出电话打给卢明:"你马上去找负责保卫的大裘,我现在到西侧小楼后边那个角门等你们……对,就是咱们加班晚了走的那个门。"

过马路溜到不为外人知的角门旁边等了一会儿,裴庆华看见裘队长隔着门走过来,身后跟着卢明。裘队长一边开门一边笑着明知故问:"裴总放着大门不走怎么偏走小门啊?"裴庆华只得苦笑,裘队长接着寻开心,"风水这东西真不能不信,西北角那几间房难怪不好租,这不你们已经吃上官司,要不多久就得喝西北风,倒是有吃有喝。"

"大裘,你说句良心话,觉得我像骗子吗?"

裘队长看看裴庆华,摇头说:"说实话真不像。骗子没你这么苦哈哈的,大冬天夜里没地方去在值班室陪我侃大山。"

裴庆华鼻子有点儿发酸,他掏出公安局的报案记录递给裘队长:"我是让人给害了,这关我要是过不去,以后你就得另找人陪你聊天了。"

裘队长看完报案记录叹口气:"唉,人在家中坐,祸从天上来,算你们倒霉。"

"大裘,我相信在门口闹事的这些人背后肯定有人指使,指使者应该就是害我们的人,不然他们怎么会不要赔偿非把事情闹大。"

裘队长翻下眼珠:"你不是已经报案了吗,再报一次警让派出所来人把他们带回去问问不就清楚了?"

裴庆华诚恳地说:"我不想舍近求远,叫了你好几年大裴,我今天求你一回。这帮家伙在你的地盘闹事,堵着你家门口骂人,你不管谁管?"大裴有些犹豫,裴庆华又说,"我刚才在旁边听了一会儿,他们居然把你们当成保安,对这种有眼无珠的家伙你还不让他们开开眼?"

这句激将法立竿见影,裴队长脖子一梗,整了整腰间的宽皮带扭头就走,裴庆华和卢明隔开些距离尾随。裴队长到大门值班室拿了扩音喇叭,走到门口气宇轩昂地站定,隔着栅栏门喊话:"我是中华人民共和国经济警察,奉命保卫国家重点要害部门。你们已经涉嫌在国家航天工程重地及周边区域寻衅滋事,严重干扰了与航天工程相关的科研生产。经初步查实,你们当中就有人涉嫌卖假买假、贼喊捉贼,我已经联系当地公安机关,他们马上就会来人带你们去协助调查。你们不要走,他们马上就到!"

裴队长连喊几声"不要走",门口那群乌合之众越听越慌,纷纷抛下手上的标语向知春路东西两侧跑去,很快便没影了。记者被眼前突发的变故搞愣了,反应过来之后便要求采访裴队长,大裴腰板挺得更直,很威严地摆手说:"请不要妨碍我执行公务。"

卢明刚长吁一口气,裴庆华问:"电视台来过了吗?"

"没看到,应该没来。"

裴庆华这才稍稍放松,吩咐道:"你去请这几位记者到办公室,让谭媛接待一下,好好给他们把情况讲清楚。"

卢明跑出两步又回头问:"您不出面吗?"

裴庆华的两条腿止不住瑟瑟发抖,无力地摇下头说:"我想歇会儿。"

工商局悬在汉商网头顶的那把剑一时半刻不会劈下来,愿意接受退赔的会员都拿到了货款和赔偿金,并签署承诺书就此放弃对汉商网进一步索赔的权利主张。相比之下谭媛负责的媒体公关却非常不顺利,不仅与最初发难的几家传统纸媒关系愈发剑拔弩张,就连起先并不激烈的网络媒体也开始加入对汉商网的大肆挞伐。媒体一致判定汉商网在事发后避重就轻，只承认有疏失不承认有过错，一味强调自身所蒙受的损失，明显是把自身利益看得远高于网民利益。谭媛万分苦恼，觉得自己已经好话说尽，如此清楚的事实摆在那里媒体怎么仍然不分青红皂白，难道非要置汉商网于死地而后快？她不禁怀疑背后主使莫非已经买通了某些媒体，这种潜意识令她与媒体之间更加充满敌意。

天已经全黑了，几个人都没有回去的意思，坐在位子上唉声叹气。裴庆华有些后悔不如当初亲自面对媒体，但他也怀疑自己能否比谭媛做得更好。正无计可施却听卢明对门口叫一声："志红姐，你怎么来了？"

几个人应声看去，只见舒志红面无表情地立在门口，裴庆华一时尴尬不知如何是好，还是卢明马上起身把舒志红请进来落了座。

舒志红摘下围巾在手里叠好，并不看裴庆华，面向谭媛问道："这次对媒体的公关是你主导的？"谭媛讪讪地点头，舒志红又问，"这是一场典型的危机公关，你同意吧？"谭媛又点头，舒志红再问，"危机公关的处理原则你应该有所了解，最重要的一条是什么？是'担当'。事件发生后从媒体到公众都已经在脑子里形成了自己的判断，对汉商网该如何表态如何补救有了心理预期，这就是民意，以你一己之力去对抗如此强大的民意，能有好结果吗？"谭媛低头不语，舒志红轻叹一声，语气和缓下来，"这不是你的错，如果要说有错那也是错在你的背景、你的经历。你这辈子太顺了，所以吃不得委屈、受不得冤枉，你才表现得跟祥林嫂似的，见谁都说汉商网多么不幸，真没想到那个商家会故意卖假货，网民顶多被骗了一千块钱而汉商网却陷入生存危机。我说的没错吧？你应该彻底忘掉自己的身份，你的身份是汉商网发言人而不再是谭媛。"

卢明插话道："我觉得志红姐讲得有道理。"

茅向前瓮声瓮气地说："姜还是老的辣啊。"

"你说谁老呢？"舒志红白茅向前一眼，转而对谭媛说，"如果我是你,开口头一句就是'我们错了,责任都在我们汉商网,我们向网民和公众道歉',先把一切大包大揽下来,但具体错在哪儿不要细说。媒体和公众要的就是你认错这个态度,先让他们把这口气出掉,你和他们就不再是尖锐的对立面。然后再摆事实但不要下结论,结论留给公众或者第三方去下。汉商网再怎么冤枉、再怎么吃亏,这些话也不能自己说,可以请电商同行或者立场中立的权威人士来讲,比如这次就应该敦请公安局出面证明确实涉及不正当竞争。同样一句话换个人说,天壤之别。"

谭媛嘟囔:"其他家电商不落井下石就不错了……"

"不见得,假货事件打击的不仅是汉商网,而是全体电商,一旦网民形成电商净卖假货的固有印象,电商还有好吗?恰恰应该以此作为试金石,不管不顾拼命踩汉商网的很可能正是幕后的那只黑手!"

"那……现在应该怎么办?按你的思路重新和媒体沟通?"

舒志红摇头:"过这村没这店了,媒体不会给咱们第二次机会。"

裴庆华沉着脸头一次开口:"所以你就是专门来教育我们一顿?"

舒志红扭头死死盯着裴庆华,直到裴庆华僵持不过把目光挪到别处她才说:"我有一个建议,但不知道你们能否接受。"

茅向前和卢明都催促道:"你说你说。"

"汉商网可以宣布设立一个专项基金,用于向会员提供无理由先行赔付,不管谁的责任,会员都可以在规定时间内退换货甚至索赔,而汉商网先行向会员赔付,事后再向有关商户追讨。这样既可以表明汉商网的诚意,更能从根本上打消会员网上购物的顾虑。"

裴庆华问:"这样一个基金大概需要多少钱?这笔钱从哪儿来?"

舒志红一撇嘴:"真是典型的工科生思维,凡事首先想到的都是how,你应该先想 why not!"

卢明说:"可以向商户募集,进驻的商户必须向咱们交一笔质保押金。"

谭媛说:"我理解志红姐的意思,目前用不着明确说这笔钱大致规模、如何筹集,关键是做出姿态。咱们还可以率先在电商中发出倡议,起个带头作用。"

舒志红笑着赞许道:"还是谭媛聪明,这样就能变被动为主动、变坏事为好事。"

谭媛发愁道:"可我现在和媒体搞得这么僵,他们还肯替咱们发消息吗?发出去也变了味儿。"

舒志红得意地一甩头:"这就得看谁出面喽。我会写篇通稿,请一些媒体的朋友帮着发;再约一个重量级的记者给庆华做个专访。"她瞟一眼裴庆华,"如今你已经是新闻人物了,肯定有人愿意来篇独家。"

几个人千恩万谢送舒志红出门,到电梯口谭媛使眼色让茅向前和卢明跟她一起回去,留下裴庆华和舒志红等电梯。裴庆华用脚尖踢着水磨石地面,含混地说一句:"谢了啊!"

"什么?"舒志红故意问。

"我说,这次要谢谢你帮忙。"说这话时,裴庆华的语气尽量自然。

"用不着。"舒志红等电梯到了又说,"我就是要让你知道,你错过的多么难得、失去的多么宝贵!"然后就大步迈进电梯,再也不看裴庆华。

裴庆华愣怔地看着电梯门关上,听着电梯启动的声音口中喃喃道:"你怎么就不能也担当一回?我只想让你认个错、道个歉,就那么难?"

不知是舒志红的公关策略奏效了,还是媒体与公众的注意力原本持续不了多久,没几天工夫汉商网便从各类版面中消失了,扑面而至的羊年春节令绝大多数人的兴趣点从互联网上移开,网络流量与热度如同往年一样跌入最淡的淡季。

汉商网则非仅用一个"淡"字所能形容,更恰当的恐怕是个"死"字,真正是宛若一潭死水。从汉商网开始按照工商局的要求进行自查自纠,商户中主动关店的就陆续出现并日益蔓延,留下的大型商户也把不少商品主动下架,尤其不是自家出产的打包品种,一时间整个汉商网是一副萧条破败的丧气样。

裴庆华破天荒给全体员工放了长假，法定假期之外又多加十天，正月十七再上班。茅向前和卢明围在裴庆华桌前欲言又止，裴庆华笑道："你们都各回各家，今年春节不用你们值班。我一个人没问题，你们把手机开着，保证我找得着人就行。"俩人于心不忍但还是点头答应了。

除夕夜，裴庆华在办公室闲来无事想在网上看春晚，但是网速卡得不行，声音图像也配合不上，他干脆不看了，给家里打电话拜年。问候过爸妈又和姐姐聊天，裴庆霞听出弟弟情绪低落，问了几句也问不出所以然，只好劝道："你不说我也猜得出来，生意肯定不好做呗，没啥，钱不是个好东西。你看刚才赵本山那个小品没，范伟演的胖子彩票中了三千就'嘎'一下抽过去，后来中了三百万，赵本山给他做半天思想工作，结果人家范伟刚说送他一百万，他自己也'嘎'一下抽过去了。哎呀把爸妈给笑的。我就想了，你说挣钱有啥好？一家人健健康康、没病没灾比啥都强！"裴庆华默然不语。

大年初一，裴庆华一切如常到公司，经过大门值班室遇到裘队长，道声："大裘，过年好！"

裘队长作个揖，打趣说："同好同好！裴总一天假都不休啊，这生意好到天上去啦？"

裴庆华只苦笑一下没说什么。

大年初二，裴庆华又在门口遇到裘队长，裘队长揶揄道："裴总还不歇？钱赚得差不多就行了，人得知足！"

裴庆华又苦笑一下没说什么。

谭媛不放心，从家里给裴庆华送来一饭盒饺子，刚进办公室就见裴庆华眼睛直勾勾地盯着电脑屏幕，神情肃穆，她忙放下袋子问："怎么了？网站出问题了？"

"不是，航天飞机炸了！你还不知道？"

谭媛点头："早晨手机上刚收到短信，昨天晚上十点坠毁的，真惨，七个宇航员都死了，还有两个女的。"

"哥伦比亚号,如雷贯耳的名字,人类历史上第一架航天飞机。"裴庆华满脸感伤,"1981 年 4 月我还在上初三,从新闻里看到航天飞机上天,当时就决定不学文也不学理,就学工,将来也造航天飞机。"

谭媛说:"我才五岁,完全没印象,就记得看《铁臂阿童木》。"

沉默了一会儿,裴庆华问:"作为宇航员而言,与航天飞机同归于尽是不是再理想不过的归宿?"

谭媛歪头想了想:"可能吧,挺悲壮的。"

片刻之后裴庆华忽然自言自语:"搞网站的人是不是也应该和网站同归于尽?"

谭媛吓一跳,惊愕地盯着裴庆华半天才说:"你胡思乱想什么呢?!做网站的人应该一个网站一个网站一直做下去,汉商网即便真的不行了,你也应该再去做一个新网站。我相信那些宇航员如果有机会选择,他们一定愿意换一架航天飞机再次飞向太空。"

裴庆华看看谭媛,淡淡一笑:"我只是这么一说。"

谭媛半信半疑,追问道:"你不会真想不开吧?"

裴庆华反问:"你打算什么时候离开汉商网? 之前说好干到去年年底,现在都 2 月份了。"

"我说的是帮汉商网首轮融资成功,没说具体日子。"

"以前我一直没明确表态,只要你和你爸达成一致我没意见,但现在我想和你定个期限。谭媛,你在汉商网最多做到 2 月底。"

"为什么?"谭媛惊问。

裴庆华毫无征兆地突然爆发:"因为不需要所有人给汉商网陪葬!"

谭媛颓然地靠在椅背上,呆了好一阵才问:"庆华,你真的觉得汉商网不行了? 你已经打算放弃?"

裴庆华答非所问地说:"我会继续坚持下去,一直坚持到最后一刻。"

"我陪你,我哪儿也不去!"

裴庆华怒道:"你非要亲眼看着我关掉汉商网才满意?!你就不能让我保留最后一点尊严?!"

谭媛被裴庆华这副样子吓坏了,忙说:"我只是想帮你。"

"你已经帮我够多了。"裴庆华冷静下来,"没必要还耗在这儿,你应该去做更有意义的事情,比如去帮你爸。"

"庆华,要不找我爸借点儿钱?再维持一段,也许曙光就在前头呢。"

"记得以前咱们聊过这个,如果你真想让我接受你爸的资助,你就得先离开汉商网。"

谭媛想了一会儿,毅然决然地说:"如果我的离开能对汉商网有所帮助,我可以离开。"

裴庆华点下头,勉强笑了笑:"你刚才思考的神态让我想起当年你做立体几何的时候。"

"听我爸说,我刚上高一那段是他最苦闷最彷徨的时期,完全看不到任何希望,他说当时真想把华研关掉,甚至觉得……活着毫无意义。"

"是吗?我当时倒没什么感觉,就是发现无事可做,连出差都用不着,你爸什么也不跟我们说。"

"就像现在你什么也不跟员工讲一样,不是吗?"谭媛俏皮地挤下眼睛,"我的意思是,我爸也经历过特别黑暗的时刻,但黑暗总会过去,要不怎么叫黎明前的黑暗呢。"

"黎明前一定黑暗,但黑暗后面未必一定就是黎明,也许是更黑的黑暗。"

"庆华,你一定要振作起来。想想看,如果当时我爸放弃了,华研会怎么样?你会怎么样?我会怎么样?如果现在你放弃了,老茅、卢明还有汉商网的所有员工会怎么样?他们的家人会怎么样?你的一个决定将改变很多人的人生轨迹,你的责任是把大家带向光明,而不是推入黑暗。"

裴庆华苦笑着说："也许我的决定可以让大家都得以解脱呢，包括我。"

谭媛噌地站起大声说："裴庆华，如果你是一个懦夫就根本不配谈什么尊严！"

裴庆华抬眼看着谭媛，淡淡地说："大过年的，别花时间在这儿吵架，回去陪你爸妈吧。"

谭媛余怒未消，噘着嘴说："谁愿意跟你吵。不过我这几天真不能再过来陪你值班，我爸给我安排了好几拨应酬，烦人！"

谭媛刚进电梯就先后给茅向前和卢明打电话，嘱咐他俩最近有事没事勤跟裴庆华在电话里、QQ上聊聊天，两人都问为什么，谭媛说庆华一个人值班多孤单多无聊，让你们花点儿时间陪他解解闷，哪儿有这么多为什么。她本已走出大门又退回来进到值班室，可惜裴队长不在，她刚要拜托裴队长的下属经常上楼观察一下裴庆华，想了想没说出口。

裴庆华吃完饺子把饭盒洗干净，顺手把卢明脏兮兮的筷子勺子洗了洗，又将茅向前已经辨不清本来面目的熬夜专用烟灰缸刷出来。干得兴起的他干脆趁势对办公室展开全面大扫除，桌面、地面、窗台、灯盏通通不留死角。在各楼层间巡视的裴队长听到动静前来一探究竟，见热汗涔涔的裴庆华正抱出大捆垃圾去扔，不禁诧异。

大年初三，裴庆华又在门口遇到裴队长，裴队长只迟疑着招下手，什么也没说。

裴庆华的清洁工程深入到细节阶段，他开始专注地处理每台电脑的键盘、屏幕和显示器后部的积尘和灰垢，先用"一"字头小改锥衬着一块细布在键盘缝隙和显示器散热孔间一点点擦拭清除顽垢，再用吹尘球把残留的灰尘和纤维吹走，甚至鼠标连同鼠标垫也被他收拾得焕然一新。清洁完外设接着便是主机，他使出当年在华研练就的功夫，熟练地拆开机箱打扫风扇和散热片。然后跪在桌子下面把电源线和网线收拢规整，像专业布线工完成的活计。他干得那么投入、那么乐在其中，如同一位匠人充满享受与自豪地施展手艺，内心变得越来越纯净、沉静且淡然。

这项工程一直干到大年初五才算大功告成,当裴庆华带着心满意足的成就感昂首阔步经过值班室时,裘队长靠着门框冲他说了一句:"我看你不是一般人。"

大年初六,裴庆华继续独自值班,听到座机响起,他估计又是茅向前或卢明找他闲聊,但还是很认真地接起来说:"您好,这里是汉商网。"

"咦,还真有人接……"电话里的人咕哝道。

"您好,我是汉商网,请问您是会员吗?有什么可以帮您?"

对方嘿嘿笑一声:"我不是会员,我想在你们网站上卖东西。"

裴庆华立刻高兴地说:"您是想注册商户?那太好了,欢迎欢迎!汉商网上有很方便快捷的流程帮您申请开店,您在过程中一旦遇到问题可以随时联系我们。"

"是这样,我正好在知春路上,离你们不远,想先拜访一下。"

"好啊,随时欢迎!"裴庆华放下电话就忙着倒水沏茶。

没多久听见楼道里传来脚步声,一个中等个头五十岁上下的人出现在门口,眼睛细细的、嘴唇薄薄的,脸上是温和谦恭的笑。

裴庆华把客人请进来落座,对方环顾四周,笑着说:"挺干净,比我们公司强得多。"接过裴庆华递上的茶杯又说,"我是偶然路过,想碰碰运气看你们有没有人,没想到真有值班的,不好意思啊我是个不速之客。"

"哪里话,有客户来我当然不亦乐乎。先给您拜个年。"

"过年好过年好。哎呀我会不会是你们羊年的头一个客户啊?"

裴庆华笑道:"那再好不过。请问您的公司主要做哪类产品?"

"产品挺多,主要的嘛就是加湿器。哦忘了介绍,我是亚苏公司的,我姓鲁。"

亚苏?姓鲁?裴庆华脑子里倏然闪过一个念头,难道……莫非……?他马上取一张自己的名片双手递上,对方忙从西装内兜里也取出名片交换。裴庆华第一眼便看到头衔处的董事长三个字，不由惊呼："哎呀，您就是亚苏的鲁总，失敬失敬，我久仰您的大名。"

鲁总还没来得及定睛细看手上的名片，便忙连声客气道："不敢当，不敢当。"

裴庆华试探着问："前一段听说您的公司做得……"

鲁总有些不好意思地垂下眼皮："是，没错，我们亚苏前两年遇到不小的困难，眼下还在努力坚持。"

裴庆华忍不住脱口而出："真没想到，你们至今还……"

"还没死，对吧？"鲁总笑眯眯地说，"欠了人家那么多债，总应该一点点还给人家，所以不敢死，咬着牙也得继续做。"

"还欠多少？我听志合的贺总说他花五千多万买了您当初的亚苏大厦，那些钱仍不够还债？"

"不够，不够，差得远呢，谁让我当初有本事借那么多钱。"鲁总憨憨地笑，"不过我现在也搞不清剩下多少没还，我跟财务总监说了，不要提醒我还欠多少，我怕我会绝望，他只要告诉我每天又还了多少钱。就像爬珠穆朗玛峰，你每天都告诉我还差八千多米，我怎么可能爬得动？但你每天告诉我又爬了七米八米，我就有力气接着爬。"

"背着那么大的债务包袱，企业什么时候才能翻身？与其这样看不到出头之日，还不如……"

"还不如破产？跑路？或者干脆一死了之？"鲁总盯着裴庆华的眼睛，"不管是把公司弄死还是把我自己弄死都再简单不过，但人一辈子不能总挑简单的事干吧。有些事正因为难，才更应该去做。"

这席话让裴庆华品味再三，鲁总说得轻松但可以想象他是经历了怎样的痛苦煎熬才到今天。裴庆华喉咙里好像被东西堵住，他清清嗓子又问："你们现在搬到哪儿了？"

"清河北面，远多喽，环境差得很。不过无所谓，反正我们都是出来跑，不在公司接待客户。"

"您身为董事长也亲自出来跑业务？太不容易了。"

"大家都不容易。"鲁总眯起眼睛把裴庆华的名片挪远些，叫道，"哎呀，失敬失敬，才知道你是汉商网的 CEO。你看你也不容易嘛，大过年亲自值班接电话。"

"我纯粹是闲着没事干，"裴庆华自嘲，"自己都奇怪怎么会心血来潮打扫卫生，原来是上天冥冥之中赋予我预感，将有贵客登门。"

"是你自己打扫的？"鲁总再次环顾四周，"这里虽说面积不大可东西不少，清理起来不容易哟。老话儿说一屋不扫何以扫天下，看来我回去也该把公司收拾一下，新年应该有个新气象。"

裴庆华问："您怎么想到在汉商网开店？不瞒您说我们最近名声可不怎么样。"

鲁总的笑容里透出一丝狡黠："看到了看到了，也不瞒你说，正因为看到那些报道我才动心的。有两方面原因，一个是我看报上说八百多个假相机不到一个小时就被一抢而光，这可真了不得。搁在实体门店八百人那得挤破头，要配多少个导购员收银员才能做到每分钟卖出十几台？"

"这还是因为我们的服务器不给力存在瓶颈，很多会员连续刷屏刷了半个小时才买到，理论上讲上千台上万台也可以在一分钟内卖光。"

鲁总不禁啧啧称叹："了不得，看来以前没把电商渠道当回事是大错特错。唉，人老了，观念旧了。"

裴庆华安慰道："那批假货之所以卖得那么快是因为价格低得实在离谱。除非你们想赔本赚吆喝，否则电商渠道的出货速度并不比实体门店高出很多。"

"嘿嘿，我的加湿器也可以给出很诱人的价格，毕竟我的利润空间蛮大的。"

"您多让利一百块钱，用于还债的钱就少一百块。所以我不建议您贸然报出太低的价，那样得卖出多少台才能还清债务。"

"不要紧，一台一台卖，一点一点还，只要他们给我时间我就会一直还下去。"

裴庆华竖起大拇指:"您这可真称得上当代的愚公移山!"

鲁总立刻摆手:"别这么讲,我很反感愚公移山那一套,什么子子孙孙无穷匮也,他凭什么要求子孙后代延续他的傻事,子孙完全可以搬家嘛。再者说他为什么年轻的时候不干,等到九十岁才开始折腾?自己装模作样干两年一命呜呼,害得子孙后代接班吃苦受累。我早想清楚了,这些债我这辈子还多少算多少,和我的孩子无关,他们有他们的生活,不应该被我犯下的错误牵连。"

裴庆华问:"第二个呢?"

"什么第二个?"

"您刚才说有两方面原因。"

"嗐,瞧我这脑子。第二个嘛,就是我估计你现在生意肯定不景气,应该会给我比较好的条件吧。"

裴庆华立刻表态:"这您放心,我非常敬重您的为人,何况我听贺总说您和我们不仅是校友,论起来还是我们的老师。鲁老师,我向您郑重承诺,亚苏的产品在汉商网免交进场费和手续费,赚多少您都拿去还债。"

听到裴庆华叫他老师,鲁总一时有些激动,他双手在大腿上搓了搓,说:"既然你喊我老师,那我就更得有老师的样子,哪有占学生便宜的道理。在商言商,就按你们的收费标准来,象征性打点儿折扣我就知足啦。"裴庆华连连摇头执意不肯,鲁总抬手制止道,"你听我一句,汉商网如今这种局面还远远不到摆阔气搞慈善的时候,你也要挣钱才能活下去。记住,活下去比什么都重要。"

裴庆华见状不好再坚持,鲁总忽然起身说:"哎呀,我车上装着样机呢,我下去给你抱上来,就留给你们。这个房间太干燥,对身体不好,你们也体验一下我们的产品,记得给个好评哟。"

裴庆华推让不过忙陪鲁总下楼,鲁总从路边一辆老旧面包车里抱出个纸箱递给裴庆华,裴庆华接过来再三道谢。鲁总临走拍拍裴庆华的胳膊说："日子再难过也要过，谁让咱们是做企业的。你我都要努力活下去。"裴庆华神情凝重地点下头。

就跟商量好了似的，谭媛、茅向前、卢明以及几个骨干大年初十便回来上班。谭媛一进门便被眼前的窗明几净惊呆了，卢明诧异道："庆华哥，找的保洁公司？过年期间肯定很贵吧？咱花这冤枉钱干吗？"

"找什么保洁公司，这点活儿我还能干不过来？"裴庆华笑呵呵地反问。

"啊?!"几个人同时惊呼一声。谭媛的眼睛瞬间湿润，卢明把鼠标抄在手里翻来覆去地端详着："哇，简直跟新的一样！我都舍不得使了。"茅向前摩挲着烟灰缸说："庆华，我好好一个家伙什儿被你整成这样，你让我怎么用？只好供起来。"

"我是这么想的，"裴庆华说，"咱们每活一天，都应该让周围的世界变得美好一点儿。"

卢明没心没肺地起哄："哇，太经典了，我赶紧记下来！"茅向前冲裴庆华点下头，把烟灰缸高高地放在显示器顶上，谭媛转过身飞快地用手把眼泪擦掉。

春节过后萧闯就一直在等电话，时不时拿过手机看看有没有未接来电，其实手机从未调到静音，更须臾不离手边。过了元宵节，阿甘见萧闯仍旧如此神不守舍便问："闯哥，等谁电话呢？"

"小卓，采买网的。"

"您给他打一个不就得了？"

萧闯摇头："过去大半年一直是我主动找他，这回我非等到他求我不可。"

正说着手机忽然一通连振带响，萧闯忙抓到手里看来电显示，兴奋地冲阿甘他们做个"嘘"的手势，按下接听键明知故问："喂你好，哪位？"

"闯哥，我小卓。"

"哎呀,是小卓啊,过年好,羊年吉祥!"

小卓叹口气说:"吉祥啥啊,这年过的,甭提多糟心了。"

"哟,怎么回事? 身体不太好?"

"哪儿啊,你不会不知道吧,整个电商行业惨得一塌糊涂。"

"哦,春节历来是电商的淡季,这个你应该早有心理预期嘛。"

"不是,和过年没关系,年前就开始了。嗐,我也没必要瞒你,都是因为听了你那个主意,搞得我是杀敌一千自损八百,哦不,自损也是一千。"

萧闯装傻:"我哪个主意? 你把我弄糊涂了。"

"闯哥,不会吧? 从汉商网到整个电商都被抛到风口浪尖你会不知道? 假货! 想起来没? 你说使这手可以让汉商网一招毙命,结果他们死没死我说不好,我们反正是奄奄一息啦!"

萧闯怎么会不知道,他对这一切再清楚不过,当初小卓对他来个一箭双雕而他还了个一石二鸟。假货这把双刃剑既可能将汉商网置于死地,也会同时打击各家电商网站,而首当其冲的正是与汉商网同门同业的采买网。他马上同情道:"哎呀,怎么搞得城门失火殃及池鱼了? 你下手时应该把打击面限定好,怎么把火惹到自己身上?"

"唉,当时没想那么多,就觉得你的主意不错,确实可以极大地打击汉商网的声誉,让网民再也不敢去他家买东西,可忘了我们跟他们是拴在一根绳上的两个蚂蚱,结果网民连采买网也不敢来了。"

"哎呀,真是怪我。"萧闯万分痛惜,"当时就考虑怎么能给汉商网惹点儿大麻烦,哪料到连兄弟你也一同遭殃。唉……不过话说回来,你应该想办法把采买网择出去,和汉商网做个切割,这样网民就不会黑白不分见到 3C 电商就躲了。"

"怎么择? 怎么切割? 我倒是想把问题聚焦在汉商网身上,但媒体一扯就扯到所有电商。我要是再稍微过分一点儿,就连傻子都能看出是采买网干的了。现在真是哑巴吃黄连,有苦说不出,憋屈死了。"

萧闯关切地问:"那……损失大不大?"

小卓带着哭腔说:"事到如今还谈什么损失大小,我已经不跟正常光景比了。眼下的问题是商户关店,都在传工商局要对电商开刀,本来网民愿意来的就不多,商户再一撤,我的网站就唱空城计了。"

"有什么哥哥我能帮你的?"

"唉,商户连店都关了,更不会投广告,采买网这种现状我也很难去开发新的广告客户,干脆加入你那个广告联盟算了,好歹有些广告可放。"

"没问题啊兄弟,我早就盼着你来。还是先前我跟你提的,建议你跟我们签个独家,这样给你的分账费率高好多。"

"闯哥,能不能先不签独家?我想同时也试一试另外几个广告联盟。"

萧闯冷笑一声:"兄弟,看来你的网站并没你说的这么糟吧,不然你怎么还有心思货比三家。你打算试多久?三个月,半年?你就不怕扛不到那一天?你就不怕回头想跟我签独家我都不签了?一直跟你说我希望采买网成为电商中头一家加盟的,其他家电商的日子估计也不好过,人家要是来加盟,兄弟你可别怪我没等着你。"

小卓叹口气,想了想,只得跟萧闯约定时间登门来签协议。

郭胖儿等萧闯挂上电话笑道:"闯哥,就像您说的,估计会有电商网站接二连三找咱们来。"

萧闯沉吟片刻说:"我已经在想,对付电商这招是否具备可复制性,比如,用在垂直门户身上……"

二十四
/
向死而生

3月上旬,谢航忽然接到 Robert 的电话,她没有任何心理准备,竟一时在称呼上卡了壳,愣了几秒钟才说:"Bob,你还好吗?"

"我很好,谢谢。"Robert 显然没心思寒暄而是单刀直入,"Abby,我建议你尽快到美国来,越快越好。"

谢航又一愣:"盈孚基金的年度合伙人会议不是要到 6 月才开吗?"她说完心里不由得紧张,忙辩解说,"我知道你们可能认为我的动作不够快,至今还没有投任何项目,但我相信充分的研究和准备是必要的,而且目前已经有几个优秀的项目被我锁定,希望你和决策委员会的其他成员能多给我一些时间。"

Robert 有些烦躁,咕哝道:"我担心的不是生意,而是你。Abby,我觉得你在中国……不安全。"

"什么?"谢航不禁笑了,"Bob,你在逗我吗? 这里既没有恐袭也没有枪击,我觉得再没有比中国更安全的地方了。"

电话里传来粗重的喘息声,谢航能想象 Robert 此时仿佛一个屡次挑战失败的男孩正气鼓鼓地面对一堆玩具，果然 Robert 哑着嗓音说："Abby，我不知道该怎么跟你讲，总之很严重。我不想吓唬你，但有一种很奇怪的病已经在中国蔓延。"

"什么病？"谢航立刻为自己有限的医学词汇发愁。

"问题是我也不知道那是什么病，总之很严重，发烧、呼吸困难，然后就……死了。"

"哦。"谢航松了口气，"我知道你指的是什么，那是在广东，离北京很远的地方，而且已经被控制住没有进一步扩散。"

"不，我不这样认为。我得到的消息是一个从广东到香港的人把酒店里的很多客人都感染了，而他本人前天已经在香港的医院死去，你知道他在酒店住的房间号是多少？911！"

谢航不以为然："这纯粹是个巧合，我发现你们美国人也很迷信，那只是个毫无意义的数字。"

"还有，一个美国人从上海经香港到了河内，也得了这种怪病，他已经从河内回到香港住院，据说情况很不乐观，关键是不知道他在哪里被感染的。"

"这只是又一个毫无关联的病例而已，有什么好怕的？"

"Abby，你还不明白，这个病可怕之处正在于人类对它一无所知。它是什么病？因为什么发病？通过什么途径传播？如何治疗？没有人知道。"

"但你刚才提到的那些地方都离北京很远，我在北京感觉不到任何危险，也没有谁谈论此事。你恐怕是太紧张了。"

"可你们中国人很喜欢跑来跑去，广东、上海和北京之间每天有多少人来回？而且我担心你在北京无法及时了解到事情的真相，等你亲眼看见真相已经晚了。"

谢航想了想："好的，我会认真考虑你的建议，如果有必要我可以随时去美国。"她顿了下又开口，"Bob……"

"嗯？"

"我想说……谢谢你!"

Robert 也顿一下,回道:"这没什么。"

挂上电话谢航反而没了刚才的自信与从容,她开始回想最近新闻上看到的一些说法,尤其是正在召开的"两会"期间相关部门答记者问时的言辞,她越来越担心。今年的"两会"正值换届,任何事情都不能影响平稳交接的大局,她脑海里不断闪现发言人强调的"疫情可控,全国近期不会发生大规模流行",忽然觉得后面的那个"不"字也许应该挪到前面,这个念头令她登时冒出一身冷汗。

紧接着谢航就考虑应该马上把这个预警扩散出去,除了晚上回家必须跟老谢老沈严肃商讨对策之外,她想到的第一个人是裴庆华。

没想到裴庆华的第一反应是不当回事,他笑道:"那个我早听说了,网上各种帖子说什么的都有。过年那段广州的板蓝根和白醋都抢疯了,一瓶白醋被炒到几百块钱。我们还开玩笑说要是能搞到货源放在汉商网上卖,估计能火一把,买瓶白醋必须搭台电脑,一包板蓝根搭一个数码相机,全网保真,呵呵。"

"老裴,你别掉以轻心,这种事宁可信其有。"

"我信了又能怎样?待在筒子楼哪儿也不去?我现在已经是两点一线从来不踏足其他地方。总不能不呼吸吧?没病死先憋死,哈哈……"

"总可以采取相应措施吧,比如……出国躲一躲?"

"我再没想过出去,连重新办护照的念头都没有。躲好像从来不在我的选项之内,汉商网如今成了这副样子我都没想过躲一躲。"

谢航的注意力随之转移:"汉商网情况怎么样?"

"不怎么样,我已经在考虑是否让网站冬眠一段时间,等春天来临再苏醒。"

"冬眠?把网站就那么放着,什么都不做?那不跟死了一样。"

"假死,不是真死,最低限度维持它的生存,静待时机。"

"服务器好说,但团队怎么办?机器可以待机,人呢?总不能变成植物人吧。"

裴庆华沉默了一阵才说:"现在愁的就是这个问题,还没想好。"

谢航只得把话题又转回来:"我劝你留意一下那个病的情况,及早有所准备。"

裴庆华又笑了:"你看,连个名字都还没有的病,能闹出多大动静?"

没过几天这病就有了名字,世界卫生组织将它正式冠名为"严重急性呼吸综合征",中国大陆普遍称之为"非典型肺炎"并很快有了个令人闻之色变的简称——"非典",而在大陆以外包括港澳台和世界其他地区基本都以英文缩写称呼,便是SARS! 这病一旦有了名字便立刻法力倍增,来势凶猛,近乎不可阻挡地肆虐人间。

进入4月裴庆华终于开始察觉到人心惶惶,最集中的焦点便是各路小道消息与官方说法之间的矛盾。网上很多帖子说外国人已经大批逃离广州和香港,可广州市却特意组织了万人春季长跑;人们似乎都能说出某位朋友的同学的同事或同事的朋友的邻居刚被"疑似",令人感觉"非典"已与自己近在咫尺,可旅游局的人却高调宣布到北京旅游再安全不过;明明3M公司N95口罩已成为奇货可居的抢手货,卫生部部长却谈笑风生地表示戴不戴口罩差不多,大可不必过度担心。裴庆华慨叹虽然已经号称迈入信息社会,面对要么模棱两可、要么尖锐对立的信息,人们只会愈发无所适从。

最近裴庆华给老家打电话前所未有的频繁,一方面是互报平安,另一方面是因为他越来越感到孤独和无助。汉商网不仅没有丝毫起色而且每况愈下,起先他还打起精神强颜欢笑给员工鼓劲,眼下他已经发现那种表演对自己和员工都是一种折磨。裴庆华找不到对象可以倾诉,唯有听到爸妈和姐姐的声音能给他带来一点儿慰藉,仿佛暂时可以回到幼时无忧无虑的美好时光。

裴庆霞紧张兮兮地说:"好些人都在管咱们山西叫疫区,你听说没?"

"没有,现在世界卫生组织还没下结论,只是报了山西有人感染。"

"反正都在传山西挺严重的,说除了北京就数山西闹得邪乎。还有内蒙古也厉害,你说怎么这么倒霉,咱家正好夹在中间。"

"这反而说明咱家离两个省区的中心都很远。你别瞎紧张,让爸妈跟着提心吊胆更不好。"

"知道,我也就是跟你说说。本来想让你回家来,别在北京待着,看这架势你还是别回了,真要是染上病起码北京有大医院。"

连回家的路都被堵死,裴庆华情绪更加低落,恰在这时有电话进来他便匆忙和姐姐互道珍重。打来的是谢航,张口就说:"老裴我在机场呢,不走不行了,你也赶紧想办法吧。"

裴庆华一怔:"怎么了?"

谢航急道:"我就奇怪了,你不上网吗?难道只上你的汉商网?"

裴庆华重复一句:"怎么了?"

"网上都传开了,被美国《时代》周刊最先爆出来,听说是一位姓蒋的老军医告诉他们的。公开的数字是北京仅死了三个人,他们说实际上北京单单一家医院就死了七个,你说你信哪个?"

"所以你就赶紧去机场了?"裴庆华反问。

"对呀,我昨天看到《时代》那篇文章之后第一件事就是买机票。"

"就你自己?你父母呢?"

"唉,真拿他俩没办法,怎么说也说不通,他俩跟你一样,始终不渝地坚信我们党和政府。另外办签证也来不及,我只好自己先跑了。哎,你不会还不信吧?"

裴庆华还是那句话:"我信了又能怎样?连老家都不能回了,我还能去哪儿?"

谢航忽然说:"你等我一下,我得换块电池,从坐下来就一直挨个儿打电话。"

过了好一阵也没见谢航再打过来,裴庆华想了想似乎已没什么非说不可的话,便在心里祝谢航一路平安,然后在网上搜谢航提到的那篇文章。正看到一半谢航的电话又来了:"老裴,你猜我刚碰到谁了?小戚!"

"小戚?"

"对呀,原先华研的,用你的钱开公司那个。"

裴庆华笑道:"不劳你介绍。"

谢航不好意思地也笑:"他们一家三口,我刚问了,说之所以出去躲的不单是 SARS,他这回是全家移民了,正要飞温哥华,开启新生活。"

"哦,他躲得可比你更义无反顾。"裴庆华忽然想起什么,问道,"他的公司呢? 还在不在? 他今年可没到四十岁。"

谢航明白裴庆华所指,说:"你居然还记得咱们当初聊过的四十岁目标呢。"

裴庆华不愿延续这一话题,转而问:"对了,你打算什么时候回来?"

"这可不取决于我,要看 SARS 什么时候真正被控制住。如果我在美国一个人待烦了,就去找简英。"

"哦,代我向她问好。"裴庆华近乎木讷地说。

"老裴……"

"嗯?"

"你可一定要好好保重自己,留得青山在不怕没柴烧。"

裴庆华苦笑一声:"'非典'时期别提'烧'这个字,我现在嗓子痒都不敢咳嗽。"

"哦哦,反正我就希望你一切都好,你明白我的意思就行了。"

"我明白。"裴庆华真觉得嗓子里堵得慌,他顿一下才说,"谢航,谢谢你!"

谢航飞走了,就在她飞离北京的第二天世界卫生组织正式宣布将北京划为疫区。

阿甘一进公司就反常地大呼小叫:"哎呀不好了,太吓人了。我一个老乡在北方交大读博,路上给我打电话说他们学校突然冒出一堆'疑似'病例!"

"一堆?"瘦头陀惊问,"那得有多少人?"

萧闯立刻伸手一指阿甘:"站那儿别动,离我远点儿,说话别冲着我。"

阿甘委屈地嘟囔:"至于吗,我就接了个电话,还是无线的。"

郭胖儿也担心起来:"北方交大和你们北邮距离太近,不能不小心。"

阿甘哭笑不得:"郭胖儿,你烧糊涂了吧,我毕业都快三年了!一直没回过北邮,我现在天天跟你们俩住一起,有病也是你们传染的。"

萧闯惊魂未定地嘀咕:"怎么感觉瘆得慌,看来'非典'离咱们越来越近了。"

瘦头陀忽然嚷道:"快看新闻,新浪刚插播的!"

几个人在各自的电脑上刷新网页,萧闯嘴唇翕动把这条不长的新闻默念了两遍,眉头越皱越紧。瘦头陀惊讶不已:"二话不说就把卫生部部长给撤了。"

郭胖儿分析:"看来他之前说的话都不能信了。"

阿甘一脸迷茫:"为啥把北京市市长也给撤了?他好像没说过啥吧……"

"看来北京不能再待了!"萧闯神情严峻地说,"这种动作只能说明一个问题,那就是疫情已经严重到不变招不行了,咱们也得马上动作,不然就来不及了。"

三个人齐声问:"去哪儿?"

萧闯登时被问住了,是啊,能去哪儿呢?各省都有疫情,尤其是大城市几乎全部沦陷。几个人正面面相觑阿甘说道:"要不,去我老家?"

郭胖儿一拍桌子:"对啊,好像辽宁没什么事。"

萧闯点头:"如今飞机火车都不安全,只能开车去,你家不算远。"

阿甘高兴地说:"在我老家咱们包个小院儿,自己做饭,不用跟任何人来往,多逍遥多自在,简直世外桃源。"

萧闯已然心动:"找个条件好点儿的,尤其要干净,每天给他们一百块钱,米面肉菜另算。"

阿甘憨憨地笑:"够多了,我老家的人都热情好客,不图钱。"

"那就这么定了,咱们兄弟四个同生死共患难,正好我那辆大欧宝坐得下。"

瘦头陀问:"闯哥,那你爸妈怎么办?"

萧闯再一次被问住,过一会儿才说:"我回去跟他们商量商量。"

萧闯父亲听儿子刚讲了个开头便摆手说:"不去,我们哪儿也不去,老辈人都相信北京是块福地。我劝你也别瞎跑,老实在家待着。"

"爸这回不一样,北京人口密度太大,打喷嚏都躲不开人,这么高一座楼只要有一个生病的,凡是坐电梯的都可能被感染。不是我吓唬你,别处已经发生了。"

萧闯母亲不由紧张起来:"呼吸道传播的病,确实在地广人稀的地方危险能小点儿,要不就出去躲一阵?"

萧闯父亲摇头:"胡折腾,咱们这么大岁数跟着他跑什么,路上要是把别的病勾起来怎么办?乡下有像样的医院吗?这儿抬脚就溜达到中日友好医院,外头哪有这条件?"母亲又踌躇了,父亲颇具权威地吩咐萧闯,"你要是非往外跑我不拦你,走前你把东西给我们置备齐了,吃喝拉撒睡都不用出门,没什么可担心的。"

既然父亲心意已决萧闯只有照办,第二天连跑几趟家乐福和华堂商场,市面一派萧条景象令他触目惊心,萧闯更加确信逃离北京是英明决策,他见需要囤积的食品实在太多,干脆又买了台冰箱,商场居然可以当即安排人手送货。

第三天一早,萧闯开车接上郭胖儿他们仨,后备厢塞满各种食品器物,连后座中间都堆得高高的,其中最占地方的是卫生纸。大欧宝沿着京哈高速一路向东北方向驶去,逃难之旅正式启程。

四个人心情都极好,阿甘不停地宣讲他老家的风土人情,令几个人愈发憧憬。不出所料路上的车并不多,过了锦州便拐出京哈高速朝西北方向的阜新开去,没走多远就离开国道走省道,又从省道拐上县道、乡道,萧闯的车速越来越慢,因为坐在副驾驶的阿甘实在不堪导航员的重任。阿甘以往每次回家都是在车上饱睡一路,现在每当萧闯问及路线他总是含糊地说应该好像是吧,害得萧闯兜了不少冤枉路。最后总算进到阿甘熟悉的地界,近乡情更切的他遥指前方说:"穿过那个屯子,再往前就到了。"

车沿着屯子中间的水泥路穿行,路边的人们纷纷停下手上的活计不错眼珠地盯视他们,几个半大小子围着一张台球桌,台球桌靠桌脚下面垫的几块瓦片找平,打球的和围观的都对车行注目礼。萧闯扫视窗外这些人的面目表情,嘀咕道:"阿甘,你们这儿的人排外吗?"

"不排啊,可热情了。"

"看着可不像热情,怎么感觉虎视眈眈的……"

"他们跟我们是邻村,我们村的人更热情。"

郭胖儿猜测:"会不会是因为没见过闯哥这种车?"

萧闯不由加快车速,说道:"他们盯的不是车,是车里的人。"

好在屯子不大,没一会儿便顺利穿过,隔着大片广阔的田野阿甘又向前一指:"前面就到啦!"

沿着狭窄但还算平整的水泥路开了一阵,前方依稀出现一群绿树掩映下的房舍,几个人的疲惫一扫而光,萧闯加大油门刚开了几百米便忙踩一脚刹车,路中间凭空冒出两个树桩架起一根横杆。车头将将在横杆前停住,后座上摞的东西借惯性冲到挡把周围。萧闯心有余悸地骂道:"谁他妈放这么个拦路虎?!"

瘦头陀眼尖,指着车前说:"杆上挂着个牌子,有字!"

只听阿甘念道:"北京人和北京车禁止通行!"

四个人都蒙了,郭胖儿打破沉默问道:"阿甘,你们老家人这么个好客法？"

萧闯直皱眉头："阿甘，他们知道咱们要来？"

"对啊，我昨天特意跟家里打招呼了。"

"他们怎么说？"

"挺高兴的啊。"

萧闯朝前面一努下巴："那这叫什么意思？我感觉就是冲咱们来的。"

阿甘正要掏手机打电话，远处晃悠过来一个人，披着上衣双手叉腰立在路中央。阿甘说声"是主任"便立刻推开车门下去喊道："叔，是我，小甘，回家来看看。"

村主任不为所动："我知道是你，听你爸说了。"

"怎么不让车过去？车上是我的老板和同事。"

"你堂堂大学生不认字？牌子上写着呢，北京人和北京车不让进。"

"为啥？谁规定的？"

"村里合计的，我拿的主意。为啥？你脑子瓜那么好使能不知道？北京闹传染病呢，被你们带进来把大伙传染了咋整？"

"但我们都没病，不然早被关进医院隔离了。"

阿甘说着就往前迈一步，村主任立刻喊道："你别过来，就远远在那儿站着！你那儿是上风口，病菌能吹过来。"

萧闯也下了车，听阿甘大致一说气不打一处来："村长，这路不是你家开的，不能你想封就封。我们如果有病早留在北京治病了，还会跑这儿来等死？我们就想找个房子住几天，跟你们谁都不接触，行不行？"

"我不叫村长，叫村主任。电视上说了，这病有个什么期，哦潜伏期，还说了潜伏期里传染性最大，所以你们还是回去吧，有病没病都在北京待着，别跑来祸害我们。"萧闯气得抬脚踹向树桩，村主任大喊，"你要是敢动那根杆子，你的车准没好儿！"

随着喊声村主任身后又闪出一排人影,手里都拎着棍棒、铁锹之类的家伙。萧闯见状吩咐阿甘:"赶紧给你家里人打电话问问,这帮人不能不给你家面子吧。"

村主任见阿甘拿起手机便说:"你爸在村委会呢,你打这个号……"

电话通了,阿甘的父亲有气无力地问:"回来啦?"

"对啊,就在村口呢,村主任带着一帮人不让进,怎么回事啊?"

"唉都赖我嘴快,寻思你回来我挺高兴,就跟别人说了,有人就吵吵不能让你回来,怕你把病带进村。没办法犟不过他们,咱家是小户,他们人多势众啊。"

阿甘全明白了,安慰父亲道:"不怪你,看这架势就算我们进了家也会被他们撵出来,估计连咱家房子他们都敢拆。"

听阿甘讲明情况,萧闯想了想说:"算了,别给你家找麻烦,咱们掉头回去。"

"回北京?"

萧闯坐到车里说:"去山海关、北戴河,找家酒店住下,我带你们玩儿几天。"

好不容易在狭窄的路肩三点掉头往回开,却不料刚到方才穿过的屯子外面又被土制路障堵住,守在屯口的人更是凶神恶煞,坚决不让通行。萧闯下车质问:"刚才走得好好的,怎么现在不让了?"

"刚才就不该让你们过!'京'牌车不能从屯子里走。"

"为什么?"

"你说呢?好好的不在你们北京待着,跑我们这旮干啥?还不是想躲病!你们怕,我们更怕!掉头,绕别的路。"

萧闯急了:"就是因为前面不让过我们才回来的。这样行不行,我们把车窗都关上,这车就像个密封的罐子,飞快开过去,怎么样?"

"不行!"对面挥着棒子说,"你的车轮子上就有病菌,车屁股后面排气管也能排出来病菌!"

萧闯哭笑不得,阿甘下来用当地话向对方求情,对方却说:"你甭套近乎,连你自家屯子都不让你进,我们凭什么答应?"

郭胖儿让阿甘问问给钱能不能通融,对方严词拒绝:"我们要命,不要钱!"

萧闯他们正气得够呛,瘦头陀反而笑道:"阿甘,你老家人还算实诚,他们要是收了钱照样不放行,咱们也没辙。"

眼看夜幕像锅盖一般扣下来,萧闯决定把车往后退一段距离,麻痹敌人,待夜深人静时再闯关。谁知敌人警惕性极高,临时拉了电灯照在路障上,轮流有人彻夜值班。

苦熬一宿天刚亮,萧闯又上前理论,说让车和人在村外待得越久越可能把病菌吹到村里,倒不如让我们开过去用不了一分钟,风险小得多。领头的不依。一计不成又生一计,萧闯试图紧跟过路的本地车后面,趁村民来不及摆回路障冲过去,但被机警勇敢的村民不惜用人肉组成路障拦下,村民警告说你别再耍心眼儿,就算你的车进了屯子也甭想完整出去。

靠着车上储备的吃喝又坚持一天一夜,困了就在车座上打盹,方便时就去路边的田埂。萧闯仰望璀璨的星空问:"你们知道孔老二吧?"

阿甘强打精神应道:"你是说孔子?"

"当年孔老二带一帮学生周游列国,有一次也是被围堵在前不着村后不着店的地界,连续七天吃不上饭。唉,就跟咱们现在的处境一模一样啊……"

"七天?"郭胖儿惊呼,"咱们不会也这么倒霉吧?!"

一语成谶,萧闯他们真的被封堵在旷野中不得不风餐露宿达七天之久。其间阿甘家人得知消息后总算想办法送来热饭热菜,用个草包盖着远远放在地上再由阿甘他们取走,吃完再放回原地。萧闯特意把手机电池和充电器交给阿甘,让他家人代为充电,阿甘又抱回几件军大衣和被子用于御寒。

第七天早上,萧闯忽然惊喜交加边挥舞手机边跑向路障,对村民嚷道:"你们犯法了知不知道?!公安部专门发文件,不准在道路上设置路障,阻拦车辆正常通行;不准劝返正常行驶的车辆;不准以防治'非典'为由阻断公路交通!公安部规定的'五不准'你们违犯了三条!我可以报警把你们抓起来!"

对方鄙夷道:"拉倒吧,吓唬小孩呢?公安部能专门为你的事发文件?"

萧闯把手机放在树桩上:"你自己过来瞧。"说完退出几步。

对方过来看手机上的新闻短信,将信将疑地回身跟几个同伙商量,又派个小子跑回屯里请示。萧闯他们忐忑不安地等了好久,终于见到有人远远招手示意这几个值班的把路障搬开。早已熬得没人样的四个人连欢呼雀跃的力气都没有,赶紧收拾摆在路旁的各种器具上车。

阿甘提醒萧闯得先把衣服被子还回去,萧闯把车开到阿甘家村口,阿甘刚抱着一大摞被服下车就被正好过来巡视的村主任喝止:"想干啥?你们用过的东西还想留给我们,带上走!"

阿甘气咻咻地站在原地憋了半天,终于爆发道:"你给我听着,原本我还打算等挣了大钱给村里捐一百万,现在改主意了,将来你们甭想从我手里得到一分钱!"

村主任和几个人先是一愣,随即哈哈大笑。就在一片嘲笑声中萧闯把车掉头,郭胖儿萎靡地问:"咱们去哪儿?"

萧闯面无表情地说:"回家!"

将要驶上省道之时萧闯忽然靠边停车,先骂一句才说:"我手机落了没拿!"

阿甘忙问:"落哪儿了?"

"给他们看手机上的新闻短信,忘了要回来。"

"那赶紧回去吧,应该能找回来。"

"没戏!"瘦头陀不以为然,"那屯子人要承认拿了才怪呢。"

萧闯想了想,狠下心继续往前开,咬牙切齿地说:"我要是早染上'非典'就好了!"三个人都愕然不解其意,萧闯接道,"真希望我手机上全是'非典'病毒,把他们丫都传染上!"

卢明走进办公室刚摘下口罩就说:"今天我这待遇真是没得比,一辆大通道公交车就四个人,司机、俩售票员还有我,弄得我特过意不去,猫在最后面,中门的售票员也不好意思看我。"

他主管小组的一个员工附和道:"现在都戴口罩,一张脸就露俩眼睛,互相盯着看确实特别扭。"

茅向前冷哼一声:"售票员不是不好意思,她是怕目光接触也能染上'非典'。"

"啊?!"卢明和几个员工都惊呼,"不至于吧?"

另一个员工说:"真是这样,现在人人草木皆兵、时刻胆战心惊,每天出门都感觉自己特悲壮。"

裴庆华放眼看看整个办公区,人头确实比一个月前少了若干,有的是因为觉得汉商网前景不妙离职的,有的是因为恐惧"非典"借故不来的。他默默走出公司,在大厦各楼层漫无目的溜达。走廊里鲜有人迹,电梯除非万不得已才有人用,大家都走楼梯。有几间房门紧闭,门侧的墙面上都有一块明显与周围颜色不一致的区域,想必是原来挂着公司铭牌的地方。裴庆华想起大堂水牌上也已空出好几条,被抽去的应该就是这几家公司的名字。大厦原来有两层被一家视频公司独占,这家网站背景显赫、资金雄厚,烧钱烧得裴庆华既羡慕又心疼,此刻竟已然人去楼空。裴庆华隔着玻璃门望着里面的前台,影壁上鲜艳夺目的公司标志还没拆掉。

听到身后有脚步声,裴庆华回头一看是裘队长,便问:"这家公司也搬走了?"

裘队长叹口气:"哪是搬走了,黄了。"

"啊?这也太突然了。他们过完年才宣布又一轮融资成功,刚三个月就……"

"裴总,开公司的事你应该比我懂,你问我我问谁去?"裴庆华正唏嘘不已又听裘队长说,"正找你呢,经理让我们先分头跟各家公司打个招呼,正式通知马上就下。裘总,'非典'闹成这样你都看见了,咱们这儿毕竟是与国家重点航天工程密切相关的单位,万一你们有哪个员工被疑似甚至确诊,整个大院都得被隔离,那就影响正常科研和生产了。所以院里决定把这座对外出租的楼整个封闭,近期你们就都别来上班了。"

"大裘,近期是多久?"

"这我可说不好,也许三个月?也许半年?反正现在你们也没啥生意可做,还不如回家歇着呢,其实这样对你们员工也好,万一上下班被传染怎么办?"

"把外来的租户都撵走,你们院里所里继续正常上班?"

"应该是这么打算吧,航天工程是重中之重,必须得保障。哦对了,最关键的忘说了,我们经理特别强调,封楼期间房租全免,怎么样,够仁义的吧?"

裴庆华怔在原地,裘队长已经走出几步他才喊一声:"大裘!"裘队长扭头诧异地看着他,他说:"谢谢你!很高兴交到你这么一位朋友。"

裘队长咧嘴笑了,挥下手:"这话说的,就跟你日后不回来了似的。"

裴庆华上楼回公司时的脚步竟然比刚才下楼还轻快许多,封楼且免房租对他而言与其说是噩耗不如说是喜讯,封楼给了汉商网暂停运作的借口,而免房租则使冬眠的成本进一步降低。拿定主意的裴庆华先和茅向前商量,茅向前听完只抬眼看看他,叹口气没说话。裴庆华又叫过卢明在内的几个主管交代一番,然后便大声向汉商网全体员工说道:"现在'非典'疫情不仅没有好转甚至疑似病例每天还在新增。大厦出于保护各家公司员工身体健康考虑,也是为了保障国家航天工程不受影响,决定从后天起将整座大厦封闭,不允许任何人出入,所以汉商网也就没办法照常上班。各组主管以上人员明天如果有必要还可以再来整理收尾,其余员工就不用再到公司,临时在家上班,后续安排我会用邮件等方式通知你们。我想对大家最后说一句,那就是……保重!希望一切都能好起来!"

第二天不知是因为身体不舒服还是心绪不佳,裴庆华一直昏昏沉沉的,看着茅向前、卢明几个人各自忙碌的身影他竟有些奇怪,想不出事已至此还有什么可忙,他一心只盼着封楼时刻到来。下午挺早他就挨个儿催促主管们离去,几个主管只好依依不舍道别,裴庆华忽然有种冲动想和他们每个人紧紧拥抱一次,最后一次,但自"非典"暴发以来连握手都已成为禁忌,他只得挥挥手,嘴角勉力向上翘,不知在别人眼中能否算是个笑容。最后走的是茅向前,他背着沉甸甸的双肩背在门口回头望一眼裴庆华,把右手高高举过头顶,手中是他的烟灰缸。

裴庆华在空荡荡的办公室里走了几圈坐回椅子上,抬手把脸颊上的眼泪擦去,开始写邮件。邮件很短,只是通知汉商网全体员工明天上午十点准时登录 QQ,他要在公司群里召开一个员工会,很重要,要求大家务必按时上线,住处没有电脑或无法上网的须自行解决。

将邮件群发给全体员工,裴庆华收拾好自己的东西,检查一下各处电源,把灯逐一关上。他正弯腰锁门时瞥见裘队长带两个人拿着封条和糨糊走来,裘队长笑道:"这钟点儿掐的,裴总不仅战斗到最后一人更是坚持到最后一刻啊。"

裴庆华淡淡笑一下,放下背包,从他们手里接过封条,平静但不容置疑地说:"我自己来。"

裘队长他们默默地看着裴庆华一丝不苟把两张封条交叉贴在门上,神情也不由变得肃穆。

晚上谭媛打来电话,问裴庆华:"你明天要向员工宣布什么?"

裴庆华隐隐有些不爽:"你这么快就知道了,谁告诉你的?"

"你告诉我的。"裴庆华一愣,谭媛解释道,"我至今仍在汉商网的邮件通讯录里面,你群发的邮件我当然能收到。"

"哦,没注意,忘了。"

"不是你忘了,你之前特意让老茅把我的邮箱删了,是我又特意让老茅恢复的。"谭媛示威似的又说,"另外我还让老茅也把我重新加回公司 QQ 群。"

"哦。"

谭媛再问一遍:"你明天到底要宣布什么?"

裴庆华赌气道:"你应该猜得出吧,再说你明天听了不就知道了。"

"你同意我明天参加?"谭媛的声音里竟有一丝兴奋。

"你那么有本事,我能禁止得了?"裴庆华反问。

"庆华,汉商网真的再也办不下去了?"

"既然你一直能收到我给员工的邮件,汉商网怎么样你应该了如指掌吧。"

"你在邮件里从来报喜不报忧。唉……我真后悔听信你的话离开汉商网,可我走以后你仍旧不肯向我爸寻求帮助。"

裴庆华话题一转:"你现在怎么样?"

"还在熟悉华研各方面的业务,我爸可能让我去投资部,从项目经理做起。不过现在也没什么可做的,由于'非典'差不多都停摆了。"

"我倒觉得应该感谢'非典',卫星大厦封楼反倒给我一个台阶下,而且封楼期间不收房租,我巴不得他们封个一年半载,至少汉商网冬眠期间不用另找安身之处。"

"你明天就是要宣布汉商网进入冬眠?"

"明天的事明天自然就知道了。"

"你真不介意我在线旁听明天的会? 不想保留最后一点儿尊严了?"

裴庆华沉默片刻才说:"善始善终,在该结束时结束既是智慧更是勇气!"谭媛默不作声,裴庆华又换个话题,"小向那个网站做得怎么样了?"

谭媛抽下鼻子回道:"挺好的,正式上线才半年就已经杀入汽车类网站流量的前三名,目前势头非常好。由于'非典'的缘故很多人不敢再坐公交,私家车的销量暴涨,车向网的浏览量和广告收入都增长迅猛。"

"哦,那挺好,代我祝贺他。他恐怕是从汉商网出去的第一位成功创业者。"

"庆华,其实你当初真应该采纳他的建议,如果汉商网有汽车频道就能搭上这趟便车,起码不会像眼下这样困难。"

裴庆华说:"一个网站就像一个人,有他自己的道路与宿命。此时此刻无论对汉商网还是对我自己,我都不觉得有什么后悔。"谭媛只轻轻叹口气,没说话。裴庆华问道:"谭媛,你知道我为什么坚持要你尽早离开吗?"

"为什么?"

"因为我相信属于你和小向这辈人的时代已经到来!"

"但你的时代还远没有结束!"

"当然,"裴庆华笑道,"舞台上只有一代人未免太冷清,再说我总该等到你爸先退场。"

谭媛恨恨地说:"哼,我巴不得你们俩赶紧一起谢幕!"

裴庆华不以为意,回了句:"言不由衷。"

几乎一夜没睡的裴庆华早早守在宿舍里的小桌前,把已经检查过几遍的电话线插到笔记本电脑的线槽里,拨号上网登录QQ,进公司群向大家问声好。他担心员工们QQ上各种联系人太多,难免干扰会议进程,特意嘱咐大家都把状态设为离线。如此一来他也分辨不出谁在谁不在,便要求大家都报个到。裴庆华此举并非专为考勤,他更是想再看一眼那一个个熟悉的面庞。

员工们应声答"到",对话框像一带瀑布似的刷出一长条绵延不绝的"到"字。忽然有几个头像不仅答到还报出若干人名,原来是一些无法在家上网的员工抱团儿想辙,此刻正分别围拢在一台电脑前参会。裴庆华不禁有些后悔真应该前天在公司把这个会开了,就不至于给员工添此麻烦,但他实在不确定面对员工们的目光还能否说得出口。裴庆华数了数将近五十位,已经比汉商网之前鼎盛时少了一半。似乎没见到茅向前,裴庆华问句老茅在不在,茅向前回了句"群在我在",裴庆华看了不由得心酸。同样酸楚的还有谭媛,她想了想决定继续隐身不出声。

裴庆华:各位,到下月初咱们汉商网就正式上线四年了。你们中有的从最开始就一直跟着我,有的刚加入短短三个月,在此我想发自内心对你们道一声谢谢。你们可能或多或少已经有所感知,汉商网越走越艰难。从去年第四季度因为资金压力不得不收缩战线、把派到外地四个城市分站的人员撤回,到1月份的数码相机假货危机,再到这次的"非典",可以说是祸不单行、雪上加霜。但我判断制约汉商网发展的最大症结在于广大网民尚没有养成网上购物的习惯,而这种习惯的培养并非单靠咱们一家所能完成。汉商网花费大量财力、精力把网民吸引来,仍然无法使网民做出频繁和持续的购物行为。咱们没有做错什么,如果要说有错恐怕就是做得早了些。一个人到底是先锋、先驱还是先烈,其实不取决于自己,而是取决于大势、取决于时代。属于汉商网的那一天迟早要到来,只是需要时间,每一个奇迹的出现都需要契机,咱们要做的只有等待。

把事先拟好的这段话复制粘贴发出后,裴庆华等了一会儿才问都在吗、都看到了吗,对话框里出现一串"嗯""是""在""收到"。裴庆华一狠心又把第二段发出去。

裴庆华:所以我决定汉商网从今天开始进入冬眠,静待春天的到来。只保留两位全职员工,就是我和老茅,我做业务和客服,老茅做技术和网管。你们愿意兼职的我鼓掌欢迎,选择离职的我洒泪相送。因为你们需要时间找到新工作,所以工资发到下月底。5月份工资我保证月底发给你们,6月份的工资我可能要稍微拖几个星期,估计要把电脑卖掉一部分,但一定会足额发到你们手里。愿意兼职的从7月份开始咱们分别商定工作内容、方式和报酬。对这部分你们有什么问题吗?

这轮回复中多是惊讶和流泪的图标,谭媛忍了忍终于没发出大哭的表情。

裴庆华:之所以是冬眠而不是关张、倒闭、散伙,是因为汉商网仍然活着并将活下去,只是把新陈代谢降到最低限度。一旦春天来临汉商网必将重现生机,到那时我非常欢迎你们归队。无论是选择兼职还是离职的,只要归队则这段时间仍旧计入你们在汉商网的服务期,在授予股票期权时一视同仁。因为我需要你们,我想念你们,我舍不得你们。

又是一串各种哭泣的表情,也间或有鲜花、加油和祝福。谭媛已经扔掉两张湿透的纸巾。

裴庆华:我要说的就是这些。下面把时间留给你们,有什么问题或要求都可以现场提出来,咱们一起商量。

作为一名经验丰富的管理者,裴庆华深知像这种与员工谈条件或诉求时,最忌讳一对多而应该一对一,但他了解也信任这些员工,一起吃过苦但从未享过福的他们不会对他提什么过分要求。

果然,接下来是一阵长时间的沉默,直到冒出这条消息……

卢明:哥,我能先接个电话吗? 很快。

裴庆华:什么电话?

卢明:打到咱们公司座机的,我把公司电话呼叫转移到我手机上了。

裴庆华:哦,好吧。我们等你。

裴庆华有些感动,他不记得昨天曾嘱咐过卢明什么,但卢明竟如此主动周到地做了。但随着时间流逝,裴庆华从感动变得有些不满,这通电话未免太长了。

卢明:哥! 罗技的键盘和鼠标都卖断货了,有家外设厂商要求把他们的货摆上汉商网的主页,花多少钱都愿意,只要咱们力推他们的产品!

裴庆华:键盘和鼠标? 这些再平常不过的玩意儿怎么一下子火起来了?

茅向前:庆华,说明你不玩游戏。

裴庆华:什么意思?

卢明:由于"非典"好多人被关在家里哪儿也去不了,白天黑夜打游戏,一个多月下来老旧一点儿的确实该换了。

客服1:老板,好些会员在给客服QQ号留言,我显示离线他们还不断在叫我,我能现身处理一下吗?

裴庆华:好吧,尽量快点儿。

客服2、客服3、客服4:老板,那我们也先忙一下!

裴庆华:卢明,那家外设厂商叫什么?

卢明:双飞燕!东莞的。

客服1:卢明在不在?好几个会员都成功下单买了键盘鼠标,但商户却说没货了,会员坚持不要退款,非让咱们给他们找到货,其他牌子也行。你拿主意吧。

卢明:等我问一下老板。

裴庆华:不用问我,直接联系双飞燕给会员发货!

客服2、客服3、客服4:那我们也这么跟会员说了啊!

卢明:哥,我得再接个电话。

裴庆华:老茅,玩游戏还容易玩坏什么?

茅向前:下一波我估计是显卡。玩坏倒不至于,而是游戏玩多了、水平高了就会想升级显卡。

裴庆华:卢明呢?赶快让你的人抓紧备好显卡的货,尤其是高端的。

业务1:老板,收到,我马上办。

业务2:卢明、老板,刚查了下,各家商户摄像头和耳麦也快卖断货了!

裴庆华:对呀!咱们早应该预见到的。关在家里只能上网视频聊天,需求量肯定井喷,赶紧联系商户补货,打包做成套装卖。

业务2:明白老板。

茅向前:现在人们被逼得成天泡在网上,需要什么当然就直接在网上买,反正也不敢出门。何止是外设,家里没电脑的都要买电脑,有一台的还得再买一台,不然就会吵架。

卢明:这个电话是家快递公司,想跟咱们谈揽货的事,说他们刚包租了五架飞机,因为"非典"坐飞机的人少了,货就逮住机会上天了。说如果咱们有北京、广州之间的货他们一律走空运,保证三十六个小时内送达。

裴庆华:刚才那家双飞燕也在广州附近吧?就让他们运。

茅向前:这公司叫什么?

卢明:顺丰。

茅向前:是够疯的,都敢包飞机了。

裴庆华:我听说过,也是广东一带的。咱们一直用宅急送比较多,只要顺丰速度够快、价格够低,以后全网都用顺丰。

美工1:卢明,你把双飞燕的素材发我,我现在就开始做,尽快放到主页上。

卢明:哥,我得出去一趟,和顺丰的人面谈,他们挺急的。

客服1、业务1:老板,要不先休息下?我抓紧处理些事情,等下再接着开?

卢明:哥,还开吗?要不都先各忙各的吧。

客服2、业务2:对啊老板,要不以后再说?

茅向前:庆华,我看算了,加班加点都忙不过来,哪儿还有工夫冬眠。

裴庆华:哦,既然如此那就先这样。老茅、卢明你们几个主管,我看今天咱们得碰头开个会,这一段分散办公的事得商量下,不成我还是找个临时办公地点吧。

卢明:碰头时间地点您定,短信告我就行,我先下了。

事态变化之快令裴庆华有些蒙,他正对着电脑发呆,屏幕上又弹出一个小窗口,是茅向前在给他发消息。

茅向前:庆华,其实这几天网站流量就上冲得很厉害,而且已经不再有周中周末的差异,因为单位不坐班、学校不上课,男女老幼哪儿也不能去,大把时间只能上网。我感觉咱们做 3C 的绝对是沾了"非典"的光。

裴庆华:这种情况已经好几天了? 你怎么不早跟我说?

茅向前:我看你整天失魂落魄的一点儿心思都没有,跟你说也白说。

裴庆华:老茅,你差点儿害死我!

茅向前:我怎么害你了? 是你自己一门心思光惦记怎么死、什么时候死,对明明已经露头的生机偏偏视而不见。你还好意思怪我?

裴庆华:万一我真把汉商网关了怎么办? 咱们不得后悔死!

茅向前:你要是真想把汉商网安乐死我肯定跟你急,但你只是想冬眠,我就觉得无所谓。睡觉嘛,时候到了叫醒你也不晚。

裴庆华:老茅你害我不浅,我开场跟员工说的那些话你叫我怎么收回来?

茅向前:那些话说得挺好啊,我都感动了,为什么要收回来?

裴庆华:你拿我开心是不是? 事关一家公司的存亡、众多员工的去留,这么重要的话能随便说?

茅向前:呵呵,亏你还知道啊……

被这句话噎得干瞪眼,裴庆华心里五味杂陈,有庆幸、有懊悔、惊喜、有酸楚,他此刻切身感受到——活着真好。

茅向前:说正事,有些员工不配电脑不行了,不然在家没法干活。实在没钱宁可先给他们发电脑后发工资,员工应该能理解。

裴庆华:明白,这事我想法解决,力争又发电脑又发工资。咱们公司就是一个缩影,被"非典"隔离的现实世界竟然一步迈进到网络世界,汉商网在濒死关头熬到了电子商务的春天。

正感慨之际手机响了,接起来隐约听到像有啜泣声,过一会儿谭媛才问:"你相信奇迹吗?"

裴庆华的眼睛又一次湿润了,他只说出两个字:"相信!"

在翠宫饭店大堂东侧的咖啡厅里，裴庆华面前坐着吕总和另一位年纪相仿的男士，吕总介绍说："裴总，这位是梁总，我们吕梁资本的另一位合伙人。"

梁总和裴庆华握手："幸会，咱们头回见，之前都是吕总跟进汉商网的案子。"

吕总说："裴总，我们吕梁资本有非常强烈的意向投资汉商网，希望你能认真考虑我们的诚意。"

裴庆华淡淡一笑："我建议你们还是慎重点儿为好，两个月之前我差一点儿就把汉商网关了。"

梁总说："你可真是个非常坦诚的人，有什么说什么，就不怕我们信心动摇？"

"有什么好怕的，反正我已经是死过一回的人，再说我又没求你们投资。"

吕总忙说："你们两位都不要开玩笑啦。裴总，你说的情况我们了解得很清楚。正是因为亲眼看到汉商网在这场'非典'的严酷考验面前不仅没垮掉反而浴火重生，我们相信今后无论遇到什么困难你裴总一定有毅力、有能力战胜。"

梁总说："裴总，我感觉你的风格很直率，我们也就不兜圈子。吕梁资本的方案是投八百万美元，占百分之二十五的股份，你认为怎么样？"

裴庆华不置可否，微微仰起脸像是在盘算什么。

吕总笑道："裴总，别算了，我们已经替你算过了。注资后汉商网的估值到了三千两百万美元，大约合两亿五千万人民币。裴总你本人还有核心团队的身价相当于一亿八千多万，值得大大恭喜你哟。"

"我算的不是这个。"裴庆华淡然地摇头，"我觉得八百万太多了，用不着也花不完，用我们宝贵的股份换来这么多钱只能放在账上生利息，太不划算。我的想法是两百万美元足够，顶多三百万。"

吕总先和梁总对视一眼,然后向裴庆华凑近一些,说:"裴总,不能只考虑眼下的生存,要想得更远些。我给你打个比方,这次'非典'就好像一场大灾难,苍茫大地上只零星有几个小部落幸存下来,尽管弱小但他们得以各自在广阔的天地间蓬勃发展,版图不断扩大,用不了多久他们的疆域就会接壤在一起。你说下一步将会发生什么?"

　　裴庆华眉毛一挑:"什么?"

　　"搏杀!"

(第二部完)